ELIZABETH HARAN

Eine Liebe in Australien

Weitere Titel der Autorin:

Im Land des Eukalyptusbaums
Der Ruf des Abendvogels
Im Glanz der roten Sonne
Ein Hoffnungsstern am Himmel
Am Fluss des Schicksals
Die Insel der roten Erde
Im Tal der flammenden Sonne
Im Schatten des Teebaums
Der Duft der Eukalyptusblüte
Im Hauch des Abendwindes
Leuchtende Sonne, weites Land
Der Glanz des Südsterns
Jenseits des leuchtenden Horizonts
Träume unter roter Sonne
Heller Mond, weite Träume
Im Tal der Eukalyptuswälder
Jenseits der südlichen Sterne
Der Himmel über dem Outback
Eine Liebe in Australien
Ein Traum in Australien

Titel in der Regel auch als E-Book erhältlich

ELIZABETH HARAN

Eine *Liebe* in Australien

Roman

Übersetzung aus dem australischen Englisch
von Kerstin Ostendorf

lübbe

MIX
Papier aus verantwortungsvollen Quellen
FSC® C014496
www.fsc.org

Dieser Titel ist auch als E-Book erschienen

Vollständige Taschenbuchausgabe
der bei Bastei Lübbe erschienenen Hardcoverausgabe

Titel der australischen Originalausgabe: »Corner Country«

Dieses Werk wurde vermittelt durch
die Literarische Agentur Thomas Schlück GmbH, 30161 Hannover.

Für die deutschsprachige Ausgabe:

Textredaktion: Marion Labonte, Labontext
Landkarte: Reinhard Borner
Titelillustration: © Joanna Czogala/Arcangel;
© David M. Schrader / shutterstock; © ilolab / shutterstock;
© Tim De Boeck / shutterstock; © KateMacate / shutterstock
Umschlaggestaltung: Jeannine Schmelzer
Satz: Dörlemann Satz, Lemförde
Gesetzt aus der Garamond
Druck und Verarbeitung: GGP Media GmbH, Pößneck
Printed in Germany
ISBN 978-3-404-18469-9

2 4 5 3 1

Dieses Buch widme ich meiner Schwester, Kate Mezera.
Eine Schwester ist eine Verwandte und eine beste Freundin in einer Person, ein besonderes Geschenk Gottes für dein ganzes Leben.
Mein besonderes Geschenk ist ein wahres Goldstück.

This book is for my sister, Kate Mezera.
Having a sister is a sibling and best friend rolled into one, a special gift from God that you have for your entire life.
My special gift was pure gold.

Kapitel 1

New South Wales – 1936

Willie McGregor löste die Hände von der Schaufel, die sogleich mit einem Klirren zu Boden fiel, das die erdrückende Stille um ihn herum jäh durchbrach. Er stand neben einem Hügel aus roter Erde, den er gerade aus losem Gestein aufgehäuft hatte. Wegen der sengenden Hitze, der Dingos, der aufdringlichen Fliegen und ihrer Lage fernab jeglicher Zivilisation hatte er Harry Winston McLean zügig begraben müssen. Er hatte noch gar keine die Zeit gehabt zu verarbeiten, dass sein bester Freund vor weniger als zwei Stunden direkt vor seinen Augen gestorben war.

Willie hob Harrys staubigen, zerschlissenen Hut vom Boden auf. Der war gerade mal ein Jahr getragen, sah aber uralt aus durch die Strapazen, die das Goldschürfen im unerbittlichen Outback mit sich brachte. Willie rieb den abgewetzten Filz zwischen Daumen und Zeigefinger und versank für einen Moment in Erinnerungen. Die Goldsuche ging mit vielen Misserfolgen und viel Enttäuschung einher, aber Harry war es stets gelungen, Willie das Positive jeder Situation vor Augen zu halten. Er war der perfekte Partner für diese Arbeit mitten in Australiens Outback, wo sie nicht mehr hatten als ihren großen Traum, einige Werkzeuge, eine Karte und ein paar Zelte. Sie kämpften gegen Staubstürme, viel zu wenig Regen, Milliarden von Fliegen, eiskalte Winternächte und quälend heiße Sommertage im Nordwesten von New South Wales, dieser Gegend, die Corner Country genannt wurde.

Willie holte zitternd Luft und sog dabei Harrys Duft ein, den der Hut ausströmte, vermischt mit dem von Tabak, Schweiß und Staub. Dann legte er den Hut sanft auf Harrys Grab. »Kannst doch nicht ohne deinen Hut in den Himmel wandern, Harry«, murmelte er. Und in diesem Moment schnürte eine Erinnerung ihm die Kehle zu. Harry hatte ihm einmal von seiner kurzen Zeit als Ministrant in einer schottischen Kirchengemeinde erzählt. Der Priester hatte ihn dabei erwischt, wie er nach der Messe den heiligen Wein aus dem Kelch trank, und ihm gesagt, im Himmel sei kein Platz für einen Jungen, der ein Sakrileg begehe. Harry, der auch damals schon kein Blatt vor den Mund genommen hatte, antwortete dem Priester, dann werde dieser wohl auch nicht in den Himmel kommen, schließlich tue er dasselbe. Nach diesem Vorfall hatte sich seine Familie nie wieder in der Kirche in Ferryhill blicken lassen.

Harry stammte aus einer üblen Gegend in Aberdeen, war aber mit seiner Familie kurz nach dem Vorfall in der Kirche nach Redbridge gezogen, einem Außenbezirk von London. Dort hatte er in der Schule Willie kennengelernt, und sie waren gute Freunde geworden. Nach Willies Meinung hatte Harry ein Herz aus Gold, er verdiente einen Platz im Himmel. Er selbst wusste nicht, was er ohne ihn machen sollte.

Willie stieß einen tiefen Seufzer aus und hob den Blick. Durch einen Schleier aus Tränen starrte er in die unendliche Landschaft vor sich, die in der Februarhitze flirrte. Über ihm brannte die Sonne am endlos blauen Himmel. Das alles war ihm zu weit, zu schutzlos, er wollte gerade nichts lieber als sich von der Welt zurückzuziehen und sich in einer dunklen Ecke zu verkriechen.

Vor wenigen Stunden hatte er noch angeregt mit Harry darüber diskutiert, was sie tun würden, wenn sie endlich den heißersehnten Goldklumpen fänden, der ihr Leben vollkommen verändern würde. Sie hatten das Graben und Goldwaschen für diesen Tag beendet und sammelten Holz für das Lagerfeuer, während sie sich lachend und scherzend ihre triumphale Rückkehr nach England vorstellten. Dieses alberne Geplänkel wiederholte sich beinahe jeden Tag, es motivierte sie und half ihnen, ihren Traum lebendig zu halten.

Doch im Bruchteil einer Sekunde war plötzlich alles anders. Willie hörte, wie Harry fluchte und unmittelbar darauf die Holzscheite zu Boden fielen. Er wirbelte beunruhigt herum und sah gerade noch eine Schlange hinter einem Stein verschwinden. Dann murmelte Harry, er sei in den Arm gebissen worden. Einen Moment blickten sie einander schockiert an. Willie hätte Harry zu gern versichert, dass alles gut werden würde, doch sie hatten gelernt, giftige Schlangen von harmlosen zu unterscheiden, und dieses Tier hatte wie eine Östliche Braunschlange ausgesehen, eine der giftigsten Landschlangen der Welt.

»Bist du sicher, dass sie dich erwischt hat?«, fragte Willie, während Harry sich auf einen Baumstamm setzte.

Harry deutete auf die beiden punktförmigen Bissstellen auf dem Unterarm. »Es kann gar nicht sein, dass ich schon sterbe, Willie«, murmelte er, inzwischen schweißgebadet. »Nur die Guten sterben jung, nicht wahr?«

»Das stimmt.« Willies Stimme war rau. »Du wirst die Hundert noch erleben.«

Harrys Miene wurde ernst. »Ist das zu fassen? Zum ersten Mal seit Monaten ist mir kalt.« Sein Mund war so trocken wie der rote Staub um sie herum.

Kurz darauf trat die erste Lähmung ein, dann färbte sich sein Gesicht blau. Willie geriet in Panik und schrie um Hilfe, doch seine Stimme wurde von der leeren Landschaft verschluckt. Sein Rufen war zwecklos, das war ihm ohnehin bewusst. Niemand konnte Harry helfen. Nur die Ärzte in den großen Städten verfügten über Vorräte an Gegengift. Ein Schlangenbiss war ein Risiko, mit dem man im australischen Outback leben musste.

Harry hatte innerhalb weniger Minuten einen tödlichen Herzinfarkt erlitten. Und nun stand Willie an seinem Grab unter einer schattigen Akazie mit dem Gefühl, seinen Freund im Stich gelassen zu haben. Er verharrte dort eine gefühlte Ewigkeit, unfähig, Harry zurückzulassen, unfähig zu begreifen, dass er nie wieder seine Stimme hören oder mit ihm über einen ihrer Witze lachen würde. Er fühlte sich einsamer als je zuvor.

Als es dämmerte, schlich Willie zwischen den Mulgabüschen und vereinzelten Bäumen zum nahegelegenen Lager zurück. Er fachte das Feuer an, setzte sich, legte den Kopf in die Hände und schluchzte.

Willie merkte nicht einmal, dass es dunkel war. Er starrte seit Stunden ins Lagerfeuer, betäubt von seiner Trauer.

»Du okay, Willie?«

Willie schrak zusammen. Er hob den Kopf und erblickte im Schein des Feuers ein vertrautes Gesicht. Nie war er glücklicher über Gesellschaft gewesen.

Auf der anderen Seite des Lagerfeuers stand Nellie. »Harry machen Buschwanderung mit anderem Clan?«, fragte sie nach einem Blick auf die beiden geöffneten Zelte.

Unwillkürlich sah Willie in die Richtung von Harrys Grab.

Nellie folgte seinem Blick und bemerkte unter einem Baum einen Erdhügel, ein Grab, wie weiße Männer es gruben, mit einem Hut darauf. Sie trat zu Willie. »Was passieren?«

»Schlangenbiss«, murmelte er mit heiserer Stimme.

Kopfschüttelnd setzte Nellie sich neben ihn auf einen Baumstamm. »Unglück. Du Schlange töten und kochen.«

Willie war zu niedergeschlagen, um zu antworten oder überhaupt Konversation zu betreiben, dabei hatte er Nellie seit über einem Monat nicht gesehen, weil sie mit ihrem Aborigine-Stamm, den Wadigali, auf Buschwanderung war.

»He, Willie. Ich kriegen Baby«, verkündete Nellie plötzlich.

Es dauerte einen Moment, bis Willie die Worte erfasste.

Er richtete sich auf und sah ihr tief in die dunklen Augen. »Was redest du da, Nellie?«

Nellie tätschelte ihren Bauch, nahm Willies Hand und legte sie auf die kleine feste Wölbung.

Willie starrte sie an. Er und Harry hatten sich immer über die Besuche der Aborigines gefreut, sie aßen dann zusammen und teilten das Bier, das sie aus Tibooburra mitgebracht hatten, einem Ort, der Luftlinie fünfzig Meilen entfernt lag. Nach Monaten im Busch hatte sich seine Vorstellung von Romantik grundlegend geändert. Nellie war unkompliziert, mit ihr musste er keine unnötigen oberflächlichen Gespräche führen, und zudem war sie eine Frau, die seine Gesellschaft genoss. Ein halbes Dutzend Mal war sie im Dunkeln in sein Zelt gekommen, und er hatte das Angebot angenommen. Es fühlte sich natürlich an. Zwischen ihren Besuchen sah er sie oft wochenlang nicht, wenn sie ohne ein Wort des Abschieds mit ihrem Clan auf Buschwanderung ging. Irgendwann tauchte sie dann wieder auf, als wäre sie nie weg gewesen. Dieses Arrangement kam Willie entgegen, schließlich war er sehr auf Harrys und sein Vorhaben im Outback konzentriert. Und ganz sicher hatte er niemals über mögliche Konsequenzen einer gemeinsamen Nacht mit Nellie nachgedacht.

»Ein Baby«, sagte er ungläubig.

Nellie nickte lächelnd, ihre Augen funkelten glücklich im Feuerschein. Er hatte sie nie gefragt, aber Willie vermutete, dass Nellie zwischen zwanzig und dreißig Jahre war. Er war immer davon ausgegangen, dass sie eines Tages ein Mitglied des Wadigali-Clans heiraten und Kinder mit ihm bekommen würde.

»Ist es … *mein* Baby, Nellie?«

Nellie strich liebevoll über sein Bein und nickte erneut, immer noch mit einem Lächeln im Gesicht. Dann stand sie auf und verschwand in der Dunkelheit, wieder ohne ein Wort des Abschieds. Das sah Nellie ähnlich: Sie kam, um ihm die Neuigkeit mitzuteilen, mehr nicht, und dann ließ sie ihn allein, damit er sich an den Gedanken gewöhnen konnte, Vater zu werden.

Willie blickte wieder ins Feuer. *Ein Baby!* Seine Lippen verzogen sich zu einem leichten Lächeln, bevor er von tiefer Trauer überwältigt wurde und ihm erneut die Tränen kamen. Ohne seinen besten Freund hatte er niemanden, mit dem er die Neuigkeit teilen konnte. Denn selbst bei seinem nächsten Besuch im Dorf konnte er den Bewohnern unmöglich sagen, dass er ein Kind mit einer Aborigine-Frau erwartete. Auch wenn das ständig passierte, wurde es missbilligt und ganz sicher nicht öffentlich bekannt gemacht. Wie auch bei Nellies Vater, einem weißen Opalgräber aus der Gegend um White Cliffs im Nordosten von Broken Hill. Er hatte seine Tochter nie anerkannt, folglich hatte die Mutter sie im Clan großgezogen.

Normalerweise fuhren Willie und Harry einmal im Monat nach Tibooburra, wo sie kleine Goldstücke verkauften und Nahrung und Kraftstoff besorgten. Wenn sie genug Geld übrig hatten, verbrachten sie einige Stunden im Pub und unterhielten sich mit den Dorfbewohnern, anderen Minenarbeitern und Farmern.

Während ihrer ersten Besuche in Tibooburra waren sie immer ins Family Hotel gegangen, das 1881 als einstöckiges Gebäude aus Sandstein errichtet worden war. Doch eines Abends gerieten sie betrunken in eine riesige Schlägerei mit anderen Minenarbeitern, an deren Ende zerbrochene Fensterscheiben und zertrümmerte Stühle und Tische gestanden hatten. Der Wirt, Barney Finnegan, ein starrköpfiger Ire, erteilte ihnen Hausverbot für sechs Monate. Er nahm weder ihre Entschuldigung an noch ihr Angebot, sie statt des Hausverbotes für den Schaden aufkommen zu lassen, also wechselten Willie und Harry verärgert ins Tibooburra Hotel und schworen sich, nie wieder auch nur einen Penny im Family Hotel auszugeben.

Das Tibooburra Hotel lag als elegantes zweistöckiges Sandsteingebäude an der Ecke, in der sich die Briscoe Street und die Wills Street kreuzten. Der Wirt, Mick Barlow, war ein anständiger Mann, der sich seit dem Tod seiner Frau aber schwer damit tat, den Pub zu führen, schließlich war Beryl die treibende Kraft hinter dem Laden gewesen, hatte sich um die Buchhaltung gekümmert und Veranstaltungen organisiert. Mick betrieb die Bar zwar noch, zu viel mehr aber war er nicht in der Lage. Vor fünf Monaten hatte er den Pub zum Verkauf ausgeschrieben, um anschließend nach Sydney zurückzuziehen. Er behauptete, von zahlreichen Seiten Angebote zu erhalten, aber bislang war dabei noch nichts herumgekommen.

Genau wie Mick fiel es auch Willie schwer, allein mit der Arbeit weiterzumachen. Nur wenige Tage nach Harrys Tod hatte er schon mehrfach darüber nachgedacht, ihren Traum vom Goldschatz aufzugeben. Als er nach Tibooburra fuhr, um Harrys Ableben zu melden, brach er sogar das Lager ganz ab. In Tibooburra selbst gab es zwar keine Polizeiwache, aber die Postmeisterin Florence Kingsley schickte ein Telegramm an die Polizeiwache in Broken Hill. Kurz darauf informierte sie Willie, er müsse einen Bericht über die Geschehnisse und den Ort, an dem er Harry begraben hatte, anfertigen. Willie reichte ihr auch einen Brief an Harrys Schwester mit der Bitte, ihn abzusenden. Er hatte Stunden gebraucht, ihn zu verfassen, weil er immer wieder an dem Versuch gescheitert war, Teresa die Umstände von Harrys Tod schonend zu erklären. Ihm war nur allzu deutlich bewusst, wie sehr der Verlust ihres einzigen Bruders sie treffen würde.

Im Anschluss verbrachte er viel Zeit im Tibooburra Hotel, wo Mick Barlow und ein paar Einwohner, die Harry gekannt hatten, ihm ein Bier nach dem anderen ausgaben. Er dachte darüber nach, im Dorf zu bleiben und nie wieder einen Fuß auf das Minengelände zu setzen, konnte sich aber nicht dazu durchringen. Er wollte Harry nicht enttäuschen, so schnell würde er nicht aufgeben, das hatte er an Harrys Grab geschworen. Also kehrte er zur Mine zurück und arbeitete härter als je zuvor, auch um der Einsamkeit und der Verzweiflung zu entkommen. Manchmal ertappte er sich dabei, laut mit Harry zu reden, ihm zu versprechen, dass er entweder das Gold für ihn finden oder bei dem Versuch sterben werde. Manchmal, wenn er dehydriert war und jeder Muskel seines Körpers vor Schmerz brannte, meinte er Harrys Stimme zu hören, die ihn ermutigte, weiterzumachen.

Abends hoffte er darauf, Nellie oder andere Mitglieder ihres Clans zu treffen, aber die Dunkelheit jenseits des Feuerscheins blieb leer. Er hatte sich noch nie so verlassen gefühlt und musste bald feststellen, dass Einsamkeit seltsame Dinge mit dem Verstand machte, beängstigende Dinge. Er kam zu dem Schluss, dass er nicht viel länger allein im Busch bleiben konnte, wenn er bei Verstand bleiben wollte.

Kapitel 2

Nellie lief durch die Dunkelheit zu Willies Lager. Er lag zusammengekauert vor dem Feuer, und im ersten Moment dachte sie, er sei ebenfalls von einer Schlange gebissen worden. »Willie!«, rief sie. »Du tot?«

»Hm?«, murmelte er schläfrig. »Harry, bist du's?«

»Nee. Nellie.«

Stöhnend setzte Willie sich auf, das Gesicht staubverschmiert. Er war offenbar auf seinem Baumstamm neben dem Feuer eingedöst und dabei auf den Boden gefallen. Den ganzen Tag zu graben und Gold zu waschen war äußerst mühselig, und alleine kam er nur langsam voran. Aber er hatte an Harrys Grab geschworen, weiter nach dem großen Goldklumpen zu suchen, den sie in dieser Gegend vermuteten. Sie hatten eine Menge Eisenerz und Ton gefunden, weshalb sie sicher waren, dass auch Gold in der Nähe sein musste. Ein paar Gramm hatte Willie sogar schon geschürft, das bestärkte ihn in seiner Überzeugung. Er musste den ganz großen Klumpen nur noch finden in diesem fünfhundert Quadratmeilen großen Revier im Norden von New South Wales, das seit den frühen 80er-Jahren des letzten Jahrhunderts den Namen Albert Goldfield trug. Damals hatten hier Hunderte Minenarbeiter geschürft, aber nicht jeden Quadratzentimeter abgesucht, weil es schlicht unmöglich war. Als im Westen Australiens, bei Kalgoorlie, größere Goldfelder erschlossen wurden, zogen die meisten Minenarbeiter weiter. Nun, gut fünfzig Jahre später, waren nur noch wenige Prospektoren in der Gegend, und einige hatten bereits Glück gehabt. Auch das ermutigte Willie, nicht aufzugeben.

Jetzt rappelte er sich auf. Er hatte Nellie eine Weile nicht gesehen, aber oft an sie gedacht, nicht zuletzt weil er vermutete, dass das Kind bald zur Welt kommen würde. Und richtig, ihr Bauch war ziemlich rund.

»Hallo«, grüßte er, verlegen, dass sie ihn in diesem Zustand vorgefunden hatte.

»Willie okay? Viel trinken?«

»Nein, nein, alles in Ordnung. Ich habe in letzter Zeit einfach hart gearbeitet. Wie geht es dir?«

»Gut. Lager machen.« Sie deutete hinter sich, wo Willie in der Dunkelheit zwei ältere Frauen ausmachen konnte. »Baby bald kommen.«

Eine Welle der Aufregung durchfuhr Willie, der froh war, dass Nellie das Kind in seiner Nähe zur Welt bringen würde. »Solltest du nicht einen Arzt aufsuchen?«

Nellie lächelte. »Nee, warum?«

»Damit er dir bei der Geburt hilft.« Sein Wissen über Geburtsvorgänge passte auf eine Briefmarke, aber er war überzeugt, dass ein Arzt eingeschaltet werden sollte. »Ich möchte, dass du die beste Behandlung bekommst. Die Kosten dafür übernehme ich.«

Wieder lächelte sie. »Alles gut. Frauen von Clan helfen, wenn Baby kommen.«

Wie versprochen schlug Nellie ihr Lager in seiner Nähe auf. Willie sah jeden Abend nach ihr, meist bei Einbruch der Dunkelheit, wenn es kühler wurde. Trotz ihres Unwohlseins beschwerte Nellie sich nie. In der Mittagshitze schlief sie in einem Biwak, das die beiden älteren Frauen gebaut hatten, die sich zur heißesten Zeit des Tages ebenfalls ausruhten und sich ansonsten um die Beschaffung von Nahrung aus dem Busch kümmerten. In Willies Anwesenheit waren sie schüchtern und hielten Abstand, meist gingen sie diskret davon oder setzten sich auf die andere Seite des Feuers.

Eines Abends, als Willie zum Lager kam, waren viele Aborigines dort, darunter auch einige Kinder. Er wollte sich zurückziehen, doch Nellie bestand darauf, dass er blieb, womit auch die Männer einverstanden waren.

Sie hatten ein Emu erlegt, das sie in eine Kuhle legten und mit heißer Kohle bedeckten. Als das Fleisch schließlich gar war, zerlegten sie es in Stücke und teilten es auf. Zum ersten Mal seit Wochen aß Willie Fleisch, das nicht aus einer Dose kam, und es war wahrlich ein Genuss. Die Knochen und nicht verzehrbaren Reste warfen sie weg, das würden die Dingos sich holen. Im Anschluss an das Mahl erzählten die Männer Geschichten. Auch wenn Willie die Wadigali-Sprache nicht verstand, lauschte er gebannt. Die Erzähler agierten sehr lebhaft, ihre Darstellung erinnerte an ein Theaterstück. Er bemerkte, dass auch Nellie die Gesellschaft des Clans genoss, und war froh, dass sie ihn akzeptierten. Umgekehrt stand die weiße Gesellschaft den Aborigine-Stämmen bei Weitem nicht so tolerant gegenüber. Im Dorf schlug ihnen nur Verachtung entgegen, wenn sie kamen, oft wurden sie auch davongejagt, und bisweilen schossen die Farmer sogar auf sie, wenn sie glaubten, die Aborigines würden Schafe oder Rinder stehlen.

Am nächsten Tag zog der Clan weiter. Nellie und die Frauen blieben allein zurück.

Willie wurde mitten in der Nacht von durchdringenden Schreien geweckt. Bis dahin hatte er tief geschlafen, denn an diesem Tag war die Arbeit besonders anstrengend gewesen. Er kroch aus dem Zelt und lauschte. Vielleicht war es nur ein Albtraum gewesen? Doch dann hörte er es wieder, einen furchtbaren Schrei, der die nächtliche Stille des Outback durchbrach. Nellie!

Eilig zog er seine Stiefel an und rannte zum Lager. Nellie lag schweißgebadet auf dem Rücken, während die Wehen ihren kleinen Körper in großen Schmerzen durchspülten. Willie, der nichts dergleichen jemals gesehen hatte, ließ seinen Blick beunruhigt zu den Hebammen gleiten, doch diese wirkten ruhig und unbesorgt. Eine der Frauen fächerte Nellie mit einem Zweig Luft zu und sang, während die andere einen Trank zusammenbraute, der Nellie offenbar gegen den Schmerz helfen sollte. Willie zweifelte, dass diese Busch-Arznei Wirkung zeigen würde, doch als er seiner Sorge Ausdruck verlieh, scheuchten die Frauen ihn ärgerlich fort. Er schlich zurück zu seinem Lager, fand aber keine Ruhe. Ihm blieb nichts anderes übrig, als den Frauen zu vertrauen, doch es quälte ihn, Nellies Schreien zu lauschen, die einfach nicht aufhören wollten.

Kurz vor Sonnenaufgang ertrug er es nicht mehr. Gerade als er sich entschlossen hatte, Nellie doch zu einem Arzt zu bringen, verstummten ihre Schreie plötzlich.

Dann tauchte eine der Frauen aus der Dunkelheit auf und bedeutete ihm, ihr zu folgen. Da sie ihm keinen Hinweis auf das gab, was geschehen war, malte er sich die schrecklichsten Szenarien aus, während er ihr mit wild pochendem Herzen folgte. War Nellie gestorben? Was war mit dem Baby? Er machte sich schwere Vorwürfe, weil er Nellie nicht direkt zum Arzt gebracht hatte, obwohl er genau wusste, dass nur einmal im Monat ein Arzt nach Tibooburra kam und es an ein Wunder gegrenzt hätte, wenn er ihn just an diesem Tag erwischt hätte. Aber er hätte es zumindest versuchen müssen, er würde sich niemals verzeihen, dass er nichts unternommen hatte.

Nellie saß mit hängendem Kopf am Feuer, sie wirkte vollkommen erschöpft. Willie sah sich eilig um, entdeckte aber nirgendwo ein Baby. Ihm wurde schwer ums Herz, und seine Schuldgefühle wuchsen.

Mit Tränen in den Augen trat er zu ihr. »Oh, Nellie. Ich hätte dich zum Arzt bringen sollen.«

Nellie hob überrascht den Kopf. »Warum?«

»Das Baby … Vielleicht hätte er das Baby retten können«, sagte er schluchzend.

Sie runzelte die Stirn. »Was du reden?«

Eine der Frauen trat auf sie zu und legte Nellie ein winziges eingewickeltes Bündel in die Arme. Nellie sah darauf hinab und brachte ein mattes Lächeln zustande, während sie behutsam das Gesicht ihres kleinen Babys aufdeckte.

Willie blickte auf das Baby, das wunderschön, aber reglos in Nellies Armen lag, und eine Welle des Mitgefühls für Nellie überkam ihn. Sie hatte so viel Leid erduldet, und nur, damit ihr dann das Herz gebrochen wurde. Er schluckte seine Wut auf sich selbst und seine Tatenlosigkeit hinunter. Jetzt war nicht der richtige Zeitpunkt dafür, nicht, während Nellie trauerte.

Vorsichtig berührte er das winzige Gesicht des Babys und zuckte erschrocken zusammen, als der kleine Kopf sich langsam bewegte.

»Wir haben Mädchen, Willie«, sagte Nellie, während eine der Frauen Holz in das knisternde Lagerfeuer nachlegte.

»Geht es … ihr gut?«, stammelte Willie ungläubig.

»Ja.« Nellie lächelte ihn müde an.

Lange war Willie unfähig, sich zu bewegen. Sein Körper war wie elektrisiert, während ihn eine Welle heftiger Gefühle durchströmte. Immer wieder betrachtete er das Baby, voller Ehrfurcht vor dem neuen Leben.

»Wir haben ein kleines Mädchen«, wisperte er ergriffen. Ihre zarten Züge glühten im Feuerschein, und ihm wurde warm ums Herz. In seinen Gedanken und in seinem Herzen fand sich nicht ein einziger Zweifel daran, dass sie sein kleines Mädchen war. Die Verbindung, die er zu ihr spürte, war unmittelbar und so überwältigend, dass sich ein Kloß in seiner Kehle bildete. Ihre Haut war viel heller als Nellies, die selbst einen weißen Vater hatte, aber ihr Haar war so dunkel wie die Nacht und sehr dicht.

Auch Nellie betrachtete das Baby liebevoll. »Unser Mädchen dir gefallen?«

»Sie ist wunderschön«, wisperte Willie mit rauer Stimme. »So schön.« Seine Augen füllten sich mit Tränen. »Geht es dir gut?«

»Ja.«

Eine Welle der Dankbarkeit überkam ihn. »Das hast du großartig gemacht, Nellie. Du hast dir eine Pause verdient.«

In diesem Moment öffnete das Mädchen kurz die Augen, und Willie meinte, sein Herz müsste schmelzen vor Freude. Überwältigt berührte er die zarte Haut ihrer Wange mit einem Finger. »Wie sollen wir sie nennen?«, fragte er zärtlich.

Nellie zuckte mit den Schultern.

»Mir gefällt Kate«, sagte Willie. »So hieß meine Mutter. Kate McGregor klingt nobel, findest du nicht?«

Nellie blickte ihn fragend an. »Was nobel bedeuten?«

Willie suchte nach der besten Erklärung. »Jemand Besonderes«, sagte er schließlich. »Wie eure Kadaicha-Männer. Jemand Besonderes im Clan.«

Nellies Stirnrunzeln nach zu urteilen hatte sie ihn nicht verstanden. Sie sagte etwas auf Wadigali zu den Frauen, aus dem Willie das Wort Kadee heraushörte. Das war offenbar ihre Interpretation des Namens, aber für ihn hieß ihr Mädchen Kate. Kate McGregor. Er war sicher, dass sie mal Großes vollbringen würde. Und er spürte, wie sich in ihm etwas veränderte. In seinem Leben schien nichts mehr wichtig zu sein als dieses winzige Mädchen.

Als er schließlich in sein Lager zurückkehrte, war die Sonne schon aufgegangen. Zuletzt hatte Nellie die Augen kaum noch offen halten können, und eine der Frauen hatte ihr das Baby abgenommen, damit sie schlafen konnte.

Willie ging sofort zu Harrys Grab, um die Neuigkeiten mit ihm zu teilen.

»Ich habe eine kleine Tochter, Harry«, erzählte er freudig. »Sie ist das schönste Baby, das ich je gesehen habe. Du müsstest sie mal sehen!« Er hatte sich Harry immer als lustigen Kerl vorgestellt, der mit seinen Kindern eine Menge Unsinn anstellte, und der Gedanke daran versetzte ihm einen Stich. »Ich kann es fast selbst nicht glauben, dass ich Vater bin. Harry, wir sind hier rausgekommen, um Gold zu finden. Das hat zwar noch nicht geklappt, aber dafür habe ich jetzt in meiner Tochter etwas noch viel Wertvolleres gefunden. Ich habe sie Kate genannt, nach meiner Mutter.« Beim Gedanken an seine Mutter, die ebenso wie sein Vater verstorben war, atmete er tief durch. »Ach, Harry, ich würde es so gerne wenigstens Madge erzählen, aber meine Schwester würde mir nie verzeihen, dass ich ein Kind mit einer Aborigine habe. Weißt du noch, was sie unmittelbar vor unserer Abreise aus England zu mir gesagt hat? *Was auch immer du tust – freunde dich bloß nicht zu sehr mit den Ureinwohnern an, Willie.* Ich weiß genau, was sie damit sagen wollte. Und was hab ich getan?« Harry war der Einzige, der ihn verstanden hätte. »Ich wünschte, wir könnten zusammen auf Kate anstoßen.« Überwältigt von seinen Gefühlen sank er schluchzend zu Boden.

Einige Tage später lief Willie nach der Arbeit wie immer voller Vorfreude auf Kate zu Nellies Lager. Doch die Bewohner waren fort. Willie verharrte mitten in der Bewegung, zutiefst schockiert. Wie betäubt starrte er auf die kaum noch auszumachenden Überreste des Lagerfeuers. Das Biwak, in dem Kate geboren worden war, war abgebaut. Es war so gut wie keine Spur von ihnen geblieben.

Er drehte sich im Kreis, überlegte, laut nach ihnen zu rufen, aber wahrscheinlich waren sie schon seit Stunden fort. Seit Kates Geburt hatte er sich jeden Tag darauf gefreut, hatte es kaum erwarten können, sie am Abend zu sehen. Er genoss es, sie im Arm zu halten, mit ihr zu sprechen, sie herumzutragen. Wenn er sich mit der Goldpfanne plagte, trieb ihn die Vorfreude auf den Abend an. Und nun wusste er nicht einmal, wann er sie wiedersehen würde.

Das konnte Tage, Wochen oder sogar Monate dauern, die Aborigines folgten keinem Zeitplan. Er war zutiefst erschüttert und machte sich Sorgen, insbesondere nach dem, was Harry zugestoßen war.

Traurig schlich er zurück in sein Lager und setzte sich an Harrys Grab.

»Sie ist fort, mein Freund. Meine Tochter ist fort. Ich weiß ja, dass die Aborigines immer ohne ein Wort aufbrechen, das ist ihre Art, und es hat mich auch bislang nie gestört, aber dieses Mal wünschte ich, Nellie hätte etwas gesagt. Ich konnte mich nicht von meinem kleinen Mädchen verabschieden.«

In dieser Nacht schlief Willie schlecht. Unaufhörlich geisterten die schrecklichsten Szenarien durch seinen Kopf, alles von Staubstürmen bis zu Ameisen-, oder, noch schlimmer, Schlangenbissen. Und dann diese aufdringlichen Fliegen! Der Gedanke, wie Fliegen über Kate krabbelten, ließ ihn erschaudern. Natürlich würden Nellie und die Frauen auf Kate achtgeben, aber das beruhigte ihn nicht. Ihre Lebensweise war so anders als seine, und zum ersten Mal beschlichen ihn Zweifel, ob sie für seine Tochter die richtige war. Dabei war ihm nur zu deutlich bewusst, dass es keine Alternative gab, er konnte Kate schlicht nicht zu sich nehmen, doch seine Sorge blieb.

Die Tage vergingen, und Willie arbeitete noch verbissener als je zuvor, nur völlige Erschöpfung lenkte ihn von seiner Sehnsucht nach Kate ab. Mit der Zeit gewöhnte er sich wieder an das Alleinsein, auch nach Tibooburra fuhr er nicht. Er verfiel in eine Routine aus harter Arbeit, wenig Essen und unruhigem Schlaf. Tage wurden zu Wochen, während denen Willie darauf hoffte, dass Nellie und Kate zurückkamen.

Willie arbeitete neben einem großen Felsen, an dem nach dem Regen das Wasser herunterfloss. Er grub an dessen Fuß, füllte unermüdlich den Inhalt der Schaufel in seine Goldpfanne und schüttelte diese dann, um die Erde nach Dichte zu sortieren. Wenn er Glück hatte, würden die Goldstücke auf den Boden der Pfanne sinken. Immer wieder stieß er seitlich gegen die Pfanne, beförderte Steine und Erde hinaus. Noch hatte er kein Glück, aber sein Bauchgefühl sagte ihm, dass er an dieser Stelle weiterschürfen sollte. Wieder stieß er die Schaufel in die Erde, unmittelbar neben dem Felsen, und brach ein Stück davon ab. Füllte seine Goldpfanne, schüttelte sie, bis nur noch das Felsstück darin lag. Er betrachtete den Stein, nahm ihn in die Hände, drehte ihn wieder und wieder, unsicher, ob er seinen Augen trauen konnte. Als er mit den Fingern die Erde auf der Oberfläche abwischte, trat eine schöne goldene Farbe zutage. In diesem Moment fiel ihm auf, dass der Brocken ungewöhnlich schwer war. Mit wachsender Erregung kratzte er mit dem Meißel die obere Schicht Gestein ab. Viel war es nicht, und was übrig blieb, war tatsächlich ein großer Goldklumpen. Der eine große! Der, nach dem sie gesucht hatten. Willie wurde schwindelig. Mit dem Goldstück in der Hand wankte er zu Harrys Grab.

»Ich hab ihn gefunden!«, schrie er und fiel auf die Knie. »Ich hab den großen Klumpen gefunden.« Er legte den Kopf in den Nacken und stieß einen Jubelschrei aus. Dann sprang er auf, hüpfte, als stünde er auf heißen Kohlen, warf die Arme in die Luft, weinend und lachend zugleich. Schließlich sank er vollkommen erschöpft zu Boden. Immer wieder starrte er den Goldklumpen an, der wunderschön in der Nachmittagssonne schimmerte, und konnte kaum glauben, dass er echt war. Er hatte sich diesen Moment so oft ausgemalt, aber in Wirklichkeit war er noch viel besser, als er ihn sich erträumt hatte. Er würde nach dem Verkauf des Klumpens zwar kein Millionär sein, davon gab es wenige, aber er würde genug Geld haben, um ein neues Leben anzufangen. Er stellte sich seine triumphale Rückkehr nach England vor. Und das

Gesicht derjenigen, die bezweifelt hatten, dass Harry und er jemals Gold finden würden – ein Bild, über das sie beide oft gescherzt hatten.

»Ohne dich wird es anders sein, Harry«, sagte er laut. Ihm graute davor, Harrys Familie gegenüberzutreten. Seine eigene Familie würde sich sehr freuen, ihn zu sehen, allen voran Madge und ihr Mann Trevor Thompson. Seine Gedanken wanderten zu Kate. »Ich werde mein kleines Mädchen vielleicht nie wiedersehen«, flüsterte er, und seine Glücksgefühle verdampften wie Regen in der Wüste, als er sich des Dilemmas bewusst wurde.

In dieser Nacht schlief Willie kaum. Seine Gedanken hielten ihn wach, genau wie der Goldklumpen unter seinem Kissen. Aber solange der Klumpen unter seinem Kissen lag, konnte er sich sicher sein, dass er den Fund nicht geträumt hatte.

Kapitel 3

Auf dem kaum auszumachenden Weg von seinem Lager nach Tibooburra kam er nur langsam voran, aber gegen vier Uhr am Nachmittag fuhr er schließlich von einer Staubwolke umgeben in die Stadt ein. Er passierte das Tibooburra Hotel und folgte der Straße zum Corner Country Store, wo er seinen verbeulten Ford Utility Coupe parkte. Das Auto hatte ihm gute Dienste geleistet, seit er es in Broken Hill erstanden hatte, vor allem, wenn man das Gelände und den Zustand der Straßen bedachte, auf denen er unterwegs war. Es brauchte neue Reifen und Bremsen, und dank eines Kängurus, das im Dunkeln plötzlich auf der Straße aufgetaucht war, auch einen neuen Scheinwerfer, außerdem stachen die Federn auf dem Fahrersitz durch das vertrocknete Leder. Aber wenn er es pfleglich behandelte, würde es hoffentlich noch lange laufen.

Nicht zum ersten Mal kam Willie der Gedanke, dass Tibooburra einer der hässlichsten Orte Australiens sein musste. Der Kontrast zum Lake District in England hätte größer nicht sein können, vor allem zur wunderschönen Grafschaft Cumbria, in der seine Schwester lebte. Willie dachte an die hügelige grüne Landschaft und die idyllischen Dörfer mit strohgedeckten Cottages, deren Wände von blühenden Schlingpflanzen bedeckt waren. In Tibooburra hatte er noch nicht einmal einen grünen Busch gesehen, von einer Blume in einem Garten ganz zu schweigen. Hier hatte selbst das hartnäckigste Unkraut mit der Hitze zu kämpfen. Es hätte ihn nicht gewundert, wenn die Stadt bei seiner Ankunft eines Tages gänzlich vom allgegenwärtigen Staub verschluckt worden wäre. Im

Sommer war es heiß wie in einem Schmelzofen, trotzdem lebten hier die kühnsten Tiere: Emus, Kängurus, Echsen, Schlangen und Raubvögel, dazu Milliarden von Fliegen.

Es war Samstag, der Tag, an dem Farmbesitzer und ihre Familien den oft weiten Weg in die Stadt machten, um ihre Essensvorräte aufzustocken und nach einer anstrengenden Arbeitswoche auf der Farm unter den schweren Bedingungen im Outback ein wenig unter Menschen zu kommen. Vor den Pubs standen entsprechend ein halbes Dutzend Fahrzeuge geparkt, unter denen Willie die Wagen von Jerry Baldock und Tony Wilson erkannte. Er sehnte sich danach, sich auf ein eiskaltes Bier im Tibooburra Hotel zu ihnen zu gesellen und den Staub in seiner Kehle fortzuspülen. Er konnte es praktisch schon schmecken, aber zuerst hatte er etwas Wichtiges zu erledigen.

Er nahm den Beutel vom Beifahrersitz und machte sich auf den Weg in das Geschäft. Dabei passierte er drei Aborigines, die im Schatten der Mauer davor saßen.

»Ich hoffe, du hast viel Bargeld im Tresor, Leo«, rief Willie schon von der Tür aus.

Leo und Florence Kingsley führten seit fast zehn Jahren den einzigen Laden des Dorfes, in dem sie die verschiedensten Dinge verkauften, einschließlich Benzin. Doch wie so viele Menschen in einem Dorf mit wenigen Einwohnern hatten sie jeweils ein zweites Standbein. Leo war Goldhändler, Florence Postmeisterin.

Leo nahm Willies Bemerkung nicht ernst. Er äußerte sie jedes Mal, wenn er kam, und erhielt jedes Mal dieselbe geduldige Entgegnung: »Hast du den großen Goldklumpen gefunden?«

Doch jetzt trat Willie mit dem Beutel über der Schulter an den Verkaufstresen. »Heute kannst du mir sehr wohl glauben. Hol deine größte Waage raus, du wirst sie brauchen«, sagte er und ließ den Sack mit einem dumpfen Knall auf der Theke aufschlagen.

Leo hörte den Aufprall, glaubte Willie aber noch nicht. Schon viel zu oft hatten Minenarbeiter Felsstücke zu ihm gebracht und sie als Gold ausgegeben. An einen von ihnen erinnerte er sich noch ganz genau: Er war so weit gegangen, das Felsstück zur Tarnung mit goldener Farbe anzumalen. Er selbst fand seine Idee äußerst witzig, bis Leo ihm mitteilte, der Brocken habe seine Waage zerbrochen und er schulde ihm fünf Pfund.

»In Ordnung, Willie.« Leo seufzte. »Dann zeig mal, was du da hast, aber denk daran, dass der Kurs für Felsen heute derselbe ist wie gestern, letzten Monat und letztes Jahr: Null!«

»Du bist ja ein richtiger Spaßvogel.« Willie warf einen Blick über die Schulter, um sicherzugehen, dass niemand außer ihm im Laden war, bevor er den Beutel öffnete und das Gold herauszog.

»Herr im Himmel!« Leo keuchte auf und starrte Willie ungläubig an. »Der ist echt!«

»Natürlich ist der echt!«

»Siehst du denn nicht, wie groß das Ding ist? Das sind bestimmt dreizehn Pfund … mindestens. Und die Farbe … das Gold hier ist von hoher Qualität, Willie.«

Flo, die in diesem Moment den Laden betrat, hörte die Begeisterung in der Stimme ihres Mannes und eilte zu ihnen. »Ist das alles Gold?« Auch sie hatte noch nie ein so großes Goldstück gesehen.

Leo untersuchte es gründlich. »Ja, das ist es. Du hast den großen Glückstreffer gelandet. Herzlichen Glückwunsch, Kumpel. Ich freue mich für dich.« Er schüttelte Willie kräftig die Hand. Dann zog er seine größte Waage unter der Ladentheke hervor, die staubbedeckt war, weil sie lange nicht benutzt worden war. »Dann wollen wir mal das Gewicht rausfinden.«

Leo hob den Brocken mit beiden Händen auf die Waage. »Heiliger Bimbam«, rief er verblüfft. »Ich hab mich verschätzt. Er wiegt mehr als vierzehn Pfund. Zweihundertdreißig Unzen. Ich kann das gar nicht glauben! Das ist der größte Goldklumpen, den ich in zehn Jahren gewogen habe.« Er blickte zu Willie, dessen Miene nicht nur Freude ausstrahlte. »Harry wäre stolz auf dich«, sagte Leo mitfühlend, und Willies Augen füllten sich mit Tränen.

»Aber er ist nicht hier, um unser Glück mit mir zu feiern«, antwortete Willie mit rauer Stimme.

»Aber das ist nicht deine Schuld, oder?«

»Das vielleicht nicht, aber wir hätten den Goldklumpen zusammen finden müssen. Wir sind mit einem gemeinsamen Traum hergekommen. Und wir haben verdammt hart gearbeitet, immer zusammen. Jeden Tag haben wir über diesen Moment gesprochen. Und jetzt stehe ich hier, ganz alleine. Das fühlt sich einfach nicht richtig an.«

»Das verstehe ich, aber so ist das Leben nun mal, nicht wahr? Es ist nicht immer gerecht.«

Willie nickte. Nichts würde Harry zurückbringen, das wusste er, und er musste lernen, ohne ihn zu leben, auch wenn das schwer werden würde.

Flo legte ihm tröstend die Hand auf die Schulter. »Es wird besser, mein Lieber, gib dir etwas Zeit«, sagte sie sanft in der ihr eigenen, mütterlichen Art, für die sie so viele Bewohner von Tibooburra schätzten. Flo und Leo nahmen beide besondere Rollen im Ort ein. Zu Leo kamen die Bewohner immer, wenn sie einen rechtlichen, persönlichen oder einfach einen freundschaftlichen Ratschlag benötigten.

Leo berechnete die Summe, die er Willie für das Gold geben musste. »Nun, dieses Mal hast du tatsächlich recht, Willie. Ich habe nicht genug Geld in meinem Tresor, um so viel Gold zu kaufen. Das geht erst am Montagnachmittag, wenn der Goldhändler aus Broken Hill hier war. Ich könnte dir allerdings schon mal ein Viertel als Anzahlung bieten, wenn du nicht warten möchtest, bis ich dir den vollen Betrag auszahlen kann. Gold steht heute bei 19,74 Pfund pro Unze, und du hast 230 Unzen. 230 mal

19,74 Pfund sind …« Er schrieb die Zahlen auf ein Stück Papier und rechnete schriftlich nach. »Das sind 4540,20 Pfund, Willie. Du musst die nächsten Jahre nicht mehr arbeiten!«

»Viertausend Piepen!«

»Und ein paar Zerquetschte«, ergänzte Leo.

»So viel Geld hatte ich noch nie«, sagte Willie fassungslos. Er und Harry waren mit gemeinsamen zweihundert Pfund nach Australien gekommen, und es hatte sehr lange gedauert, diese Summe anzusparen.

»Du möchtest das sicher feiern, und das sollst du auch, aber nimm am besten nicht zu viel Geld mit in den Pub. Lass den Großteil in meinem Tresor, bis du wieder in dein Lager fährst.«

»Das ist sicher vernünftig«, stimmte Willie zu. »Ich nehme hundert Pfund mit, ich möchte meine Freunde auf ein paar Bier einladen. Du kommst doch in den Pub, oder?«

»Natürlich, ich komme, sobald ich den Laden geschlossen habe.«

»Ich kümmere mich um den Laden, Leo. Geh du mit Willie«, schlug Flo vor, die der Meinung war, dass Willie einen Freund wie Leo dabeihaben sollte, der ihm half, einen kühlen Kopf zu bewahren.

»Bist du sicher?«, fragte Leo.

»Ganz sicher. Ab mit euch. Und Glückwunsch noch mal, Willie. Ich weiß, dass ich hier in den Wind rede, aber betrink dich nicht allzu sehr.«

Willie grinste ertappt. »Ich kann nichts versprechen. Mein Traum ist gerade in Erfüllung gegangen – der Goldklumpen ist groß genug, um mein ganzes Dasein zu verändern. So etwas passiert nur einmal im Leben.«

»Ich weiß«, sagte Flo. »Aber du wirst tagelang mit einem Brummschädel herumlaufen, wenn du es übertreibst.«

»Das stimmt, aber dafür werde ich heute Abend sehr viel Spaß haben.«

Leo holte hundert Pfund für Willie aus dem Tresor und reichte sie ihm zusammen mit einem Beleg für das Gold.

Sie waren kaum durch die Tür des Pub getreten, da rief Willie: »Jungs, die nächsten Runden gehen auf mich!«

Mick Barlow starrte ihn an. »Erzähl mir nicht, dass du den großen Goldklumpen gefunden hast?« Er blickte fragend zu Leo, und dieser nickte freudestrahlend.

»Oh doch, das habe ich«, prahlte Willie.

»Wie groß ist er?«, rief einer der Dorfbewohner.

»Ist er sechs Pfund schwer?«, fragte ein anderer.

»Viel schwerer«, erklärte Willie.

»Schwerer?«

»Zehn Pfund?«, fragte Mick.

»Gut vierzehn Pfund«, gab Willie stolz bekannt.

Im Pub brachen Applaus und lauter Jubel aus, und zwei Männer hoben Willie auf ihre Schultern.

Um sieben Uhr abends war Willie der betrunkenste Mann im ganzen Pub. Leo war zum Abendessen nach Hause gegangen, hatte aber versprochen, später noch einmal vorbeizukommen und nach dem Rechten zu sehen. Er hatte Willie angeboten, mit ihnen zu essen, ihn aber nicht von seinem Barhocker loseisen können. Mick bereitete Sandwiches zu, doch Willie war zu betrunken, um viel zu essen.

Nicht wenige der anderen Gäste hatten ebenfalls zu viel getrunken und gingen nach Hause oder legten sich in ihre Fahrzeuge, um ihren Rausch auszuschlafen, aber Willie wollte noch nicht aufhören. Tony Wilson und Jerry Baldock leisteten ihm Gesellschaft. Jerry war ehemaliger Minenarbeiter und glaubte nicht, dass es im Albert Goldfield noch große Goldstücke gab. Er hatte bereits mehrfach vorgeschlagen, Willie solle ihnen den gefundenen Goldklumpen vor dem Verkauf nach Broken Hill zeigen.

»Brauchst du etwa einen Beweis dafür, dass ich die Wahrheit sage?«, nuschelte Willie aufgebracht.

»Ich sage nicht, dass ihr lügt, Du und Leo. Aber ich habe beinahe zwanzig Jahre lang nach Gold geschürft und nie einen so großen Klumpen gefunden. Ich dachte, das Albert Goldfield wäre schon seit Jahren abgeräumt.«

»Dann hatte ich wohl richtiges Glück. Vielleicht hat Harrys Geist mich ja zu dem Gold geführt.«

Jerry sah ihn an, als zweifelte er an seinem Verstand.

»Ich weiß, das klingt verrückt, aber manchmal kam es mir so vor, als würde ich Harrys Stimme hören.«

»Harry war ein guter Kerl«, sagte Tony Wilson nostalgisch. Er war ehemaliger Jockey und hatte nach seinem Rückzug von der Rennbahn ein paar Jahre lang auf einer kleinen Farm Pferde gezüchtet. Als ihm die Dürren zu sehr zusetzten, zog er ins Dorf und eröffnete ein kleines Lederwarengeschäft, in dem er alles von Schuhen und Stiefeln über Sättel bis hin zu Jacken herstellte und verkaufte. Er hing wie Willie über der Theke, sein Bierbauch ruhte auf den Oberschenkeln.

»Er war der beste Freund, den man sich wünschen konnte«, fügte Willie bewegt hinzu.

»Ich würde trotzdem gerne einmal im Leben ein so großes Goldstück sehen«, beharrte Jerry. »Ist das so abwegig?«

»Ich denke nicht«, antwortete Willie verständnisvoll.

Tony nickte. »Ich würde es auch gern sehen.«

»Wenn Leo wieder hier ist, frage ich ihn, ob er es aus dem Tresor holt«, versprach Willie.

»Das macht er nicht«, wandte Mick ein. »Dafür ist er zu sehr auf Sicherheit bedacht.«

»In unserem Zustand könnten wir wohl kaum damit abhauen«, erwiderte Jerry scharf.

»Ein zweibeiniger Hund könnte schneller rennen als ihr, aber so ein großer Goldklumpen beinhaltet auch eine riesige Verantwortung«, sagte Mick.

»Vielleicht möchte jemand vom *Argent Street Newspaper* über dich berichten und ein Foto von dir und deinem Goldklumpen in der Zeitung veröffentlichen«, warf Tony ein. »Vielleicht sogar jemand von der Zeitung in Sydney. Du könntest berühmt werden, Willie.«

»Wenn das passiert, wird das ganze Gebiet wieder von Prospektoren überflutet, so wie in den 80er-Jahren«, sagte Jerry.

»Das wäre sicher gut fürs Geschäft«, erwiderte Mick nachdenklich. »Ich sollte mehr Bier bestellen.«

»Ich möchte nicht in die Zeitung«, erklärte Willie. »Ich will ein ruhiges Leben. Ich sage Leo gleich, dass er meinen Namen im Gespräch mit dem Goldhändler von Broken Hill nicht erwähnen und ihm auch nicht verraten soll, wo ich das Gold gefunden habe.«

»Er könnte dem Händler sagen, dass der Prospektor den Klumpen schon seit Jahren hat und immer nur darauf gewartet hat, dass der Goldpreis steigt. Dass er ihn jetzt nur verkauft, weil er das Geld braucht«, schlug Mick vor.

»Das ist eine sehr gute Idee«, stimmte Willie fröhlich zu. »Das gehört gefeiert – ich gebe noch eine Runde aus!«

Eine Stunde und drei Bier später spürte Willie den Alkohol nur allzu deutlich.

»Steht das Hotel immer noch zum Verkauf, Mick?«, nuschelte er.

»Ja. Ein paar Leute haben angefragt, aber bisher hat noch niemand ein Angebot gemacht.«

»Das überrascht mich nicht«, antwortete Willie gedankenlos.

»Was willst du damit sagen?«, fragte Mick ungehalten.

Willie sah sich um. »Es ist ein bisschen heruntergekommen.«

»Kaum hast du ein bisschen Geld in der Tasche, weißt du plötzlich alles besser, oder wie?«

»Ich wollte dich nicht verärgern, du hast dein Bestes gegeben. Aber du weißt genau, dass der Pub eine Renovierung vertragen könnte.«

»Er hat auf jeden Fall Potenzial, wenn die richtige Person ihn übernimmt.«

»Du würdest mehr Gewinn machen, wenn du Essen und Unterhaltung anbieten würdest. Damit würdest du diesen Idioten Barney Finnegan arbeitslos machen.«

»Barney ist in Ordnung«, protestierte Mick.

»Ach, hör doch auf«, widersprach Willie vehement.

Mick wusste, dass er nicht als Sieger aus dieser Diskussion hervorgehen konnte, denn Willie ließ nie ein gutes Haar an Barney. »Ich mag mein Essen ja nicht einmal selbst, da kann ich nicht von meinen Kunden erwarten, etwas zu essen, das ich gekocht habe. Außerdem muss ich doch das Bier zapfen. Und was die Unterhaltung angeht: Wo soll ich die in Corner Country herbekommen?«

»So schwierig wäre es sicher nicht, in diesem Dorf jemanden zu finden, der ein paar Steaks braten kann. Und es gibt hier bestimmt auch irgendwo ein bislang unentdecktes Unterhaltungstalent.«

»Ich kann singen«, lallte Jerry und stimmte *God Save the Queen* an. Als er versuchte, dabei aufzustehen, fiel er beinahe vom Stuhl.

»Um Himmels willen, halt die Klappe, Jerry«, sagte Mick. »Niemand möchte hören, wie du krächzt wie ein Kakadu. Und Willie, versuch du doch mal, einen Pub zu führen. So einfach ist das nicht.« Mick verschränkte die Arme vor der Brust.

»Ich weiß zumindest, dass es auch nicht so schwer ist.«

»Und woher willst du das wissen?«, fragte Mick skeptisch.

»Meine Schwester führt sehr erfolgreich ein Hotel, im Lake District in Cumbria, ich bin schon oft bei ihr gewesen und habe ihr geholfen.«

»Das macht dich noch lange nicht zu einem Experten«, gab Mick zurück.

»Ich habe nie gesagt, dass ich ein Experte bin, aber ich würde es besser machen als du.«

»Meinst du?«

»Ja, das meine ich«, sagte Willie.

»Beweis es. Lass deiner großen Klappe Taten folgen und kauf mir den Pub ab«, forderte Mick ihn heraus. Normalerweise ignorierte er das Gefasel Betrunkener, aber er war selbst nicht mehr nüchtern und nicht in der Verfassung für Nachsicht.

»Einverstanden«, sagte Willie mit trübem Blick. »Über welchen Preis reden wir?«

»Dreieinhalbtausend Pfund, und das ist ein gutes Angebot, wenn du es ernst meinst.«

Willie blinzelte. Ihm war bewusst, dass Jerry und Tony ihrem Austausch interessiert folgten. Er könnte es sich leisten, aber warum sollte er den vollen Preis bezahlen, wenn sonst niemand das Hotel kaufen wollte? »Dreitausend, und ich schlag ein«, erwiderte er.

Mick dachte einen Moment darüber nach. »Dreitausenddreihundert.«

»Dreitausendzweihundert«, bot Willie. »Das ist mein letztes Angebot.«

»Abgemacht.« Mick streckte den Arm über die Theke und hielt Willie die Hand hin.

Willie blinzelte erneut überrascht, nahm aber die angebotene Hand und schüttelte sie.

»Wenn das nicht nur heiße Luft ist, dann gib mir eine Anzahlung, und das Tibooburra Hotel gehört ab sofort dir«, sagte Mick, obwohl er erwartete, dass Willie einen Rückzieher machen würde.

Willie zog fünfzig Pfund aus der Tasche und legte sie auf die Theke. »Reicht das?«

Mick nickte und kramte hinter der Theke Papier und Stift hervor. Er schrieb einen Schuldschein mit der Gesamtsumme des Verkaufs und notierte die Anzahlung. Willie unterschrieb.

In diesem Moment betrat Leo den Pub. Er spürte sofort die Spannung in der Luft.

»Was machst du da, Willie?«, fragte er besorgt.

»Er hat gerade einen Pub gekauft«, rief Mick. »Glückwunsch, Willie.«

»Was?« Leo war entsetzt. »Das ist doch wohl nicht euer Ernst!« Er bemerkte Willies blutunterlaufenen Augen und die fahrigen Bewegungen und hatte Schuldgefühle, ihn zu lange allein gelassen zu haben.

»Das ist mein voller Ernst«, erklärte Willie.

»Aber jetzt guck doch mal, wie es dir geht! Du solltest in diesem Zustand keine wichtigen Entscheidungen fällen.« Er sah Mick vorwurfsvoll an. »Du kannst einen betrunkenen Gast doch nicht ausnutzen, das ist unverantwortlich.«

»Er weiß, was er tut, stimmt's, Willie?«

»Um Himmels willen!«, rief Leo. »Du bist ja auch betrunken. Dieser Handel kann nicht rechtskräftig sein.«

»Ist er aber.« Mick klatschte den Schuldschein auf die Theke.

»Mensch, Willie, was hast du gemacht?«, fragte Leo, als er dessen Unterschrift darauf sah.

Willie stand auf, legte Leo den Arm um die Schultern und stützte sich schwer auf ihn. »Ich weiß sehr gut, was ich tue, Leo. Meine Schwester leitet ein Hotel.«

Leo sah ihn mitfühlend an.

»Ich kann nicht nach Hause fahren, Leo«, fügte Willie leiser mit kummervoller Stimme hinzu. »Nicht ohne Harry. Und ich möchte nicht mehr Gold schürfen.«

»Aber den Pub hättest du trotzdem nicht kaufen müssen.«

»Es ist eine Herausforderung. Und ich kann hierbleiben, bei

all meinen Freunden.« Ein Funkeln trat in seine Augen. »Und ich kann so viel Bier trinken, wie ich will – umsonst«, fügte er lachend hinzu.

Leo schüttelte den Kopf. »Du wirst den gesamten Gewinn versaufen.«

»Du kannst ja ein Auge auf mich haben«, schlug Willie vor.

Er wankte zur Tür, die zur Außentoilette führte, und Leo nahm sich Mick vor.

»Du weißt doch, dass Willie neben der Spur ist, seit er seinen besten Freund verloren hat, Mick. Er kann gerade nicht klar denken. Ich habe Angst, dass er morgen aufwacht und bereut, diesen Pub gekauft zu haben.«

»Er wirkt doch zufrieden mit der Entscheidung«, verteidigte sich Mick. Er wusste, dass sein Vorgehen egoistisch war, aber er freute sich darauf, aus Tibooburra herauszukommen.

»Kannst du ihm nicht ein bisschen Bedenkzeit geben, zumindest ein paar Stunden? Das wäre schon bei einer nüchternen Person angemessen, von jemandem, der so betrunken ist wie Willie ganz zu schweigen.«

Mick blickte Leo aus trüben Augen an. »An was für einen Zeitraum denkst du?« Er würde schrecklich enttäuscht sein, falls Willie seine Meinung änderte, aber tief im Inneren wusste er, dass er ihm Bedenkzeit geben musste.

»Wie wäre es bis morgen Mittag?«

»In Ordnung, das ist fair«, stimmte Mick zu.

Nach seiner Rückkehr erzählten sie Willie von der Bedenkzeit.

»Ich werde mich nicht umentscheiden«, murmelte Willie schläfrig.

Leo war klar, dass er gegen eine Wand redete, und noch dazu war er sich nicht sicher, wie viel Willie am nächsten Tag noch von ihrem Gespräch wissen würde. Er würde ihn am frühen Morgen daran erinnern.

»Vielleicht solltest du dich eine Weile ausruhen, Willie«, schlug er vor.

»Ich brauche frische Luft.« Willie lief zur Vordertür.

»Du fährst heute Nacht doch nicht zum Lager zurück, oder?«, fragte Leo besorgt.

»Nee, ich leg mich nur in mein Auto«, rief er über die Schulter zurück.

Als Leo zehn Minuten einen Blick in den Wagen warf, schlief Willie tief und fest.

Am Sonntag öffneten Leo und Fo den Corner Store vor dem Kirchgang am Morgen für eine Stunde. Nachdem sie alles vorbereitet hatten, kümmerte Flo sich um die Kunden, während Leo nach Willie sah. Doch sein Wagen war fort. Leo war zutiefst enttäuscht und machte sich Sorgen. Hoffentlich war Willie ausgenüchtert genug, um zu seinem Lager zu fahren. Er fragte sich, ob Willie sich wohl daran erinnerte, den Pub gekauft zu haben – und ob er überhaupt die Möglichkeit bekommen würde, seine Meinung zu ändern.

Kapitel 4

März 1939

Willie stand auf dem Balkon über dem Pub und wollte gerade zu Bett gehen, als er das Leuchten von Nellies Lagerfeuer bemerkte. Er lächelte. Wenn Nellie in der Gegend war, schlug sie ihr Lager immer hinter der Windmühle auf, die Wasser ins Dorf pumpte. Jeden Abend hielt er nach dem Feuerschein Ausschau, denn wenn Nellie da war, würde er auch Kate wiedersehen können. Es war fast Mitternacht, sein kleines Mädchen schlief wahrscheinlich schon, aber morgen würde er direkt nach Sonnenaufgang das Dorf verlassen und ein wenig Zeit mit ihr verbringen.

Willie fand es erstaunlich, wie schnell die Zeit verging. Seine Tochter war jetzt schon zweieinhalb Jahre alt und sehr aufgeweckt. Sie war gefährlich neugierig und unerschrocken, und er machte sich wegen Nellies Lebensweise ständig Sorgen um sie. Er hatte sogar schon darüber nachgedacht, Nellie zu heiraten, damit Kate ein Zuhause hätte, in dem er ein Auge auf sie haben könnte, aber er wusste auch, dass das nicht gut gehen würde. Zum einen konnte Nellie nicht sesshaft sein, sie würde nicht ohne ihre Buschwanderungen leben können. Zum anderen würde er von der Dorfgemeinschaft dafür geächtet werden, eine Aborigine zur Frau zu haben. Die Aborigines wurden im Dorf nicht gut behandelt, und er ertrug die Vorstellung nicht, dass Nellie und Kate offen verhöhnt werden könnten. Und es wäre sicher schlecht fürs Geschäft, wenn bekannt würde, dass er Vater eines Aborigine-Kindes war, vermutlich würde er deswegen sogar in die eine und andere Prügelei geraten. Voller Unbehagen dachte er an das, was seine Gäste im Pub erzählt hatten: Die Regierung sammelte verstärkt Aborigine-Kinder auf, nahm sie ihren Müttern weg und steckte sie in Waisenhäuser. Das geschah schon seit einigen Jahren überall im Land, aber es hieß, dass in letzter Zeit auch einige abgelegene Orte in New South Wales aufgesucht worden waren. Die Regierungsbeamten waren vor allem darauf aus, Kinder gemischter Herkunft zu finden und sie in die weiße Gesellschaft zu integrieren. Willie hatte Angst, dass sie Kate mitnehmen würden und er sie nie wiedersähe. Er hatte schon mit Nellie darüber gesprochen. Sie hatte ebenfalls Angst, glaubte aber, Kate schützen zu können.

»Jedes Mal, wenn ich sie sehe, ist sie schon wieder gewachsen«, sagte er am nächsten Morgen zu Nellie, als er Kate zur Begrüßung hochhob und auf die Wangen küsste. Wie immer bemerkte er beunruhigt, dass sie keine Schuhe trug, und war verwundert über die harte Haut an ihren winzigen Fußsohlen. Aber Nellie hielt Schuhe nicht für nötig, und in Tibooburra konnte er ohnehin keine Schuhe für sie kaufen, ohne dass ihm Fragen gestellt würden.

Kate brabbelte etwas auf Wadigali. Willie hatte ihr ein paar einfache Wörter und seinen Namen auf Englisch beigebracht und hätte es schön gefunden, Daddy von ihr genannt zu werden, hatte aber Angst, dass jemand das mitbekommen könnte. Darüber hinaus sprach sie kein Englisch, und Willie fand es schade, dass sie so wenig von ihren europäischen Wurzeln mitbekam.

»Kannst du Kate nicht ein wenig Englisch beibringen«, bat er Nellie, die sich gut auf Englisch verständigen konnte.

»Sie immer nur mit Aborigines sprechen.«

»Ich weiß, aber ich möchte mich mit ihr unterhalten können.«

»Du Kadee Englisch beibringen.«

Das wollte Willie nur zu gerne. Nicht allein seinetwegen, sondern auch wegen Madge. Er dachte oft an seine Schwester und vermisste sie sehr. Mehrmals im Jahr erhielt er Briefe von Madge und Trevor, auch wenn er selbst nicht so oft schrieb. Dabei hätte er ihr gerne von seinem wundervollen kleinen Mädchen erzählt, konnte sich aber nicht dazu durchringen, das in einem Brief zu tun. Madge würde zweifellos Fragen stellen, und denen wollte er lieber persönlich begegnen. In ihm war in den letzten Wochen die Idee gereift, mit Kate nach England zu reisen und sie Madge und Trevor vorzustellen.

»Nellie, ich möchte, dass Kate meine Familie irgendwann kennenlernt«, sagte er jetzt zögerlich. Er war sich nicht sicher, wie Nellie dazu stand. Aber die Reise war heutzutage nicht mehr so kompliziert, man konnte mit Qantas Airlines von Sydney nach Singapur und von dort aus mit Imperial Airlines den Rest des Weges bewältigen. Das würde mit dem Flugzeug zwar mehrere Tage dauern, und sie müssten oft umsteigen, trotzdem wären sie wesentlich schneller als mit dem Schiff.

»Ja. Idee gut«, sagte Nellie unerwartet.

Willie musterte sie überrascht. »Meine Schwester lebt weit weg, in England. Wir müssten über das Meer«, erklärte er. »Wir müssten mit dem Flugzeug fliegen.«

»Du Kadee wieder nach Hause bringen.« Offenbar hatten die Worte »über das Meer« für Nellie keine Bedeutung. Sie hatte ihr ganzes Leben in Mittelaustralien verbracht und das Meer noch nie gesehen.

»Natürlich. Ich muss ja den Pub betreiben, wir wären in ein paar Wochen wieder da.«

Nellie nickte und wechselte das Thema. Willie war erleichtert, dass Nellie seiner Idee zustimmte, und fest entschlossen, sie in die Tat umzusetzen. Er würde ihre Unterschrift brauchen, um Kate einen Reisepass zu besorgen, aber dafür musste er erst einmal die nötigen Dokumente beschaffen.

Noch bevor er am nächsten Morgen den Pub öffnete, rief er bei einer Reiseagentur in Broken Hill an. Die Mitarbeiterin, Mrs Hershell, war sehr hilfsbereit und wusste zu berichten, dass er Kate aufgrund ihres jungen Alters mit der Erlaubnis der Mutter in seinen Pass mit aufnehmen konnte.

Bluey Marshall, der ebenfalls in Tibooburra wohnte, hatte in Goondiwindi zehn Jahre lang das Queensland Hotel geführt. Wenn viel zu tun war, half er Willie manchmal. Willie fragte ihn, ob er den Pub ein paar Wochen für ihn führen könnte, und Bluey sagte sofort zu. Er wollte ebenfalls nach England fahren, allerdings erst Anfang August, sodass dies eine gute und zudem die einzige Gelegenheit für Willie war, Madge mit Kate zu besuchen.

Am selben Abend stattete er Nellie erneut einen Besuch ab, um sicherzugehen, dass sie ihm die Erlaubnis dazu erteilte. Doch sie sagte dazu nur, dass es gut sei, die Familie zu sehen, auch wenn sie »an anderem Ort« war, wie sie es nannte. Vermutlich wähnte sie sie einfach in einem anderen, weiter entfernten Teil von Australien. Nellie war die Familie sehr wichtig, das wusste Willie spätestens jetzt. Sie war ohne Vater aufgewachsen, aber das war nicht schlimm, weil in ihrem Clan jeder nach dem anderen schaute, egal, ob blutsverwandt oder nicht. Nach ihrem Gespräch hatte Willie keinerlei Schuldgefühle mehr, Kate mit zu seiner Familie nehmen zu wollen. Er war stolz auf seine Tochter, auch wenn er zu feige war, in Tibooburra zu ihr zu stehen. Trotzdem wollte er, dass seine Familie sie kennenlernte, als seine Tochter.

Er machte sich an die Reiseplanung und das Erledigen des Papierkrams. Flo, die den Umschlag mit dem Reisepass darin frankierte, erzählte er, dieser solle lediglich erneuert werden. Wochen später wartete er nur noch ungeduldig auf das Eintreffen seines Reisepasses aus Canberra, mit Kates Namen darin. Dann, als er ihn endlich in den Händen hielt, rief er erneut Mrs Hershell in der Agentur in Broken Hill an und buchte die Reise nach England. Alle im Dorf waren darüber informiert, dass er nach England fahren würde, aber keinem war bekannt, dass er seine Tochter mitnahm.

Endlich war der Tag der Abreise gekommen. Am frühen Morgen lud Willie seinen Koffer ins Auto und machte sich dann auf den Weg zu Nellies Lager. Er war nicht sicher, wie sie reagieren würde, wenn er Kate tatsächlich mitnahm, und fürchtete, dass sie ihre Meinung dann vielleicht ändern könnte, doch sie schien recht unbekümmert. Nach einer kurzen herzlichen Verabschiedung machten Willie und Kate sich auf den Weg. Zunächst ging es mehr als zweihundert Meilen über staubige Straßen nach Broken Hill. Die fünfstündige Fahrt war anstrengend, obwohl in Australien gerade Spätherbst und es daher nicht allzu heiß war. Kate genoss ihre erste Fahrt in einem Auto und beobachtete fasziniert die vorüberziehende Landschaft. Gegen Mittag hielt sie auf dem Sitz ein Nickerchen. Willie legte immer wieder eine Pause ein, damit sie sich die Beine vertreten konnten, und zwischendurch genossen sie, zu Kates großer Freude, Sandwiches und Getränke.

Nach ihrer Ankunft in Broken Hill ging Willie mit Kate einkaufen. Das Hemdchen und die Unterhose, die sie trug, waren die einzigen Kleider, die sie besaß, und so besorgte er ihr Schuhe, Socken, Kleider, Unterwäsche und einige Pullover. In England war es jetzt im späten Frühling immer noch kühl, vor allem an den Abenden. In Sydney würde er ihr noch mehr kaufen, dort gab es eine größere Auswahl an für das englische Klima geeigneten Kleidungsstücken. Kate, die sonst stets halbnackt und barfuß durch den Busch lief, zupfte immer wieder an der Kleidung herum und schlüpfte ständig aus den Schuhen. Willie hoffte, dass sie sich daran gewöhnte, bis sie ihre Tante Madge kennenlernte.

Nach einer Nacht im Hotel fuhren sie von Broken Hill mit dem Zug nach Sydney, wo sie erneut übernachteten. Am nächsten Morgen kauften sie weitere Kleidung ein und stiegen dann in ein

Flugzeug der Qantas Airline, das sie nach einem Zwischenstopp in Darwin nach Singapur brachte. Dort blieben sie über Nacht in einem entzückenden alten Hotel, zu dem ein üppig bewachsener Garten mit einem Teich gehörte. Sie nahmen an dessen Ufer Platz und bestellten ein Bier für Willie und für Kate Limonade. Die riesigen Goldfische im Teich waren so zutraulich, dass sie ihre Köpfe aus dem Wasser steckten, in der Hoffnung auf etwas zu essen. Das brachte Kate zum Kichern.

Am nächsten Tag flogen sie mit der British Imperial Airline weiter und erreichten nach zahlreichen Zwischenstopps, unter anderem im betriebsamen Kalkutta, in Delhi, Karatschi, Bahrain, Bagdad, Kairo, Athen und Paris endlich London. Willie empfand die acht Tage lange Reise als echtes Abenteuer, auch wenn sie ihn manchmal ermüdete. Aber das war nichts im Vergleich zu seiner Hinreise nach Australien. Damals waren er und Harry mit dem Schiff gefahren. Sie hatten fünf Wochen gebraucht, und Willie war während der gesamten Reise über den indischen Ozean seekrank gewesen. Bei der Ankunft in Australien hatte er sich noch im Hafen geschworen, nie wieder eine Seereise zu unternehmen.

In London verbrachten sie noch eine Nacht im Hotel, dann stiegen Willie und Kate in einen Zug nach Cumbria. Sie ließen die Stadt hinter sich, bestaunten die wunderschöne Landschaft, kleinen Orte und abgelegenen Dörfer. Sich wieder auf britischem Boden zu befinden weckte gemischte Gefühle in Willie. Er wurde von Erinnerungen an lustige Zeiten mit Harry durchflutet und dachte daran, wie aufgeregt sie gewesen waren, als sie mit nicht mehr als einer Handvoll Träumen nach Australien aufgebrochen waren. Ohne Harry zurückzukehren war noch schmerzlicher, als er es sich vorgestellt hatte. Er dachte auch an Harrys Familie und schalt sich selbst, nicht den Mut für einen Besuch bei ihnen aufzubringen.

Kate jedoch war ihm eine reine Freude und hob seine Stimmung. Sie kam aus dem Staunen über all die neuen Dinge wie Flugzeuge, Busse und Zugfahrten und das Aufeinandertreffen mit so vielen Menschen nicht heraus. Jeden Tag brachte Willie ihr neue Wörter bei, und er erzählte ihr auch, dass sie bald ihre Tante Madge und ihren Onkel Trevor kennenlernen würde.

Auch für Willie waren die Menschenmassen in Ägypten und Indien und später in London ein Schock, nachdem er so lange in völliger Einsamkeit mitten in Australien gelebt hatte. Außerdem hatte er vollkommen vergessen, wie schmal die Straßen in England waren. Die staubigen Wege in Tibooburra waren so breit, dass ein ganzer Ochsenkarren problemlos darauf wenden konnte, dabei waren dort nur wenige Fahrzeuge unterwegs. Hier hingegen schien sich die Anzahl der Autos verdoppelt zu haben.

Die Zugfahrt in den Lake District war sehr erholsam. Sie hatten ein Abteil für sich allein, in dem sie sich ausstrecken konnten, und Willie musste sich keine Sorgen machen, dass Kate mit ihrem aufgeregten Geschnatter oder ihrer Neugier andere Fahrgäste störte. Nach etwas mehr als zwei Stunden stiegen sie in Oxenholme in einen anderen Zug um, in dem sie bis zur Endstation in Windermere sitzen blieben. Von dort aus fuhren sie mit einem Bus in das verschlafene Dörfchen Ambleside.

Sobald er aus dem Bus trat, hatte Willie das Gefühl, nach Hause zu kommen. Ambleside wirkte so friedlich, und Willie spürte, wie sich sein ganzer Körper entspannte. Er war nun, da er so kurz davorstand, Madge wiederzusehen, natürlich schrecklich aufgeregt und bereute zum wiederholten Male, sie nicht über seinen Besuch informiert zu haben. Madge legte großen Wert auf eine gute Organisation, deshalb war sie auch so erfolgreich. Er konnte nur hoffen, dass sie es ihm nicht übelnehmen würde.

Mit Kates Hand fest in seiner lief Willie auf einem schmalen Fußweg die Lake Road entlang. Er ließ seinen Blick über den Windermere gleiten, den größten See im ganzen Lake District, und atmete tief die frische Luft ein, die nach Rosen und Geißblatt duftete. Auch wenn die Tage zum Sommer hin länger wurden, hing immer noch ein Hauch von Kühle in der Luft. Verschiedene Vögel zwitscherten in den Bäumen, und in den Gärten, die sie passierten, blühten bunte Blumen in Hülle und Fülle, darunter Krokusse, Hyazinthen, Glockenblumen, Narzissen, Tulpen und zweiblättrige Schattenblumen. Willie selbst arbeitete nicht gern im Garten, aber im australischen Outback hatte er die Blumen durchaus vermisst.

Dann tauchte das Lake View Manor House in seinem Blickfeld auf, das Trevor und Madge seit zwölf Jahren als Hotel führten. Sie hatten es renovierungsbedürftig gekauft und sich mit Leib und Seele an die Arbeit gemacht. Das Resultat war sehr beeindruckend. Sie verfügten über zwölf Gästezimmer, von denen sechs eine Aussicht boten auf Waterhead Bay, die Bucht am nördlichen Ende des Lake Windermere, außerdem gab es einen Speisesaal, eine Bar und drei Aufenthaltsräume. Im hinteren Bereich lag ein großes Atrium voll blühender Pflanzen, zwischen denen weiße Korbmöbel standen. Es führte auf eine Terrasse, auf der die Gäste im Sommer in der Sonne sitzen und den wunderschönen Garten und die vielen Vögel betrachten konnten. Von dort aus führten unterschiedliche Wanderrouten durch die beschauliche Landschaft, manche davon am Wasser entlang. Es war ein Ort, an dem man zur Ruhe kommen konnte.

Als sie auf das Haus zugingen, entdeckte Willie Trevor bei der Arbeit in einem Krokusbeet. Willie wusste, dass der Garten Trevors Zufluchtsort war – Magde verlangte ohne böse Absicht viel von ihm, und für Trevor bedeutete der Garten Ruhe. Alles, was er pflanzte, gedieh. Willie mochte Trevor, genau wie jeder, der ihn kennenlernte. Er war ein gutmütiger Mann und ein echter Gentleman mit einem warmen und großzügigen Wesen, und noch dazu war er sehr gutaussehend, sogar mit Clark-Gable-Bart.

»Hallo, Trevor«, rief Willie von der anderen Seite der Backsteinmauer, die den Garten von Gehweg und Straße trennte. Sie war niedrig, aber hoch genug, um Kate vollständig vor Trevor zu verbergen.

»Willie!« Trevor erhob sich, auf seinem Gesicht lag ein breites und warmherziges Lächeln. »Was für eine Überraschung. Ich wusste gar nicht, dass du uns besuchen kommen wolltest.«

»Ich wollte dich und Madge überraschen.«

»Na, das ist dir gelungen. Komm rein.« Trevor zog die Gartenhandschuhe aus und lief ihm auf dem gepflasterten Weg entgegen. Auf beiden Seiten dieses Weges zur Haustür blühten in Beeten leuchtende Flammenblumen und Pfingstrosen, die durch die weißen Wände des Herrenhauses besonders gut zur Geltung kamen.

Als Willie um die Mauer herumtrat und zu Trevor aufschloss, blieb dieser wie angewurzelt stehen und starrte Kate an. »Nanu, wen haben wir denn da?«, fragte er.

»Das ist mein kleines Mädchen«, antwortete Willie stolz. Er hatte sie hübsch in einen marineblau und rot karierten Schottenrock und einen hellroten Mantel mit marineblauen Knöpfen gekleidet. Mit dem scharlachroten Schleifchen im Haar und ihren blau-weißen Socken sah sie aus wie eine kleine Puppe, ganz anders als das Mädchen gemischter Herkunft, das mit ihrer Mutter und einem Aborigine-Clan im Busch lebte.

»Wie bitte?«, fragte Trevor erstaunt. »*Dein* kleines Mädchen? Ich wusste ja gar nicht, dass …«

»Ist eine lange Geschichte«, sagte Willie eilig, der sich längst eine Erklärung für Trevor und Madge bereitgelegt hatte.

»Verstehe. Sie ist bezaubernd. Wie heißt sie denn?«

»Kate«, sagte Willie stolz. »Kate McGregor.«

»Oh, hübsch. Wie deine Mutter. Aber wo ist ihre Mutter?« Trevor warf einen Blick zur Straße. »Kommt sie nach?«

»Nein … Sie ist verstorben.« Willie war in diesem Moment froh, dass Kate ihn nicht verstehen konnte.

»Oh, das tut mir leid«, sagte Trevor mitfühlend. »Es ist bestimmt nicht leicht, ein kleines Mädchen alleine aufzuziehen.«

»Nein«, antwortete Willie mit einem Anflug von schlechtem Gewissen. »Das ist es nicht.«

»Meine Güte, in deinem Leben ist viel passiert. Das Letzte, was wir gehört haben, ist, dass du Gold gefunden und einen Pub gekauft hast. Eine Frau hast du nie erwähnt.«

»Den Pub in Tibooburra betreibe ich immer noch«, gab Willie ausweichend zurück.

»Nun, es ist jedenfalls schön, dich wiederzusehen. Du musst vollkommen geschafft sein von der langen Reise. Seid ihr geflogen?«

»Ja, sind wir, aber die Reise war trotzdem sehr lang.«

»Kommt rein und esst erst mal etwas.« Trevor nahm Willies Koffer, während Willie Kates kleinen Koffer trug. »Madge wird außer sich sein vor Freude, dich zu sehen. Sie beschwert sich manchmal, dass du so selten schreibst. Sie macht sich Sorgen um dich, weißt du.«

»Ich bin kein großer Briefeschreiber«, gestand Willie ehrlich.

»Ich nehme an, du hast auch genug damit zu tun, ein kleines Mädchen großzuziehen und gleichzeitig einen Pub zu führen.«

»Ja, das stimmt.« Willie konnte ihm kaum in die Augen schauen.

»Warte nur, bis Madge deine Tochter sieht. Sie wird gar nicht mehr wissen, wohin vor Freude.«

Madge liebte Kinder, das wusste Willie nur zu gut. Sie war nie mit eigenen gesegnet worden, aber sie wäre eine hervorragende Mutter – herzlich, geduldig und sehr liebevoll.

Trevors Stiefel waren schmutzig, also liefen sie statt durch den großen Vordereingang um das Hotel herum. Kate war vollkommen aus dem Häuschen, als sie in einiger Entfernung ein Huhn herumrennen sah. Trevor erzählte ihr von den Hühnern und erklärte, dass sie alle Namen und unterschiedliche Persönlichkeiten hätten. Kate nickte eifrig, auch wenn sie sicher nicht jedes Wort verstand.

Willie deutete auf den Hühnerstall. »Schau du dir mit Onkel Trevor die Hühner an, Kate, während ich schon mal Tante Madge begrüßen gehe«, schlug er vor. Er wollte gerne zunächst allein mit seiner Schwester reden und registrierte erleichtert, dass Kate ihre Hand in Trevors schob und sich von ihm zum Hühnergehege führen ließ.

Willie betrat das Hotel durch die offene Terrassentür. Er fand Madge in einem sonnigen Winkel des Atriums, wo sie an einem Fenster mit Blick auf den seitlichen Garten über den Geschäftsbüchern saß. Zum Glück war sie so vertieft in ihre Arbeit, dass sie Willie, Trevor und Kate noch nicht durch das Fenster entdeckt hatte. Das Hotel war in der Nacht zuvor ausgebucht gewesen, deswegen hatte sie nach dem Frühstück gut damit zu tun gehabt, sich von allen Gästen zu verabschieden. Die neuen Gäste für die kommende Nacht würden erst am späteren Nachmittag ankommen, die Zimmermädchen waren mit den Vorbereitungen beschäftigt. Madge überprüfte gerade, ob sie auch an alles gedacht hatte. Sie hatte bereits das Abendmenü für jeden Wochentag geplant und das frische Gemüse sowie die Kräuter geerntet, die für das Essen an diesem Abend gebraucht wurden. Im Haus roch es nach der Suppe, die auf dem Herd in der Küche köchelte.

»Madge«, sagte Willie leise, um sie nicht zu erschrecken.

Madge hob den Blick, dann weiteten sich ihre Augen. Schließlich entfuhr ihr ein Freudenschrei, und sie sprang auf.

»Willie! Wie kommst du denn hierher?« Sie schlang die Arme um ihn und drückte ihn fest.

»Durch die Terrassentür.«

»Das meinte ich nicht … Seit wann bist du wieder in England? Es ist so schön, dich zu sehen. Warum hast du mir nicht gesagt, dass du kommst? Dann hätte ich alles für deinen Besuch vorbereiten können.«

Willie versuchte gar nicht erst, gegen ihren Redeschwall anzukommen. Er lächelte sie nur an und genoss das Wiedersehen.

Schließlich holte sie Luft. »Ach, Willie, es ist so wunderbar, dass du hier bist. Und du siehst gut aus. Ich glaube allerdings, dass du abgenommen hast, aber das kriegen wir schnell wieder hin.«

»Ich freue mich, hier zu sein, Madge. Ich habe dich und Trevor sehr vermisst.«

»Und du hast deinen besten Freund verloren. Harry. Das tut mir sehr leid.«

»Mir auch. Es ist komisch, ohne ihn nach Hause zu kommen.«

»Bist du endgültig zurück?«

»Nein, nur zu Besuch. Tut mir leid, dass ich dir nicht Bescheid gesagt hab. Ich wollte dich überraschen. Ich habe nicht darüber nachgedacht, dass vielleicht alles belegt sein könnte.«

»Sei nicht albern. Für dich habe ich immer Platz, Willie.« Sie piekte ihn spielerisch in die Seite.

»Ich bin nicht allein gekommen …«

Madges Aufmerksamkeit wurde von einer Bewegung am Fenster angezogen, wo Trevor mit Kate über den Rasen lief. Sie runzelte erstaunt die Stirn und ging zur Tür, als Trevor mit Kate hereinkam.

»Es gibt da etwas, was ich dir sagen möchte«, begann Willie, doch sie hörte ihn nicht.

»Was für ein bezauberndes Kind, Trevor«, rief sie mit leuchtenden Augen, während sie das kleine Mädchen in Augenschein nahm. »Zu wem gehört sie?«, wollte sie wissen, offenbar in der Annahme, dass einer der neuen Gäste früher gekommen war.

Willie holte tief Luft. »Sie gehört zu mir«, sagte er. »Das war es, was ich dir gerade sagen wollte.«

Madge wirbelte herum und starrte ihn an. »Zu dir?« Ausnahmsweise fehlten ihr die Worte.

»Ja, das ist Kate.« Willie hob seine Tochter auf den Arm. »Kate, das ist Tante Madge.«

Madge betrachtete Kate, die den Blick aus ihren großen braunen Augen mit derselben Neugier erwiderte.

»Sie ist wundervoll, Willie, einfach hinreißend. Aber … wo ist ihre Mutter?«

Willie zögerte. Es fiel ihm schwer, seine Schwester anzulügen.

»Willie sagt, sie ist verstorben«, sagte Trevor leise, als er Willies aufgewühlten Zustand bemerkte.

Madge war schockiert. »Oh, das tut mir leid.« Sie legte ihm tröstend die Hand auf die Schulter. »Warum hast du mir das nicht geschrieben? Es ist so viel passiert bei dir, und wir wussten nichts davon.«

»Das hätte ich tun sollen«, sagte Willie zerknirscht. »Aber das ist alles zu der Zeit passiert, als Harry gestorben ist, da konnte ich keinen klaren Gedanken fassen. Jedenfalls möchte ich euch Kate nun vorstellen. Deswegen habe ich sie mit hergebracht.«

Madge musterte Kate erneut und nahm ihre Hand. »Sie sieht dir nicht sehr ähnlich. Nicht mit diesen dunkelbraunen Augen, dem schwarzen Haar und der dunkleren Hautfarbe.« Willies Haut war hell, genau wie ihre eigene.

»Ihre Mutter war Südländerin«, log Willie. »Sie wurde in Griechenland geboren.« Er hoffte, dass die Fragen über Kates Mutter bald aufhörten, viel mehr Details hatte er nicht zu bieten.

»Dann kommt sie wohl nach ihrer Mutter«, antwortete Madge sanft, die spürte, dass es Willie unangenehm war, über den Verlust seiner Frau zu sprechen.

»Kate hat bestimmt Hunger und Durst«, sagte Willie in der Hoffnung, Madge abzulenken. »Hast du Brot und Marmelade da?«

»Wir haben noch was Besseres. Kommt mit in die Küche, ich mache schnell ein Omelett und Tee. Das dauert nur ein paar Minuten, und wenn Kate das Omelett gegessen hat, kann sie noch

Milch und Plätzchen haben.« Sie kitzelte Kate, die auf Willies Arm kreischte und kicherte.

»Wie war die Reise, Willie?«, fragte Trevor auf dem Weg in die große Landküche.

»Das war beinahe eine Weltreise. Wir haben überall angehalten«, erzählte Willie. »Sogar in Bagdad.«

»Nein, wirklich?«, fragte Trevor fasziniert. »Du musst mir alles darüber erzählen.«

Kapitel 5

Der englische Sommer war in diesem Jahr herrlich und bot ihnen viele endlos lange Tage voll warmem Sonnenschein. Kate gewöhnte sich schnell an das Leben im Lake View Manor House. Jedes Mal, wenn Madge sie mit in die Läden im Ort nahm, kam sie mit hübschen, rüschenbesetzten Kleidern und teuren Spielsachen zurück. Willie schimpfte liebevoll mit Madge, wohl wissend, dass diese Art von Kleidung und Spielzeug im australischen Outback unpraktisch waren, doch sie entgegnete lediglich, einfach nicht widerstehen zu können. Trevor verdrehte die Augen, genoss aber, seine Frau so glücklich zu sehen.

Nachmittags spielten Madge und Kate häufig auf dem Rasen, während Willie und Trevor auf der Terrasse in der Sonne saßen und ein Bier tranken. Sie sprachen über Politik und die Unruhen in Europa. Trevor hatte große Sorge, dass sich ein Krieg anbahnte, möglicherweise zwischen den Italienern und den Deutschen. Doch während er fürchtete, dass England in einen Konflikt geraten könnte, war Willie eher optimistisch, dass sich die politischen Spannungen wieder lösen würden.

»Vielleicht irre ich mich, aber der Reichskanzler in Deutschland, Adolf Hitler, hat sehr extreme Vorstellungen«, sagte Trevor. »Meiner Meinung nach ist er eine Bedrohung für den Frieden in Europa.«

»Glaubst du, England könnte in einen Krieg verwickelt werden?«, fragte Willie erschrocken.

»Ich hoffe es nicht, aber ich glaube, Hitler hat große Pläne. Er veranstaltet Massenkundgebungen, in denen er die Bevölkerung anstachelt. Ich habe einfach Angst vor den Folgen.«

»Für England hat es hoffentlich keine.«

»Das hoffe ich auch«, stimmte Trevor zu.

Eine Weile hingen sie schweigend ihren Gedanken nach.

»Wie sind eigentlich deine Arbeitszeiten im Pub, Willie?«, wechselte Trevor schließlich das Thema. Er hatte bisher noch nicht viel über Willies Lebensumstände erfahren und wollte sich ein genaueres Bild von seinem und Kates Alltag machen.

»Ich stehe morgens früh auf und komme an den meisten Tagen erst spätnachts ins Bett«, antwortete Willie wahrheitsgemäß.

»Das klingt anstrengend. Sind die Gäste hauptsächlich Männer?«

»Ja, nachmittags sind es meistens die Männer aus dem Dorf, aber manchmal kommen abends und am Wochenende auch Frauen. Manche Farmer spielen Instrumente, deswegen kann man in meinem Pub freitags und samstags auch tanzen.«

»Wie viele Menschen leben denn in Tibooburra?«

»Einunddreißig. Aber es gibt eine Gemischtwarenhandlung, einen Lederladen, eine Schule und zwei Pubs.«

»Zwei Pubs? Wie könnt ihr euch denn beide halten?«

»Also, samstags wird es immer richtig voll, wenn die Farmer und ihre Familien zum Einkaufen nach Tibooburra kommen. Ihre Arbeiter bringen sie auch mit. Zur Schurzeit kommen auch die Schafscherer, die sind ein wilder Haufen. Sie freuen sich nach einer anstrengenden Arbeitswoche auf ein paar Drinks und sind meistens am Ende sturzbetrunken.« Willie bemerkte den missbilligenden Ausdruck im Gesicht seines Schwagers. »Es ist wirklich hart, in der sengenden Hitze zu arbeiten und von morgens bis abends zu schwitzen«, fügte er eilig erklärend hinzu. »Ein kaltes Bier tut nach dem Ende einer Schurwoche besonders gut.«

»Prügeln die Männer sich, wenn sie betrunken sind?« Trevor versuchte, sich das auszumalen.

»Manchmal, aber ich habe eine strenge Regel, die besagt, dass sie ihre Streitigkeiten draußen klären, damit der Pub keinen Schaden nimmt.«

»Das klingt ziemlich rau, Willie.«

»Ach, das sind nur Männer, die Dampf ablassen. Ich kann mich nicht beklagen, sie geben all ihr schwer verdientes Geld in meinem Pub aus. Da muss ich auch die Schattenseiten in Kauf nehmen.«

»Wahrscheinlich erwarten deine Gäste, dass du mit ihnen trinkst, oder?« Trevor konnte sich nicht vorstellen, dass Willie sich zurückhielt und kaltes Bier ausschenkte, ohne selbst ein Glas zu trinken.

»Ich trinke schon mal das eine oder andere Bier mit.« Willie lachte. Das eine oder andere Bier bedeutete eigentlich *viele* Biere.

Trevor grinste. »Und wo ist Kate, während all das passiert?«, fragte er dann ernst.

Willie errötete schuldbewusst. An Kate hatte er bei seinen Erzählungen gerade gar nicht gedacht, aber Trevor konnte ja nicht wissen, dass sie nie im Pub war. Er versuchte, seine Gedanken zu sortieren und sich eine plausible Antwort zu überlegen. »Normalerweise schläft sie«, sagte er schließlich. »Ich habe ja schon mal erwähnt, dass mir jemand mit ihr hilft. Eine Dame aus dem Dorf kocht und putzt für mich, und sie kümmert sich auch um Kate.«

Trevor kam der Gedanke, dass sie sich vielleicht nicht so gut um Kate kümmern konnte, wenn sie so viel zu tun hatte, aber das wollte er nicht laut sagen. »Ich möchte nicht darüber urteilen, Willie. Du hast leider deine Frau verloren, und du kannst nichts für die Umstände, aber dein Pub klingt nicht nach einem idealen Ort, um ein kleines Mädchen aufzuziehen.«

Willie war durchaus bewusst, dass Trevor in Gedanken das Lake View Manor House, ein respektables Privathotel mit Gästeunterkünften, und das Tibooburra Hotel, in dem der Großteil der Gäste ein Haufen pöbelnder Männer waren, verglich.

»Es ist nicht ideal«, stimmte er dennoch zu und war zugleich froh, dass Trevor nicht wusste, wie Kate in Wirklichkeit lebte – dass sie auf der Erde neben einem Lagerfeuer schlief und wilde Tiere aß, die ihre Aborigine-Mutter oder jemand anders aus dem Clan zubereitet hatte. Und auch wenn Kate im Moment sowieso zu jung für die Schule war, würde sie als Nellies Tochter auch keine Schulbildung genießen, was Willie sehr bedauerte. Seit sie in England waren, hatte sie schon viele englische Wörter gelernt, aber wenn sie Wadigali-Wörter benutzte, die Madge nicht verstand, log Willie und behauptete, sie spreche Griechisch.

»Wir haben ja oft griechische Gäste, aber diesen Dialekt habe ich noch nie gehört«, kommentierte Madge einmal. »Aus welchem Teil Griechenlands kam denn ihre Mutter?«

»Von einer der Inseln, ich bin mir nicht sicher, welche genau es war«, antwortete Willie ausweichend.

Madge sagte nichts mehr dazu.

Wieder schwiegen sie eine Weile und beobachteten Kate und Madge dabei, wie sie mit einem Ball und Kegeln spielten. Die beiden hatten sehr viel Spaß zusammen.

»Dein kleines Mädchen hat Madges Herz erobert«, wechselte Trevor das Thema. »Ich habe sie noch nie so glücklich erlebt. Sie ist gar nicht mehr besessen davon, jedes kleinste Detail im Hotel im Blick zu haben. Das macht sie auch nur, weil ihr ohne Kinder etwas im Leben fehlt.«

»Warum habt ihr kein Kind adoptiert?«, sprach Willie die Frage laut aus, die er sich schon öfter gestellt hatte.

»Das hätten wir wirklich tun sollen. Aber wir haben über die Renovierung des Hotels und die Aufnahme der Geschäftstätigkeit die Zeit aus dem Blick verloren. Und als wir schließlich ernsthaft darüber nachgedacht haben, war Madge gerade vierzig geworden und ich fünfundvierzig, und damit sind wir offenbar zu alt, um als Adoptiveltern in Frage zu kommen. Aber Madge wäre eine wundervolle Mutter.«

»Das glaube ich auch«, sagte Willie. »Als große Schwester hatte sie ja schon viel Übung mit mir. Und sie ist großartig im Umgang mit Kate.« Kate hatte bisher noch nicht nach ihrer Mutter verlangt, das überraschte Willie. Wahrscheinlich war sie so abgelenkt von den vielen neuen Erlebnissen, Spielzeugen und dem Spaß, den sie mit Madge hatte. Wenn Willie mit Kate spazieren ging, brannte Kate immer darauf, wieder zu Madge zurückzukehren. Sie half ihr jeden Tag dabei, Eier einzusammeln und die Hühner zu füttern, eine Aufgabe, die ihr große Freude bereitete. Willie hatte sie noch nie so glücklich erlebt. Er versuchte, sie sich wieder im Busch vorzustellen, barfuß und halbnackt, wie sie Schlangen und Warane aß und mit Stöcken und Steinen spielte statt mit Bällen, Puppen und Kreiseln. Es war beinahe unmöglich.

»Wann reist ihr wieder nach Hause?«, fragte Trevor. Er hatte Madge mehrfach darauf hingewiesen, dass Willie und Kate nicht ewig bleiben würden, aber sie wollte nichts davon wissen.

»Schon bald«, sagte Willie. »Ein Bekannter von mir kümmert sich für mich um den Pub, aber er kann das nicht sehr lange machen. Er reist dieses Jahr ebenfalls nach England, und vorher möchte er noch Freunde in Sydney besuchen.«

»Ich wünsche dir schonmal viel Glück dabei, Madge deine Tochter zu entreißen«, scherzte Trevor, aber Willie hörte eine Spur Traurigkeit aus seiner Stimme heraus. Trevor wusste genauso gut wie er, dass Madge untröstlich sein würde, wenn sie fort wären, und das brach ihm das Herz.

»Unser Rückflug geht nächsten Dienstag von London aus«, sagte Willie ein paar Tage später beim Mittagessen. Es hatte ihm nicht zuletzt seit seinem Gespräch mit Trevor davor gegraut, das Thema ihrer nahenden Abreise anzuschneiden. »Also brechen wir am Montag von hier auf und übernachten in London, bevor wir am Dienstag fliegen.« Er blickte zu Madge, die Kate auf dem Schoß hatte. Entsetzt bemerkte er, dass ihre Augen feucht wurden.

Eine Weile sagte niemand ein Wort. Dann schluckte Madge schwer und räusperte sich. »Willie«, sagte sie schließlich. »Warum ziehst du nicht mit Kate zurück nach England? Dann kann ich dir dabei helfen, sie aufzuziehen. Du bist herzlich eingeladen, bei uns im Hotel zu wohnen, aber wenn es dir lieber ist, kannst du auch ein nettes kleines Cottage in der Nähe kaufen. Dann kann Kate eine anständige Schule besuchen und hätte ihre Familie um sich.«

Willie dachte an Nellie, die ihre Tochter sicher sehr vermisste, aber sie konnte er als Argument nicht anführen. Bisher hatte er erfolgreich vermieden, über Kates erfundene griechische Mutter zu sprechen, weil er Madge nicht gerne anlog, aber nun ließ sie ihm keine Wahl. »Ein Großteil ihrer Familie lebt im australischen Outback, Madge. Onkel, Tanten, Cousins und Cousinen. Sie würden es gar nicht gutheißen, wenn ich sie dauerhaft in einem anderen Land unterbringen würde.«

Madge war sichtlich erstaunt. »Ich bin davon ausgegangen, dass eventuelle Verwandte deiner verstorbenen Frau in Griechenland leben. Du hast sie noch nie erwähnt.« Sie hatte gespürt, dass er nicht über Kates Mutter reden wollte und ihn deswegen nicht gedrängt, obwohl sie vor Neugier beinahe platzte.

Willie rutschte unbehaglich auf seinem Stuhl herum.

»Leben sie in Tibooburra?«

»Nein … Aber in der Nähe, und sie besuchen uns oft.«

Madge atmete tief durch. »Du hast noch gar nicht erzählt, wie deine Frau gestorben ist, Willie«, sagte sie leise. »Ich kenne nicht mal ihren Namen und weiß auch sonst nichts über sie.«

Willie blickte zu Boden, während er die Geschichte erzählte, die er sich zurechtgelegt hatte. »Ich rede nicht gern über meine Frau, Madge. Ihr Tod ist noch nicht lange her, das ist für mich sehr schmerzhaft. Aber Ophelia hatte während eines Staubsturms einen Asthmaanfall. Niemand konnte ihr helfen.«

Madge keuchte. »Oh, das ist ja furchtbar!«, stieß sie hervor. »Kate hat aber kein Asthma, oder?«

»Nein.«

»Erst stirbt der arme Harry an einem Schlangenbiss, und jetzt erzählst du mir, dass auch Staubstürme eine tödliche Gefahr sein können. Wer weiß, was einen im Outback sonst noch alles umbringen kann. Die Familie von Kates Mutter hätte doch sicher Verständnis dafür, wenn du mit ihr nach England ziehst, Willie. Wir sind doch auch Familie.«

»Ich weiß. Aber ich habe fast all mein Geld aus dem Verkauf des Goldklumpens in den Pub gesteckt. Bevor ich Tibooburra verlasse, müsste ich erst einmal den Pub verkaufen, und das wird sehr lange dauern.«

»Kannst du ihn nicht vermieten?«, schlug Trevor vor.

»Es ist unwahrscheinlich, dass irgendjemand einen Pub in so einem abgelegenen Dorf übernehmen möchte.«

»Du hast es getan, also findet sich bestimmt auch jemand anderes. Denk über einen Verkauf nach«, drängte Madge.

»Das tue ich, versprochen«, sagte Willie in der Hoffnung, sie würde das Thema damit fallenlassen.

Eine Weile saßen sie schweigend da.

»Wir haben Neuigkeiten, Willie«, sagte Madge schließlich.

Willie richtete sich auf. Die Art, in der seine Schwester ihn ansah, verhieß nichts Gutes. »Was denn?«

»Trevor hat heute Morgen erfahren, dass Terry und June Anfang September nach Australien in Urlaub fliegen.«

Trevors Bruder und seine Frau waren liebenswerte Menschen, aber Willie hoffte, dass sie nicht vorhatten, ihn zu besuchen.

»Ihre jüngste Tochter Margaret hat vor Kurzem geheiratet, sie und ihr Ehemann leben in Windermere. Deshalb haben Terry und

June jetzt die Möglichkeit zu reisen, das wollten sie schon immer mal tun«, ergänzte Trevor.

»Oh, wie nett«, antwortete Willie zurückhaltend.

»Ihre Reise hat mich auf eine Idee gebracht.« Madge gelang es nicht, ihre Aufregung zu verbergen.

»Was für eine Idee?«, fragte Willie vorsichtig, der fieberhaft überlegte, wohin diese Unterhaltung führen würde – nicht dass Madge noch ernsthaft überlegte, mit ihnen nach Australien zu reisen und ihn in Tibooburra zu besuchen!

»Warum lässt du Kate nicht noch eine Weile bei uns? Und dann nehmen Terry und June sie mit zu dir, wenn sie nach Australien fliegen.«

Willie traute seinen Ohren nicht. Er bemerkte, dass auch Trevor überrascht wirkte.

Willie dachte an Nellie. »Du weißt, dass ich das nicht machen kann, Madge.«

»Hör zu. Kate ist noch so jung, und mit Kleinkindern hat man alle Hände voll zu tun, vor allem als Mann. Das ist keine Kritik an dir, aber sie war noch nicht mal trocken, als ihr herkamt.« Der Anblick, wie Kate sich am Tag nach ihrer Ankunft im Garten erleichtert hatte, hatte Madge schockiert. »Du hast natürlich nicht die Zeit, den Aufgaben einer Mutter nachzukommen, weil du einen Pub führen musst.«

Willie wusste nicht, was er sagen sollte. Für Kate war es ganz normal, sich irgendwo im Busch zu erleichtern, genau wie für Nellie, für eine so sittsame und schickliche Dame wie Madge hingegen konnte es nur unverständlich sein.

»Der Großteil deiner Zeit geht doch bestimmt für die vielen Arbeiten drauf, die im Pub anstehen, oder?«, warf Trevor ein. »Hier ist ja schon viel zu tun, dabei haben wir Angestellte.«

»Wie gesagt, eine Frau aus dem Dorf hilft mir mit Kate«, beharrte Willie.

»Das ist aber nicht das Gleiche, als wenn sich die Familie um sie kümmert, oder?«, hielt Madge dagegen.

»Nein … aber ich kann sie nicht hierlassen.« Nellie vermisste Kate sicher sehr.

»Du würdest sie mir aber doch anvertrauen, oder?«, fragte Madge.

Willie hörte an ihrem Tonfall, dass sie verletzt war. »Natürlich. Du gehst wunderbar mit ihr um, und sie hat dich sehr lieb.«

»Und du traust Terry und June doch auch zu, sie dir zu bringen, oder?«

»Schon, ja, aber es ist so eine lange Reise, das ist viel von ihnen verlangt.«

»Sie würden sich freuen. Sie können es kaum erwarten, Großeltern zu werden, und ich könnte mir niemand Geeigneteren vorstellen.« Sie bedachte Willie mit einem liebevollen Blick. »Willie, ich weiß, dass du dein Bestes gibst, aber Kate braucht im Alltag eine Frau in ihrem Leben, selbst wenn es nur für eine Weile ist. Und ohne Mutter ist eine Tante doch die Nächstbeste, stimmt's?«

Willie konnte dem nichts entgegnen. Im Gegenteil, Madge hatte einen sehr guten Einfluss auf Kate.

»Es wäre ja nur für kurze Zeit«, bat Madge. »Wie gesagt, Terry und June fliegen in der ersten Septemberwoche, und es ist schon Mitte Juli, das sind also wirklich nur ein paar Wochen. Sie wohnen vor dem Abflug eine Weile bei uns im Hotel, sodass Kate auch die Gelegenheit hätte, sich an sie zu gewöhnen.«

Willie wusste nicht, was er sagen sollte. Wenn Nellie nicht wäre, würde er Kate bedenkenlos eine Weile bei Madge lassen, auch wenn er sie vermissen würde. Aber er mochte sich Nellies Reaktion nicht einmal vorstellen, wenn er ohne Kate zurückkäme.

»Ich weiß, dass du sie vermissen wirst, aber ich würde so gerne noch ein paar Wochen mit meiner geliebten kleinen Nichte verbringen«, drängte Madge. »Ich bin ganz vernarrt in sie, und du hast ja gesehen, dass wir uns gut verstehen.«

Auch darauf konnte Willie nichts erwidern.

»Wenn Kate schon fließend sprechen könnte, würde sie dir sagen, dass sie liebend gerne noch ein bisschen länger bleiben würde«, fügte Madge noch hinzu, um ihm die Idee zu versüßen.

Alles, was Madge sagte, war plausibel, trotzdem konnte Willie ihrer Idee nicht zustimmen. Und die Wahrheit konnte er ihr auch nicht erzählen. Auch das Risiko, dass Terry und June die Wahrheit bei einem Besuch in Tibooburra herausfanden und Madge davon erzählten, war ihm zu hoch. Ihre Reaktion auf die Information, dass Kates Mutter eine Aborigine war und dass Kate in einem Clan lebte und barfuß und kaum bekleidet auf Buschwanderungen ging, wäre gelinde gesagt Unverständnis. Madge hatte ihre Meinung zu bestimmten Dingen, in der Hinsicht war sie wie ihre Mutter. »Es tut mir leid, Madge, ich kann Kate nicht hierlassen. Aber wir kommen wieder, das verspreche ich«, sagte er mit fester Stimme. Als Kates Vater hatte Willie das letzte Wort, aber Madge war zutiefst enttäuscht.

Der Montag rückte näher.

Am Sonntagabend begann Willie zu packen. Er hatte für Kate einen größeren Koffer kaufen müssen, um die vielen neuen Kleidungsstücke zu verstauen, die Madge ihr geschenkt hatte. Kate würde sie im Busch bei Nellie zwar niemals tragen, aber Willie wollte Madge nicht kränken. Er legte auch einige Spielsachen hinein, aber alle konnte er nicht mitnehmen. Als er Kate einen Gutenachtkuss geben wollte, saß Madge an ihrem Bett. Sie wirkte besorgt.

»Ist etwas mit Kate?«, fragte Willie beunruhigt.

»Sie ist sehr warm. Mir ist heute tagsüber schon aufgefallen, dass sie nicht so energiegeladen war wie sonst, aber ich dachte, sie wäre nur müde.« Sie befühlte Kates Stirn. »Ich glaube, sie hat Fieber. Ich sollte den Arzt rufen. Es ist wahrscheinlich nichts Ernstes, aber da ihr morgen abreist, darf sie jetzt nicht krank werden.«

Eine Stunde später trat Doktor James in Begleitung von Madge zu Willie, der in einem der Aufenthaltsräume auf Neuigkeiten wartete.

»Ihre Tochter hat Fieber und eine Rachenentzündung, Mr McGregor. Sie braucht jetzt ein paar Tage Ruhe und sollte sorgfältig beobachtet werden. Ich habe Mrs Thompson erklärt, worauf zu achten ist.«

»Aber Madge … Mrs Thompson hat Ihnen doch sicher gesagt, dass wir übermorgen nach Australien zurückfliegen, oder? Gibt es denn keine Medizin, die Sie Kate geben können, damit sie schnell wieder gesund wird?«

»Nein, tut mir leid. Mrs Thompson hat mir erzählt, dass die Reise nach Australien mehrere Tage dauern wird. Meiner Meinung nach ist Ihre Tochter zu krank für eine so anstrengende Reise, Mr McGregor. Wenn ihr Zustand sich während der Reise verschlechtert, könnte das katastrophale Folgen haben.«

Willie war entsetzt. Kate war noch nicht einen einzigen Tag im Leben krank gewesen, und nie hatte er die Möglichkeit in Betracht gezogen, dass sie es in England werden könnte. Er wusste nur zu gut, dass die Reise selbst für einen gesunden Menschen sehr kräftezehrend war. Natürlich ging Kates Wohlergehen vor, aber der Zeitpunkt hätte nicht schlechter sein können. Er könnte den Flug höchstens um ein paar Tage verschieben.

»Wann wird sie wieder reisen können, Doktor?«, fragte er.

»Ich empfehle Ihnen, mindestens drei Wochen zu warten, besser noch vier«, sagte Doktor James. »Sollte sie früher fliegen, könnte sie einen Rückfall erleiden. Ich nehme an, dass Sie während der Reise Zwischenstopps in Ländern machen, in denen die medizinische Versorgung unzureichend ist, nicht wahr?«

Willie dachte an Kalkutta, Karatschi und Kairo und nickte schwerfällig. »Aber ich muss wieder nach Tibooburra«, sagte er. »Bluey Marshall kann den Pub nicht länger beaufsichtigen. Ich habe versprochen, zurück zu sein, bevor er am dritten August nach Sydney aufbricht. Ich muss jetzt fliegen.«

»Dann tu das«, drängte Madge. »Terry und June bringen dir Kate Anfang September. Dann wird sie wieder gesund genug sein, dafür sorge ich.« Sie lächelte ihn liebevoll an. »Mach dir keine Sorgen, ich werde mich gut um Kate kümmern«, versprach sie.

»Ich muss zu einem anderen Patienten, Mrs Thompson, aber ich komme morgen früh noch mal her und sehe nach Kate«, sagte Doktor James. »Sollte sich ihr Zustand in der Zwischenzeit verschlechtern, zögern Sie nicht, mich anzurufen.«

Willie murmelte seinen Dank, und Madge brachte den Arzt zur Tür. Als sie wieder hereinkam, war Willie vollkommen durcheinander. Seine Gedanken rasten, er überlegte fieberhaft, wie er die Wahrheit über Kates Mutter vor June und Terry bei deren Besuch geheim halten sollte.

»Es ist doch unglaublich, dass das passiert. Wie soll ich ohne Kate nach Hause fahren?« Er hörte selbst, wie schrill seine Stimme klang.

Madge war zutiefst erschrocken über seinen Zustand. »Ich verspreche dir, dass ich mich gut um Kate kümmere«, beruhigte sie ihn. »Es wird ihr bald wieder besser gehen.«

»Sollte dieser Bluey deinen Pub schließen, weil du nicht rechtzeitig zurück bist, können die Dorfbewohner doch solange in den anderen Pub im Ort gehen«, schlug Trevor vor. »Das ist doch halb so schlimm.«

»Du irrst, Trevor! Der andere Pub gehört einem humorlosen sturen Bock namens Barney Finnegan. Er würde sich diebisch darüber freuen, mir Kunden wegzunehmen. Das wäre ein riesiges Desaster«, erklärte Willie aufgebracht.

Doch auf ihn wartete ein noch viel größeres Desaster, über das er nicht reden konnte. Wenn er nicht wie geplant mit Kate zurückkam, würde Nellie vielleicht öffentlich machen, dass er ihre gemeinsame Tochter fortgebracht hatte, eine Tochter, von deren Existenz die Dorfbewohner bisher nichts wussten.

»Ich muss nach Hause«, stieß Willie verzweifelt aus. »Ich muss einfach.«

Madge war zunehmend besorgt um Willie und bat Trevor, ihm ein Glas Whiskey zu holen.

Willie stürzte das Getränk in einem Zug hinunter, was ihm einen tadelnden Blick von Madge einbrachte. Trevor schenkte eilig nach.

»So wie ich es sehe, hast du zwei Möglichkeiten«, sagte Madge nüchtern. »Entweder bleibst du noch einen Monat hier …« Sie ignorierte Willies Kopfschütteln und fuhr fort. »Was für uns in Ordnung wäre. Oder du kehrst nach Australien zurück und wartest, bis Terry und June Kate nach Hause bringen. Das Einzige, was du nicht machen kannst, ist die Gesundheit deiner Tochter aufs Spiel zu setzen.«

Willie dachte über ihre Worte nach. Stellte sich vor, wie er Nellie zu erklären versuchte, dass Kate zu krank gewesen war, um zu reisen. Natürlich würde sie verärgert und besorgt sein, und das konnte er ihr nicht vorwerfen. Doch egal, wie er die Sache drehte und wendete, letztlich kam er immer zu dem Schluss, dass er keine Wahl hatte. Er musste nach Hause, und er konnte Kate nicht mitnehmen. Nellie würde das einfach verstehen müssen.

»Ich lasse Kate bei euch«, sagte er schließlich. »Das ist das Beste, was ich tun kann.«

»Das ist die richtige Entscheidung, Willie«, bekräftigte Madge.

Doch Willie war überzeugt, dass es in diesem Fall keine richtige Entscheidung gab.

Kapitel 6

Von seinem Schlafzimmerbalkon über dem Pub aus bemerkte Willie schräg hinter der Windmühle den Schein eines Lagerfeuers, vermutlich das von Nellie. Ihm rutschte das Herz in die Hose. Er war am Vortag gegen Mittag in Tibooburra angekommen, völlig ausgelaugt nach der tagelangen Reise mit noch mehr Zwischenstopps, und hatte deswegen noch einige Stunden geschlafen, während Bluey sich ein letztes Mal um den Betrieb im Pub gekümmert hatte. Willies Fahrzeug, das während seiner Reise in Broken Hill gestanden hatte, parkte jetzt wieder hinter dem Pub, dort hatte Nellie es sicher bemerkt. Er wusste, dass sie zu ihm kommen und nach *Kadee* fragen würde, wenn er nicht vorher zu ihr ging.

An diesem Tag hatte Willie den Pub kurz vor der Mittagszeit geöffnet. Um halb elf am Abend war er restlos erschöpft und rief die letzte Runde aus, obwohl Samstagabend war. Seine treuen Stammgäste beschwerten sich bitterlich, aber nach der anstrengenden Reise mit zum Teil verzögerten Zwischenlandungen und zahllosen Zeitumstellungen fühlte sich sein Kopf an, als gehörte er nicht zu ihm. Dazu kam, dass er sich die ganze Zeit über Gedanken dazu gemacht hatte, wie er Nellie erklären sollte, dass er ihre Tochter in England gelassen hatte.

Willie stieß einen Seufzer aus und machte sich auf den Weg. An der Bar stürzte er einen großen Whiskey hinunter und hoffte, dass der ihm den Mut verleihen würde, einer Mutter entgegenzutreten, die ihre kleine Tochter erwartete.

Dann taumelte er auf die Windmühle zu und schlich weiter in Richtung des Feuerscheins, der ihn zu Nellies Lager führte. Außerhalb des Lichtkreises um das Feuer blieb er stehen. Nellie saß auf dem Boden und starrte in die Flammen. Sie wirkte in Gedanken versunken meilenweit entfernt und einsam, und ihr Anblick weckte große Schuldgefühle bei Willie.

Plötzlich sah sie auf, geradewegs in seine Richtung. Willie war wieder einmal beeindruckt von ihrer Fähigkeit, Dinge wahrzunehmen.

»Willie!«, rief sie so begeistert, wie Willie sie noch nie erlebt hatte.

»Ja.« Er trat vor, und mit einem Mal war sein Mund so trocken wie der rote Staub unter seinen Füßen. »Woher wusstest du das?«

»Alkohol stinken.« Sie ließ ihren Blick an ihm vorbeigleiten, wahrscheinlich auf der Suche nach Kate.

»Ach so«, sagte er. »Das lässt sich nicht vermeiden, wenn man einen Pub führt.«

»Wo Kadee? Schlafen?«

»Nein. Sie ist … bei meiner Schwester.«

Nellie stand auf. »Du Kadee nicht nach Hause bringen?« Es war eher ein Vorwurf als eine Frage.

»Das ging nicht, Nellie. Sie war krank. Aber ein Familienmitglied bringt sie bald nach Hause.«

Nellie runzelte die Stirn und stapfte auf ihn zu. »Was mit Kadee passieren?«

»Sie hat eine Rachenentzündung und Fieber. Das Klima ist einfach anders in England.«

»Warum Willie nicht kümmern?« Nellie zeigte anklagend mit dem Finger auf ihn.

»Meine Schwester kümmert sich sehr gut um sie. Ich musste wieder in den Pub, weil Bluey nicht mehr bleiben kann«, sagte Willie. Jetzt, wo er diese Erklärung der Mutter seiner Tochter vortrug, klang sie armselig.

»Ich Buschmedizin holen«, sagte Nellie und trat Sand ins Feuer.

»Du kannst nicht zu ihr gehen, Nellie, das ist zu weit.«

»Nicht weit für Nellie«, beharrte sie.

»England ist auf der anderen Seite des Meeres, und du brauchst einen Reisepass. Wir sind mit dem Flugzeug geflogen, das hat viele Tage gedauert. Aber Kate ist bald wieder hier, das verspreche ich.«

»Wann kommen?«

»In ein paar Wochen. Wirklich.« Willie verschwieg ihr bewusst, dass es eher fünf Wochen sein würden und beruhigte sich damit, dass europäische Zeitangaben für Aborigines keine Bedeutung hatten. »Ihr gefällt es bei meiner Familie sehr gut, Nellie. Sie hat ganz viele neue Spielsachen und Kleider. Gut gegessen hat sie auch. Und sie hatte wirklich viel Spaß, am liebsten hat sie die Eier von den Hühnern meiner Schwester eingesammelt oder ist am See spazieren gegangen.« Willie erzählte von den gemeinsamen Erlebnissen, in der Hoffnung, Nellie damit zu beruhigen. »Ich weiß, dass du sie vermisst hast, aber du siehst sie bald wieder«, schloss er.

Doch Nellie sah ihn noch immer finster an und stampfte dann mit dem Fuß auf. »Ich Kadee wollen, Willie. Ich bringen nach Hause«, sagte sie wütend.

»Das geht nicht. Sie wäre ja hier, wenn sie nicht in der Nacht vor unserem Abflug krank geworden wäre. Der Arzt ist gekommen und hat gesagt, dass sie nicht reisen kann, weil sie krank und der Weg zu weit ist. Ich wollte sie nicht zurücklassen, aber sie ist bei meiner Familie gut aufgehoben. Meine Schwester kümmert sich sehr gut um sie. Sie ist bald wieder zu Hause, das verspreche ich dir.«

Nellie stürmte in der Dunkelheit davon und ließ Willie mit der Sorge über ihr weiteres Tun zurück.

Zwei Tage später riss Willie ein Hämmern an der Hintertür aus dem Tiefschlaf. Es war noch nicht einmal sechs Uhr am Morgen, am Horizont tauchte gerade der erste hellorangene Streifen am dunklen Himmel auf.

»Nellie, was machst du hier?«, fragte er schlaftrunken, nachdem er die Tür geöffnet hatte.

»Wo Kadee?«, rief Nellie wütend. »Ich mein Mädchen wollen.«

Nellie sah aus, als hätte sie seit ihrem letzten Treffen nicht geschlafen, und Willie überkam erneut ein schlechtes Gewissen. »Ich habe dir doch gesagt, dass sie bald kommt. Bitte gedulde dich noch ein bisschen. Ich verspreche dir, dass sie bald hier ist.«

»Du geben Kadee weg?«, fragte Nellie vorwurfsvoll.

»Was? Nein, das würde ich nie tun! Ich liebe sie doch auch.«

»Ich nicht mehr warten«, schrie Nellie. »Ich jetzt Kadee holen!«

»Bitte, sprich leise.« Willie hatte Sorge, dass jemand sie hören könnte. »Ich habe dir doch gesagt, dass sie in England ist. Das ist auf der anderen Seite des Meeres, zwölftausend Meilen weit weg«, machte er einen neuen Erklärungsversuch. »Wir müssen warten, bis sie herkommt. Ich weiß, dass es schwer ist und dass du sie vermisst. Ich sage dir Bescheid, sobald ich etwas Neues weiß, in Ordnung?«

Für den Rest der Woche kam Nellie beinahe jeden Morgen an seine Hintertür und verlangte von ihm, Kate zu holen. Sie verstand nicht, was es bedeutete, dass Kate in einem anderen Land war, und Willie konnte es ihr nicht begreiflich machen. Er wies sie so sanft wie möglich ab, während er ihr immer wieder versprach, dass Kate bald zuhause sein würde.

Tagsüber sah er sie mit anderen Aborigines im Dorf. Oft schrie sie ihn durch die Fenster der Bar an. Seine Gäste nahmen an, sie sei betrunken oder wolle Geld, aber Willie hatte ständig Angst, dass sie etwas über ihre gemeinsame Tochter sagen würde. Als die Männer doch argwöhnisch wurden, tat Willie Nellies Verhalten als verrückt ab und behauptete, er hätte gehört, dass die Regierung ihr die Tochter weggenommen und sie das schwer getroffen hätte. Zum Glück schenkten die Männer dieser Erklärung Glauben.

Je mehr Tage verstrichen, desto wütender wurde Nellie, bis sie beinahe wirklich verrückt vor Kummer war. Willie konnte ihr das nicht verdenken. Nachts, wenn er im Bett lag, schrie sie vor dem Schlafzimmerfenster und warf sogar Steine dagegen. Manchmal hatte er den Eindruck, dass sie getrunken hatte. Er hatte Madge sofort nach seiner Rückkehr einen Brief geschrieben, in dem er nach Kates Befinden gefragt hatte. Er ging davon aus, dass sie auf dem Weg der Besserung war und sich amüsierte. Auch für sie würde es nicht leicht werden, Abschied zu nehmen, von Madge ganz zu schweigen.

August, 1939

Jerry Baldock breitete mehrere verknitterte Zeitungen auf der Theke aus, die ein Truck gerade zusammen mit Nahrungsmitteln in ihr abgelegenes Dorf gebracht hatte. Die Zeitungen waren immer mindestens einige Tage alt, wenn nicht sogar Wochen und Monate, zum Beispiel wenn es geregnet hatte und die Straßen nicht befahrbar waren. Trotzdem informierten sich die Dorfbewohner gern über die Geschehnisse in der Welt, selbst wenn die Nachrichten nicht mehr ganz aktuell waren. Manchmal versuchten sie das auch mit dem Radio, hatten aber immer nur phasenweise Empfang. Wenn sie Glück hatten und es windstill war, konnten sie sich die Nachrichten anhören, oft aber vernahmen sie nicht mehr als Knacken und Rauschen.

Jerry, Tony Wilson, Leo Kingsley und Tom Pearce lasen zumeist jeweils unterschiedliche Teile der Zeitungen und diskutierten dann über das Zeitgeschehen, wobei sie sich geradezu als Experten aufspielten. Normalerweise spottete Willie über sie, aber nun, da Kate in England war, hörte er interessiert zu.

»Hier steht, dass die Senatoren US-Präsident Roosevelts Antrag abgelehnt haben, Großbritannien und Frankreich im Kriegsfall wirtschaftliche Unterstützung zu gewähren«, sagte Tony.

»Warum sollten sie das tun?«, fragte Willie zutiefst beunruhigt. »Die Senatoren müssen sich schon ziemlich sicher sein, dass es zu einem Krieg kommt, sonst hätten sie den Antrag sicher nicht abgelehnt.« Er hoffte, die Männer würden ihm widersprechen und seine Befürchtungen zerstreuen.

»Es sieht ganz danach aus«, sagte Leo. »Adolf Hitler hat schon die Tschechoslowakei eingenommen, und Österreich wurde ja schon letztes Jahr in das Dritte Reich eingegliedert«, warf Jerry ein. »Und in diesem Artikel heißt es, dass Hitler Polen im Visier hat. Wer sagt, dass England und Frankreich nicht danach dran sind?«

»Irgendjemand muss ihn aufhalten!«, rief Willie panisch.

»Keine Angst, Willie, uns hier mitten im Nirgendwo betrifft das nicht. Die Deutschen wollen dieses Dorf hier gar nicht«, sagte Tony.

»Ich mache mir nicht um mich Sorgen, sondern um meine Familie in England«, erklärte Willie.

»So leid es mir tut, Willie, so ganz unbegründet ist deine Sorge vermutlich nicht.« Jerry deutete auf die Zeitung vor sich. »Hier steht, dass Adolf Hitler wahrscheinlich einen Pakt mit der Sowjetunion schließen wird. Das gibt den Russen die Möglichkeit, ihre westlichen Grenzen zu stärken, und Hitler kann Polen angreifen. Er scheint ganz Europa regieren zu wollen.«

Willie wurde schwindlig.

»So viel Unruhe da drüben«, sagte Leo kopfschüttelnd.

»Tibooburra liegt vielleicht am Arsch der Welt, aber können wir nicht von Glück reden, hier zu leben?«, fragte Jerry.

»Ja, ein Glück«, murmelte Willie. Er konnte nur hoffen, dass Kate herkam, bevor England in einen Krieg verwickelt wurde. Er würde gleich nach Feierabend einen Brief an Madge schreiben, mit der Bitte, sofort mit Kate und Trevor nach Australien zu kommen, hier waren sie alle sicher.

»Geht's dir gut, Willie?«, fragte Jerry, als er bemerkte, dass Willie blass um die Nase geworden war.

»Ich mache mir Sorgen um meine Schwester und ihren Mann. Ich habe Angst, dass ihnen etwas zustößt.«

»Das verstehe ich«, sagte Jerry.

»Wenn ich mich recht erinnere«, warf Tom Pearce ein, »hat Benito Mussolini vor ein paar Monaten Ländern den Kampf angesagt, die sich gegen Hitler und Deutschland stellen. Nun, da Hitler so mächtig geworden ist, ist offensichtlich, dass Mussolini es für schlauer hält, sich mit ihm zu verbünden statt sich gegen ihn zu stellen. Offenbar kann man keinem der Machtinhaber mehr trauen.«

»Das stimmt. Außerdem hat der amerikanische Kongress letztes Jahr den Naval-Expansion-Act verabschiedet. Präsident Roosevelt kriegt eine Million Dollar, um die Seeflotte aufzurüsten.«

»Das ist viel Geld«, sagte Tony mit großen Augen. »Zeigt das nicht, dass sie sich auf Ärger vorbereiten?«

Willies Sorge stieg. »England ist so ein kleines Land«, murmelte er. »Wie soll es gegen Deutschland oder auch Japan ankommen?«

»Die Engländer haben keine Wahl, sie werden es dann einfach schaffen müssen«, sagte Leo. »Lasst uns hoffen, dass die Amerikaner einschreiten und ihnen helfen.«

»Wenn sie ihnen schon keine finanzielle Hilfe gewähren, ist es unwahrscheinlich, dass sie ihnen in einem Krieg beistehen«, warf Tony ein.

Willie wurde übel.

Zehn Tage später ging es Willie ein wenig besser, schließlich wusste er, dass Kate bald mit Terry und June auf dem Weg nach Australien sein würde. Er saß mit Tony, Jerry und Tom bei einem Bier und diskutierte die Nachricht, die Tony im Radio gehört hatte.

Offenbar verstärkten sich die Spannungen zwischen den Vereinigten Staaten und Japan, und Willie wollte nichts sehnlicher, als dass Kate nach Hause kam, bevor sich die Beziehung der beiden Länder noch weiter verschlechterte und sie sich vielleicht sogar bekämpften.

In diesem Moment betrat Leo sichtlich aufgeregt den Pub. »Barney hat heute Morgen einen Brief von seinem Bruder aus England bekommen. Er schreibt, dass der englische Prime Minister einen Angriff der Deutschen befürchtet. Er hält den Krieg für unvermeidlich, deswegen ist die Lage dort gerade sehr heikel.«

Willie war entsetzt. »Das sind keine guten Nachrichten«, flüsterte er.

»Nein, wirklich nicht. Vielleicht sind diese hier besser.« Er reichte Willie einen Umschlag. »Ein Brief für dich. Aus England.«

Willie riss Leo das Schreiben förmlich aus der Hand. Er hatte jeden Tag auf einen Brief von Madge gewartet in der Hoffnung, darin die Bestätigung zu finden, dass es Kate gut ging und sie bereit für die bevorstehende Reise nach Hause war. Er ging in den Salon, um ihn in Ruhe zu lesen.

Das Schreiben war auf den zehnten August datiert, also hatte es mehr als zwei Wochen gebraucht, um nach Australien zu kommen.

Lieber Willie,
ich hoffe, bei dir ist alles in Ordnung. Uns geht es gut, vor allem Kate. Sie ist wieder vollständig genesen, wächst schnell und kann mit jedem Tag mehr Worte sprechen, sie ist sogar eine regelrechte Plaudertasche. Kate ist uns wirklich sehr ans Herz gewachsen, Willie. Ich weiß, dass du dir wegen der Unruhen in der Welt Sorgen um uns machst, aber bisher geht hier auf dem Land alles seinen gewohnten Gang.

Dennoch habe ich Neuigkeiten, die dich nicht erfreuen werden. Die Reiseagentur hat Terry und June geraten, von ihrer Reise nach

Australien abzusehen. Der Agent sagte, dass eine Luft- und Seereise in diesen Zeiten der Unruhe wahrscheinlich chaotisch wäre. Wie du weißt, leben Terry und June im Norden von London. Sie werden aber auf unbestimmte Zeit zu uns aufs Land ziehen, weil es hier zweifellos sicherer ist, falls England in den Krieg ziehen sollte. Und so sind sie auch näher bei ihren Kindern. Ich würde dir ja vorschlagen, dass du herkommst und Kate abholst, aber vielleicht kommst du unterwegs irgendwo plötzlich nicht weiter, und wir möchten keinesfalls, dass du im Ausland feststeckst, weder allein noch mit Kate, das wäre katastrophal. Wahrscheinlich ist es das Beste zu warten, bis das Gerede vom Krieg sich legt und das Reisen wieder sicherer ist, meinst du nicht auch?

Bis dahin kannst du darauf vertrauen, dass es Kate hier bestens geht und sie gut aufgehoben ist. Und uns ist es eine Freude, auf sie aufzupassen, egal, wie lange. Wir glauben, dass wir hier im Lake Distrikt in Sicherheit sind, also mach dir keine allzu großen Sorgen. Trotzdem werde ich dir regelmäßig schreiben und dich auf dem Laufenden halten.

Und was das Hotel angeht, werden allmählich immer weniger Zimmer gebucht, jetzt, wo wir auf den Herbst zugehen. Aber das stört mich nicht, so habe ich mehr Zeit, mich um meinen Liebling Kate zu kümmern.

Bitte pass auf dich auf.

Bis zu meinem nächsten Brief wünsche ich dir alles Liebe.

Deine Schwester Madge

PS: Trevor lässt Grüße ausrichten. Er sagt, dass zwei Cricket-Spiele gegen die Touristen der Westindischen Inseln aufgrund der Unruhen in Europa abgesagt wurden.

Willie faltete den Brief zusammen und ließ sich auf einen Stuhl fallen. Er bereute seine Entscheidung, Kate mit nach England zu nehmen, zutiefst. Warum hatte er das getan? Und warum war er dann nicht mit ihr dortgeblieben, bis sie wieder gesund war? Im Nachhinein wäre es nicht schlimm gewesen, den Pub für ein paar Wochen zu schließen, auch wenn Barney ihm die Gäste abgeworben hätte. Dann wäre Kate wenigstens gesund und munter nach Hause gekommen, und Nellie wäre nicht so aufgebracht. Er legte den Kopf in die Hände. Er würde sich niemals verzeihen, wenn Kate etwas zustieß. Niemals!

Eine Woche später scharten sich die Männer um das Radio. Es war der zweite September, und gerade wurden die Nachrichten ausgestrahlt. Es rauschte zwar, aber die Männer verstanden trotzdem, dass Deutschland am Vortag mit Bodentruppen in Polen eingefallen war und ihre Bomber die Städte aus der Luft angegriffen hatten.

Willie rief sofort die Reiseagentur in Broken Hill an und erklärte, er müsse nach England reisen, um seine Tochter abzuholen. Die Dame am Telefon informierte ihn, dass vorübergehend keine Zivilisten mehr nach Europa geflogen würden, da in England jetzt jeden Tag mit dem Ausbruch des Krieges zu rechnen sei. Willie beendete das Gespräch und sackte in sich zusammen.

Am nächsten Tag, dem dritten September 1939, erklärten England und Frankreich Deutschland den Krieg.

Kapitel 7

»Nellie, ich muss dir etwas sagen«, begann Willie vorsichtig, als er am selben Abend in den flackernden Lichtkreis um ihr Lagerfeuer trat und mit einigem Abstand auf der ihr gegenüberliegenden Seite stehen blieb. Er hatte den Pub schon vor einer Stunde geschlossen, sich aber lange Mut zusprechen müssen, bis er sich endlich getraut hatte, zu Nellie zu gehen.

Beim Anblick ihres angespannten Kiefers und ihrer Ruhelosigkeit musste er an eine tickende Zeitbombe denken, die jeden Moment in die Luft gehen konnte.

»Du jetzt sagen, meine Kadee hier, Willie.« Nellies Tonfall weckte in ihm den Impuls, umzukehren und um sein Leben zu rennen. Doch er zwang sich zur Ruhe.

»Nein, leider nicht, aber sie ist in Sicherheit, das verspreche ich dir. Und deshalb kann sie auch noch nicht zurückkommen. Meine Schwester schreibt, dass in Europa Krieg herrscht. Nellie, ich habe versucht, ein Flugticket nach England zu kaufen, um Kate herzuholen, aber die Reiseagentur sagt, dass alle Flüge gestrichen sind, bis sich die Lage beruhigt.«

Nellie starrte ihn finster an, ihre Augen blitzten im Feuerschein. Willie fühlte sich zunehmend unbehaglich.

»Du böser, böser Mann, Willie«, zischte Nellie und sprang auf die Beine.

Gleichzeitig trat zu Willies Schrecken hinter Nellie ein furchteinflößender Aborigine aus der tiefen Dunkelheit ins Licht der Flammen. Der Mann war groß und nur mit einem Fetzen Känguruhaut bekleidet, der seine Lenden bedeckte. Seine Gliedmaßen waren geschmeidig und lang, und er hatte dickes langes Haar, von weißen Strähnen durchzogen, die von Erfahrung zeugten. Sein Gesicht und die vernarbte Brust waren mit ockerfarbenen Zeichen bemalt, und um seinen Hals hingen Federn und Vogelfüße. Zweifellos ein Kadaicha, ein Medizinmann der Aborigine. Das alles war unheimlich, das Unheimlichste an ihm aber waren die Augen, schwarz und seelenlos.

Nellie sprach auf Wadigali mit dem Mann, dann streckte der den Arm aus und deutete mit einem langen bleichen Knochen auf Willie. Willie bemerkte, dass dessen eines Ende angespitzt war, und sofort erschien vor seinem inneren Auge das Bild von ihm selbst, wie er gleich damit aufgespießt würde. Der Aborigine begann zu singen, holte einen weiteren Knochen hervor und klopfte die beiden Knochen gegeneinander, während er Willie drohend umkreiste.

Willie fühlte sich wie ein gejagtes Beutetier. Das Herz raste in der Brust, und ihm brach der Schweiß aus. »Was passiert hier, Nellie?«, fragte er nervös, ohne den Mann aus den Augen zu lassen.

»Du zahlen, weil du Nellie Kadee wegnehmen«, kreischte Nellie.

Willies Herzschlag beschleunigte sich so rasant, dass ihm schwindlig wurde. Er wusste nicht, ob er nach Hilfe rufen oder um sein Leben kämpfen sollte, beide Anstrengungen schienen ihm im Moment vergeblich.

»Du kannst ihn mich doch nicht umbringen lassen, Nellie«, sagte er in dem Versuch, sie zur Vernunft zu bringen.

»Er Willie nicht töten. Er Willie verfluchen. Viel schlimmer. Du merken.«

Willie wachte schweißgebadet auf, umgeben von Dunkelheit. Er lag im Bett, dabei konnte er sich seltsamerweise nicht einmal daran erinnern, dass er hineingestiegen war. Er versuchte, sich an den vergangenen Abend zu erinnern, doch es gelang ihm nicht. Und nun hatte er einen unheimlichen Traum gehabt. Er erinnerte sich vage, wie er darin von einem Kadaicha verfolgt worden war, der ihm schaden wollte.

»Es war bloß ein Albtraum«, murmelte er, und eine Welle der Erleichterung durchflutete ihn. Lange lag er wach und grübelte, wie er auf einen solchen Traum kommen konnte, bevor er schließlich in einen unruhigen Schlaf fiel, aus dem er bei Tagesanbruch erwachte.

Noch vor Öffnung des Pubs lief er zu Nellies Lager, um ihr schweren Herzen von der weiteren Verzögerung bezüglich Kates Rückkehr zu erzählen, musste aber zutiefst überrascht feststellen, dass es verlassen war. Geblieben waren die Überreste eines Feuers, doch die Asche war kalt. Er konnte sich keinen Reim darauf machen: Nellie wartete doch auf Kate, warum sollte sie fortgehen?

Nachdenklich wandte er sich um. Dabei stolperte er über einen Stein und landete ausgestreckt auf dem staubigen Boden, sein Kinn schlug hart auf der Erde auf. Stöhnend stützte er sich auf die Hände und schob sich hoch. Direkt vor ihm rückte ein Gegenstand in sein Blickfeld, und Willie keuchte auf, als er erkannte, was er sah: einen langen, spitzen Knochen, der genauso aussah wie der aus seinem Albtraum.

Willie sprang auf und taumelte rückwärts. Wie konnte ein Gegenstand aus seinem Albtraum direkt vor ihm auftauchen? Das war unmöglich … es sei denn, er hatte Nellie in der letzten Nacht besucht, und das, was er für einen Albtraum gehalten hatte, war tatsächlich geschehen. Hatte Nellie ihn wirklich mit einem Fluch belegen lassen?

»Das ist Unfug«, murmelte er. Er glaubte nicht an Hexerei und Zaubertränke und zog den Schluss, dass er nichts zu befürchten hatte.

Als Willie zwei Wochen lang weder Nellie noch ihr Lagerfeuer gesehen hatte, wurde er unruhig. Außerdem machte er sich Sorgen um Kate und fragte Leo jeden Tag, ob ein Brief von Madge gekommen sei. Nach einer gefühlten Ewigkeit brachte Leo ihm schließlich ein Schreiben.

Lieber Willie,
wenn du diesen Brief liest, befindet sich England schon im Krieg mit Deutschland. Ich möchte dir unbedingt Bescheid sagen, dass wir im Lake District davon nicht betroffen sind. Noch viel wichtiger ist die Nachricht, dass es Kate gut geht. Sie ist gesund, zufrieden und schon wieder ein Stück gewachsen.

In der Annahme, dass London und möglicherweise auch andere Städte im Vereinigten Königreich bombardiert werden, wurden Hunderte von Kindern aufs Land evakuiert, wo sie in Familien untergebracht wurden. Als Hotelbesitzer wurden uns zehn Kinder zugewiesen, sechs Mädchen und vier Jungen zwischen acht und zwölf Jahren. Sie sind alle äußerst liebenswürdig, und Kate ist sehr glücklich über die Gesellschaft von Kindern, vor allem über die der Mädchen. Im Hotel war es noch nie so laut, aber es sind heitere Geräusche. Wir nehmen zurzeit keine Gäste auf, und so kann Trevor zu seiner großen Freude mit den Jungen angeln gehen. Wir drei werden die Kinder sehr vermissen, wenn sie irgendwann wieder nach Hause zurückkehren.

London wurde noch nicht bombardiert, genauso wenig wie andere Großstädte, aber ich nehme an, dass das noch geschehen wird. Terry und June waren eine Weile bei uns, sind aber nach Windermere zu Margaret gezogen, zweifellos auch, um etwas Ruhe zu haben.

Mach dir also keine Sorgen, Willie, ich werde dir weiterhin regelmäßig schreiben. Ich hoffe, dass die Post funktioniert und du meine Briefe zeitnah erhältst.

Pass gut auf dich auf.
Alles Liebe
Madge

Willie atmete erleichtert auf. Er wagte zu hoffen, dass Kate alles unbeschadet überstehen und in nicht allzu ferner Zukunft nach Hause kommen würde. Er hätte die Neuigkeiten gerne sofort mit Nellie mitgeteilt, aber das würde warten müssen, bis er sie das nächste Mal sah, wann auch immer das sein würde.

Ein paar Tage zuvor hatte er erneut einen Albtraum gehabt. Er war mitten in der Nacht schweißgebadet aufgewacht und auf den Balkon gegangen, um frische Luft zu schnappen. Während er darauf wartete, dass die Panik sich legte, meinte er plötzlich, jemanden im Schatten der Windmühle stehen zu sehen. Er dachte zunächst an Nellie, doch es war kein Feuerschein zu sehen. Wenn dort wirklich jemand im Schatten herumlungerte, beobachtete derjenige ihn offenbar ein paar Minuten lang. Willie ging wieder ins Bett, war aber zu aufgewühlt, um einschlafen. Erst im Morgengrauen hatte er sich erfolgreich eingeredet, dass alles nur Einbildung gewesen war.

Doch von da an suchten Willie beinahe jede Nacht Albträume heim. Es waren immer andere, und alle waren beängstigend. Als seine Freunde zum wiederholten Male anmerkten, dass er müde aussehe, erzählte er ihnen von den Träumen und fragte sie um Rat. Leo schlug vor, dass er vor dem Zubettgehen keinen Käse mehr essen solle. Normalerweise servierte er gegen neun Uhr abends Kräcker und Käse, und natürlich naschte er auch selbst davon.

»Ist ja klar, dass du das vorschlägst, Leo«, meldete Tony sich sarkastisch zu Wort.

»Was willst du damit sagen?«, fragte Leo entrüstet.

»Na, wenn Willie keinen Käse mehr isst, bleibt mehr für dich«, kommentierte Jerry.

»Pah!«, rief Leo. »Ihr seid doch diejenigen, die sich auf jede Käseplatte stürzen wie Möwen auf die Essensreste eines Picknicks.«

»Jetzt mal ehrlich«, kehrte Tony zum ursprünglichen Thema zurück. »Trink vor dem Schlafen warme Milch mit Brandy. Das hilft mir immer.«

Willie schüttelte sich allein schon bei dem Gedanken. »Milch habe ich nicht mehr getrunken, seit ich ein Baby war. Aber Brandy und Whiskey habe ich ausprobiert, und keins davon hat geholfen.«

»Versuch es mal mit unseren Kräutertees«, bot Leo an. »Flo hat sie immer da, sie helfen bei vielen Beschwerden, unter anderem auch bei Schlafstörungen.«

Die Männer gingen davon aus, dass Willies Unruhe in seiner Sorge um Madge und Trevor begründet war, und versuchten ihn davon zu überzeugen, dass ihnen nichts geschehen und der Krieg nicht lange dauern würde.

Willies nächster Albtraum kam ihm noch wirklicher vor als die anderen. Er hörte das Knistern und roch den Rauch des Feuers, sein Schlafzimmer leuchtete in einem orangefarbenen Ton. Der Traum war so real, dass Willie sogar vom Qualm hustete und meinte, in der Entfernung jemanden seinen Namen rufen zu hören.

»Willie! Willie! Wach auf!«

Er öffnete die Augen und bemerkte sofort, dass der Qualm echt war. Er keuchte, sprang abrupt aus dem Bett, rannte einige Sekunden verwirrt umher. Überlegte, die Zimmertür zu öffnen, entschied sich aber dagegen, falls das Erdgeschoss brannte. Als er erneut jemanden seinen Namen rufen hörte, lief er auf den Balkon.

»Feuer!«, schrie jemand von unten.

»Himmel!«, rief Willie. Die alten Ställe hinter dem Pub brannten lichterloh, die Flammen schlugen bereits durch das Dach. Leo und Flo standen in Morgenrock und Pantoffeln gekleidet und mit leeren Eimern in der Hand davor. Sie hatten erfolglos versucht, das Feuer zu löschen, und mussten jetzt zusehen, wie es die Ställe zerstörte.

Zum Glück wehte kein Wind, sodass keine Funken auf den Balkon oder das Dach des Hotels getragen wurden und das Feuer nicht auf den Pub übergreifen würde.

»Wie kann das sein?«, rief Willie über das Tosen des Feuers hinweg.

»Das wissen wir nicht. Uns hat der Gestank des Qualms geweckt«, schrie Leo zu ihm hinauf.

Willie lief in sein Schlafzimmer und zog sich hastig an, dann rannte er die Treppe hinunter und nach draußen. In den Ställen lagerte er leere Flaschen, alte Zeitungen und Kartons, nichts Wertvolles, aber unglücklicherweise speisten die Zeitungen das Feuer, und er hörte, wie die Flaschen explodierten.

»Ein Feuer entzündet sich nicht von selbst«, rief er. In der Nacht hatte es seines Wissens weder gedonnert noch geblitzt, und ohne Wind war es auch unmöglich, dass Glut eines Lagerfeuers zu den Ställen hinübergeweht worden war.

»Merkwürdig.« Leo kratzte sich am Kopf. »Aber zumindest ist es nicht der Pub.«

Jetzt gesellten sich weitere Dorfbewohner zu ihnen, darunter Tom und Dora Pearce sowie deren Tochter Mary, die Frau von Barney Finnegan, der zusammen mit ihr herbeieilte.

»Was ist passiert?«, wandte Barney sich an Leo.

Willie, der nicht den Hauch von Mitgefühl in Barneys Miene ausmachen konnte, antwortete verärgert, bevor Leo reagieren konnte. »Was weißt du darüber, Finnegan?«

»Was sollte ich darüber wissen?«, fragte Barney. »Ich bin gerade erst hergekommen, du Spinner.«

»Bist du dir sicher, dass du nicht schon früher am Abend hier warst?« Willie deutete anklagend auf ihn.

»Hast du den Verstand verloren?«, gab Mary zurück.

»Er hat seinen Verstand schon vor Jahren verloren, Mary«, sagte Barney so laut zu seiner Frau, dass alle es hören konnten. Dann wandte er sich an Willie. »Wenn ich irgendwas anzünden wollte, dann würde ich bei dem Schandfleck da anfangen.« Er deutete auf den Pub.

»Mein Pub ist das perfekte Beispiel für den Stil dieser Gegend, das Gebäude ist ein Aushängeschild für das Dorf«, erwiderte Willie. »Du warst schon immer neidisch, weil ich den besten Pub weit und breit habe.«

»Nur in deinen Träumen«, schoss Barney wütend zurück.

Die Dorfbewohner mischten sich nicht ein, sie waren an Willies und Barney Streitereien gewöhnt und schüttelten bloß die Köpfe. Nur Leo ging dazwischen, um eine Prügelei zu verhindern.

»Niemand glaubt, dass du das Feuer gelegt hast, Barney«, sagte er ruhig, mit einem vorwurfsvollen Blick zu Willie.

»Das siehst aber nur du so, Leo«, rief Willie. »Das Feuer hat sich nicht selbst entzündet.«

»Nun, ich war es nicht«, zischte Barney. »Komm, Mary, wir gehen wieder ins Bett. Unsere Sorge ist hier nicht erwünscht.«

»Steck dir deine Sorge sonst wohin«, murmelte Willie.

Mary funkelte Willie böse an, dann gingen sie davon.

»Du weißt genau, dass Barney deine Ställe nicht angezündet hat«, sagte Leo. »Wie kommst du dazu, so etwas zu behaupten?«

»Ich bin mir da nicht so sicher«, erklärte Willie.

Am folgenden Donnerstagabend räumte Willie gerade auf, nachdem die letzten seiner Gäste gegangen waren, als er plötzlich meinte, ein Dröhnen zu hören. Er hielt inne und lauschte, aber alles war ruhig. »Sicher ein Donnergrollen«, murmelte er leise. Es hatte seit Monaten nicht geregnet, aber in Mittelaustralien gab es oft trockene Stürme mit Blitzen und Donner.

Er wollte gerade abschließen, als Barney hereinplatzte.

Willie war erstaunt, ihn zu sehen. »Was willst du?«

»Ich hab dir doch gesagt, dass ich deine Ställe nicht angezündet hab«, zischte Barney.

Willie wusste nicht, worauf er hinauswollte. »Ja, ich erinnere mich daran, dass du das bestritten hast. Also, was willst du?«

»Du Spinner musstest dich einfach rächen, stimmt's?«

Willie blickte ihn erstaunt an. »Wovon redest du?«

»Von dir … und dass du die Außentoilette hinter meinem Pub in die Luft gesprengt hast.«

Willie traute seinen Ohren nicht, musste dann jedoch lachen.

»Du findest das auch noch lustig. Du hättest jemanden umbringen können!«, schrie Barney ihn an.

»Ich finde es zum Schießen, ich wünschte, ich wäre darauf gekommen.«

»Tu nicht so unschuldig.« Barney war jetzt dunkelrot vor Wut.

»Ich war den ganzen Abend hier. Jerry und Leo sind eben erst gegangen, die können das bestätigen.«

»Wie lange ist das her?«, fragte Barney misstrauisch. Leo war die unparteiischste Person im ganzen Dorf, und Barney vertraute ihm.

»Weiß nicht. Vielleicht zwanzig Minuten«, erwiderte Willie trotzig.

»Dann hattest du ja genug Zeit, um dich zu mir zu schleichen und die Außentoilette in die Luft zu jagen. Du bist ein rachsüchtiger Bastard, Willie, und das wirst du immer sein.« Barney machte auf dem Absatz kehrt und stürmte zur Tür.

»Pah!«, rief Willie ihm hinterher. »Wenn du herausgefunden hast, wer es wirklich getan hat, gebe ich ihm eine Woche lang alle Getränke aus.«

Als Willie in dieser Nacht im Bett lag, dachte er über die Geschehnisse nach. Er hatte Barneys Außentoilette nicht in die Luft gesprengt, aber wer war es dann gewesen? Wusste jemand, was Barney mit seinen Ställen getan hatte, und nahm Rache? Irgendwie kam ihm das unwahrscheinlich vor. Aber es bedeutete, dass jemand, der gefährlich war, im Dorf lebte. Er fragte sich, was als Nächstes geschehen würde.

Kapitel 8

»Die hier sind gerade frisch mit dem Truck geliefert worden.« Leo stellte eine Kiste mit einem Dutzend Hühnern auf den Küchentisch des Pubs. »Sie haben Broken Hill heute Morgen tiefgekühlt verlassen und sind fast aufgetaut. Jetzt müssen wir sie nur noch braten. Flo kommt in einer halben Stunde her, um sie für deinen Ofen vorzubereiten.« Leo sah auf die Uhr. »Wenn du sofort loslegst, sollte eine halbe Stunde reichen, um die Feuerkammer mit Holz zu füllen und den Ofen anzuheizen. Dann musst du nur noch ein Auge darauf haben, dass sie nicht verbrennen.«

»Das Holz ist schon in der Feuerkammer, ich zünde es gleich an.«

»Sehr gut. Flo schneidet die Ananas, die du bestellt hast, sobald sie unsere Bestellungen eingeräumt hat, die bringt sie dann später mit.« Er rieb sich die Hände. »Hach, das wird ein toller hawaiianischer Abend heute. Mein Hawaiihemd ist gebügelt, und ich habe meine Ukulele schon abgestaubt. Was ziehst du heute Abend an?«

»Also, da ich ja, wie du weißt, kein Blumenhemd besitze, habe ich mir was einfallen lassen.« Willie zwinkerte ihm zu.

Bei Leo schrillten sofort die Alarmglocken. Er hatte mehr als einmal die Erfahrung machen müssen, dass Willie ein äußerst schlechtes Gespür für angemessene Kleidung hatte. In einem heißen und staubigen Ort im Outback gab es zwar keine strenge Kleiderordnung, aber Willie ging gerne mal zu weit. »Was genau willst du mir damit sagen?«

»Ich habe mir einen Bastrock gemacht.« Willie zog den Rock

stolz aus einer Schublade und zeigte ihn Leo. Es war eigentlich nur ein Band, an dem einige lange Grashalme befestigt waren.

Leo starrte darauf. »Ist das einer deiner geschmacklosen Witze?«

»Ganz sicher nicht!«

»Offenbar hattest du noch nicht genug Zeit, um ihn fertigzustellen«, warf Leo zuversichtlich ein.

Willie betrachtete sein Werk. »Doch, er ist fertig.«

Leo ging auf, dass er es tatsächlich ernst meinte, und er schauderte bei dem Gedanken, dass Willie ihn wirklich tragen würde. »Nun, er ist ein wenig … spärlich.«

»Ach, das passt schon«, sagte Willie bestimmt.

Leo stieß einen tiefen Seufzer aus. »Ich kann mich nur wiederholen: Du brauchst eine Frau, die dich in Sachen Kleidung berät.«

»Ich brauche keine Frau, die mich herumkommandiert«, behauptete Willie. »Und was hast du gegen meinen Bastrock? Ich bin stolz darauf.«

»Deine Gäste werden Körperteile von dir sehen, die offen gestanden *niemand* sehen sollte.«

»Meinst du meine …« Willie sah an sich hinab, und Leo erblasste.

»… hinreißenden Beine?« Willie posierte theatralisch und lachte.

»Du bist wirklich urkomisch«, merkte Leo sarkastisch an. »Ich hatte eher daran gedacht, dass dann jeder deine Unterhose sieht, die du nur *wöchentlich* wechselst.«

Willie tat beleidigt. »Du täuschst dich, Leo. In der Hitze trage ich gar keine Unterhosen.«

»Willie! Das ist doch wohl nicht dein Ernst! Heute Abend kommen auch Damen, unter anderem meine Ehefrau.«

Willie schüttelte sich vor Lachen, und Leo ging auf, dass er ihn auf den Arm genommen hatte. Er schenkte Willie einen finsteren Blick.

»Ich lasse meine Hose an, du Trottel«, versprach Willie.

»Ich danke dem Herrn dafür. Du hast mich gerade eiskalt erwischt. Bis später.« Kopfschüttelnd verließ Leo den Pub durch die Hintertür.

Willie hielt ein Streichholz an das zusammengeknüllte Papier und den Zunder in der großen Feuerkammer unter dem Ofen und schloss dann die Klappe. Er hatte darin lange kein Feuer mehr entfacht, weil er den Ofen selten benutzte. Eier und Lammkoteletts briet er meist über einem offenen Feuer hinter dem Haus, weil es ihm zu lästig war, die Feuerkammer unter den Herdplatten zu reinigen.

Zehn Minuten später überprüfte er die Temperatur, doch der Ofen war immer noch vollkommen kalt.

»Mist!«, murmelte Willie. Als er die Feuerkammer öffnete, um nachzuschauen, warum das Holz nicht brannte, quoll schwarzer Qualm heraus und verteilte sich in der Küche, zusammen mit einem schrecklichen Gestank – es roch, als läge eine tote Ratte darin. »Pfui!«, schrie Willie. Er bedeckte Mund und Nase, um sich vor dem ekelerregenden Gestank zu schützen.

»Ist alles in Ordnung da drinnen?«, rief Jerry von der Bar und erschien gleich darauf in der Küchentür. »Was stinkt hier so? Doch hoffentlich nicht das Essen für den hawaiianischen Abend?« Er hustete. »Und woher kommt der ganze Qualm?«

»Ich habe Feuer im Ofen gemacht. Aber es ist ausgegangen.« Willie stocherte in der Kammer herum. »Aus irgendeinem Grund entweicht der Qualm nicht durch den Schornstein.«

»Vermutlich hat der Qualm das Feuer erstickt.« Auch Jerry bedeckte jetzt seinen Mund und seine Nase, seine Augen füllten sich mit Tränen. »Also muss der Schornstein blockiert sein. Allerdings habe ich keinen Schimmer, wie das sein kann. Ich hab ihn erst vor ein paar Monaten für dich gereinigt.«

»Nun, irgendetwas blockiert ihn.« Willie konnte nur hoffen, dass es kein Opossum war. »Warum ausgerechnet heute? Ich muss doch ein Dutzend Hühner für das Fest heute Abend zubereiten.« Er war entschlossen, diesen Abend zu einem großen Erfolg zu machen, unter anderem, um Barney Finnegan zu verärgern.

»Das kannst du in diesem Ofen nicht, wenn wir den Schornstein nicht freikriegen«, sagte Jerry. Ihm war durchaus klar, dass »wir« in diesem Fall nur er selbst war, denn Willie hatte schon immer Höhenangst gehabt, deswegen kümmerte sich Jerry für ihn um alle Reparaturen am Dach und um die Reinigung des Schornsteins. Im Gegenzug erhielt er ein paar Freibier.

»Ich hole den Kaminbesen von Leo, du holst die Leiter.«

Willie wandte sich ab, hielt aber mitten in der Bewegung inne. »Oh, Mist«, murmelte er erneut.

»Was ist?«

»Mir ist gerade eingefallen, dass die Leiter in den Ställen war.«

Jerry verdrehte die Augen. »Sieht so aus, als müsste ich mich auf die Suche nach einer Leiter begeben.«

»Siehst du irgendwas im Schornstein, Jerry?«, rief Willie eine Stunde später ungeduldig die Leiter hinauf. Sie hatten viel zu viel Zeit mit der Suche nach einer Leiter und sonstigem Zubehör verbracht. Flo hatte längst die Hühner aus dem Pub zur Zubereitung mit in ihre eigene Küche genommen. Unglücklicherweise war ihr Ofen viel kleiner, deswegen musste sie die Hühner nacheinander garen, aber das ging nun mal nicht anders. »Wenn etwas vernünftig gemacht werden muss, bleibt es wie immer an einer Frau hängen«, hatte sie gemurrt. Und während sie das ganze Essen für das Fest alleine zubereitete, brauchte es drei Männer, einschließlich ihres Ehemannes, um einen einzigen Kamin zu säubern.

Jetzt stocherte Jerry mit einem langen Besen im Schornstein herum und leuchtete mit einer Taschenlampe hinein. »Da ist irgendwas Großes drin«, rief er mit rußbedecktem Gesicht. »Und es klemmt. Ich glaube aber nicht, dass es ein totes Opossum ist.«

»Schieb es nicht weiter rein. Versuch lieber, es oben rauszuziehen«, schlug Willie vor.

Jerry murmelte, Willie solle es doch selbst tun, beschloss dann aber, es mithilfe einer von Leo geliehenen langen Stange mit einem Haken daran zu versuchen.

Willie schirmte mit den Händen seine Augen von der Sonne ab und sah zu, wie Jerry sich mit dem verstopften Schornstein abplagte und schließlich etwas herauszog.

»Was ist es?«, rief Willie ungeduldig. Mittlerweile hatten sich Tony Wilson und Leo zu ihm gesellt, und sie alle platzten beinahe vor Neugier.

»Sieht aus wie ein großes Vogelnest«, rief Jerry, nachdem er Ruß abgeschüttelt und es eingehend betrachtet hatte.

»Was? Das kann nicht sein!«, rief Willie. »Wie sollte das denn in den Schornstein kommen?«

Jerry warf das Nest vom Dach herunter, das im Staub ein paar Meter vor den Männern landete. Es war in einem jämmerlichen Zustand. Die Reste zerbrochener Eier hingen darin, was den Geruch in der Küche erklärte.

Leo untersuchte es gründlich. »Sieht aus wie das Nest eines Adlers. Aber ein Adler würde sein Nest nicht auf einem Schornstein bauen. Adler bauen ihre Nester nur in Klippen oder sehr hohen Bäumen, normalerweise ganz weit oben.«

»Es ist auf jeden Fall zu groß, um einfach in den Kamin gefallen zu sein«, bemerkte Tony. »Irgendjemand muss sich die Mühe gemacht haben, es dort hineinzustopfen.«

Willies Gesichtszüge erstarrten, als ihm aufging, dass es sich um Sabotage handelte. »Barney!«, zischte er, und sein Gesicht wurde rot vor Wut.

»Das war nicht Barney«, behauptete Leo.

»Der Bastard wusste, dass ich für den hawaiianischen Abend den Ofen anheizen muss, deswegen hat er meinen Schornstein blockiert.«

»Barney kann unmöglich auf das Dach gekommen sein, Willie«, argumentierte Leo sachlich. »Er hätte eine lange Leiter gebraucht, die er nicht hat, und du weißt doch, dass er Probleme mit den Knien hat.«

»Er würde die Drecksarbeit doch nicht selbst übernehmen. Er hat bestimmt jemanden dafür bezahlt«, warf Willie ein.

»Niemand im Dorf würde ein Nest in deinen Schornstein stopfen«, entgegnete Tony. »Auch nicht gegen Bezahlung.« Er war sich dessen ganz sicher, schließlich hatte sich noch nie ein Dorfbewohner in Barneys und Willies kindischen Wettstreit eingemischt.

»Er glaubt, ich hätte seine Außentoilette in die Luft gesprengt«, sagte Willie. »Und natürlich will er sich dafür rächen.«

»Ich frage mich, wer das mit der Toilette wirklich war«, überlegte Tony. »Auch das kann ich mir bei keinem unserer Leute vorstellen.«

»Also ich war es jedenfalls nicht, obwohl ich mir wünschte, ich wäre auf die Idee gekommen«, sagte Willie. »Und er wird mir auf keinen Fall meinen hawaiianischen Abend verderben.«

Leo und Tony sahen sich an und verdrehten die Augen.

»Ich hoffe, du machst keine Dummheiten, Willie«, merkte Leo besorgt an.

»Wenn mir etwas einfällt, wie ich mich bei Barney rächen kann, könnt ihr sicher sein, dass es genial sein wird«, murmelte Willie nachdenklich.

»Barney organisiert doch selbst einen Themenabend, da hat er überhaupt keine Zeit, über Rache nachzudenken«, erklärte Leo.

Willie war überrascht. »Was für einen Themenabend?«

»Einen mexikanischen Abend. Wusstest du das nicht?«

»Davon höre ich gerade zum ersten Mal. Wusstest du das, Tony?«

Tony zuckte mit den Schultern. »Ich hab es am Rande mitbekommen …«, murmelte er.

»Er findet morgen Abend statt«, sagte Leo. »Eigentlich sollte er heute sein, aber er hat über mich eine große Dose Chili bestellt, die erst heute mit den restlichen Bestellungen angekommen ist. Offenbar dauert es ein paar Stunden, Chili zu kochen, deshalb ist der Abend erst morgen. Einige der Dorfbewohner sind sehr gespannt darauf, das Chili zu probieren.«

Willie sah ihn finster an.

»Sie sind auch sehr gespannt auf den hawaiianischen Abend«, schob Leo schnell hinterher.

»War ja klar, dass Barney meine Idee nachmacht«, brummte Willie.

»Flo meinte eben, der Geruch des Chilis zieht bis in den Shop«, erzählte Leo. Er verschwieg, wie angetan sie von dem leckeren Duft gewesen war.

Willie straffte die Schultern und starrte Leo an.

»Worüber auch immer du gerade nachdenkst, tu es nicht«, sagte Leo.

»Ich habe keinen Schimmer, wovon du redest.«

Der hawaiianische Abend wurde ein voller Erfolg, vor allem dank Flos fleißiger Unterstützung bei der Zubereitung des leckeren Essens und dank Leos musikalischer Begleitung auf der Ukulele. Keinem der Anwesenden fiel auf, dass Willie sich mit dem Trinken zurückhielt, auch nicht, nachdem ein betrunkener Frankie Osbourne es lustig fand, Willies Bastrock anzuzünden, während er ihn noch anhatte. Glücklicherweise war der Möchtegern-Rock zu grün und spärlich, um wirklich zu brennen.

Als Jerry und Tom am darauffolgenden Tag zur Mittagszeit auf ein kaltes Bier vorbeikamen, hörten sie Willie eine fröhliche Melodie summen. Er schien außergewöhnlich guter Laune zu sein.

»Hast du keinen Kater?«, fragte Jerry verärgert. Sein eigener Kopf dröhnte, als hätte er tausend Trommeln im Schädel. Er stürzte das erste Bier herunter, in der Hoffnung, es würde seinen Schmerz betäuben.

»Nein.« Willie zapfte ihm ein weiteres Bier.

»Keine Verbrennungen?«, fragte Jerry mit einem Blick auf Willies stellenweise verbrannte Hose.

»Nein«, wiederholte Willie. »Ist das heute nicht ein toller Tag?«

Wie an den meisten Tagen pustete draußen der heiße Wind Staub durch die Gegend. Jerry und Tony schauten sich verwundert an.

Jerry wandte sich an Tony. »Wer ist das? Und was hat er mit unserem brummigen Willie gemacht?«

»Weiß nicht«, murmelte Tony genauso perplex. »Aber dieser neue Willie ist nervtötend fröhlich.« Er fühlte sich auch nicht gut, sein Magen gluckerte wie ein Springquell.

In diesem Moment kamen weitere Dorfbewohner herein und lobten Willie für den gelungenen hawaiianischen Abend.

»Gehst du zum mexikanischen Abend heute?«, fragte Willie Frankie Osbourne.

Frankie, der ein schlechtes Gewissen hatte und zudem unsicher war, ob er die Wahrheit sagen konnte, blickte hilfesuchend zu Jerry, doch der zuckte nur unbeteiligt mit den Schultern.

»Ich schätze, ich schaue mal kurz vorbei, nur so aus Neugier«, sagte Frankie vorsichtig. »Was ist mit dir, Jerry?«

Jerry warf ihm einen bösen Blick zu, weil er nun zu einer Antwort gezwungen war. »Weiß nicht«, murmelte er mit einem vorsichtigen Blick in Richtung Willie.

»Du solltest hingehen, Jerry«, befand Willie ruhig. »Ihr solltet alle hingehen.«

Jetzt machte sich Nervosität breit. Was bezweckte Willie mit seinem Verhalten?

Allein Jerry war misstrauisch und mutig genug, Willie darauf anzusprechen. »Und warum sollten wir das?«, fragte er direkt.

Alle blickten Willie an, gespannt auf die Antwort.

»Na, warum nicht? Es ist doch immer gut, mal was Neues auszuprobieren.« Er ließ seinen Blick über die erstaunten Gesichter gleiten. »Also gut, ich bin neugierig«, gab er zu. »Ich möchte wissen, ob Barneys mexikanischer Abend mit meinem hawaiianischen Abend mithalten kann.«

»Aha.« Jerry entspannte sich ein wenig. »Du glaubst, das wird ein großer Reinfall und du steht anschließend noch besser da.«

»So kann man es sagen«, antwortete Willie mit einem Lächeln.

Kapitel 9

Es war ein merkwürdiges Gefühl, die Bar um sieben Uhr abends noch leer vor sich zu haben, aber Willie machte sich keine Sorgen. Wenn alles nach Plan verlief, würde sein Haus um halb neun voll sein, und mit ein wenig Glück würde man ihm den ganzen Pub leertrinken.

Gelangweilt und einsam trat er auf die vordere Veranda und sah die Straße hinab in Richtung des Family Hotels. Davor parkten viele Fahrzeuge, und er hörte Gesang und lautes Johlen. Unter anderen Umständen wäre er wütend und sicherlich grün vor Neid gewesen. Stattdessen grinste er jetzt beim Gedanken an seine Tat in der vergangenen Nacht.

Nachdem er den Pub geschlossen und aufgeräumt hatte, war er über die Straße zum Family Hotel geschlichen, auf dessen Rückseite er in der Dunkelheit über die Trümmer der zerstörten Außentoilette gestolpert war.

»Herrgott noch mal«, zischte er leise, als er auf einen abgebrochenen Ziegelstein trat, schlich aber mit schmerzendem Knöchel weiter, direkt auf mehrere Eimer zu, die Barneys männliche Gäste bis zum Bau einer neuen Außentoilette benutzen sollten. Willie entdeckte sie jedoch erst, als er mit dem dicken Zeh kräftig gegen einen von ihnen stieß. Leider war der Eimer voll, und Willie unterdrückte einen Fluch, als sich der Inhalt über seinen Schuh ergoss.

Hinter einem Baum versteckt wartete er, bis er sicher war, dass Barney und Mary schliefen. Währenddessen dachte er darüber nach, wer die Außentoilette zerstört haben könnte. Er war überzeugt, dass es in Tibooburra niemanden gab, der Barney noch weniger mochte als er selbst, schließlich war es in einem Dorf mit so wenigen Einwohnern, in dem jeder jeden kannte, schwer, Geheimnisse oder einen Groll gegen jemanden zu verbergen. Willie musste sich ärgerlich eingestehen, dass Barney in der kleinen Gemeinschaft beliebt war. Er konnte sich niemanden vorstellen, der die Außentoilette in die Luft sprengen würde. Die Aktion wäre vollkommen sinnlos.

Schließlich löste er sich aus seinem Versteck und schlich zur rückseitigen Außenküche. Barney hatte Mary, die leidenschaftlich gerne buk, vor zwei Jahren einen neuen Ofen gekauft, nachdem sie sich pausenlos darüber beschwert hatte, dass die Küche im Pub beim Kochen zum Schmelzofen werde. Dieser neue Ofen und die Kochplatten standen hier draußen in der neu gebauten Außenküche, genau wie einige Vorratsschränke und ein Kühlschrank.

Barney hatte ein Fliegennetz um die Küche herum gebaut, so gelangten keine Insekten hinein, und es war trotzdem luftig. Ein peruanischer Pfefferbaum spendete der Küche in den heißesten Stunden Schatten.

Beim Anblick eines großen Topfes auf dem Herd lächelte Willie. Offenbar hatte Barney es ihm unabsichtlich leicht gemacht. Die Fliegentür war abgeschlossen, also entfernte Willie vorsichtig eines der Gitter und kletterte in die Küche. Dann schaltete er die Taschenlampe ein. Er brauchte nicht lange, um die Dose mit dem Chilipulver zu finden, sie war noch halbvoll. Sicherheitshalber hatte er auch eine Dose Cayenne-Pfeffer dabei. Willie hob den Deckel des großen Topfes und musste zugeben, dass der Inhalt gut roch, so gut, dass er nicht widerstehen konnte und das Chili probierte. Es war köstlich und angenehm mild.

»Nicht schlecht, Barney«, wisperte er, »aber ich glaube, es braucht noch ein bisschen mehr Pfiff.«

Beinahe hätte er laut aufgelacht, als er eine große Portion Chilipulver hinzuschüttete und dann zusätzlich noch die Hälfte des Cayenne-Pfeffers. Diejenigen, die das essen würden, taten ihm fast leid, aber der Gedanke an Barneys Demütigung verdrängte alle anderen Gefühle.

Tony war um kurz nach halb neun der Erste, der in den Pub taumelte, dicht gefolgt von Jerry und Leo.

»Bier«, rief Tony keuchend. »Schnell, beeil dich!«

Willie zapfte das Bier und stellte es vor ihm ab. »Wird im Family Hotel kein Bier ausgeschenkt?« Er gab sich Mühe, nicht zu neugierig zu klingen.

Tony antwortete nicht, sondern stürzte das Bier hinunter. Willie füllte weitere Gläser und stellte sie auf die Theke.

»Zu viele Leute«, krächzte Jerry, während der Schweiß über sein rotes Gesicht strömte. Er schnappte sich ein Bier und trank.

»Barney freut sich doch bestimmt über so viele Gäste«, sagte Willie. »Sein mexikanischer Abend ist offenbar ein Riesenerfolg.« Er versuchte, die Feindseligkeit in seine Stimme zu legen, die seine Freunde erwarteten.

Jerry bedachte ihn mit einem langen Blick, während er sich ein neues Glas nahm und an die Lippen setzte. Inzwischen hatte Tony sein zweites Glas schon halb geleert.

»Ihr seid aber durstig heute«, kommentierte Willie, als wüsste er nicht, warum das so war. Er wandte sich an Leo. »Hast du Flo bei Barney gelassen?«

Leo leerte sein Glas. »Sie ist nach Hause gegangen, ihr geht es überhaupt nicht gut«, antwortete er atemlos und wischte sich den Schaum von der Oberlippe.

»Wirklich?« Willie fühlte sich schuldig. »Das ist gar nicht gut.«

»Da hast du verdammt recht. Ich weiß nicht, was Barney sich dabei gedacht hat, sein Chili so scharf zu machen«, antwortete Leo verärgert.

»War es denn so scharf?«, fragte Willie. Natürlich hatte er gewollt, dass es scharf wurde, aber doch nicht so scharf, dass Flo davon krank wurde.

In diesem Moment stürmte eine Schar Gäste in den Pub, von denen jeder so schnell wie möglich etwas Kaltes zu trinken haben wollte. Willie kam mit dem Servieren kaum hinterher, freute sich aber über die vielen Kunden. Sie alle kritisierten Barney, sie mit seinem scharfen Chili fast vergiftet zu haben, und behaupteten, die Schärfe habe Löcher in ihre Mägen gebrannt. Willie erfuhr, dass ein paar Mutige eine ganze Schüssel voll gegessen hatten und sich jetzt gerade übergaben oder auf den Eimern auf der Rückseite des Pubs saßen. Willie stellte sich Barneys Schmach vor, und es kostete ihn seine gesamte Willenskraft, nicht laut zu lachen. Seiner Meinung nach war es genau das, was Barney verdient hatte nach dem Versuch, seinen hawaiianischen Abend zu sabotieren.

Sein Plan war perfekt aufgegangen, und Willie badete in seiner Genugtuung, bis ein Gast erwähnte, Kinder weinen gesehen zu haben. Willies Freude verpuffte innerhalb einer Sekunde und machte großen Schuldgefühlen Platz.

Willies Stimmungswandel stimmte Leo misstrauisch. Er lehnte sich über die Theke. »Ich dachte, du würdest dich freuen, dass Barneys mexikanischer Abend ein Reinfall war«, sagte er mit heiserer Stimme.

»Ich habe kein Mitgefühl mit Barney, aber ich finde es schlimm, dass Kinder darunter leiden«, gab Willie zu.

Leo wusste nicht, was er davon halten sollte. »Schön zu sehen, dass du doch ein Herz hast, Willie«, sagte er. »Ich gehe nach Hause und schaue nach Flo.«

Am nächsten Tag fühlte sich Willie noch mieser, aber er war fest entschlossen, seine Schuld an Barneys ruiniertem mexikanischen Abend nicht zu gestehen. Er hatte in der Nacht kaum ein Auge zugetan, und als er doch mal eingeschlafen war, hatte er einen Albtraum gehabt, in dem Leo ihm sagte, Flo sei nach dem Genuss von Barneys Chili gestorben. Der Albtraum war schrecklich und so real, dass Willie nun als Erstes zum Laden lief, um sich zu vergewissern, dass es Flo gut ging.

Sie war überrascht, Willie so früh zu sehen. »Guten Morgen«, grüßte sie matt. »Du siehst so aus, wie ich mich fühle.«

Willie war zutiefst erleichtert, sie lebendig zu sehen, aber angesichts ihrer Abgeschlagenheit plagten ihn Gewissensbisse. »Hattest du auch eine schlimme Nacht?«

Flo rieb sich den Bauch. »Das wäre noch untertrieben. Ich esse nie wieder Chili. Hattest du auch was davon?«

»Natürlich nicht«, protestierte Willie. »Ich würde lieber verhungern als etwas zu essen, das Barney Finnegan gekocht hat.«

»Ich glaube, das sehen jetzt sehr viele Leute so«, merkte Flo an.

Willie hätte sich darüber freuen müssen, aber unerklärlicherweise tat er das nicht.

»Barney tut mir trotz allem irgendwie leid«, fügte Flo hinzu. »Der Abend lief so gut, und plötzlich fingen überall Leute an zu keuchen, prusten und husten, einigen wurde schlecht, darunter viele Kinder. Es war wie in einer Horrorgeschichte.«

Willie sah die Szene förmlich vor sich und wusste, dass er zu weit gegangen war.

»Barney stand völlig neben sich. Die Leute schrien ihn an, Väter drohten ihm mit Schlägen. Er wusste gar nicht, was er tun sollte, und kam mit den Getränken nicht hinterher. Am Ende bedienten sich einige Gäste selbst, ohne zu bezahlen. Ich musste für die Kinder so viel Milch aus dem Laden holen, wie ich konnte. Barney hat immer wieder beteuert, das Chili sei beim Kochen nicht so scharf gewesen. Mary hat das bestätigt und meinte, sie hätte vorher schon eine Schüssel gegessen, ohne dass etwas passiert wäre. Niemand hat ihr geglaubt, was sie sehr getroffen hat. Sie hat erzählt, dass sie schwanger ist. Zum Glück ist sie von dem Chili nicht krank geworden.«

Willie war schockiert. »Vielleicht hat sich der Chiligeschmack über Nacht verstärkt«, schlug er vor.

»Ist das möglich?«, fragte Flo.

»Das bezweifle ich sehr«, ertönte plötzlich die Stimme von Leo, der zuvor draußen Benzin verkauft hatte. Willie zuckte vor Schreck zusammen. »Es ist wahrscheinlicher, dass irgendjemand mit Chilipulver nachgeholfen hat, aber wer würde so was schon tun?« Er schenkte Willie einen bedeutungsvollen Blick.

Willie errötete. »Ich muss zurück zum Pub.«

»Bist du nicht gekommen, um etwas zu kaufen?«, fragte Flo. »Hoffentlich keine Milch.«

»Oh, stimmt ja. Zucker«, antwortete Willie schnell, schließlich konnte er nicht die Wahrheit sagen. »Und danke noch mal, Flo, dass du das ganze Essen für den hawaiianischen Abend gekocht hast. Es war wirklich gut.«

»Und mein Essen hat niemandem den Magen verdorben«, antwortete Flo mit einem müden Lächeln.

»Du bist vorgestern Abend nicht noch in Barneys Außenküche gewesen, oder, Willie?«, ließ Leo nicht locker.

»Ich hatte nach dem hawaiianischen Abend viel zu viel mit Aufräumen und Putzen zu tun, und danach war ich vollkommen erschöpft«, erklärte Willie. »Also, wenn ihr mich entschuldigt, ich habe noch nicht einmal meine erste Tasse Tee getrunken.«

Er nahm den Zucker und verließ eilig das Geschäft.

»Flo?«, fragte Leo nachdenklich. »Willie war an dem Abend ziemlich nüchtern. Hast du ihn jemals nüchtern erlebt, wenn andere sich amüsiert haben?«

Flo schwieg einen Moment. »Nein«, sagte sie schließlich. »Aber Willie würde mit Sicherheit nicht wollen, dass uns allen schlecht wird. Er ist kein boshafter Mensch.«

»Nein, das stimmt, aber vielleicht war ihm nicht bewusst, dass es so schlimm werden würde.«

Willie war nicht wohl dabei, seine Freunde zu belügen, aber er fühlte sich in die Ecke gedrängt, und das ärgerte ihn. Er musste sich ablenken, bis das Thema erledigt war, dann würde er bestimmt wieder über Barneys Unglück lachen können. Er machte sich daran, Holz unter seine Grillplatte draußen hinter dem Pub zu stapeln, um sein Frühstück zuzubereiten. Nachdem er es entzündet hatte, ging er in die Küche, um Eier und Brot zu holen.

Doch als er den Kühlschrank öffnete, stellte er überrascht fest, dass nichts darin gekühlt war.

»Oh, Himmel, was ist jetzt schon wieder?«, murmelte er. Er öffnete den Tiefkühler, in dem er Fleisch und Eis für seine Gäste lagerte. Das Eis war zu einer Pfütze auf dem Kühlschrankboden geschmolzen, und das Fleisch war aufgetaut. »Was ist hier los?«

Hastig lief er wieder nach draußen und stellte fest, dass der Generator aus war. In diesem Moment fiel ihm auf, dass er ihn auch gar nicht gehört hatte. Er kontrollierte den Benzinstand: Der Tank war leer. Dann bemerkte er, dass der Staub unter dem Generator benzingetränkt war, die Verschlusskappe lag auf der Erde.

Jemand hatte die Kappe abgeschraubt und das Benzin herausgelassen. »Barney«, zischte er wütend.

Er eilte mit einem Fass in den Corner Store und ließ es von Leo mit Benzin füllen. Währenddessen erzählte er ihm, was geschehen war. »Ich weiß, dass es Barney war«, schloss er.

»Meine Güte, Willie.« Leo riss der Geduldsfaden. »Barney war die halbe Nacht auf und hat sich um die Kranken gekümmert. Ich habe gerade mit Mary gesprochen, sie sagt, sie waren erst nach drei Uhr morgens im Bett. Barney war so erschöpft, dass er kaum noch stehen konnte, und schläft sogar jetzt noch. Dein Generator ist das Letzte, woran er gerade denkt.«

»Ich weiß, dass er es war. Ich habe mein ganzes Eis verloren, und das Fleisch ist aufgetaut. Die Eier muss ich jetzt alle kochen, bevor sie schlecht werden«, beschwerte sich Willie. »Was werden meine Gäste sagen, wenn ich ihnen heute Nachmittag warmes Bier ausschenke?«

»Wenn du den Generator jetzt wieder anmachst, ist das Bier bis heute Mittag wieder einigermaßen kühl«, versuchte Leo ihn zu beruhigen.

»Du kannst mir nicht erzählen, dass Barney mich nicht für die Sache mit dem Chili verantwortlich macht und keine Rache wollte.«

Leo starrte Willie an. »Sollte er dich denn dafür verantwortlich machen?«

»Natürlich nicht, aber das hält ihn sicher nicht davon ab.«

Willie befüllte den Generator mit Benzin und schaltete ihn ein. Er würde den Kühlschrank und den Tiefkühler putzen müssen, beschloss aber, sich zuerst das Frühstück zuzubereiten, da er großen Hunger hatte. Er zerschlug ein Ei über der Kochplatte, die aber so viel Hitze abgab, dass das Ei sofort zischend verbrannte. Ungeduldig zerschlug er drei weitere Eier, ließ beim letzten jedoch die Schale auf die Kochplatte fallen. »Mist!« Vorsichtig versuchte er, die Schale zu entfernen.

»Du warst das!«, brüllte in diesem Moment jemand hinter ihm.

Erschrocken wirbelte Willie herum und stieß dabei mit einer Hand an die heiße Platte. Die Haut auf der Handfläche warf sofort Blasen, und Willie fluchte laut.

Vor ihm stand Barney. Er sah aus, als wäre er gerade aus dem Bett gestiegen. Seine Haare waren ein wildes Durcheinander, und er trug kein Hemd.

»Was soll das? Erschreck mich nicht so«, brummte Willie.

»Gib's zu, du Bastard. Du hast mein Chili ruiniert, nicht wahr?«

Mit dieser Wahrheit konfrontiert, ging Willie sofort zum Angriff über. »Du hast jemanden ein Vogelnest in meinen Schornstein stopfen lassen, um meinen hawaiianischen Abend zu verderben«, beschuldigte er Barney.

Barney blinzelte überrascht. »Du gibst also zu, dass du an meinem Chili warst und deinetwegen alle krank sind … als Rache für etwas, von dem du dachtest, dass ich es getan hätte.«

»Ich gebe gar nichts zu«, schoss Willie zurück, stöhnte aber auf, weil seine Hand stark schmerzte.

Barney sah seine Qual, empfand aber kein Mitleid. »Kühl die Hand doch einfach mit Eis, du Riesenbaby.«

»Deinetwegen habe ich ja kein Eis mehr«, zischte Willie.

»Warum meinetwegen?«

»Du hast das Benzin aus meinem Generator gelassen. Streite das ja nicht ab!«

Barney warf einen Blick auf den Generator ein paar Schritte von ihm entfernt. Er war eingeschaltet. Willie musste verrückt geworden sein. »Deinetwegen war ich die ganze Nacht wach und habe mich um kranke Menschen gekümmert und Eimer geleert. Deswegen habe ich jetzt keine Lust, mich mit deinen falschen Anschuldigungen zu befassen.«

»Dann verzieh dich doch!«, rief Willie.

Barney zögerte. Der Geruch des Benzins war stark, und Willie schien nicht zu bemerken, dass sein Essen in seinem Rücken Feuer fing, während er sich die schmerzende Hand hielt.

Barney sprang mit einem Satz auf Willie zu. Der Ire war größer und doppelt so schwer wie Willie, der sich allerdings für furchtlos hielt und kampfbereit eine Hand in die Luft hob, was ziemlich lächerlich wirkte.

Barney stürmte an ihm vorbei, nahm die brennenden Eier vom Herd und warf sie auf den Boden. Dann schaufelte er Erde darüber, um die Flammen zu ersticken.

»Hey, das war mein Frühstück«, protestierte Willie wütend.

»Vielleicht hätte ich dich besser alles abfackeln lassen sollen, du hast ja selbst anscheinend den Verstand verloren.«

Willie war beleidigt.

»Wer entfacht denn bitte ein Feuer direkt neben verschüttetem Benzin?«, fragte Barney anklagend.

»Tu doch nicht so, als würde es dich interessieren, was aus meinem Zuhause wird«, schoss Willie zurück.

»Das interessiert mich auch nicht, glaub mir. Aber wenn dein Haus brennt, könnte es sein, dass der Corner Store auch Feuer fängt, und nach der schrecklichen Nacht, die die arme Flo hatte, verdient sie es nicht, dass sie auch noch ihre Lebensgrundlage verliert.« Barney drehte auf dem Absatz um und ging davon.

Mit Barneys Worten im Ohr stürmte Willie ins Haus. Er hatte Hunger und grässliche Schmerzen, und das war alles Barney Finnegans Schuld. Er fluchte vor sich hin, während er die Hand in das geschmolzene Eis hielt, das immerhin noch kühl war und seine Haut beruhigte.

Schließlich zog er die Hand aus dem Wasser und durchsuchte die Küchenschränke nach Salbe und einer Bandage. Er hatte doch ein Erste-Hilfe-Set, aber wo war es nur? Immer wieder fluchte er laut, die Schmerzen waren schier unerträglich.

Je länger Willie erfolglos suchte, desto niedergeschlagener und verstimmter wurde er. Er zog Gegenstände aus den Schränken und warf sie achtlos zu Boden. Schließlich geriet das Hängeregal in sein Blickfeld, das aber so hoch oben angebracht war, dass er einen Küchenstuhl heranziehen musste, um es zu durchsuchen. Er stieg auf den Stuhl und langte mit der linken Hand ins Regal, da seine rechte verbrannt war. Dabei verlor er das Gleichgewicht, und der Stuhl kippte. Willie versuchte, einen Sturz durch einen Sprung auf den Boden zu umgehen, landete aber ungünstig auf einer der

Dosen, die er zuvor auf den Boden geworfen hatte, und verdrehte sich das Knie.

Inmitten des von ihm verursachten Chaos blieb er auf dem Boden liegen. Er war benommen, spürte aber deutlich den stechenden Schmerz im linken Knie. Außerdem hatte er im Fallen seine verletzte Hand ausgestreckt, um sich abzufangen, und beim Aufprall war eine der Brandblasen geplatzt. Jetzt pochte die rohe, nässende Haut noch mehr als zuvor.

Schlimmer kann es jetzt auch nicht mehr kommen, dachte er. Vor Kurzem noch war seine einzige Sorge die Frage gewesen, wie er Kate nach Hause holen konnte. Jetzt hatte er weitere Albträume und zudem noch Unfälle, und es passierten merkwürdige Dinge. »Auf mir lastet ein Fluch«, murmelte er gedankenverloren.

Mit einem Ruck setzte sich auf. Ein Fluch! Er dachte an Nellies Drohungen und den Kadaicha-Mann. Aber es ist doch albern, an einen Fluch zu glauben, schalt er sich selbst. Barney Finnegan ist für alles verantwortlich, was in den letzten Tagen schiefgegangen ist, und nicht irgendein dummer Fluch.

Schwerfällig rappelte er sich auf und humpelte in den Schankraum, wo er sich ein Glas Whiskey einschenkte und es hinunterstürzte. Er glaubte nicht an schwarze Magie, aber trotzdem kreisten seine Gedanken unablässig um den Fluch und den Kadaicha-Mann.

»Das Bier ist nicht kalt«, meckerte Jerry am Nachmittag.

»Beschwer dich bei Barney Finnegan«, brummte Willie. Er hatte zunächst versucht, humpelnd und mit einer Hand seiner Arbeit nachzukommen, dabei aber zu viel Bier verschüttet, und er war auch zu langsam für die Gäste. Jetzt saß er auf einem Hocker, während Leo das Bier ausschenkte. »Er hat den Tank meines Generators geleert.«

»So was würde Barney nicht tun«, sagte Tony überzeugt.

»Tony hat recht, Barney ist nicht so verantwortungslos«, merkte Jerry an. »Er hätte das Benzin auch niemals in der Nähe des Außengrills abfließen lassen. Er weiß, dass man in der Nähe einer Benzinpfütze keine Flammen entzündet. Ich hätte eigentlich gedacht, dass du das auch wüsstest, Willie. Was hast du dir dabei gedacht?«

»Ich habe das Holz im Grill angezündet, bevor ich die Benzinpfütze bemerkt habe«, verteidigte Willie sich. Er dachte an den Moment, in dem Barney die brennenden Eier vom Grill genommen hatte. Hatte er ihm das Leben gerettet? Hastig schob er den Gedanken beiseite.

»Er denkt, ich hätte seine Außentoilette in die Luft gesprengt, also hat er wahrscheinlich gehofft, dass ich mich selbst auch in die Luft sprenge«, sagte Willie.

»Unsinn«, erwiderte Tony ungeduldig. »Barney ist nicht einfach, aber er ist anständig. Ihr beide mögt euch vielleicht nicht, aber er würde dir nie etwas Böses wünschen. Ich hoffe sehr, dass es umgekehrt bei dir genauso ist.«

»Pah«, wiegelte Willie ab. »Zapf mir noch ein Bier, Leo.«

Am nächsten Morgen war Willies Mund so trocken wie die Simpsonwüste. Er humpelte nach unten, sein Knie schmerzte noch immer und war jetzt geschwollen, und er machte sich auf die Suche nach einem sauberen Glas, was eine Weile dauerte, da er nach Ladenschluss nicht gespült hatte. Voller Vorfreude auf ein großes Glas Wasser drehte er schließlich den Hahn auf, doch nichts passierte. Er versuchte es noch einmal. Immer noch kein Wasser!

»Das glaube ich jetzt nicht«, murmelte er. In diesem Moment drangen laute Rufe an sein Ohr. Er ging zur Hintertür, von wo aus er Jerry die Windmühle hinaufklettern sah. Zu ihren Füßen standen mehrere Dorfbewohner. Willie eilte zu ihnen, wobei ihm auffiel, dass die Flügel der Mühle sich nicht drehten, obwohl ihnen der Wind wie gewöhnlich auch jetzt Staub um die Nasen wehte.

»Was ist los?«, fragte er schließlich atemlos.

»Das wüssten wir auch gern«, sagte Leo. »Wir haben kein Wasser.«

»Ich habe auch keins.« Willie blickte sich voller Sorge um. Er konnte nur hoffen, dass Nellie nicht auftauchte und ihm Anschuldigungen an den Kopf warf. Dabei hatte er sie lange nicht gesehen. Wieder dachte er an den Fluch. Auch wenn er nicht daran glauben wollte, wurde es doch immer schwerer, den Funken Wahrheit darin zu leugnen.

»Was siehst du da oben?«, rief Leo Jerry zu.

»Sieht aus, als wäre der Blitz eingeschlagen! Die Wetterfahne ist abgebrochen, sie klemmt zwischen den Flügeln.«

»Eine höhere Macht«, murmelte Willie ehrfürchtig.

»Aber letzte Nacht hat es doch nicht gewittert, oder?«, fragte Leo.

»Ich habe keinen Donner gehört, und ich habe wirklich einen sehr leichten Schlaf«, antwortete Tony.

»Wenn es kein Blitz war, dann hat jemand die Wetterfahne abgebrochen und angefackelt«, rief Jerry.

»Wer würde so was tun?«, fragte Tony sichtlich entsetzt. »Man muss ja schon ziemlich flink sein, um überhaupt so weit nach oben auf die Windmühle zu klettern. Das könnten nicht viele von uns.«

»Es muss ein Blitz gewesen sein«, rief Jerry. »Ich reparier das, so gut ich kann.«

Während Willie davonhumpelte, überlegte er, wie lange seine Pechsträhne wohl noch anhalten sollte. Wahrscheinlich, bis er endgültig ruiniert und aus der Stadt vertrieben war.

»Du zahlen, weil du Nellie Kadee wegnehmen«, hatte Nellie gesagt. War das der Preis?

Ein paar Stunden später betrat Tony den Pub. Willie saß an der Theke und trank bereits sein fünftes Bier.

»Die Windmühle ist bald wieder repariert«, sagte Tony. »Aber bis dahin würde ich viel für ein kaltes Glas Bier geben. Ist zwar noch ein bisschen früh am Tag, aber ohne Wasser haben wir ja eine gute Ausrede, schon mittags Bier zu trinken.«

Willie zapfte ihm ein Bier und reichte es ihm. »Meinst du, die Aborigines könnten für Barneys zerstörte Außentoilette und für das Nest in meinem Schornstein verantwortlich sein?«, wagte er schließlich einen Vorstoß. Die Dorfbewohner sollten auf keinen Fall wissen, dass ein Fluch auf ihm lastete und er schuld an den vielen Ereignissen in letzter Zeit war, insbesondere, da jetzt alle darunter zu leiden hatten, aber er wollte Tonys Meinung hören.

Tony war sichtlich überrascht. »Könnte sein, aber warum sollten sie so was tun?«

»Weiß nicht. Vielleicht, weil wir nicht sehr nett zu ihnen sind.«

Tony dachte einen Moment nach, dann sagte er: »Na ja, ich habe in letzter Zeit schon ein paar merkwürdige schwarze Typen im Dorf gesehen.«

Willie blickte ihn erstaunt an. »Ja? Warum hast du das nicht gesagt?«

»Ich fand es nicht wichtig. Und ich habe mit Sicherheit nicht gedacht, dass sie das mit Barneys Außentoilette und dem Nest waren. Ich verstehe nicht, was sie davon hätten.«

»Vielleicht hat irgendjemand im Dorf sie gegen sich aufgebracht«, schlug Willie vor.

»Zum Beispiel du oder Barney?«

»Ich habe nichts gemacht!«, protestierte Willie, konnte Tony aber nicht in die Augen sehen.

»Sie können schon nachtragend sein. Das weiß ich aus Erfahrung. Als ich noch die Farm hatte, habe ich ein paar von ihnen von meinem Land vertrieben. Den Preis dafür habe ich auf jeden Fall bezahlt.«

Willie musterte ihn aufmerksam. »Was ist passiert?«

»Sie haben die Tore jeder einzelnen Weide geöffnet und meine Pferde und Rinder davongejagt. Wenn ich so darüber nachdenke, haben sie wahrscheinlich auch meine Scheune in Brand gesteckt.« Er schwieg einen Moment. »Vielleicht war es bei den Ställen hinter deinem Pub genauso.«

»Meinst du?« Willie überlegte. Wütend genug dafür war Nellie gewesen.

»Schon möglich. Vielleicht sollten wir die Polizei aus Broken Hill mal ermitteln lassen.«

Das hielt Willie für keine gute Idee, schließlich bestand die Gefahr, dass Nellie den Polizisten und Dorfbewohnern dann von Kate erzählte. »Ich glaube, wir sollten gar nichts tun«, sagte er eilig.

»Bist du sicher?«

»Ja, das wird schon von alleine wieder. Ich habe sowieso darüber nachgedacht, den Pub zu verkaufen und aus Tibooburra wegzuziehen.« Eigentlich hatte er nie ernsthaft mit dem Gedanken gespielt, aber es war vermutlich nicht schlecht, ihn schon einmal vorsorglich in den Raum zu werfen, falls er das Dorf tatsächlich verlassen musste.

»Das wusste ich ja gar nicht«, sagte Tony überrascht. »Wohin würdest du denn gehen?«

»Ich würde zurück nach England ziehen.« Er vermisste Kate, und wenn er sie schon nicht zurück nach Australien holen konnte, musste er eben zu ihr nach England ziehen. Und vielleicht war das der einzige Weg, seiner Pechsträhne zu entkommen. »Wenn ich einen Flug bekomme«, fügte er hinzu.

Tony war sichtlich erstaunt. »Du willst doch nicht wirklich nach England, solange dort Krieg herrscht«, sagte er.

»Wir wissen ja nicht, wie lange der dauern wird. Und meine Schwester sagt, der Lake District sei sicher. Die Deutschen bombardieren keine Dörfer auf dem Land.«

»Tu, was du tun musst, Willie, aber du wirst hier fehlen.«

»Danke, Kumpel.«

»Du weißt aber schon, dass Mick Barlow den Pub nicht verkauft gekriegt hat, also habe ich nicht viel Hoffnung, dass dir das gelingt, Willie, vor allem jetzt zu Kriegszeiten.«

Willie wusste, dass er recht hatte. Seit er Kate mit nach England genommen hatte, war alles schiefgelaufen.

Kapitel 10

»Guten Morgen, Flo«, rief Dora Pearce, als sie den Corner Store betrat. »Ich würde dir gern meine Tochter Silvia vorstellen. Sie ist heute Morgen mit dem Postauto aus Broken Hill gekommen. Silvia, das ist Florence Kingsley, ihr und ihrem Mann gehört der Corner Store, außerdem ist sie ist die Postmeisterin hier.«

»Hallo, Silvia«, sagte Flo herzlich. »Don Singleton hat mir schon viel von dir erzählt, als er die Post bei mir abgegeben hat.«

»Das überrascht mich nicht, Mrs Kingsley.« Silvias Lächeln geriet etwas schief.

»Oh, sag bitte Flo zu mir, Liebes. Wir sind hier auf dem Land nicht so förmlich. Hattest du denn eine gute Fahrt mit Don? Er weiß ja sehr viel über die Gegend zu erzählen«, sagte Flo lächelnd zu Silvia.

»Eigentlich weiß er vor allem viel über die Einwohner zu erzählen. Er hat mir während der ganzen Fahrt das Ohr abgekaut.«

»Er tratscht gern, aber das bringt der Beruf eines Briefträgers im Busch wohl mit sich«, erwiderte Flo beiläufig.

»Sag doch, wie es ist, Flo«, sagte Dora. »Don ist ein altes Klatschweib.«

Flo lachte. »Ja … Das kommt der Wahrheit recht nahe.«

»Ich kenne alle Details über das Leben eines jeden Farmers zwischen Tibooburra und Broken Hill«, sagte Silvia. »Ich weiß alles über deren jeweilige Wehwehchen und die ihrer Frauen, von denen mich manche zum Erröten gebracht haben. Ich bin genau darüber informiert, wie viele Kinder sie haben, wie viele Enkel, und ich weiß sogar, wie viel sie für ihre Höfe gezahlt haben.«

Flo verdrehte die Augen. »Don ist besser als der Buschfunk. Und auch auf die Gefahr hin, dass ich wie er klinge: Kommst du aus Broken Hill?«

»Jetzt gerade schon. Ich habe jahrelang in Melbourne gelebt und bin vor einem Jahr mit meinem Mann nach Broken Hill gezogen.«

»Also bist du zu Besuch hier«, schloss Flo. Ihr kam der Gedanke, dass Silvia wesentlich attraktiver war als ihre unscheinbare Zwillingsschwester Mary, was sie natürlich nicht aussprach.

»Ja, ich bin nur zu Besuch. Ich weiß aber noch nicht, für wie lange«, antwortete Silvia mit einem Blick zu ihrer Mutter.

»Silvia hat ihren Mann verlassen«, sagte Dora in gedämpftem Tonfall. »Er trinkt zu viel.«

»Mum!«, stieß Silvia entsetzt hervor. »Gib doch gleich eine Anzeige in der Zeitung auf, damit jeder Bescheid weiß. Oder, noch besser, erzähl Don Singleton von meinen privaten Angelegenheiten, denn das habe ich nicht getan.«

»Ich bin einfach froh, dass du diesen Nichtsnutz von Ehemann losgeworden bist, bevor ihr eine Familie gegründet habt«, sagte Dora. »Und mach dir wegen Flo keine Sorgen. Sie ist der Inbegriff der Diskretion. Sie verrät niemandem etwas darüber, nicht wahr, Flo?«

»Natürlich nicht. Ich habe schon wieder vergessen, was du mir erzählt hast.« Sie warf Silvia einen liebevollen Blick zu. »Du bist an den richtigen Ort gekommen, um deine Wunden zu lecken, Liebes. In Tibooburra wirst du genug Ruhe und Frieden dafür haben.«

»Ehrlich gesagt habe ich ein wenig Sorge, dass hier zu viel Ruhe und Frieden für mich herrscht. Ich bin hergekommen, um mir Gedanken darüber zu machen, wie es mit meinem Leben weitergehen soll. Aber ich langweile mich sehr schnell, ich brauche immer etwas zu tun. Und damit meine ich nicht Stricken oder Nähen«, fügte sie mit einem Seitenblick auf ihre Mutter hinzu, die leidenschaftlich gern nähte und enttäuscht war, dass keine ihrer Töchter ihre Leidenschaft teilte. »Ich habe aber leider den Eindruck, dass es in diesem Dorf nicht viel zu tun gibt.«

»Ich kann dir leider keine Arbeit anbieten, Leo und ich arbeiten einfach wie geschmiert zusammen«, sagte Flo. »Hat Barney denn im Hotel nicht eine Aufgabe für dich?«

»Bei Mary und Barney ist es ähnlich, sie sind zu zweit sehr effizient und wollen nicht, dass irgendjemand ihnen dazwischenfunkt«, sagte Silvia.

»Das ist wirklich schade, denn Silvia hat in Melbourne in Hotels gearbeitet«, warf Dora ein. »Sie wäre sicher eine große Hilfe.«

Flo kam eine Idee. »Willie braucht doch gerade dringend Hilfe. Er hat sich das Knie verdreht und die Hand verbrannt, und in diesem Zustand hat er im Moment wirklich Schwierigkeiten, den Pub zu führen.«

Silvia hob die Brauen. »Du sprichst jetzt aber nicht von Willie McGregor, oder?«

»Kennst du ihn?«, fragte Flo überrascht.

»Nicht persönlich, aber mein Schwager redet unablässig von ihm, obwohl er behauptet, ihn nicht ausstehen zu können.«

»Und nichts von dem, was Barney sagt, ist nett, vor allem in letzter Zeit nicht«, fügte Dora hinzu.

»Willie und Barney streiten sich schon seit Jahren, meistens über nichts und wieder nichts«, sagte Flo. »Aber im Ernst: Willie könnte wirklich Hilfe gebrauchen. Er hat Leo um Unterstützung gebeten, aber der hat hier in unserem Geschäft genug zu tun. Es wäre großartig, wenn du Willie unterstützen könntest, Silvia. Und du hättest eine Beschäftigung, bis du entscheidest, wie es bei dir weitergehen soll.«

»Glaubst du denn, er würde mich einstellen?«

»Es gibt nur eine Möglichkeit, das herauszufinden«, erwiderte Flo mit einem Grinsen.

»Hallo, ist hier jemand?«, rief Silvia beim Betreten des leeren Schrankraums des Tibooburra Hotels. Neugierig sah sie sich um. Der Pub war ganz anders als das Family Hotel und die Pubs, die sie aus der Stadt kannte, irgendwie männlicher, wenn man so wollte. An der Wand hingen Rinderhörner und -schädel, außerdem Bilder von den Dorfbewohnern bei allen möglichen Gelegenheiten und mindestens fünfzig Hüte. Einer davon hatte eindeutig einen Ehrenplatz, gesäumt von Fotos. Silvia trat neugierig näher. Die Beschriftung darunter besagte, dass der Hut einem Harry McLean gehört hatte. Ein Foto zeigte den Mann mit Hut mit Minenwerkzeugen in der Hand, ein anderes Foto einen dicken Goldklumpen. Silvia ließ ihren Blick weiter durch den Pub gleiten. Insgesamt fand sie, dass dem Pub eine weibliche Note fehlte, vor allem aber hätte er sauberer sein können. Insbesondere der Fußboden war sehr schmutzig.

»Ich bin hier hinten«, rief jemand.

Silvia folgte der Stimme in den Salon, der sehr einfach eingerichtet war. Silvia sah bequeme Sofas und Sessel, aber ihrer Meinung nach fehlte auch diesem Raum die weibliche Note, außerdem müsste auch hier mal geputzt und dekoriert werden. Doch erst einmal galt es, eine Stelle zu bekommen. Sie trat zu einem Armsessel, aus dem ein Mann, vermutlich Willie, sich mit einigen Schwierigkeiten zu erheben versuchte. Er war barfuß.

»Bleiben Sie ruhig sitzen«, sagte Silvia mit einem Blick auf seine bandagierte Hand und das geschwollene Knie, das unterhalb der kurzen Hose sichtbar war. »Ich bin nicht gekommen, um etwas zu trinken.«

Der Mann wirkte verwirrt. »Willie McGregor. Mein Zustand ist gerade nicht der Beste, deswegen kann ich leider keine Gäste aufnehmen.«

»Das sehe ich. Aber vielleicht kann ich Ihnen behilflich sein.«

»Behilflich? Wie denn?«

»Ich habe viele Jahre in Hotels in Melbourne gearbeitet, ich habe also viel Erfahrung in der Branche, und ich suche Arbeit.«

Willie starrte sie ungläubig an. »Sie möchten hier arbeiten … in Tibooburra?«

»Das stimmt.«

»Sind Sie sicher?«

»Ich weiß, was ich will«, sagte sie.

»Sind Sie gerade hergezogen?«

Silvia hätte fast gelächelt. »Ich wohne nicht direkt hier, aber ich bleibe eine Weile.«

»Ich bezweifle, dass Sie lange bleiben, wenn Sie vernünftig sind.«

Silvia konnte sich angesichts seiner offenen Bemerkung ein Lächeln nicht verkneifen. Ihr war es lieber, wenn jemand ehrlich und direkt war, als wenn er in Rätseln sprach. Willie und sie würden entweder aneinandergeraten oder sich sehr gut verstehen, das würde sich mit der Zeit herausstellen. »Ich denke schon, dass ich vernünftig bin, auch wenn ich ein paar Fehler gemacht habe, die ich am liebsten ungeschehen machen würde. Aber geht das nicht allen so? Ich bleibe hier, bis mir zu langweilig wird.«

»Das wird nicht lange dauern«, erwiderte Willie.

»Ich vermute, das hängt ganz von Ihnen ab«, sagte Silvia unverblümt.

»Von mir?«

»Wenn Sie mich einstellen, ist die Wahrscheinlichkeit geringer, dass mir langweilig wird, meinen Sie nicht?«

Willie zögerte. »Ich könnte gerade wirklich Hilfe gebrauchen«, gab er schließlich zu. »Wie heißen Sie?«

»Oh, meine Güte, wo sind nur meine Manieren! Ich habe mich noch gar nicht vorgestellt, Entschuldigung. Ich bin Silvia Crawford, Mr McGregor.«

»Schön, Sie kennenzulernen, Miss Crawford.«

»Mrs Crawford, ich bin verheiratet. Einer der Fehler, von denen ich eben sprach. Aber ich bin gerade dabei, die Scheidung in die Wege zu leiten.«

Ihre Offenheit erstaunte Willie, doch er fand sie erfrischend.

»Wenn ich geschieden bin, nehme ich wieder meinen Mädchennamen an, Pearce.«

»Pearce!« Willies Nackenhaare stellen sich auf. »Sind Sie mit Tom und Dora verwandt?«

»Ich bin ihre Tochter.«

»Dann … sind Sie Marys Schwester …« Willies Augen verengten sich zu Schlitzen. »Und damit sind Sie Barney Finnegans Schwägerin!« Er erhob sich mit Mühe und verzog angesichts der Schmerzen in seinem Bein das Gesicht. »Hat dieses Schwein Sie hergeschickt, um mich auszuspionieren?«

Silvia hatte Angst, Willie würde sich in seinem aufgebrachten Zustand auf sie stürzen, und trat einen Schritt zurück. »Keineswegs!«, rief sie energisch. »Er weiß gar nicht, dass ich hier bin. Und ich kann ihnen garantieren, dass er gar nicht erfreut darüber sein wird, dass ich Sie nach einer Stelle gefragt habe, so schlecht, wie er auf Sie zu sprechen ist.«

»Warum haben Sie nicht ihn nach Arbeit gefragt?«

»Mary sagte, sie bräuchten keine Hilfe.«

Willie rieb sich das Kinn. »Und Sie glauben, er sähe es nicht gern, wenn Sie für mich arbeiten?«

»*Gar* nicht gern«, betonte Silvia. »Soweit ich weiß, mag er niemanden in New South Wales weniger als Sie, vielleicht sogar in ganz Australien.«

Auf Willies Gesicht breitete sich ein genüssliches Lächeln aus.

»Hören Sie, Mr McGregor, ich bin zwar nur für kurze Zeit hier, aber ich kann kochen, putzen und Bier zapfen. Ich werde Ihnen ganz bestimmt eine große Hilfe sein in der Zeit, in der Sie durch Ihre Verletzungen eingeschränkt sind. Aber wenn Sie gerade niemanden einstellen möchten, sagen Sie das einfach, dann verschwenden wir beide nicht weiter unsere Zeit.«

»Jetzt warten Sie doch mal. Ich muss mir das gut überlegen, schließlich sind Sie mit diesem Abschaum Barney Finnegan verwandt«, sagte Willie. Er rieb sich wieder das unrasierte Kinn. Die Schwägerin seines Erzfeindes war hübsch anzusehen mit ihren weichen blonden Locken, den blauen Augen und der anmutigen Figur, auf jeden Fall attraktiver als ihre Schwester Mary. Sie würde sicher viele Gäste anlocken. Wenn sie außerdem, wie sie behauptete, Erfahrung hatte, dann musste er sie nicht einarbeiten. Ihre Art ließ vermuten, dass sie mit übermütigen Männern problemlos zurechtkommen würde, das würde sich an einem Samstagabend bei vollem Haus schnell zeigen. Aber das Beste wäre, dass er Barney ärgern könnte, indem er ihr die Stelle gab, und das würde ihm mehr Genugtuung verschaffen als der größte Goldklumpen. »Sie sind eingestellt. Allerdings duze ich mich mit allen hier, ich schlage vor, dass wir das genauso machen, wo wir doch ab jetzt zusammen arbeiten. Ich bin Willie.« Er streckte ihr die Hand hin. »Wann kannst du anfangen?«

»Sofort«, sagte Silvia mit einem breiten Lächeln.

Als Erstes putzte Silvia den Schankraum. Schließlich funkelte und glänzte jede Oberfläche, sogar die Fenster. Sie hatte sogar alle Gläser gespült und die Spirituosen umsortiert. Die Erinnerungsstücke an der Wand hatte sie nicht angerührt, das hätte Willie sicher nicht gutgeheißen.

»Ist das wirklich mein Pub?«, fragte Willie, als er nach ein paar Stunden, in denen er sein Knie geschont hatte, hereinhumpelte. Seit er hier begonnen hatte, arbeitete er in unorganisiertem Chaos, jetzt erkannte er seine Räume kaum wieder.

»Ja, das ist er. Ich bereite mal schnell ein paar Sandwiches vor, die wir heute noch anbieten können, und später kümmere ich mich auch darum, ein Mittag- und Abendmenü aufzustellen, dafür muss ich mir aber erst deine Vorräte anschauen.«

»Das wäre großartig.« Willie war jetzt schon sicher, dass es eine gute Entscheidung gewesen war, Silvia einzustellen.

Als die ersten Gäste hereinkamen, stand bereits ein Teller mit Sandwiches auf der Theke. Die Männer blieben wie angewurzelt stehen, als sie sahen, wie sauber alles war.

»Was ist denn hier los?«, fragte Tony. Er setzte sich auf einen Barhocker und nahm sich ein Sandwich mit Käse, Zwiebeln und Tomaten zum Preis von drei Pence. Auch Willie saß auf einem Hocker auf der Gästeseite der Theke und aß ein Sandwich, doch bevor er die Frage beantworten konnte, tauchte Silvia mit einer Karaffe gekühltem Wasser aus der Küche auf und stellte sich hinter die Theke.

Die Männer starrten sie an.

»Guten Tag«, sagte sie fröhlich.

»Das ist Silvia«, stellte Willie sie vor. »Meine neue Aushilfe.«

»Heiliger Bimbam!« Tony konnte den Blick nicht von ihr lösen. »Wo hat der alte Hund dich denn gefunden?«

»Wen nennst du hier einen alten Hund?«, fragte Willie verlegen. »Ich bin halb so alt wie du.«

»Du wirkst älter«, sagte Tony gedankenlos.

»Bin ich aber nicht«, brummte Willie. Er bemerkte, dass Jerry sich über das Haar strich und Frankie eilig das Hemd in die Hose stopfte. »Und jetzt benehmt euch«, schob er streng hinterher. »Silvia, das hier sind Jerry und Frankie, und der mit der großen Klappe ist Tony. Sie kommen an den Nachmittagen meistens in den Pub, du wirst sie also während deiner Zeit hier oft sehen.«

»Hallo, Gentlemen«, sagte Silvia lächelnd.

»Das sind keine Gentlemen, aber um deinetwillen können wir gern so tun, als wären sie es«, antwortete Willie mit einem Grinsen, das den Männern nicht entging.

»Ignorier alles, was Willie sagt«, sagte Jerry ungehalten, der kaum glauben konnte, welches Glück Willie widerfahren war. »Du musst neu im Dorf sein.«

»Ich bin heute Morgen mit dem Postwagen von Broken Hill gekommen.« Mehr verriet Silvia nicht.

»Silvia ist die Tochter von Tom und Dora«, eröffnete Willie. Die Männer würden es sowieso bald herausfinden, da konnte er es ihnen auch gleich sagen.

»Oh.« Tony starrte ihn an, als ihm die Bedeutung seiner Worte aufgingen.

»Dann ist sie ja …« Jerry mochte es nicht aussprechen.

»Mit Barney verwandt, ich weiß«, vervollständigte Willie den Satz.

»Nehmt es mir nicht übel, Jungs«, sagte Silvia, während sie geübt Bier zapfte. »Man kann sich seine Verwandten nicht aussuchen.«

»Was hält Barney denn davon, dass du für Willie arbeitest?«

»Er weiß es nicht. *Noch nicht*«, antwortete sie, während sie die Bezahlung entgegennahm. »Aber er wird bestimmt nicht begeistert sein.«

»Er wird ausrasten«, sagte Tony.

»Ist das nicht großartig?« Willie grinste breit. »Das ist mir die Verbrennung an der Hand fast wert, und die war ja sowieso Barneys Schuld.«

»Warum hat er dich nicht selbst eingestellt?«, fragte Jerry misstrauisch.

»Mary hilft ihm, und sonst braucht er niemanden.«

Jerry nickte, ohne zu wissen, was er von der Sache halten sollte.

Als Silvia eine Weile später hinausging, um mehr Eis zu holen, sprach Jerry Willie direkt an. »Ich bin mehr als überrascht, dass du Barneys Schwägerin eingestellt hast. Natürlich sehe ich lieber in ihr hübsches Gesicht als in deine hässliche Visage, aber trotzdem.«

Willie kam der Gedanke, dass Jerry neidisch sein könnte, weil er so viel Zeit mit einer attraktiven Frau verbringen würde. »Für mich ist die Entscheidung einfach sinnvoll. Ich kann zurzeit nicht viel selber machen, und Silvia ist sehr tüchtig.«

»Hast du keine Angst, dass sie Barney über Dinge Bericht erstatten oder Mary deine Geheimnisse anvertrauen könnte, die sie dann wiederum Barney erzählt?«

»Nicht wirklich, aber ich werde aufpassen, was ich ihr erzähle.«

»Sei vorsichtig«, warnte Jerry.

Seine Worte beunruhigten Willie, aber er versuchte, sich das nicht anmerken zu lassen.

»Willie, darf ich dich um einen Gefallen bitten?«, fragte Silvia zwei Tage später, als sie morgens zur Arbeit erschien.

Willie war sofort auf der Hut. »Was für einen Gefallen?«

»Du weißt ja, dass ich im Moment bei meinen Eltern wohne, aber sie ziehen für eine Woche ins Family Hotel, weil ihr Haus gestrichen wird. Dorthin kann ich aber nicht mitgehen, weil ich bei meinem Schwager gerade nicht besonders gut gelitten bin. Offengestanden ist Barney stinkwütend auf mich, weil ich hier arbeite.«

»Wie wütend genau?« hakte Willie nach.

Silvia entging seine Freude nicht. »Wütend genug, um mich in seinem Hotel nicht mehr willkommen zu heißen. Ich könnte während der Malerarbeiten im Haus meiner Eltern bleiben, aber der Geruch ist fürchterlich. Mary hat angeboten, bei Barney ein gutes Wort für mich einzulegen, aber er ist sowieso schon sauer auf sie, weil sie mir die Stelle bei dir nicht ausgeredet hat, und ich möchte nicht, dass sie meinetwegen noch mehr Ärger bekommt. Außerdem gibt es dort keine Toilette, und ich benutze ganz sicher keine Eimer im Freien.«

Willie lachte erfreut, doch Silvia schaute ihn finster an.

»Damen sollten keine Eimer benutzen müssen«, keifte sie. Zum wiederholten Male wunderte sie sich darüber, wie unsensibel er sein konnte.

»Entschuldige. Aber ich habe nicht deswegen gelacht. Es freut mich nur, dass Barney sich so darüber ärgert, dass du für mich arbeitest. Du kannst natürlich hier übernachten, oben sind Zimmer genug. Und es tut mir leid, dass Mary darunter leidet, aber es war ja zu erwarten, dass dieser störrische Kerl so reagiert. Es wird ihn noch mehr ärgern, dass du hier einziehst, aber das ist ja jetzt auch egal.«

»Danke. Es wäre auch nicht besonders angenehm gewesen, nachts alleine zu Mums und Dads Haus zurückzulaufen.« Hier auf dem Land gab es keine Straßenlaternen, und so war es nach Sonnenuntergang sehr düster. Oft liefen auch Aborigines in Gruppen durch die Gegend. Sie hatten Silvia noch nicht belästigt, aber es war beängstigend, im Dunkeln einer Horde von Männern zu begegnen. Oder aber auch großen Kängurus, die hier nachts ebenfalls manchmal anzutreffen waren. Dennoch hatte Willie bisher nie angeboten, sie zu begleiten.

»Warum hast du das denn nicht früher gesagt? Ich hätte doch Jerry oder Tony gebeten, dich nach Hause zu bringen«, warf er prompt ein.

Silvia starrte ihn ungläubig an.

»Ich selbst kann es nicht«, erklärte er. »Nicht mit dem kaputten Knie.«

Silvia verdrehte die Augen und machte sich wieder an die Arbeit.

Eine Woche später humpelte Willie vor dem Morgengrauen nach draußen, um Müll in die Tonne zu bringen. Er erschrak zutiefst, als plötzlich Nellie vor ihm stand.

»Nellie«, stieß er verunsichert hervor, während er aufmerksam an ihr vorbeischaute, um herauszufinden, ob sie allein war. »Ich habe schon gehofft, dich zu treffen«, sagte er schließlich. »Ich habe einen Brief von meiner Schwester bekommen, in dem steht, dass es Kate sehr gut geht. Sie spricht jetzt viel mehr. Im Hotel meiner Schwester wohnen gerade noch andere Kinder, und Kate freut sich über die Spielgefährten.« Er blickte sie beruhigend an. »Nellie, glaub mir, es gibt jetzt keine Chance, sie zu holen. Sobald die Unruhen vorbei sind, kommt sie nach Hause«, fügte er in der Hoffnung hinzu, Nellie friedlich zu stimmen. Vergebens, denn Nellie zeigte anklagend mit dem Finger auf ihn.

»Du andere Frau haben, Willie. Du Kadee nehmen und dann neue Frau holen. Du sehr, sehr böser Mann.«

»Wie bitte?«, fragte Willie verwirrt, bis ihm aufging, dass Nellie offenbar Silvia gesehen hatte. »Nein, Nellie«, sagte er so gelassen wie möglich, um ihr Misstrauen zu zerstreuen. »Meinst du die blonde Frau? Das ist Silvia. Sie arbeitet für mich, bis meine Hand und mein Knie geheilt sind. Ich hatte in letzter Zeit eine Pechsträhne und komme im Pub nicht mehr ohne Hilfe zurecht.« Insgeheim war er der Meinung, dass er Silvias Hilfe nur deswegen brauchte, weil Nellie dafür gesorgt hatte, dass der Kadaicha-Mann ihn verfluchte. Eigentlich war also sie schuld an der Situation, aber zu diesem Schluss würde sie vermutlich nicht kommen. »Das Haus, in dem sie sonst wohnt, wird gerade gestrichen, deshalb ist sie vorübergehend bei mir untergekommen.«

Ihm war durchaus bewusst, dass Nellie keinen Grund hatte, ihm je wieder zu glauben, trotzdem würde er immer wieder versuchen, sie zu überzeugen. Sein Leben konnte davon abhängen.

Jetzt sagte Nellie kein Wort, sie funkelte ihn nur weiter finster an, ihre dunklen Augen wirkten in dem dämmrigen Licht bedrohlich. Dann drehte sie sich plötzlich um und ging davon.

Willie öffnete den Mund, um sie zurückzurufen mit der Bitte, den Fluch zurückzunehmen, doch er fand nicht den Mut dazu. Kurz darauf war sie verschwunden.

Als Willie am nächsten Morgen die Treppe hinunterstieg, hörte er Schreie von der Rückseite des Hauses.

»Oh, nein«, murmelte er, als er Nellies Stimme erkannte. Schnell humpelte er zur Hintertür und sah gerade noch von innen, wie Silvia Nellie mit einem Stein bewarf, während Nellie einen langen Stock schwang und sie anschrie. Dann rannte Silvia zu Willie ins Hotel und verschloss die Tür.

»Diese Verrückte hat mich gerade mit einem Stock angegriffen«, sagte sie zu Willie. »Ich habe keine Ahnung, was ich ihr getan habe.«

Willie war zutiefst besorgt. Offenbar glaubte Nellie ihm nicht, dass er keine Liebesbeziehung zu Silvia hatte. Entgegen seiner Erwartung war sie eifersüchtig, und er konnte auf keinen Fall das Risiko eingehen, dass sie etwas Dummes und Unvernünftiges tat. Kurz kam ihm der Gedanke, Silvia zu ihrem eigenen Schutz zu entlassen, verwarf ihn aber sofort wieder. Der Pub war so sauber wie nie zuvor, und sie war eine großartige Köchin. Die Kunden kamen immer wieder, um mehr von ihren schmackhaften Mahlzeiten zu essen, und Willie hatte gehört, dass Barney außer sich vor Neid war. Und nicht zuletzt konnte er nicht umhin zuzugeben, dass sie ihm gefiel. Sie war ein Geschenk des Himmels.

»Wenn das noch mal passiert, rufe ich die Polizei und lasse diese verrückte Frau verhaften«, erklärte Silvia.

»Ich rede mit ihr«, sagte Willie beschwichtigend.

»Kennst du sie? Oder weißt du, warum sie mich angegriffen hat?«

»Ich weiß, dass sie ein Kind verloren hat und seitdem neben der Spur ist«, erwiderte er, und sofort meldete sich sein schlechtes Gewissen.

»Das ist gelinde gesagt untertrieben.« Silvia machte sich auf den Weg in die Küche. »Sie ist eine Gefahr für die Allgemeinheit«, rief sie über die Schulter zurück.

Willie trat durch die Hintertür ins Freie. Sein Blick fiel auf die Überreste des Stalls, und in diesem Moment war er sich fast sicher, dass Nellie für diesen Zustand verantwortlich war. Er hatte sie einfach unterschätzt. Er rief ihren Namen, während er in Richtung der Windmühle humpelte. Nach wenigen Sekunden trat sie aus dem Busch, zum Glück ohne Stock.

»Nellie, was ist los mit dir?«, fragte er wütend. »Ich hab dir doch gesagt, dass Silvia nur im Pub arbeitet. Sie ist nicht meine Frau.«

Nellie murmelte einige Wörter auf Wadigali, die Willie als Schimpfwörter deutete.

»Du solltest wissen, dass Silvia die Polizei in Broken Hill einschalten will, weil du sie angegriffen hast«, versuchte Willie es mit einer Drohung.

»Sie Steine auf Nellie werfen«, rief Nellie.

»Kannst du ihr das verdenken? Die Polizei wird herkommen und alle Aborigines im Dorf verhaften und einsperren, und das wird deine Schuld sein, Nellie. Sie werden nicht sehr glücklich darüber sein, dass du Ärger machst«, fügte er hinzu.

Nellie warf die Arme in die Luft, als wäre ihr das egal oder als glaubte sie ihm nicht, aber Willie beschloss, noch einmal nachzulegen.

»Die Dorfbewohner wollten schon nach dem Feuer im Stall und der zerstörten Außentoilette im Family Hotel die Polizei rufen, aber ich habe es ihnen ausgeredet. Beim nächsten Mal kann ich sie bestimmt nicht mehr aufhalten. Wenn du dich nicht zusammenreißt, musst du ins Gefängnis.«

Überraschenderweise schrie Nellie ihn zur Antwort nicht an oder schob ihm die Schuld in die Schuhe. Nein, ihre Augen füllten sich mit Tränen. *Schon wieder* war er zu weit gegangen.

»Ich Kadee vermissen, Willie.« Sie schluchzte verzweifelt auf.

»Ich weiß.« Willie hätte sie am liebsten in den Arm genommen und getröstet, widerstand dem Impuls aber aus Angst, gesehen zu werden. »Ich vermisse sie auch. Aber sie kommt nach Hause, sobald es in Europa friedlicher ist.« Es fiel ihm unendlich schwer, Nellie leiden zu sehen, aber was auch immer er in Bezug auf Nellie, Madge und Kate tat, würde eine von ihnen verletzen. »Ich sehe mal, was ich tun kann, Nellie. Irgendwie hole ich sie nach Hause. Versprochen.« Und in diesem Moment meinte er es genau so.

Kapitel 11

»Du warst heute nicht so gut drauf wie sonst, Willie«, bemerkte Silvia, nachdem sie die Tür hinter den letzten Gästen geschlossen hatte. Es war ziemlich voll im Pub gewesen, aber Willie hatte sich den ganzen Tag über sehr still verhalten und auch kaum mit den Stammkunden gesprochen, die den ganzen Abend lautstark Wetten zu einem Two-Up-Spiel vor dem Pub abgeschlossen hatten. Natürlich hatte es dabei auch ein paar Raufereien gegeben, und auch wenn es Willie normalerweise nichts ausmachte, bei Streitigkeiten zu schlichten und Unruhestifter hochkant hinauszuwerfen, war er heute zurückhaltend gewesen. Draußen auf der staubigen Straße standen im Schein einer Öllampe und umschwirrt von Insekten immer noch ein paar Männer beisammen und warfen Münzen in die Luft.

Auch jetzt zuckte Willie nur mit den Schultern. Er hatte einige Gläser Bier getrunken und keine Lust auf Konversation.

»Ich finde, für einen Wochentag war heute eine Menge los«, wagte Silvia dennoch einen neuen Versuch, Willie in ein Gespräch zu verwickeln.

»Das stimmt«, gab Willie zu. »Die Neugier treibt immer noch Gäste an, meine neue Bardame zu bewundern. Dabei habe ich viele von ihnen seit meinem hawaiianischen Abend nicht mehr gesehen.«

»Hawaiianischer Abend? Das klingt lustig. Ich hätte gar nicht gedacht, dass es so etwas hier in Tibooburra gibt.«

»Doch, natürlich. Wir veranstalten hier viele gesellige Abende, auch wenn nicht alle davon legal sind.« Willie war wie die meisten

Dorfbewohner froh, dass kein Constable in Tibooburra stationiert war. »Man muss hier draußen selbst für Spaß sorgen, sonst wird man verrückt. Deine Schwester hat doch bestimmt auch von Barneys mexikanischem Abend erzählt.«

»Nein, aber Barney hat mehrfach erwähnt, dass du an seinem Chili herumgepfuscht hast und alle krank geworden sind.«

»Er redet immer noch davon?« Willie hielt inne. »Aber eigentlich kann ich es ihm nicht verdenken, ich habe ja auch erst gedacht, er wäre derjenige gewesen, der meine hawaiianische Nacht sabotiert hat, aber jetzt bin ich mir nicht mehr so sicher.«

Silvia fand die Geschichte zwischen Barney und Willie kompliziert und war sehr daran interessiert, mehr darüber zu erfahren. Außerdem wollte sie überhaupt gerne mehr über Willie wissen. Nicht zuletzt, weil sie in den letzten Tagen bemerkt hatte, dass er ein attraktiver Mann war, wenn er sich Mühe mit seiner Erscheinung gab. Nach klassischen Kriterien beurteilt war er nicht wirklich hübsch, aber er hatte schöne Augen, weiche Haut und einen verführerisch geformten Mund, und sein Haar war dicht und gelockt. »Hast du was dagegen, wenn ich mich zu dir setze?«

Willie zögerte. »Nein«, sagte er schließlich. »Nimm Platz.«

Silvia goss sich einen Brandy ein und setzte sich auf den Hocker neben Willie. »Wieso hast du denn deine Meinung über Barneys Absichten geändert?«

»Ich denke immer mehr, dass vielleicht die Aborigines für einige der merkwürdigen Dinge verantwortlich sind, die hier in letzter Zeit geschehen.«

»Naja, wenn die anderen genauso sind wie diese Frau, die mich mit dem Stock angegriffen hat, könntest du recht haben«, bemerkte Silvia trocken.

Willie dachte mit schlechtem Gewissen an den Grund für Nellies Verhalten, aber er konnte sie vor Silvia nicht in Schutz nehmen, ohne Misstrauen zu wecken. »Glaubst du an Verwünschungen, Silvia?«, fragte er stattdessen direkt.

Silvia war sichtlich überrascht. »Du meinst an einen Fluch? Überhaupt nicht. Warum? Du etwa?«

»Was, wenn dir jemand sagen würde, er hätte dich verflucht?«

»Das würde mir nichts ausmachen, weil ich nicht an Flüche glaube.«

»Die Aborigines glauben daran«, sagte Willie. »Sie sind sehr abergläubisch.«

»Deswegen funktioniert es bei ihnen ja auch. Weil sie daran glauben. In Wirklichkeit ist das nur alberner Hokuspokus.«

Willie hätte ihr nur zu gern Glauben geschenkt. »Ich habe in der letzten Zeit irgendwie eine Pechsträhne«, erklärte er.

»Willie, das passiert jedem mal, das liegt aber mit Sicherheit nicht an einem Fluch. Mein Leben verläuft im Moment auch nicht ganz nach Plan.«

»Wenn du damit die Scheidung meinst – es geht bald wieder aufwärts.«

»Bist du dir da ganz sicher?«

»Ich habe auch schon schwere Zeiten durchgemacht und einen Verlust erlitten.« Willie dachte an Harry und seufzte. »Wenn es einem schlecht geht, ist das schwer zu glauben, dass es irgendwann auch wieder besser wird. Aber das wird es immer.«

Silvia bemerkte den Schmerz in seinen dunkelgrünen Augen und fragte sich, ob er von dem Tod seiner Ehefrau oder vielleicht von seiner eigenen Scheidung sprach. »Warst du auch verheiratet?«

»Nein, die glückliche Dame habe ich noch nicht getroffen.« Willie lachte. Es war unwahrscheinlich, dass das jemals passieren würde, vor allem hier, mitten im Nirgendwo. »Aber ich bin mit einem wirklich guten Freund nach Australien gekommen, der an einem Schlangenbiss gestorben ist, als wir nach Gold gesucht haben.«

»Oh, das tut mir leid«, sagte Silvia leise.

Willie atmete tief durch. »Ich vermisse Harry jeden Tag. Das ist sein Hut da oben.« Er zeigte auf die Wand hinter ihnen. »Da sind auch Fotos von ihm, das war in der Nähe unserer Mine.«

Schweigend betrachteten sie die Bilder, während Willie ihre Gläser neu füllte. »Ich habe meinen Mann in einem Pub kennengelernt«, vertraute Silvia ihm schließlich an. »Er war so betrunken, dass er kaum stehen konnte. Man sollte meinen, das wäre ein Hinweis für mich gewesen, dass er zum Trinker wird. Aber nein, stattdessen habe ich Närrin geglaubt, es sei eine einmalige Angelegenheit gewesen, zumal er es geschafft hat, nüchtern zu bleiben, bis er mir den Ring angesteckt hat. Darauf folgten dann einige furchtbare Jahre. Gott sei Dank haben wir keine Familie gegründet. Ich hätte zwar immer noch gern irgendwann Kinder, aber im Moment sehe ich mich noch nicht mit einer Familie …«

»Ich bin mir sicher, dass sich das ändern wird, Silvia. Du bist eine sehr attraktive Frau.« Das hatte Willie schon gedacht, als er sie zum ersten Mal gesehen hatte, aber erst jetzt fand er den Mut, es laut auszusprechen.

»Danke, Willie«, sagte Silvia, die nicht glauben wollte, dass es der Alkohol war, der aus ihm sprach. »Du bist aber auch nicht übel.«

Willie tat das Kompliment mit einem Schulterzucken ab, er hatte keine hohe Meinung von sich selbst. Dann lachte er plötzlich auf.

»Was ist so komisch?«, fragte Silvia.

»Ich habe gerade an die Männer im Dorf gedacht: Ich habe an meinen Stammkunden noch nie so viele saubere Hemden gesehen wie in der letzten Woche. Ich spreche von Männern, die normalerweise eine Woche lang dasselbe Hemd tragen! Und sie rasieren sich sogar jeden Tag, das habe ich auch noch nicht erlebt. Ich glaube sogar, dass sie sich alle die Haare haben schneiden lassen.

Und Frankie trägt jetzt neuerdings immer dieses Brylcreem-Zeug, Haarpomade.« Wieder lachte er, und Silvia stimmte ein.

»Die Männer ziehen ihn damit jeden Tag auf, aber ich tue immer so, als würde ich es nicht bemerken, weil es ihm so unangenehm ist.«

»Und das alles deinetwegen«, sagte Willie mit einem warmen Lächeln.

»Ich fühle mich geschmeichelt, aber der Reiz des Neuen ist bestimmt bald vorbei.«

»Da bin ich mir nicht so sicher. Ich glaube, die Hälfte aller Männer in Tibooburra ist in dich verliebt und der Rest auf jeden Fall in dich vernarrt.«

Silvia trank einen Schluck. »Was ist mit dir?«, fragte sie, während sie das Glas abstellte.

»Was meinst du?« Willie musterte sie neugierig.

Silvia erwiderte seinen Blick. »Also … zu welcher Hälfte gehörst du?«

Willie zuckte zusammen und spürte, dass er errötete. »Ich brauche kein hübsches Mädchen, das mir das Herz bricht«, suchte er schließlich in einem Scherz Zuflucht.

Doch Silvia ließ nicht locker. »Was lässt dich glauben, dass ich dir das Herz brechen würde?«

»Nun … Du hast doch nicht vor hierzubleiben, oder?«

Silvia lächelte sanft. »Vielleicht könnte ich mich überzeugen lassen.« Sie beugte sich zu ihm vor, bis ihre Lippen seine berührten, und küsste ihn zärtlich.

Willie war überrascht, aber als Silvia ihre Lippen von seinen löste und ihm in die Augen sah, zog er sich nicht zurück, also küsste sie ihn noch einmal.

Dieses Mal erwiderte Willie ihren Kuss und genoss es. »Das hier könnte gefährlich sein«, flüsterte er, als sie sich endlich voneinander lösten. »Aber das ist mir egal.«

»Gefährlich könnte auch Spaß machen«, wisperte Silvia. Sie nahm seine Hand und zog ihn vom Barhocker. Auf dem Weg zur Treppe schaltete sie das Licht aus.

Langsam stiegen sie die Stufen hinauf, dabei spürte Willie kaum Schmerzen im Knie. Er war aufgeregt wegen dem, was passieren könnte und schob den Gedanken an mögliche Konsequenzen sowie an alles andere beiseite.

Vor ihrer Tür blieb Silvia stehen. Sie sah Willie im Dunkeln an, und als sie seinen beschleunigten Atem auf ihrem Gesicht spürte, küsste sie ihn erneut. Er umschlang sie sofort voller Leidenschaft und zog sie fest an sich. Silvia langte hinter sich und öffnete ihre Tür. Dann zog sie Willie in den Raum, direkt zum Bett.

Am nächsten Morgen wurde Silvia von den Sonnenstrahlen geweckt, die zum Fenster hereinschienen. Einige Augenblicke lang verharrte sie in dem angenehmen Zustand zwischen Schlaf und Wachheit, dann drehte sie sich zu der anderen Seite ihres zerwühlten Bettes, die jetzt leer war. Erinnerungen an eine leidenschaftliche Nacht kamen ihr in den Sinn, und ihr Gesicht begann zu glühen. Was hatte sie getan?

Sie erinnerte sich, einen erwartungsvollen Willie die Treppe hinauf und in ihr Zimmer geführt zu haben. Jetzt, bei Tageslicht betrachtet, fragte sie sich, wie sie so schamlos hatte sein können. Was sollte er jetzt von ihr denken? Dieses Verhalten passte gar nicht zu ihr, aber das konnte Willie nicht wissen. Sie suchte nach einer Erklärung, warum sie ihn verführt hatte. Wahrscheinlich war es die perfekte Mischung gewesen: Einsamkeit, ein paar Drinks, das Gefühl, zum ersten Mal seit Monaten entspannt zu sein und jemanden zu haben, der ihr zuhörte, sowie kokette Blicke und das Bedürfnis, begehrt zu werden. Und dann war da Willie, der vielleicht das Gleiche fühlte. Ein Mann, den sie in diesem Moment sehr anziehend gefunden hatte. Silvia horchte in sich hinein.

Sie hätte zutiefst beschämt über ihr Verhalten sein müssen, hätte Tibooburra mit gesenktem Haupt verlassen und sich nie wieder blicken lassen sollen. Aber dann hörte sie wieder Willies Worte, die er ihr im Dunkeln zugeflüstert hatte: dass er sich sehr zu ihr hingezogen fühle und es sein könne, dass er sich gerade verliebte. Ein Lächeln breitete sich auf ihrem Gesicht aus, als sie an ihr Versprechen dachte, sein Herz nicht zu brechen.

Silvia wusch sich und zog sich an, dann stieg sie die Treppe hinunter. In der Küche saß Willie am Tisch und las eine Zeitung von letzter Woche, die Leo ihm gegeben hatte. Silvia war sich nicht sicher gewesen, wie sie auf seinen Anblick reagieren würde, doch nun hatte sie Schmetterlinge im Bauch. Ihre gemeinsame Nacht war also kein Fehler gewesen, es sah ganz so aus, als könnten sie Gefühle füreinander entwickeln.

»Guten Morgen«, grüßte sie mit pochendem Herzen von der Tür.

»Guten Morgen.« Willies Tonfall klang eher unbeteiligt, und er sah nicht einmal von der Zeitung auf. »Ich habe eine Kanne Tee gekocht.«

»Sehr gut, einen Tee kann ich jetzt gut gebrauchen.« Silvia nahm eine Tasse und einen Unterteller aus dem Schrank. Es verletzte sie ein wenig, dass er sie nicht einmal ansah, aber vielleicht war auch er verlegen. »Du warst aber früh auf.« Sie bemühte sich um einen lockeren Ton, obwohl ihr fast schwindlig vor Nervosität war.

»Ich bin an mein eigenes Bett gewöhnt«, beschied er knapp.

Silvia störte sich an seinem herablassenden Ton, doch sie goss mit zitternder Hand Tee in ihre Tasse und setzte sich ihm gegenüber. Er jedoch las weiter Zeitung, was ihr einen Stich versetzte. Grundsätzlich hatten sie zwei Möglichkeiten: Entweder konnten sie so tun, als wäre nichts geschehen, oder sie konnten darüber reden. Für Silvia war die Entscheidung leicht.

»Willie«, sagte sie zaghaft.

»Ja?« Immer noch hielt er den Blick auf die Zeitung gerichtet.

»Du solltest wissen, dass ich so etwas wie letzte Nacht normalerweise nicht tue, aber ich …«

Endlich sah Willie auf. »Wir sollten die letzte Nacht vergessen«, unterbrach er sie. Ihm war eingefallen, was bei Nellie passiert war, nachdem sie miteinander geschlafen hatten. Silvia könnte ebenfalls schwanger werden, und wenn das noch nicht geschehen war, durfte er dieses Risiko keinesfalls ein weiteres Mal eingehen.

Silvia war vollkommen vor den Kopf geschlagen. Sie hatte sagen wollen, dass sie die Liebesnacht mit ihm nicht bereute, aber Willie sah das offenbar anders. »Kannst du das so einfach?«, stieß sie jetzt hervor.

»Es ist keine gute Idee, eine Beziehung mit jemandem anzufangen, mit dem man zusammenarbeitet. Meinst du nicht?«

»Das hätte dir vielleicht gestern einfallen können, *bevor* wir hochgegangen sind.« Silvia ging jetzt in Abwehrposition.

»Du hast recht, ich hätte etwas sagen müssen. Das soll jetzt keine Ausrede sein, aber wir haben beide viel getrunken, deswegen waren wir wahrscheinlich anfälliger für … na, du weißt schon. Aber du lässt dich gerade scheiden, da kannst du keine Komplikationen gebrauchen.«

Silvia hätte ihn gern an seine Worte erinnert, dass er dabei war, sich in sie zu verlieben, aber sie konnte sich nicht dazu durchringen. Sie war zu stolz, um ihn sagen zu hören, er habe es nicht so gemeint oder der Alkohol habe aus ihm gesprochen. Es kostete sie ihre gesamte Willenskraft, nicht in Tränen auszubrechen, aber sie wollte vor ihm nicht weinen. »Möchtest du, dass ich gehe?«, fragte sie schlicht.

»Nein, natürlich nicht. Wir sind erwachsen, mit so etwas können wir doch umgehen, oder nicht?«

Silvia erhob sich. »Ich schon«, antwortete sie betont kühl und ging in den Schrankraum. Doch kaum war sie allein, da liefen ihr die Tränen über das Gesicht. Sie hatte sich nie zuvor so wertlos und dumm gefühlt, war aber entschlossen, das Willie nicht zu zeigen.

Willie war ziemlich sicher, dass er Silvia verletzt hatte, obwohl das nicht seine Absicht gewesen war. Er war wütend auf sich selbst, weil er sich erlaubt hatte, in dieser Weise auf sie zu reagieren, obwohl er mit niemandem eine Liebesbeziehung eingehen konnte. Dafür war sein Leben zu kompliziert. Vor allem wegen der Sache mit Kate.

In den nächsten Tagen war die Stimmung zwischen Silvia und Willie zunächst sehr angespannt, aber die Arbeit im Pub und die Routine lenkten Silvia ab. Sie ging Willie so gut wie eben möglich aus dem Weg, insbesondere, da er ihr gegenüber zunehmend wortkarg und fast gleichgültig agierte. Sie konnte nicht wissen, dass das wenig mit ihr zu tun hatte, sondern eher mit Nellies Zusammenbruch und seinem Versprechen, Kate zurückzuholen. Er schlief nicht mehr, denn sobald er die Augen schloss, erschien vor seinem inneren Auge die weinende Nellie, aber auch eine am Boden zerstörte Madge, der es unendlich schwerfallen würde, Kate gehen zu lassen. Tagsüber grübelte er darüber nach, wie er sein Versprechen auf die für Nellie und Madge beste Art in die Tat umsetzen konnte, und so wirkte er auf Silvia zunehmend zerstreut und desinteressiert am Geschehen rund um den Pub. Und da er sein Verhalten nicht erklärte, bezog sie es auf sich. Vermutlich wollte er nicht mehr, dass sie für ihn arbeitete, auch wenn er ohne sie nicht zurechtkäme.

Schließlich fasste Willie einen Entschluss: Er würde Kate selbst in England abholen, aller Unruhen zum Trotz. Sie gehörte zu ihrer Mutter, und Madge würde der Abschied in seinem Beisein sicher leichter fallen. Sobald als möglich würde er die Reise organisieren.

Den ganzen Tag wartete er auf eine günstige Gelegenheit, heimlich mit der Reiseagentur in Broken Hill telefonieren zu können. Als er durch das Küchenfenster sah, wie Silvia draußen Wäsche aufhängte und auch noch Flo zu ihr trat und sich mit ihr unterhielt, eilte Willie zum Telefon des Hotels, das an der Wand im Flur zwischen Küche und Schrankraum hing. Über die Telefonvermittlung ließ er sich mit der Reiseagentur verbinden.

»Guten Morgen, Mrs Hershell, hier ist Willie McGregor aus Tibooburra«, sagte er, als er Corina Hershells Stimme erkannte.

Sie erinnerte sich offenbar an ihn und fragte, wie sie ihm helfen könne.

»Ich muss dringend meine Tochter aus England holen. Ihre Mutter vermisst sie schrecklich.«

Mrs Hershell konnte das gut nachvollziehen, machte ihm allerdings wenig Hoffnung. Ein Flug aus Australien heraus sei möglich, aber das Schwierige seien die Verbindungen nach England, sagte sie. Das größte Problem seien die Zwischenhalte in Athen und Paris.

»Gibt es keine Strecke um Athen und Paris herum?«, fragte Willie enttäuscht.

»Nein, im Moment leider nicht. Es ist schon schwierig genug, nach Athen zu kommen, was nicht zwangsläufig gelingen muss, aber von da aus müssten Sie weiter nach Paris, und Frankreich und Deutschland befinden sich im Krieg. Wenn Sie es bis nach Frankreich schaffen, müssten Sie den Ärmelkanal mit der Fähre überqueren, aber das Risiko, von einer Bombe getroffen zu werden, ist sehr hoch. Ich weiß nicht, wie oft Sie in Tibooburra Zeitungen bekommen, aber es gab bereits Angriffe auf britische Flugzeugträger und Zerstörer auf See, ebenso wie Bombenangriffe auf britische Kriegsschiffe. Ehrlich gesagt finde ich nicht, dass Sie es riskieren sollten, Ihre Tochter nach Hause zu holen, Mr McGregor. Sie ist im Moment wahrscheinlich sicherer dort, wo sie gerade ist. Vielleicht denken Sie zu einem späteren Zeitpunkt noch einmal darüber nach.«

Willie schwieg einen Moment, während er die Konsequenzen

ihrer Worte überdachte. Er hatte einen Artikel über ein Schiff gelesen, das vor der Küste Englands versenkt worden war, daher wusste er, dass Corina Hershell nicht übertrieb. »Ich möchte das Leben meiner Tochter nicht aufs Spiel setzen«, sagte er schließlich. »Auch wenn ich Kate unbedingt nach Hause holen will. Ich vermisse sie sehr, und ihrer Mutter geht es genauso.«

In diesem Moment hörte er ein Geräusch hinter sich, er fuhr erschrocken herum. In der Küchentür stand Silvia mit einem Beutel Plätzchen in der Hand, wahrscheinlich ein Geschenk von Flo. Sie starrte ihn sichtlich verletzt an. Doch bevor er reagieren konnte, eilte sie davon.

Willie bedankte sich bei Mrs Hershell für ihren Rat und hängte mit einem unguten Gefühl den Hörer auf. Er würde sein Versprechen gegenüber Nellie schon wieder brechen. Und zusätzlich hatte er jetzt noch ein anderes Problem: Wie viel hatte Silvia von der Unterhaltung mitbekommen, und was schloss sie daraus?

In der Küche lagen die Plätzchen auf dem Küchentisch, aber Silvia war nicht zu sehen. Willie kochte eine Kanne Tee und goss einen Schuss Brandy in seine Tasse, um seine Nerven zu beruhigen, während er darüber nachdachte, was er Silvia erzählen sollte. Schließlich hörte er sie hereinkommen und den leeren Wäschekorb abstellen.

»Du hast mich angelogen, Willie«, sagte sie hinter ihm. »Das verzeihe ich dir nie.«

Er drehte sich um und fing ihren finsteren Blick auf.

»Du bist oder warst verheiratet, und du bist Vater. Kein Wunder, dass du unsere gemeinsame Nacht vergessen willst«, fauchte sie. »Ich werde wohl doch besser fortgehen.«

»Ich war nie verheiratet«, sagte Willie betont ruhig. »Das war nicht gelogen.«

Silvia starrte ihn an. »Ich habe gehört, wie du deine Tochter und ihre Mutter erwähnt hast!«

Willie schuldete ihr eine Erklärung, war sich aber nicht sicher, wie viel er ihr anvertrauen sollte. »Bitte, setz dich.«

Silvia rührte sich nicht, und er sah sie flehentlich an. »Ich erkläre dir, was du gehört hast, und wenn du dann immer noch gehen willst, kannst du das tun. Aber ich muss dich bitten, niemandem davon zu erzählen. Kannst du mir das versprechen?«

Silvia schwieg einen Moment, während ihre Gedanken rasten. Sie war nicht der Meinung, dass sie ihm irgendetwas schuldig war. Andererseits entging ihr nicht, wie unwohl er sich fühlte, und vielleicht gab es dafür einen guten Grund. Sie würde ihm zuhören, bezweifelte aber, dass sie ihre Meinung ändern würde.

Schließlich nahm sie Willie gegenüber Platz, und er schenkte ihr eine Tasse Tee ein.

»Ich habe dir doch von meinem Freund erzählt, Harry, und dass wir nach Gold gegraben haben«, begann er. »Wir haben in einem Gebiet etwa fünfzig Meilen westlich von hier gearbeitet.«

Silvia schwieg.

»Es ist eine sehr einsame Gegend. Oft haben wir mehrere Wochen lang niemanden getroffen. Manchmal haben wir nebeneinander gearbeitet, aber meistens habe ich in einem Bereich gegraben und Harry in einem anderen, dadurch waren wir noch einsamer. Wahrscheinlich ist das schwer zu verstehen, aber Einsamkeit macht irgendwann etwas mit dem Verstand.« Während er sprach, wallten die Gefühle in ihm wieder hoch, und er fand es schwierig, sie in Worte zu fassen. »Ab und zu verbrachten die Aborigines Zeit mit uns«, sagte er schließlich. »Ihr Lebensstil ist ganz anders als unserer, aber wir haben zusammen gegessen und getrunken. Und wir konnten uns verständigen.« Willie hielt inne.

Silvia wartete schweigend, ihre Miene war undurchdringlich.

»Die Frau, die dich angegriffen hat … Nellie …« Willie stockte. Er hatte das Geheimnis so lange für sich behalten, dass es ihm fast unmöglich schien, es jetzt preiszugeben.

»Was ist mit ihr?«, fragte Silvia, als das Schweigen andauerte.

Willie zögerte. Er spürte, dass er jemandem sein Herz ausschütten sollte, aber wagte er es?

»Was versuchst du mir zu sagen, Willie?«

Silvias Blick war jetzt sanft, und in diesem Moment wusste Willie, dass er ihr die Wahrheit sagen musste. »An dem Tag, an dem Harry starb, kam Nellie zu mir … Ich war einsam und freute mich, sie zu sehen.«

»Du meintest doch, sie sei nicht ganz zurechnungsfähig«, erinnerte Silvia ihn.

»Das hätte ich nicht sagen sollen. Es ist meine Schuld, dass sie leidet.«

Silvia war sichtlich überrascht. »Warum?«

Willie atmete tief durch. »Nellie hat mir gesagt, dass sie schwanger von mir ist«, gab er schließlich leise zu.

Silvia starrte ihn an. »Schwanger … von *dir*? Hast du … sie verführt?«

»Nein, nein, so war es nicht. Es war ganz unkompliziert …«

»Wie meinst du das?«

»Nun … Bei den Aborigines sind Beziehungen anders, Silvia. Manchmal ist Nellie nachts einfach zu mir gekommen und dann am nächsten Morgen zu einer Buschwanderung aufgebrochen. Ich habe sie dann monatelang nicht gesehen, bis sie eines Tages wieder auftauchte, ein, zwei Tage blieb und dann wieder loszog. Es war nie die Rede von Liebe oder Verpflichtungen.«

Silvia hatte sichtlich Schwierigkeiten, das Gehörte zu verstehen, es musste ihr völlig fremd vorkommen.

»Ich weiß, dass das schlimm klingt«, sagte Willie. »Aber die Aborigines leben so ganz anders als wir.«

»Also hast du nach ihrer Eröffnung, dass sie schwanger ist, nicht in Erwägung gezogen, das einzig Anständige zu tun und sie zu heiraten?«

»Natürlich habe ich das, aber Nellie würde sich nie an einem Ort niederlassen. Glaub mir, ich habe mir viele Gedanken darum gemacht, dass meine Tochter in so einem Umfeld und mit diesem Lebensstil aufwachsen soll.«

Silvia betrachtete ihn nachdenklich. Ihm war deutlich anzusehen, dass er seine Tochter wirklich liebte. »Und wo ist sie jetzt?«

»Kate lebt in England.« Er erzählte ihr von den Umständen, die dazu geführt hatten. »Nellie ist verstört, weil sie nicht versteht, warum ich Kate nicht mit wieder mit hierhergebracht habe und warum ich sie jetzt nicht holen kann«, erklärte er anschließend. »Ich habe oft versucht, es ihr zu erklären, aber sie kann nicht begreifen, dass England praktisch am anderen Ende der Welt ist, sie hat noch nie das Meer gesehen. Genauso wenig versteht sie, dass dort Krieg herrscht.« Er stieß einen tiefen Seufzer aus. »Ich habe eben in der Reiseagentur in Broken Hill angerufen, um herauszufinden, ob es irgendeine Möglichkeit gibt, dass ich Kate hole, aber die Reise ist offenbar zu gefährlich.«

»Ja, die Reise ist ganz sicher viel zu gefährlich«, sagte Silvia. »Aber ist es nicht auch in Großbritannien sehr gefährlich? Das Land wird doch bombardiert.«

»Nicht bei meiner Schwester, sie lebt im Lake District in Cumbria, und zum Glück sind ländliche Gegenden kein Angriffsziel für Bomben. Viele Kinder aus London wurden aufs Land evakuiert.«

Wieder stieß Willie einen tiefen Seufzer aus. »Ich bin voreingenommen, das ist mir klar, aber Kate ist wirklich ein goldiges Mädchen, und ich vermisse sie schrecklich. Meine Schwester hat keine Kinder, sie hat Kate sofort ins Herz geschlossen. Sie kümmert sich großartig um sie und hängt mit jedem Tag mehr an ihr. Das Schlimmste ist, dass ich weiß, dass es Kate bei Madge besser geht, als es ihr bei Nellie im Outback gehen würde. Aber ich sehe Nellies Schmerz und verstehe, dass sie ihre Tochter wiederhaben möchte. Andererseits wird es meiner Schwester das Herz brechen, wenn ich ihr Kate wegnehme. Es macht mich verrückt, dass entweder Nellie oder Madge so verletzt werden müssen.« Er ließ den Kopf hängen und schwieg. »Niemand im Dorf weiß von Kate«, fuhr er schließlich fort. »Da du aus der Stadt kommst, verstehst du wahrscheinlich nicht, warum ich mich nie dazu bekannt habe, dass ich eine Tochter mit Nellie habe. Aber das kann ich nicht.«

»Ich bin noch nicht lange hier, aber ich habe schon mitbekommen, wie die Ureinwohner von der weißen Bevölkerung behandelt werden. Ich nehme also an, man würde dich verstoßen, weil du ein Kind mit einer Aborigine-Frau hast. So ist es in Broken Hill übrigens auch.«

»Nellie ist gemischter Herkunft. Ihr Vater war ein griechischer Opalgräber, hat sie aber nie anerkannt, zweifellos aus genau diesem Grund. Ich selbst käme mit der Reaktion der anderen zurecht, aber ich wollte nicht, dass Nellie und vor allem Kate darunter leiden. Deswegen bitte ich dich um Diskretion.« Er hob den Blick und sah sie flehend an. »Ich hoffe, ich kann dir vertrauen, Silvia.«

»Ich sage niemandem etwas davon«, versprach sie. Ihm war deutlich anzusehen, wie sehr die Situation ihn belastete, die Lage war ja auch wirklich schwierig. Aber seine Sorge um Kate, Nellie und Madge zeigte ihr, dass er ein gutes Herz hatte.

»Danke. Ich weiß das sehr zu schätzen.« Willie legte seine Hand auf ihre. »Es tut mir leid, wenn ich dich verletzt habe. Das war nie meine Absicht.«

»Das weiß ich. Wirf dir das nicht vor. Du hast nicht angestoßen, was zwischen uns passiert ist. Ich bin selbst überrascht über mein Verhalten, und ich hoffe, dass ich mich umgekehrt auch auf deine Diskretion verlassen kann.«

»Natürlich.«

»Und du hast recht. Ich bin mitten in einem Scheidungsprozess und sollte mein Leben nicht noch verkomplizieren. Es ist gut, dass wenigstens einer von uns etwas Menschenverstand beweist.

Zu meiner Verteidigung muss ich sagen, dass die letzten Monate meinem Selbstwertgefühl nicht gutgetan haben. Ich musste einfach spüren, dass ich begehrt werde.«

»Du bist eine wundervolle Frau, Silvia. Jeder Mann würde sich glücklich schätzen, dich an seiner Seite zu haben. Dein Ehemann ist der größte Idiot, den die Welt je gesehen hat.«

»Danke, Willie.« Er konnte nicht ahnen, wie gut ihr seine Worte taten.

»Ich bin froh, dass ich mich jemandem anvertrauen konnte«, fügte er hinzu. »Mir ist ein großer Stein vom Herzen gefallen, der dort schon lange lag. Wenn du bleibst, verspreche ich, dass ich genauso für dich da sein werde, wann immer du mich brauchst. Aber mehr dürfen wir nicht füreinander sein. Das verstehst du doch, oder?«

»Ja, das verstehe ich«, erwiderte Silvia, entschlossen, ihre Enttäuschung zu verbergen.

Kapitel 12

Tibooburra, Juni 1957

Silvia betrat mit einem Korb voller Einkäufe in der Hand die Küche. »Ich habe etwas für dich«, sagte sie zu Willie, der über den Tisch gebeugt seine dritte Tasse Tee trank, in dem Versuch, sich vom vorangegangenen Abend zu erholen.

Am Tag zuvor hatte im Dorf mit dem jährlichen Tibooburra Cup ein Großereignis stattgefunden, mit Pferde-, Kamel- und Ziegenrennen. Der Tag war heiß und staubig gewesen und der Pub am Abend mit den vielen durstigen Kunden aus allen Nähten geplatzt. Die letzten Nachtschwärmer hatte Willie um halb zwei morgens hinausgeworfen, einen Haufen reizbarer, betrunkener Jockeys. Die Kamelreiter, die Afghanen waren, hatten glücklicherweise weder getrunken noch Ärger verursacht, sondern sich schon wesentlich früher leise mit ihren Tieren davongemacht.

Willie strahlte sofort über das ganze Gesicht. »Ein Brief von Madge?«, fragte er hoffnungsvoll.

»Er kam gerade mit der Post.« Silvia hielt ihm den Umschlag hin.

Willie riss ihn sofort auf und begann zu lesen. Er verzehrte sich stets nach Nachrichten über Kate, und Madge schrieb immer noch fleißig Briefe. Er erhielt mindestens sechs Stück im Jahr, obwohl er umgekehrt noch genauso schreibfaul war wie früher und Madge sich glücklich schätzen konnte, wenn sie einmal im Jahr eine Antwort erhielt.

»Was schreibt sie?«, fragte Silvia, als er schließlich den Kopf hob. In all den Jahren, in denen sie nun schon im Pub arbeitete, hatte sie Kate über Madges Briefe kennengelernt und war aufrichtig interessiert an Neuigkeiten.

»Sie schreibt, dass Kates Film ein großer Erfolg in England war und sie jetzt durch Europa reist, um ihn zu bewerben.« Willie schüttelte den Kopf. »Kaum zu glauben, oder? Sie war schon in Spanien, Griechenland und Deutschland und gerade auf dem Weg nach Paris, als Madge geschrieben hat, also ist sie jetzt wahrscheinlich da.«

»Das ist wirklich unglaublich.«

»Meine Tochter … eine berühmte Schauspielerin!«, sagte Willie stolz. »Dabei ist sie doch vor gerade mal einem halben Jahr einer Theatergruppe in London beigetreten, um die Schauspielerei zu erlernen! Ich weiß noch, wie Magde schrieb, sie hätte sich nur für die Rolle in einem Film beworben, um Erfahrung zu sammeln. Und dann war sie genauso überrascht wie alle anderen, die Rolle zu bekommen, ausgewählt aus mehr als fünfzig erfahrenen Schauspielerinnen!«

»Schreibt Madge auch, worum es in dem Film geht?«

»Ich glaube, sie hat ihn noch nicht gesehen, aber Kate hat ihr gesagt, es sei ein Drama, das in England und auf den griechischen Inseln spielt. Ich nehme an, sie war mit ihrem dunklen Haar und der olivfarbenen Haut perfekt für die Rolle. Kate sticht laut Madge in England aus der Masse hervor.«

»Madge glaubt ja auch, Kate hätte mediterrane Wurzeln, ist es nicht so?«, hakte Silvia nach.

»Genau, griechische. Und teilweise stimmt das ja auch. Sie hat einen griechischen Großvater.« Willie hatte Madge nie die Wahrheit über Kates Mutter erzählt, und dabei sollte es bleiben.

»Auf den Fotografien sieht sie wunderschön aus, und laut deiner Schwester ist sie selbstbewusst, talentiert und hat Ausstrahlung. Das ist eine gute Mischung.«

Willie nickte stolz. »Es ist wirklich schade, dass wir hier nicht an mehr Filme herankommen. Es wäre großartig, Kate in einem Film zu sehen, auch wenn ich sie öffentlich nicht als meine Tochter bezeichnen könnte.«

Silvia entging die Traurigkeit in seinem Blick nicht. In den letzten zwanzig Jahren hatte sich die allgemeine Einstellung zu den Aborigines nicht verbessert. »Es ist bedauerlich, dass Fred und Marnies Wanderkino nicht öfter als ein- oder zweimal im Jahr nach Tibooburra kommt«, sagte sie. »Hat Madge dem Brief eine weitere Fotografie beigelegt?«

»Nein, leider nicht, aber Kate war jetzt auch schon seit fast einem Jahr nicht mehr im Lake District. Kaum zu glauben, dass sie erwachsen ist und ihr eigenes Leben führt! An einem Ort wie Tibooburra fühlt es sich an, als würde die Zeit stillstehen, aber in Wirklichkeit sind die Jahre nur so verflogen.«

»Ich weiß genau, was du meinst.« Silvia hatte nicht vorgehabt, in Tibooburra zu bleiben, aber sie hatte sich vor langer Zeit in Willie verliebt und die Hoffnung nie aufgegeben, er würde ihr eines Tages doch noch gestehen, dass er dasselbe für sie empfand.

»Ich kann mir kaum vorstellen, dass Kate durch Europa reist und einen Film bewirbt, dessen Hauptdarstellerin sie ist.« Wieder schüttelte Willie ungläubig den Kopf.

Silvia wusste genau, worauf er anspielte. »Sie würde ein vollkommen anderes Leben führen, wenn du sie nicht mit nach England genommen hättest, Willie«, erinnerte sie ihn.

»Ich weiß.« Willie konnte sich Kate nicht mehr im Outback vorstellen, genauso wenig wie in einem der Waisenhäuser, in dem sie, von der Regierung gezwungen, zum Dienstmädchen ausgebildet worden wäre wie so viele Aborigines. Ein solches Leben war undenkbar, aber das wäre ihr Alltag gewesen. Und genau deshalb hatte er auch nach Ende des Krieges schweren Herzens entschieden, Kate nicht zurückzuholen, auch wenn Nellie ihm das, aller Erklärungsversuche zum Trotz, bis heute nicht verziehen hatte.

Als die Ansammlung französischer Reporter und aufgeregter Zuschauer sich nach dem Interview um ihre Schauspielerkollegen drängte, schlüpfte Kate über den Platz zwischen dem Hotel de Paris und dem Place du Casino in Monaco davon, gefolgt von ihrer treuen Assistentin Edith Clayburgh. Sie lief, schwebte beinahe, während der Saum ihres violett-silbernen Jean-Louis-Scherrer-Kleides in der sachten Brise am Hafen wehte. Nie zuvor hatte Kate sich so lebendig und vom Leben verzaubert gefühlt. Wortgewandt hatte sie zur Presse über den Film mit dem Titel *In der Hitze der Nacht* gesprochen und den Staffelstab dann an den männlichen Hauptdarsteller, ihren Kollegen Michael Walker, übergeben.

»Du warst wunderbar, wie immer, Kate«, schwärmte Edith neben ihr. Sie war Kate nach Übernahme der Hauptrolle als Assistentin zugeteilt worden, und zwischen ihnen hatte die Chemie von Beginn an gestimmt. Dabei gaben sie rein äußerlich ein ausgefallenes Duo ab. Kate war groß und schlank und hatte eine dicke Mähne langen dunklen Haars, während Edith klein und zierlich und ihr Haar sehr kurz und beinahe weiß war. Außerdem war Edith doppelt so alt wie Kate und neigte dazu, sie zu bemuttern.

»Mit jeder Stadt und jeder Werbeveranstaltung werde ich selbstsicherer.« Kate erinnerte sich noch gut daran, wie nervös sie beim Auftakt ihrer Europa-Werbereise in Barcelona gewesen war. »Ist es hier in Monaco nicht großartig, Edith? Der Hafen ist wunderschön, und das Hotel und das Casino sind so opulent. Es fühlt sich an, als würde ich in einem Traum leben.«

»Du lebst in einem Märchen«, gab Edith lächelnd zurück, dankbar, mit Kate reisen und all dies erleben zu können.

Sie betraten das Foyer des Hotel de Paris, und sofort richteten sich alle Blicke auf Kate, die anmutig über den roten Teppich auf dem gefliesten Boden in Richtung des Rezeptionsbereichs und der

Treppe schritt. Die eleganten, bodentiefen Fenster des Hotels boten den Gästen einen atemberaubenden Blick auf den Hafen, an dem schimmernde Jachten lagen, die den wohlhabenden Urlaubern an der Côte d'Azur gehörten, aber mit Kate im Raum hätten die Vorhänge genauso gut zugezogen sein können.

»Entschuldigen Sie, Mademoiselle McGregor«, sagte ein Portier mit einem starken Akzent auf Englisch. »Die hier wurden vor einigen Minuten für Sie abgegeben.« Er reichte ihr einen riesigen Strauß violetter Schwertlilien. »Ich bin angehalten worden, Ihnen auszurichten, dass die Schwertlilie die Nationalblume Frankreichs und im Fleur-de-Lys-Emblem wiederzufinden ist, dem Symbol für die französische Monarchie. Außerdem steht die Farbe für Weisheit und Komplimente.«

»Oh, vielen Dank«, sagte Kate, die sich wunderte, eine Geschichtsstunde erteilt zu bekommen. »Darf ich fragen, wer Sie angehalten hat, mir das auszurichten?«

»Das steht auf der Karte, Mademoiselle.« Der Portier verneigte sich und zog sich zurück.

»Ich werde in meinem Zimmer nachschauen, von wem sie sind«, entschied Kate.

»Ich kann die Blumen tragen, Kate«, bot Edith an.

Kate reichte ihr den Strauß, und sie machten sich auf den Weg zu ihrer gemeinsamen Suite auf der ersten Etage.

Die Suite verfügte über einen großzügigen Balkon, der einen fabelhaften Ausblick auf den Hafen gewährte und durch dessen geöffnete Tür eine sanfte Brise ins Zimmer wehte, als sie eintraten.

Kate ging direkt in den Ankleideraum. »Als Allererstes ziehe ich dieses Kleid aus. Und kannst du bitte Tee für uns bestellen«, bat sie Edith. »Vielleicht können wir uns später zum Essen rausschleichen, irgendwohin, wo es ruhig und entspannt ist.« Sie dachte an ein abgelegenes, kleines Café am Wasser, wo man sie nicht erkannte.

Schließlich trat sie in langer Hose und Bluse ins Zimmer. Als sie die Karte zwischen den Blumen hervorsuchte, bemerkte sie eine kleine Schachtel mit einem lila Band, die am Strauß befestigt war. Neugierig öffnete sie den Umschlag.

Meine verehrte Mademoiselle McGregor,
bitte erweisen Sie mir die Ehre, heute Abend mit mir an Bord der Emerald Lady *zu Abend zu essen. Ich werde einen Dienstboten schicken, der Sie um sieben Uhr zum Jachthafen begleitet.*
Ihr Jacques Leon

Kate stöhnte auf.

»Was ist los?«, fragte Edith.

Kate reichte ihr die Karte. »Hier ist jemand sehr von sich überzeugt.«

»Wer denn, ein Filmproduzent?« Edith hatte mehr als ein Jahrzehnt Erfahrung in der Branche und wusste, dass Produzenten manchmal anmaßend waren, vor allem jungen Schauspielerinnen gegenüber.

»Das weiß ich nicht«, sagte Kate. »Ich glaube nicht.«

Edith las die Karte mit gerunzelter Stirn. »Das ist niemand, der mit dem Filmgeschäft zu tun hat, aber der Name ist definitiv französisch.«

»Wer auch immer das ist, er ist ein arroganter Schnösel«, behauptete Kate.

Edith grinste. »Er geht sicher davon aus, dass du seine Einladung nicht ablehnen wirst. Ich frage mich, wer er ist.« Ihr Blick fiel auf die Schachtel am Blumenstrauß. »Was ist das?«

»Das wüsste ich auch gern.« Vorsichtig löste Kate die Verpackung und öffnete die Samtschachtel, in der eine umwerfende, mit Diamanten besetzte goldene Uhr lag. »Meine Güte«, stieß sie hervor, bevor sie sich die Uhr ums Handgelenk legte. »Sie ist wunderschön!«

»Da ist noch eine Notiz in der Schachtel.« Edith reichte ihr das Papier.

Mir ist aufgefallen, dass Sie heute immer wieder auf Ihr Handgelenk gesehen haben, daher nehme ich an, dass Sie vielleicht Ihre Armbanduhr verloren haben. JL

»Er muss mich heute beobachtet haben.« Kate lief ein Schauer über den Rücken.

»Diese Uhr hat doch sicher ein Vermögen gekostet«, sagte Edith atemlos, während sie die glitzernden Diamanten bewunderte.

»Vielleicht ist sie vergoldet, und das sind Glassteine.« Kate war eher misstrauisch, sie war vor Hochstaplern auf dem Festland gewarnt worden.

»Ich finde, sie sieht echt aus. Und was ist mit der Jacht?«, fragte Edith. »Eine Jacht kann man nicht fälschen.«

»Vielleicht hat er sie gemietet, um wohlhabend zu erscheinen. Und selbst wenn sie ihm gehört, werde ich nicht die Einladung eines Mannes annehmen, den ich noch nie gesehen habe.«

»Natürlich nicht. Aber ich könnte diskret ein paar Erkundigungen einziehen, um deine Neugier zu befriedigen«, schlug Edith vor. »Wenn er reich ist, kennt sicher jemand seinen Namen.«

Kate war tatsächlich neugierig. »Ja, mach das. Wenn er eine Jacht im Hafen hat, muss irgendjemand etwas über ihn wissen.«

»Das ging schnell«, sagte Kate, als Edith eine halbe Stunde später die Suite betrat.

»Ja. Ich musste nicht weit laufen«, erwiderte Edith aufgeregt. »Jacques Leon ist in Monaco und in diesem Hotel bekannt, der Concierge hat mich mit einer Fülle an Informationen versorgt.«

Kate bedeutete Edith, sich neben sie aufs Sofa zu setzen. »Na los, erzähl«, sagte sie voller Vorfreude auf eine pikante Geschichte.

»Nun, Monsieur Leon ist wie erwartet ein sehr, sehr reicher Mann. Er hat einen Wohnsitz hier in Monaco, nicht weit von dem der königlichen Familie, und weitere in anderen Ländern der Welt, darunter auch in England. Seine Jacht, die *Emerald Lady*, ist eine der größten im Hafen. Sie ist mit allem ausgestattet, inklusive einer fünfundzwanzigköpfigen Crew. Der Concierge hat mir gezeigt, welches Schiff es ist, und sie ist eine Schönheit.«

»Vergiss mal den ganzen Prunk. Was hast du über den Mann herausgefunden?«

»Monsieur Leon ist etwa fünfunddreißig Jahre alt und war noch nie verheiratet, auch wenn es ihm an weiblicher Gesellschaft nicht mangelt. Er hat bei jeder Veranstaltung eine andere Schönheit am Arm.«

»Ich werde keine von ihnen sein«, fauchte Kate. »Ich verbringe keine Zeit mit einem Mann, der eine Frau bloß als Zierde betrachtet.«

»Der Concierge wusste nicht genau, womit Monsieur Leon sein Geld verdient, hat aber angedeutet, dass er viele Unternehmen auf der ganzen Welt besitzt. Er meinte, dass Monsieur Leon freundlich sei, allerdings hat er auch erwähnt, dass er ihm oft großzügiges Trinkgeld gibt, also ist er vielleicht voreingenommen.«

»Das klingt für mich nicht sehr ansprechend«, befand Kate. »Er ist offenbar der Ansicht, Menschen kaufen zu können. Hat der Concierge dir irgendetwas über seine Persönlichkeit erzählt? Ist er so arrogant, wie seine Notiz vermuten lässt?«

»Das habe ich ihn auch gefragt. Der Concierge sagte, die Reichen seien es nicht gewohnt, dass man ihnen etwas abschlägt. Er beschrieb Monsieur Leon als ambitioniert, als einen Mann, der seinen Willen bekommt. Das sei der Grund dafür, dass er so erfolgreich ist.«

»Bei mir wird er keinen Erfolg haben.«

»Offenbar ist er Wohltätigkeitsorganisationen und Freunden

gegenüber sehr großzügig, und er ist bei den Hotelangestellten sehr beliebt, ganz so schlimm kann er also nicht sein.«

»Das mag sein, aber ich esse trotzdem nicht mit ihm zu Abend. Wir fahren doch morgen früh, oder?«

»Ja, aber es gab offenbar eine Planänderung. Unten am Empfang wurde mir eben die Nachricht zugestellt, dass wir morgen zunächst noch für eine private Filmvorführung in Paris gebucht wurden. Wir brechen also morgen auf, aber was das genaue Reisearrangement betrifft, wird Walter sich noch mal bei mir melden, sobald alles geregelt ist.«

»Eine Privatvorführung?«

»Ja, in einem kleinen Kino, soviel ich weiß.«

Kate nahm die Uhr wieder ab und legte sie in die Schachtel. »Könntest du den Concierge bitten, Monsieur Leon dieses Geschenk zurück auf die *Emerald Lady* zu bringen, Edith? Danach können wir spazieren gehen und etwas essen.«

»In Ordnung.« Edith bewunderte die Uhr noch einen Moment, bevor sie die Schachtel schloss. »Es ist allerdings eine Schande, sie zurückzugeben. Sie ist exquisit.«

»Monsieur Jacques Leon kann mich nicht mit bedeutungslosen Geschenken kaufen«, betonte Kate. »Egal, wie sehr er seinen Reichtum zur Schau stellt.«

»Hast du eine Nachricht an ihn?«

»Ich denke, wenn ich das Geschenk zurückgebe, spricht das für sich.«

»Sind Sie sicher, dass das hier die richtige Adresse ist?«, fragte Kate den Fahrer, als sie in eine lange Auffahrt bogen. Sie befanden sich in einem Außenbezirk von Paris und waren erschöpft von der langen Reise. Irritiert blickte Kate auf das riesige Haus, das durch die Bäume zu sehen war. »Das scheint die Einfahrt einer privaten Residenz zu sein, und wir müssten eigentlich an einem Privatkino ankommen.« Mit fragendem Blick sah sie zu Edith, die neben ihr saß und genauso verwirrt wirkte.

»Das ist die richtige Adresse, Mademoiselle«, versicherte der Fahrer.

Als das Fahrzeug um eine Kurve bog, bemerkte Kate erleichtert ein weiteres Auto, aus dem gerade ihr Kollege Michael Walker und einige andere Darsteller stiegen.

Sie wurden in eine große Empfangshalle geleitet, wo Champagner und Kanapees serviert wurden, doch ihr Gastgeber und seine Gäste waren nirgendwo zu entdecken. Kate und ihre Kollegen überlegten, wer das sein konnte – das, was sie bisher von dem Haus gesehen hatten, war äußerst beeindruckend.

»Wo ist das Kino?«, fragte Kate ihren Kollegen Walter Hughes, der für die Öffentlichkeitsarbeit zuständig war.

»Hinter der Tür dort, wurde mir gesagt.« Er deutete in einen weiteren Empfangsraum, in dem eine Doppeltür zu sehen war.

»Wir müssen uns aber nicht schon wieder den ganzen Film anschauen, oder?«, fragte Kate. »Wir haben ihn in den letzten zwei Wochen oft genug gesehen.«

»Nein, soviel ich weiß, sehen unser Gastgeber und die Gäste ihn sich gerade an«, erwiderte Walter. »Amüsier dich eine Stunde lang, später wird von dir erwartet, dass du dich unter die Gäste mischst.«

Kate trank gerade ihr drittes Glas Champagner und amüsierte sich prächtig, als die Gäste aus dem Kinosaal kamen. Einige von ihnen japsten freudig überrascht beim Anblick von Kate und den anderen etwa ein Dutzend Schauspielern. Die meisten schnatterten aufgeregt auf Französisch, versuchten aber, nachdem sie sich beruhigt hatten, sich auf Englisch mit Kate und ihren Kollegen zu unterhalten.

»Sie waren herausragend in dem Film«, sagte ein Franzose zu

Kate, während er gleichzeitig einem Kellner signalisierte, ihr Glas wieder aufzufüllen.

»Für mich bitte nicht mehr«, wehrte Kate ab. »Dieser exzellente Champagner steigt mir zu Kopf.«

»Natürlich ist er exzellent. Er ist französisch!«, sagte ihr Gesprächspartner lächelnd.

Fast hätte sie entgegnet, dass er als Franzose das gar nicht anders sehen konnte, aber sie hielt sich zurück. »Es freut mich, dass Ihnen der Film gefallen hat«, sagte sie stattdessen.

»Ich habe gehört, dass es Ihr erster Film war«, sagte der Mann. »Haben Sie vor, in weiteren Filmen mitzuspielen?«

»Das hoffe ich doch. Es war eine sehr erfreuliche Erfahrung.«

»Ah.« Er schwieg einen Moment. »Werden Sie sich Paris anschauen?«, wechselte er dann das Thema.

»Wir reisen morgen früh bereits weiter, also habe ich dafür keine Zeit.«

»Das ist sehr bedauerlich, geradezu inakzeptabel. Sie müssen bleiben, und ich werde Ihnen persönlich die Sehenswürdigkeiten von Paris zeigen, der romantischsten Stadt der Welt.«

Seine Dreistigkeit verblüffte Kate, aber sie war auch erzürnt darüber, schon wieder mit einem Franzosen zu tun zu haben, der seinen Erfolg für selbstverständlich hielt. »Ich … habe Ihren Namen gar nicht mitbekommen, Sir«, sagte sie, um ihn mit Namen anreden zu können, wenn sie gleich sein Angebot entschieden abwies.

In diesem Moment trat ein Kellner zu ihnen. »Soll ich jetzt den Kaffee servieren, Monsieur Leon?«, fragte er auf Französisch.

»Oui, oui«, antwortete der Mann.

Sie starrte ihn an. »Monsieur Leon? Sind Sie Jacques Leon … aus Monaco?«

Er streckte die Brust vor. »Ich bin ein Mann von Welt, Mademoiselle McGregor.«

Kate spürte, wie ihr Gesicht heiß wurde, als Ärger in ihr aufwallte. »Sie haben diese private Vorführung arrangiert, weil ich gestern Abend nicht mit Ihnen essen wollte. Geben Sie es zu.«

»Schuldig im Sinne der Anklage, Mademoiselle. Sie sollten sich geschmeichelt fühlen, aber ich sehe schon, dass Sie es nicht sind. *Oui.*«

»Mit Sicherheit nicht. Ich bin nicht käuflich, und ich mag es nicht, hereingelegt zu werden. Sie sind es vielleicht gewohnt, Ihren Willen zu bekommen, aber bei mir werden Sie damit keinen Erfolg haben.«

»Sie haben jedes Recht, mich zu tadeln. Ich verdiene es. Es ist wunderbar erfrischend, eine Frau zu treffen, die man nicht mit Schmuck überzeugen kann, eine Frau, die nicht auf die Reichtümer eines wohlhabenden Mannes aus ist und die ihren eigenen Kopf hat. Ich bewundere Sie zutiefst.«

»Wenn Sie keine oberflächlichen Frauen treffen möchten, wäre es vielleicht hilfreich, nicht ständig mit teurem Schmuck vor ihren Nasen herumzuwedeln«, schlug Kate vor.

Zu ihrer Verärgerung lachte Jacques, was ihr das Gefühl gab, dass er sie nicht ernst nahm.

»Und Komplimente werden meine Meinung auch nicht ändern, Monsieur Leon«, fügte sie unfreundlich hinzu.

Walter, der ihr Gespräch ebenso wie einige erstaunte Gäste in der Nähe mit angehört hatte, berührte Kate leicht am Ellbogen. »Was machst du da?«, flüsterte er eindringlich. »Monsieur Leon ist unser Gastgeber.«

»Werte Gäste, ich würde Ihnen gern meine zukünftige Ehefrau vorstellen«, gab Jacques in diesem Moment laut bekannt.

Kate starrte ihn entsetzt an, während ihre Kollegen und die anderen Gäste lachend applaudierten.

Zu ihrer Überraschung begann Jacques Leon ebenfalls herzhaft zu lachen. Dann wandte er sich ohne ein Wort von ihr ab und gesellte sich zu seinen Gästen, die ihn ganz offensichtlich anbeteten.

Kate drehte sich mit rotem Kopf zu Walter und Edith um. »Ist das zu fassen?«

»Er hat dich aufgezogen, Kate«, sagte Edith. »Und verzeih mir den Kommentar, aber er ist ein gutaussehender Mann.«

»Hör auf, Edith. Er ist fünfzehn Jahre älter als ich und noch dazu ziemlich unverfroren.«

»Ein Mann in den Dreißigern steht gerade in seiner Blüte, Kate. Und ich persönlich finde Erfolg sehr attraktiv.« Ihre blauen Augen blitzten.

Kate stöhnte auf.

»Wenn Sie einen Rundgang durch das Haus wünschen, folgen Sie mir«, forderte Jacques seine Gäste auf.

Fast alle folgten ihm aufgeregt aus dem Raum.

»Komm schon, Kate. Ich brenne darauf, den Rest dieses Hauses zu sehen.« Edith nahm Kate am Ellbogen und zog sie mit sich.

Während Kate zuhörte, wie Jacques über das Haus sprach und Fragen beantwortete, kam sie zu dem Schluss, dass er nur ein wohlhabender Mann war, der mit seinem Reichtum angab, mit den Kunstwerken, die er gesammelt hatte, den Marmorböden und Goldverzierungen. Aber einige von Kates Schauspielkollegen hatten wie Kate gehört, dass er unterschiedliche Wohltätigkeitsorganisationen unterstützte, und fragten ihn nun danach. Er wurde ernst, schien sich beinahe zu verwandeln. Vor Kate stand nun ein Mann, der mit Leidenschaft für so manchen guten Zweck einstand. Das war ein anderer, viel überzeugenderer Wesenszug, den sie nur für gut befinden konnte, aber das würde sie niemandem sagen, nicht einmal Edith.

Nach dem Rundgang schlug Walter in der Empfangshalle vor, am nächsten Morgen um neun Uhr zur Stadtbesichtigung aufzubrechen.

»Ich wusste gar nicht, dass wir die Stadt besichtigen«, antwortete Kate. Edith wirkte genauso überrascht wie sie.

»Oh, habt ihr das nicht mitbekommen? Jacques hat großzügigerweise eine Busrundfahrt organisiert. Er sagte, wir könnten nicht nach England zurückkehren, ohne uns Paris angeschaut zu haben. Ist er nicht großartig?«

»Ja, großartig«, stimmte Kate sarkastisch zu.

»Bis morgen«, rief Jacques ihnen zu. »Das wird ein wundervoller Tag!«

Kate drehte sich um, um etwas zu erwidern, doch er brachte gerade einige seiner Gäste zur Tür.

Kapitel 13

Um Viertel vor neun am nächsten Morgen hielt der Bus genau vor dem Hotel in der Rue Boissy d'Anglas Nummer 15. Als Kate und Edith aus dem Gebäude traten, waren die meisten Kollegen schon in den Bus gestiegen. Kate war erleichtert, Jacques Leon nirgendwo zu sehen, doch die Erleichterung war nur von kurzer Dauer, da er sie kurz darauf im Bus begrüßte, gekleidet in eine legere Hose, ein Hemd und eine Baskenmütze. Er verkündete, er sei ihr Reiseführer für den Tag, und fragte, ob sie bereit für einen unterhaltsamen Tag und alle Sehenswürdigkeiten seien.

Die Kollegen im Bus applaudierten, und Edith antwortete begeistert mit »*Oui, oui*«. Kate sagte nichts und ging zu den hinteren Plätzen.

Der Busfahrer navigierte sie gekonnt zum Arc de Triomphe. Seine Fahrgäste keuchten aufgrund des chaotischen Verkehrs immer wieder erschrocken auf, überzeugt davon, in einen Unfall verwickelt zu werden, als mit einem Mal eine riesige Gabelung auf den verrücktesten Kreisverkehr führte, den sie je gesehen hatten. Dort schienen keine Gesetze zu gelten, doch ihr erprobter Fahrer schoss mit Leichtigkeit hindurch und zuckte nur mit den Schultern ob seines Glücks und seiner Fähigkeiten.

Ihr erster Halt war die berühmteste Touristenattraktion in Paris, der Eiffelturm. Dort genossen sie nach einer Fahrt mit dem Aufzug ins dritte Stockwerk von der Aussichtsplattform einen wunderbaren Ausblick auf die Stadt.

»Der Turm wurde 1889 fertiggestellt und wird von den Parisern *La Dame de Fer* genannt, die eiserne Dame. Ursprünglich wurde er als Eingangsportal für die Weltausstellung gebaut«, erzählte Jacques der Gruppe.

»Er ist prachtvoll«, sagte Walter beeindruckt.

»Wussten Sie, dass er ursprünglich nur als vorübergehendes Wahrzeichen gedacht war, die überwältigende Mehrheit der Pariser ihn aber behalten wollte?«

»Ich kann mir Paris gar nicht ohne den Eiffelturm vorstellen«, sagte Michael.

»Ein Trickbetrüger namens Victor Lustig hat ihn mal an einen Schrotthändler verkauft.«

»Wirklich?«, fragte Walter ungläubig.

»So wahr ich hier stehe. Und das nicht nur ein, sondern sogar zwei Mal.«

Die Zuhörer lachten über diese absurde Geschichte.

»Gustave Eiffel, dessen Firma den Turm entworfen und gebaut hat, hatte ein privates Büro ganz oben im Turm, wo er auch Gäste empfing, wie zum Beispiel Thomas Edison. Man erzählt sich, Edison habe ihm immer Geschenke mitgebracht. Kann einer von Ihnen sich vorstellen, was das zum Beispiel gewesen sein könnte?«

»Ein Phonograph, was sonst?«, erwiderte Kate.

»Ganz recht, Mademoiselle McGregor«, bestätigte Jacques lächelnd. »Und jetzt zur nächsten Information: In demselben Jahr, in dem der Eiffelturm fertiggestellt wurde, öffnete eine weitere der berühmtesten Attraktionen Frankreichs ihre Türen.«

»Sprechen Sie vom Moulin Rouge?«, fragte Walter. »Ich habe schon viel davon gehört.«

»Das ist korrekt, Monsieur. Das Moulin Rouge soll als Ort für die Reichen gedacht gewesen sein, ein Ort, an dem sie sich gehen lassen konnten. Es wurden Kurtisanen eingestellt, die den Cancan erfunden haben, einen für die damalige Zeit sehr anzüglichen Tanz.«

»Sind Sie oft dort?«, fragte Edith ihn direkt, ohne den Ellbogen zu beachten, den Kate ihr sogleich in die Rippen stieß.

Jacques lächelte. »Ein Mann muss mindestens einmal im Moulin Rouge gewesen sein, sonst kann er nicht von sich behaupten, das echte Paris gesehen zu haben, Mademoiselle.«

»Ich weiß schon, wo ich heute Abend hingehe«, sagte Walter. »Kommst du mit, Michael?«

»Du hast Monsieur Leon gehört. Wenn wir behaupten wollen, das echte Paris gesehen zu haben, ist es unsere Pflicht, das Moulin Rouge aufzusuchen.«

Jacques lachte. »Und jetzt gehen wir ins Ladurée, ein berühmtes Café, das zur Zeit von Napoleon III. eröffnet wurde. Es ist für seine Macarons in verschiedenen Geschmacksrichtungen bekannt, für die Faubourg-Schokoladentorte und für sündhaft köstliche Viennois, eine Art süßes Feingebäck.«

»Oh ja, bitte«, rief Edith aus. »Ich liebe alles, was süß ist.«

»Und Mademoiselle McGregor?«, erkundigte sich Jacques.

Kate antwortete nicht sofort, deswegen ergriff Edith erneut das Wort. »Kate ist eine Naschkatze, auch wenn sie das Glück hat, dass man es ihr nicht ansieht.«

»Edith!« Kate errötete. Als sie das Funkeln in Jacques Augen bemerkte, drehte sie sich hastig weg.

Sie ließen sich im bezaubernden Ladurée nieder, wo Jacques seinen Gästen eine Kostprobe aller Leckereien bestellte. Alles schmeckte köstlich, sie waren begeistert und dankten ihm überschwänglich.

Kurz darauf bemerkte Kate, wie Jacques mit einer attraktiven Kellnerin sprach, ihre Unterhaltung wirkte sehr intensiv, und an deren Ende reichte er der jungen Frau ein Bündel Geldscheine, woraufhin sie ihn auf beide Wangen küsste. Das ließ für Kate ohne Zweifel nur einen Schluss zu: Er kaufte sich ihre Gunst.

Als die Gruppe zum Bus aufbrach, suchte Kate noch schnell die Damentoilette auf. Dort traf sie auf die Kellnerin, die sie freundlich anlächelte.

»Gefällt Ihnen die Stadtrundfahrt mit Monsieur Leon?«, fragte sie.

»Ja … Ich meine, *oui*«, erwiderte Kate. »Ist er ein Freund von Ihnen?« Sie fand, das war eine diplomatische Formulierung.

»*Oui*. Jacques hat meine Familie gerettet, Mademoiselle.«

Kate war überrascht. »Gerettet? Wie denn, wenn ich fragen darf?«

»Meine Mutter braucht eine sehr teure medizinische Versorgung, die wir uns nicht leisten können. Ohne Monsieur Leon wäre sie heute nicht mehr hier. Er hätte das nicht übernehmen müssen, und er verlangt keine Gegenleistung dafür. Er ist ein sehr guter Mann, Mademoiselle, und … wie sagt man, bescheiden. Wir werden ihm für den Rest unseres Lebens für seine Großzügigkeit dankbar sein.«

Kate schämte sich, dass sie so schlecht von Jacques gedacht hatte. Er hatte ganz offensichtlich noch eine andere Seite. Und immerhin schenkte er ihnen gerade großzügig seine Zeit, auch wenn sie ihm verborgene Motive unterstellt hatte.

Als Nächstes brachte ihr Reiseführer seine Gäste zum Louvre, wo sie durch das berühmte Museum liefen. Während Jacques mit den Männern über die Geschichte Frankreichs während des Zweiten Weltkrieges sprach, verbrachten Kate und ihre Kolleginnen die meiste Zeit in der Abteilung für Mode und Textil, wo sie sich gut amüsierten.

Anschließend ging es zum Pantheon im Quartier Latin.

Jacques erzählte, die Fassade dieses Gebäudes sei nach dem Vorbild des Pantheons in Rom gestaltet, das Innere hingegen eine gotische Kirche, gewidmet der heiligen Genoveva, der Schutzpatronin von Paris. »Später wurde die Kirche von König Ludwig XV. im neoklassischen Stil umgebaut, womit er Gott für seine Genesung nach einer schweren Krankheit danken wollte. Während der Französischen Revolution wurde sie schließlich zu einem Mausoleum, um revolutionäre Märtyrer zu ehren. Dabei hat man die gotischen Fenster versperrt. Voltaire, Victor Hugo und Marie Curie zählen zu den berühmten Persönlichkeiten, die hier begraben wurden.«

»Gibt es in Paris nicht auch einen bekannten Friedhof?«, wollte Michael Walker wissen.

»Ah, *oui*, Sie meinen Le Cimetière du Père Lachaise«, antwortete Jacques. »Er ist seit 1804 die letzte Ruhestätte vieler weltbekannter Persönlichkeiten, darunter ist zum Beispiel auch der Schriftsteller Oscar Wilde.«

»Ist er deswegen so bekannt, Monsieur Leon?«, hakte Michael nach.

»Nicht nur. Da die wohlhabenden Familien der Verstorbenen sich mit den jeweiligen Denkmälern für ihre Lieben gegenseitig übertrumpfen wollten, stehen auf dem Friedhof viele Skulpturen. Außergewöhnliche Kunstwerke, die genauso interessant sind wie die unterschiedlichen Gräber der berühmten Persönlichkeiten.«

»Das klingt faszinierend«, sagte Michael. »Können wir uns das anschauen?«

»Natürlich, Monsieur.« Er wies den Fahrer an, sie hinzufahren.

»Ich schlage vor, dass wir anschließend eine Bootsfahrt auf der Seine machen, daran finden die Damen bestimmt Gefallen.« Jacques warf Kate einen bedeutungsvollen Blick zu. »Ich kann denjenigen, die das noch nicht wussten, jetzt schon verraten, dass die Seine auf dem Weg zum Ärmelkanal fast achthundert Kilometer durch Frankreich verläuft. Eine Reise auf dem Fluss, der sich durch die Stadt windet, ist eins der romantischsten Dinge, die man als Tourist in Paris tun kann.« Er blickte erneut zu Kate, die ihn aber ignorierte, indem sie konsequent aus dem Fenster schaute.

»Eine Bootsfahrt klingt wunderbar«, säuselte Edith.

»Die Fahrt dauert ungefähr eine Stunde, aber es wird eine magische Stunde sein«, schwärmte Jacques.

»Ist er nicht romantisch?«, flüsterte Edith Kate zu.

Kate war sich nicht sicher, was sie von ihm halten sollte. Er verunsicherte sie, und ihr kam für einen kurzen Moment die Idee, das könnte eventuell daran liegen, dass sie ihn mochte. Hastig drängte sie den Gedanken beiseite.

Auf der Bootstour sorgte Jacques dafür, dass er neben Kate saß. Sie fuhren unter zahlreichen Brücken hindurch und kamen am Louvre, am Notre Dame und am Eiffelturm vorbei. Jacques machte sie auf interessante Örtlichkeiten oder Gebäude aufmerksam, und Kate hatte große Freude an der Fahrt. Sie bemühte sich, das nicht zu zeigen, aber Jacques bemerkte ab und an ein stilles kleines Lächeln. Im Anschluss an die Tour waren die Besucher erschöpft, doch Jacques verriet ihnen, dass es lediglich noch eine Sehenswürdigkeit gebe, die sie nicht verpassen sollten, und wies den Fahrer an, zum Schloss von Versailles zu fahren. Jacques erklärte, es sei zuerst ein königliches Jagdschloss gewesen, bevor es zu einem Palast wurde, der den königlichen Hofstaat beherbergte.

»Aber es wurde seit der Französischen Revolution nicht mehr als königliche Residenz genutzt, und heute befindet sich ein Museum darin. Ich glaube, das Spannendste an dem Palast ist der Spiegelsaal, den siebzehn gewölbeförmige, fenstergroße, aus mehr als dreihundert einzelnen Spiegelflächen bestehende Spiegel zieren. Für heute ist es zu anstrengend, den Saal noch zu besichtigen, aber vielleicht schauen Sie ihn sich das nächste Mal an, wenn Sie in Paris sind.«

»Oh, ja, selbstverständlich«, sagte Edith. »Wir danken Ihnen vielmals, dass Sie uns die Stadt gezeigt haben, Monsieur Leon. Wir haben jede Minute genossen, nicht wahr, Kate?«

»Mit dem größten Vergnügen, Mademoiselle«, entgegnete Jacques, ohne den Blick von Kate zu wenden, die lediglich zustimmend nickte.

Sie bemerkte jedoch, dass er lächelte und seine Augen blitzten, und war sicher, dass er ihre Gleichgültigkeit ihm gegenüber als Herausforderung betrachtete.

Als sie etwas später auf die von Bäumen gesäumte Avenue des Champs-Élysées einbogen, erklärte Jacques, dies sei die bekannteste Straße in Paris, die sogar schon als die schönste Allee der Welt bezeichnet worden sei. »Sie ist nur knapp zwei Kilometer lang und verbindet den Arc de Triomphe mit dem Place de la Concorde. Hier gibt es viele Restaurants, exklusive Boutiquen, Museen und Nachtclubs. Am vierzehnten Juli, Frankreichs Nationalfeiertag, findet auf den Champs-Élysées eine Militärparade statt.«

Die Besucher schlenderten eine Stunde auf der Allee umher und kauften ein, dann stiegen sie wieder in den Bus, um zum Hotel zurückzukehren. Wieder sorgte Jacques dafür, dass er neben Kate saß.

»Ich hoffe, Sie haben den Tag heute genossen, Mademoiselle McGregor«, sagte er, während der Fahrer sie durch den Pariser Verkehr manövrierte.

»Das habe ich, vielen Dank.«

»Sind Sie genauso erschöpft wie ich?«, fragte er.

Kate war überrascht, dass er zugab, müde zu sein, und plötzlich tat es ihr leid, dass sie sich bisher angesichts seiner Bemühungen nicht dankbar gezeigt hatte. »Vermutlich bin ich nicht annähernd so müde wie Sie«, sagte sie versöhnlich. »Es muss sehr anstrengend für Sie gewesen sein, uns Paris zu zeigen. Ich weiß zu schätzen, dass Sie sich die Zeit genommen haben, auch wenn ich es nicht gezeigt habe.«

Jacques hatte sofort das Gefühl, einen Durchbruch geschafft zu haben, und war erfreut. »Es war mir eine Ehre, Ihnen ein wenig von Paris zu zeigen, Mademoiselle. Es gibt allerdings noch viel mehr zu sehen.«

»Ich weiß leider nicht, ob und wann wir noch einmal nach Frankreich kommen«, sagte Kate.

»Dann müssen wir uns wohl voneinander verabschieden … fürs Erste.«

Der Gedanke löste mit einem Mal widersprüchliche Gefühle in Kate aus.

»Darf ich Sie um etwas bitten, Mademoiselle?«, fragte Jacques.

Kate war auf der Hut. »Um was geht es denn?«

»Würden Sie mir die Ehre erweisen, heute mit mir zu Abend zu essen?«

»Wenn Edith und die anderen auch Lust haben, komme ich auch«, sagte Kate. Sie wusste, dass er nur sie gemeint hatte, doch sie konnte der Versuchung nicht widerstehen, ihn aufzuziehen.

Für einen kurzen Moment spiegelte sich Enttäuschung in seinem Gesicht wider. »Sie machen sich sicher über mich lustig, *oui?*«

»Vielleicht«, gab Kate zu.

»Nun gut, dann erweitere ich meine Einladung, wenn das die Bedingung dafür ist, dass Sie mit mir zusammen essen«, flüsterte er.

»Ich glaube, nach diesem Tag sind alle sehr müde«, sagte Kate.

»Und Sie? Sind Sie zu müde, um ein köstliches französisches Essen mit mir zu genießen?«

Kate rang mit sich. Eine Ablehnung würde von schlechten Manieren zeugen, außerdem hatte sie noch die Worte der Kellnerin im Laudrée im Hinterkopf. Schließlich fasste sie einen Entschluss. »Ich esse unter einer Bedingung mit Ihnen«, sagte sie.

Jacques Miene hellte sich auf. »Die wäre?«

»Dass wir im Hotel de Crillon essen.«

»Das ist eine wunderbare Idee. Der Oberkellner ist ein guter Freund von mir. Er wird uns die schönsten Plätze im Restaurant zuteilen und dafür sorgen, dass wir den allerbesten französischen Champagner bekommen, der für besondere Gäste reserviert ist.«

»Sehr schön, dann ist es hiermit abgemacht«, sagte Kate. »Aber eines muss ihnen klar sein, Monsieur Leon: Ich werde keine Ihrer Eroberungen sein.«

Nach einer stürmischen Phase, die an dem Abend im Hotel de Crillon begann und in der Jacques ihr den Hof machte, heirateten Kate und Jacques Ende August an Bord der *Emerald Lady* in Monaco. Eigens zur Zeremonie wurden Kates Schauspielkollegen, die stolz waren, den Anfang ihrer aufkeimenden Romanze miterlebt zu haben, sowie Madge und Trevor, June und Terry und einige von Kates engsten Freunden in Jacques Privatflugzeug nach Monaco geflogen.

Madge hatte zunächst gehofft, Kate würde sich von ihrem Vater zum Altar führen lassen wollen, aber dafür war letztendlich alles zu schnell gegangen. Es war keine Zeit geblieben, Willie eine Einladung zu schicken, erst recht nicht mit genügend Vorlauf für die Organisation einer Reise aus Australien. Das tat Madge unendlich leid für Willie. Er hatte seine Tochter nicht aufwachsen sehen, und nun versäumte er einen der wichtigsten Tage ihres Lebens.

Kate hingegen sah das anders, sie empfand wenig Mitgefühl für ihren Vater, der sich nie die Mühe gemacht hatte, sie zu besuchen.

Dabei hatte sich Kates Leben in der Tat in ein Märchen verwandelt. Jacques war sehr wohlhabend, und sie konnte buchstäblich alles haben, was sie sich wünschte. Die Hochzeit und der Empfang fanden auf der luxuriösen Jacht statt, die Gäste wurden im Hotel de Paris untergebracht. Am Tag nach der Hochzeit veranstaltete Jacques eine Feier in seinem eindrucksvollen Haus in Monaco, bevor er alle Gäste wieder nach Hause fliegen ließ. Am nächsten Tag begannen ihre Flitterwochen. Sie fuhren an Bord der *Emerald Lady* die Côte d'Azur entlang, gingen an Land, um sich reizende Dörfer anzuschauen und Tee in romantischen Cafés zu trinken, und schwammen oft gemächlich im Meer. Es waren idyllische zwei Wochen.

Danach hielt die Realität wieder Einzug. Jacques musste sich um seine Unternehmen kümmern, und Kate war begierig darauf, neue Filmprojekte in Angriff zu nehmen, während ihr Stern noch hell am Filmhimmel leuchtete.

Kapitel 14

1958

»Es ist eine großartige Rolle, Kate. Ich finde, du solltest sie annehmen«, sprach Walter ihr Mut zu. Er war äußerst verblüfft über ihre Zurückhaltung. »Mitch Miller hat gesagt, das Drehbuch sei mit dir im Hinterkopf geschrieben worden. Das bedeutet aber nicht, dass nicht andere Schauspielerinnern die Gelegenheit beim Schopf ergreifen und die Rolle übernehmen, wenn du sie nicht willst.«

Mitch war Kates furchtloser Agent, der so viele vielversprechende Talente vertrat, dass er zwei Sekretärinnen und einen persönlichen Assistenten brauchte, um seinen Schriftverkehr und seine Termine zu bewältigen. Manche fanden ihn exzentrisch, aber alle waren sich einig, dass er einer der erfolgreichsten Agenten Europas war, bei dem viele hoffnungsvolle Sternchen Schlange standen. Kate schätzte sich glücklich, dass er sie unter seine Fittiche genommen hatte.

»Ich weiß. Und du hast recht«, gab sie nach kurzem Zögern zu. Das Drehbuch lag ihr seit fast einem Monat vor, und ihr gefiel die Rolle der Claire O'Connell sehr. Claire war Redakteurin einer erfolgreichen Frauenzeitschrift und führte ihrer Meinung nach die perfekte Ehe. Doch am selben Tag, an dem der Herausgeber ihr den Auftrag erteilt, eine Essensreportage durch Italien zu machen, findet sie heraus, dass ihr Ehemann, mit dem sie seit gerade mal sechs Monaten verheiratet ist, fremdgeht. Ihr Selbstvertrauen ist zutiefst erschüttert, als sie nach Norditalien zu einem großen Abenteuer aufbricht, wo sie sich in die italienische Kultur und in einen freigeistigen Koch verliebt, mit dem sie die Liebe fürs Essen verbindet. Ihr Selbstwertgefühl steigt wieder, und sie sieht die Welt und ihren eigenen Platz darin in einem ganz neuen Licht.

Kate wollte diese Rolle der Claire O'Connell unbedingt selbst spielen, auch wenn sie sich Kolleginnen wie Sophia Loren und Gina Lollobrigida gut in der Rolle vorstellen konnte. Die Entwicklung der Figur begeisterte sie, aber sie hatte Bedenken wegen Jacques. Sie waren seit einem Jahr verheiratet, und seitdem hatte sie lediglich in einem einzigen kleinen Filmprojekt mitgewirkt, weil Jacques darauf bestand, die ihr angebotenen Drehbücher zu lesen, und sie dann davon abhielt, die Rollen anzunehmen. Es war also keineswegs verwunderlich, dass sie dieses Skript vor ihm zurückhielt und seiner Reaktion angesichts der Hauptrolle in einem Film, der in Italien spielte und eine Liebesgeschichte beinhaltete, äußerst nervös entgegensah.

Walter beobachtete die Entwicklung mit Sorge, versuchte aber, dies nicht zu zeigen. Er und Kate waren mit Übernahme ihrer Rolle der Celeste Paxton in *In der Hitze der Nacht* gute Freunde geworden. Walter war wesentlich älter als Kate und behandelte sie wie eine kleine Schwester. Vor ihrer Hochzeit mit Jacques hatten sie und Walter viel Zeit miteinander verbracht, aber nun nahm Jacques all ihre Zeit in Anspruch, und die Beziehung zu Walter war professioneller geworden.

Walter argwöhnte, dass Jacques Kate von ihrer Karriere abhielt, konnte aber nichts dagegen tun. Er hatte ihn seit der Hochzeit ein paar Mal getroffen, und jedes Mal hatte ihn in Bezug auf den Franzosen ein komisches Gefühl beschlichen. Monsieur Leon stellte die Art von Macht zur Schau, die mit großem Reichtum einherging, und Walter bemerkte, wie er Kate subtil beeinflusste, so sehr, dass sie kurz davor war, ihre eigene Identität zu verlieren. Das betraf auch ihre Vergangenheit. Jacques und Kate verbrachten nun schon ein paar Monate in ihrem Wohnsitz in Gloucestershire, und eigentlich hätte Kate sich mit Madge und Trevor treffen können, aber sie hatte Walter schon erzählt, dass das keineswegs so gut gelang, wie sie es sich ausgemalt hatte. Bei einer Fahrt von über einhundertsiebzig Meilen konnte sie nicht an einem einzigen Tag in den Lake District und zurück reisen, und Jacques machte einen riesigen Wirbel, wenn sie eine Nacht woanders verbrachte. Er war oft schwierig und eigensinnig, und Walter war sich sicher, dass Jacques nicht wollte, dass Kate ihre Verwandtschaft traf oder gar arbeitete. Dabei wusste Walter nur zu gut, wie viel die Familie und die Schauspielerei Kate bedeuteten.

»Kann ich Mitch sagen, er soll die Verhandlungen für dich aufnehmen?«, fragte er Kate jetzt.

»Warte noch, Walter. Ich muss erst mit Jacques sprechen, schließlich wäre ich lange weg. Ich sag dir so bald wie möglich Bescheid«, versprach Kate.

»In Ordnung, aber zögere es nicht noch länger hinaus. Ich weiß, dass mehrere Schauspielerinnen an der Rolle interessiert sind, einschließlich Natalie Wood. Ruf mich morgen Nachmittag an und sag mir, wie du dich entschieden hast.«

»Darling, ich möchte etwas mit dir besprechen«, sagte Kate am selben Abend nach dem Essen. Lange hatte sie auf den richtigen Moment gewartet, die Filmrolle mit ihm zu besprechen – wenn ihr Mann nach ein paar Gläsern Wein entspannt war.

»Das klingt ernst, meine Liebe, worum geht es denn?«

»Man hat mir eine Rolle angeboten, die ich wirklich gerne spielen möchte«, informierte sie ihn. Sofort verdunkelte sich sein Blick, und sie sah förmlich, wie er sich verschloss. Ihre Hoffnung schwand.

»Was für ein Film ist es, und warum habe ich das Drehbuch noch nicht gesehen?« Er bellte die Frage beinahe.

Kate wurde flau im Magen. »An dem Drehbuch wird noch gearbeitet. Es geht um eine Frau auf dem Weg der Selbstfindung, nachdem ihr Mann sie betrogen hat«, sagte sie enthusiastisch. Doch Jacques wirkte weder angetan, noch freute er sich für sie.

»Ist die Hauptfigur in eine romantische Beziehung verwickelt?«, fragte er direkt.

»Ja, es gibt eine romantische Beziehung, aber es geht um so viel mehr. Die Rolle ist wundervoll, Jacques. Ich bin zutiefst begeistert davon. Walter glaubt, sie sei auf mich zugeschrieben worden, und ich kann nicht anders, als ihm zuzustimmen.«

»Wo soll gedreht werden?«, fragte Jacques.

Kate hörte den Unmut in seiner Stimme. »In Italien, aber du könntest mich so oft besuchen, wie du möchtest. Es wäre wie Urlaub für dich.«

Jacques starrte sie an. »Du musst nicht arbeiten, Kate«, sagte er mit kaum verhohlener Ungeduld.

»Ich weiß, dass ich nicht muss, aber ich möchte. Du willst doch, dass ich glücklich und erfüllt bin, oder?«

»Natürlich, aber du solltest all deine Energie in die Familie stecken, die wir bald haben werden.« Jacques setzte ein gezwungenes Lächeln auf, um seine Worte abzumildern, und dieses unehrliche Lächeln machte Kate wütend. Sie war entschlossen, nicht nachzugeben.

»Ich bin noch nicht bereit für eine Familie. Ich bin jung genug, um erst ein paar Jahre meine Karriere zu verfolgen.«

»Du bist im perfekten Alter, um Mutter zu werden, und ich bin mehr als bereit für die Vaterschaft.«

Kate stöhnte innerlich auf. »Du hörst nicht zu, Jacques«, sagte sie so ruhig wie möglich. »Ich möchte noch eine Weile arbeiten, bevor wir eine Familie gründen, und ich habe noch genug Zeit.«

»Lass uns jetzt nicht darüber reden«, antwortete er kurz angebunden. »Ich hatte einen anstrengenden Tag und bin erschöpft.«

Kate konnte ihre Enttäuschung nicht verbergen. »Walter möchte morgen eine Antwort. Es stehen schon andere Schauspielerinnen für die Rolle bereit.«

»Wir reden morgen früh darüber«, gab er abweisend zurück. »Ich muss noch ein wichtiges Telefonat führen, bevor ich zu Bett gehe.« Er ging in sein Büro und schloss die Tür hinter sich.

Kate blieb aufgewühlt zurück. »Er hat genug Energie, um mit jemand anderem zu reden, aber nicht mit mir«, murmelte sie enttäuscht.

Am nächsten Tag war Jacques früh aufgestanden und bereits aus dem Haus gegangen, als Kate nach unten kam. Keiner der Angestellten wusste, wo er war. Kate war verärgert und entschied, die Rolle ungeachtet der Konsequenzen anzunehmen, sollte er nicht bis mittags wieder da sein.

Am frühen Mittag rief Walter an. Jacques war noch nicht zurückgekehrt, und Kate wollte ihm aufgeregt ihre Entscheidung verkünden, doch Walter unterbrach sie.

»Es tut mir leid, Kate, aber die Rolle der Claire O'Connell ist an Natalie Wood gegangen«, sagte er.

»Was? Nein!«, rief Kate. »Kann Mitch dem Studio nicht mitteilen, dass ich die Rolle annehme? Sie wurde mir zuerst angeboten, und ich habe versprochen, dir heute meine Entscheidung mitzuteilen.«

Es war einen Moment lang still in der Leitung.

»Walter, bist du noch dran?«

»Ja.« Er schwieg einen Moment, bevor er fortfuhr: »Offenbar möchten die Produzenten bei Hartford dich nicht mehr für die Rolle.« Er hatte Mitch sofort gebeten, ihr eine andere, kleinere Rolle in dem Film zu verschaffen, weil er wusste, dass sie enttäuscht sein würde, aber die Produzenten des Studios hatten ihn abgewiesen. Als er nachgehakt und nach einer Begründung verlangt hatte, hatte Mitch ihm keine zufriedenstellende Antwort geben können.

»Warum nicht?«, fragte Kate. »Gestern hast du noch gesagt, sie wollten mich unbedingt.«

»Ich weiß, das dachten Mitch und ich auch, aber wie es scheint, haben sie sich über Nacht umentschieden.«

Kate wusste nicht, was sie davon halten sollte. »Wie kann das sein?«

»Ich wünschte, ich hätte darauf eine Antwort. Ich telefoniere mal ein bisschen herum und schaue, ob ich was herausfinden kann.«

Als Jacques nach Hause kam, saß Kate weinend im Sessel. Sie erzählte ihm, was passiert war, und er zeigte Mitgefühl.

»Mach dir nichts daraus, Darling. Vielleicht ist es besser so. Wie ich gestern schon sagte, musst du nicht arbeiten.«

»Ich wollte die Rolle unbedingt, Jacques. Die Hauptfigur ist wundervoll, und ich hätte mein Herz und meine Seele in die Darbietung gesteckt.«

»Vergiss die Filme«, sprach er ihr gut zu. »Das Filmgeschäft ist unbarmherzig, und ich möchte nicht, dass du verletzt wirst.«

»Gib es zu: Du bist auch ein klein wenig froh, dass es so gekommen ist, nicht wahr?«, fragte Kate.

»Das kann ich nicht leugnen. Nenn mich altmodisch, aber ich finde, du solltest hier bei deinem Mann sein, statt in Europa herumzulungern und Filme zu drehen.«

Bei Kate schrillten angesichts seiner Worte sofort die Alarmglocken. Und sie beschlich ein Verdacht. »Hast du das Studio überredet, mich nicht einzustellen?«, fragte sie direkt. Sie fühlte sich schrecklich, weil sie ihm eine solche Manipulation zutraute, doch sie wusste, dass er die Macht hatte, Berge zu versetzen, wenn er es wollte.

»Es verletzt mich, dass du dir das vorstellen kannst. Ungeachtet meiner Sicht auf die Dinge möchte ich dich nicht traurig sehen.«

»Es tut mir leid. Es verwirrt mich nur so, dass das Studio so schnell seine Meinung geändert hat und mir die Rolle plötzlich nicht mehr geben will. Das erschließt sich mir nicht.«

»Ich habe gehört, dass viele Filmproduzenten launisch sind, Darling. Im einen Moment lassen sie dich glauben, dir läge die Welt zu Füßen, und im nächsten lassen sie dich fallen wie eine heiße Kartoffel. Es ist gut, dass du sie los bist.«

Kate schwieg. Sie hätte nie gedacht, dass ihre Erfolgswelle so schnell vorbei sein würde.

Jacques, dem nicht entging, wie unglücklich sie war, versuchte, sie zu trösten. »Ich habe heute Abend einen Tisch im Quo Vadis reserviert. Ich weiß doch, dass es dein Lieblingsrestaurant ist.«

Kate mochte dieses elegante Restaurant wirklich gern, es war eines der ältesten und angesehensten Restaurants in London. Aber sie kam nicht umhin, sich zu fragen … Warum heute Abend? Hatte er bereits erwartet, dass es ihr schlecht gehen würde, oder war sie nur paranoid? »Ich bin nicht in der Stimmung dafür«, verkündete sie finster.

»Komm schon, Darling. Trübsal blasen hilft jetzt auch nicht«, drängte Jacques. »Zieh dir ein hübsches Kleid für mich an.«

Der Kellner im Quo Vadis schenkte den letzten Rest aus der Flasche vom teuersten französischen Champagner im Restaurant in Kates Glas. Es war schon die zweite Flasche, die sie geleert hatten. Jacques hatte nur eineinhalb Gläser getrunken, dementsprechend ging es Kate, die normalerweise wenig trank, überhaupt nicht gut. Mit jedem Glas Champagner wurde sie noch missmutiger wegen der Absage für die Rolle der Claire O'Connell. Sie beschwerte sich zunehmend lauter darüber und zog damit bereits unerwünscht Aufmerksamkeit auf sich. Die Krabbensuppe und den Hummer Thermidor hatte sie kaum angerührt, und als sie aufstehen wollte, um die Damentoilette aufzusuchen, fiel sie fast hin. Die Leute starrten sie an und tuschelten.

Als es Zeit wurde, zu gehen, musste Jacques Kate stützen, weil sie in den glamourösen goldenen Absatzschuhen zu unsicher auf den Beinen war. Gerade, als sie auf ihren Mann gestützt unbeholfen aus dem Restaurant taumelte, erschien ein Fotograf und schoss Bilder.

Am nächsten Morgen war eines dieser Fotos von Jacques und Kate in der Zeitung abgedruckt.

Jacques zeigte es Kate am Frühstückstisch, wo sie sich einen Beutel mit Eis an die Stirn drückte.

Die Schlagzeile lautete: *Torkelnd in der Hitze der Nacht.*

Kate stöhnte. »Es tut mir leid, Jacques.« Sie begann, den Artikel unter dem wenig schmeichelhaften Foto zu lesen, aber Jacques schnappte ihr die Zeitung aus der Hand.

»Tu dir das nicht an, Kate«, sagte er. »Geh zurück ins Bett.«

Kate war sich nicht sicher, ob ihr Verhalten ihn abstieß oder beschämte, oder vielleicht beides.

Walter rief jeden Tag bei Mitch an, doch er erhielt immer dieselbe Antwort. Kein einziger Filmproduzent wollte ihr eine Rolle anbieten, trotz ihres großen Durchbruchs in *In der Hitze der Nacht.* Niemals wurde ein stichhaltiger Grund genannt, aber es war, als hätte sie plötzlich eine ansteckende Krankheit.

Niedergeschlagen kontaktierte Walter schließlich Eric McEvoy, einen guten Freund, der in der Branche über alles Bescheid wusste.

Eric war Journalist, und seine Leidenschaft galt Berichten über die Unterhaltungsindustrie. Viele seiner Verwandten arbeiteten in der Theater- und Filmindustrie, im Kostüm und bei der Maske, und versorgten ihn mit zahlreichen Informationen. Eric war bekannt dafür, dass er ständig Skandale aufdeckte, in England war er unter dem Namen »The Bloodhound«, der Bluthund, bekannt.

»Was ist dir über Kate McGregor zu Ohren gekommen, Eric?«, kam Walter direkt zur Sache.

»Dass niemand sie einstellen will«, antwortete Eric ehrlich.

»Das weiß ich selbst. Warum nicht?«

»Den Gerüchten zufolge hat sie ein Alkoholproblem und ist abhängig von Schmerzmitteln.«

Walter war zutiefst schockiert. »Das ist völliger Unsinn«, blaffte er. »Ich kenne Kate seit Jahren und habe sie noch nie betrunken oder anderweitig betäubt erlebt.«

»Du hast doch sicher die Zeitung neulich gelesen. Da war sie sehr neben der Spur, und ich denke, das bestätigt die Gerüchte.«

»Den Artikel habe ich gesehen, aber sie kann genauso gut krank gewesen sein statt betrunken. Ich weiß, dass sie kein Problem hat«, beharrte Walter. Er war überrascht gewesen, Kate so zu sehen, aber für das Foto gab es sicherlich eine andere Erklärung.

»Ein Kellner im Quo Vadis ist mit meiner Cousine verheiratet«, sagte Eric. »Er meinte, sie hätte ihr Essen kaum angerührt, dafür aber zwei Flaschen Champagner hinuntergestürzt, und sie wäre laut geworden und hätte sich danebenbenommen. Für mich klingt das nach einem Alkoholproblem. Vielleicht verschließt du dich vor der Wahrheit, Walter.«

»Ich habe sie noch nie in einem solchen Zustand erlebt.« Walter verstand das alles nicht. »Ich kenne Kate gut, Eric. Wir sprechen oft miteinander. Wenn sie ein Problem hat, ist sie verdammt gut darin, es zu verbergen, aber ich glaube das einfach nicht.«

»Soweit ich gehört habe, ist Kate McGregor mit einem einflussreichen Mann verheiratet, der sie lieber mit einem Babybauch zu Hause sehen würde als auf einer großen Leinwand«, sagte Eric.

»Das stimmt.« Walter kam für einen Moment der Gedanke, Jacques könne bewusst dafür gesorgt haben, dass Kate sich betrank, um die abscheulichen Gerüchte zu bestätigen, aber so weit würde er doch sicher nicht gehen, um den Ruf seiner Frau zu zerstören. Schließlich würde er seinem eigenen Ruf damit ebenfalls schaden.

Nachdem sie sich wochenlang hundeelend gefühlt und vor der Öffentlichkeit versteckt hatte, entschied Kate Mitte Oktober, ihr Schicksal wieder selbst in die Hand zu nehmen und den Produzenten des Hartford Movie Studio in London selbst einen Besuch abzustatten. Sie hatten *In der Hitze der Nacht* produziert, und in der Zeitung hatte Kate gelesen, dass Natalie Wood die Unterzeichnung des Vertrags verschoben hatte, weil sie erst noch Szenen ihres aktuellen Films nachdrehen musste. Das war die Gelegenheit, die Kate brauchte, aber dieses Mal würde sie nicht Mitch und nicht einmal Walter für sich sprechen lassen. Dafür war ihr die Sache zu wichtig.

Kate war gerade im oberen Stockwerk ihres Hauses in London damit beschäftigt, sich die Haare zu machen und sich zu schminken, als sie meinte, Jacques nach Hause kommen zu hören. Das gefiel ihr nicht, weil er eigentlich nichts von ihren Absichten erfahren sollte – nun würde er mit Sicherheit fragen, wohin sie gehen wollte. Einer Eingebung folgend entschied sie, zu behaupten, in Piccadilly bummeln zu wollen.

Als sie die Treppe hinabstieg, sah sie Jacques gerade noch in seinem Arbeitszimmer verschwinden. Sie trat auf die angelehnte Tür zu und hörte, wie er telefonierte. Sofort verspürte sie Erleichterung, denn damit hatte sie eine Entschuldigung dafür, ohne mit ihm zu sprechen, aus dem Haus zu schlüpfen. Doch etwas in seinem gedämpften Ton ließ sie innehalten.

Kate war überrascht von dem, was sie als Nächstes hörte.

»Ja, ich kann bestätigen, dass sie ein Problem hat, aber ich möchte nicht weiter darüber sprechen. Meine Frau und ich brauchen unsere Privatsphäre, während wir zusammen ihre Probleme angehen«, sagte er zu der Person am anderen Ende der Leitung.

Kate erstarrte.

»Ich werde kein Interview geben, und meine Frau auch nicht. Bitte lassen Sie uns in Ruhe, während wir die medizinische Hilfe in Anspruch nehmen, die sie benötigt.« Jacques legte auf.

Fassungslos über den Verrat ihres Mannes stolperte Kate rückwärts. Dann öffnete sich die Tür, und Jacques stand vor ihr.

»Kate!« Er konnte an ihrer Miene sehen, dass sie seine Worte gehört hatte.

Seine Gesichtszüge verschwammen vor Kates tränennassen Augen. »Wie konntest du nur?« Sie schluchzte.

»Ich werde mich nicht dafür entschuldigen, dass ich nicht dabei zusehen möchte, wie meine Frau auf einer großen Leinwand Zärtlichkeiten mit einem anderen Mann austauscht.«

»Mit wem hast du gesprochen, mit einem Journalisten? Ich kann einfach nicht fassen, dass du in der Lage bist, mir so wehzutun, Jacques.«

»Als wir geheiratet haben, habe ich erwartet, dass du mit dem Schauspielern aufhörst. Ich dachte, unser gemeinsames Leben würde dir reichen.«

»Und ich dachte, ich könnte meinem Ehemann vertrauen. Anscheinend lagen wir beide falsch.«

»Kate! Was für eine wunderbare Überraschung«, hieß Madge sie herzlich willkommen.

Kate trat durch die Terrassentür ins Lake View Manor House, stellte ihren Koffer auf den Boden und nahm die Sonnenbrille ab. Madge schloss sie freudig in die Arme und spürte direkt, wie angespannt Kates Körper war.

Sie trat einen Schritt zurück und blickte forschend in Kates Augen mit den dunklen Ringen darunter. »Irgendetwas stimmt nicht«, sagte sie. »Erzähl es mir.«

Kate brach sofort in Tränen aus.

In diesem Moment trat Trevor durch die Terrassentür. Er starrte sie überrascht an und eilte sofort zu ihr. »Kate! Was ist los?« Mit einem besorgten Blick zu Madge legte er schützend einen Arm um Kates Schultern. »Was ist passiert?«

»Das weiß ich nicht«, erwiderte Madge leise. »Hol Kate doch bitte einen Tee, mein Lieber, dann setzen wir uns zusammen und reden.«

Der Tee half Kate ein wenig, sich zu beruhigen. Schließlich setzte sie mit einem Seufzer die Tasse ab. »Ich habe Jacques verlassen«, murmelte sie kläglich.

Madge und Trevor starrten sie fassungslos an.

»Warum?«, brachte Madge hervor.

Kate erzählte stockend, was geschehen war. »Meine Karriere ist für immer vorbei«, schloss sie.

»Hast du ihm denn gesagt, wie viel dir diese Rolle bedeuten würde?«, hakte Trevor ungläubig nach.

»Natürlich, aber das hat ihn nicht interessiert.« Kate schniefte. »Meine Gefühle sind ihm egal. Er will eine Ehefrau einfach nur als Trophäe, als jemanden, der an seinem Arm gut aussieht.«

Trevor und Madge waren sicher, dass Kate übertrieb.

»Es ist ja nicht gerade überraschend, dass er nicht möchte, dass du arbeitest, Kate. Die meisten Männer sind der Meinung, sie sollten für den Broterwerb zuständig sein. Sie glauben, dass es ein schlechtes Licht auf sie wirft, wenn ihre Frau arbeitet.«

»Du siehst das aber nicht so, Onkel Trevor«, erwiderte Kate schluchzend.

»Bei uns ist es einfach anders. Madge und ich führen das Hotel zusammen. Ich könnte das ohne sie nicht.«

»Ich war Schauspielerin, als Jacques mich geheiratet hat, aber offenbar war es für ihn selbstverständlich, dass ich das mit der Hochzeit aufgebe. Aber er hat nie mit mir darüber gesprochen. Dann hätte ich ihm damals schon gesagt, dass ich noch ein paar Jahre arbeiten möchte, bevor ich mich aus dem Filmgeschäft zurückziehe, um eine Familie zu gründen.«

Madge fühlte mit Kate. Sie hatte immer befürchtet, dass der Altersunterschied zwischen ihr und Jacques zum Problem werden würde, sie befanden sich einfach in unterschiedlichen Lebensphasen. Wenn Madge ganz ehrlich war, hatte sie Jacques nie sonderlich gemocht. Sie fand ihn arrogant, hatte Kate ihre Meinung aber nie klar gesagt, weil sie ihre Nichte nicht verletzen wollte. Tröstend legte sie eine Hand auf Kates Arm. »Vielleicht rüttelt ihn das jetzt wach«, sagte sie sanft. »Vielleicht erkennt er jetzt, wie viel dir die Schauspielerei bedeutet.«

»Ach, Tante Madge, das glaube ich nicht. Er hat meine Karriere sabotiert und gesagt, dass er sich dafür nicht entschuldigen wird. Ich kann ihm das nicht verzeihen.«

»Wie hat er reagiert, als du ihm gesagt hast, dass du ihn verlässt?«, fragte Madge.

»Ich habe es ihm nicht gesagt. Ich bin gegangen, als er unterwegs war, und habe keine Nachricht hinterlassen. Aber ich kann mir nicht vorstellen, dass ihn das nach seinem Verrat überrascht.«

Trevor blickte sie erstaunt an. »Er wird hier mit Sicherheit nach dir suchen, Kate«, sagte er ernst.

Ein Schatten huschte über Kates Gesicht. »Ich weiß, deswegen bleibe ich nur über Nacht und suche mir dann einen anderen Unterschlupf«, sagte sie hörbar besorgt.

Madge hatte Kate noch nie ängstlich erlebt. »Du hast doch keine Angst vor Jacques, oder?«, wollte sie wissen.

Kate senkte den Blick, offenbar konnte sie Trevor und Madge nicht in die Augen sehen, was die beiden zutiefst beunruhigte.

»Kate, er … hat dir nichts angetan, oder?«, fragte Trevor schließlich beklommen.

»Nein, nicht körperlich, aber er macht mir Angst. Er ist so furchtbar launisch, und er schreit ständig. Das bin ich nicht gewohnt.«

»Natürlich nicht«, entrüstete sich Madge. »Schreien ist einfach unnötig.«

»Noch schlimmer aber ist, dass er mir das Gefühl gibt, seine

Gefangene zu sein.« Endlich hob sie den Blick. »Ich möchte nicht zu ihm zurück«, sagte sie mit fester Stimme. »All sein Geld ist mir egal, genau wie all die schönen Häuser überall auf der Welt oder der ganze Schmuck, den er mir geschenkt hat. Ich habe kein einziges Stück davon mitgenommen. Ich hätte Jacques nie heiraten sollen, und das hätte ich auch nicht getan, wenn ich gewusst hätte, dass er mich von dem abhält, was mich glücklich macht.«

Madge war zutiefst erschüttert. »Oh, Liebes. Das ist furchtbar.«

»Nach allem, was du uns erzählt hast, ist Jacques ganz offensichtlich ein mächtiger Mann«, gab Trevor besorgt zu bedenken. »Du wirst dich in ganz Europa nirgendwo vor ihm verstecken können. Er hat sicher überall Kontakte. Du musst ehrlich zu ihm sein und ihn um die Scheidung bitten, wenn es wirklich das ist, was du willst.«

»Das ist es. Und du hast recht: Jacques ist sehr einschüchternd und mächtig. Aber er ist auch sehr eifersüchtig und besitzergreifend. Ich kann deshalb nicht einfach zu ihm gehen und um die Scheidung bitten, das muss ich über einen Anwalt tun.«

»Oh, Kate, wir hatten ja nicht die leiseste Ahnung, wie schlimm es bei dir ist«, sagte Madge aufgewühlt.

»Ich wollte euch nicht beunruhigen. Aber ich kann nicht wie eine Gefangene leben, deswegen habe ich keine Wahl. Ich muss mich von Jacques scheiden lassen. Vielleicht hätte ich euch nicht hineinziehen dürfen, aber ich wusste nicht, wohin ich gehen und was ich tun sollte.« Wieder wurde Kate von ihren Gefühlen überwältigt.

»Du liebe Güte, das hier ist dein Zuhause und das wird es immer sein. Außerdem wollen wir wissen, was in deinem Leben vorgeht, stimmt's, Trevor?«

»Natürlich. Und wir werden dich immer unterstützen, das weißt du, Kate.«

»Das stimmt«, fügte Madge hinzu. »Wir wären traurig, wenn

du nicht zu uns gekommen wärst. Wir schlafen eine Nacht über alles und überlegen uns dann, was zu tun ist. Mach dir keine Sorgen.«

Kate umarmte Madge, und endlich überkam sie ein Gefühl der Sicherheit.

Kate verbrachte den restlichen Tag und die Nacht im Lake View Manor House, blieb aber oben, anstatt sich zu den Gästen zu gesellen, auch wenn es ihr Schuldgefühle bereitete, weil Madge so viel zu tun hatte und ihre Hilfe gut hätte gebrauchen können. Nach einer schlaflosen Nacht kam sie am nächsten Vormittag zum Frühstück herunter. Sofort fiel ihr Madges kummervolle Miene auf.

»Was ist los?«, fragte Kate.

»Nichts«, antwortete Madge, doch ihr Gesichtsausdruck besagte etwas anderes.

Kates Herz schlug schneller. »Versuch nicht, mich anzulügen. War Jacques hier?«

»Nein«, sagte Trevor. »Aber …«

»Aber was? Hat er jemanden hergeschickt, um mich ausfindig zu machen?«

»Als ich heute Morgen die Vorhänge aufgezogen habe, stand ein Mann auf der anderen Straßenseite vor der Hecke. Es schien, als beobachte er unser Haus«, erzählte Madge. »Es war kurz nach Sonnenaufgang, aber wer weiß, wie lange er schon da war. Später kam er herein und fragte nach einem Zimmer für heute Nacht. Dabei hat er sich ständig umgeschaut, ich bin mir sicher, dass er nach dir gesucht hat. Und habe die ganze Zeit gehofft, dass du nicht runterkommst, bevor ich ihn abgewimmelt habe.« Sie wollte Kate nicht erzählen, wie sehr der Mann sie eingeschüchtert hatte. Er hatte ihr richtiggehend Furcht eingeflößt.

»Du hast ihm kein Zimmer gegeben, oder?«, fragte Kate mit rasendem Herzen. Vor ihrem inneren Auge entstand das Bild, wie der Mann sie über die Schultern warf, um sie zu Jacques zurückzubringen, während sie mit den Beinen strampelnd um Hilfe schrie. Es war beängstigend.

»Selbstverständlich nicht. Ich habe ihm gesagt, wir wären für die nächsten zwei Wochen ausgebucht. Eigentlich dachte ich, er würde mich direkt nach dir fragen, aber das hat er nicht.« Sie bedachte Kate mit einem langen Blick. »Du musst weit von hier weg, Kate«, sagte sie ernst. »Das ist die einzige Möglichkeit, dich in Sicherheit zu bringen.«

Es brach Kate das Herz, Madge und Trevor so aufgewühlt und besorgt zu sehen. Sie wagte es nicht, ihnen zu erzählen, dass Jacques manchmal dubiose Männer einstellte, welche die Drecksarbeit für ihn verrichteten. »Du hast recht«, stimmte sie schließlich zu.

»Gut. Wir haben heute Morgen darüber gesprochen, und unserer Meinung nach gibt es nur einen einzigen Ort, an den du gehen kannst und an dem Jacques dich wahrscheinlich nicht finden wird«, sagte Trevor.

Kate schöpfte Hoffnung. »Welchen?«

»Tibooburra«, erklärte Madge.

Kate starrte sie überrascht an. »Wie bitte?«

»Australien«, führte Trevor aus.

»Tibooburra ist das Dorf, in dem dein Vater lebt«, erläuterte Madge. »Wir glauben, dass du dort in Sicherheit bist. Du könntest vor deiner Abreise einen Anwalt für die Scheidung engagieren, der sich um alles kümmert.«

Kate dachte über den Vorschlag nach. »Du hast mal gesagt, mein Vater lebt mitten im Nirgendwo«, sagte sie schließlich.

»Ja, es ist abgelegen. Aber dadurch ist der Ort auch perfekt für jemanden, der nicht gefunden werden will«, beharrte Madge.

Den Gedanken, an einem solchen Ort festzustecken, fand Kate nicht besonders reizvoll. »Mein Vater ist für mich ein Fremder.

Er war nie hier, um mich zu besuchen. Und er schreibt mir auch nicht.«

Madge hatte zwar manchmal von Willie gesprochen, aber Kate selbst fragte nie nach ihm. Sie war überzeugt, dass er sich nicht für sie interessierte und dass ihre Tante nur versuchte, sie zu schonen.

»Er betreibt einen Pub und bietet Gästezimmer an, ein Hotel, deswegen kann er nicht weg. Und er war noch nie groß im Schreiben. Mir schreibt er nur einmal im Jahr, normalerweise zu Weihnachten, aber er ist immer begierig auf Neuigkeiten von dir. Ich habe ihn in Bezug auf dich immer auf dem Laufenden gehalten.«

Kate war keineswegs überzeugt. »Das hättest du nicht tun sollen. Er müsste mit mir kommunizieren, und das hätte er getan, wenn er Interesse hätte«, führte Kate an. »Er hätte mich in all den Jahren, in denen ich bei euch bin, zumindest ein Mal besuchen können.«

»Eine Reise mit dem Flugzeug können sich nur reiche Menschen leisten. Ich nehme aber an, dass der Pub nicht viel Gewinn abwirft. Dein Vater hat schon mal versucht, ihn zu verkaufen, leider erfolglos. Außerdem hat er mehrfach, auch während des Krieges, versucht zu kommen, aber das ging nicht.«

»Trotzdem. Er hätte zumindest nach Ende des Krieges kommen können. Du und Onkel Trevor seid eher meine Eltern als Willie McGregor«, sagte Kate mit einem Hauch Bitterkeit.

»Du bedeutest uns alles, und Willie weiß das.« Madge vermutete schon seit Langem, dass das der Grund dafür war, dass Willie Kate auch nach Kriegsende nicht mehr zurückgeholt hatte, aber das konnte sie nicht laut aussprechen, ohne in Tränen auszubrechen. Sie war sicher, dass Willie sein eigenes Glück für ihres geopfert hatte, und hoffte, dass Kate zu ihm zurückzuschicken zumindest eine kleine Entschädigung sein würde.

»Das Tibooburra Hotel ist recht groß, dort wird Platz für dich sein«, fügte sie hinzu. »Das Dorf hat nur wenige Einwohner, aber laut Willie kommen jedes Wochenende die Farmer der abgelegenen Höfe ins Dorf, deswegen wird es bestimmt nicht langweilig. Wir sind ganz sicher, dass es die beste Option für dich ist, aber die Entscheidung musst du selbst treffen. Du weißt, dass dein Mann dich in Europa finden wird, in Australien hingegen wird er das wahrscheinlich nicht schaffen. Es ist ein großes Land. Wir organisieren und finanzieren dir die Reise natürlich. Und du kannst ganz beruhigt sein, sie dauert bei Weitem nicht mehr so lange wie früher.«

»Nach Australien zu reisen wäre wirklich mein letzter Ausweg«, beharrte Kate. »Der allerletzte.«

Kurz vor Mittag beobachtete Kate, wie Madge einen Anruf an der Rezeption entgegennahm. Zutiefst erschrocken sah sie, wie ihre Tante schlagartig erblasste, während sie murmelte: »Guten Morgen, Jacques.«

Zuvor hatte sie ihre alte Freundin Lorna angerufen, die ebenfalls im Lake District wohnte, aber wegen der Geburt ihres ersten Kindes nicht zu ihrer Hochzeit gekommen war. Sie hatten abgesprochen, dass Kate eine Weile bei ihr wohnen würde, aber als Kate die Angst in Madges Gesicht entdeckte, wusste sie, dass das keine gute Idee war.

Kate bedeutete Madge, ihr den Hörer zu reichen. Madge stand das Entsetzen darüber, dass Kate mit ihrem Mann sprechen wollte, deutlich ins Gesicht geschrieben.

»Guten Morgen, Jacques«, sagte Kate, so ruhig sie konnte.

Es folgte eine lange Reihe an Beschimpfungen, die Kate schweigend über sich ergehen ließ.

»Es tut mir leid, dass ich gegangen bin, ohne es dir zu sagen«, sagte Kate in eine Atempause hinein. »Ich bin bald wieder zu Hause. Nein, du musst keinen Wagen schicken, ich komme selbst zurück.« Damit beendete sie das Gespräch.

»Du gehst zu ihm zurück«, bemerkte Madge traurig. Sie würde jede von Kates Entscheidungen unterstützen, aber diese hier brach ihr das Herz.

»Nein, ich fliege nach Australien. Ich habe Jacques nur gesagt, dass ich zurückkomme, weil ich etwas Zeit brauche, um die Reise zu organisieren.«

Madge war sichtlich erleichtert. »Du tust das Richtige!«, rief sie. »Soll ich Willie ein Telegramm senden?«

»Nein, ich überrasche ihn.«

»Die Überraschung wird dir gelingen.« Madge strahlte über das ganze Gesicht.

Kapitel 15

»Vor gar nicht allzu langer Zeit dauerte diese Reise noch vier Tage, Miss McGregor, davor sogar bis zu zwei Wochen. Da sind etwas mehr als vierundfünfzig Stunden an Bord einer Lockheed Super Constellation doch gar nicht so schlecht«, erwiderte die schicke Flugbegleiterin, als Kate sich über die endlose Dauer der Reise beschwerte. »Haben Ihnen die Zwischenstopps in Kairo und Singapur nicht gefallen? Das Bordpersonal genießt die Aufenthalte immer.«

»Die Hotels waren wirklich nett, aber durch die hohe Luftfeuchtigkeit in Singapur konnte ich kaum atmen, und in Kairo war es schrecklich heiß und überfüllt.« Auch der Staub und die fremdländischen Gerüche hatten Kate zugesetzt. »Der Flug selber würde mir wahrscheinlich weniger ausmachen, wenn der Zigaretten- und Zigarrenqualm nicht wäre. Meine Kleidung und meine Haare riechen fürchterlich. Ich sehne mich danach, sie zu waschen und ein langes Bad zu nehmen.«

Die hübsche Flugbegleiterin stimmte ihr zu und beruhigte sie damit, dass die Reise in ein paar Stunden geschafft sei. Sie ließen gerade Darwin hinter sich, den letzten Halt vor Sydney.

Kate übernachtete in einem Hotel in Sydney, bevor sie ein viel kleineres Flugzeug bestieg, das sie nach Broken Hill bringen würde. Als die Maschine durch die Wolkendecke über dem Großen Australischen Scheidegebirge brach und den Blick auf die Landschaft freigab, war Kate entsetzt, wie trocken und öde alles aussah.

»Hat das Land hier immer diese Farbe?«, fragte sie die Flugbegleiterin, ohne den Blick von der staubtrocken wirkenden roten Erde unter sich zu lösen. »Ich sehe gar nichts Grünes.«

»Mittelaustralien ist sehr trocken und karg«, erklärte die Flugbegleiterin.

»Und Tibooburra?«, fragte Kate mit wenig Hoffnung.

»Diesen Ort kenne ich nicht, Miss McGregor. Ich habe leider nicht die Möglichkeit, mir die Dörfer anzuschauen, die keinen Flughafen haben. Ist das Ihr Reiseziel?«

»Ja, aber ich weiß nicht, wie ich dorthin kommen soll.« Madge hatte gesagt, Willie sei von Broken Hill aus losgeflogen, als er sie nach England gebracht hatte. Daher nahm sie an, dass sie von dort mit einem Bus nach Tibooburra fahren musste.

»Fragen Sie am Flughafen, ob Sie jemand mit einem Leichtflugzeug nach Tibooburra bringt«, schlug die Flugbegleiterin vor. »Vielleicht haben Sie Glück, Leichtflugzeuge brauchen nur eine offene Fläche zum Landen. Wenn es keinen Flieger gibt, finden Sie bestimmt eine Busverbindung. Falls nicht, müssen Sie vielleicht mit dem Postboten fahren.« Sie lachte.

In der Annahme, ihre letzte Bemerkung sei ein Scherz, lachte Kate ebenfalls.

Das Flughafengebäude in der Bergbaustadt Broken Hill in New South Wales war nicht größer als ein Stall, und es war glühend heiß darin. Kate holte ihren Koffer ab und ging zum Informationsschalter, um sich zu erkundigen, wie sie nach Tibooburra kommen konnte.

»Gibt es eine Busverbindung?«, fragte sie.

Die Frau lachte, und Kate kam sich sogleich dumm vor. »Nein, der Postwagen hat seine Runde für diese Woche schon hinter sich.«

»Ich wüsste nicht, inwiefern das relevant sein sollte. Ich bin schließlich kein Paket«, erwiderte Kate. »Die Flugbegleiterin hat mir den Tipp gegeben, nach einem Leichtflugzeug-Dienst zu fragen? Gibt es den hier? Ich würde nämlich gerne heute noch in Tibooburra ankommen.« Sie hatte das Gefühl, schon ewig unterwegs zu sein, und sehnte sich nach dem Ende der Reise.

»Heute!« Die Frau starrte sie verblüfft an. »Es ist schon nach drei.«

Wieder sah Kate keinen Bezug zu ihrer Frage. »Ich weiß, wie spät es ist. Ist das ein Problem?«

Die Dame nickte. »Ja, das ist ein Problem.«

»Warum? Arbeiten Piloten nach drei Uhr nicht mehr?« Kate überlegte, ob das möglicherweise in der Hitze begründet war, die unter dem Blechdach des Flughafengebäudes drückend war.

»Die Entfernungen in Australien sind weit, und Flugzeuge fliegen aus offensichtlichen Gründen nicht über Nacht«, antwortete die Dame. Sie fand Kate sehr naiv, wie überhaupt die meisten Besucher aus Übersee.

»Was ist mit morgen?«, fragte Kate enttäuscht.

In diesem Moment sprang die Frau auf. »Da ist Shane Wilkins, vielleicht kann er Ihnen helfen. Shane!«, rief sie und winkte.

Kate drehte sich um und entdeckte in der Nähe der geöffneten Tür, durch die sie eben noch gekommen war, einen Mann.

»Ja, Sheila?«, rief er zurück.

»Diese Dame möchte *heute noch* nach Tibooburra fliegen.« Kate entging, wie Sheila die Augen verdrehte. Sie selbst musterte Shane, dessen Gesichtsausdruck nichts als Widerwillen ausstrahlte, als er auf sie zukam.

Shane wusste sofort, woran er war. Er musterte ihren maßgeschneiderten Zweiteiler, die Seidenbluse, die unter der Jacke wie eine zweite Haut an ihr klebte, ihre unpraktischen hochhackigen Schuhe sowie das frisierte Haar und sortierte sie als Städterin ein, die es aufs Land verschlagen hatte.

Die Frauen in Broken Hill kleideten sich zweckmäßiger. Ihre Schuhe hatten nur kleine Absätze oder waren ganz flach, und ihre locker fallenden Sommerkleider bestanden immer aus Baumwolle. Ein Kostüm mit Jacke trugen sie nie, und auch eine Seidenbluse stand außerhalb jeglicher Diskussion.

Angesichts des grauen Arbeitsanzugs und der Ölflecken an Shanes Händen und im Gesicht schloss Kate, dass er Flugzeugmechaniker war. Sie bezweifelte, dass er ihr weiterhelfen konnte, wahrscheinlich würde er nur ihre Zeit verschwenden.

»Sie wissen schon, dass es nach drei ist, oder?«, fragte er Kate, als er sie erreichte.

»Man hat mir als Kind tatsächlich beigebracht, die Uhr zu lesen, ja«, gab sie sarkastisch zurück. »Was haben hier denn alle mit der Uhrzeit?«

Shane entging ihr starker englischer Akzent nicht, mehr als das aber erstaunte ihn ihre Antwort. »Ich weiß nicht, ob es Ihnen bewusst ist, aber Tibooburra ist über zweihundert Meilen von hier entfernt. Falls, und ich meine *falls* ich heute Nachmittag noch hinfliege, muss ich vorher noch tanken, und ich würde nicht vor Einbruch der Dunkelheit wieder zurück sein.«

Kate war überrascht. »Falls Sie hinfliegen … Sind *Sie* Pilot?«

»Natürlich bin ich das. Wieso sollte Sheila mir sonst erzählen, dass Sie nach Tibooburra fliegen möchten? Weil es sein könnte, dass ich an den Reiseplänen einer völlig Fremden interessiert bin?«

Kate war erschöpft und ungeduldig, versuchte aber, sich zusammenzureißen. »Ich dachte, sie hätte Sie gefragt, weil Sie vielleicht wissen, ob ein Pilot zur Verfügung steht … aber ist ja auch egal. Ich wüsste es wirklich zu schätzen, wenn Sie mich noch heute nach Tibooburra fliegen könnten.«

»Dann müsste ich über Nacht bleiben, im Dunkeln kann ich nicht zurückfliegen.«

»Das sollte kein Problem sein. Meinem Vater gehört ein Hotel in Tibooburra, dort können Sie sicher in einem Zimmer unterkommen.«

Shane sah sie verblüfft an und wandte sich dann an Sheila. »Ich wusste nicht, dass Barney eine erwachsene Tochter hat.«

»Barney? Mein Vater heißt Willie McGregor. Gehört ihm das Hotel in Tibooburra nicht mehr?«, fragte Kate bestürzt, als ihr aufging, dass sie die scheinbar endlose Reise mitten ins Nirgendwo womöglich umsonst unternommen hatte.

»Oh, doch. Verdammt, Willie hat eine Tochter? Das ist mir neu. Ihm gehört der zweite Pub im Dorf, das Tibooburra Hotel. Barney Finnegan gehört das Family Hotel. Er ist ein Freund von mir, deswegen übernachte ich normalerweise bei ihm.«

»Nun, das löst das Problem, und als Freund berechnet er Ihnen das Zimmer doch sicher nicht, oder?«

»Barney ist ein guter Kerl, aber er sitzt auf seinem Geldbeutel. Wenn Sie wollen, dass ich Sie heute noch bringe, müssen Sie auch das Zimmer zahlen.«

»Dann können Sie doch im Tibooburra Hotel übernachten«, schlug Kate vor.

»Das geht nicht.«

»Warum nicht?«

»Barney und Willie verbindet eine lange, komplizierte Geschichte. Sie liegen sich seit ewigen Zeiten in den Haaren, dabei weiß niemand wirklich, warum. Ich bezweifle, dass sie es selbst noch wissen, aber die meisten Leute müssen sich entscheiden, zu wem sie halten. Wenn ich Barney untreu bin, wird er mir das nie verzeihen.«

Kate war nicht sicher, ob er versuchte, sie übers Ohr zu hauen. »Wie viel wollen Sie denn insgesamt?«

»Zwanzig Pfund sollten für den Flug und die Unterkunft reichen. Wenn Sie bis morgen früh warten, kostet es nur fünfzehn Pfund.«

»Das scheint mir überzogen. Berechnen Sie auch das Bier, das Sie heute Abend trinken?«

»Sie können nächste Woche auch mit dem Briefträger fahren, aber ich muss Sie warnen: Don Singleton wird Ihnen auf der Fahrt das Ohr abkauen. Es ist allein Ihre Entscheidung, mir ist das egal.«

»Bitte füllen Sie den Tank auf«, sagte Kate resigniert. Sie war sicher, dass sie verschaukelt wurde, aber sie wollte die Reise endlich hinter sich bringen und sich erholen.

»In Ordnung. Wir treffen uns in einer halben Stunde bei meinem Flugzeug. Das ist die Cessna 182, die einzige, die gerade da draußen steht.«

»Ich möchte zwar nicht vollkommen unwissend erscheinen, aber ich könnte eine Cessna nicht von einem Kampfflugzeug unterscheiden.«

»Ich stehe ja daneben, sie können sie nicht verfehlen.« Shane warf Sheila einen Blick zu, der von seiner Meinung gegenüber Stadtmenschen zeugte.

»Ich mache mich ein wenig frisch, während Sie den Tank füllen.« Kate sah Sheila an. »Sie haben doch eine Damentoilette hier, oder?«

»Wenn Sie hinten herausgehen, finden Sie eine Dusche und eine Toilette. Sie entsprechen nicht dem Hotelstandard, sind aber ausreichend.«

»Nach fast sechzig Stunden Reise ist mir ausreichend gut genug«, erwiderte Kate.

»Warum tippen Sie ständig auf dieses Gerät, Mr Wilkins?«, fragte Kate zehn Minuten, nachdem sie in Richtung Norden losgeflogen waren. Das machte sie nervös.

»Ich habe gerade erst getankt, aber das Messgerät zeigt an, dass der Tank nur halbvoll ist. Es muss kaputt sein.«

»Kaputt?« Kates Vertrauen in den Piloten und das Flugzeug sank drastisch. »Muss ich mir Sorgen machen?«

»Nein, ich weiß ja, wie viel Sprit ich eingefüllt habe. Es war genug, um uns bis nach Tibooburra zu bringen, und ich kann dort für den Rückflug nach Broken Hill morgen nachtanken.«

»Und ich hatte mich schon gefragt, warum Sie immer noch Ihre Arbeitskleidung tragen. Offenbar, damit Sie sich zum Nachtanken nicht umziehen müssen«, sagte Kate mit einem Seitenblick auf ihn.

Shane war bewusst, dass sie spöttelte. »Meine Pilotenuniform ist in der Wäsche«, erwiderte er grinsend.

Kate sah ein paar Minuten aus dem Fenster, doch die Landschaft gefiel ihr nicht sonderlich. »Wer lebt denn hier freiwillig?«, sprach sie ihre Gedanken laut aus. »Hier draußen ist doch nichts.«

Shane lachte. »Von hier oben ist es nicht leicht, die Schönheit der Schluchten, der Tierwelt und der fantastischen roten Dünen wertzuschätzen.«

Kate konnte sich nicht vorstellen, dass auf so einem unwirtlichen Land irgendetwas leben konnte. »Was für Tiere überleben da unten denn?«

»Keilschwanzadler, Schwärme von Kakadus, Emus, Wombats und natürlich Echsen und Schlangen. Wer jagen kann, wird hier nicht verhungern.«

Er lachte angesichts ihres entsetzten Ausdrucks, deshalb dachte sie, er wolle sie necken.

»Ich habe bisher nur Bilder von Kängurus und Emus gesehen«, gab sie zu.

»Das wird sich bald ändern. In Tibooburra gibt es mehr Kängurus als Menschen«, informierte Shane sie. »Ich sag's Ihnen, die setzen sich extra immer genau da hin, wo ich gerade landen will.«

»Warum gibt es hier draußen überhaupt ein Dorf, so weit ab von allem? Ist das nicht unpraktisch?«

»Die Dörfer hier draußen sind durch den Bergbau entstanden. The Hill, wie die Ansässigen Broken Hill auch nennen, ist reich an drei wertvollen Metallen: Silber, Blei und Zink. Östlich von hier, am Darling River, liegt eine Stadt namens Wilcannia. Das ist keine

Bergbaustadt, dafür aber eine Verbindungsstelle, von wo aus Farmer ihre Wolle mithilfe von Raddampfern weiter zu den Märkten transportieren. Die Raddampfer wiederum bringen über den Fluss Vorräte in die Stadt. Nördlich von Wilcannia befindet sich White Cliffs, eine Opal-Bergbausiedlung. Einige sehr gute Opale wurden in White Cliffs gefunden, und dort arbeiten immer noch viele Minenarbeiter. In Wilcannia kaufen sie Vorräte ein, genau wie die Farmer aus der Umgebung, deswegen floriert die Stadt. Corner Country, wohin Sie unterwegs sind, war Mitte bis Ende des neunzehnten Jahrhunderts ein großes Goldabbaugebiet, bekannt als das Albert Goldfield. Hunderte Minenarbeiter aus ganz Australien und aus anderen Ländern strömten dorthin, und dabei entstanden zwei Dörfer: Tibooburra und, weiter im Süden, Milparinka.«

»Warum heißt die Gegend Corner Country?«, fragte Kate.

»Weil sich drei australische Staaten am Cameron Corner treffen: South Australia, New South Wales und Queensland. Haben Sie keinen Blick auf eine Karte geworfen?«

»Nein, ich bin sehr spontan hergekommen.«

»Ach so. Also: Ein gewisser John Brewer Cameron hat die Gegend zwischen 1880 und 1882 vermessen, um die Grenzen der drei Staaten abzustecken, was zweifellos eine sehr schwierige Aufgabe war. Er musste sich außerdem mit der Hitze, den Fliegen und möglicherweise auch Fluten plagen. Ich habe die Markierung von Cameron Corner gesehen. Ironischerweise hat Cameron das australische Outback und die ganzen Strapazen überlebt, nur um 1897 in Brisbane an Malaria zu sterben, nachdem er in Neuguinea gearbeitet hatte.«

»Das ist sehr tragisch.«

»Das war es wirklich. Neben Cameron Corner gibt es noch zwei weitere Schnittstellen von Staaten. Die eine heißt Poeppel Corner, benannt nach dem Landvermesser Augustus Poeppel. Dort treffen Queensland, South Australia und das Northern Territory aufeinander. Die andere ist Haddon Corner, wo sich South Australia und Queensland treffen.«

»Verstehe«, sagte Kate.

»Sie sagten, Sie seien spontan hergekommen«, wechselte Shane das Thema.

»Das ist richtig«, antwortete Kate kurzangebunden. Sie hatte mit neugierigen Fragen gerechnet und beschlossen, so wenig wie möglich preiszugeben.

»Das wird sicher eine schöne Überraschung für Ihren Vater. Oder weiß er, dass Sie unterwegs sind?«

»Nein, ich überrasche ihn«, sagte Kate, ohne es weiter auszuführen. Um von sich abzulenken, stellte sie Shane Fragen über sein Leben. Glücklicherweise schien das eins seiner Lieblingsthemen zu sein, denn er erzählte ihr erstaunlich offen von seinem Privatleben. Er sei schon sein ganzes Erwachsenenleben Pilot, sagte er, und sein Vater habe auch schon Flugzeuge gesteuert, sei aber bei einem Unfall verunglückt. Außerdem erzählte er ihr, dass er eine Frau aus Adelaide geheiratet hatte, die das Leben in einer Bergarbeiterstadt im Outback aber schrecklich fand. Sie hatte ihn vor die Wahl gestellt, entweder mit ihr nach Adelaide zu ziehen oder ihre Ehe zu beenden.

Shane lachte. »Mir hatten viele gesagt, ich sollte nicht überrascht sein, wenn sie nicht hier draußen leben wollte, schließlich war sie ein Stadtmensch. Aber sie hatte einen Outbackpiloten geheiratet, also musste einer von uns ein Opfer bringen. Ich war's nicht«, sagte er, und seine Augen funkelten.

»Sie haben das hier gewählt.« Kate deutete auf das Land unter ihnen. »Und nicht die Frau, die Sie geliebt haben.« Für Kate war das unglaublich.

»Wenn man eine Weile hier draußen gelebt hat, kann man nicht zurück in die Stadt ziehen. Sie werden verstehen, was ich meine, wenn Sie längere Zeit hierbleiben.«

Kate bezweifelte das stark. Sie war nur aus einem Grund ins Outback gekommen und würde die Zivilisation jeden Tag vermissen, da war sie sicher.

Plötzlich wurde die Maschine von einer Windböe durchgerüttelt, und Shane kämpfte mit den Steuerelementen.

»Verdammt«, murmelte er, als dicker Staub spiralförmig durch die Luft wehte, die Sicht verschlechterte und sie in einen trüben roten Nebel hüllte.

»Was ist los?«, fragte Kate angespannt.

»Dieser grässliche Wind und der Staub machen einen Weiterflug schwierig.«

»Sind wir in Gefahr?«

Shane warf ihr von der Seite einen Blick zu. »Das habe ich nicht gesagt, aber halten Sie sich fest, es könnte jetzt etwas rumpelig werden hier oben.«

Immer wieder wurde das Flugzeug vom Wind umhergestoßen, und Kate wurde zunehmend unruhig. Die Schweißtropfen auf Shanes Stirn und seine angespannte Miene trugen auch nicht zu ihrer Beruhigung bei.

Sie war nie sonderlich religiös gewesen, doch nun packte sie die Sitzlehnen so fest, dass ihre Knöchel weiß hervortraten, und sprach ein lautes Gebet. »Lieber Gott, bitte hilf uns, sicher zu landen.«

Shane, dem selbst mulmig zumute war, hörte die Furcht in ihrer Stimme und versuchte, sie abzulenken.

»Glauben Sie eigentlich, dass Tibooburra wie ein englisches Dorf aussieht?«, fragte er.

»Nicht direkt. Aber eine dörfliche Atmosphäre stelle ich mir schon vor«, ging Kate dankbar auf die Frage ein.

»Die Hauptstraße ist leider nicht sonderlich pittoresk. Und es gibt weder eine Kirche mit Turm noch eine hübsche Dorfwiese.«

»Was wissen Sie denn über englische Hauptstraßen und Dorfwiesen?«

»Ich stamme aus Lustleigh in Devon. Dort hatten die Häuser kalkgetünchte Wände und Reetdächer. Und ich erinnere mich an eine sehr hübsche Hauptstraße mit einem großartigen Süßwarenladen.«

»Ich wäre nie darauf gekommen, dass Sie aus England kommen«, erwiderte Kate erstaunt. »Sie haben fast gar keinen Akzent.«

»Das liegt daran, dass meine Familie nach Australien gezogen ist, als ich noch ein Kind war. Aber ich habe schöne Erinnerungen an Lustleigh, deswegen dachte ich, Sie würden vielleicht erwarten, hier draußen etwas Ähnliches zu finden.«

»Ich stelle mir Tibooburra schon als einen idyllischen Ort vor, in dem öfter mal Kängurus und Emus vorbeischauen.«

»Ihr Wunsch wird nur zur Hälfte erfüllt. Die Kängurus und Emus werden Sie zu Gesicht bekommen, im Gegensatz zu dem Idyllischen, fürchte ich.«

Eine Weile flogen sie schweigend weiter. Doch plötzlich wendete Shane das Flugzeug, und sie verloren an Höhe. Kate versuchte, durch das Fenster zu sehen, konnte jedoch wegen des wirbelnden Staubs kaum etwas unter ihnen erkennen.

Eine Welle der Panik durchfuhr sie. »Was ist los? Stürzen wir ab?«

»Ich hoffe nicht«, stieß Shane hervor. Er tippte noch einmal auf die Anzeige, die mittlerweile einen fast leeren Tank signalisierte. Dieses Mal runzelte er die Stirn, was Kate noch stärker verunsicherte.

»Wo ist Tibooburra?« Angestrengt schaute sie aus dem Fenster.

»Meinen Berechnungen zufolge müsste es da unten irgendwo sein.«

Kate erhaschte einen flüchtigen Blick auf ein paar rostfarbene Blechdächer, aber nichts, was einem idyllischen Dorf nahe kam.

Das Flugzeug flog erneut eine Kurve, bevor der Pilot damit kämpfte, flacher zu fliegen und die Landung vorzubereiten.

Kurze Zeit später stießen sie auf einer staubigen Bahn auf, während Shane fluchend versuchte, die Tiere darauf zu vertreiben. Eine haarsträubende Minute lang betrachtete Kate die staubumwölkten Gebäude zu beiden Seiten und die Tiere, die in letzter Sekunde zur Seite sprangen, um nicht mit dem Flugzeugrumpf oder den Flügeln zusammenzustoßen.

Dann endlich kam das Flugzeug in einer dichten roten Staubwolke zum Stehen. Kate war sprachlos, während sie wartete, dass der Staub sich langsam setzte.

»Die Anwohner sollten sich darum kümmern, diese Landebahn zu räumen und zu glätten«, murmelte sie schockiert.

»Wir sind auf der Briscoe Street«, informierte Shane sie. »Tibooburras Hauptstraße.«

Kate starrte ihn ungläubig an. »Die Hauptstraße? Das ist doch wohl nicht Ihr Ernst! Warum sind Sie auf der Hauptstraße gelandet? Konnten Sie die Landebahn nicht sehen?«

»Es gibt keine Landebahn. Ich muss dort landen, wo es möglich ist«, beschied Shane nüchtern und schnallte sich ab.

Kate fiel die Kinnlade herunter. »Und was ist mit dem Verkehr?«

»Verkehr? In Tibooburra?« Shane lachte herzhaft. »Die einzige Gefahr auf der Briscoe Street geht von Kängurus und Emus aus. Zur heißesten Zeit des Tages suchen sie sich ein Schattenplätzchen, aber zur Dämmerung kommen sie wieder heraus, um zu fressen. Sie sind der Grund dafür, dass ich nicht gern nach drei Uhr am Nachmittag fliege. Dann komme ich zur falschen Tageszeit am Ziel an.«

Als Kate aus dem Flugzeug stieg, wurde sie sofort von heftigen Windböen gepeitscht, die roten Staub mit sich trugen. »Ahh!«, stöhnte sie, setzte ihre Sonnenbrille und ihren Hut auf, bedeckte mit der Hand Mund und Nase und sah sich um. Entlang der Straße standen ein paar Häuser, vor denen niedrige, baufällige Zäune die Gärten von der Straße trennten, wenn man denn einen Bereich mit vertrocknetem Gras und Unkraut einen Garten nennen wollte. Die Häuser hatten dieselbe Farbe wie der Boden, ein sandiges Rot. Die Fenster waren zu dreckig, um einen Blick nach draußen zu gewähren, selbst wenn dort irgendetwas zu sehen gewesen wäre. Kate war erschüttert. Sie hatte keinen großen Ort erwartet, aber nichts hätte sie auf das vorbereiten können, was sie sah. »*Das* ist also Tibooburra«, murmelte sie entsetzt, während sich eine ganze Horde Fliegen auf sie stürzte.

Shane verwies auf ein kleines Geschäft, vor dem eine durchhängende Markise etwas Schatten schenkte. »Das ist der Corner Country Store. Und da ist das Family Hotel, dorthin gehe ich jetzt.« Er deutete auf ein einstöckiges Gebäude auf der anderen Seite der Straße. »Wenn Sie am Laden vorbeigehen, finden Sie auf derselben Seite das Tibooburra Hotel. Sie können es nicht verfehlen, es ist das einzige zweistöckige Gebäude im Dorf.«

»Hier bleibe ich nicht«, stieß Kate verzweifelt hervor. »Bringen Sie mich sofort nach Broken Hill zurück.« Sie drehte sich um, um wieder ins Flugzeug einzusteigen.

»Ich fliege jetzt nirgendwohin, Miss McGregor«, beharrte Shane unmissverständlich. Er öffnete die Motorhaube des Flugzeugs und warf einen Blick hinein. »Oh, Mist. Sieht aus, als hätte ich ein Kraftstoffleck.« Er duckte sich unter das Flugzeug. »Die Kraftstoffanzeige scheint doch zu funktionieren. Wir können uns glücklich schätzen, so weit gekommen zu sein.«

Kate wurde blass. »Sie können das doch reparieren, oder?«

»Ich kann es versuchen, aber nicht heute. Und ich bin durstiger als ein Kamel in der Strzelecki-Wüste. Außerdem habe ich Ihnen doch gesagt, dass ich hier übernachte.«

»Dann fliege ich morgen früh mit Ihnen zurück nach Broken

Hill.« Sie wusste zwar nicht, was sie danach tun würde, aber in diesem grässlichen Ort zu bleiben stand außerhalb jeglicher Diskussion.

Shane zuckte mit den Schultern und holte dann ihren Koffer und seine eigene Reisetasche hinter dem Passagiersitz hervor.

»Ich brauche jetzt einen Drink, deswegen geh ich in den Pub.« Er hielt Kate ihren Koffer hin.

Sie nahm ihn entgegen, verstimmt darüber, dass er nicht anbot, den Koffer für sie zu tragen, und sah zu, wie Shane zügig auf das Family Hotel zuging.

Dann setzte auch Kate sich in Bewegung. Sie wurde buchstäblich vom Wind über die Straße gepustet, während sie mit der einen Hand ihren Hut und mit der anderen den Koffer sowie die Handtasche festhielt. Plötzlich hörte sie wütende Schreie, gleich darauf taumelten zwei sich prügelnde Männer aus dem Family Hotel. Ein dritter direkt hinter ihnen schrie, dass sie sechs Monate lang Hausverbot hätten, und schimpfte, dass sie Gläser zerbrochen und einen Tisch und Stühle beschädigt hätten.

Die Männer schenkten ihm keine Beachtung, sondern teilten weiter heftig Schläge aus. Kate schaute mit offenem Mund zu, bis einer der Männer sie in dem wirbelnden Staub plötzlich entdeckte. Sofort blickte auch der andere in ihre Richtung, und mit einem Mal verharrten beide reglos und beäugten sie.

Kate wollte weglaufen, aber sie war wie gelähmt.

»Tag, Shane«, grüßte der dritte Mann, als der Pilot ihn erreichte.

»Tag, Barney«, erwiderte Shane den Gruß.

»Wer ist das?« Barney deutete auf Kate.

»Offenbar Willie McGregors Tochter«, antwortete Shane.

»Du verarschst mich.« Barney kratzte sich erstaunt den Kopf. »Unmöglich, dass dieser hässliche Bastard so eine gutaussehende Tochter gezeugt hat.«

Shane zuckte erneut mit den Schultern. »Sie behauptet, Willie sei ihr Dad, und sie muss es ja wissen. Ich bin froh, dass ich mit dem undichten Tank und trotz Wind und Staub heil hier angekommen bin. Ich brauche jetzt ein Bier.« Er ging hinein, und Barney folgte ihm.

Die beiden streitenden Männer klopften sich den Staub ab und folgten Kate über die Straße zum Tibooburra Hotel.

Kapitel 16

Kate stolperte förmlich durch die Vordertür im Hotel in dem Versuch, dem erstickenden Staub und den beiden Raufbolden so schnell wie möglich zu entkommen. Der Wind schloss die Tür hinter ihr mit einem Knall und schob ihr den Hut ins Gesicht, was ihre bereits strapazierten Nerven nur noch mehr belastete.

Sie schimpfte vor sich hin über das Dorf, die Hitze, den Staub und ihren Zustand und fragte sich laut, warum sie überhaupt hergekommen war. Als sie den Koffer abstellte, bemerkte sie die rauchgeschwängerte Luft.

Eilig nahm sie den Hut ab und sah sich plötzlich einem Haufen Männer gegenüber, die sie alle anstarrten, fassungslos, dass so eine schöne Frau, offenbar geradewegs aus einem Modemagazin gesprungen, vor ihnen auftauchte. In dem zuvor lauten Pub herrschte auf einen Schlag vollkommene Stille.

Verunsichert setzte Kate die Sonnenbrille ab und versuchte verlegen, ihr Haar einigermaßen zu glätten. Sie hatte erwartet, den Rezeptionsbereich des Hotels zu betreten, aber offenbar war sie im Schrankraum gelandet. Einige Männer saßen auf Hockern an der Theke, mehrere andere an Tischen, und sie alle ähnelten den beiden Raufbolden, die sich vor dem Family Hotel geprügelt hatten. Schwaden von Zigarettenqualm hingen in der Luft, da die Fenster geschlossen waren, damit kein Staub hereinkam. Zusätzlich roch es nach einer Mischung aus Schweiß und abgestandenem Bier.

Die Stille dehnte sich sekundenlang aus. Kate war es gewöhnt, im Mittelpunkt zu stehen, aber sie war sich noch nie so entblößt und verletzlich vorgekommen wie in diesem Moment.

Plötzlich tauchte Silvias blonder Schopf hinter der Theke auf. Sie hatte Gläser in einen Unterschrank geräumt und registrierte verwundert die abrupte Stille.

»Was ist los?« Sie drehte sich um und fand sofort die Erklärung dafür, warum die Männer so still geworden waren. Sie brauchte nur wenige Sekunden, um Kate mit dem Foto in Verbindung zu bringen, das Madge Willie vor einigen Monaten geschickt hatte. Silvia starrte sie sprachlos an.

Kate, die sich gesammelt hatte, trat zwei Schritte vor an die Theke. »Guten Tag. Ich suche Willie McGregor«, sagte sie zu Silvia. »Wo kann ich ihn finden?«

Willie saß auf einem Hocker auf der Gästeseite, an dem Ende der Theke, das am weitesten von Kate entfernt war. Genau wie Silvia hatte er Kate sofort von dem Foto erkannt, außerdem bestätigte ihr englischer Akzent seine Erkenntnis.

Er war genauso schockiert wie Silvia, die jetzt hilflos in seine Richtung schaute. Da die Männer verwirrt zwischen Willie und Kate hin- und herblickten, blieb ihm nur, sich zu erkennen zu geben.

Irgendwie gelang es ihm, auf die Füße zu kommen. »Ich bin …«, begann er krächzend, dann räusperte er sich. »Ich bin Willie McGregor.« Sein Herz raste, und ihm war schwindlig.

Kate musterte den ungepflegten Mann vor sich ungläubig. Er war, wie die meisten Männer im Pub, nicht ordentlich gekleidet. Wie einige andere im Raum trug auch er nicht mal ein Hemd, ihre Oberkörper zierten nur Unterhemden, die nicht in die Hosen gesteckt waren. Manche trugen nicht einmal Schuhe. Kate dachte einen kurzen Moment, der Mann vor ihr hätte rote Socken an, bis ihr aufging, dass die Haut an seinen Füßen nur die gleiche Farbe hatte wie der Staub draußen.

Körperpflege wurde im Outback manchmal vernachlässigt, erst recht, wenn es zu heiß war, um Hemden zu tragen, und zu staubig, um die Wäsche draußen aufzuhängen. Da das Dorf für Wasser auf die Arbeit der Windmühle angewiesen war, gingen die Bewohner sehr sparsam damit um. Willie hatte sich an diesem Tag nicht einmal rasiert.

Kate suchte in ihrer Handtasche nach einer Fotografie, die Madge ihr gegeben hatte. Sie war 1939 aufgenommen worden, bei Willies letztem Besuch in England. Auf dem Foto stand er im Anzug im wunderschönen Garten des Lake View Manor House, er sah gut aus. Es war nahezu unmöglich, in dem Mann auf dem Foto denjenigen zu erkennen, der behauptete, Willie McGregor zu sein.

»*Sie* sind ganz sicher nicht der Mann auf dieser Fotografie«, sagte sie zu Willie und hielt das Foto hoch, damit er es sehen konnte.

Jacko McKenzie, ein Viehhändler, der wegen eines gebrochenen Knöchels nicht arbeiten konnte, riss Kate das Foto aus der Hand und betrachtete es eingehend. »Meine Güte, Willie«, sagte er lachend. »Du warst in deiner Jugend ja ein richtiger Gockel.« Er gab das Foto die Theke entlang weiter, und nach und nach gluckssten die Männer amüsiert und merkten an, dass Willie sich seitdem wirklich habe gehen lassen.

Erzürnt lief Kate zu Tony Wilson und riss ihm das Foto aus der Hand. Die Männer hatten durch ihre Reaktionen bestätigt, dass der verwahrloste Mann im Unterhemd ihr Vater war, und damit ihre Illusionen zerstört. Das war nicht lustig!

»Wer ist das Mädel?« Frankie Osbourne deutete unhöflich mit dem Daumen auf Kate.

Da Willie nicht sofort antwortete, ergriff Kate das Wort. »Ich bin Kate McGregor«, verkündete sie.

»McGregor?«, wiederholte Frankie.

»Ganz recht. Willie McGregors Tochter, die Tochter, um die er sich den Großteil der letzten neunzehn Jahre nicht geschert hat.«

»Willie hat keine Tochter«, entgegnete Tony Wilson bestimmt. »Wenn er eine hätte, wüssten wir das, stimmt's, Willie?«

Willie errötete und sah Kate hilflos an, sagte aber nichts. In diesem Moment trat genau das ein, wovor er immer Angst gehabt hatte, und er wusste nicht, was er tun sollte.

Wieder übernahm Kate das Wort. »Es wundert mich nicht, dass Sie nichts von mir wissen«, sagte sie bitter. Sie hatte nicht gewusst, wie ihre erste Begegnung verlaufen würde, jetzt aber wurde sie von intensiven Gefühlen überrascht. »Genauso wenig wundert es mich, dass mein eigener Vater mich offenbar nicht erkennt«, fügte sie bewegt hinzu.

»Wo bist du … wie bist du hergekommen?«, fragte Willie. Die Frage war nicht die naheliegendste, aber er konnte nicht klar denken, vor allem nicht vor den Augen und Ohren seiner Stammgäste. Er hätte zugeben sollen, wie sehr ihr Wiedersehen ihn überforderte, das war die Wahrheit. Stattdessen klangen seine Worte barsch und abweisend.

»Shane Wilkins hat mich von Broken Hill hergeflogen. Aber ich bleibe nicht«, erklärte Kate entschieden. »Sobald Mr Wilkins bereit für den Rückflug ist, lasse ich dieses gottverlassene, armselige Möchtegern-Dorf hinter mir.«

Empörtes Keuchen und missbilligendes Gemurmel erklangen. Einige der Männer starrten Willie finster an, als wäre er verantwortlich für das unhöfliche Benehmen seiner Tochter.

Silvia, die sich von ihrem Schock erholt hatte, bemerkte, dass die Stimmung zu kippen drohte. »Komm doch bitte mit in den Salon, Kate«, schlug sie eilig vor. Die vertraute Anrede ging ihr wie selbstverständlich über die Lippen, sie hatte durch all die Briefe das Gefühl, Kate gut zu kennen. Sie trat hinter der Theke hervor und nahm Kates Koffer, bevor sie Kate am Arm in den Salon geleitete, wo sie etwas ungestörter waren.

»Lügt das Mädchen uns an, Willie?«, fragte Tony wütend.

Doch Willie folgte Kate und Silvia in den Salon, ohne zu antworten. »Was machst du hier, Kate?«, fragte er aufgewühlt.

Kate war den Tränen nahe. »Na, das ist ja eine herzliche Begrüßung!«, stieß sie hervor.

»Ist das verwunderlich, dass ich unter Schock stehe? Ich habe nicht damit gerechnet, dass du kommst.«

»Ist es denn zu viel verlangt, dass du dich freust, mich zu sehen? Egal, ob du von meinem Besuch wusstest oder nicht?«

»Nein, natürlich nicht«, mischte Silvia sich schnell ein. »Stimmt's, Willie?« Sie stieß ihn mit dem Ellbogen an.

Willie war vollkommen durcheinander, seine Gefühle hätten nicht gegensätzlicher sein können. Er war überglücklich, seine Tochter zu sehen, gleichzeitig aber wurde er gerade mit seinen schlimmsten Ängsten konfrontiert. Kate hatte seinen Freunden verkündet, dass sie seine Tochter war, eine Tochter, die er seit über zwei Jahrzehnten vor ihnen geheim hielt. Wie lange würde es dauern, bis Kate und seine Freunde herausfanden, dass ihre Mutter eine Aborigine war? Nellie war seit ein paar Wochen auf Buschwanderung, konnte aber jederzeit auftauchen.

»Ich gehe«, rief Kate und drehte sich abrupt um.

»Warte kurz!« Silvia blickte flehentlich zu Willie.

Willie war hin- und hergerissen. Er wollte Zeit mit ihr verbringen, aber wäre es nicht besser, wenn sie ging, bevor sie herausfand, wer wirklich ihre Mutter war?

»Nein«, sagte Kate traurig. »Es war ein Riesenfehler, herzukommen. Ich werde im Family Hotel übernachten, und dann fliege ich zurück nach Hause«, erklärte sie mit rauer Stimme.

Willie starrte sie entsetzt an. »Im Family Hotel? Da kannst du nicht übernachten«, blaffte er.

»Ich kann tun und lassen, was ich will«, gab Kate wütend zurück.

Silvia starrte Willie entsetzt an. Das durfte doch nicht wahr sein!

Willie wusste nicht, was er tun sollte, aber so schlimm die Situation an sich schon war, konnte er unter keinen Umständen zulassen, dass Kate in Barneys Hotel ging. »Es tut mir leid, dass ich so barsch zu dir war«, murmelte er eilig. »Lass uns noch einmal von vorn anfangen, ja?«

»Dafür ist es zu spät.«

»Sag mir doch wenigstens, warum du hergekommen bist«, bat Willie.

Kate entschied sich sofort dagegen, ihm die Wahrheit zu verraten. Unter diesen Umständen empfand sie sie als demütigend. »Tante Madge fand, es wäre an der Zeit, dass du und ich uns besser kennenlernen. Wir haben uns seit neunzehn Jahren nicht gesehen und kennen uns nicht, weil du dir nie die Zeit genommen hast, mich zu besuchen.«

Willie senkte den Kopf.

»Du hast mich als Kind mit nach England genommen und mich einfach bei Tante Madge und Onkel Trevor abgeladen, weil du dich nicht mit mir herumplagen wolltest. Stimmt's?« Eine andere plausible Erklärung hatte sie nie gefunden.

»Nein, das stimmt nicht. Ich habe dich mit nach England genommen, damit du meine Familie kennenlernst. Ich hatte nie die Absicht, dich zurückzulassen.« Willie erzählte von ihrer Erkrankung, warum er nicht auf ihre Genesung hatte warten können und vom Ausbruch des Krieges, der schließlich eine Reise von und nach England unmöglich gemacht hatte.

Es waren dieselben Argumente, die Kate schon von ihrer Tante gehört hatte, aber selbst wenn diese der Wahrheit entsprechen sollten, erklärten sie nicht die vielen im Anschluss versäumten Jahre. »Warum hast du mich nicht nach dem Krieg zurückgeholt?«

»Das hatte ich vor, das kannst du mir glauben. Aber der Krieg hat sechs Jahre gedauert. In dieser Zeit hattest du dich voll bei Madge und Trevor eingelebt, du warst in der Schule und hattest Freunde dort. Außerdem haben Madge und Trevor dich aus tiefstem Herzen geliebt. Ich war der festen Überzeugung, dein Leben wäre in England besser, als es hier je sein könnte.«

Doch die Erklärung überzeugte Kate nicht. »Du hast mir nicht mal geschrieben oder mich besucht.«

»Madge hat dir bestimmt gesagt, dass ich im Briefeschreiben nicht der Beste bin. Und ehrlich gesagt wirft der Pub nicht viel Geld ab, ein Flug nach England ist sehr teuer.«

»Du hättest das Geld schon zusammengebracht, wenn ich dir wirklich wichtig gewesen wäre«, keifte Kate. »Das sind doch alles nur lahme Ausreden!«

Silvia sah den Schmerz in Willies Blick, und ebenso in Kates. Die beiden brauchten Zeit, um die Dinge geradezurücken. Aber es war ziemlich unwahrscheinlich, dass sie die haben würden.

Kates nächste Frage riss sie aus ihren Gedanken. »Seid ihr zwei verheiratet?«

»Nein«, beeilte sich Willie zu sagen. »Silvia arbeitet für mich, sie hilft mir im Pub.«

Silvia zuckte zusammen. Es kränkte sie, dass Willie sie als Aushilfe bezeichnet hatte, sie hätte erwartet, dass sie ihm mehr war als das. Sie hatten immer wie ein Paar gelebt, auch wenn sie das Bett nicht geteilt hatten. Doch sie schluckte ihre Enttäuschung herunter. »Wenn Madge uns Bescheid gegeben hätte, dass du kommst, hätten wir dir einen schöneren Empfang bereiten können«, sagte sie stattdessen, bemüht, die Wogen weiter zu glätten. »Und gib Willie ein bisschen Zeit, er konnte mit Überraschungen noch nie besonders gut umgehen, so ist er eben.« Sie bedachte Kate mit einem langen Blick. »Bleib aber bitte noch bei uns, ja? Wir haben oben viel Platz und ein großes Badezimmer mit einer Wanne.«

Kate dachte über ihren Vorschlag nach. Sie war nicht gewillt, Willie mehr Zeit zu geben als die eine Nacht, die sie ohnehin bleiben musste, aber der Gedanke an Seife und ein Bad überzeugte sie schließlich, doch in diesem Hotel zu übernachten. »Nun gut. Aber morgen fliege ich zurück.«

Silvia atmete erleichtert aus. Ein Abend mit Willie war besser als nichts. »Gut. Ich zeige dir eines der Zimmer.« Sie nahm Kates Koffer und stieg die Treppe hinauf.

Mit einem letzten vernichtenden Blick in Willies Richtung folgte Kate ihr.

Willie ging zurück in den Schrankraum und goss sich einen großen Brandy ein, den er in einem Zug austrank. Er war vollkommen durcheinander und bemerkte kaum, dass die Männer ihn erwartungsvoll anstarrten.

»Also?«, fragte Tony schließlich.

»Also was?«, erwiderte Willie geistesabwesend.

»Ist diese junge Frau wirklich deine Tochter?«

Willie nickte.

»Wieso hast du uns nie erzählt, dass du eine Tochter hast?«

»Man muss einander doch nicht alles erzählen, oder?«, blaffte Willie.

»Nein. Aber das ist etwas ganz Besonderes, Willie. Ich dachte, wir wären Freunde«, entgegnete Tony gekränkt.

Willie antwortete nicht. Er verstand, dass seine Freunde verletzt waren, er hätte sich an ihrer Stelle genauso gefühlt.

»Wo ist ihre Mutter?«, fragte Frankie.

»Sie ist … tot«, log Willie.

»Tot? Wart ihr verheiratet?«

»Natürlich waren wir das!«, blaffte Willie erneut.

»Deine Tochter hat gesagt, sie hätte dich seit neunzehn Jahren nicht gesehen. Damals hattest du den Pub schon«, sagte Jerry anklagend.

»Stimmt.« Willies Gedanken rasten auf der Suche nach einer Erklärung. »Kate sagt die Wahrheit. Ich habe sie nicht mehr gesehen, seit ich sie vor dem Krieg nach England gebracht habe.«

»Warte mal, war das etwa zu der Zeit, als Bluey Marshall hier ausgeholfen hat? Warum hast du uns damals nicht gesagt, dass du deine Tochter mit auf die Reise nimmst?«

Willies Gedanken rasten, doch ihm fiel keine plausible Erklärung ein, und so schwieg er.

»Oder ist ihre Mutter mit dorthin gegangen?«

»Nein, sie ist schon vorher gestorben.«

»Und deswegen hast du Kate zu deiner Schwester gebracht, damit sie sich um sie kümmert?«, fragte Tony in dem Versuch, Willies Handeln nachzuvollziehen. »Verständlich, wenn man bedenkt, dass du den Pub führen musstest.«

Willie schwieg.

»Wo hast du deine Frau kennengelernt?«, fragte Frankie ehrlich interessiert.

»In Broken Hill, aber ich möchte nicht darüber sprechen.«

»Ich kann trotzdem nicht glauben, dass du nie von deiner wunderschönen Tochter gesprochen hast.«

»Vielleicht habe ich mich dafür geschämt, dass sie so einen Vater wie mich hat.« Willie hoffte, sie würden das Thema gut sein lassen.

»Du bist schon in Ordnung, Willie«, erklärte Jacko.

»Du hast doch ihre Reaktion auf mich gesehen. Das Foto, das sie herausgeholt hat, ist fast zwanzig Jahre alt. Ich bin nur noch ein Schatten meines damaligen Selbst, wenn überhaupt. Ich habe mich ja selbst kaum darauf erkannt.«

»Wir werden alle nicht jünger.« Frankie straffte die Schultern und versuchte erfolglos, seinen dicken Bauch einzuziehen.

»Sie ist übrigens nicht nur schön, sie ist ein echter Filmstar«, sagte Willie in der Hoffnung, die Männer abzulenken.

»Ein Filmstar?«, wiederholte Frankie erstaunt. »Jetzt übertreib mal nicht.«

»Doch, es stimmt. Kate hat in dem Film *In der Hitze der Nacht* mitgespielt, der war ein großer Erfolg in Europa. Frag sie doch selbst.«

Frankie war nicht überzeugt.

»Hübsch genug, ein Filmstar zu sein, ist sie jedenfalls«, räumte Tony ein.

»Sie sieht aus, als hätte sie ausländische Wurzeln«, sagte Frankie. »War ihre Mutter Italienerin?«

»Ophelia war Griechin.« Willie hasste es, seine Freunde anzulügen, aber wenn er bedachte, wie sie die Aborigines behandelten, war die Wahrheit keine Alternative. »Aber sprecht nicht mit Kate über sie, das wühlt sie nur auf.« Er konnte nur hoffen, dass die Männer seinen Rat befolgten.

»Hast du noch mehr Nachwuchs, von dem wir nichts wissen?«, fragte Tony.

Willie warf ihm einen finsteren Blick zu, dann ging er zurück in den Salon.

»Kate nimmt jetzt ein Bad«, verkündete Silvia, die gerade die Treppe hinunterstieg. »Ich habe versprochen, ihr ein paar Sandwiches nach oben zu bringen. Sie ist sehr müde und möchte nach dem Bad zu Bett gehen.«

»In Ordnung.« Willie ließ sich auf einen Stuhl fallen. »Ich hätte nie erwartet, dass sie herkommt«, sagte er leise.

»Ich verstehe, dass du geschockt bist, das war ich auch, aber du hast die Situation nicht gerade bravourös gemeistert. Du hast morgen früh richtig viel in Ordnung zu bringen.«

Willie stöhnte auf. »Ich weiß. Aber niemand darf herausfinden, dass Nellie Kates Mutter ist, Silvia. Schon gar nicht Kate.«

»Ich verstehe, dass du dir Sorgen machst, aber viel wichtiger ist doch, dass du jetzt die Gelegenheit hast, deine Tochter kennenzulernen. Vermassel das nicht.« Silvia ließ Willie grübelnd zurück und machte sich in der Küche an die Zubereitung der Sandwiches.

In der Nacht lag Silvia stundenlang wach und dachte darüber nach, wie sie Kate davon abhalten konnte, Tibooburra am Morgen mit Shane Wilkins zu verlassen. Sie war sicher, dass sie es ihr nicht ausreden konnte, und genauso sicher, dass Willie ihr in seinem aktuellen Zustand keine Hilfe sein würde. Deswegen entschied sie, ihre Zwillingsschwester Mary um Rat zu fragen.

Mary war ebenfalls eine Frühaufsteherin, schließlich hatten beide in den Hotels sehr viel zu tun. Der Unterschied war, dass Mary als Barneys Frau Mitbesitzerin des Family Hotels war. Silvia hingegen war bloß die Aushilfe, wie Willie es formuliert hatte. Das hatte sie geschmerzt, denn in ihren Augen waren sie sehr enge Freunde, die einander vertrauten. Tief in ihrem Herzen war Willie sogar viel mehr als das, und sie hatte immer gedacht, er würde ähnlich empfinden. Dass sie sich in dieser Hinsicht all die Jahre geirrt hatte, schmerzte sie sehr.

»Dann ist es also wahr«, sagte Mary, als Silvia ihr von den Geschehnissen des Vortags erzählt hatte. »Barney dachte, er hätte sich verhört, als Shane meinte, Miss McGregor sei Willies Tochter. Du warst bestimmt überrascht, als sie im Hotel auftauchte.«

»Oh ja, kann man so sagen.« Streng genommen war das keine Lüge, denn auch wenn Mary und Silvia normalerweise keine Geheimnisse voreinander hatten, hatte Silvia ihrer Zwillingsschwester nie etwas von der Existenz von Willies Tochter erzählt. So ein großes Geheimnis konnte sie ihr nicht anvertrauen, vor allem, weil sie mit Barney verheiratet war. Außerdem hatte Willie sie um Verschwiegenheit gebeten, und sie wollte ihn nicht enttäuschen.

»Er ist schon ein stilles Wasser ...«, meinte Mary nachdenklich.

»Ja. Aber es gibt ein Problem: Kate und Willie brauchen einfach Zeit miteinander, aber da ihre Begegnung gestern schiefgelaufen ist, ist Kate fest entschlossen, schon heute mit Shane zurückzufliegen«, sagte Silvia.

Mary lud Holz in die Feuerkammer und zündete es an, damit sie den Kessel aufsetzen konnte. »Kannst du sie nicht überreden, ein paar Tage zu bleiben?«

»Nein, ich fürchte, nicht, und Willie ist da auch keine Hilfe. Ich hatte gehofft, dass du vielleicht eine Idee hast.«

»Leider nicht. Shane arbeitet seit Sonnenaufgang an seinem Flugzeug. Es ist bestimmt bald repariert, und dann wird er auch loswollen.«

»Ja, das habe ich gesehen.« Das waren keine guten Nachrichten. Kate würde bestimmt bald aufstehen und sich zur Abreise bereitmachen.

»Du könntest Shane sagen, Kate hätte ihre Meinung geändert und wolle hierbleiben, damit er ohne sie losfliegt«, schlug Mary halb im Scherz vor. »Das wäre zwar gelogen, würde Kate und Willie aber gemeinsame Zeit verschaffen. Don Singleton stellt am Wochenende auf keinen Fall die Post zu, deswegen könnte sie dann frühestens am Montag, vielleicht auch erst Ende der Woche weg. Wer weiß schon, wann er auftaucht?«

Silvias Miene hellte sich auf. »Das ist eine geniale Idee!«

»Ich meinte das nicht ganz ernst.«

»Trotzdem, die Idee ist großartig«, wiederholte Silvia. »Aber was sage ich dann ihr?«

»Du kannst behaupten, Shane hätte gesagt, dass die Maschine frühestens gegen Mittag repariert ist. Dann wird sie sich nicht beeilen. Wahrscheinlich hört sie das Flugzeug, wenn es abhebt, aber dann ist es zu spät.«

Silvia strahlte. »Ich wusste, dass ich auf dich zählen kann, Mary.«

»Immer wieder gerne. Schön, dass ich dir helfen konnte.«

Kapitel 17

»Guten Morgen, Kate«, sagte Silvia, als diese in der Küche erschien. Es war acht Uhr, und sie hatte das Frühstück fast fertig vorbereitet. »Möchtest du Toast mit Ei?«

»Ich glaube nicht, dass ich die Zeit dafür habe. Ich werde nachsehen, ob Mr Wilkins abflugbereit ist.«

Silvia fühlte Panik in sich aufsteigen. »Ich habe heute Morgen mit meiner Schwester gesprochen«, stieß sie eilig hervor. »Mary ist mit Barney Finnegan verheiratet, dem das Family Hotel gehört. Shane hat ihr gesagt, er würde frühestens gegen Mittag losfliegen, weil er noch am Flugzeug arbeitet, also hast du reichlich Zeit fürs Frühstück.«

»Oh nein! Erst gegen Mittag?«

»Genau. Ich glaube, der Schaden am Flugzeug ist schlimmer als erwartet.« Sie lächelte beruhigend. »Im Busch geht nichts schnell. Daran gewöhnt man sich. Setz dich und trink eine Tasse Tee.«

Kate nahm zögerlich Platz, und in diesem Moment erschien Willie in der Küchentür. Er trug ein sauberes Hemd und hatte sich rasiert und sah gepflegter aus als am Vortag.

»Guten Morgen«, murmelte er mit einem schnellen Seitenblick zu Kate. Er hatte fast die ganze Nacht wach gelegen und fühlte sich sehr geschafft.

Kate nippte an dem Tee, den Silvia ihr gereicht hatte. »Morgen«, erwiderte sie kühl, ohne den Blick zu heben.

In diesem Moment ertönte ein lautes Geräusch. »Was ist das?«, wollte Kate wissen.

Silvia war klar, dass es der Motor von Shanes Flugzeug war, und sie fühlte erneut Panik in sich aufsteigen. »Ach, das ist bloß der Generator«, sagte sie so ruhig wie möglich.

Willie sah Silvia verwirrt an. »Das ist …«

»Der Generator ist ziemlich laut«, unterbrach Silvia ihn und schenkte ihm einen bedeutungsvollen Blick, während das Geräusch leiser wurde, anscheinend hatte Shane die Maschine gewendet und fuhr zum anderen Ende der Briscoe Street, um Geschwindigkeit für den Abflug aufzunehmen.

»Sicher, dass es ein Generator ist? Klingt für mich nach einem Flugzeug.« Kate sprang auf und verschwand aus der Küche.

»Was ist los?«, fragte Willie. »Das Geräusch kam von Shanes Flugzeug, nicht vom Generator.«

»Ich versuche, deine Tochter hierzuhalten«, flüsterte Silvia eindringlich. »Spiel mit.«

Kate kam panisch in die Küche zurück. »Shane Wilkins ist ohne mich losgeflogen!«, rief sie.

»Ja?« Silvia gab sich Mühe, unschuldig zu wirken, obwohl sie Gewissensbisse plagten.

»Du meintest doch, er würde frühestens gegen Mittag losfliegen«, sagte Kate anklagend.

»So hatte ich das verstanden. Vielleicht macht er nur einen Probeflug, um sicherzugehen, dass die Maschine wieder läuft, bevor er mit einem Passagier an Bord nach Broken Hill zurückfliegt.«

»Glaubst du wirklich?« Kate verspürte leise Hoffnung.

Silvia blickte zu Willie und war sicher, dass Kates Entschlossenheit zur Flucht ihn verletzte. »Das wäre zumindest vernünftig, oder?«

»Gibt es eine Möglichkeit, ihn zu kontaktieren? Über Funk vielleicht?«

»Nein, aber ich kann mir gut vorstellen, dass er zurückkommt. Jetzt trink erst mal deinen Tee, bevor er kalt wird. Die Eier sind auch fertig.« Silvia war froh, dass sie sich von Kate abwenden konnte. Sie war es nicht gewohnt, zu lügen, und hatte das Gefühl, dass ihr die Schuld aus allen Poren strahlte, hielt sich aber vor Augen, dass es für einen guten Zweck war.

Eine halbe Stunde später lief Kate auf der Hotelveranda auf und ab, den gepackten Koffer neben sich. Sie beobachtete aufmerksam den Himmel und horchte auf Flugzeuggeräusche. Ihre Hoffnung auf Shanes Wiederkehr schwand mit jeder Minute, aber sie war noch nicht bereit, aufzugeben.

Flo Kingsley trat mit einem Besen aus dem Corner Store und erblickte Kate. Fremde waren im Dorf eine Seltenheit und weckten immer Neugier. »Hallo!«, rief sie und winkte.

Kate bemerkte sie, war aber nicht in der Stimmung für eine Unterhaltung und ignorierte Flo schlicht.

»Wer ist das, Liebling?«, fragte Flo Leo, der nach draußen kam, um die Zapfsäulen zu entriegeln.

Leo blickte über die Straße. »Ich weiß es nicht.« In diesem Moment trat Dora Pearce mit ihrem Einkaufskorb zu ihnen. Sie hatte Flos Frage gehört.

»Das wird wohl Willies Tochter sein«, informierte sie die beiden. »Habt ihr etwa nicht mitbekommen, dass sie hier ist?«

Flo und Leo starrten sie an. »Was?«, fragten sie wie aus einem Mund.

»Bist du dir sicher?«, schob Flo hinterher.

»Ja, Mary hat mir erzählt, dass sie gestern hier aufgetaucht ist, zu Willies großer Überraschung.«

»Warum weiß ich davon nichts?«, fragte Flo überrascht. »Da geht man einmal nicht in den Pub …« Leo zuckte mit den Schultern. »Er hat nie eine Tochter erwähnt«, fügte er schockiert hinzu. Wie alle anderen hatte er angenommen, alles über Willie zu wissen, was es zu wissen gab.

»Vielleicht wusste er nichts von ihr.« Flo malte sich aus, dass

Willie vor vielen Jahren eine kurze Liebschaft gehabt hatte, der Kontakt aber abgerissen und die Tochter eine unerwartete Folge gewesen war. So etwas kam vor.

»Soviel ich weiß, wusste Willie von ihr, hat es aber geheim gehalten«, erzählte Dora.

»Oh. Dann hatte er bestimmt seine Gründe dafür.« Flo fand, dass das so gar nicht zu Willie passte.

»Die Wahrheit wird eines Tages ans Licht kommen«, philosophierte Dora. »Das tut sie immer.«

Schweigend beobachteten sie Kate, die immer wieder die Umgebung und den weiten blauen Himmel mit den Augen absuchte und offenbar aufmerksam lauschte. Doch es war nichts zu sehen als ein Emu mit seinen Küken und ein Känguru, das im Schatten von einem der wenigen, unansehnlichen Bäume im Dorf lag. Zu hören war nur das Krächzen von Kakadus und das Summen der Fliegen.

»Sie sieht aus, als wollte sie abreisen«, merkte Flo an. »Vermutlich mit Shane. Silvia und Willie haben ihr offenbar nicht gesagt, dass er schon vor etwa einer Stunde losgeflogen ist und sie nicht aus dem Dorf herauskommt, bis Don nächste Woche die Post bringt.«

»Und ich frage mich jetzt, warum sie es ihr nicht gesagt haben«, murmelte Dora neugierig.

»Ich mache mich mal daran, das herauszufinden«, sagte Flo. »Bis später.«

»Guten Morgen, meine Liebe«, sagte Flo, als sie zu Kate trat. Die junge Frau wirkte gereizt.

»Guten Morgen.« Kate hörte selbst, wie abweisend ihre Stimme klang.

»Sie sehen aus, als würden Sie auf einen Bus warten«, sagte Flo mit einem warmen Lächeln.

»Ein Bus?« Kates Laune verbesserte sich schlagartig. »Niemand hat mir gesagt, dass hier ein Bus fährt.«

»Es fährt auch keiner. Das war nur so dahergesagt.« Flo deutete auf den Koffer. »Aber Sie sehen wirklich aus, als ob Sie irgendwohin wollen.«

»Ich warte darauf, dass Shane Wilkins zurückkommt und mich mitnimmt. Aber er kommt nicht zurück, nicht wahr?«

»Ich bezweifle es. Was lässt Sie denn glauben, dass er wiederkommt?«

»Sie meinen wohl eher: wer?«, murmelte Kate verärgert. »Entschuldigen Sie mich bitte.«

Sie marschierte zurück ins Hotel, wo Silvia und Willie immer noch am Küchentisch saßen. Sie hatten sich die Köpfe darüber zerbrochen, wie sie reagieren sollten, wenn Kate aufging, dass Shane Wilkins nicht zurückkam, aber bisher war ihnen keine plausible Erklärung eingefallen.

Außer sich vor Wut betrat Kate die Küche. »Du wusstest, dass Mr Wilkins nicht wiederkommt, oder?« Sie starrte Silvia finster an. »Wahrscheinlich hast du ihm sogar noch gesagt, dass er ohne mich fliegen soll.«

Silvia stieß einen tiefen Seufzer aus. Sie konnte den Schwindel nicht länger aufrechthalten, diese Lügen passten einfach nicht zu ihr. Sie suchte Kates Blick. »Du hast recht«, gab sie zu. »Es tut mir leid, dass ich dich angelogen habe, aber du musst einfach bleiben, Kate.«

Kate wandte sich zornig an Willie. »War das deine Idee?«, schrie sie.

»Nein. Das war ganz allein meine Idee«, erklärte Silvia ruhig. »Dein Vater wusste nichts davon.«

Doch das schien Kate keineswegs zu beeindrucken. »Ich hätte gewettet, dir wäre es genauso lieb wie mir, wenn ich schnellstmöglich abreise«, sagte sie zu Willie.

»Nein, das stimmt nicht«, brachte Silvia an seiner Stelle hervor.

»Lass nur, Silvia. Ich kann selbst für mich sprechen«, sagte Willie und stand auf. »Gestern ist das alles blöd gelaufen, Kate, und das ist meine Schuld, ich weiß. Du hast mich überrascht, und es stimmt, was Silvia gesagt hat, ich kann mit Überraschungen nicht besonders gut umgehen. Aber du hast den weiten Weg aus England auf dich genommen, und ich weiß sehr wohl, wie beschwerlich diese Reise ist. Also, warum bleibst du nicht für eine Weile?« Er sah zu Silvia, die zustimmend nickte. »Ich würde mich wirklich freuen, wenn du bleibst«, fügte er verlegen hinzu. »Und wenn du in ein paar Tagen immer noch gehen möchtest, dann werden wir dir nicht im Weg stehen oder dich durch Tricks zum Bleiben bringen.«

Kate schwieg, während sie fieberhaft überlegte, was sie tun sollte. Sie war hin- und hergerissen. An Tibooburra war nichts schönzureden, und sie war zutiefst enttäuscht von ihrem Vater. Andererseits rief sie sich in Erinnerung, warum sie überhaupt hergekommen war. Sie wollte nicht, dass Jacques sie fand, bevor die Scheidung rechtskräftig war, und der Anwalt hatte ihr gesagt, das könne eine Weile dauern, vor allem, wenn Jacques nicht zustimmte.

»Der Briefträger kommt erst nächste Woche, wann genau, weiß niemand. So ist das nunmal hier draußen«, sagte Silvia schließlich, als Kate immer noch nicht antwortete. »Er ist deine einzige Möglichkeit, aus Tibooburra rauszukommen. Das ist die Wahrheit, ich schwöre, du musst also sowieso erstmal bleiben.«

»Hast du kein Auto?«, fragte Kate Willie.

»Doch, aber das ist nicht zuverlässig genug, um dich nach Broken Hill zu bringen«, erwiderte er wahrheitsgemäß.

»Dann stecke ich wirklich hier fest. Zumindest bis nächste Woche.«

»Was habe ich gehört? Du hast eine Tochter?«, wollte Leo am selben Nachmittag im Pub von Willie wissen. Flo und er platzten fast vor Neugier. Willies Tochter war mittlerweile Thema jeder Unterhaltung im Geschäft, doch niemand wusste etwas über sie.

»In einem Dorf verbreiten sich Neuigkeiten rasend schnell.« Willie zapfte Leo ein Bier.

»Also stimmt es.«

»Ja, es stimmt.« Er stellte das Bier vor Leo ab. »Kate hat bei meiner Schwester in England gelebt, und jetzt ist sie zu Besuch gekommen.«

»Warum hast du sie noch nie erwähnt?«, wollte Leo wissen.

»Es ist kein Verbrechen, etwas für sich zu behalten«, sagte Willie knapp. Ihm war bewusst, dass Leo sich genauso verraten fühlte wie alle anderen, aber er hatte sich entschieden, allen, die ihm diese Frage stellten, genau diese Antwort zu geben.

»Das stimmt, aber eine Tochter ist etwas Außergewöhnliches.«

Frankie Osbourne hatte Leos Frage vom anderen Ende der Theke mitbekommen. »Offenbar war Willie mit einer Griechin verheiratet, wenn man ihm glauben kann.«

»Was?« Leo sah Willie überrascht an.

»Willie sagt, sie wär gestorben«, fügte Frankie hinzu.

»Ich kann selber sprechen, Frankie«, blaffte Willie. »Also hört auf, über mich zu tratschen, vor allem, wenn ich danebenstehe. Und denkt daran, dass ich euch gebeten habe, nicht in Kates Gegenwart über ihre Mutter zu sprechen und sie aufzuregen.«

»In Ordnung. Ich werde genauso wenig über sie sprechen wie du«, stichelte Frankie.

Willie funkelte ihn an.

»Ist schon gut, ich hör ja auf«, sagte Frankie grinsend.

Als weitere Männer in den Pub kamen, wurde Willie gleich mit noch mehr Fragen bombardiert. Offenbar wollte niemand so recht glauben, dass er mit einer Griechin verheiratet gewesen war, und

Willie fand keine vernünftige Erklärung dafür, warum er sie zu der Zeit, als er den Pub gekauft hatte, nie erwähnt hatte.

»Sie hat bei ihrer Familie in Broken Hill gewohnt«, war seine schwache Antwort auf die Frage, warum sie nie in Tibooburra gewesen sei. »Griechische Familien stehen sich sehr nahe.«

»Das ist keine Entschuldigung dafür, dass du deine Ehefrau noch nie erwähnt hast«, sagte Tony anklagend. »Nicht ein Mal in über zwanzig Jahren.«

»Wir waren nur sehr kurze Zeit verheiratet, weil sie verstorben ist«, zischte Willie schließlich, als ihm die Fragen zu viel wurden. »Es war eine schwere Zeit für mich, und ich möchte nicht darüber reden.«

»Wusste Harry denn von deiner Frau?«, fragte Frankie.

»Wie waren beste Freunde, er wusste alles über mich.«

»Bist du sicher, dass du draußen auf den Goldfeldern nichts mit einer Aborigine hattest?« Tony sah ihn finster an.

Willie riss der Geduldsfaden. »Wenn du mir mit Anschuldigungen kommst, kannst du ab jetzt im Family Hotel trinken gehen«, blaffte er und verließ den Schrankraum.

»Der ist heute aber empfindlich«, beschwerte sich Frankie bei Silvia und legte ein paar Münzen für sein nächstes Bier auf die Theke.

»Lasst ihn in Ruhe, dann gibt es auch keinen Streit«, schlug Silvia vor und machte sich daran, das Bier zu zapfen.

»Was erwartet er denn, wenn urplötzlich seine verheimlichte Tochter hier auftaucht?«

»Er war selbst überrascht.«

»Er wirkte überhaupt nicht froh, sie zu sehen.« Das war nicht nur Frankie aufgefallen.

»Er war schockiert, weil er nichts von ihrem Besuch wusste, aber natürlich freut er sich, sie zu sehen. Sie brauchen nur ein bisschen Zeit miteinander und müssen ihre Ruhe haben. Kriegt ihr das hin, Frankie? Könntet ihr bitte aufhören, die Pferde scheu zu machen?«

Frankie schien beleidigt. »Du kannst uns doch nicht vorwerfen, dass wir neugierig sind.«

»Nein, aber ihr bohrt immer weiter nach. Lasst es einfach mal gut sein.«

»Wo warst du?«, fragte Willie unmittelbar darauf, als Kate durch die Hintertür hereinkam. Er hatte Nellie immer noch nicht gesehen, sorgte sich aber trotzdem, dass sie sich über den Weg laufen würden.

»Ich bin durch das Dorf gelaufen. Das hat gerade mal fünf Minuten gedauert. Hier gibt es nicht besonders viel zu sehen.« Sie konnte sich nicht vorstellen, länger als ein paar Tage in Tibooburra zu bleiben. »Ich verstehe nicht, warum ihr hier noch nicht vor Langeweile umgekommen seid.«

»Hier ist fast immer etwas los«, erklärte Willie ihr. »Möchtest du einen Tee? Ich wollte mir gerade einen aufsetzen.«

»Ja, gerne.« Sie nahm Platz. »Ich habe von Weitem Aborigine-Kinder gesehen, ohne Kleidung. Haben die Eltern nicht das Geld für Kleidung?«

»Wo sollten sie sie denn waschen?«, fragte Willie.

»Was meinst du? Haben ihre Häuser denn keine Waschgelegenheiten?«

»Die Aborigines leben nicht in Häusern. Sie leben im Outback. Und sie finden es unnötig, ihren Kindern Kleider anzuziehen.«

Kate war überrascht. »Die Eltern bedecken sich aber schon, oder?«

»Ja, zum größten Teil.«

Kate wollte gar nicht erst darüber nachdenken, was genau das bedeutete, und beschloss, das Thema zu wechseln. »Was ist denn hier im Dorf so los?«, wollte sie wissen.

»Im Pub finden viele Veranstaltungen und Themenabende statt. Dartturniere, Wettstreite im Two-Up-Münzspiel, Wettrennen …«

»Was für Rennen?«

»Pferderennen, Kamelrennen, Ziegenrennen …«

Kate starrte ihn an. »Ich wusste gar nicht, dass man mit Ziegen Rennen veranstalten kann.«

»Natürlich, genau wie mit Echsen.«

»Jetzt nimmst du mich aber auf den Arm, oder?«

»Nein, das ist die Wahrheit, aber du wirst mich sicher schon bald besser einschätzen können.« Willie lächelte ihr zu und verdrängte den Gedanken, dass sie vielleicht gar nicht lange genug bleiben würde, um sich an ihn zu gewöhnen. »Manchmal bringen die Farmer auch schon mal ihre Hunde mit ins Dorf und lassen sie gegeneinander antreten. Dabei geht es darum, Schafe über Weiden durch Tore und in Pferche zu treiben. Die Farmer lenken ihre Hunde mit Pfeifen oder Signalen, das macht viel Spaß, und es fließt jedes Mal eine Menge Alkohol. Du musst wissen, dass Australier auf alles Wetten abschließen. Sie würden auf zwei Fliegen wetten, die die Wand hochkrabbeln.«

Kate wusste nicht, ob sie ihm glauben sollte. »Ich finde das immer noch wenig verlockend. Das hier ist ein schrecklicher Ort, und die Männer sehen alle wie Raufbolde aus«, klagte sie.

»Das tun sie vielleicht, zumindest für Außenstehende. Aber sie sind ein wirklich guter Haufen, wenn man sie kennenlernt. Sie haben Charakter.«

»Als ich angekommen bin, haben sich zwei Männer auf der Straße geprügelt«, sagte Kate empört.

»Wahrscheinlich haben sie nach einer Woche harter Arbeit nur etwas Dampf abgelassen. Ich wette, eine Stunde später haben sie schon wieder zusammen getrunken, als wäre nichts geschehen.«

»Es war ein sehr flegelhaftes Verhalten!«

Willie konnte sich das Lachen nicht verkneifen.

»Das ist nicht witzig!«, rief Kate entrüstet. »So was passiert in England nicht, zumindest nicht im Lake District.«

»Ich weiß, dass das australische Outback eine ganz andere Welt ist, Kate. Man braucht ein bisschen Zeit, um sich daran zu gewöhnen. Aber vermutlich reißen die Männer sich am Riemen, jetzt, wo du da bist, dessen bin ich mir eigentlich sogar sicher.«

Kate konnte es nur hoffen. Sie wollte unbedingt fort, aber es gab keinen anderen Ort, an dem sie vor Jacques sicher sein würde.

Eine Weile nippten sie schweigend an ihrem Tee. »Versteh mich bitte nicht falsch«, sagte Willie schließlich, »ich freue mich sehr, dass du hier bist. Aber gibt es, abgesehen von dem Wunsch, mich kennenzulernen, noch einen anderen Grund dafür?«, fragte er, als hätte er ihre Gedanken gelesen. Sein Instinkt sagte ihm, dass irgendetwas nicht stimmte.

Kate errötete. »Was sollte es sonst für einen Grund geben?«, entgegnete sie bissig.

Willie musterte sie. Er war sich sicher, dass sie ihm etwas verheimlichte, aber umgekehrt war es schließlich genauso.

»Bei Madge ist aber alles in Ordnung, oder? Sie ist doch gesund?«, fragte er.

»Ja, ihr geht es gut.«

»Das freut mich sehr zu hören.« Willie spürte, dass er im Moment an dieser Stelle nicht weiterkam. Er trank seinen Tee aus und machte sich mit einem Seufzer wieder auf den Weg in den Pub, um Silvia zur Seite zu stehen.

Kapitel 18

»Ich hätte wissen müssen, dass es so kommt«, sagte Willie zu Silvia. Er kam mit dem Zapfen für seine durstigen Gäste gar nicht hinterher.

»Mit ein paar mehr Gästen habe ich gerechnet, aber nicht mit so vielen!«, klagte Silvia. »Aber es kommt ja nicht jeden Tag ein Filmstar nach Corner Country.« Sie zwinkerte ihm zu.

»Es ist mehr als das, das wissen wir beide.«

Die Nachricht, dass Willie eine Tochter hatte, von der niemand gewusst hatte, hatte sich schneller verbreitet als ein Buschfeuer. Dass sie angeblich wunderschön und Schauspielerin war, hatte die Neugier aller noch angefacht, und deswegen war der Pub jetzt dreimal so voll wie sonst an einem Samstagnachmittag. Die Hälfte der Gäste waren Frauen, hauptsächlich neugierige Ehefrauen, die ihre Männer begleiteten. Und sie alle hatten Durst.

Kate war noch nicht im Schankraum aufgetaucht, wenn sie es denn überhaupt vorhatte. Willie war den ununterbrochenen Strom an Fragen leid und ging sie schließlich suchen. In der Küche fand er sie nicht, also ging er nach oben und klopfte an ihre Zimmertür.

Kate öffnete mit einem Buch in der Hand, das Silvia ihr geliehen hatte. Sie sah entspannt aus, was Willie nur noch mehr aufbrachte.

»Kate, der Pub ist voller Menschen, die dich unbedingt kennenlernen wollen. Kommst du runter?«

»Nein«, erwiderte sie. »Ich bin keine Attraktion.«

»Hab ich auch nicht behauptet, aber könntest du dich bitte für ein paar Minuten unter die Leute mischen? Dann hören sie endlich auf, nach dir zu fragen.«

Kate zögerte. Sie schwitzte, sobald sie sich bewegte, und hatte schnell gemerkt, dass das Lesen im Bett die einzige Situation war, in der ihr nicht zu heiß wurde und in der sie sich gleichzeitig die Zeit vertreiben konnte. Trotzdem wurde sie schon jetzt verrückt vor Langeweile. »In Ordnung, ich komme gleich. Aber wenn das allesamt Rüpel sind oder der Pub voller Zigarettenqualm ist, wird das ein sehr kurzer Besuch.«

Zufrieden ging Willie zurück in den Schrankraum, wo er als Erstes alle Fenster und die Tür öffnete. Dann wies er die rauchenden Männer an, ihre Zigaretten auszudrücken. Auf die Frage nach dem Grund blaffte er: »Meine Tochter mag den Gestank nicht.«

Die Männer rollten mit den Augen, kamen seiner Aufforderung aber nach, wenn auch nörgelnd.

»Wo ist sie?«, fragte Silvia, als Willie hinter die Theke trat. Sie schwitzte, und ihre Füße schmerzten.

»Sie kommt«, erwiderte Willie so laut, dass seine Gäste es hören konnten.

Sogleich vernahm er den Kommentar einer Frau: »Die Schauspielerin will also einen großen Auftritt hinlegen?«, worauf eine andere höhnisch entgegnete: »Sie weiß schon, dass das hier nur Tibooburra ist?«

Willie wusste, dass die Menschen auf dem Land bodenständig waren und nichts für Starallüren übrighatten. Er konnte nur hoffen, dass Kate nicht hochnäsig wirken würde.

Zehn Minuten später trat Kate schwungvoll in den Schankraum, und sofort verstummten die Gäste. Sie selbst war erstaunt, dass der Raum so voll war, und wollte sofort den Rückzug antreten, doch der Ausdruck in Willies Augen ließ sie stehen bleiben.

Willie freute sich, dass sie sich offensichtlich Mühe gab, denn sie hatte ein hübsches Kleid angezogen und ihre Haare gekämmt. Er war sichtlich stolz, was nicht nur Silvia auffiel.

Kate bemerkte es ebenfalls und freute sich darüber, trotz ihrer gemischten Gefühle ihm gegenüber. Sie berief sich auf ihre schauspielerischen Fähigkeiten. »Hallo«, durchbrach sie fröhlich die Stille, während sie sich im Pub umsah und erleichtert feststellte, dass auch Frauen zu Gast waren. Ausnahmslos alle Gäste waren damit beschäftigt, Kate zu inspizieren, als käme sie geradewegs aus einer anderen Welt, und so war es tatsächlich, auch wenn nur Willie das verstand. Sie fühlte sich den Blicken genauso ausgesetzt wie am Vortag, versuchte aber, das nicht zu zeigen.

»Guten Tag, meine Liebe«, sagte eine der Frauen. »Ich bin Doris Bryson, und dieser Tölpel hier ist mein Mann Jim.« Sie deutete auf den Mann neben sich. »Stimmt es, dass Sie in einem Film mitgespielt haben?«

»Ja, er heißt *In der Hitze der Nacht*. Haben Sie ihn gesehen?«

»Nee, wir kriegen hier draußen nicht viele Filme zu sehen«, antwortete Doris.

»Und wir haben auch noch nie einen Filmstar gesehen, so viel ist sicher«, sagte eine andere Frau. Sie musterte Kate von oben bis unten, und fast schien es Kate, als wollte sie sie berühren, um sicherzugehen, dass sie echt war. »Ich bin Connie Morris von der Milparinka Farm.«

»Hallo«, sagte Kate. »Gibt es hier denn kein Kino?« Viele Gäste begannen zu lachen, andere blickten sie erstaunt an.

»Nein. Ab und zu kommt Fred und Marnie's Wanderkino ins Dorf, aber bis die hier sind, sind die Filme schon Jahre alt«, erklärte ihr Cindy Marshall.

»Der letzte Film, den wir gesehen haben, war *Singing in the Rain* mit Gene Kelly und Debbie Reynolds. Wenn Sie selbst Schauspielerin sind, kennen Sie die beiden bestimmt«, warf Doris Bryson aufgeregt ein.

»Nein, ich kenne sie nicht persönlich, aber ich bewundere ihre Arbeit. Der Film wurde 1952 gedreht«, sagte Kate.

»Sehen Sie. Es könnte noch fünf Jahre dauern, bis wir Sie auf der Leinwand sehen. Wenn wir Glück haben«, witzelte Doris.

»Warum überrascht mich das nicht?«, murmelte Kate unüberlegt.

Die Stille, die sich daraufhin im Raum breitmachte, war geradezu ohrenbetäubend.

»Wir haben schon gehört, dass Sie nicht viel von unserem Dorf halten«, sagte Jim Bryson schließlich. Willie spürte, wie er sich anspannte, denn Jim war ein Farmer, der kein Blatt vor den Mund nahm.

Kate wusste nicht, was sie sagen sollte. Sie konnte ihre Gefühle nicht leugnen, die Menschen aber auch nicht vor den Kopf stoßen.

»Was erwartest du denn, Jim?«, fragte ein jüngerer Mann, der sich durch die Gästeschar einen Weg zur Theke bahnte. »Niemand, der aus einer Großstadt kommt, kann viel von Tibooburra halten. Das Dorf wird ihr schon ans Herz wachsen, so wie wir hoffentlich auch.« Er schenkte Kate ein Lächeln, ein attraktives, schiefes Lächeln, das Wärme ausstrahlte. »Ich bin übrigens Dustin Wells«, fügte er hinzu und streckte die Hand vor.

Kate schüttelte sie, während sie ihn verstohlen taxierte. Als Erstes bemerkte sie sein sauberes Hemd. Sein Haar war dick und gelockt und an den Spitzen von der Sonne gebleicht. Außerdem hatte er sich kürzlich rasiert. Er wirkte beinahe fehl am Platz, obwohl er definitiv etwas Ländliches ausstrahlte. »Schön, Sie kennenzulernen, Mr Wells«, sagte sie.

Er lachte. »Ich bin Dustin oder Dusty, aber sicher nicht Mr Wells. Es ist doch in Ordnung, wenn wir uns duzen, oder?«

Sie wollte schon widersprechen, schließlich hatten sie sich gerade erst kennengelernt, aber bevor sie etwas sagen konnte, lachte

Jim Bryson höhnisch auf. »Als ob sich eine große Schauspielerin, die meint, zu gut für dieses Dorf zu sein, von dir duzen lässt!«

Erneut breitete sich angespanntes Schweigen aus, während die Gäste auf Kates Antwort warteten.

Willie begann sogleich zu fürchten, dass Kate aus dem Pub stürmen würde.

Kate war sich bewusst, dass ihre Reaktion von großer Bedeutung war, nicht nur für den weiteren Verlauf des Abends. »Ich nehme an, auf dem Land ist man weniger förmlich als in der Stadt, und dagegen ist nichts einzuwenden. Ich bin Kate«, sagte sie mit einem Blick in die Runde. »Es wird wahrscheinlich eine Weile dauern, bis ich mir eure Namen alle merken kann, ich hoffe, ihr seht mir das nach.«

Die Frauen jubelten und die Männer lachten, und Kate war beinahe so erleichtert wie Willie.

Ein Mann klopfte Jim Bryson auf den Rücken, aber der Farmer schüttelte bloß den Kopf.

»Gib der Dame was zu trinken«, rief einer der Männer Willie zu und legte ein paar Münzen auf die Theke.

»Was möchtest du denn, Kate?«, fragte Willie seine Tochter.

»Einen Mimosa-Cocktail, bitte.«

Willie starrte Kate an, und im Pub wurde es wieder still.

Verwirrt sah Kate von Willie zu Silvia und fragte sich, wie sie diese Reaktion verursacht hatte.

»Wir haben Bier und Schnaps«, erklärte Willie besorgt. »Und eine Flasche Wein. Ich habe keine Zutaten für ausgefallene Cocktails, weil die hier sowieso niemand trinkt.«

»Hast du Orangensaft da?«, fragte Kate.

Willies Miene hellte sich auf. »Ja, Silvia hat ihn für die Damen gekauft.«

»Und Sekt? Wenn du Sekt mit Orangensaft mischst, erhältst du einen Mimosa«, erklärte Kate.

Willie blickte fragend zu Silvia.

»Wir haben noch Sekt im Kühlschrank unter der Theke«, sagte sie. »Ich hole den Saft aus der Küche.«

Willie machte sich derweil auf die Suche nach dem Sekt und fand ganz hinten im Kühlschrank ein paar Flaschen, die laut Kate geeignet waren. Als Silvia mit dem Saft wiederkam, zeigte Kate ihnen, wie man einen Mimosa mischte.

»Ich nehm auch so einen.« Doris Bryson schubste ihren Mann von seinem Stuhl, um selbst näher bei Kate sitzen zu können.

»Ich auch.« Zwei weitere Frauen traten zu Doris und Kate.

»Das ist köstlich!«, rief Doris aus, als sie den ersten Schluck nahm. »Du solltest schnell deinen Sekt- und Orangensaftvorrat aufstocken, Willie. Ab jetzt trinke ich nur noch das hier.«

Kate begegnete Dustys Blick, der ihr mit seinem Bier zuprostete. »Willkommen in Tibooburra«, sagte er lächelnd.

»Prost!«, riefen die anderen Gäste.

Zwanzig Minuten, nachdem Kate den Schankraum betreten hatte, dachte keiner mehr daran, dass sie ein Filmstar und ein Neuankömmling war. Die Gespräche drehten sich wieder um die Landwirtschaft und die alltäglichen Schwierigkeiten im Outback. Kate hatte Fragen zu ihrem Lebensstil oder den exotischen europäischen Ländern erwartet, in denen sie gewesen war. Außerdem hatte sie angenommen, die Frauen wären vielleicht an europäischer Mode interessiert, aber darin hatte sie sich getäuscht. Die Frauen hatten keinerlei Interesse an der Welt außerhalb von Corner Country. Die Marktpreise von Rindern und Schafen waren von viel größerer Bedeutung, genau wie die neusten Methoden gegen Mäuse- oder Heuschreckenplagen. Also alles Themen, mit denen Kate nichts anfangen konnte.

Als das Gespräch auf Schule kam, erfuhr Kate, dass Dusty der Lehrer der Gegend war und täglich elf Schüler im Klassenraum unterrichtete.

Kate wandte sich an ihn. »Du bist hier wirklich der Lehrer?«, fragte Kate. »Es tut mir leid, das überrascht mich jetzt, denn meistens unterrichten doch Frauen.«

»Ich weiß. Meine Mutter war Lehrerin, bevor sie meinen Dad geheiratet hat«, erzählte Dustin. »Sie hat mich inspiriert.«

»Er ist ein wundervoller Lehrer«, schwärmte Doris.

»Alle Kinder lieben ihn«, fügte Clara Blake hinzu. »Wir leben auf einer Farm, Dusty schickt uns die Aufgaben mit der Post zu, oder wir holen sie ab.«

»Die Kinder von den Farmen kommen einmal im Monat zum Unterricht in die Schule ins Dorf«, ergänzte Doris.

»Außerdem besuche ich die Kinder auf den Farmen in regelmäßigen Abständen, mal unter der Woche, mal sonntags«, sagte Dusty. »Daran habe ich immer große Freude, und die Kinder auch.«

Kate war beeindruckt. »Bist du nach Tibooburra gekommen, um zu unterrichten?«, fragte sie, überrascht, dass er freiwillig in so einem winzigen, abgelegenen Dorf arbeitete.

»Ja, das bin ich. Ich wollte schon immer in einer Dorfgemeinschaft arbeiten.«

»Dusty ist auch unser Bürgermeister«, klärte Doris sie hörbar stolz auf. »Und er ist ein sehr begabter Künstler.«

»Über ›begabt‹ lässt sich streiten«, widersprach Dusty. »Ich versuche mich in der Malerei.«

»Sei nicht so bescheiden. Deine Werke sind großartig«, beharrte Doris.

Kate hörte erstaunt zu. Plötzlich kam ihr die Schauspielerei vergleichsweise unbedeutend vor.

»Das Outback ist der perfekte Ort, um Landschaften zu malen«, erklärte Dusty.

»Aber … da draußen ist doch gar nichts«, platzte Kate heraus, bevor sie sich bremsen konnte.

Dusty schien wenig überrascht von ihrem Kommentar. »Dein

Auge hat die Schönheit noch nicht erkannt, aber das wird es schon noch. Das Outback muss man erst zu schätzen lernen.«

Kate bezweifelte, dass das möglich war.

»Warte, bis du seine Bilder siehst«, warf Doris ein. »Sie sind wunderschön. Übrigens organisiert Dusty auch viele der Veranstaltungen im Dorf.«

»Klingt, als wärst du ein sehr beschäftigter Mann«, sagte Kate.

»So macht man das in Dörfern«, erklärte Dusty. »Man hält sich beschäftigt und engagiert sich für die Gemeinschaft. Es macht Spaß, und die Menschen sind großartig.« Die Skepsis in Kates Gesicht war nicht zu übersehen, und das brachte ihn auf eine Idee. »Wie lange bleibst du hier?«

»Das weiß ich noch nicht«, antwortete Kate ausweichend.

»Vielleicht möchtest du ja bei der Organisation einiger Veranstaltungen helfen? Ich freue mich immer über neue Ideen.«

»Vermutlich eher nicht.« Kate konnte sich nicht vorstellen, sich in die örtliche Gemeinschaft einzubringen. Die Dorfbewohner waren so anders als sie selbst.

»Kannst du reiten, Kate?«, fragte Doris.

»Nein, warum?«

»Nächstes Wochenende ist das Tibooburra Gymkhana. Das ist ein sehr schönes Ereignis am Evelyn Creek in Milparinka. Viele der Aktionen dort haben mit Pferden zu tun, aber es gibt noch viele andere Angebote. Es ist für jeden etwas Passendes dabei.«

»Was denn zum Beispiel?«, fragte Kate.

»Es gibt eine Auktion, auf der alles Mögliche versteigert wird, Dusty spendet dafür zum Beispiel ein paar seiner Kunstwerke. Außerdem werden Tauziehen und ein Dreibeinlauf veranstaltet, und viele unterschiedliche Stände verkaufen Kunsthandwerk oder Lebensmittel. Natürlich wird gegrillt, und es gibt ein Feuerwerk. Willie und Barney sind für das Bier zuständig. Dieser Tag ist immer ein riesiges Vergnügen!«

»Klingt interessant«, sagte Kate zurückhaltend. »Vielleicht schaue ich mir das mal an.«

»Dein Dad kann deine Hilfe an dem Tag bestimmt gut gebrauchen«, warf Jim ein. »Eigentlich könntest du doch auch im Pub hinter der Theke helfen, solange du hier bist. Oder, Willie?«

»Ich habe noch nie hinter einer Theke gearbeitet«, erwiderte Kate, die von diesem Gedanken nicht sehr angetan war.

»Du scheinst dich mit Cocktails auszukennen, und Willie oder Silvia können dir beibringen, wie man Bier zapft, so schwer ist das nicht«, drängte Jim, als wolle er sie herausfordern.

»Ich wette, du würdest köstliche Cocktails machen«, rief Doris aufgeregt.

»Ich habe zwar schon jede Menge Cocktails getrunken, aber bei den meisten weiß ich nicht, wie man sie mischt«, hielt Kate dagegen. Sie entschied, das Gespräch zu beenden, bevor es in die falsche Richtung geriet. »Wie dem auch sei. Es war nett, euch alle kennenzulernen, aber ich gehe jetzt mal wieder in mein Zimmer.« Mit einem Nicken verließ sie den Schankraum.

»Haben wir sie vertrieben, Willie?«, wollte Doris stirnrunzelnd wissen.

»Ich glaube, Tibooburra überwältigt sie ein wenig«, sagte Willie verlegen.

»Du machst Witze«, erwiderte Connie. »Paris überwältigt einen, oder vielleicht London, selbst New York, aber welchen gescheiten Menschen würde Tibooburra denn schon überwältigen?«

»Nun, Connie, du lebst schon immer hier in Australien auf dem Land, deswegen kannst du nicht verstehen, wie anders die Welt da draußen ist«, erklärte Dusty. »Vor allem für jemanden aus England.«

»Wahrscheinlich hast du recht«, lenkte Connie nachdenklich ein, und die anderen nickten zustimmend.

»Das ist besser gelaufen als erwartet«, sagte Willie leise zu Silvia, als es später ruhiger wurde.

»Stimmt. Kate hat sich wirklich wacker geschlagen.« Silvia war beeindruckt.

»Dein Mädchen muss nach der Mutter kommen, sie ist ganz anders als du, Willie«, führte Doris an. Sie hatte längst ihren Mimosa geleert, und der Alkohol, den sie nicht gewöhnt war, hatte ihr die Zunge gelockert.

Willie antwortete nicht. Er wollte nicht schon wieder über dieses Thema sprechen.

In den nächsten Tagen mied Kate den Schankraum, weil sie nicht dazu gedrängt werden wollte, Gäste zu bedienen. Aber die Gäste kamen trotzdem noch in Scharen, in der Hoffnung, sie zu sehen und mit ihr zu sprechen, weshalb Willie und Silvia sich die Füße wundliefen. Abgesehen vom Bedienen im Schankraum musste Silvia auch noch putzen und die Sandwiches für die Mittagsgäste zubereiten und abends auch noch kochen. Kate aß dann meist allein in der Küche, weil Willie immer noch die Gäste bediente und Silvia versuchte, die Arbeiten nachzuholen, zu denen sie im Verlauf des Tages nicht gekommen war. Wenn der Pub schloss, hatte Kate sich schon für die Nacht in ihr Zimmer zurückgezogen, sodass Silvia alles allein spülen musste, bevor sie völlig erschöpft ins Bett fiel.

Am vierten Morgen konnte auch Mary ihre Neugier auf Kate nicht mehr zügeln. Sie kam unter dem Vorwand, etwas mit Silvia besprechen zu wollen, obwohl sie entgegen Barneys Verbot in Wirklichkeit nur Kate kennenlernen und herausfinden wollte, warum um sie so viel Wirbel gemacht wurde. Sofort fiel ihr die Erschöpfung ihrer Schwester auf. Im Verlauf ihres Gesprächs betrat auch Kate die Küche, und Silvia nutzte die Gelegenheit, sie ihrer Schwester vorzustellen. Mary hätte sich gern mit Kate unterhalten, aber es blieb bei einer kurzen Vorstellung, weil Kate direkt in ihr Zimmer wollte, um zu lesen.

Silvia entging nicht, dass Willies Tochter keinen guten Eindruck bei Mary hinterlassen hatte, und sie sprach ihre Schwester darauf an.

»Sie ist eine hübsche junge Frau, aber nicht sehr gesellig, oder?«, legte die sofort los. »Nicht wie meine Gail. Die hat richtig Persönlichkeit. Sie ist der Mittelpunkt jeder Feier, wo auch immer sie hingeht.«

»Wie geht es denn Gail und ihrer Familie?« Silvia wusste, wie sehr Mary ihre einzige Tochter vermisste, die mit ihrem Mann und den noch kein Jahr alten Zwillingen, einem Sohn und einer Tochter, in Melbourne lebte und die sie nur selten sah.

»Ihr geht es gut. Sie hat versprochen, dieses Jahr an Weihnachten mit der Familie zu kommen. Glaubst du, Willies Tochter ist zur Weihnachtszeit noch hier?«

»Das kann ich dir nicht sagen«, entgegnete Silvia. Ihre Nichte hatte schon im letzten Jahr versprochen, an Weihnachten zu kommen, war jedoch nie aufgetaucht. »Aber ich bezweifle es.«

»Schade.« Mary hatte schon überlegt, Gail von der Schauspielerin im Dorf zu erzählen, um sicherzugehen, dass ihre Tochter auch kam.

Silvia kochte eine Kanne Tee, aber sie hatte zu viel zu erledigen, um sich hinzusetzen und mit ihrer Schwester zu plaudern. Sie spülte das Geschirr und bereitete die Sandwiches für die Mittagsgäste zu, während Mary ihren Tee trank.

Silvia wischte sich den Schweiß von der Stirn. »Wie läuft es bei euch im Pub?«

»Bei uns ist es so still wie in einer Kirche«, beklagte sich Mary. Sie hätte Silvia gern geholfen, aber Barney würde niemals dulden, wenn sie irgendetwas tat, wovon Willie profitierte. »Barney ist nicht so erfreut darüber, dass wir so wenig Gäste haben, das heißt, er ist ständig schlecht gelaunt.«

»Der Reiz des Neuen wird bald nachlassen«, sagte Silvia. »Und offen gestanden kann ich es kaum erwarten.«

»Zumindest verdient Willie gutes Geld«, befand Mary. »Aber ich wüsste gern, warum das Mädchen nicht aushilft. Ihr könnt weiß Gott Hilfe gebrauchen.«

Silvia zuckte mit den Schultern. »Sie hat es nicht angeboten, und ich frage nicht danach.«

Mary schnalzte kopfschüttelnd mit der Zunge. Es überraschte sie nicht, dass Silvia nicht um Hilfe bat. »Und wieder wird ein schönes Paar Hände verschwendet«, murmelte sie.

Dusty kam jeden Nachmittag nach der Schule auf ein kaltes Bier im Pub vorbei, und dabei war auch ihm aufgefallen, dass Willie und Silvia seit Kates Ankunft viel mehr arbeiten mussten als sonst. Auch er fragte sich jeden Tag, warum Kate ihnen nicht half, indem sie dreckige Gläser einsammelte oder die Theke wischte.

An diesem Tag bemerkte er Kate vor dem Betreten des Pubs auf der seitlichen Veranda, wo sie in einiger Entfernung zur Eingangstür ein Buch las. Sie saß teilweise versteckt hinter einer Weinrebe, die trotz der schwierigen Bedingungen gut gedieh, da Silvia sie ab und zu mit dem dreckigen Geschirrwasser goss.

Durch das offene Fenster sah Dusty Willie Bier zapfen und Silvia dreckige Gläser zum Spülen einsammeln. Es machte ihn wütend, dass Kate tatenlos herumsaß.

»Hallo, Kate«, begrüßte er sie.

»Hallo.« Kate klappte das Buch zu. »Meine Güte, ist das heiß. Ich mochte nicht mehr in meinem Zimmer sitzen, weil es so stickig darin ist, und da ausnahmsweise mal kein Staub durch die Gegend geweht wird, habe ich mich zum Lesen hierhin gesetzt«, erzählte sie. »Ist das hier immer so warm?«

»Zu dieser Jahreszeit schon. Bis Weihnachten wird es sogar nur noch heißer.«

Kate seufzte. Weihnachten war in ziemlich genau acht Wochen. Sie konnte sich nicht vorstellen, dann immer noch in diesem schrecklichen Dorf zu sein. Aber Don Singleton war noch nicht aufgetaucht, und allmählich zweifelte sie daran, dass sie je wieder hier wegkam. Wo sollte sie auch hin? Zurück nach Europa konnte sie auf keinen Fall, auch wenn sie ihren Onkel und ihre Tante sehr vermisste und großes Heimweh hatte. Und in Australien kannte sie niemanden sonst.

»Wie lange bleibst du?«, fragte Dusty.

»Das weiß ich noch nicht«, entgegnete sie ausweichend.

»Es ist schade, dass du nicht mehr Zeit mit deinem Vater verbringst, anstatt hier zu sitzen und zu lesen.«

»Er ist immer beschäftigt.«

»Du könntest ihm zur Hand gehen. Auf diese Weise könntet ihr gut Zeit miteinander verbringen.«

»Warum sollte ich aushelfen? Er hat sich in den letzten Jahren überhaupt nicht für mich interessiert.«

»Er hat versucht, hier seinen Lebensunterhalt zu bestreiten.«

»Er hätte mich besuchen können.«

»Du scheinst nicht zu verstehen, dass der Pub das Herzstück einer Dorfgemeinschaft ist, Kate. Willie konnte nicht einfach schließen und in Urlaub fahren.«

»Für ein paar Wochen hätte er doch sicher jemanden einstellen können«, insistierte Kate.

»Einen Pub zu führen beinhaltet einen Haufen Arbeit mit sehr wenig oder sogar gar keinem Gewinn.« Dusty bemerkte zu seiner wachsenden Enttäuschung, dass seine Worte sie nicht überzeugten, also versuchte er es anders. »Ich kenne Willie ziemlich gut, deswegen weigere ich mich zu glauben, dass er dich aus egoistischen Gründen bei seiner Schwester gelassen hat. Er ist nicht perfekt, aber er hat ein großes Herz. Wahrscheinlich war er der Meinung, dass du in deinem Leben eine Mutterfigur brauchst.«

Kate schnaubte. »Ich denke eher, dass ich eine Last für ihn war. Er wollte sich nicht mit mir herumplagen.«

»Es wäre sicher nicht leicht gewesen, sich um ein kleines Mädchen zu kümmern und gleichzeitig einen Pub zu führen, aber Willie ist noch nie vor harter Arbeit zurückgeschreckt. Er hat den Pub übernommen, als es kein anderer tun wollte, und obwohl der Pub mit Sicherheit nicht viel Geld abwirft, hat Willie ihn weitergeführt, für die Gemeinschaft.« Dusty war jetzt richtig wütend. »Aber weißt du was, Kate? Willie und Silvia schuften gerade wie verrückt, weil deinetwegen so viele neugierige Gäste in den Pub kommen. Wenn du ihnen nicht helfen willst, solltest du vielleicht besser nach Hause fahren.«

Mit diesen Worten ging er davon und ließ Kate mit offenem Mund zurück.

Kapitel 19

Silvia spülte Geschirr und Gläser in der Küche, als Kate sich mit einem Geschirrtuch in der Hand neben sie stellte. Ohne Silvia anzugucken oder einen Ton zu sagen, begann sie, das Geschirr vom Abtropfbrett abzutrocknen.

Silvia blickte einen Moment überrascht auf, sagte aber nichts und spülte einfach weiter.

»Ich möchte keine Belastung für euch sein«, sagte Kate schließlich in die Stille hinein.

Silvia hielt in der Bewegung inne. »Du bist keine Belastung«, sagte sie. »Die Neugier der Leute wird sich bald legen, mach dir darüber keine Gedanken. Es dauert vielleicht nur ein wenig.«

»Spätestens wenn das Postauto das nächste Mal kommt, ist der Sturm vorbei«, sagte Kate und ertappte sich bei der Hoffnung, dass das noch ein wenig dauern würde. Eilig schob sie den Gedanken beiseite. »In der Zwischenzeit würde ich euch gerne ein bisschen helfen«, nahm sie den Faden wieder auf. »Aber ich möchte auf keinen Fall im Pub kellnern.«

»Das musst du auch nicht. Ich kellnere auch nur, wenn Willie eine Pause braucht oder andere Dinge zu tun hat, was in letzter Zeit einfach dauernd der Fall ist.«

»Ich weiß. Aber ich kann dir ja etwas abnehmen, zum Beispiel waschen und kochen, das kann ich.«

Silvia blickte sie sichtlich erstaunt an, und Kate beschlich das Gefühl, dass sie ihr Arbeiten im Haushalt nicht zutraute.

»Meine Tante Madge hat es mir beigebracht. Sie ist auch eine sehr gute Köchin«, sagte sie deshalb eilig, »ich habe ihr früher immer geholfen, wenn im Hotel viel zu tun war, was meist den ganzen Sommer über der Fall war.«

»Oh.« Silvia war das Bild, dass Kate eifrig im Haushalt half, bisher fremd. »Willie hat mir viel von Madge und Trevor und dem Lake View Manor House erzählt. Es scheint sehr schön und überaus gefragt zu sein.«

»Und doch hat er mich nie erwähnt«, sagte Kate leise.

Silvia hörte den Schmerz in ihrer Stimme. »Natürlich hat er das, Kate«, sagte sie sanft. »Er spricht ständig von dir, und er hat mir Madges Briefe immer vorgelesen. Wir waren begeistert, als du die Filmrolle bekommen hast, und Willie war unendlich stolz darauf, dass dein Film so gut gelaufen ist. Er hat wochenlang nicht aufgehört zu grinsen.«

»Aber den anderen hat er nie erzählt, dass er eine Tochter hat. Ich bemühe mich ja, das zu begreifen, aber ich verstehe es einfach nicht.«

»Wenn du eine Weile hier warst, wirst du es verstehen, Kate.« Silvia hatte immer noch die Hoffnung, dass Kate sich doch noch gegen eine Abreise entschied und sich selbst die Chance gab, das Leben im Outback und die Menschen dort kennenzulernen. »Dein Dad schätzt seine Privatsphäre, und die Dorfbewohner sind wahre Lästermäuler«, versuchte sie sich erneut an einer Erklärung. »Sie wollen alles über jeden wissen, mischen sich manchmal gern ein und wollen dir erklären, wie du dein Leben zu führen hast. Willie hat sich vor Jahren entschieden, dass sein Privatleben auch privat bleiben soll. Es fiel ihm schwer, nicht mit seinen Freunden über dich zu reden, aber er wusste auch, dass er dann erklären müsste, warum er bis dahin nichts gesagt hatte. Es schien besser und einfacher, nichts zu sagen.«

Der Blick, den Kate ihr jetzt zuwarf, spiegelte mit einem Mal Interesse. »Aber dir hat er von mir erzählt«, sagte sie.

»Ja. Das war eigentlich ein Versehen, zu dem Zeitpunkt, als der

Krieg ausbrach und er so verzweifelt war, weil er dich nicht zurückholen konnte. Er sagt immer, dass es eine große Erleichterung war, mit jemandem über dich zu reden, und ich bin sicher, dass das die Wahrheit ist.«

»Du hast ihn sehr gern, oder?« Kate nahm einen weiteren Teller, um ihn abzutrocknen.

»Ja, ich habe ihn gern«, gab Silvia mit gesenkten Lidern zu.

»Empfindet er das Gleiche für dich?«

Silvia verlagerte ihr Gewicht von einem Bein auf das andere. »Ich arbeite seit vielen Jahren für Willie, aber ich von meiner Seite würde sagen, dass ich mehr als nur eine Angestellte bin. Ich würde sagen … wir sind Freunde.«

Kate hatte sofort das Gefühl, dass Silvias Gefühle für Willie mehr als nur freundschaftlicher Natur waren, dass er sie aber irgendwie enttäuscht hatte. Sie würde jedoch nicht nachhaken. »Tut mir leid. Eine so persönliche Frage hätte ich nicht stellen sollen.«

Einige Minuten hingen die Frauen ihren Gedanken nach, während sie schweigend weiter arbeiteten. Dann wandte Silvia sich Kate zu: »Kate, wenn dein Dad einen Brief von Madge mit Neuigkeiten von dir bekommen hat, hat ihn das jedes Mal richtig glücklich gemacht. Er hat jeden einzelnen Brief aufbewahrt und viele Male gelesen. Bitte denk nicht einmal, dass er dich nicht liebt, denn ich weiß, dass er es tut.«

Kate ließ das Handtuch sinken. »Ich habe nie einen Brief von ihm bekommen, nicht einmal eine Geburtstagskarte, die ich hätte behalten können, keine einzige«, erwiderte Kate verbittert. »Wie sollte ich da keine Zweifel an seiner Zuneigung haben?«

»Willie hat ein großes Herz, aber er denkt nicht an diese Dinge, an Dinge, die ein Mädchen oder eine junge Frau gerne hätte. So ist er eben.«

»Müsstest du nicht eigentlich gerade das Abendessen zubereiten?«, fragte Willie Silvia, als sie ihm am Abend im Pub half, die Gäste zu bedienen. »Kate hat sicher Hunger.«

»Riechst du denn das Essen nicht?« Silvia lächelte ihn vielsagend an.

»Was?« Willie schnupperte. »Doch! Es riecht gut. Aber …«

»Kate bereitet Brathähnchen für uns zu«, informierte Silvia ihn.

Willie blickte sie überrascht an. »Wie hast du Kate zum Kochen gekriegt?«, wollte er wissen.

»Sie hat es selber angeboten. Und es wäre schön, wenn du heute Abend mit ihr zusammen essen würdest.«

»Das mache ich gerne. Aber du hast doch bestimmt auch Hunger.«

Dusty, der ihre Unterhaltung vom Schankraum aus mithörte, war erfreut, dass Kate seinen Rat angenommen hatte. »Warum esst ihr nicht beide mit Kate?«, schlug er vor. »Ich kümmere mich solange um den Pub.«

»In Ordnung, danke«, sagte Willie. Er vertraute Dusty, der nicht so viel trank wie die meisten seiner Stammgäste.

Kurz darauf ging Silvia mit ein paar Gläsern in die Küche, wo Kate ihr beschied, dass das Essen in zehn Minuten fertig sei. »Ich lege euch etwas zurück, dann könnt ihr essen, sobald ihr Zeit dafür findet.«

»Wir kommen beide in zehn Minuten zum Essen«, erklärte Silvia ihr.

»Was ist mit den Gästen?«

»Dusty bedient sie in der Zeit, damit wir heute Abend zusammen essen können.«

Kate zuckte bei dem Namen zusammen. Sie hatte ihm seine schonungslose Ehrlichkeit noch nicht verziehen, auch wenn er recht gehabt hatte. »Wie nett von ihm«, sagte sie zurückhaltend.

»Das schmeckt köstlich, Kate!«, rief Willie nach den ersten Bissen beeindruckt.

»Er hat recht, du hast wunderbar gekocht«, stimmte Silvia zu.

Kate freute sich sichtlich über das Lob. »Danke. Aber in der Küche wird es wirklich heiß. Es wäre wirklich angenehmer, draußen zu kochen.«

»Wir haben draußen einen Grill«, erzählte Willie. »Ich müsste ihn nur reinigen.«

»Würdest du das tun? Dann grille ich Fleisch, dazu können wir Salat essen.«

»In Ordnung.« Willie war sehr zufrieden. »Kate, ich weiß es zu schätzen, dass du mit anpackst, obwohl du ganz sicher nicht zum Arbeiten hergekommen bist«, fügte er hinzu.

»Es ist nicht richtig, dass ich danebensitze und nichts tue.« Es fiel ihr schwer, zuzugeben, dass sie selbstsüchtig gewesen war.

Nachdem Kate im Anschluss an das Abendessen die Küche gesäubert hatte, setzte sie sich draußen in den Hof.

»Genießt du deine wohlverdiente Pause?«, ertönte plötzlich Dustys Stimme.

»Hier draußen ist es kühler«, erwiderte Kate frostig.

Dusty setzte sich unaufgefordert neben sie. »Es war nett von dir, für Willie und Silvia zu kochen. Sie haben sich sehr darüber gefreut.«

Kate wich seinem Blick aus. »Mir hat jemand rüde zu verstehen gegeben, dass ich eine Last für sie war.«

»Tut mir leid. Manchmal spreche ich, bevor ich denke. Aber ich freue mich, dass du Willie und Silvia hilfst.«

»Es war nett von dir, dich um die Gäste zu kümmern, damit wir zusammen essen konnten«, räumte Kate ein. »Alleine zu essen ist nicht besonders schön.«

»Ich wollte meinen Teil dazu beisteuern. Was einsame Mahlzeiten betrifft: Man gewöhnt sich daran.«

Kates Neugier war geweckt. »Lebst du allein?«

»Ja. Hinter dem Schulgebäude befindet sich die Junggesellenunterkunft. Sie besteht aus nur zwei Zimmern, aber das reicht mir.«

Kate kommentierte das nicht, obwohl sie gern gewusst hätte, ob er sich mit jemandem traf.

»Kommst du mit zum Gymkhana?«, fragte er.

»Ich denke nicht. Es klingt so, als wäre das nichts für mich.«

»Das weißt du erst, wenn du es ausprobierst.« Dusty schenkte ihr ein breites Lächeln.

Kate war versucht, ihre Entscheidung zu ändern, schüttelte dann aber den Kopf.

»Schade. Es wäre eine gute Gelegenheit, ein paar Menschen und das Leben hier kennenzulernen. Apropos: Die Kinder von den Farmen kommen morgen in die Schule. Komm doch vorbei, dann lernst du sie kennen. Sie würden bestimmt gerne wissen, wie es ist, in einem Film mitzuspielen.«

Kate dachte über seinen Vorschlag nach. Sie war gelangweilt, und wer wusste schon, wann das Postauto kommen würde. Außerdem gefiel ihr die Vorstellung, Dusty in seinem Arbeitsumfeld zu erleben. »Um welche Uhrzeit?«

»Wie wäre es um elf Uhr? Dann haben sie schon eine Weile draußen gespielt und können vielleicht eine halbe Stunde still sitzen.« Erneut lächelte er charmant, und nicht zum ersten Mal kam Kate der Gedanke, dass er ein attraktiver Mann war.

»Die Kinder waren begeistert von dem, was du über das Filmemachen erzählt hast«, sagte Dusty am nächsten Abend zu Kate, als er den Kopf zur Hotelküche hereinsteckte.

»Sie haben sich zu Tode gelangweilt, das weißt du genau«, entgegnete Kate lachend. »Genau deshalb habe ich sie über ihr Leben auf den Farmen ausgefragt. Sie waren wesentlich engagierter, mir von ihrem Leben zu erzählen.«

Auch Dusty lachte. Sie hatte recht.

»Ich bin froh, dass es so gut funktioniert hat«, gab Kate zu. »Ich habe mich sogar selbst damit gelangweilt, über das Filmemachen zu sprechen. Es war viel spannender, etwas über das Leben auf einer Rinderfarm zu erfahren. Wer hätte gedacht, dass Kühe bis zu zweihundert Liter Speichel am Tag produzieren können? Und ich hatte keinen Schimmer, dass sie nur unten Schneidezähne haben.« Sie lachte wieder.

Auch Dusty lachte wieder. »Es ist unglaublich, was Kinder alles interessant finden.«

»Ich bin froh, dass ich in die Schule gegangen bin und die Kinder dort getroffen habe. Das hat Spaß gemacht.« Kate legte das Handtuch beiseite, mit dem sie das Geschirr vom Abendessen, das sie für Willie und Silvia gekocht hatte, abgetrocknet hatte. Die Erfahrung war wirklich schön gewesen. Obwohl sie dadurch Don Singleton verpasst hatte, der währenddessen die Post gebracht hatte. Das hatte Silvia ihr erzählt, doch Kate war nicht darauf eingegangen, denn sie wollte keinesfalls zugeben müssen, dass sie zunehmend Gefallen an ihrem Aufenthalt in Tibooburra fand. Falls sich das ändern sollte, konnte sie immer noch mit dem nächsten Postauto abreisen.

»Du wirst im Nachhinein auch froh sein, beim Gymkhana gewesen zu sein«, sagte Dusty. »Wir könnten als Team im Dreibeinlauf an den Start gehen.«

Kate lächelte. »Danke für das verlockende Angebot«, sagte sie neckend. »Aber ich bleibe hier.«

»Du wirst hier ganz allein sein. Alle anderen sind in Milparinka.«

»Alle?«

»Ja, alle. Das ganze Dorf fährt hin. Vielleicht siehst du hier noch ein paar Aborigines, sonst niemanden.«

»Das ist schon in Ordnung. Ich habe jetzt fast die ganze Woche in einem Hotel gelebt, da ist es immer laut, und man hat nicht viel Privatsphäre. Ich werde die Ruhe und den Frieden genießen.«

»Es könnte dir sogar zu ruhig werden.«

»Ich kriege den Tag schon rum, außerdem will ich für Silvia waschen. Die Zeit vergeht bestimmt wie im Flug.«

»Kate weigert sich, mit uns zum Gymkhana zu kommen«, beschwerte sich Willie bei Silvia, als sie den Pub schlossen. Kate war oben, deswegen konnte Willie frei sprechen.

»Das ist doch ihre Entscheidung.« Silvia wischte die Theke ab.

»Aber was ist, wenn Nellie in der Gegend ist und sie sieht?«

»Du musst aufhören, dir darüber Gedanken zu machen, Willie. Nellie wird sie nicht erkennen, falls sie sie überhaupt sieht. Sie wird denken, Kate sei ein Gast.«

Willie runzelte die Stirn. »Ich kann nicht damit aufhören, mich zu sorgen. Ich möchte nicht, dass die Vergangenheit mich einholt.«

»Wenn das passiert, musst du eben einen Weg finden, damit umzugehen.«

»Kate würde mir nie verzeihen, dass ich sie bezüglich ihrer Mutter angelogen habe.«

»Wahrscheinlich nicht. Aber es wäre das Beste, wenn sie die Wahrheit von dir erfährt.«

Willie fühlte sich elendig. »Du hast schon recht, aber ich bin zu feige, ihr die Wahrheit zu sagen.«

»Lass uns erst mal schlafen. Wir haben morgen noch viel zu tun.«

Am Morgen des Gymkhana liefen Willie und Silvia ab Sonnenaufgang wie fleißige Bienen durch das Hotel. Schließlich sah Kate ihnen hinterher, als sie in Willies altem Ford davonfuhren, der mit Bier, Eis und Proviant beladen war. Willie hatte erneut versucht, sie zum Mitkommen zu überreden, aber Kate war bei ihrem Entschluss geblieben.

Nach und nach verließen auch die anderen Bewohner das Dorf und hinterließen nichts als Reifenspuren und aufgewirbelten Staub. Kurz bevor Flo und Leo fuhren, ging Kate noch schnell in den Laden, um Waschpulver zu besorgen. Flo war aufgeregt und hatte Sorge, etwas Wichtiges zu vergessen.

»Wenn du etwas vergessen hast, wirst du auch ohne zurechtkommen«, sagte Kate beruhigend.

»Das sage ich ihr auch immer.« Leo klang gereizt, er wollte endlich los.

»Wenn Kate das sagt, klingt es schlüssiger«, entgegnete Flo.

Kate folgte den Kingsleys aus dem Geschäft, vor dem eine Gruppe Aborigines im Schatten saß, ein Mann, zwei Frauen und zwei kleine Kinder. »Viel Spaß«, rief sie, als Flo und Leo in ihren kleinen Transporter stiegen.

»Danke, Kate!«, rief Flo zurück. »Genieß die Ruhe!«

Kate winkte ihnen fröhlich nach.

Kate lief direkt zur Wäschekammer des Hotels, die sich unter der Veranda auf der Hausrückseite befand. Der Raum war klein und fensterlos, das einzige Licht kam aus der offenen Tür. Sie begann, die Wäsche zu sortieren und in die Lightburn-Waschmaschine zu stecken. Als sie gerade die Schachtel mit dem Waschpulver öffnete, verdunkelte sich plötzlich die Kammer. Sie drehte sich um und sah sich einer Aborigine-Frau gegenüber, die in der Türöffnung stand und den Großteil des Lichts abfing. Die Frau starrte Kate an, als hätte sie ein Gespenst gesehen.

»Sie haben mich erschreckt«, sagte Kate mit einer Hand auf ihrem rasenden Herzen.

Die Frau erwiderte nichts.

»Was möchten Sie?«, fragte Kate langsam. Vielleicht verstand die Frau sie ja nicht.

»Kadee?« Sie zeigte mit dem Finger auf Kate.

Offenbar verwechselte sie sie mit jemandem. »Nein, da irren Sie sich.«

»Ich hören, Missus Namen rufen«, sagte die Frau vorwurfsvoll.

»Missus? Ach, Sie meinen Flo Kingsley. Sie hat mich nicht Kadee genannt. Ich bin Kate McGregor, Willie McGregors Tochter.«

Die Frau stöhnte auf und begann dann zu keuchen, während sie Kate so merkwürdig anstarrte, dass die es mit der Angst zu tun bekam.

»Schauen Sie, ich möchte nicht unhöflich sein, aber ich habe viel zu tun, also wenn Sie mich bitte entschuldigen …« Kate schob die Tür der Wäschekammer zu und sperrte die Frau aus. Ihr Herz raste, weil sie nicht einschätzen konnte, wie die Frau darauf reagieren würde, außerdem war es in der Kammer jetzt sehr dunkel. Zum Glück hing die Tür etwas schief in den Angeln, deswegen kam ein wenig Licht durch die Ritzen an den Rändern.

»Kadee!« Die Frau schlug gegen die Tür.

Sie klang sehr verzweifelt, und Kate machte sich Gedanken über deren geistigen Zustand. »Bitte gehen Sie weg«, flehte sie ängstlich. Sie wartete ein paar Minuten, in denen sich die Hitze in der Kammer anstaute und unerträglich wurde. Als kein Laut mehr zu hören war, öffnete Kate langsam die Tür und spähte hinaus. Die Frau war fort. Erleichtert eilte Kate zurück zur Hintertür des Hotels, schlüpfte hindurch und schloss die Tür ab.

In den nächsten Stunden blieb Kate mit verschlossenen Türen im Hotel. Draußen war Wind aufgekommen und wehte den Staub auf, was den Ort wie ein unheimliches Geisterdorf wirken ließ. Kate hatte nicht erwartet, nervös zu sein, wenn sie allein im Dorf war, aber andererseits war sie auch nicht von der Gesellschaft einer furchteinflößenden Aborigine-Frau ausgegangen.

Sie lief von Fenster zu Fenster und hielt Ausschau nach ihr, entdeckte sie jedoch nirgends. Lediglich ein paar Kängurus hüpften über die Straße, und ein Emu spazierte vor der Veranda umher. Die Aborigine-Frau war offenbar fort. Kate entspannte sich ein wenig.

Doch die Minuten verstrichen nur langsam. Sie suchte sich Beschäftigung, wischte Staub und fegte den Boden. Als sie von der Spüle in der Küche aus dem Fenster zur Windmühle schaute, tauchte das Gesicht der Aborigine direkt vor ihr auf. Die Frau schlug an die Fensterscheibe. Kate schrie auf, rannte durch das Hotel zur Treppe und stürzte hinauf. In ihrem Zimmer fühlte sie sich sicherer. Sie zog die Vorhänge ein wenig zu und legte sich aufs Bett. Um Zerstreuung zu finden, beschloss sie, ein paar Briefe zu schreiben. Sie schrieb einen an Madge und Trevor, in dem sie Tibooburra so gut beschrieb, wie sie konnte, was zu ihrer eigenen Überraschung auch viele positive Aspekte beinhaltete, dann einen an Walter Hughes und einen an ihre Freundin Lorna im Lake District.

Stunden später wurde sie von Rufen aus ihrem Nickerchen geweckt. Sie hatte nicht schlafen wollen, aber die Hitze hatte sie immer müder werden lassen. Verschlafen setzte sie sich auf. Wie spät es wohl war? Dann hörte sie wieder ihren Namen und erkannte schließlich Willies Stimme. Siedend heiß fiel ihr ein, dass sie ihn und Silvia ausgesperrt hatte.

Eilig lief Kate nach unten und schloss die Hintertür auf.

»Warum war die Tür abgeschlossen?«, fragte Silvia, die mit Taschen bepackt eintrat, gefolgt von Willie.

»Ich hatte Angst vor einer Aborigine, die mich in der Wäschekammer angesprochen hat.« Kate kam sich albern vor bei der Erklärung.

Willie wandte sich abrupt ihr zu. »Was ist passiert?«

»Eigentlich nichts. Sie war wahrscheinlich nur neugierig, aber ich bin nervös geworden.«

»Sie sind harmlos«, sagte Willie, während er zugleich hoffte, dass es nicht Nellie gewesen war. Er wagte aber nicht, weiter nachzuhaken, um Kates Misstrauen nicht zu wecken.

»Wahrscheinlich hast du recht. Ich bin nach oben gegangen und beim Briefeschreiben eingeschlafen. Wie war euer Tag?«

»Es wäre schöner gewesen, wenn der Staub nicht durch die Gegend geflogen wäre«, sagte Silvia, die jetzt die Taschen auspackte. »Aber es war trotzdem schön. Ich habe zusammen mit Dusty den Dreibeinlauf gewonnen, allerdings hat er mich praktisch getragen.« Sie lachte.

»Ich öffne am besten direkt den Pub«, sagte Willie. »Die Männer werden nach der Fahrt durstig sein. Ich bin es jedenfalls.«

Silvia verdrehte die Augen, und Kate lächelte.

»Habt ihr Hunger? Dann koche ich etwas«, bot Kate an.

»Ein Sandwich würde reichen«, sagte Silvia. »Wir haben heute Mittag groß gegrillt, deswegen haben wir nicht so viel Hunger.«

Kapitel 20

»Willie!« Nellies Schrei zerriss die nächtliche Stille. »Willie, wir reden!«

Es war weit nach Mitternacht, aber Willie hatte nicht geschlafen, aus Sorge, dass Nellie die Aborigine gewesen war, die Kate erschreckt hatte. Ihr hysterisches Gezeter unter dem Balkon seines Schlafzimmers bestätigte seine Vermutung.

Er sprang aus dem Bett und trat auf den Balkon. »Hör auf zu schreien, Nellie«, bat er eindringlich. »Ich komme runter.«

Kurz darauf rannte er aus der Hintertür, während Nellie immer noch schrie. Er hatte keine Zeit, auch nur ein Wort hervorzubringen, bevor sie ihn anfuhr.

»Warum du verstecken Kadee?«, rief sie wütend.

»Wovon redest du?«, flüsterte Willie in der Hoffnung, sie täuschen zu können.

»Kadee! Sie hier.«

»Wenn du die junge Frau meinst, die hier ist, die ist nicht unsere Tochter«, log Willie. Er fühlte sich schrecklich, konnte aber nicht riskieren, dass Kate und vielleicht auch seine Freunde die Wahrheit herausfanden. Gerade jetzt, wo sich das Verhältnis zu Kate zum Positiven entwickelte. Kate würde wahrscheinlich nie wieder mit ihm reden, und seine Freunde würden ihm auch nicht verzeihen, dass er sie auch in dieser Sache belogen hatte.

»Du lügen, weißer Mann. Das Kadee. Kate McGregor.«

Willie war geschockt. »Wer hat das gesagt?«, stieß er hervor.

»Kadee sagen«, knurrte Nellie.

Willie senkte den Kopf, während die Gedanken darin rasten.

Doch ihm blieb keine Wahl. »Okay«, sagte er niedergeschlagen. »Sie ist unser Mädchen. Ich wollte nicht, dass du sie verschreckst, aber genau das hast du getan, oder?«

»Ich reden mit Kadee.«

»Ich weiß, aber sie kennt dich nicht, und du machst ihr Angst, wenn du sie so direkt konfrontierst.«

»Ich und Kadee treffen, Willie. Du Kadee in Lager bringen.« Nellies Augen funkelten bedrohlich, und Willie musste unwillkürlich an den Kadaicha-Mann und seinen Fluch denken.

»Das geht nicht. Wir müssen behutsam mit ihr sein«, versuchte er zu beschwichtigen. »Wir müssen das langsam angehen. Bitte gedulde dich noch etwas.«

Doch er stieß auf taube Ohren. »Kadee Clan kennenlernen, du Kadee sagen.«

Willie stöhnte auf. Wie sollte er Nellie bloß erklären, dass Kate ihre Mutter für tot hielt? Sie würde vergehen vor Zorn, und das völlig zu Recht.

»Bitte gib der Sache etwas Zeit. Versprich mir, dass du ihr erst mal nichts sagst.« Willie wusste, dass das viel verlangt war, eigentlich sogar zu viel, aber er musste es versuchen. Er brauchte Zeit, um das Chaos, das er erschaffen hatte, in Ordnung zu bringen.

»Ich Kadee treffen, Willie. Lange Zeit.« Nellies Ärger wich dem Kummer.

Willie fühlte sich schrecklich, als ihr Tränen in die Augen stiegen. »Ich weiß, aber denk an Kate. Du möchtest sie doch nicht verängstigen, oder?«

»Sie Mädchen von Nellie. Sie nicht Angst.«

»Sie ist in England aufgewachsen. Da ist es ganz anders als hier, deswegen ist schon das Dorf ein großer Schock für sie. Bitte, gib ihr Zeit.«

»Sie aus Wadigali-Land. Kadee Geist hier.«

»Das weiß ich, sie aber nicht.« Es half alles nichts. Willie holte tief Luft. »Um dir die Wahrheit zu sagen … Vor all den Jahren habe ich meiner Schwester erzählt, Kates Mutter sei Griechin. Ich weiß, dass das schrecklich klingt, aber ich konnte meiner Schwester nicht die Wahrheit über … dich sagen. Sie hätte es nicht verstanden. Du weißt doch, wie das ist.«

Nellie starrte ihn aus ihren dunklen Augen an, während Tränen über ihre Wangen liefen. »Du schämen für Nellie und Kadee, Willie?«, fragte sie traurig.

Willie wusste nicht, was er sagen sollte. Nellie lief davon und verschwand in der Dunkelheit.

Am nächsten Morgen stand Kate früh auf, um die restliche Wäsche zu waschen, die sie am Vortag liegen gelassen hatte, solange es noch einigermaßen kühl war. Sie hängte sie gerade auf die Wäscheleine, da kam die Aborigine aus der Richtung der Windmühle auf sie zu. Kate erstarrte.

Die Frau lief langsam zu ihr. Als sie nur noch drei Schritte entfernt war, hielt sie Kate mit freundlichem Lächeln etwas entgegen. »Für Kadee«, sagte sie schüchtern.

Kate blickte auf den Gegenstand in ihrer Hand, eine geschnitzte Holzschale, die ockerfarben angemalt war. »Ich habe Ihnen doch schon gesagt, dass ich nicht Kadee bin«, erwiderte sie verärgert, wandte sich abrupt um und floh ins Hotel.

Sie fand Willie im Pub, wo er nach einer Lieferung die Kühlschränke auffüllte.

»Die Aborigine von gestern war gerade wieder bei mir, als ich Wäsche aufgehängt habe. Sie wollte mir etwas geben. Was hat sie für ein Problem? Sie scheint zu glauben, ich wäre jemand anderes.«

Willie war nicht überrascht, aber zutiefst bestürzt. »Was wollte sie dir denn geben?«

»Eine bemalte Holzschale. Ich habe sie nicht angenommen.«

Willie war sicher, dass Nellie die Schale mit viel Liebe extra für Kate angefertigt hatte. »Du hast mit der Zurückweisung des Geschenks sicher ihre Gefühle verletzt«, sagte er voll dunkler Vorahnung.

»Sie muss verstehen, dass ich nicht die bin, für die sie mich hält. Kannst du ihr das nicht erklären? Dann lässt sie mich vielleicht in Ruhe.«

Leider gab es nichts zu erklären, aber das konnte er Kate nicht sagen. Und Nellie würde nicht aufgeben, das bereitete Willie große Sorgen. »Ich habe nicht viel Einfluss auf die Aborigines«, sagte er ausweichend, »aber vielleicht geht sie ja bald wieder auf Buschwanderung.« Das war unwahrscheinlich, schließlich war sie gerade erst von einer monatelangen Wanderung zurückgekommen, aber sicher sein konnte man schließlich nie.

»Buschwanderung? Was bedeutet das?«

»Die Aborigines wandern auf der Suche nach saisonaler Nahrung durch verschiedene Regionen. Sie sind oft wochen-, manchmal monatelang unterwegs.«

»Also verschwindet sie vielleicht, um im Outback umherzuwandern?«, murmelte Kate hoffnungsvoll.

»Sicher weiß ich das nicht. Die Handlungen der Aborigines sind schwer vorherzusehen.«

Kate runzelte die Stirn. »Ich wüsste einfach gern, warum sie es auf mich abgesehen hat. Verwechselt sie mich mit einer Dorfbewohnerin, die Kadee heißt?«

Willie schüttelte den Kopf. Er verabscheute sich selbst für seine Lügen.

»Kannst du ihr sagen, sie soll mich in Ruhe lassen, Dad?«, bat Kate.

»Ja, ich werde es versuchen«, versprach er. Die Tatsache, dass sie ihn »Dad« genannt hatte, erfüllte ihn mit Stolz, und eine Welle der Liebe durchfuhr ihn.

Kate ging davon, und Willie blickte ihr nach. Es war wundervoll, aber welcher Vater log seine Tochter schon an? Er war zutiefst enttäuscht von sich selbst. Seine Augen füllten sich mit Tränen.

Willie wartete, bis Kate und Silvia zu Bett gegangen waren, um sich auf die Suche nach Nellie zu machen. Sie tat ihm leid, wahrscheinlich hatte sie zudem gerade damit zu kämpfen, dass Kate ihr Geschenk abgewiesen hatte, doch Willie wollte sie trotzdem bitten, ihre Tochter in Ruhe zu lassen. Seine Lage war alles andere als einfach. Als er mit einem Müllbeutel für die Tonne aus der Hintertür des Hotels trat, sah er hinter der Windmühle in der Ferne den Schein von Nellies Lagerfeuer.

Kate betrat in dem Moment, in dem Willie den Müll in die Tonne warf, die Küche, um sich ein Glas Wasser zu holen. Sie schreckte zusammen, als sie durch die offene Hintertür ein Geräusch hörte. Sie vermutete, dass es Willie war, aber was machte er da draußen?

»Dad?«, rief sie leise, während sie zögerlich zur geöffneten Tür lief. Es war stockfinster draußen, das Küchenlicht reichte nicht weit. Sie sah nicht, wie Nellie sich aus dem Schatten des Balkons auf Willie stürzte.

Willie zuckte vor Schreck zusammen, sein Herz raste. »Nellie, erschreck mich doch nicht so«, keuchte er. »Ich war gerade auf dem Weg zu dir.«

Kate hörte ihren Vater reden und spähte vorsichtig aus der Tür. Er stand mit der Aborigine-Frau an den Mülltonnen. Um nicht gesehen zu werden, trat Kate einen Schritt zur Seite, sodass sie trotzdem hören konnte, was draußen vor sich ging.

»Du Kadee nicht sagen, sie Nellies Mädchen«, rief Nellie.

»Sprich leise, Nellie«, bat Willie besorgt. »Ich hab dir doch erklärt, dass ich es ihr nicht sagen kann. Noch nicht.«

Kate hörte die Worte, verstand aber ihre Bedeutung nicht. Sie begriff auch immer noch nicht, wer Kadee war.

»Vielleicht kann ich Kate dazu bewegen, Zeit mit dir zu verbringen, aber du darfst ihr nicht sagen, dass du ihre Mutter bist, noch nicht. Das würde sie nicht verstehen.«

Kate keuchte. *Ihre Mutter!* Sie musste sich verhört haben.

»Ich wollen Kadee, Willie. Du bringen Kadee weg vor langer Zeit. Du versprechen, du Kadee wiederbringen, aber du Kadee nicht wiederbringen.« Nellie schluchzte auf.

Kate wich das Blut aus dem Gesicht, und sie hatte kurz das Gefühl, das Bewusstsein zu verlieren. Ihr Herz raste.

»Es tut mir leid, Nellie. Ich weiß, dass das alles sehr schwer für dich war, und das ist meine Schuld.«

Kate stolperte schockiert von der Tür zurück und ließ sich in der Küche auf einen Stuhl sinken. *Die Aborigine konnte nicht ihre Mutter sein!* Das war unmöglich. Ihre Mutter war Griechin!

»Bitte reg dich nicht auf«, sagte Willie zu Nellie. »Ich schaue, was ich wegen Kate tun kann. Versprochen.« Er bemühte sich um einen zuversichtlichen Tonfall, obwohl Zuversicht das Letzte war, was er empfand. Ihm war klar, dass er die Wahrheit nicht länger vor Kate verbergen konnte. Seine Vergangenheit hatte ihn eingeholt, und nun war es Kate, die verletzt und wütend sein würde. Wie sollte er es ihr bloß erklären? Mit schweren Schritten ging er ins Haus und schloss die Tür.

Als Willie die Küche betrat, sah er Kate am Tisch sitzen. Sein Herz blieb beinahe stehen, zumal sie sichtlich bekümmert war. »Kate! Ich dachte … du wärst im Bett«, sagte er hilflos.

Kate starrte ihn an. »Du schuldest mir eine Erklärung«, stieß sie mit zittriger Stimme hervor.

»Eine Erklärung wofür?«, versuchte er, Zeit zu schinden, während die Gedanken in seinem Kopf rasten. Ihm war längst klar, dass sie sein Gespräch mit Nellie offenbar mit angehört hatte.

»Warum glaubt diese Aborigine, ich sei ihre Tochter, obwohl meine Mutter Griechin war?«

Willies Herzschlag beschleunigte sich noch mehr. »Ich …«

»Warum?«, schrie Kate. »Sag es mir.«

»Bitte hass mich nicht, Kate, aber … Nellie ist deine Mutter.«

»Nein, ist sie nicht!« Kate schlug mit der Faust auf den Tisch. »Warum sagst du so etwas? Sie ist nicht meine Mutter!«

Willie sank verzweifelt auf den Stuhl neben Kate. »Es ist die Wahrheit«, sagte er leise. »Ich habe Madge damals angelogen.« Er wagte nicht, sie anzusehen. »Es tut mir schrecklich leid.«

»Du hast doch auch allen im Pub erzählt, meine Mutter sei Griechin!«

»Ich weiß. Das war auch gelogen.« Willie seufzte. »Aber ich kann es erklären … wenn du mich lässt.«

Kate sprang auf. »Du lügst doch sowieso wieder!«, rief sie. »Du warst nie ein Vater für mich, und jetzt beschmutzt du auch noch das Andenken an meine Mutter. Ich hasse dich!«, rief sie und floh aus der Küche.

Ein paar Sekunden später hörte Willie das Klacken des Riegels der vorderen Haustür, dann vernahm er, wie sie geöffnet und wieder zugeknallt wurde. Er widerstand dem Impuls, Kate nachzulaufen, er fühlte sich wie betäubt und wusste, dass sie Zeit brauchte, um sein Geständnis zu verarbeiten.

»Was war denn das für ein Geschrei?« Silvia betrat im Nachthemd die Küche. »Was ist passiert? Weiß Kate Bescheid?«, fragte sie, als sie Willies aschfahles Gesicht bemerkte.

Willie nickte. »Sie hat gehört, wie ich mich mit Nellie unterhalten habe.«

»Oh, nein! Sie steht bestimmt unter Schock.«

»Ja. Sie war außer sich vor Wut und Verzweiflung. Ich habe ihr die Wahrheit gesagt, aber sie hat mir keine Gelegenheit gegeben, alles zu erklären.«

Silvia seufzte resigniert. »Seit Nellie weiß, wer Kate ist, war es nur eine Frage der Zeit, bis Kate die Wahrheit herausfinden würde.

Es wäre wirklich besser gewesen, wenn du es ihr direkt bei ihrer Ankunft selbst gesagt und erklärt hättest.«

Willie stützte den Kopf in die Hände. »Ich weiß. Ich habe das alles vermasselt. Kate wird mir nie verzeihen. Sie hat gesagt, dass sie mich hasst, und ich kann das sogar verstehen.«

»Sie wird den Schock schon überwinden«, murmelte Silvia mitfühlend. »Wo ist sie denn?«

»Sie ist vorne rausgegangen. Sie braucht ganz sicher Zeit, um nachzudenken.«

»Ich hoffe, sie läuft nicht allzu weit.« Es gab keine Straßenlaternen, und in dieser Nacht spendete auch der Mond kaum Licht, da konnte sich jemand, der sich nicht vor Ort auskannte, leicht verirren.

»Bestimmt nicht. Sie kommt wieder, wenn sie sich beruhigt hat. Jetzt wird sie sicher abreisen, und ich sehe sie nie wieder. Aber vielleicht ist das ja das Beste.«

Silvia sah ihn bestürzt an. »Das meinst du doch nicht ernst.«

»Ich bin mir sicher, dass ich Kate nie wiedersehen werde, sobald sie Tibooburra verlassen hat, also sollte ich versuchen, zumindest irgendetwas zu retten, und wenn es nur mein armseliger Ruf ist.« Ihm graute immer noch davor, dass das ganze Dorf die Wahrheit herausfinden könnte.

Silvia fand das äußerst selbstsüchtig, hoffte aber, dass Kate ihm eines Tages im Grunde ihres Herzens verzeihen würde. »Vielleicht sollten wir ihr nachlaufen, falls sie sich im Dunkeln verirrt.«

»Ich bezweifle, dass sie die Hauptstraße verlässt. Außerdem braucht sie Zeit für sich, die sollten wir ihr geben.«

Der Himmel war bewölkt, und der Neumond spendete nur wenig Licht. Tränen verschleierten Kate zusätzlich die Sicht, als sie im Dunkeln über die Briscoe Street taumelte. Sie wollte wegrennen und sich nie wieder umdrehen, konnte aber nicht weiter als ein paar Meter sehen. Wenn sie nur weit genug ging, könnte sie den Lügen ihres Vaters entkommen, dachte sie, auch wenn das unlogisch war. Warum behauptete er, die Aborigine-Frau sei ihre Mutter? Das war eine grausame Lüge. Kate hatte das dringende Bedürfnis, mit Tante Madge zu reden, sich von ihr versichern zu lassen, dass ihre Mutter den Namen Ophelia trug und auf einer griechischen Insel geboren worden war. Das hatte sie immer geglaubt. Das war ihre Realität.

Als ihre Tränen schließlich versiegten, fand Kate sich inmitten einiger kaum auszumachender Mulgabüsche wieder. Sie hatte nicht die leiseste Ahnung, wie sie dorthin gekommen war oder wohin die Straße verschwunden war. Sie stolperte zwischen den Büschen umher, mehrere Male fiel sie fast hin. Bisweilen vernahm sie merkwürdige Geräusche, dann blieb sie stehen und lauschte mit rasendem Herzen. Manchmal meinte sie auch Schatten zu sehen, die sich bewegten.

»Wer ist da?«, rief sie leise, und in diesem Moment huschte etwas über ihren Schuh. Sie schrie aus Leibeskräften, dann hüpfte ein Känguru so nah an ihr vorbei, dass es sie fast umriss.

Die Angst drängte ihre Wut beiseite, als sie in der Dunkelheit umherstarrte, auf der Suche nach dem Dorf, nach Häusern, dem Laden und den Pubs. Doch sie konnte nichts erkennen. Eine Welle der Panik durchfuhr sie. Wie konnte ein Dorf einfach so verschwinden? Es war spät, die Bewohner schliefen schon, aber sie hätte erwartet, zumindest ein paar Lichter zu sehen. Sie drehte sich im Kreis auf der Suche nach einem Hinweis darauf, in welche Richtung sie gehen musste, um zurück zum Dorf zu kommen, doch sie fand keinen. Die Dunkelheit wurde erdrückend. Als ihr aufging, dass sie sich viel zu oft umgedreht hatte, drohte die Panik, sie zu überwältigen. Sie hatte sich hoffnungslos verirrt.

»Wir sollten Kate suchen«, drängte Silvia. »Sie ist schon seit einer Stunde weg.«

»Sie sitzt bestimmt vorne auf der Veranda«, erwiderte Willie mutlos. Er hatte zwei große Schlucke Whiskey getrunken, fühlte sich aber keinen Deut besser.

»Ich sehe mal nach.« Silvia hatte im oberen Stockwerk schon alle Lichter eingeschaltet, damit Kate zurückfand, falls sie doch weggegangen war, und lief nun einmal um den Pub herum. Kate war nirgends zu sehen.

»Sie ist nicht da, Willie«, sagte sie schließlich. »Ich mache mir wirklich Sorgen. Wir sollten nach ihr suchen.«

Nun wurde Willie auch nervös. »Du hast recht. Ich hole zwei Taschenlampen, in der Zeit kannst du dich anziehen.«

»Kate!«, rief Willie laut. Er ließ den Strahl der Taschenlampe umherfahren, der auf die leuchtenden Augen von Kängurus, Emus und Wombats traf, während sie sich durch die Dunkelheit arbeiteten. »Kate, wo bist du?«

Sie waren die Briscoe Street auf und ab gelaufen, in Seitenstraßen mit wenigen Häusern abgebogen, hatten aber keinen Hinweis darauf gefunden, in welche Richtung Kate gegangen war. Silvia ging etwa fünf Meter vor Willie auf der anderen Straßenseite und sah in den Gärten der wenigen Häuser nach. »Kate«, rief sie, doch ihre Stimme verhallte ohne Antwort in der stillen Dunkelheit.

Als sie über eine Stunde später zum wiederholten Male am Laden vorbeikamen, ging in dem Cottage daneben das Licht an, und Leo kam heraus, eingehüllt in einen Morgenmantel.

»Was ist los, Willie? Warum lauft ihr um diese Zeit draußen rum?«

»Wir suchen Kate. Sie ist spazieren gegangen und nicht zurückgekommen.«

»Wie lange ist sie schon unterwegs?«

»Etwas über zwei Stunden«, informierte Silvia ihn.

Leo sah Willie stirnrunzelnd an. »Warum geht sie zu so später Stunde spazieren?«

»Sie … sagte, sie könne nicht schlafen … und dachte, ein Spaziergang würde helfen«, sagte Willie. »Ich schätze, sie ist zu weit weg gegangen und hat sich verlaufen. Sie hatte keine Taschenlampe dabei.«

»Es war unvernünftig, ohne Taschenlampe loszugehen. Warum hast du ihr keine gegeben?«

»Ich dachte, sie bleibt in der Nähe des Pubs«, entgegnete Willie ausweichend.

»Aber sie hätte doch das Licht eurer Taschenlampen oder des Hotels sehen müssen«, argumentierte Leo.

»Nicht, wenn sie in die entgegengesetzte Richtung gelaufen ist«, warf Silvia besorgt ein. Sie starrte in die Schwärze des Outbacks und schauderte bei dem Gedanken, dass die arme Kate dort ziellos umherirrte.

»Wir müssen einen Suchtrupp losschicken«, sagte Willie beunruhigt. »Da draußen sind schon Leute gestorben.«

»Bis zum Sonnenaufgang können wir nichts machen«, erwiderte Leo. »Das weißt du doch.«

»So lange können wir nicht warten!«, rief Willie hysterisch.

»Du kennst die Regeln, Willie. Niemand geht im Dunkeln auf die Suche, außer es geht um ein kleines Kind.«

Willie konnte sich gerade noch zurückhalten, zu rufen, dass Kate doch sein Kind war.

»Hoffentlich ist sie so vernünftig, an einem Ort zu bleiben, statt immer weiterzulaufen«, fügte Leo hinzu.

Willie wusste, dass Leo recht hatte. Doch er konnte nicht tatenlos herumsitzen. »Ich entzünde ein Leuchtfeuer vor dem Pub. Vielleicht sieht sie das und kommt zurück.« Er ging los, um Feuerholz zu holen.

»Wenn es windig wird, löschst du das Feuer, Silvia«, sagte Leo. »Nicht, dass das ganze Dorf niederbrennt.«

Willie saß mit einem Eimer Wasser neben dem Feuer und wartete.

»Warum ist sie noch nicht zurück?«, fragte er Silvia zum zehnten Mal. Mit jeder Minute wuchs seine Verzweiflung, und er machte sich immer größere Vorwürfe.

»Ich weiß es nicht.« Silvia vermutete, dass Kate zu weit weg war, um das Leuchtfeuer zu sehen, aber das wollte sie nicht laut sagen. Denn je weiter sie vom Dorf entfernt war, desto unwahrscheinlicher war es, dass sie je lebendig gefunden werden würde.

Willies Gedanken verliefen in dieselbe Richtung, und jede Minute fühlte sich wie eine Stunde an. Sobald es hell genug war, würde er einen Suchtrupp aus Dorfbewohnern organisieren. »Die Sonne geht bestimmt bald auf«, sagte er ungeduldig.

»Wir könnten die Aborigines um Hilfe bitten«, schlug Silvia vor. »Auch wenn wir sie bezahlen müssten, damit sie nach einem weißen Mädchen suchen, aber sie kennen das Outback besser als jeder andere.«

Willie sprang auf. »Ich werde Nellie um Hilfe bitten. Wenn jemand Kate finden kann, dann Nellie.«

Er machte sich sofort auf den Weg.

Nellie schlief, als Willie in ihr Lager hinter der Windmühle taumelte. Er stolperte im Dunkeln und landete beinahe auf ihr.

»Nellie!«, stieß er atemlos aus. »Kate hat sich irgendwo da draußen verirrt!« Er zeigte hektisch mit dem Arm in Richtung Outback.

Nellie setzte sich auf. »Was du reden?«, fragte sie verschlafen.

»Kate hat uns heute Abend belauscht und war ziemlich wütend. Sie ist aus dem Pub gelaufen und bis jetzt nicht wiedergekommen. Ich glaube, dass sie sich verirrt hat.«

Nellie kam mühsam auf die Beine. »Welche Richtung Kadee gehen?«

»Ich weiß es nicht, das ist es ja. Ich habe mit Silvia das ganze Dorf abgesucht, aber wir haben sie nicht gefunden.«

»Du verwischen Spuren«, sagte Nellie verärgert. Sie warf einen Blick auf seine Schuhe und sah dann in den Himmel. »Bald hell.«

»Kannst du unser Mädchen finden, Nellie?«

»Ich Kadee finden«, sagte Nellie bestimmt.

»Ich komme mit.«

»Nee«, wehrte Nellie ab. »Nicht weiße Männer – weiße Männer Spuren verwischen.«

»Ich verspreche, dass ich dir nicht im Weg stehe, aber ich komme mit. Keine Diskussion«, beharrte Willie. »Ich kann nicht noch länger rumsitzen und warten. Das habe ich schon die ganze Nacht getan, und langsam macht es mich verrückt. Ich gehe nur eben zurück zum Pub und hole mir Wanderschuhe und einen Hut. In fünf Minuten bin ich wieder da.«

Nellie sagte nichts. Sie hatte keineswegs die Absicht, auf Willie zu warten. Durch ihn würde sie nur langsamer sein, und sie konnte auf der Suche nach Spuren keine Ablenkung gebrauchen.

Kaum war Willie außer Sichtweite, verließ Nellie ihr Lager. Es würde nicht einfach sein, Spuren zu finden, nachdem Willie und Silvia im Dorf herumgetrampelt waren, aber sie ging geradewegs zu einigen Wadigali-Aborigines und bat sie, ihr zu helfen. Sogleich stellten sie Fragen nach der vermissten Person, über ihre Größe, geschätztes Gewicht, Alter und Geschlecht – alles wichtige Details für das Erkennen der Spuren. Nellie beschrieb Kate als junge, schlanke Frau und erwähnte auch, dass sie Schuhe trug. Das weckte das Misstrauen der Aborigines, die wissen wollten, ob die vermisste Person eine weiße Frau sei. Nellie war klar, dass sie dann weniger engagiert suchen würden, also beschied sie ihnen, dass Kate von ihrem Blut war, eine Wadigali. Willie erwähnte sie nicht. Und so halfen sie ihr gern.

»Was ist los?«, fragte Silvia. Willie war erst wenige Minuten zuvor mit Hut und festen Schuhen in Richtung Windmühle aufgebrochen. Jetzt kam er zurück, er wirkte entmutigt und abgespannt.

Silvia war auch erschöpft, aber sie wusste, dass sie nicht schlafen konnte, solange Kate im Outback herumirrte.

»Nellie ist ohne mich losgezogen«, erklärte Willie. »Ich wollte sie begleiten, aber sie ist schon weg.«

Silvia kannte Nellie nicht gut, fand ihre Entscheidung, Willie zurückzulassen, aber weise. »Du wärst wahrscheinlich eher hinderlich als hilfreich, Willie, und abgesehen davon bist du in einem schlechten Zustand.«

Silvia hatte recht, aber trotzdem fühlte Willie sich niedergeschlagen, weil er glaubte, dass er als Kates Vater auch persönlich mit Nellie nach ihr suchen müsste. Madge würde ihm nie verzeihen, wenn es zum Äußersten kam. Er selbst würde sich das nie verzeihen.

Kapitel 21

Die goldene Sonne kletterte den östlichen Horizont hinauf und warf strahlende bunte Streifen an den Himmel, die atemberaubend schön waren. Die Nachtluft war beinahe kalt gewesen, aber in der kurzen Zeit, die Kate in Tibooburra verbracht hatte, hatte sie bereits gelernt, dass die frühe Morgensonne immer auch das Versprechen auf sengende Hitze mit sich trug, und nun hatte sie weder Wasser noch Sonnenschutz dabei. Außerdem verließen sie allmählich die Kräfte, nachdem sie die ganze Nacht blindlings durch den Busch gestolpert war. Sie war sich sicher, dass sie mitten im Nirgendwo sterben und ihre Leiche wochenlang nicht gefunden werden würde, wenn überhaupt jemals.

Sie sank zu Boden und legte den Kopf auf den aufgestellten Knien ab. Als die Sonne am endlosen Himmel weiter stieg, fühlte sie, wie die Hitze zunahm und die Sonne ihr den Kopf, die Arme, den Rücken und die Unterbeine verbrannte. Im Staub unter ihr tauchten große Ameisen auf – die größten, die sie je gesehen hatte. Im Handumdrehen begannen sie, ihre Füße und Beine zu attackieren und fest zuzubeißen. Sie kreischte, rappelte sich auf und stampfte wie verrückt mit den Füßen auf, um die Ameisen abzuschütteln. Danach war ihr schwindlig, und sie fiel beinahe um.

Eine Weile stolperte sie weiter. Dann hielt sie an und drehte sich langsam im Kreis, auf der Suche nach irgendetwas, das ihr bekannt vorkam. Die Landschaft war flach, nichtssagend und scheinbar unendlich weit. Vom Dorf war nichts zu sehen, fast schien es, als wäre es von der Leere verschluckt worden.

Ihre Panik brachte Kate an den Rand der Verzweiflung, doch

sie hatte nicht einmal genug Energie, um zu weinen. Stattdessen taumelte sie weiter, den Blick auf den Boden gerichtet, weil die Sonne sie blendete. Als sie schließlich stehen blieb, weil sie nicht weitergehen konnte, wurde sie sich ihrer kurzen, scharfen Atemzüge bewusst und war überzeugt, gleich sterben zu müssen. In diesem Moment bemerkte sie, dass in der Ferne etwas über das Mulgagestrüpp herausragte. Sie konnte nicht erkennen, was es war, vermutete aber, dass sie vielleicht jemand beobachte. Sie zwang sich, sich weiter in diese Richtung zu bewegen, und setzte mühsam einen Fuß vor den anderen. Als sie näher kam, nahm die Gestalt die Form eines vereinzelten Baumes an. Er war nicht sehr groß, aber Kate sah ihn als Zufluchtsort vor der glühend heißen Sonne und ging weiter darauf zu.

Als sie den traurigen, einsamen Baum erreichte, brach sie an dessen Fuß unter dem Kronendach zusammen. Sie war erschöpfter, als sie je im Leben gewesen war, und gefährlich dehydriert. Sie hätte ihre Seele für ein Glas Wasser verkauft. Sie konnte an nichts anderes mehr denken, stellte sich vor, wie sie trank, schmeckte das Wasser beinahe. Sie schloss die Augen, und ihr wurde bewusst, dass ihr Herzschlag langsamer und ihr Atem flacher wurde. Dann fing ihr Verstand an, ihr Streiche zu spielen: Eine große Wasserfläche nahm vor ihr Gestalt an, kühl und einladend. Sie stolperte darauf zu und fiel hinein, spürte die köstliche Kühle an ihrer heißen Haut und trank große Schlucke süßes Wasser. Aufgeregt öffnete sie die Augen, doch zu ihrem Entsetzen war das Wasser verschwunden. Alles, was sie sah und schmeckte, war roter Staub. Ihr wurde schwer ums Herz.

»Wie konnte ich das Hotel nur im Dunkeln verlassen?«, fragte sie sich wieder und wieder. »Wie?«

Bei Sonnenaufgang erschien Leo mit einem halben Dutzend suchbereiter Dorfbewohner. Sie hatten sich bereits eine Strategie zurechtgelegt, nach der einige sich zu Pferd und andere zu Fuß auf den Weg machen würden. Frankie besaß ein geländetaugliches Fahrzeug und würde damit die weitere Umgebung absuchen. Gemeinsam, glaubten sie, hätten sie eine reelle Chance, Kate zu finden.

»Ich weiß euer Angebot zu schätzen, aber ich benötige keine Hilfe«, eröffnete Willie, nachdem sie ihm ihren Plan erläutert hatten.

»Warum nicht?« Leo war vollkommen perplex. In der Nacht hatte Willie es kaum erwarten können, eine Suchaktion in die Wege zu leiten. »Ist Kate wieder aufgetaucht?«

»Nein«, gab Willie zu. Er erwartete einen großen Schwall an Fragen und fühlte sich jetzt schon in die Ecke gedrängt. »Aber ihr könnt sie nicht suchen gehen. Eine der Aborigines sucht in der Umgebung des Dorfes nach Kates Spuren, und sie möchte nicht, dass irgendjemand sie verwischt. Das würde ihr die Suche nur erschweren.«

Die Dorfbewohner starrten ihn fassungslos an.

»Was zur Hölle erzählst du da?«, stieß Frankie Osbourne schließlich hervor. »Du verlässt dich doch nicht wirklich darauf, dass eine Aborigine Kate findet!« Er konnte nicht nachvollziehen, warum Willie das Leben seiner Tochter einer Schwarzen anvertraute, denn darauf lief es hinaus. Wenn Kate nicht schnell gefunden wurde, würde sie da draußen sterben, und das wussten alle.

»Hast du einen Sonnenstich, Willie? Wir sollten uns sofort auf die Suche nach deiner Tochter machen«, sagte Tony.

»Liebe Leute, ich bin euch wirklich dankbar für euren Einsatz, aber ich bin mir sicher, dass Nellie sie findet«, erwiderte Willie bestimmt. »Also geben wir ihr die Chance, okay?«

Die Männer blickten sich verwirrt an. Sie waren sich einig darüber, dass Willie den Verstand verloren hatte.

»Willie, du bist verrückt, aber sag uns Bescheid, wenn du uns brauchst«, brummte Frankie verärgert und wandte sich ab. Alle außer Leo folgten ihm. Er kannte Willie gut genug, um zu wissen, dass irgendetwas nicht stimmte.

»Du setzt ganz schön viel Vertrauen in eine Aborigine-Frau«, sagte er ruhig.

»Niemand kennt das Outback so gut wie die Aborigines«, beharrte Willie.

»Das stimmt, aber ich weiß nicht, wie motiviert eine Aborigine-Frau nach einer weißen Frau sucht. Es sei denn, du bezahlst sie dafür. Tust du das?«

Willie wand sich. Er konnte Leo nicht die Wahrheit sagen, also musste er sich schon wieder etwas ausdenken. »Ich werde sie natürlich belohnen«, sagte er ausweichend, »und ich glaube wirklich, dass Kate mit ihr da draußen die größte Überlebenschance hat.« Er starrte in die weite Landschaft hinter dem Dorf, die schon so viele das Leben gekostet hatte. »Nellie wird sie finden. Das muss sie«, murmelte er, jetzt weniger zuversichtlich.

Leo war nicht weniger verwirrt als vorher, aber Kate war Willies Tochter, deswegen bedrängte er ihn nicht weiter. »Ich bin im Laden, falls du deine Meinung über den Suchtrupp für dein Mädchen änderst«, sagte er in der Hoffnung, dass Willie zur Vernunft kommen würde, und ging zurück nach Hause.

Willie wusste, worauf er hinauswollte: In der Hitze kam es auf jede Stunde an.

»Ich öffne den Pub heute nicht«, sagte er, als er das Hotel durch die Hintertür betrat.

»Das wird die Leute nicht freuen. Ich kann sie bedienen, wenn dir nicht danach ist«, schlug Silvia vor.

Willie dachte einen Moment über den Vorschlag nach und nickte dann. Es gab Momente, in denen er nicht wusste, was er ohne sie tun würde – viele Momente. Er schätzte sie als seine Angestellte, aber noch viel wichtiger als Freundin und Vertraute. Ein paarmal schon hätte er ihr diese Gefühle beinahe offengelegt, aber er hatte nie die richtigen Worte gefunden, und außerdem hatte er Sorge, dass es ihre Beziehung verkomplizieren würde. Deswegen hoffte er einfach, dass sie wusste, was sie ihm bedeutete.

Nach einem Gespräch mit einem Aborigine, der Kates Spur gefunden hatte, wusste Nellie, in welche Richtung ihre Tochter gegangen war. Nun stand sie zwei Meilen vom Dorf entfernt und sah in die Ferne. Ein Hitzeschleier schimmerte über dem Mulgagestrüpp. Eine weiße Frau würde im Outback nicht lange ohne Wasser überleben, aber in Kates Adern floss Wadigali-Blut, also zählte Nellie darauf, sie lebendig zu finden. An ihren Spuren konnte Nellie lesen, dass sie in keinem guten Zustand war. Sie war gestolpert und hatte die Füße schleifen lassen, manchmal war sie auch im Kreis gelaufen. Nellie schätzte, dass Kate ein paar Stunden Vorsprung hatte, aber nur sehr langsam vorankam. Wichtig war, dass Kate durchhielt.

Kate lag unter dem Baum auf dem Rücken, wie hypnotisiert von dem Sonnenlicht, das durch die grauen Blätter über ihr tanzte, und den flüchtigen Blicken auf den endlos blauen Himmel. Sie dachte an England, versuchte sich vorzustellen, wie es sich anfühlte, zu frieren, aber das war unmöglich, solange die Temperatur mindestens vierzig Grad im Schatten betrug. Ein endlos weiter blauer Himmel war in England selten zu sehen, aber Kate hatte schöne Erinnerungen an die gelegentlich heißen Sommer im Lake District. So schöne Erinnerungen! Ihre Augen füllten sich mit Tränen, als ihr der Gedanke kam, dass sie nie wieder Gelegenheit haben würde, neue schöne Erinnerungen zu schaffen.

Es war ein schrecklicher Fehler gewesen, nach Australien zu kommen. Jacques zu heiraten war ein Fehler gewesen. Sie hatte so viele Fehler gemacht, aber den Pub nachts zu verlassen und sich zu verirren, das war ihr schlimmster Fehler gewesen. Er würde sie wahrscheinlich das Leben kosten. Niemand würde sie finden, abgesehen von Ameisen und Fliegen. Die Fliegen trieben sie schon seit dem frühen Morgen in den Wahnsinn, aber sie hatte nicht die Kraft, sie von ihrem Gesicht zu verscheuchen. Sie hatte sich schon mehrfach umgesetzt, um dem wandernden Schatten zu folgen, den Ameisen aber entkam sie dabei nicht.

»Ich möchte nicht hier draußen sterben!«, krächzte sie elendig, während salzige Tränen sich einen Weg über ihre staubigen Wangen suchten. »Bitte, lieber Gott, lass mich nicht hier sterben.« Sie schloss die Augen und hatte das Gefühl, aus ihrem Körper herauszugleiten und von oben auf den Baum hinabzuschauen.

Die Sonne stand hoch am Himmel, als Nellie Kate endlich entdeckte. Obwohl sie unter einem Baum lag, war ihre Haut schrecklich verbrannt, und sie hatte geschwollene rote Blasen auf den Armen und Beinen. Sie lag reglos da, und Nellies Herz sprang zum Zerbersten, als ihr aufging, dass sie vielleicht zu spät gekommen war.

»Kadee«, sagte Nellie. Als sie keine Reaktion erhielt, trat sie näher heran und berührte vorsichtig Kates ausgestrecktes Bein kurz oberhalb des Knöchels.

Kate öffnete die Augen und begann sofort zu schreien, da sie glaubte, von einem der vielen großen Warane angegriffen zu werden, die sie gesehen hatte. Sie schob sich näher an den Baumstamm heran, zog die Beine an und suchte mit weit aufgerissenen Augen panisch den Boden um ihre Füße herum ab.

»Kadee!«, rief Nellie erleichtert.

Kate sah auf und erkannte Nellie. Sekundenlang fragte sie sich, ob ihr Verstand ihr erneut einen Streich spielte. »Wasser. Ich brauche Wasser«, brachte sie dann zwischen ihren ausgedörrten Lippen hervor.

Nellie beugte sich hinunter und hielt ihr ein Wasserbehältnis hin, das Kate ihr aus der Hand riss. Sie öffnete es mit einer zitternden Hand und trank jeden kostbaren Schluck. Nichts hatte ihr je so gut geschmeckt, und sie wusste, dass sie Wasser nie wieder für selbstverständlich erachten würde. Sie setzte die Flasche ab und begann mit einem Mal hysterisch zu lachen. »Ich werde nicht sterben«, jauchzte sie erleichtert. Nellie beobachtete sie verunsichert, doch nach einer Weile beruhigte sie sich und kam mühevoll auf die Beine. Nellie hingegen setzte sich, zu Kates Erstaunen, in den Schatten des Baumes.

»Gehen wir nicht zurück ins Dorf?«, fragte Kate, die dem Outback unbedingt entkommen wollte. Eine Nacht hier draußen war mehr als genug. »Ich brauche dringend ein Bad und saubere Kleidung.«

Nellie schüttelte den Kopf.

»Ich verstehe, Sie sind müde.« Kate hingegen fühlte sich nach dem Wasser besser und wollte sofort los. »Ich möchte nur unbedingt zurück ins Dorf. Können Sie mir dabei helfen?«

»Wir später laufen. Jetzt heiß. Sonne zu hoch.«

»Sie könnten laufen, wenn Sie Schuhe anhätten«, sagte Kate mit einem Blick auf Nellies bloße Füße.

»Ich brauchen nicht Schuhe«, erklärte Nellie.

»In welcher Richtung liegt das Dorf?«

Nellie sah sie verwundert an. »Du wieder verirren?«

»Nein, natürlich nicht.«

»Dann wir warten.« Nellie hatte unterwegs einige Buschpflaumen gesammelt, die sie nun aus der Tasche ihres Kleides hervorholte und Kate anbot.

»Was ist das?«, fragte Kate vorsichtig, nahm aber trotzdem eine Frucht.

»Essen, Kadee«, beharrte Nellie, und biss selbst in eine.

Kate war furchtbar hungrig, also folgte sie Nellies Beispiel und biss hinein. Die Frucht war etwas säuerlich, aber überraschend saftig. Während sie die Pflaume aß, betrachtete sie Nellie verstohlen von der Seite und horchte in sich hinein. Sie fühlte keinerlei emotionale Verbindung zu ihr. Das musste daran liegen, dass Nellie nicht ihre Mutter war. Sie verstand nicht, wie Willie in Bezug auf etwas so Wichtiges lügen konnte. Das würde sie ihm nie verzeihen.

Nellie hingegen empfand ganz anders. Es verlangte sie danach, ihre Tochter zu berühren und sie in die Arme zu schließen. Sie war ihr kleines Mädchen oder war es einmal gewesen, vor langer Zeit, und sie hatten so viele Jahre verpasst.

Kate begegnete ihrem Blick und las darin ihre Gedanken. »Ich bin nicht Kadee«, sagte sie, härter, als sie beabsichtigt hatte. »Nennen Sie mich nicht so.«

Nellie schossen die Tränen in die Augen, und sie drehte sich abrupt weg. Viele Jahre lang hatte sie sich ihr Wiedersehen ausgemalt, immer wunderschön und sicherlich ganz anders als jetzt in Wirklichkeit.

Eine Weile saßen sie schweigend da, während jede ihren trübseligen Gedanken nachhing. Kate war Nellie dankbar, dass sie sie gefunden hatte, aber jetzt wollte sie so weit weg von ihr wie möglich, und von ihrem Vater, der sie aus irgendeinem ihr unerfindlichen Grund belog. Und das bedeutete, dass sie Tibooburra verlassen musste. Auch wenn das bedeutete, Jacques ausgesetzt zu sein.

»Ich möchte zurück zum Pub. Ich muss meinen Koffer packen und nach Hause fahren«, stieß sie verbittert hervor und stand mühevoll auf. »Wie weit ist es bis dahin?«

Nellie blieb sitzen. »Weit. Nicht jetzt laufen. Heiß.« Sie hätte ihrer Tochter gern gesagt, dass sie doch schon zu Hause war, hier, im Wadigali-Land, doch sie schwieg.

Kate stieß die Vernunft in den Wind. »Ich möchte zurück sein, bevor es dunkel ist. Ich bin wirklich hungrig. Je länger wir warten, desto schwächer werde ich«, beschwerte sie sich.

Nellie stand auf.

»Gehen wir jetzt?«, fragte Kate hoffnungsvoll.

»Nee. Ich finden *Tucker.*«

»*Tucker?*«

»Buschessen. Vielleicht Raupen.«

»Ich esse keine Raupen!«, rief Kate angeekelt.

Nellie entfernte sich ohne ein weiteres Wort gut fünf Meter vom Baum und umrundete ihn dann in gleichbleibendem Abstand. Kurz darauf lud sie einen Armvoll Holz neben Kate ab. Dann machte sie sich auf die Suche nach etwas Essbarem, wofür sie sich etwas weiter entfernte, ohne jedoch den Baum oder Kate aus den Augen zu lassen. Zwanzig Minuten später kam sie mit einigen Pflanzenknollen und einer toten Echse wieder.

Kate starrte entsetzt auf das Tier mit dem zertrümmerten Schädel. Der grausige Anblick von Blut, das sofort Millionen weitere summende Fliegen anlockte, verursachte ihr Übelkeit.

»Das esse ich nicht«, sagte sie bestimmt, »also machen Sie sich nicht die Mühe, es zu kochen.« Sie wandte sich ab, deswegen sah sie nicht, wie Nellie Feuer entfachte, indem sie gekonnt Holzstäbe in einem Nest aus trockenem Gras aneinander rieb. Kate fühlte sich hundeelend. Alles an Nellie war ihr irgendwie fremd.

Trotz des Geruchs zunächst nach Qualm und dann nach Essen und ungeachtet ihres knurrenden Magens blieb Kate stur von Nellie und dem Feuer abgewandt. Erst als Nellie sie mit einem Stock anstupste, um ihre Aufmerksamkeit zu erregen, reagierte sie und drehte sich zu ihr.

Nellie hatte die Knollen im Feuer gegart und nun herausgeholt, und auch das gegarte Fleisch legte sie zum Abkühlen auf einen Stein. Sie bedeutete Kate, zu essen.

Kate nahm eine Knolle in die Hand. Sie war von außen verbrannt und erinnerte an eine Art Wurzelgemüse. »Was ist das?«

»Gut schmecken«, sagte Nellie. »Essen.«

Sie nahm ebenfalls eine Knolle und schälte die geschwärzte äußere Schicht ab. Kate beobachtete sie, tat es ihr dann gleich und biss hinein. Überrascht stellte sie fest, dass die Knolle recht schmackhaft war, wahrscheinlich, weil sie noch nie im Leben so hungrig gewesen war. Sie verschlang sie gierig und nahm sich dann noch eine, während ihr Blick argwöhnisch zum Fleisch auf dem Stein wanderte. Es hatte keine Ähnlichkeit mehr mit der Kreatur, die Nellie gejagt und getötet hatte, und Kate musste sich widerstrebend eingestehen, dass es lecker roch. Trotzdem war sie nicht sicher, ob sie es probieren sollte.

Als hätte Nellie ihre Gedanken gelesen, bot sie ihr ein Stück Fleisch an. Kate nahm es zögerlich entgegen, biss aber nicht hinein. Sie sah zu, wie Nellie sich ein Stück Fleisch in den Mund schob und darauf kaute, während sie den Blick über die Landschaft schweifen ließ. In ihren Augen lag ein seltsamer Schimmer, als würde sie etwas sehen, das Kate verborgen blieb.

Kate betrachtete das Fleisch in ihrer Hand und entfernte pingelig Fetzen von Asche. Schließlich steckte sie es doch in den Mund und kaute zaghaft, während sie versuchte, nicht daran zu denken, was es war, aus Angst, sich übergeben zu müssen. Zu ihrer Überraschung schmeckte es lecker, trotz der Asche. Die Konsistenz erinnerte an Hühnchen. Nellie strahlte über das ganze Gesicht, als sie Kate eine weitere Portion anbot und sie diese auch annahm. So teilten sie sich den Rest Fleisch.

Als alles aufgegessen war, legte Kate sich gestärkt wieder hin. Einige Minuten später jedoch wandte sie sich erneut an Nellie, die neben ihr saß. »Ich brauche noch mehr Wasser«, sagte sie drängend. »Wir müssen sofort zum Pub aufbrechen.«

Nellie stand auf. »Du hier warten«, ordnete sie an.

»Gehen Sie zurück zum Pub? Wenn ja, bestehe ich darauf, mitzukommen.«

»Nee, ich Wasser finden.«

»Hier draußen?« Kate schob sich mühsam in eine sitzende Position und blickte Nellie nach, die mit dem Wasserbehälter in der Hand davonlief. Aus Neugier und für den Fall, dass das Dorf ganz in der Nähe war, beschloss Kate, ihr mit ein wenig Abstand zu folgen. Außerdem war vielleicht ein Fluss oder Damm in der Nähe, dann würde sie sich die Gelegenheit nicht entgehen lassen, sich zu waschen.

Nellie betrachtete eingehend den Boden und den Pflanzenbewuchs, während sie lief, immer wieder kniete sie auch nieder und befühlte die Erde. Kate hielt sie für verrückt, denn es war kein Tropfen Wasser in Sichtweite. Nach ungefähr drei Minuten hielt Nellie neben einem üppigen Busch und ließ sich erneut auf die Knie sinken. Dann begann sie, mit den Händen in der Erde unter dem Busch zu graben. Kate beobachtete, wie sie ein Loch grub und die Erde, die sie herausholte, allmählich dunkler wurde. Verblüfft stellte Kate fest, dass sie feucht wirkte.

Als das Loch so tief war, dass Nellies obere Körperhälfte nicht mehr zu sehen war, während sie weiter Erde herausholte, trat Kate näher heran, bis sie schließlich über Nellies Schulter hinweg sah, dass Wasser langsam von unten in das Loch sickerte. Ungläubig starrte sie darauf. Die Gegend war so trocken wie eine Wüste, und doch floss hier Wasser nicht allzu tief unter der Erdoberfläche! Es war unglaublich. Als ausreichend Wasser in dem Loch war, füllte Nellie den Behälter.

»Kann man das trinken?«, fragte Kate skeptisch. Es sah etwas trüb aus.

Nellie nickte und hielt Kate den Behälter hin. Dann schöpfte sie Wasser mit den Händen und trank selbst.

Kate nippte an dem Wasser. Es war nicht besonders lecker, aber sie war durstig genug, es trotzdem herunterzuschlucken. »Woher kommt das Wasser?«, wollte sie wissen.

»Unter Erde.«

»Woher wussten Sie, dass es da ist?«

Nellie bedachte sie mit einem merkwürdigen Blick, bis Kate aufging, wie dumm die Frage gewesen war. Das Outback war Nellies Welt. Natürlich wusste sie, wie man hier überlebte.

Nellie stand auf und trat vom Loch zurück. »Du waschen«, schlug sie vor.

»Ja. Ich möchte unbedingt baden … im Hotel«, erwiderte Kate. »Gehen wir jetzt zurück ins Dorf?«

»Du hier waschen.« Nellie deutete auf das Wasser im Loch.

»Hier?« Sie blickte sich eilig um. »Hier draußen, wo mich jeder sehen könnte?«

Nellie blickte sie verständnislos an.

»Weiße Frauen ziehen sich nicht in der Öffentlichkeit aus«, erklärte Kate. Noch während sie die Worte sprach, ging ihr auf, dass Nellie sie für verrückt halten musste: Hier draußen war niemand, der sie hätte sehen können. Sie versuchte gar nicht erst, ihr zu erklären, dass der Gedanke, sich draußen nackt zu zeigen, befremdlich für jemanden war, der das noch nie getan hatte.

Erneut zeigte Nellie auf das Loch im Boden. »Waschen.«

Kate spähte in das Loch, in dem das Wasser jetzt etwa dreißig Zentimeter hoch stand und allmählich klarer wurde. Sie musste sich eingestehen, dass der Gedanke daran, sich zu waschen und wieder sauber zu fühlen, verlockend war. »In Ordnung«, sagte sie schließlich. Als Nellie keine Anstalten machte, sich wegzudrehen, bat sie: »Würden Sie sich bitte umdrehen?«

Nellie schien zunächst verwirrt, zuckte dann aber mit den Schultern und ging davon.

»Gehen Sie nicht zu weit weg!«, rief Kate ihr hinterher, besorgt, allein zurückzubleiben. Nellie nickte, lief aber weiter.

Als Nellie außer Sichtweite war, zog Kate sich schnell aus. Es war ein merkwürdiges Gefühl, im Freien nackt zu sein. Sie spritzte sich eilig Wasser ins Gesicht und über die Haare, bevor sie ihren

Körper wusch. Dann versuchte sie, ihr Kleid bestmöglich zu reinigen, genau wie den Büstenhalter, die Unterhose und den Unterrock aus Seide, bevor sie alles überzog. Nass zwar, aber das würde sie zumindest für eine Weile kühlen. Als sie fertig war, kam Nellie auf sie zu.

Ein Blick auf Kates nasses Kleid verleitete Nellie zu der Annahme, dass sie sich vollständig angezogen gewaschen hatte. Sie schüttelte den Kopf und murmelte etwas auf Wadigali, bevor sie selbst ihr Kleid hob, um es auszuziehen. Kate errötete und huschte eilig an ihr vorbei, zurück in die Richtung des Schatten spendenden Baumes. Während sie auf Nellie wartete, dachte sie an den nächsten Tag und daran, wie es wohl wäre, wieder im Hotel zu sein. Sie plante, Tibooburra so schnell wie möglich zu verlassen. Sie würde zurück nach Sydney reisen und weder Willie noch Nellie je wiedersehen. Was sie danach tun würde, wusste sie noch nicht, aber eines war sicher: Sie würde sämtliche Geschehnisse im australischen Outback in die Welt des Vergessens verbannen.

Kapitel 22

»Wo ist Willie?« Dusty schaute sich suchend um, nachdem er den Pub betreten hatte. An einem Sonntagnachmittag war es ungewöhnlich, dass Willie nicht da war. Doch bevor Silvia, die Dustys Meinung nach außerordentlich erschöpft aussah, antworten konnte, meldete sich Frankie zu Wort.

»Er sucht zumindest nicht nach Kate, obwohl er das sollte«, sagte er.

Sein harscher Tonfall weckte Dustys Interesse. »Was meinst du?«

»Kate ist offenbar letzte Nacht spazieren gegangen und hat sich verlaufen«, erklärte Frankie.

»Verlaufen?« Dusty hatte bis jetzt nichts davon gewusst, weil er gerade erst von einem Besuch der Kinder auf den Farmen zurückgekehrt war. »Du meinst … sie ist irgendwo da draußen?«, fragte er ungläubig.

»Ganz genau.« Frankie warf Silvia einen finsteren Blick zu, als wäre sie mitschuldig an Willies verrückter Entscheidung.

Fassungslos wandte er sich an Silvia. »Und Willie sucht gerade nach ihr?«

»Nein, er ist hier irgendwo«, antwortete Frankie wieder an Silvias Stelle.

Dusty war fassungslos. »Warum hat er uns nicht gebeten, einen Suchtrupp zu organisieren?«

Willie hatte die Unterhaltung in der Küche mit angehört und ging jetzt in den Schankraum. Es war unfair, der armen Silvia die Beantwortung der Fragen zu seinen Entscheidungen zu überlassen.

Dusty eilte auf ihn zu. »Willie! Ich habe gerade gehört, dass Kate verschwunden ist! Was zum Teufel läuft hier?«

»Ich habe schon jemanden auf die Suche nach ihr geschickt«, erklärte Willie. »Ich bin mir sicher, dass sie Kate findet und sicher und wohlbehalten zurückbringt.«

»Jemanden? Das heißt doch wohl nicht *eine einzige* Person? Das Gelände da draußen ist riesig. Darin eine Person finden zu wollen ist, als ob du auf einem Hund einen einzelnen Floh suchen würdest. Wir sollten alle nach Kate suchen, bevor … na ja, du weißt, was passieren kann, Willie. Da draußen haben schon starke Männer ihr Leben verloren, und Kate kommt aus England. Sie wird mit den Bedingungen nicht länger als bestenfalls ein paar Stunden zurechtkommen.«

Dustys Worte trafen Willie hart, denn er brachte all die schockierenden Gedanken auf den Punkt, die ihn die ganze Nacht gequält hatten.

»Wir haben heute Morgen angeboten zu suchen, aber Willie wollte davon nichts wissen«, warf Frankie ein.

»Was?« Dusty traute seinen Ohren nicht.

»Dieser ›jemand‹, von dem Willie spricht, ist eine Aborigine. Ist das nicht unfassbar?« Frankie konnte Willies Verhalten immer noch nicht nachvollziehen.

»Die Aborigines sind hervorragende Fährtenleser, das weißt du doch«, entgegnete Willie. »Wenn jemand Kate zurückbringen kann, dann ist es Nellie. Wahrscheinlich hat sie sie schon gefunden.«

»Und wo ist sie dann?«, wollte Frankie wissen.

»Sie bringt Kate mit Sicherheit zurück ins Dorf, so schnell sie kann, aber sie werden unterwegs Pausen einlegen müssen. Nellie findet sicher Essen und Wasser für sie, und wenn Kate gestärkt genug ist, um zurückzulaufen, werden sie es tun.« Willie gab sich große Mühe, selbstsicher zu klingen, aber ihm war schlecht vor Sorge.

Nachdem sie mehrere Stunden lang marschiert waren, fühlte Kate sich wieder schwach. Die Sonne sank am westlichen Horizont und verwandelte das Blau des Himmels in ein flammendes Rot, außerdem wurde es kühler.

»Wie weit ist es noch bis zum Dorf?«, fragte sie Nellie immer wieder.

»Weit«, antwortete Nellie jedes Mal. »Bald dunkel. Wir Lager machen.«

Kate war zutiefst enttäuscht. Sie hatte gehofft, in dieser Nacht nach einem Bad in einer echten Badewanne wieder in einem Bett schlafen zu können. Doch Nellie wies auf eine Stelle am Boden, und dort setzte Kate sich hin, während Nellie Holz für ein Feuer sammelte und danach das Gebiet nach etwas Essbarem absuchte. Als sie schließlich das Feuer entfacht hatte, legte sie Knollen auf die Glut und reichte Kate ein paar Beeren.

Kate nahm die Beeren wortlos an. Beim Kauen dachte sie an die wundervollen Mahlzeiten, die Madge jeden Abend gekocht hatte, die köstlichen Suppen, Braten, Pasteten und Puddings mit Vanillesauce, oder an das frische Obst und Eis in den Sommermonaten. Allein bei der Vorstellung lief ihr das Wasser im Mund zusammen. Während die Knollen garten, machte sich Nellie auf die Suche nach Wasser. Etwa zwanzig Minuten später reichte sie Kate den vollen Wasserbehälter. Kate nahm ihn entgegen, wieder ohne ein Wort. Sie hatte kein Interesse an einer oberflächlichen Unterhaltung und war zu erschöpft für eine tiefergehende Diskussion darüber, dass sie nicht Kadee war. Und ansonsten hatte sie wenig mit Nellie gemeinsam, somit gab es auch nichts, worüber sie hätten sprechen können.

Sobald die Sonne untergegangen war, tauchten am Nachthimmel Millionen glitzernder Sterne auf. Kate legte sich mit dem Rücken auf den harten Boden und betrachtete den Himmel. Er war wirklich wunderschön.

Nach einer Weile stupste Nellie Kate an, hielt ihr einige grüne Blätter hin und deutete auf ihre Beine, wo Kate die Bisse der Ameisen und Insekten an ihren Beinen blutig gekratzt hatte.

Kate wusste nicht, was sie meinte, also faltete und zerdrückte Nellie ein Blatt und bedeutete ihr, den Saft aus den Blättern auf ihre Bisse zu streichen. Kate konnte nicht wissen, dass Nellie das liebend gern selbst getan hätte, so wie damals, als sie noch ein Kind gewesen war, aber sie fürchtete, dass Kate ihr das nicht gestatten würde.

Der Juckreiz war so stark, dass er Kate zeitweise in den Wahnsinn trieb, deswegen war sie bereit, die Methode auszuprobieren. Sie strich den Saft auf die Bisse, und zu ihrer Überraschung hörten sie beinahe sofort auf zu jucken. Nellie hielt sich die Nase zu und erklärte, dass der markante Geruch die Ameisen und Fliegen ebenfalls von ihr fernhalten würde.

Kate roch an ihren Fingern und rümpfte die Nase. »Der Gestank ist schrecklich.«

Nellie lachte herzlich, und Kate konnte ein Lächeln nicht unterdrücken. Sie hätte nicht erwartet, zusammen mit Nellie so unbeschwert zu sein.

Doch dann füllten Nellies Augen sich mit Tränen, die ihr sogleich in Strömen über das Gesicht rannen.

Kate fühlte sich unbehaglich. Vermutlich erwachten bei Nellie jetzt zahlreiche Erinnerungen, vielleicht hatte ihre Tochter namens Kadee sich damals auch über den Gestank beschwert, und das machte sie natürlich traurig. Aber wie sollte sie ihr nur begreiflich machen, dass sie nicht Kadee war? Ohne sie weiter zu verletzen? Nellie hatte ihr immerhin das Leben gerettet.

Schweigend aßen sie die Knollen am Lagerfeuer. Nellie starrte gedankenverloren in die Flammen, sie wirkte immer noch traurig.

Kate empfand Mitgefühl mit ihr. Sie atmete tief durch und sagte: »Es tut mir leid, dass ich so rüde und abweisend war.«

Nellie hob den Kopf und sah sie aufmerksam an, schwieg aber.

Auch Kate schwieg. »Es ist friedlich hier draußen«, sagte sie schließlich. »Aber auch einsam.«

Nellie nickte, ohne den Blick von ihr zu wenden.

»Haben Sie keine Familie?«, fragte Kate. »Brüder, Schwestern, vielleicht einen Mann?« Sie erwähnte bewusst keine Kinder.

Nellie nickte, wandte den Blick aber zum Feuer und schwieg. Kate spürte, dass sie Zeit brauchte, und ließ sie gewähren. »Familie vorbei«, sagte sie schließlich. »Zwei Mädchen fort.« Dann wandte sie sich abrupt ab und rollte sich auf dem Boden zusammen. Zurück blieb Kate, noch verwirrter als je zuvor. Sie hätte gerne weitere Fragen gestellt, aber es war offensichtlich, dass Nellie allein sein wollte, deshalb schwieg sie. Nachdenklich legte sie sich auf den Rücken und betrachtete die Sterne am immer noch klaren Himmel.

Am nächsten Morgen wurde sie von Stimmen geweckt. Sofort kam Kate der Gedanke, dass Willie einen Suchtrupp losgeschickt und dieser sie jetzt gefunden hatte. Zutiefst erleichtert öffnete sie die Augen – und stellte fest, dass sie von Aborigines umringt war. Vier Männer, drei Frauen und fünf Kinder unterschiedlichen Alters betrachteten sie sichtlich neugierig.

»Nellie!«, rief Kate erschrocken.

Nellie trat an ihre Seite, während sie auf Wadigali zu den Aborigines sprach. Offenbar entspann sich eine lebhafte Diskussion unter den Erwachsenen. Die Kinder berührten fasziniert Kates Haar und ihr Gesicht und deuteten lachend auf ihre Schuhe. Als die erwachsenen Aborigines schließlich davongingen, rief eine der Frauen die Kinder, die ihnen eilig hinterherrannten.

Kate blickte ihnen nach. »Heute erreichen wir doch das Dorf, oder?«, fragte sie. »Wir sind schon so weit gelaufen, allzu weit können wir doch nicht mehr entfernt sein.«

»Nicht weit.« Nellie reichte Kate den neu aufgefüllten Wasserbehälter und einige Buschpflaumen.

Als der Morgen ohne ein Lebenszeichen von Kate und Nellie verging, machte Willie sich ernsthaft Sorgen. Er lief zu Nellies Lager hinter der Windmühle, fand aber keinen Hinweis, dass Nellie in der Zwischenzeit dort gewesen sein könnte.

»Kate und Nellie müssten längst zurück sein!«, sagte er zu Silvia. »Warum sind sie noch nicht hier?«

»Vielleicht findet Nellie sie nicht«, sagte Silvia erschöpft. Sie hatte wieder kaum geschlafen und konnte kaum noch klar denken. »Oder …«

»Oder was?«

»Vielleicht hat Nellie sie gefunden, aber es war zu spät«, sagte Silvia sanft.

»Das darfst du nicht mal denken«, fauchte Willie.

»Ich will das nicht denken, aber wir müssen realistisch sein.«

Willie zuckte zusammen.

»Es gibt allerdings noch eine andere Möglichkeit«, sagte Silvia, als sie ein Sandwich vor Willie abstellte.

»Und die wäre?«

»Vielleicht hat Nellie Kate gefunden und möchte Zeit mit ihr allein verbringen. Ihr muss klar sein, dass das vermutlich die einzige Gelegenheit für sie ist, sie näher kennenzulernen.«

Willie dachte lange über diese Möglichkeit nach, die er noch gar nicht in Betracht gezogen hatte. »Du könntest recht haben«, sagte er schließlich. »Nellie weiß, dass sie diese Gelegenheit nicht mehr bekommen wird, sobald Kate wieder im Dorf ist. Sie wird wahrscheinlich direkt nach Hause fliegen.«

Nicht zum ersten Mal verspürte er große Dankbarkeit, Silvia an seiner Seite zu haben. Sie war immer sein Fels in der Brandung gewesen, auch in rauen Zeiten, und er wüsste gar nicht, was er ohne sie tun sollte. Viele Male hatte er sich gefragt, ob es Liebe war, die er für sie empfand, aber immer war er zu demselben Schluss gekommen: Sie verdiente etwas Besseres.

Kurz nach dem Mittagessen betraten Frankie und Leo den Pub. »Ist Kate zurück?«, fragte Frankie sofort. Die Männer im Dorf waren sich einig, dass Willies Verhalten verantwortungslos war und zudem gar nicht zu ihm passte. Sie konnten seine Motive nicht nachvollziehen, waren aber auch nicht länger bereit, seinen Wünschen nachzukommen.

»Nein«, antwortete Willie.

»Dann machen wir uns jetzt auf die Suche nach ihr«, beschied Frankie. »Wahrscheinlich lebt sie nicht mehr, und das ist dann deine Schuld. Aber sie hat es verdient, dass wir sie finden und ihr ein anständiges Begräbnis bereiten.«

»Wir wissen doch gar nicht, ob Nellie sie nicht schon gefunden hat. Dann kümmert sie sich auch um sie«, sagte Willie eine Spur überzeugter, als er war.

»Wenn sie Kate gefunden hätte, gäbe es doch keinen Grund dafür, dass sie sie noch nicht wieder hergebracht hat, oder?«, blaffte Frankie. »Es sei denn, du verheimlichst uns etwas, Willie. Ist das so?«

»Nein, natürlich nicht.«

»Dann organisieren wir jetzt einen Suchtrupp.« Frankie ging auf die Tür zu.

In diesem Moment bemerkte Willie durch das Fenster eine Gruppe Aborigines auf der Straße. »Wartet kurz!«, rief er und eilte an Frankie vorbei durch die Tür.

Die Männer beobachteten, wie Willie die Straße überquerte und die Aborigines ansprach. Doch sie hatten offenbar keinerlei Interesse, mit ihm zu reden, bis er die Hand in die Hosentasche steckte und etwas Geld hervorholte.

»Ich glaube, jetzt dreht er wirklich durch«, sagte Frankie zu Leo.

Leo hingegen vermutete, dass Willie tatsächlich ein Geheimnis vor ihnen hatte, anders konnte er sich das alles nicht erklären.

Als Willie schließlich zurückkam, strahlte er über das ganze Gesicht. »Nellie hat Kate gefunden, und es geht ihr gut«, wusste er zu berichten.

»Wie kannst du dir da sicher sein?«, fragte Leo.

»Diese Aborigines dort drüben haben sie heute Morgen zusammen gesehen.«

»Und das glaubst du ihnen?«, fragte Frankie. »Wir haben mitbekommen, dass du ihnen Geld gegeben hast. Vielleicht haben sie dir nur das gesagt, was du hören wolltest.«

»Es gibt keinen Grund für sie, mich anzulügen«, erwiderte Willie. »Also, wollt ihr jetzt ein Bier oder nicht?«

Leo nickte und ließ sich auf einen Barhocker fallen. »Warum sind sie dann noch nicht wieder hier?«, fragte er. »Kate will doch mit Sicherheit so schnell wie möglich zurück, und wenn die Aborigines sie heute Morgen noch gesehen haben, können sie nicht weit weg sein.«

»Wahrscheinlich lassen sie es einfach langsam angehen. Aber sie sind bestimmt bald zurück.« Willie stellte ein Bier vor Leo ab. »Nimmst du auch eins, Frankie?«

Frankie starrte ihn finster an, nickte aber.

Willie zapfte das Bier und ging in die Küche, um Silvia die Neuigkeit zu überbringen.

Silvia strahlte. »Oh, was für ein Glück! Ich habe schon das Schlimmste befürchtet.«

»Du hast offenbar recht«, fügte Willie leise hinzu. »Nellie möchte einfach Zeit mit ihr verbringen. Kate ist bald wieder hier, da bin ich mir sicher. Wahrscheinlich bleibt sie zwar nicht mehr lange in Tibooburra, aber es reicht mir, zu wissen, dass sie in Sicherheit ist.«

Kapitel 23

Jacques Leon marschierte in Charing Cross, London, an einer sichtlich nervösen Empfangsdame vorbei in das Büro von Charlie Ives und schlug die Tür hinter sich zu.

»Und, haben Sie meine Frau gefunden?«, rief er ungeduldig. Nachdem es seinen eigenen Leuten nicht gelungen war, Kate aufzuspüren, hatte er vor einer Woche Charlie Ives angeheuert.

Dieser altgediente Polizeibeamte war während seiner dreißigjährigen Karriere als Polizist in London schnell in den Rängen von Scotland Yard aufgestiegen. Seit seinem Ausscheiden aus dem Dienst betätigte er sich als Privatdetektiv und hatte sich in kurzer Zeit einen tadellosen Ruf erarbeitet, er galt als einfallsreich, diskret und sehr erfolgreich. Seine Honorare waren hoch, deswegen konnten sich nur die Reichen und oft problematischen Klienten seine Dienste leisten. Jacques Leon ordnete er beiden Kategorien zu.

»Guten Tag, Mr Leon«, sagte er, obwohl sein Klient auf eine höfliche Begrüßung verzichtet hatte. »Soweit ich feststellen konnte, befindet sich Mrs Leon nicht in Europa, Sir. Es gibt keine Spur von ihr. Ich habe meine besten Quellen angezapft und nichts unversucht gelassen, und trotzdem konnte ich nichts herausfinden.« Das gab er nur ungern zu, aber er musste ehrlich sein. »Meine Kontakte haben mir zudem gesagt, dass sie auch nicht nach Amerika gereist ist.«

»Sind Sie sicher, dass sie sich nicht direkt vor unserer Nase versteckt, irgendwo im Lake District?« Jacques konnte sich nicht vorstellen, dass Kate nicht in der Nähe von Madge und Trevor

Thompson war. Das enge Band zwischen ihnen war unmöglich zu durchtrennen. Er hatte es weiß Gott schon oft genug versucht.

»Dort ist sie nicht, Sir. Mr Thompsons Bruder und seine Frau residieren derzeit im Haus ihrer Tochter im Lake District, aber von Mrs Leon fehlt auch dort jede Spur, genau wie bei jeder anderen ihrer Bekannten in Cumbria. In den letzten sechs Tagen hat ein Mann in meinem Auftrag das Lake View Manor House überwacht, und ich habe einen Undercover-Gast hineingeschickt, eine Frau. Beide versichern mir, dass Mrs Leon nicht da ist und in dieser Zeit auch nicht zu Besuch dort war.«

Jacques war vollkommen ratlos. Kate konnte sich nicht in Luft aufgelöst haben. Irgendwo musste sie sein, und er war fest entschlossen, sie zu finden. Seit sie nicht in ihr Haus in England zurückgekehrt war, hatte er mehrfach mit Madge gesprochen, und jedes Mal hatte sie behauptet, nichts über Kates Aufenthaltsort zu wissen. Sie täuschte Sorge vor, aber er glaubte ihr natürlich nicht.

»Ich gehe zwar nicht davon aus, dass das relevant ist, aber ich habe herausgefunden, dass Mrs Thompson einen Bruder in Australien hat, Sir«, sagte Ives.

»Das stimmt. Er ist Kates Vater«, informierte Jacques ihn.

»Ihr Vater? Ich dachte … Ich nahm an … Das haben Sie mir nicht gesagt, Sir.« Es ärgerte Charlie Ives immer, wenn Klienten ihm nicht alle relevanten Informationen gaben.

»Ich habe nicht daran gedacht, weil ich den Mann noch nie getroffen habe. Kate hat keinen Kontakt zu ihm, seit er sie im Alter von knapp drei Jahren abgegeben hat. Sie hat ihn nicht mal zu unserer Hochzeit eingeladen. Es besteht nicht die geringste Wahrscheinlichkeit, dass sie nach Australien geflogen ist, um bei ihm unterzukommen.«

»Ich würde keine Eventualität ausschließen«, sagte Charlie Ives. Er kannte Jacques noch nicht lange, konnte ihn sich aber problemlos als äußerst tyrannischen Ehemann vorstellen, der seiner Frau Angst einjagte. Dass sie bis nach Australien floh, um dem Leben mit ihm zu entkommen, lag durchaus im Rahmen des Möglichen.

Jacques war nicht der Meinung, dass Kate sich an einen Mann wenden würde, dem sie so wenig Wertschätzung entgegenbrachte und der ihr praktisch fremd war. »Haben Sie mit Edith Clayburgh gesprochen? Sie war Kates Assistentin bei ihrem letzten großen Filmprojekt. Miss Clayburgh war Kate gegenüber sehr fürsorglich, deswegen ist es nicht abwegig, dass sie sich irgendwo zusammen aufhalten.«

»Sie ist seit einer Weile im Krankenhaus, Sir, ich denke, wir können sie ausschließen.«

»Was ist mit Walter Hughes, ihrem Pressesprecher?«

»Ich habe persönlich mit ihm gesprochen.« Charlie Ives erinnerte sich lebhaft an die kurze Unterhaltung. »Er war alles andere als hilfsbereit.« Tatsächlich hatte Walter ihm gesagt, er solle sich zum Teufel scheren.

»Das kann ich mir vorstellen«, erwiderte Jacques stirnrunzelnd. »Kate hat immer behauptet, er sei wie ein großer Bruder für sie, aber ich glaube nicht, dass seine Gefühle brüderlicher Natur sind. Er heißt unsere Beziehung mit Sicherheit nicht gut.«

»Das ist noch eine Untertreibung, Sir. Er war höchst erfreut, dass Sie nicht wissen, wo Mrs Leon steckt. Mit seinen Worten: Er hofft, dass Sie sie nie finden, weil es ihr ohne Sie besser geht.«

Jacques presste die Lippen aufeinander. »Das werden wir ja sehen«, stieß er hervor, nun noch entschlossener, Kate ausfindig zu machen und nach Hause zu holen.

»Haben wir uns verirrt?«, wollte Kate wissen. Mit den Händen schirmte sie ihre Augen von der Sonne ab, um in die Ferne zu schauen. »Wir müssten doch das Dorf inzwischen sehen können, wenn wir in die richtige Richtung gelaufen sind.« Die Fliegen machten sie immer noch verrückt, und sie hätte ihren rechten Arm für ein Bad gegeben.

»Nee«, sagte Nellie. Sie lief neben ihr, den Blick fest nach vorne gerichtet. Auf dem Weg hatte sie auf essbare Pflanzen und verschiedene Tierspuren hingewiesen, aber Kate hatte kein Interesse gezeigt. Sie war verärgert, weil Nellie es offenbar überhaupt nicht eilig hatte, zurück ins Dorf zu kommen. Allmählich beschlich sie das Gefühl, dass Nellie sie vom Dorf und von Willie fernhalten wollte, und sie hatte eine Vermutung, was das Motiv betraf. »Ich habe das Gefühl, dass wir mindestens hundert Meilen gelaufen sind, auf jeden Fall eine weitere Strecke, als ich in der ersten Nacht allein zurückgelegt haben kann. Ich weigere mich, noch eine einzige Nacht hier draußen zu verbringen«, sagte sie bestimmt. »Sie können mich hier nicht als Geisel halten, nur weil Sie glauben, wir wären verwandt.«

Plötzlich packte Nellie sie am Arm und riss sie zurück. Kate erschrak.

»Was zum Teufel soll das?«

»Immer aufpassen«, schalt Nellie sie mit erhobenem Zeigefinger.

»Worauf denn?«, fragte sie ungläubig. »Hier draußen ist doch nichts.«

Nellie deutete auf den Boden direkt vor ihnen.

Kate schaute sich die Stelle an, konnte aber nichts erkennen, und so trat Nellie vorsichtig zwei Schritte vor, während sie Kate immer noch am Arm hielt, und deutete auf einen Mulgabusch.

Dort lag halb verdeckt die größte Schlange, die Kate je gesehen hatte. Sie lag eingerollt auf einem flachen Stein und wärmte sich in der Morgensonne. In Anbetracht der Gefahr hob sie den Kopf, züngelte und beobachtete Kate und Nellie aus reglosen schwarzen Augen. Kate erstarrte vor Schreck. Wenn Nellie sie nicht zurückgehalten hätte, wäre sie am Busch entlanggestreift und hätte die Schlange erst entdeckt, wenn es zu spät gewesen wäre.

Kate stolperte rückwärts. »Ich muss mich hinsetzen«, flüsterte sie, da ihr schwindlig war.

Nellie führt sie zu einem kleinen, aber Schatten spendenden Baum in der Nähe.

»Hätte ich die Schlange erschreckt, dann hätte sie mich gebissen«, murmelte Kate, als ihr bewusst wurde, dass Nellie ihr wahrscheinlich das Leben gerettet hatte – zum zweiten Mal. »Ist sie giftig?« Sie schnipste eine große Ameise von ihrem Fuß und beobachtete eine vorbeikriechende Echse.

Nellie nickte. »Sie sicher töten«, sagte sie düster. »Immer aufpassen.«

Kate erschauderte. »Ich möchte nicht aufpassen müssen, dass mich nichts umbringt. Ich möchte einfach nur nach Hause«, jammerte sie zum hundertsten Mal, während sie Fliegen von ihrem Gesicht verscheuchte. »Ich gehöre nicht hierher. Ich bin in einem privaten Hotel aufgewachsen, von dem man einen Ausblick auf einen idyllischen See hat, wo es *keine* Fliegen und schon gar keine giftigen Schlangen gibt. Ich bin an wunderschöne Orte gereist und habe in luxuriösen Hotels übernachtet. Mein Mann war sehr wohlhabend, mir hat es an nichts Materiellem gefehlt. Wir sind auf seiner Jacht auf dem Mittelmeer umhergesegelt. Mir stand bei Bedarf eine Friseurin zur Verfügung und jemand, der mir die Nägel macht.« Sie berührte ihr Haar, das sich wie Stroh anfühlte. Ein Blick auf ihre Nägel war ebenfalls entmutigend. »Ich sehe aus wie eine Landstreicherin«, beschwerte sie sich theatralisch.

Nellie hatte sehr wenig von dem verstanden, was Kate gesagt hatte, aber sie hatte das Wort Mann herausgehört und war neugierig bezüglich Kates Ehe.

»Wo Mann?«

»Ich habe ihn in England zurückgelassen.« Wie so oft in den

letzten Wochen fragte sie sich, ob Jacques sie je geliebt hatte. Und war mit jedem Mal überzeugter, dass er nicht damit zurechtkam, mit einer Schauspielerin verheiratet zu sein, die mehr Aufmerksamkeit bekam als er.

»Mann gut?«

»Wie sich herausgestellt hat: Nein«, antwortete Kate, ohne zu zögern. Es war erleichternd, es auszusprechen. Vermutlich war es ohnehin sinnlos, Jacques länger geheim zu halten, da die Wahrheit sowieso irgendwann ans Licht kommen würde.

»Er Kadee schlagen?«, fragte Nellie.

Kate sah überrascht auf. »Was? Nein, er war nicht gewalttätig. Aber es gibt noch andere Wege, jemanden zu verletzen. Er hat versucht, mich von meinen Freunden und meiner Familie zu isolieren.« Sie kam sich dumm vor, weil sie so lange gebraucht hatte, das zu erkennen. »Ich nehme an, man kann ihn als manipulativ beschreiben.« Kate erkannte an Nellies Stirnrunzeln, dass sie das Wort nicht verstand. »Er wollte immer seinen Willen durchsetzen und hat Leuten Angst gemacht, um das zu erreichen«, erklärte sie. Das war die einfachste Art, Jacques zu beschreiben. »Ich bin hier, weil ich vor Jacques weggerannt bin, aber diese extreme Lebensweise könnte nicht weiter von dem entfernt sein, was ich gewohnt bin. Es fühlt sich an wie ein Albtraum, aus dem ich nicht aufwachen kann.«

Kate erwartete nicht, dass Nellie ihre Sicht auf das Outback verstand, und ihrem Gesichtsausdruck nach zu urteilen war sie auch genervt von Kates Gejammer. Ihre unaufhörlichen Klagen klangen selbst in Kates eigenen Ohren lächerlich. Für Nellie war dieser Lebensstil vollkommen normal, wie sollte sie die einfachsten Annehmlichkeiten vermissen, wenn sie nie in deren Genuss gekommen war? Kate fiel auf, dass Nellie sich nie über irgendetwas beschwerte, und sie bemerkte wiederstrebend, dass sie sie dafür bewunderte. Außerdem wusste sie die Geduld zu schätzen, die Nellie ihr gegenüber aufbrachte.

Trotz Kates vieler Klagen bedeutete es Nellie sehr viel, Zeit mit ihr zu verbringen, und sie wollte ihr gern mehr über ihre Kultur beibringen. Als sie weiterliefen, sprach sie von ihrem Leben mit dem Aborigine-Clan. Sie erzählte Kate, dass die Männer Tiere wie Kängurus und Emus jagten, wofür sie Speere, Bumerangs und ein Nulla Nulla benutzten, das sie als eine Art Keule beschrieb. Sie schilderte, wie die Frauen Knollen und Früchte, Raupen und kleine Tiere wie Echsen sammelten und wie sie dann alles zusammenlegten. Die Männer aßen zuerst und erhielten die besten Stücke Fleisch, und dann teilten sich die Frauen und Kinder die Reste.

Dann begann Kate, von ihrem Leben zu erzählen. Nellie hörte schweigend zu. Sie beschrieb ihre Tante und ihren Onkel und das Hotel, das sie führten. Dann sprach sie über die Schulen, in denen sie gewesen war, und über ihre englischen Freunde. Sie erzählte, wie sie mit der Schauspielausbildung angefangen hatte, bevor ihr eine Hauptrolle in einem Film angeboten worden war. »Ich bin aus der Masse herausgestochen, weil meine Mutter Griechin war und ich deshalb dunklere Haut habe als die meisten Engländer«, sagte sie. Als ihr klar wurde, was sie gesagt hatte, blickte sie eilig zu Nellie, die jedoch unbeeindruckt schien.

Als sie sich wieder hinsetzten und Pause machten, betrachtete Nellie still und tief in Gedanken versunken die vertrocknete Landschaft. »Ich noch ein Mädchen haben. Marlee«, sagte sie plötzlich in die Stille hinein. »Vater schwarzer Mann.«

Kate starrte sie an. »Wo ist sie?«

»Weiße Männer nehmen weg, wenn ganz klein«, sagte Nellie traurig.

Kate war entsetzt. »Was für weiße Männer?«

»Regierung.«

Silvia hatte Kate erzählt, dass die Regierung Aborigine-Eltern ihre Kinder wegnahm und sie in Waisenhäuser steckte, obwohl diese Kinder bei ihren Eltern nicht schlecht behandelt wurden oder vernachlässigt waren. Kate verstand nicht, warum Familien getrennt wurden. »Was ist passiert?«, fragte sie sanft.

»Männer kommen früh in unser Lager, Morgen. Ich versuchen, wegrennen mit Marlee. Sie schreien. Ich Schreie hören ganze Zeit hier.« Sie tippte sich an den Kopf, und jetzt liefen ihr Tränen über die Wangen. Dann bedeckte sie die Ohren mit den Händen, als wollte sie sich so vor Marlees Schreien in ihrer Erinnerung schützen.

»Wo war Marlees Vater?«, hakte Kate nach.

»Weißer Mann mit Nulla Nulla auf Kopf hauen. Er sterben.«

»Aber … das ist … Mord!«, rief Kate ungläubig aus.

»Nicht Mord, wenn weißer Mann töten schwarzen Mann.«

Kate war fassungslos.

»Ich nicht wissen, wo Marlee, ganz lange«, sagte Nellie traurig. »Überall gucken. Einmal Mrs Kingsley sagen, Marlee weit, weit weg in Mission. Ich nie wieder sehen.«

Kate horchte auf. »Wissen Sie, wo diese Mission ist?«

»Brewarrina … weit weg.« Nellie wischte die Tränen fort. Sie wurde jeden Tag von der Erinnerung verfolgt, wie ihr kleines Mädchen ihr aus den Armen gerissen wurde.

»Haben Sie versucht, sie zurückzubekommen?«, fragte Kate.

Nellie schüttelte den Kopf. »Wenn weiße Männer wiederkommen, sie mehr Wadigali-Kinder holen. Ich betteln, sie Marlee zurückgeben. Sie lachen, treten, werfen Nellie auf Boden und brechen Arm. Sie sagen, ich in Gefängnis, wenn ich Marlee suchen.« Sie zeigte Kate eine Narbe auf ihrem Arm und eine unter ihrem Kinn. »Ich jeden Tag weinen«, sagte Nellie niedergeschlagen.

Kate war rasend vor Wut über das Verhalten der Regierungsmänner.

Eine Weile saßen sie schweigend dicht nebeneinander, Nellie vertieft in ihre Erinnerungen und Kate entsetzt und empört über das, was Nellie ihr erzählt hatte. Sie dachte an die Unterhaltungen im Pub darüber, dass die Kinder angeblich zu ihrem eigenen Wohl aus den Familien geholt wurden. Sie hatte verschiedene Ansichten zu diesem Thema mitbekommen, aber im Großen und Ganzen waren sich alle Bewohner Tibooburras einig, dass es so das Beste war. Als Außenstehende hatte Kate ihre Meinung für sich behalten, aber sie hatte in diesen Gesprächen schon nicht verstanden, wie es für irgendeinen der Beteiligten das Beste sein konnte, dass seine Familie auseinandergerissen wurde. Außerdem war Marlees Vater ermordet worden, und niemand wurde dafür zur Verantwortung gezogen, so als zählte sein Leben nicht.

Schließlich stieß Nellie einen tiefen Seufzer aus und begann erneut zu sprechen. »Nellies Vater weißer Mann von Griechenland. Er Opalgräber in White Cliffs.«

Kate schwieg, vollkommen überrascht über diesen Themenwechsel.

»Weiße Männer Baby mit Aborigines nicht anerkennen«, fuhr Nellie fort. »Ich in Wadigali-Clan aufwachsen. Mit Familie von Nellies Mutter.«

Kate hatte eine Ahnung, worauf sie hinauswollte.

»Ich Willie sehen, wenn Willie Gold suchen«, fuhr Nellie fort. »Wir zusammen in Willies Lager trinken. Ich Baby von ihm kriegen. Du hier auf Welt kommen.«

Kate schüttelte den Kopf. »Mein Name ist *Kate*, nicht *Kadee*.«

»Kadee Wadigali. Bedeuten Kate«, erklärte Nellie geduldig.

Kates Herz begann zu rasen, und sie keuchte auf.

»Willie Kadee nicht anerkennen. Er Angst haben, was weiße Männer sagen. Wenn du klein, er nehmen Kadee weit weg … Willies Clan treffen. Er alleine zurückkommen. Sagen, du krank, du kommen später. Viel Zeit vergehen. Du nicht kommen.« Wieder füllten sich Nellies Augen mit Tränen.

Kates Gedanken rasten. Nellies Geschichte darüber, wie ihre Kadee von Willie nach England gebracht worden war, deckte sich mit der Geschichte, die Willie ihr erzählt hatte. Das konnte kein Zufall sein, aber es widersprach allem, was sie ihr ganzes Leben lang geglaubt hatte. Willie behauptete, er hätte ihre Tante und ihren Onkel bezüglich der griechischen Ehefrau angelogen. Sie hatte ihm nicht geglaubt, aber wenn es stimmte, war sie Nellies Tochter, dann hatte sie doch noch eine Mutter!

Kate spürte Nellies Blick auf sich. Ihr Herz schlug jetzt schnell, und als sie endlich aufsah, trafen sich ihre Blicke. In diesem Moment war es, als würde die Zeit stehen bleiben, als könnten sie genauso gut irgendwo anders sein; in einem Regenwald, auf einem grünen Berg oder neben einem plätschernden Fluss, und nicht umgeben von dieser endlosen, kargen Landschaft. Kate hätte es nie erwartet, aber in diesem reglosen Moment im Outback fanden ihre Herzen zueinander. Tränen liefen über Nellies Wangen, und Kates Herz und Verstand akzeptierten endlich, dass Nellie ihre Mutter war. Auch sie begann zu weinen, doch Nellie wischte ihre Tränen weg, nahm vorsichtig ihre Hand und betrachtete sie zärtlich, den Handrücken, die Innenseite, die Finger. Schließlich küsste sie Kates Hand. Es war ein unglaublich intimer Augenblick, der sie noch stärker miteinander verband.

»Ich so lange warten«, sagte Nellie mit rauer Stimme. »Lange, lange Zeit, bis Kadee wiederkommen in Wadigali-Land.«

Kate war zu überwältigt von ihren Gefühlen, um zu sprechen. Das Leben, wie sie es kannte, die Geschichte, an die sie geglaubt hatte, war auf den Kopf gestellt worden. Die Gedanken an die Ereignisse vor all den Jahren schwirrten in ihrem Kopf. Sie stellte sich vor, wie es für sie gewesen sein musste, als Willie sie mit nach England genommen hatte, damit sie Madge und Trevor kennenlernte. Als sie von einem Nomadenleben, in dem sie unter den Sternen geschlafen hatte, in das Luxusleben im Lake View Manor House gekommen war. Erinnerungen hatte sie keine daran, aber es musste ihr vorgekommen sein, als würde sie in eine magische Welt eintreten. Madge und Trevor hatten sie geliebt und verwöhnt. Dann dachte sie an Nellie, die in Australien mit gebrochenem Herzen so lange darauf gewartet hatte, dass ihr kleines Mädchen nach Hause kam. Und Jahre später war das alles erneut passiert, mit einem anderen Kind. Das war einfach grausam und unvorstellbar und gewiss mehr, als das Herz einer Mutter ertragen konnte. Die Falten in Nellies Gesicht zeugten von unendlich viel Leid. Ohne, dass sie etwas dafür konnte, war ihr Leben eine Tragödie geworden.

»Ich habe eine Schwester«, flüsterte Kate, und wieder traten ihr Tränen in die Augen. Aber Marlee war irgendwo eingesperrt oder vielleicht von einer anderen Familie adoptiert worden. Nellie stöhnte auf, und Kate legte einen Arm um ihre Mutter. Daraufhin lehnte Nellie ihren Kopf an Kates Schulter, und so saßen sie, bis die Sonne ihren Zenit längst überschritten hatte.

Um halb elf am Abend ging der letzte Gast, was Willie keineswegs bedauerte. Der Nachmittag und Abend waren düster verlaufen, manche Gäste hatten ihn sogar geradezu feindselig angesehen. Ihm war der Grund dafür nur allzu bewusst, aber er glaubte fest daran, dass Nellie ihre Tochter finden würde. Alles andere war undenkbar.

Die Dorfbewohner hingegen waren der Meinung, er hätte das Leben seiner Tochter leichtfertig aufs Spiel gesetzt, und das verziehen sie ihm nicht. Fast alle bezweifelten, dass Kate wirklich mit Nellie gesehen worden war, sie trauten den Aborigines nicht, die behauptet hatten, Kate wäre am Leben, und taten lautstark ihre Meinung kund, die Aborigines würden für Geld alles behaupten. Willie versuchte, sie zu ignorieren, und beharrte auf seiner Meinung, aber sein Vertrauen wurde auf die Probe gestellt, als ihm dann auch noch einige der Frauen eine Standpauke hielten. Sie schlossen mit der Aussage, er solle ins Gefängnis geschickt werden, weil er nicht nach seiner Tochter suche, und verließen wütend den Pub.

Willie schob gerade den Riegel vor die Haustür, als ein Geräusch hinter ihm ertönte. Er wirbelte herum. »Kate!« Seine Gefühle überwältigten ihn beinahe bei ihrem Anblick am unteren Ende der Treppe. »Du bist hier! Ich bin so erleichtert, dich zu sehen!« Er bemerkte, dass ihr Haar feucht war und sie ein sauberes Kleid trug. Abgesehen von einem Sonnenbrand schien sie in guter Verfassung zu sein.

»Seit wann bist du wieder hier?«

»Seit ungefähr zwei Stunden«, sagte Kate müde.

»Zwei Stunden! Warum hast du dich nicht gezeigt? Die Dorfbewohner haben mir die Hölle heißgemacht, weil ich keinen Suchtrupp losgeschickt habe.«

»Ich war nicht in dem Zustand, gesehen … oder gerochen zu werden, also habe ich ein Bad genommen und mich gewaschen. Das verstehst du doch sicher«, sagte Kate müde. Sie war durch die Hintertür geschlüpft, als Silvia und Willie im Schankraum waren, und hatte es noch nie so sehr genossen, in einer Badewanne zu liegen. Ihr Haar hatte sie sogar zweimal gewaschen, damit es auch wirklich sauber war. Jetzt wollte sie nur noch etwas essen und in ein weiches Bett.

Willie ging auf, dass er egoistisch klingen musste. »Ja, natürlich, Entschuldigung. Ich bin etwas durcheinander, aber heilfroh, dich zu sehen. Hat Nellie dich zurückgebracht?«

»Natürlich hat sie das. Ich wäre mittlerweile von Dingos verspeist worden, wenn sie mich nicht gefunden hätte.« Sie räusperte sich. »Es ist nicht deine Schuld, dass ich nachts rausgegangen bin und mich verlaufen habe«, bekannte sie. »Es war das Dümmste, was ich je getan habe.« Sie hielt einen Moment inne. »Fast, jedenfalls«, fügte sie lächelnd hinzu. »Aber ich vermute, du hast meine Mutter losgeschickt, damit sie mich findet.«

»Deine Mutter!«

»Ja. Ich habe lange gebraucht, das zu akzeptieren. Ich war nicht bereit, als du es mir gesagt hast, aber jetzt sehe ich die Dinge klarer.« Kate lächelte.

Willie war erleichtert, dass Kate nicht mehr wütend auf ihn war. Und er freute sich für Nellie. »Meiner Meinung nach war sie deine einzige Chance, und ich bin froh, dass ich damit richtiglag. Ich muss mich bei ihr bedanken. Ist sie in ihrem Lager?«

»Nein, sie ist oben in der Badewanne.« Kate war sicher, dass Willie das missbilligen würde, und sah sich darin bestätigt, als er die Stirn runzelte. »Du wirst ihr doch das Bad nicht missgönnen«, sagte sie ärgerlich.

»Nein, natürlich nicht. Aber niemand darf davon erfahren …«

Kate ging nicht auf die Bemerkung ein, sondern unterbrach ihn mit einem Themenwechsel. »Ich hoffe, du hast etwas zu essen da, wir haben Riesenhunger.« Mit diesen Worten wandte sie sich in Richtung Küche.

»Mit wem redest du?«, rief Silvia, die in diesem Moment von ihrem Besuch auf der Außentoilette durch die Hintertür hereinkam.

»Kate ist wieder da«, antwortete Willie aufgeregt, als er und Kate die Küche betraten.

Silvia nahm Kate in die Arme. »Es ist so schön, dich zu sehen! Wir haben uns solche Sorgen gemacht.«

»Meine Mutter hat gut auf mich aufgepasst«, sagte Kate beruhigend.

»Nellie nimmt ein Bad … *Oben*«, fügte Willie erklärend hinzu.

Silvia starrte ihn an. Kate bemerkte die Sorge in ihrem Blick, und als Willie kurz die Schultern zuckte, wusste sie auch, warum. Ihnen war nicht wohl dabei, Nellie im Pub zu haben. Sie hatten Angst, ein Dorfbewohner könnte sie sehen.

In diesem Moment erschien Nellie in der Tür hinter Willie. Sie trug ein sauberes Kleid, das Kate ihr gegeben hatte, ihr Haar war feucht, und sie strahlte über das ganze Gesicht. Das modische

Kleid, eines von Kates schönsten, war vom Pariser Modeschöpfer Hubert de Givenchy entworfen worden und hatte ein kleines Vermögen gekostet – was Nellie nie begreifen würde. Sie wusste nur, dass es das schönste Kleid war, das sie je gesehen hatte, und es bedeutete ihr besonders viel, weil ihre Tochter es ihr geschenkt hatte. Sie hätte nicht glücklicher sein können, hätte Kate ihr den Mond geschenkt.

»Ich danke dir dafür, dass du Kate gefunden und heil nach Hause gebracht hast, Nellie«, sagte er freundlich.

Nellie nickte nur, bevor sie sich an ihm vorbeischob und zur Hintertür ging. Sie war die Behandlung der weißen Bevölkerung gewohnt und wusste nur zu genau, welche Gedanken Willie hegte.

»Warte, Nellie, wohin gehst du?«, sagte Kate, bewusst gegen die Etikette. »Du hast noch gar nichts gegessen. Und in meinem Zimmer stehen zwei Betten. Bleib doch über Nacht hier und erhol dich erst mal. Mir gefällt die Vorstellung nicht, dass du irgendwo auf dem Boden schläfst, nun, da ich die Erfahrung selbst gemacht habe.«

Einen Moment sprach niemand ein Wort. »Kate«, sagte Willie schließlich sichtlich unbehaglich. »Der Aufenthalt von Aborigines im Hotel ist vollkommen inakzeptabel. Allein schon wenn jemand herausfindet, dass sie oben gebadet hat …«

Kate wirbelte zu ihm herum. »Das ist doch wohl nicht dein Ernst!«

»Es ist nicht direkt Gesetz«, sagte Willie kleinlaut, »aber ich kann Aborigines keinen Alkohol ausschenken. In manchen Gegenden werden sie in Geschäften nicht bedient, und sie dürfen auch nicht in öffentliche Schwimmbäder. So ist es eben.«

»Ich bin halb Aborigine, nicht wahr? Soll ich dann auch gehen?«, stieß Kate wütend hervor.

Willie bedachte sie mit einem langen Blick. »Das weiß niemand von dir, und so muss es auch bleiben, Kate«, sagte er eindringlich.

Kate stöhnte auf und blickte zu Nellie. Plötzlich verstand sie, womit ihre Mutter sich schon immer hatte herumschlagen müssen.

»Schwarze Leute unter Sternen schlafen«, erklärte Nellie lächelnd, doch in ihrem Blick lag ein Hauch tiefer Traurigkeit. »Ich gut schlafen, weil Kadee zurück.« Mit diesen Worten ging sie zur Hintertür hinaus.

Willie ließ sich auf einen Stuhl fallen. Nun hatte er selbst erfahren, was Nellie hatte durchmachen müssen, nachdem er Kate in England zurückgelassen hatte. »Ich bin so erleichtert, dass du wieder hier bist. Und ich bin Nellie sehr dankbar.«

»Wirklich?«, fauchte Kate. »Du hast eine interessante Art, das zu zeigen.«

»Kate. Niemand darf wissen, dass Nellie deine Mutter ist. Das wäre nicht gut, für keinen von uns. Das verstehst du doch, oder?«, beharrte Willie.

Kate war zutiefst enttäuscht von ihrem Vater. »Du denkst nur an dich selbst«, stieß sie wütend hervor.

»Das kann sein, aber wenn ich keine Gäste mehr habe, kann ich den Pub vergessen.«

Kate wusste, dass er recht hatte. Er war nicht schuld an der grundsätzlichen Situation und konnte sich angesichts der ungeschriebenen Regeln im Grunde nicht anders verhalten, aber die Art, wie die weiße Bevölkerung die Aborigines behandelte, widerstrebte ihr zutiefst. »Aber das geht doch alles viel zu weit. Es kann doch nicht sein, dass sogar die Regierung den Aborigines die Kinder wegnimmt! Wie bei Nellie und Marlee«, rief sie wütend.

»Marlee?«

»Ja, Marlee. Du weißt doch sicher, dass Nellie noch eine Tochter hat. Die ihr weggenommen wurde.«

Silvia starrte Willie an. »Ich wusste gar nicht, dass Nellie noch eine Tochter hat. Ist sie von dir?« Natürlich hatte sie Nellie schon mehrfach mit mehreren Kindern im Dorf gesehen, aber das war nichts Ungewöhnliches. Da sich in einem Aborigine-Clan alle Frauen um die Kinder in der Gruppe kümmerten, war es schwer zu erkennen, wer zu wem gehörte.

Willie entging der Anflug von Eifersucht in ihrem Tonfall nicht. »Ich weiß nicht, wer Marlees Vater ist, ich bin es jedenfalls nicht«, sagte er bestimmt. »Nellie redet nicht über diese Dinge, und das ist eigentlich auch gut so.«

»Nellie hat mir erzählt, dass er ein Aborigine war«, sagte Kate beschwichtigend. »Trotzdem ist Marlee meine Halbschwester. Wie konntest du zulassen, dass die Regierung sie Nellie wegnimmt? Du hättest zumindest etwas tun können, um sie zurück zu Nellie zu holen.«

»Das lag nicht in meiner Verantwortung«, erklärte Willie kurz.

»Dad! Es wäre das Mindeste, was du hättest tun können, nachdem du mich ihr weggenommen hast.«

Willie zuckte zusammen. »Wie hätte ich denn gegen die Regierung ankommen sollen?«, sagte er schließlich.

»Das weiß ich nicht, aber du hättest es versuchen müssen.« Kate fasste einen Entschluss. »Ich jedenfalls kann nicht danebenstehen und nichts tun. Ich werde versuchen, herauszufinden, was mit Marlee geschehen ist. Vielleicht kann ich sie zu ihrer Mutter zurückbringen.«

Willie traute seinen Ohren nicht.

»Nellie sagt, sie ist an einem Ort namens Brewarrina. Wo ist das?«, wollte Kate wissen.

»In New South Wales, aber etwa sechshundert Meilen östlich von hier.«

»Kannst du mich hinfahren?«

»Ich würde meinem alten Wagen diese Distanz nicht zutrauen. Außerdem kann ich nicht von hier weg.«

»Wie kann ich sonst hinkommen?«

»Ich weiß es nicht. Aber die Mühe könnte vergeblich sein.

Denn wenn sie nach Brewarrina gebracht wurde, ist sie dort in einer Aborigine-Missionsstation gelandet, wie so viele andere Kinder gemischter Herkunft aus Dörfern im Outback. Aber aufgrund ihres Alters könnte sie inzwischen schon wieder woanders sein.«

Kate lauschte ihm aufmerksam. »Was meinst du?«

»Im Alter von dreizehn oder vierzehn Jahren werden die Mädchen zu Dienstmädchen ausgebildet und zum Arbeiten fortgeschickt, oft auf Farmen.«

»Dafür sind sie doch noch viel zu jung!«, rief Kate entsetzt.

»Im Clan werden sie in dem Alter verheiratet«, erwiderte Willie.

Kate war schockiert. Sie musste offensichtlich noch viel lernen, war aber trotzdem fest entschlossen, herauszufinden, was aus Marlee geworden war. »Kann ich in der Missionsstation anrufen?«

»Natürlich. Irgendjemand wird schon zuständig sein, vermutlich der Leiter.«

»Dann rufe ich morgen an und frage nach, ob Marlee noch da ist. Wenn nicht, weiß der Missionsleiter vielleicht, was mit ihr passiert ist.«

Kapitel 24

Am nächsten Nachmittag wartete Kate im Schankraum auf Dusty, der nach der Schule fast immer auf ein Bier vorbeikam, weil Silvia meinte, er wisse vielleicht eine Möglichkeit für sie, nach Brewarrina zu kommen. Kate hatte am Morgen bei der Mission angerufen und herausgefunden, dass Marlee noch dort war. Der Mann am Telefon war sehr reserviert gewesen und hatte ihr nicht viele Informationen gegeben, ihr aber gesagt, dass Besucher an Sonntagnachmittagen willkommen waren. So hatte sie ein paar Tage Zeit, ihre Reise dorthin zu arrangieren.

»Wie geht's dir, Kate?«, fragte Dusty mit Betreten des Pubs. Die Neuigkeit, dass sie unversehrt zurückgekommen war, hatte sich schneller als ein Buschfeuer verbreitet, nicht zuletzt dank des Corner Store. Flo tratschte zwar nicht, dafür aber viele ihrer Kunden und Kundinnen.

»Mir geht es abgesehen von ein bisschen Sonnenbrand gut, danke«, sagte Kate und zog ihn zum einen Ende der Theke. »Ich habe es sehr genossen, wieder in einem weichen Bett zu schlafen und ein Badezimmer zur Verfügung zu haben.«

»Ja ja, der Komfort, den wir für selbstverständlich halten«, witzelte Dusty. »Aber im Ernst, Kate, es ist ein Wunder, dass du das überlebt hast.«

»Ich werde ein Glas Wasser nie mehr als selbstverständlich betrachten. Nellie hat mich am ersten Nachmittag gefunden, da lag ich unter einem Baum. Um ehrlich zu sein, hatte ich schon aufgegeben. Ich habe wirklich geglaubt, ich würde da draußen sterben. Ich bin ihr unendlich dankbar.«

Vom anderen Ende der Theke meldete sich Frankie Osbourne zu Wort. Er hatte kaum mit Willie gesprochen und sich schon gar nicht für sein fehlendes Vertrauen in Nellie entschuldigt. In seinen Augen war es ein Wunder, dass Kate überhaupt gefunden worden war. »Wir waren bei Tagesanbruch alle bereit, nach dir zu suchen, aber dein Vater wollte unsere Hilfe nicht«, sagte er jetzt verbittert. »Stattdessen hat er dein Schicksal in die Hände einer Aborigine-Frau gelegt.«.

»Und darüber bin ich froh, denn sie hat mir das Leben gerettet«, erwiderte Kate. »Nellie findet Spuren, die ihr nie sehen würdet, und sie kennt das Outback so gut wie ihre Westentasche. Sie wusste sogar, wie man tief in der Erde Wasser findet. Könntet ihr das auch?«

»Na ja … nein … aber wir hätten Wasser mitgenommen.«

»Was hättet ihr getan, wenn das Wasser ausgetrunken und wir noch meilenweit vom Dorf entfernt gewesen wären?«

»Ich schätze, irgendjemand wäre zurückgelaufen und hätte Nachschub geholt.«

»Aber in der Zwischenzeit wären wir vielleicht gestorben. Im Gegensatz zu den Aborigines. Sie müssen kein Wasser oder Essen mitnehmen, sie treiben das überall auf. Ich finde sie bewundernswert.«

Frankie trank ohne ein weiteres Wort sein Bier aus und verließ beleidigt den Pub.

»Ich bin Nellie sehr dankbar, Dusty«, sagte Kate ernst. »Ich möchte ihr gerne in irgendeiner Form etwas zurückgeben.«

»Ich bin sicher, dass sie das nicht von dir erwartet, aber an was dachtest du denn? Aborigines können mit Geschenken nichts anfangen, das wäre reine Verschwendung.«

»Ich habe nicht an ein Geschenk gedacht. Nellie hat mir erzählt, dass ihre Tochter ihr vor langer Zeit von der Regierung weggenommen wurde.«

»Das ist leider schon seit vielen Jahren gang und gäbe.«

Kate hatte schon mehrfach beobachtet, dass Dusty ebenso wie sie zu diesem Thema eine andere Meinung vertrat als die meisten Dorfbewohner. In Diskussionen darüber hatte er meist geschwiegen, manchmal aber hatte er die Aborigines auch verteidigt, wenn einer der Dorfbewohner sie niedergemacht hatte. »Ich möchte Marlee besuchen und schauen, ob ich sie zu Nellie zurückbringen kann«, sagte sie jetzt, gespannt auf seine Reaktion.

Dusty war überrascht. »Das ist ziemlich ambitioniert.«

»Ich weiß. Ich möchte sie zunächst einmal besuchen und herausfinden, ob das überhaupt möglich wäre. Ich wollte dich fragen, ob du vielleicht weißt, wie ich nach Brewarrina kommen kann.«

»Nach Brewarrina ist es dreimal so weit wie nach Broken Hill. Die beste Option wäre ein Flugzeug, damit würdest du Zeit und auch Meilen sparen, denn die Straße führt nicht auf direktem Weg dorthin und ist außerdem in keinem guten Zustand.«

»Also müsste ich Shane Wilkins kontaktieren, den Mann, der mich hergebracht hat.«

»Das wäre eine Möglichkeit, aber hat Willie dir nicht erzählt, dass Jim Bryson ein Flugzeug hat? Er wohnt näher an Tibooburra als Shane.«

Willie, der gerade über die Theke wischte und den letzten Satz mitbekommen hatte, wurde nervös. »Er ist lange nicht mehr geflogen, oder?«, wandte er ein. »Vielleicht ist die Maschine gar nicht mehr flugtauglich.«

»Doch, doch. Er werkelt ständig daran herum und hält sie gut in Schuss«, wusste Dusty zu berichten. »Ich war vor Kurzem auf der Carrickalinga Farm, da hatte er gerade vom Flugzeug aus ausgebrochene Rinder gesichtet. Er benutzt es also definitiv.«

»Doris hat gesagt, sie würde niemals mit ihm fliegen«, warf Willie ein.

»Sie bleibt am liebsten mit beiden Beinen fest auf der Erde, deswegen fahren sie auch mit dem Wagen nach Tibooburra, aber ich vermute, er würde sich freuen, Kate nach Brewarrina zu fliegen.«

Willie war deutlich anzusehen, dass er immer noch nicht überzeugt war. Kate freute sich, dass er sich um sie sorgte, aber sie war trotzdem entschlossen, sich nach Brewarrina zu begeben, und das ging nun mal am besten mit dem Flugzeug.

»Wie kann ich Kontakt zu Jim aufnehmen?«, fragte sie Dusty.

»Er kommt sicher spätestens am Freitag auf ein paar Drinks in den Pub, dann kannst du ihn fragen. Wenn er nicht fliegen will, könntest du am Samstag Shane Wilkins fragen. Seine Maschine steht ja in Broken Hill.«

»Ja, so mache ich es. Danke, Dusty.«

»Gerne. Es ist sehr nett von dir, dass du das für Nellie tun willst, aber es könnte eine ziemliche Herausforderung werden.«

»Ich bin bereit, mich ihr zu stellen. Außerdem ist es höchste Zeit, dass jemand Nellie etwas Gutes tut. Ihr Leben war nicht besonders leicht.«

»Es ist sehr nett, dass du mich nach Brewarrina fliegst, Jim«, sagte Kate am Sonntagmorgen, als sie in seiner kleinen Cessna von der Briscoe Street abhoben. Seine Maschine war kleiner als Shanes, und da er viel größer war und breite Schultern hatte, fühlte Kate sich neben ihm in dem kleinen Cockpit eingeengt. Dafür brummte der Motor angenehm gleichmäßig, was sie beruhigte. Willie und Silvia hatten ihnen von der Veranda vor dem Pub aus zugewunken, und Kate hatte unwillkürlich an den Tag gedacht, an dem sie in Shane Wilkins Flugzeug angekommen war. Sie hatte einen schrecklichen ersten Eindruck von Tibooburra gehabt und in den ersten Tagen nichts als weggewollt, musste sich jetzt aber eingestehen, dass das winzige Dorf im Busch und die Menschen dort ihr Leben auf eine Weise veränderten, die sie nicht erwartet hatte. Im Moment sprach nichts dagegen, erst einmal zu bleiben. »Es ist auch wirklich nett von dir, deinen freien Tag auf der Farm für mich zu opfern«, fügte sie jetzt schuldbewusst hinzu, schließlich nahm sie ihm den einzigen Tag, an dem er sich erholen konnte.

»Wenn ich auf der Farm bleibe, fühlt es sich nie wie ein freier Tag an, denn dann denke ich immer über all das nach, was zu tun ist«, sagte Jim. »Das hier ist ein freier Tag.« Er betrachtete die Landschaft unter ihnen, während die Cessna an Höhe gewann. »Ich genieße es richtig, mal etwas anderes zu sehen.«

Kate blickte ebenfalls aus dem Fenster auf die weite, karge Landschaft. »Für mich sieht das alles gleich aus«, kommentierte sie. Und doch wurde ihr aus dieser Perspektive noch einmal bewusst, was für ein Wunder es war, dass Nellie sie gefunden hatte.

Jim schwieg, er hatte den Blick konzentriert auf die Instrumente auf dem Armaturenbrett gerichtet. Kate musterte ihn unauffällig von der Seite. Bislang hatte sie ihn für außerordentlich mürrisch gehalten, deswegen hatte es ihr ein wenig davor gegraut, mehrere Stunden mit ihm auf engem Raum zu verbringen. Aber er schien den Flug zu genießen, lächelte beinahe, und sie begann, sich zu entspannen.

»Seit wann fliegst du schon?«, fragte sie interessiert.

»Das müssten jetzt so zwanzig Jahre sein. Mein Dad war Pilot in der Royal Australian Airforce. Er hat im Ersten Weltkrieg Bombenflugzeuge geflogen.«

»Und wie bist du dann zur Landwirtschaft gekommen?«

»Ich habe mich in die Tochter eines Farmers verliebt – und die wollte nicht anders leben.«

»Oh. Habt ihr euch auch im Outback kennengelernt?«

»Nein. Doris war für einen Kurzurlaub zu Besuch bei ihrer Schwester in Melbourne. Ich war zu der Zeit Mechaniker in Doncaster, das ist nicht weit entfernt. Sie hat bei ihrem Vater auf der Familienfarm gelebt, ihre Mum war ein paar Jahre zuvor gestorben, also führte Doris das Haus und kochte für die Viehtreiber und Schafscherer, die dort halfen. Später, als ihr Dad plötzlich starb, hat Doris die Farm geerbt, sie hatte keine Brüder, und ihre verheiratete Schwester lebte mit ihrer Familie in Melbourne. Ich wollte sie heiraten und ebenfalls nach Melbourne holen, aber sie hat gesagt, sie heiratet mich nur, wenn ich auf die Farm ziehe. Doris hat sich damals durchgesetzt, und das tut sie seitdem immer.«

Kate lächelte. Sie konnte sich gut vorstellen, dass Doris zu Hause das Sagen hatte. »Ich nehme an, wenn man verliebt ist, ist so eine Entscheidung nicht schwer.«

»Oh doch. Ich wusste rein gar nichts über Landwirtschaft, deswegen habe ich schon einige Monate lang darüber nachgedacht. Ich glaube, Doris war zwischenzeitlich sogar besorgt, dass ich meinen Antrag zurückziehe.«

»Das kann ich mir vorstellen. Eine Farm zu betreiben ist etwas ganz anderes als an Autos zu schrauben, das war am Anfang sicher eine große Herausforderung.«

»Eine Farm zu betreiben ist immer eine Herausforderung, und ganz am Anfang war ich so grün hinter den Ohren wie ein Kobold. Zum Glück wusste Doris, wie man es macht. Sie brauchte bloß einen Ackergaul.« Jim zwinkerte ihr zu, und wieder musste Kate lächeln.

Eine Weile hingen sie schweigend ihren Gedanken nach.

»Du hast mir noch gar nicht gesagt, warum du nach Brewarrina möchtest«, durchbrach Jim die Stille.

»Ich möchte ein junges Mädchen besuchen«, sagte Kate vorsichtig. Sie wusste nicht genau, welche Meinung Jim in Bezug auf die Aborigines vertrat, konnte ihm den Grund ihrer Reise aber schlecht verheimlichen. »Sie ist in einer Aborigine-Missionsstation in Brewarrina, vermutlich schon seit ungefähr zehn Jahren.«

»Woher kennst du dieses Mädchen?«, fragte Jim stirnrunzelnd.

»Du hast doch sicher mitbekommen, dass ich mich vor Kurzem im Outback verirrt habe«, begann Kate.

»Das weiß jeder. Und keiner von uns hat erwartet, dich je wiederzusehen.«

»Das zu hören ist hart.«

»Das glaube ich, aber die Wahrheit ist: Wenn du nicht schnell gefunden worden wärst, hätten sich die Dingos schon vor ein paar Tagen über deinen Leichnam hergemacht.«

Kate schwieg einen Moment. »Ich weiß, dass ich großes Glück hatte«, sagte sie leise, dann holte sie tief Luft und fügte hinzu: »Und das habe ich einer Aborigine namens Nellie zu verdanken. Sie hat mich gefunden. Sie hat mir das Leben gerettet. Das Mädchen, das ich besuchen möchte, ist ihre Tochter. Sie wurde Nellie weggenommen, als sie drei oder vier Jahre alt war, und jetzt hoffe ich, sie zu ihr zurückbringen und Nellie damit dafür danken zu können, dass sie mich gerettet hat.«

»Verstehe.« Jims Tonfall verriet nichts über seine Gefühle. »Bist du sicher, dass das Mädchen noch da ist?«

»Ja, ich habe am Dienstag mit dem Leiter der Mission gesprochen.«

»Aber wenn sie vor zehn Jahren geholt wurde, muss sie inzwischen dreizehn oder vierzehn sein.«

»Wahrscheinlich, ja.«

»Dann wird sie bestimmt gerade zum Dienstmädchen ausgebildet und danach arbeiten geschickt.«

»Vielleicht finde ich ja jemanden im Dorf, der ihr Arbeit anbieten kann, dann wäre sie wieder in der Nähe ihrer Mutter.«

Jim war sichtlich überrascht. »Ich kann mir nicht vorstellen, dass das der Fall sein wird.«

Kate wusste, dass es ein hehres Ziel war, war aber fest entschlossen, es zumindest zu versuchen. »Warst du schon mal in Brewarrina?«, wechselte sie das Thema.

»Ich war vor ein paar Jahren mal mit einem Freund zum Angeln dort. Wir haben die Mission vom Boot aus gesehen, sie liegt direkt am Barwon River. Sie wirkte ziemlich heruntergekommen, und ich bezweifle, dass sich das gebessert hat.«

Kates Gedanken wanderten zu Marlee, die in dieser heruntergekommenen Mission aufgewachsen war, ohne die liebevolle Zuwendung ihrer Mutter. Für Kate war das himmelschreiendes Unrecht, und es war ihr ein Rätsel, wie man das anders sehen konnten. Sie war entschlossener denn je, Marlee wieder nach Hause zu bringen.

»Wie sieht Brewarrina eigentlich aus?«

»Das Dorf ist eigentlich ganz schön, ich glaube, dort leben etwa fünfhundert Menschen. Aber es hat eine dunkle Geschichte.«

»Welche denn?«

»1859 wurden dort Hunderte Aborigines von weißen Siedlern hingerichtet, an einem Ort namens Hospital Creek, das ist nur ein paar Meilen nördlich von Brewarrina.«

»Wie furchtbar! Aber wieso hat eine weiße Regierung in der Gegend eine Mission errichtet, nachdem das passiert ist?«

»Nun, der Stamm der Ngemba hat eine spirituelle Verbindung zu einem Gebiet, das sich Brewarrina Fish Traps nennt. Deswegen zog es trotz des Massakers immer noch viele von ihnen in die Gegend. Sie veranstalteten dort unter anderem Corroborees, das sind Tanzzeremonien, sowie Initiationsriten, in denen die jungen Kerle offiziell zu Männern wurden. Es ist ein sehr besonderer Ort für die Aborigines und ein Treffpunkt für Händler von mehr als zwanzig Clans. Außerdem bietet die Gegend ihnen reichlich Nahrung, einschließlich Miesmuscheln, Emus, Flusskrebse und natürlich Fisch. Von Letzterem hat das Gebiet übrigens auch diesen Namen: Brewarrina Fischfallen.« Er räusperte sich. »Denn vor langer Zeit, manche behaupten, es sei mehr als tausend Jahre her, ordneten die Aborigines Steine in Form von Tränen, mit einer Öffnung, im Fluss an. Durch die Strömung wurden Fische in die Tränen gespült. Dann schlossen die Aborigines die Öffnung mit weiteren Steinen und fingen so den Fisch.«

»Wie geschickt!«

»Ja, sehr. Aber zurück zu deiner Frage: Im neunzehnten Jahrhundert kamen weiße Siedler in die Gegend und eroberten große Landflächen für ihre Farmen. Dadurch wurden viele Aborigines vertrieben, was zu Konflikten führte. Deswegen trieb die Regierung sie zusammen und platzierte sie auf einem Stück Land, das sie zur Missionsstation machten. In Australien gibt es einige Missionen in verschiedenen Gegenden, und manche von ihnen verwalten sich selbst. Aber die Brewarrina-Mission wird vom Aboriginal Protection Board geleitet. Teil ihrer Strategie ist es, Aborigines auszugrenzen und zu unterdrücken. Das, was du zu sehen bekommen wirst, wird dich sicher schockieren, mach dich also auf alles gefasst.«

Kapitel 25

Jim landete auf einer offenen Fläche parallel zum Barwon River. Die Mission sei ganz in der Nähe, erklärte er Kate, während der Staub sich legte.

»Und wo ist das Dorf?«, fragte sie, da sie bisher keine Hinweise auf eine Siedlung entdeckt hatte.

»Ungefähr zehn Meilen von hier, auf der anderen Seite des Flusses. Ich gehe angeln, während du in der Mission bist.« Jim holte seine Angelrute und einen Eimer hinter seinem Flugzeugsitz hervor. Angeln war schon immer eine seiner Lieblingsbeschäftigungen gewesen, doch leider kam er durch die Arbeit fast nie dazu. Diese seltene Gelegenheit wollte er sich nicht entgehen lassen.

Kate hatte zwar nicht erwartet, dass er ihre Hand halten würde, war aber davon ausgegangen, dass er sie bis zum Eingang der Mission begleiten würde. Jetzt sah sie rundherum nur hohe Bäume und den Fluss. »Und wie finde ich die Missionsstation?«

»Der Eingang ist da hinten, direkt an der Straße, auf der anderen Seite der Bäume.« Er deutete in die entsprechende Richtung. »Lass dir Zeit«, fügte er hinzu, bevor er sich mit federndem Schritt in Richtung Ufer aufmachte.

Kate schüttelte das Gefühl, alleingelassen worden zu sein, ab und folgte der Old Mission Road einige hundert Meter bis zu einem offenen Tor vor einer Einfahrt. Es gab kein Hinweisschild, aber durch das Tor war ein kleines Holzhaus mit einem rostigen Wellblechdach zu erkennen. Der Anstrich blätterte so stark ab, dass die Farbe kaum zu erkennen war. Der Garten um das Haus herum war vernachlässigt und wirkte traurig, vor allem in Verbindung mit dem Zaun aus schiefen Pfählen und einem kleinen Gartentor, das aus den Angeln hing, auf dem aber ein kaum auszumachendes Schild befestigt war mit der Aufschrift: *Missionsleitung.*

Kate ließ ihren Blick zu den Gebäuden auf der anderen Seite wandern, die in einem ähnlich verwahrlosten Zustand waren.

»Kann ich Ihnen helfen?«, fragte plötzlich eine strenge, eher hohe Stimme hinter ihr.

Kate fuhr abrupt herum und sah sich einem großen Mann mit verkniffenem Gesicht und gelocktem rotem Haar gegenüber, der sie aus kalten blauen Augen musterte.

»Das hoffe ich, Sir. Ich bin gekommen, um jemanden zu besuchen, ein Mädchen namens Marlee Burrawong. Ich habe vor ein paar Tagen in einem Telefonat mit dem Missionsleiter erfahren, dass sie noch hier ist.«

»Ah, ich erinnere mich. Sie haben mit mir gesprochen. Ich bin Mr Rogers … und Sie sind … Entschuldigen Sie, ich habe Ihren Namen vergessen.«

»Miss McGregor.«

»Stimmt.« Er musterte sie noch einmal von oben bis unten, als versuche er, sie einzuschätzen. Und zum ersten Mal in ihrem Leben kam Kate plötzlich der Gedanke, jemand könnte erkennen, dass sie zum Teil Aborigine war.

»Ich habe das am Telefon nicht erwähnt, Miss McGregor, aber die Aborigine-Kinder hier werden nicht bei ihren Stammesnamen gerufen. Marlee heißt hier Marlee Jackson.«

»Warum Jackson?«

Er betrachtete sie von oben herab. »Das sollte doch wohl offensichtlich sein.«

»Ich fürchte, nicht, tut mir leid.«

»Jackson ist ein europäischer Name. Wenn Marlee uns verlässt, um zu arbeiten, muss sie sich in die weiße Gesellschaft eingliedern, und das bedeutet, dass sie ihr Ureinwohnerdasein hinter sich lassen muss.«

Kate traute ihren Ohren nicht. »Kann man das? Seine Kultur einfach so hinter sich lassen?«

»Ja, durch unser Training werden sie *weißer.*«

Kate hätte am liebsten dagegengehalten, dass es albern war, so zu tun, als sei Marlee Europäerin, doch sie fürchtete, dass der Mann sie dann fortschicken würde. Und sie wollte nicht gehen, bevor sie ihre Schwester getroffen hatte, deswegen biss sie sich auf die Lippen. Sekunden später schalt sie sich selbst: Sie war noch keine fünf Minuten hier, und schon wich sie von ihren Prinzipien ab.

Mr Rogers sah auf die Uhr. »Die Messe ist seit einer Stunde vorbei, die Bewohner haben gerade einige Stunden frei. Marlee ist wahrscheinlich am Fluss und beaufsichtigt die kleineren Kinder. Oder sie ist im Mädchen-Schlafsaal, das ist das letzte Gebäude auf dieser Straße. Und wenn Sie mich jetzt entschuldigen würden, ich habe auch ein paar Stunden frei und treffe mich mit Freunden zum Mittagessen.« Damit lief er zu einem Fahrzeug, das neben dem Haus stand.

»Mr Rogers«, rief Kate.

Er blieb stehen. »Ja?«, fragte er ungeduldig.

»Falls ich später noch mit Ihnen sprechen möchte: Wann planen Sie, wieder hier zu sein?«

»Gegen drei Uhr. Ach so, und Marlee darf die Mission übrigens nicht ohne schriftliche Erlaubnis verlassen«, sagte er schroff, dann setzte er sich wieder in Bewegung.

Während Kate den Weg entlanglief, betrachtete sie traurig die zahlreichen Gebäude. Ausnahmslos alle waren vernachlässigt, wodurch die Mission sehr trist wirkte. Einige schienen Geschäfte zu beherbergen, andere Unterkünfte oder Gemeinschaftshäuser. Hinter einigen Häusern erblickte sie im Außenbereich Waschkessel und Wannen, daraus schloss sie, dass im Inneren keine Badezimmer waren. Um die kleinen Häuser herum standen Obstbäume, an denen Orangen, Zitronen und Mandarinen wuchsen, und sie entdeckte einen sehr großen Gemüsegarten, in dem gerade zwei Männer arbeiteten. Dann sah Kate einen Friedhof mit vielleicht hundert Gräbern, eine Halle und ein Gebäude mit einem Kreuz über der Tür, das die Kirche sein musste. Sie war aus Holz gebaut und hatte ein Wellblechdach. Die Tür stand offen und gab den Blick frei auf einen Fußboden aus nackter Erde.

Zwischen einigen Gebäuden entdeckte sie Aborigines, die unter Bäumen am Ufer des Flusses saßen oder angelten. Sofort fiel ihr auf, dass sie sich nicht fröhlich unterhielten, sondern im Gegenteil auffällig ruhig waren und geradezu bedrückt wirkten.

Als Kate das letzte der elf Gebäude erreichte, wusste sie, dass sie den Schlafsaal gefunden hatte. Das Haus war lang, in der vorderen und in der seitlichen Wand war jeweils ein Fenster. Durch die weit geöffnete Tür am anderen Ende warf Kate einen Blick hinein. Sie sah zwei Reihen ordentlich gemachter Betten entlang der Außenwände, insgesamt zwölf Stück. Alles war aufgeräumt und sauber, aber die Holzdielen auf dem Boden waren lose, und an den Fenstern hingen Gardinen, die vielleicht einmal weiß gewesen, nun aber von der Sonne gelb gebleicht waren.

»Was machen Sie da, Miss?«

Kate wandte sich um und erblickte ein Aborigine-Mädchen, das sie neugierig musterte. Sie war sehr dünn und vermutlich nicht älter als zehn Jahre.

»Hallo«, sagte Kate mit einem Lächeln. »Ich suche nach einem Mädchen namens Marlee. Weißt du, wo ich sie finden kann?«

In den Blick des Mädchens mischte sich Misstrauen. »Kennt sie Sie?«

In diesem Moment bog ein weiteres Mädchen um die Ecke des Gebäudes, größer und älter. Bei Kates Anblick blieb sie abrupt stehen.

»Wer ist das?«, fragte sie das jüngere Mädchen.

»Weiß nicht. Sie sucht nach dir.«

Kate konnte den Blick nicht von ihr wenden, ihr Herz pochte zum Zerspringen. Das Mädchen hatte die gleichen großen braunen Augen wie Nellie, aber sie war größer und hatte dunklere Haut. Kate bemerkte, dass die Nase ihrer eigenen ähnlich sah, und sie hatte einen breiten Mund. Genau wie das jüngere Mädchen war sie untergewichtig. Eigentlich war Kate sich sicher, doch sie fragte atemlos: »Bist du Marlee Burrawong?«

»Ich bin Marlee Jackson«, gab das Mädchen mürrisch zurück. »Sind Sie Sozialarbeitern? Wenn ja: Ich habe nichts angestellt. Wenn das jemand behauptet hat, war es gelogen.«

»Nein, nein«, stieß Kate eilig hervor, während sie überlegte, was wohl hinter dieser Aussage steckte. Sie bemühte sich um ein freundliches Lächeln, doch das erwies sich als schwierig, weil ihr Mund plötzlich ganz trocken vor Aufregung war. »Mein Name ist Kate McGregor. Ich komme aus Tibooburra«, erklärte sie schließlich.

»Sie sprechen lustig«, sagte Marlee.

»Ich bin in England aufgewachsen und erst seit Kurzem in Australien.«

Ein Ruf ertönte, und das jüngere Mädchen rannte eilig davon. Einige Sekunden lang herrschte befangenes Schweigen. Nun, da sie ihre Schwester gefunden hatte, wusste Kate nicht, wie sie anfangen sollte. Es fiel ihr schwer, nicht damit herauszuplatzen, dass sie verwandt waren, aber sie durfte Marlee nicht mit zu vielen Überraschungen überfordern.

»Können wir uns ein bisschen unterhalten, Marlee?«, begann sie schließlich.

»Worüber?«, fragte Marlee misstrauisch.

Kate beschloss, zunächst zu versuchen, das Vertrauen des Mädchens zu wecken. »Über dein Leben hier zum Beispiel? Würdest du mir davon erzählen?«

Marlee zuckte nur mit den Schultern, was Kate als Zustimmung wertete.

»Du findest, dass ich lustig klinge. Ich finde, du sprichst sehr gut Englisch«, begann Kate mit einem Lob. »Wurdest du hier unterrichtet?«

Marlee musterte sie einen Moment schweigend, als überlege sie, ob sie sich wirklich auf das Gespräch einlassen sollte. Kate wartete ungeduldig und war erleichtert, als das Mädchen schließlich zu reden begann. »Es gibt hier keine Schule, aber manchmal kommt eine Dame und unterrichtet uns in der Halle.«

»Eine Lehrerin?«

»Nee, sie ist keine Lehrerin. Nur jemand, der lesen und schreiben kann.«

»Also kannst du lesen und schreiben?«

»Ein bisschen.«

Kate bemühte sich, ihr Entsetzen darüber, dass es keine Schule gab, zu verbergen. »Und was ist mit Essen?«, wechselte sie das Thema. »Ich habe einen Gemüsegarten gesehen, also nehme ich an, dass es hier irgendwo auch einen Koch und eine Küche gibt?«

»Es gibt ein Küchenhaus, aber keinen Koch. Die älteren Mädchen müssen für die jüngeren Kinder kochen. Im Moment sind das Cassie und ich.«

Kates Eindruck von der Mission verschlechterte sich weiter. »Bekommt ihr Fleisch und Gemüse zum Kochen?«

»Die Familien bekommen zweimal pro Woche eine Ration vom Metzger.«

»Eine Ration.« Das war wahrscheinlich nicht viel und erklärte, warum die beiden Mädchen so dünn waren.

»Ja, ein paar Koteletts, etwas Fett oder eine Niere mit Fett, ein Stück Leber und einen halben Schafsnacken. Später in der Woche gibt es dann Schenkel und ein paar Nieren. Wir zwölf Kinder bekommen das Gleiche, aber ein bisschen mehr. Rationstag für

Gemüse ist alle zwei Wochen. Wenn irgendjemand Ärger macht, werden die Rationen für alle gekürzt. Wenn wir kein Essen haben, angeln wir im Fluss und sammeln Miesmuscheln.«

Kate war entsetzt. »Und wie ist das, wenn ihr krank werdet? Gibt es hier einen Arzt oder eine Krankenschwester, die sich dann um euch kümmert?«

»Es gibt einen Behandlungsraum, aber keinen Arzt. Manchmal kommt eine Frau. Sie ist keine echte Krankenschwester, aber sie tut, was sie kann. Die kleinen Kinder müssen dann immer hin und bekommen Augentropfen und Lebertran, und wir müssen einmal im Monat ein Schafbad nehmen, gegen Läuse.«

Marlee versuchte, eine Narbe auf ihrem Arm zu verdecken, aber Kate sah es und nahm ihre Hand weg, um sie sich genauer anzusehen.

»Was ist da passiert?«

Marlee wandte den Blick ab.

»Wurdest du geschlagen?« Kate wollte es nicht glauben.

Marlee wandte sich ihr zu. »Ich möchte keinen Ärger.«

»Den kriegst du auch nicht, versprochen.« Kate war schrecklich wütend, versuchte aber, das zu verbergen. »Wer hat das getan?«

»Ich wurde schon oft geschlagen, von verschiedenen Personen. Ich weiß nicht mehr, wer das hier war«, antwortete Marlee.

Kate konnte nicht fassen, was sie da hörte. »Das ist nicht richtig!«

»Alle Kinder werden geschlagen.«

Wütend sah Kate sich um. »Auch die ganz jungen?« Auf dem Rasen sah sie Kinder spielen, die nicht älter als drei oder vier Jahre waren. Ein älteres Mädchen passte auf sie auf, ansonsten achtete niemand auf sie.

»Die Kinder mit Familien haben es besser als die, die keine Eltern haben, die sie schützen könnten. Aber sobald die Mädchen zwölf werden, werden sie in unseren Schlafsaal gesteckt. Ich versuche, auf die Kleinen zu achten und sie vor Mrs Griselda und Mrs Radman zu beschützen«, sagte Marlee traurig.

Kate nahm an, dass sie nicht immer erfolgreich war und den Preis dafür zahlte. »Wenn diese Frauen dich und die Kinder schlagen, sollte man sie melden«, rief sie wütend.

Marlee wurde mit einem Mal panisch. »Sie dürfen nichts sagen!«

»Werde ich nicht, das habe ich dir doch versprochen.«

»Es interessiert niemanden, was mit uns geschieht«, sagte Marlee bitter.

»Mich interessiert es, Marlee. Mich kümmert es, was mit dir geschieht.«

»Warum? Sie kennen mich doch gar nicht.«

»Ich würde dich aber gern kennenlernen«, sagte Kate ruhig. Sie hatte sich schon immer eine Schwester gewünscht.

Marlee starrte sie an. »Warum?«, fragte sie sichtlich überrascht, und Kate ging auf, dass sie diesen Satz vermutlich noch nie in ihrem Leben gehört hatte. Sie beschloss, dass es an der Zeit war, ihr schonend die Wahrheit zu sagen.

»Erinnerst du dich noch daran, wie es dazu kam, dass du hier gelandet bist?«, fragte sie vorsichtig.

»Genau wie die kleinen Kinder hier wurde ich meiner Familie weggenommen, als ich noch klein war, damit ich lernen konnte, wie die Weißen zu sein.«

»Genau.« Kate ließ das Mädchen nicht aus den Augen, als sie fortfuhr. »Marlee, ich bin hier, weil ich deine Mutter kenne. Du wurdest ihr vor zehn Jahren weggenommen, und ich möchte euch wieder zusammenbringen.«

»Meine Mutter!« Marlee starrte Kate an. »Ich erinnere mich kaum an meine Mutter. Sie hat mich nie besucht, nicht ein einziges Mal. Sie hat mich vergessen.«

Ihr Tonfall war kühl, und sie war zweifelsohne verletzt.

»Nein, Marlee, sie hat dich nie vergessen. Im Gegenteil, es hat ihr das Herz gebrochen, dich zu verlieren. Sie hat sogar versucht, dich zurückzuholen, wurde dafür aber von Regierungsbeamten verprügelt.«

Marlee kaute auf ihrer Unterlippe. »Wenn ich ihr nicht egal bin, warum ist sie nicht jetzt mit Ihnen hergekommen?«, stieß sie schließlich hervor.

»Sie weiß nicht, dass ich hier bin. Ich dachte, ich besuche dich erst einmal allein. Ich möchte nämlich versuchen, dich hier herauszuholen und zu deiner Mutter nach Tibooburra zurückzubringen. Das ist das Dorf, aus dem du kommst. Aber ich muss erst herausfinden, ob es dazu eine Möglichkeit gibt, bevor ich ihr Hoffnungen mache.«

Marlee sah auf den Boden. Es war deutlich zu sehen, dass ihre Seele hier Schaden genommen hatte und sie das Gefühl nicht gewöhnt war, jemandem etwas zu bedeuten.

»Können wir ein bisschen am Fluss spazieren gehen, Marlee?«

Marlee nickte. Sie liefen zum grasbewachsenen Ufer des Barwon River, der friedlich plätscherte und die Sonnenstrahlen glitzernd reflektierte. Schweigend gingen sie nebeneinander. Kate spürte, dass Marlee Zeit brauchte, das Gehörte zu verarbeiten, und die wollte sie ihr geben.

»Woher kennen Sie meine Mutter?«, fragte Marlee schließlich.

»Meinem Vater gehört der Pub in Tibooburra. Ich besuche ihn zurzeit. Vor ein paar Tagen bin ich spätabends spazieren gegangen und habe mich im Dunkeln im Outback verlaufen, ich dachte, ich würde sterben. Mein Vater hat deine Mutter gebeten, mich zu suchen, und sie hat mich gefunden. Ich schulde Nellie mein Leben.«

»Heißt meine Mutter so?«

»Ja, Nellie Burrawong. Auf dem Rückweg zum Dorf hat deine Mutter mir von dir erzählt. Sie hat mir Narben unter ihrem Kinn und auf dem Arm gezeigt, von den Schlägen, die sie bekommen hat, als sie dich zurückverlangt hat. Sie weint immer noch um dich.«

Marlee wandte sich ihr zu, in ihren Augen standen jetzt Tränen.

Kate hätte sie gerne in den Arm genommen, ihre kleine Schwester getröstet, doch sie wagte es nicht, aus Angst, ihr zu nahe zu treten. »Marlee«, sagte sie eindringlich. »Ich würde dich zu gerne aus diesem Gefängnis herausholen und zurück nach Tibooburra bringen. Sag mir ehrlich: Wäre das für dich in Ordnung?«

Marlee zuckte bloß mit den Schultern und schluckte schwer. Kate fürchtete, dass sie es nicht wagte, sich Hoffnungen zu machen.

»Ich hole dich hier raus. Das verspreche ich dir.« Kate war fest entschlossen. Wenn es keine legale Möglichkeit gab, würde sie einen anderen Weg finden.

Kapitel 26

Jim lag auf dem Rücken am Ufer und wirkte sehr zufrieden. Die Angelschnur hing im Fluss.

»Hast du was gefangen?«, rief Kate ihm zu.

Er setzte sich auf und wandte sich zu ihr um. »Ja, ein paar echte Schönheiten.« Stolz deutete er auf den Inhalt seines Eimers, in dem zwei große Murray-Dorsche schwammen.

Kate kam er wie ausgewechselt vor, er war viel gelassener als sonst.

»Du willst doch nicht sofort zurück, oder?«, fragte er, während er auf die Beine kam. »Du möchtest doch sicher nicht mit zwei Fischen als Reisebegleitern zurückfliegen, und sie wieder in den Fluss zu werfen wäre eine furchtbare Verschwendung. Eigentlich hatte ich vor, sie noch hier zuzubereiten.«

»Nein, wir können gern noch ein bisschen bleiben. Ich möchte noch einmal mit dem Missionsleiter sprechen, aber er ist erst ab drei Uhr wieder da.«

»Das kommt mir sehr gelegen.« Jim war sichtlich erfreut. »Aber wenn wir noch so lange warten, bedeutet das auch, dass wir hier übernachten müssen, denn dann bleibt nicht genug Zeit, um vor Einbruch der Dunkelheit zurückzufliegen. Wäre das in Ordnung?«

»Für mich schon, aber macht sich Doris keine Sorgen, wenn wir heute Abend nicht zurückkommen?«

»Ich habe ein Funkgerät im Flugzeug, ich kann sie und deinen Vater benachrichtigen.«

»Dann machen wir es so.«

Jim entfachte ein Feuer und holte eine Pfanne aus dem Flugzeug, die er mitgenommen hatte für den Fall, dass er Glück beim Angeln haben sollte. Dann machte er sich daran, die Fische auszunehmen und zu filetieren. Die Überreste warf er in den Fluss, als Futter für die Krebse. Es war nicht zu übersehen, wie sehr er den Tag genoss.

»War dein Besuch erfolgreich?«, fragte er Kate, die im Schatten saß und darüber nachdachte, wie schwer Marlee es bisher im Leben gehabt hatte.

»Ja, ich habe Marlee getroffen«, sagte Kate niedergeschlagen.

»Du wirkst sehr nachdenklich. Ist es nicht gut gelaufen?«

»Es war zumindest sehr eindrucksvoll. Du hattest recht: Die Zustände in der Missionsstation haben mich schockiert. Man sollte meinen, die Regierung würde sicherstellen, dass die Kinder gut behandelt werden, nachdem sie sich schon die Mühe macht, sie ihren Eltern wegzunehmen. War das nicht die Idee dahinter – dass sie es danach besser haben sollten? Nach meinem heutigen Besuch dort muss ich sagen, dass das keineswegs der Fall ist. Ihre Nahrung ist rationiert, und sie müssen sie selbst kochen. Sie werden geschlagen. Außerdem wird weder für ihre Bildung noch für ihre Gesundheit gesorgt, und von einer liebevollen Behandlung kann schon gar nicht die Rede sein. Es war schrecklich für Marlee, dort aufzuwachsen. Ich bin noch entschlossener, sie da rausholen und zu ihrer Mutter zurückbringen, als zuvor. Aber leider ist Mr Rogers, der Missionsleiter, ein harter Brocken, es wird nicht leicht werden, mit ihm zu verhandeln. Er ist sehr herablassend, und ich glaube, das liegt daran, dass ich eine junge Frau bin. Er hätte sich sicher anders verhalten, wenn ich ein Mann wäre.« Kate starrte mutlos über den Fluss auf das saftige Gras, die Bäume und einige Vögel am anderen Ufer.

Jim räusperte sich. »Dann sollte dich vielleicht ein Mann begleiten, wenn du das nächste Mal mit ihm sprichst«, schlug er vor.

»Ich bin ein Mann, und ich kann geradezu störrisch sein, wenn es nötig ist.«

»Ja, das weiß ich«, sagte Kate lächelnd. »Ich hatte immer ein wenig Angst vor dir«, gab sie zu. »Und ich wäre dir wirklich dankbar, wenn du mich begleiten würdest.«

»Das ist das Mindeste, was ich tun kann. Ich hatte dank dir eine sehr schöne Zeit beim Angeln.« Jim lächelte zufrieden.

Nach dem köstlichen Mittagsmahl mit frischem Fisch wusch sich Jim kurz im Fluss, bevor er und Kate sich um kurz nach drei auf den Weg zur Missionsstation machten.

»Dieser Ort ist ja noch schäbiger als in meiner Erinnerung«, kommentierte Jim, als sie durch das kaputte Gartentor zum Haus der Missionsleitung liefen.

»Es ist wirklich schäbig. Der Rest sieht nicht besser aus.«

Kate klopfte an die Haustür, doch niemand öffnete. Sie sah sich um und bemerkte, dass das Fahrzeug von Mr Rogers nicht an seinem Platz stand. »Er scheint noch nicht zurück zu sein. Macht es dir etwas aus, wenn wir noch auf ihn warten, Jim?«

»Überhaupt nicht, aber lass uns in der Zwischenzeit ein bisschen herumlaufen, ja? Hier gibt es doch einen Friedhof, oder?«

»Ja«, sagte Kate.

»Du hältst mich jetzt vielleicht für verschroben oder makaber, aber ich finde Friedhöfe faszinierend«, gab er zu.

»Nein, überhaupt nicht. Ich selbst finde sie zwar nicht faszinierend, aber Friedhöfe stecken voller Geschichten. Lass uns gehen.«

Kate hielt hoffnungsvoll Ausschau nach Marlee, sah sie jedoch nicht. Am Friedhof wartete Kate neben dem Tor im Schutz eines Schatten spendenden Pfefferbaums, während Jim zwischen den größtenteils zugewachsenen Grabsteinen entlanglief. Nach etwa zehn Minuten fiel ihr Blick auf eine Aborigine, die aus einem Häuschen in der Nähe auf sie zulief.

»Tag!«, rief die Frau, sah aber an Kate vorbei in Jims Richtung.

Kate erinnerte sich an ein Gespräch mit Nellie über ehrwürdige Aborigine-Grabstätten und hatte Sorge, die Frau würde es nicht gutheißen, dass Jim auf dem Friedhof herumlief. »Hallo«, erwiderte sie. »Mein Freund interessiert sich sehr für den Friedhof, aber wenn Sie möchten, dass er geht, sagen Sie es ruhig.«

Die Frau blickte zu Kate. »Sie gehören nicht zu Stamm, Sie reden anders.«

»Ja, ich bin in England aufgewachsen, aber meine Mutter ist eine Wadigali.« Es war das erste Mal, dass sie es aussprach, und es fühlte sich merkwürdig an.

»Aha. Dann okay, dass Sie hier herumlaufen. Sie besuchen Wadigali-Vorfahren.« Die Frau deutete auf die Gräber.

»Eigentlich habe ich Marlee Burrawong besucht. Ich meine … Marlee Jackson. Ihre Mutter ist auch eine Wadigali.« Sie erwähnte bewusst nicht, dass sie dieselbe Mutter hatten, falls die Frau mit Marlee darüber sprechen würde.

Die Miene der Frau wurde weich. »Marlee gutes Mädchen, aber sie kriegen viel Ärger.«

»Was für Ärger?«, hakte Kate sofort nach.

»Wenn kleine Kinder Dummheiten anstellen, schützen Marlee sie und nehmen Ärger für sie, damit sie keine Strafe kriegen. Und Marlee geben kleinen Kindern auch ihr eigenes Essen, wenn sie Hunger haben.«

Kate war gerührt. Marlee war ein guter Mensch.

»Aber sie rennen schon viermal weg.«

»Vier Mal?«

»Ja. Sie lernen nicht, dass sie viel Ärger kriegen, wenn Polizei sie wiederholen.«

»Wurde sie schwer bestraft?« Kate graute beinahe vor der Antwort.

»Wenn du abhauen, du kriegen viele Tage alleine, aber sie lernen immer noch nicht. Manchmal sie dummes Mädchen.«

»Was meinen Sie damit, Tage alleine? Wurde sie von allen anderen getrennt?«

Die Frau nickte und zeigte in die Ferne auf einen quadratischen Blechverschlag in einem winzigen, rundum eingezäunten Bereich. Er war nicht größer als ein kleiner Hühnerstall, der weit entfernt von allen anderen Gebäuden auf offener Fläche stand, ohne Bäume in der Nähe, die ihn von der erbarmungslosen Sonne hätten abschirmen können.

»Sie wollen doch nicht sagen, dass meine … dass Marlee da hineingesteckt wurde?«, fragte Kate ungläubig.

Die Frau nickte. »Jedes Mal eine Woche.«

Kate keuchte entsetzt auf. Marlee hatte also insgesamt einen Monat in diesem Verschlag verbracht!

»Marlee haben gutes Herz, aber sie ziehen Ärger an.«

Mit diesen Worten wandte die Frau sich ab und betrat den Friedhof, wo sie auf Jim traf, zu dem sie jedoch keinen Ton sagte.

Kurz darauf verließ Jim den Friedhof, und Kate berichtete ihm sofort, was sie von der Frau erfahren hatte. »Es ist doch kriminell, so mit einem jungen Mädchen, eigentlich egal mit wem, umzugehen«, schloss sie empört. »Wir müssen Mr Rogers überzeugen, Marlee mit uns gehen zu lassen.«

Jim betrachtete den Verschlag und verstand, warum Kate so aufgebracht war. »Es gibt sicher ein vorgeschriebenes Prozedere, das es zu befolgen gilt, bevor sie Marlee gehen lassen, aber wir geben unser Bestes.«

Nach ihrer Rückkehr zum Gebäude der Missionsleitung stand Mr Rogers Fahrzeug wieder davor. Kate war immer noch wütend und blieb einen Augenblick stehen, um sich zu sammeln. Sie hätte dem Missionsleiter am liebsten ihre Meinung ins Gesicht geschleudert, aber sie hatte Marlee versprochen, ihr keinen Ärger zu verursachen, und würde dieses Versprechen halten.

Als er auf ihr Klopfen die Tür öffnete und sie begrüßte, war Kate sofort klar, dass Filbert Rogers mehr als ein paar Ale zum Mittagessen getrunken hatte. Seine Aussprache war undeutlich und sein Gesicht gerötet. Ob das ein gutes Zeichen war oder nicht, vermochte sie noch nicht einzuschätzen. Sie stellte ihm Jim Bryson vor, verschwieg aber bewusst die Art ihrer Beziehung.

Er grüßte Jim kühl und von oben herab, als wäre er Dreck unter seinen Füßen. Mr Rogers war ganz offensichtlich verstimmt darüber, dass ein Mann Kate begleitete.

An Jim prallte das Verhalten einfach ab, er schloss daraus nur, dass der Missionsleiter eine ungerechtfertigt hohe Meinung von sich selbst hatte. Ihm war klar, warum Kate sich lieber nicht allein mit ihm treffen wollte.

Nachdem er sie in ein kleines, unordentliches und vollgestopftes Büro geführt hatte, blickte Mr Rogers mehrfach von Kate zu Jim, sagte aber nichts. Offensichtlich versuchte er, herauszufinden, in welcher Beziehung sie zueinander standen, eine Frau knapp über zwanzig und ein Mann über vierzig.

»Ich würde gerne mit Ihnen über Marlee Bur… Jacksons Zukunft sprechen«, begann Kate.

»Was soll mit ihrer Zukunft sein, Miss McGregor?«

»Ich nehme an, dass sie in ihrem Alter bald als Dienstmädchen fortgeschickt wird. Stimmt das?«

»Ja, das stimmt. Wir versuchen, sie so viel wie möglich zu beschäftigen, aber sie ist in diesem heiklen Alter, in dem es riskant ist, ihr auch nur ein kleines bisschen Freizeit zu gewähren.«

»Riskant? Darf ich fragen, inwiefern?«

»Sie ist gerade vierzehn geworden.«

»Ich verstehe den Zusammenhang nicht.«

»Muss ich es wirklich aussprechen, Miss McGregor?« Er sah

kurz zu Jim, der seinen Gedankengang erriet und ihn mit einem Blick bedachte, der Wasser zum Kochen hätte bringen können.

»Ich fürchte, das müssen Sie.« Kate konnte ihm nicht folgen und fragte sich, ob er wegen seiner Trunkenheit in Rätseln sprach.

Mr Rogers lehnte sich im Stuhl zurück und schürzte die rosafarbigen Lippen. »Wir haben hier zwei Damen, die den Schlafsaal beaufsichtigen, aber auch sie können die Mädchen nicht rund um die Uhr beobachten. Marlee ist in dem Alter, in dem wir aufpassen müssen, dass sie sich nicht von einem der jungen Männer hier schwängern lässt.«

Kate keuchte auf, und Jim knirschte mit den Zähnen.

»Ein Mädchen *lässt* sich nicht schwängern«, knurrte er. »Dazu braucht es immer zwei, und es ist ganz sicher Ihre Verantwortung, die Jungen hier unter Kontrolle zu halten.«

Filbert Rogers zuckte nicht einmal mit der Wimper. »Wir geben unser Bestes, die Geschlechter getrennt zu halten, aber die Mädchen in Marlees Alter werden oft freizügig und finden heimtückische Wege, sich mit den Jungen zu treffen.«

Kate starrte ihn finster an. »Es ist unglaublich ungerecht, den Mädchen die Schuld zuzuschieben und sie als freizügig zu bezeichnen!«

»Es ist abscheulich«, fügte Jim empört hinzu. »Meine Töchter sind vierzehn und fünfzehn, und ich kann Ihnen versichern, dass sie nicht freizügig sind.«

Mr Rogers betrachtete sie ohne eine Spur von Reue. »Das mag sein, aber ich weiß, was hier vor sich geht, und diese Mädchen können einem ganz schön zu schaffen machen. Marlee Jackson hat uns schon mehr als einmal Kopfzerbrechen bereitet. Wenn wir sie als Dienstmädchen irgendwo hinschicken, wird sie zum Problem von jemand anderem.«

Kate gelang es nur mit äußerster Willenskraft, ihre Wut unter Kontrolle zu halten. »Dann freut es Sie vielleicht zu hören, dass ich

Marlee gerne mit nach Tibooburra nehmen und ihr eine Stelle beschaffen möchte«, brachte sie ihren Vorschlag vor. »Soweit ich das verstanden habe, wurde sie schon als Dienstmädchen ausgebildet, also sollte es nicht schwer werden, sie unterzubringen.«

»Verstehe.« Filbert Rogers Gesichtsausdruck verriet, dass er keineswegs erfreut war. »Sagen Sie mir Bescheid, sobald Sie jemanden Geeigneten gefunden haben, der bereit ist, sie einzustellen.«

Kate starrte ihn an. »Kann sie nicht jetzt direkt mitkommen? Ich übernehme höchstpersönlich die Verantwortung für sie und garantiere Ihnen ihre Sicherheit.«

»Nehmen Sie es mir nicht übel, Miss McGregor, aber ich kenne Sie nicht, und ich weiß auch nicht, woher Sie kommen. Es wäre äußerst unverantwortlich von mir, Ihnen ein junges Mädchen mitzugeben«, sagte er sichtlich selbstzufrieden. »Abgesehen davon sind Sie nicht viel älter als Marlee und noch dazu unverheiratet«, fügte er mit einem Blick zu Jim hinzu, und beide wussten, was er dachte. Kate bemerkte, dass Jim sich nur mit Mühe zurückhalten konnte, den Missionsleiter zu erwürgen.

»Sie wollen doch sicher nicht andeuten, dass ich …«

»Ich will gar nichts andeuten«, beeilte sich Mr Rogers zu sagen, als Jim sich mit einem mörderischen Funkeln in den Augen von seinem Stuhl erhob.

Kate legte eine Hand auf Jims Arm, um ihn zu beschwichtigen, während sie ungehalten erklärte: »Mein Vater ist Unternehmer in Tibooburra!«

»Ach, was für ein Unternehmen führt er denn?«

»Ihm … gehört das Tibooburra Hotel. Es ist ein angesehenes Geschäft und das Zentrum der örtlichen Gemeinschaft«, sagte Kate mit gerecktem Kinn.

»Er führt ein Hotel«, wiederholte Mr Rogers hörbar missfällig. »Dann wissen Sie ja, dass er kein Mädchen einstellen darf, das jünger ist als einundzwanzig Jahre.«

»Ja, das weiß ich.«

»Ich bezweifle außerdem, dass er es tun würde, selbst wenn er könnte.« Mr Rogers flüsterte jetzt beinahe.

»Sie kennen meinen Vater doch überhaupt nicht! Er ist ein guter Mensch.«

»Das mag sein, aber wir wissen doch alle, dass Aborigines in Hotels nicht willkommen sind, oder? Ihr Vater würde seinen Laden nicht aufs Spiel setzen, um Marlee Jackson einzustellen, selbst wenn sie einundzwanzig wäre.« Er lehnte sich in seinem Stuhl zurück. »Nein. Haushälterin auf einer Farm, das ist das, worauf sie hoffen kann. Als was arbeiten Sie eigentlich?«

Sein rassistischer Kommentar ließ Kate zusammenzucken. Mit einem Mal fühlte sie sich unsicher. Sie war immer stolz auf ihren Beruf gewesen, jetzt aber zögerte sie. »Ich bin … Schauspielerin.«

»Schauspielerin!« Filbert Rogers lachte höhnisch auf. »Das ist doch nicht Ihr Ernst!«

»Und ob«, fuhr Jim scharf dazwischen. »Sie hat die Hauptrolle in einem Film gespielt, der in Europa sehr erfolgreich war.«

Mr Rogers sah zu Jim, dessen Hände zu Fäusten geballt waren. »Wenn das stimmt, was machen Sie dann in New South Wales, Miss McGregor?«

»Meinen Vater besuchen«, erwiderte Kate.

Mr Rogers schien unbeeindruckt, aber offensichtlich war seine Neugier geweckt. »Warum das Interesse an Marlee Jackson?«

»Das ist … persönlich.« Kate wollte ihre wahre Absicht, Marlee mit ihrer Mutter zu vereinen, nicht preisgeben, um ihre Chance auf Erfolg zu wahren.

Filbert Rogers war von Natur aus misstrauisch und neugierig und konnte es nicht ausstehen, wenn ihm Informationen vorenthalten wurden. »Wenn Sie in naher Zukunft einen potenziellen Arbeitgeber finden sollten, wird Miss Jackson von einer der Schlafsaalaufsichten nach Tibooburra begleitet«, beschied er kalt.

»Dort trifft sie sich mit dem potenziellen Arbeitgeber, der einen soliden Charakter aufweisen muss.« Er wagte es, Jim einen Moment lang von oben herab anzusehen. »Wenn der Arbeitgeber von uns für geeignet befunden wird, übernimmt er für eine Probezeit von drei Monaten die Verantwortung für Marlee. Wenn sie Dummheiten macht oder der Arbeitgeber nicht zufrieden mit ihrer Arbeit ist, wird sie hierher zurückgebracht, dann suche ich ihr eine andere Stelle. Ich hatte schon das Kloster in Bathurst im Visier.«

»Ein Kloster?« Kate traute ihren Ohren nicht.

»Ja, der perfekte Ort für ein junges Mädchen, das häufig in Schwierigkeiten gerät. Die Nonnen werden ihr schon zeigen, wo es langgeht. Wenn sie sie nicht wollen und ich keine andere Stelle finde, dann bleibt sie hier, bis sie sechzehn ist. Danach muss sie alleine zurechtkommen, auch wenn sie dann schwanger oder vielleicht schon Mutter ist.«

»Sie meinen, Sie würden sie rausschmeißen?« Kate war entsetzt.

»So würde ich es nicht formulieren, aber sie würde gebeten werden, sich eine andere Unterkunft zu suchen und selbst für sich zu sorgen.«

»Selbst wenn sie ein Kind hätte?«

»Das Kind würde hierbleiben … zu seinem eigenen Besten.«

»Also«, machte Kate sich fassungslos an eine Zusammenfassung, »jetzt gerade kann sie mir nicht anvertraut werden, aber in zwei Jahren darf sie vor die Tür gesetzt werden. Sehen Sie denn nicht, wie heuchlerisch das ist?«

»Ich habe die Regeln nicht gemacht. Wenn Sie mich jetzt entschuldigen, ich habe noch Papierkram zu erledigen.«

Jim stand auf. »Sie meinen, Sie wollen den Rausch vom Mittagessen ausschlafen«, sagte er. Mr Rogers erhob sich ebenfalls, aber Jim überragte ihn und nahm fast den gesamten Platz in dem winzigen Büro ein, was den Missionsleiter etwas einschüchterte.

»Sie werden sehr bald von mir hören, Mr Rogers«, sagte Kate zum Abschied.

»Was für ein aufgeblasener Kerl«, kommentierte Jim, als sie durch das Gartentor traten.

»Allerdings«, stimmte Kate zu. »Aber ich gebe nicht auf, egal, was er sagt.«

»Es tut mir leid, dass ich Marlee keine Arbeit anbieten kann«, fügte Jim hinzu. »Doris erledigt mit der Hilfe meiner Töchter alles sehr effizient, und für die Arbeit mit dem Vieh brauche ich Männer, das kann schon mal gefährlich werden.«

»Das verstehe ich, und ich weiß deine Unterstützung heute sehr zu schätzen. Ich bin mir sicher, dass Mr Rogers mich noch mehr schikaniert hätte, wenn du nicht dagewesen wärst. Und was Marlee angeht: Ich werde schon jemanden finden, der sie einstellt. Mach dir darüber keine Gedanken.«

Kapitel 27

Die folgende Woche brachte mehr Enttäuschungen mit sich, als Kate je befürchtet hätte. Die Farmbesitzer würden erst am Wochenende ins Dorf kommen, deswegen fragte Kate schon einmal bei den Dorfbewohnern nach, ob jemand Marlee einstellen konnte, vielleicht auch nur vorübergehend. Sie ging von Haus zu Haus und setzte all ihre Überredungskünste ein, schmeichelte und flehte, doch erfolglos. Die Bewohner begründeten das meist mit dem Staub: Ein Hausbesitzer erklärte ihr, er bräuchte niemanden, der die Wäsche wusch, da sie auf der Leine sowieso nur wieder vom umherwehenden Staub verschmutzt würde. Andere hatten kein Wasser, um einen Garten anzulegen, für wieder andere war es Zeitverschwendung, die Böden zu wischen und Oberflächen zu putzen, da der Staub fünf Minuten später sowieso zurückkehrte. Kate wusste, dass der Staub durchaus ein legitimer Grund war, die Idee an ein perfekt geputztes Zuhause aufzugeben, aber tief im Inneren hegte sie den Verdacht, dass niemand Marlee einstellen wollte, weil sie eine Aborigine war. Es fiel ihr schwer, das zu akzeptieren. In ihrer Verzweiflung fragte sie schließlich Flo, ob sie im Laden Hilfe gebrauchen könne, jemanden, der den Boden wischte oder Regale auffüllte, doch auch sie lehnte höflich ab.

»Hast du denn schon unter den Dorfbewohnern herumgefragt?«, fragte Flo mitfühlend. Kate war deutlich anzusehen, wie entmutigt sie war.

»Ja, aber niemand will Marlee einstellen.«

»Ihre Häuser sind klein und erfordern nicht viel Hausarbeit, aber lass dich nicht unterkriegen«, sagte Flo. »Vielleicht hast du ja bei den Farmbesitzern Glück. Einige von ihnen stellen Dienstmädchen ein.« Das waren in den seltensten Fällen Aborigines, aber das sagte sie Kate nicht, weil diese ohnehin schon niedergeschlagen war. »Es ist sehr nett, dass du Nellie etwas Gutes tun möchtest, weil sie dich gefunden hat. Aber vielleicht ist dein Vorhaben, ihr ihre Tochter wiederzubringen, einfach zu ehrgeizig.«

»Nein, das ist es nicht. Nellie hat mir das Leben gerettet.«

Flo nickte verständnisvoll. »Trotzdem. Wenn du keinen Erfolg hast, hast du es zumindest versucht. Mehr kannst du nicht tun.«

Am Samstagabend wagte Kate sich in den lauten, überfüllten Schankraum, wo Willie kaum mit dem Bierzapfen hinterherkam. Er hatte einen Two-Up- und Poker-Spieleabend organisiert, zu dem viele Farmbesitzer mitsamt ihren Arbeitern und Familien aus der ganzen Umgebung gekommen waren. Man konnte in dem lauten Pub kaum noch sein eigenes Wort verstehen, aber der Abend war für Kate eine Gelegenheit, die sie sich nicht entgehen lassen durfte.

An den Tischen saßen Gruppen von rauflustigen Männern und spielten Karten, andere saßen dicht nebeneinander an der Theke. Draußen standen einige Männer für das Two-Up-Spiel im Kreis um einen Mann herum, den *Spinner*, der zwei Pennys in die Luft warf. Das Spiel wurde vom *Boxer* überwacht, der auch die Wetten auf das Ergebnis annahm. Die Männer grölten aufgeregt, und ihre Bewegungen wirbelten Staubwolken auf. Auch der Salon war voll, dort saßen die Frauen und spielten Kartenspiele wie Cribbage und Rommé, doch im Gegensatz zu ihren Männern wetteten sie um Knöpfe statt um Geld. Sie tranken ebenfalls eine Menge, und Silvia lief sich die Füße wund, um mit den Bestellungen hinterherzukommen.

Kate kannte die meisten Gäste im Schankraum, entdeckte aber auch ein paar, die sie noch nie gesehen hatte. Sie steuerte zunächst auf das freundlichste Gesicht im Raum zu, das Dusty Wells gehörte. Er war unter der Woche bei Schülern auf den Farmen gewesen, deswegen sah sie ihn nun zum ersten Mal seit ihrem Ausflug mit Jim. Überrascht stellte sie fest, dass sie seine Gesellschaft vermisst hatte.

»Hallo, Kate«, grüßte er mit einem warmen Lächeln. »Wie war's in Brewarrina?« Er musste fast schreien, um sich in dem Lärm Gehör zu verschaffen.

Kate stieß einen Seufzer aus und erzählte ihm von ihrem Besuch und dem anschließenden Gespräch mit Mr Rogers. »Ich habe jetzt alle Dorfbewohner gefragt, ob sie eine Haushaltshilfe bräuchten, aber alle haben abgelehnt«, schloss sie. »Deswegen möchte ich heute die Gelegenheit nutzen, es bei den Farmern zu versuchen.«

»Bei ihnen hast du vielleicht mehr Glück«, meinte Dusty zuversichtlich. »Aber ich würde dir raten, deren Ehefrauen anzusprechen, schließlich sind die Frauen für alles zuständig, was mit dem Haushalt zu tun hat.«

»Dann gehe ich mal zu ihnen in den Salon.«

»Viel Glück«, erwiderte Dusty, und sein Gesichtsausdruck ließ vermuten, dass sie es brauchen würde.

Er machte Kate nervös. »Ich nehme an, du kennst alle Frauen mit Kindern.«

»Ja, ich war schon auf allen Farmen, und die Kinder kommen ja auch einmal im Monat in die Schule«, erklärte Dusty.

»Glaubst du deshalb, dass ich Glück brauchen werde?«

Sein Blick wurde sanfter. »Die Frauen der Farmer sind gute Menschen, robust und tatkräftig. Das müssen sie auch sein, um auf dem Land leben zu können, da sie mit allem zurechtkommen müssen, von Staubstürmen über Maus- oder Heuschreckenplagen bis hin zu Verletzungen und Krankheiten. Zumal sie dabei oft auf sich selbst gestellt sind, wenn die Männer gerade irgendwo auf dem riesigen Besitz unterwegs sind und dort ihr Lager aufschlagen oder Vieh zum Markt treiben, teilweise tagelang. Die meisten Frauen lassen sich nichts bieten, und es kann hart sein, für sie zu arbeiten, aber sie sind fast immer gerecht. Leider sind sie Aborigines gegenüber nicht immer sehr tolerant, weil die so andere Einstellungen zum Land haben.«

Kate lauschte ihm mit wachsender Sorge. Die Frauen waren vermutlich ihre einzige Hoffnung, Marlee aus der Mission zu holen. Aber was, wenn sie eine grauenvolle Existenz nur gegen eine andere tauschte?

»Soll ich bei den Gesprächen dabei sein?«, bot Dusty an.

Kate war versucht, zuzustimmen, entschied sich dann aber anders. »Ich sollte besser allein gehen, aber danke für das nette Angebot.«

»Ich warte hier mit Getränken auf dich«, versprach Dusty.

Zehn Minuten später kehrte Kate ernüchtert in den Schankraum zurück.

Dusty schob ihr einen Mimosa hin. »Du siehst aus, als könntest du den hier gebrauchen«, sagte er besorgt.

»Das kannst du laut sagen.« Kate trank einen großen Schluck des Cocktails. »Die Ehefrauen der Farmer sind viel furchteinflößender als ihre Männer.«

»Was ist denn passiert?«

»Ich habe ihnen von Marlee erzählt und sie gefragt, ob irgendjemand eine Haushaltshilfe braucht, die auf die Kinder aufpasst, putzt, oder die Wäsche wäscht.«

»Und was haben sie gesagt?«

»Man könnte meinen, ich hätte ihnen allen Unfähigkeit unterstellt«, sagte Kate. »Sie haben mich alle vollkommen empört angesehen, und eine hat mich gefragt, ob ich meine, dass ein vierzehnjähriges Aborigine-Mädchen den Haushalt besser führen könne als sie.« Sie fühlte sich gedemütigt bei der Erinnerung daran, das stotternd abgestritten zu haben.

»Ich habe dir ja gesagt, dass die Frauen auf dem Land sehr unabhängig sind.« Dusty lächelte mitfühlend.

»Das stimmt, aber trotzdem war ich nicht auf diese Reaktionen vorbereitet. Und damit bin ich leider auch bei der Suche nach einer Stelle für Marlee kein Stück weitergekommen.«

»Vielleicht könnte einer der alleinstehenden Farmer ja eine Haushaltshilfe brauchen«, schlug Dusty vor und ließ seinen Blick auf der Suche nach den entsprechenden Männern durch den Pub gleiten.

»Vielleicht kann ich behilflich sein«, sagte in diesem Moment eine tiefe Stimme hinter Kate. Sie wirbelte herum und sah sich einem Mann gegenüber, den sie schon zuvor bemerkt hatte, weil er sie so angestarrt hatte. Er war etwa zehn Jahre älter als Dusty und recht gutaussehend, doch irgendetwas an ihm weckte ihren Argwohn.

»Tag, Jed«, sagte Dusty, hörbar ohne Begeisterung.

»Tag. Wer ist denn diese schöne junge Frau?« Er sprach mit Dusty, ohne seinen Blick von Kate zu wenden.

»Darf ich vorstellen, das ist Willies Tochter, Kate McGregor. Kate, das ist Jed Hart von der Emu Downs Farm.«

»Hallo«, sagte Kate.

»Ich wusste gar nicht, dass Willie eine Tochter hat, und dann auch noch eine so hübsche.« Jed lächelte breit.

Tony Wilson hatte Jeds Worte von einem Barhocker in der Nähe aus gehört. »Hast du in den letzten Wochen unter ’nem Stein gelebt, Jed?«, fragte er unhöflich.

Kate entging nicht, dass Jed sich über die Bemerkung ärgerte. »Ich war mit dem Vieh unterwegs«, erwiderte er unfreundlich. Dann wandte er sich mit einem charmanten Lächeln wieder an Kate. »Hallo, ich bin Jed. Sehr erfreut, dich kennenzulernen, Kate. Habe ich richtig gehört, dass du Arbeit für jemanden suchst? Vielleicht kann ich helfen.«

»Das bezweifle ich«, fuhr Dusty dazwischen. »Aber danke für das Angebot.«

»Die Dame kann doch sicher selbst sprechen«, führte Jed an. »Worum geht es denn?«

»Ich suche nach einer Stelle für ein junges Mädchen. Brauchst du noch Hilfe im Haushalt, jemanden, der die Wäsche macht oder putzt?«

Jed schwieg, er schien über ihre Worte nachzudenken. In dem Moment rief jemand am anderen Ende der Theke nach Dusty, damit dieser einen Konflikt bei einem Kartenspiel schlichtete. Es klang dringend, und da Dusty eine Prügelei fürchtete, entschuldigte er sich widerstrebend.

Jed glitt auf seinen frei gewordenen Platz. »Vielleicht kann ich dir helfen, Kate.«

»Wirklich?« Kate fühlte Hoffnung in sich aufsteigen. »Ich wäre dir sehr verbunden.«

»Aber zuerst würde ich dir gern eine Frage stellen, wenn ich darf: Dusty und du, seid ihr ein Paar?«

»Nein, wir haben uns gerade erst kennengelernt, ich bin noch nicht lange hier.« Kate fragte sich, wie die Unterhaltung so schnell so persönlich hatte werden können.

»Dann habe ich eine Bedingung dafür, dass ich eine Haushaltshilfe einstelle.« Er sah sie eindringlich an.

Kates Misstrauen war sofort geweckt. »Und die wäre?«, fragte sie zurückhaltend.

»Dass du mal mit mir auf Emu Downs zu Abend isst.«

Kate war überrascht, und in diesem Moment überfiel sie die Erinnerung an ihr erstes Treffen mit Jacques. Ihr erster Impuls war, den Vorschlag rundheraus abzulehnen, doch dann dachte sie an Marlee. Ein Abendessen mit Jed Hart schien ein geringer Preis für Marlees Freiheit zu sein. Außerdem … »Es gibt doch sicher eine Mrs Hart«, warf sie ein.

»Die gibt es. Meine Mutter.« Jed lächelte sie an.

»Ach so.« Kate war überrumpelt.

»Also, isst du mit mir auf Emu Downs zu Abend, wenn ich dieses junge Mädchen einstelle?«

»Einverstanden«, sagte Kate langsam. »Sobald Marlee bei dir untergebracht ist.«

Dusty hörte Kates Antwort gerade noch mit. »Was ist hier los?«, fragte er, deutlich beunruhigt.

»Jed hat sich bereiterklärt, Marlee einzustellen. Ist das nicht großartig?«, rief sie aufgeregt.

Dusty warf Jed einen finsteren Blick zu. »Ich wusste gar nicht, dass du mehr Personal brauchst.« Jed war meist monatelang auf seiner Farm unterwegs und hauste in Lagern, um Vieh zusammenzutreiben.

»Das Haupthaus und die Nebengebäude auf Emu Downs machen viel Arbeit, da gibt es für eine weitere Putzkraft genug zu tun, vor allem bei dem ewig herumfliegenden Staub. Außerdem freue ich mich, Kate helfen zu können.«

»Ich bin dir wirklich dankbar.« Kate blickte zu Dusty und überlegte, warum er nicht so zufrieden wirkte, wie sie sich fühlte.

»Es ist nett von dir, einem jungen Mädchen bei der Suche nach Arbeit zu helfen«, sagte Jed. »Eine Freundin von dir?«

Kate ging auf, dass sie ihm nicht alle Informationen gegeben hatte. Sie zögerte.

»Hat Kate dir nicht gesagt, dass Marlee eine Aborigine ist und von der Mission in Brewarrina kommt?«, fragte Dusty direkt, was ihm einen wütenden Blick von Kate einbrachte.

»Nein, das hat sie nicht.« Jeds Miene war ausdruckslos und gab keinen Hinweis auf seine Gefühle.

Kate war verärgert, dass Dusty mit seinem Kommentar möglicherweise Marlees Chancen schmälerte. »Stellst du Marlee trotzdem ein?«, fragte sie besorgt.

»Ja, natürlich, aber vielleicht musst du dann zweimal mit mir essen«, sagte Jed mit einem charmanten Lächeln.

Kate starrte ihn entsetzt an, und Dusty presste die Lippen fest aufeinander.

»Das war ein Scherz, Kate. Ich freue mich, wenn ich dir helfen kann.«

Erleichtert atmete Kate auf.

»Kann ich dich zu einem Drink einladen? Ich hole mir selbst auch einen.«

Kate warf einen Blick auf ihr Glas, das noch halb voll war. »Danke. Aber ich habe noch«, sagte sie. »Wie weit ist deine Farm eigentlich von Tibooburra entfernt?« Sie überlegte, ob es für Nellie und Marlee schwierig sein würde, sich zu treffen.

»Emu Downs erstreckt sich über mehrere Tausend Morgen, aber das Hauptgebäude liegt zwei Meilen von der Broken Hill Road und etwa fünf Meilen vom Dorf entfernt.«

»Wird Marlee auch Freizeit haben?«

»Natürlich. Sobald ihre Arbeit für den Tag erledigt ist, hat sie bis zum nächsten Morgen frei.«

»Und was ist mit einem freien Tag?«

»Jeden zweiten Sonntag«, sagte Jed.

Nellie und Marlee würden für jedes bisschen Zeit dankbar sein, das sie zusammen verbringen konnten. Vielleicht konnte Kate ja auch Willies Auto leihen, um Nellie zu Marlee zu fahren oder Marlee alle zwei Wochen für den Tag nach Tibooburra zu holen.

»Ich denke, dass der Missionsleiter aus Brewarrina dich kontaktieren wird, um zu prüfen, ob du Marlee wirklich einstellen möchtest.«

Jed nickte. »Wenn ich sonst irgendetwas tun kann, lass es mich wissen.«

»Hast du eine Telefonnummer, die ich dem Missionsleiter geben kann?«

»Natürlich, und du kannst auch jederzeit selbst bei mir anrufen, wenn dir mal nach einem Gespräch sein sollte.«

Kate errötete. Aus dem Augenwinkel bemerkte sie, dass Dusty ganz und gar nicht begeistert wirkte. »Ich hole schnell ein Stück Papier, auf dem du die Nummer notieren kannst.« Sie eilte davon.

Dusty starrte Jed Hart finster an. »Wie schade, dass du Bestechung anwenden musstest, um Kate dazu zu kriegen, mit dir zu essen.«

»Ich tue ihr einen riesigen Gefallen, Wells, also kümmere dich um deinen eigenen Kram.«

»Kate ist eine großartige Frau, und wir haben uns angefreundet …«

»Also bist du eifersüchtig?«

»Nein, das ist es nicht. Sie ist nur kurz zu Besuch hier, um Zeit mit ihrem Vater zu verbringen, den sie seit ihrer Kindheit nicht gesehen hat. Sie kann jetzt niemanden gebrauchen, der ihr Leben verkompliziert.«

»Mit mir zu essen wird ihr Leben nicht verkomplizierten. Außerdem, wenn wir uns gut verstehen, entscheidet sie sich ja vielleicht, hierzubleiben. Was auch immer zwischen uns geschieht, es geht dich nichts an. Kümmere du dich weiter um deine Schüler, dann haben wir zwei auch kein Problem.«

Kate bemerkte die angespannte Stimmung zwischen den Männern sofort, als sie mit Papier und Stift zurückkam, kommentierte sie aber nicht. Jed schrieb seine Telefonnummer auf und reichte ihr den Zettel zurück. Dann rief ihn einer seiner Arbeiter nach draußen zu einer Runde Two-Up.

Dusty wollte mit Kate über Jed reden, aber im Pub war es inzwischen zu laut für eine Unterhaltung. Bevor er sie fragen konnte, ob sie mit ihm spazieren gehen wolle, wurde er zu einem weiteren Streit bei einem Kartenspiel gerufen, und Kate entschuldigte sich und ging auf ihr Zimmer.

Am Montagmorgen rief Kate Mr Rogers an mit der Nachricht, dass sie einen potenziellen Arbeitgeber für Marlee gefunden hatte. »Wann kann Marlee nach Tibooburra kommen, Mr Rogers?«, fragte sie, nachdem sie ihm alle Informationen und Jed Harts Nummer gegeben hatte.

»Ich werde in Erfahrung bringen, wann es Mrs Rudman genehm ist, nach Tibooburra zu fahren«, antwortete er kühl.

»Können Sie mir Bescheid geben, sobald Sie es wissen?«, fragte Kate eifrig. Nellie wusste nicht, dass ihre Tochter nach Hause kommen würde, und Kate wollte sicherstellen, dass sie zu dem Zeitpunkt auch im Dorf war.

»Ich spreche erst einmal mit Mr Hart, um sicherzugehen, dass er Zeit für ein Treffen mit Mrs Rudman findet. Marlee wird nur bei ihm gelassen, wenn Mrs Rudman ihn für geeignet empfindet.«

Kate schloss daraus, dass er nicht die Absicht hatte, sie zu informieren, wann Marlee nach Tibooburra kommen würde. Aber sie hatte zumindest Jed Harts Telefonnummer und würde ihn danach fragen. »Ich kann Ihnen versichern, dass Mr Hart durchaus geeignet ist«, erwiderte sie ebenso kühl und beendete das Gespräch.

»Dieser Mann ist einfach abscheulich«, zischte sie, als sie anschließend die Küche betrat.

»Welcher Mann?«, fragte Silvia, die das Geschirr vom Frühstück spülte.

»Mr Rogers, der Missionsleiter. Je früher Marlee nach Hause kommt, desto besser. Nach ihrer Probezeit werde ich Mr Rogers beim Eigentümer der Mission melden, er muss von seiner miserablen Einstellung erfahren. Ich hoffe, dass ich damit dazu beitragen kann, dass er dann entlassen wird.«

»Wenn irgendeiner das schafft, dann du, Kate«, sagte Willie. Er war sehr beeindruckt, dass sie einen Weg gefunden hatte, Marlee nach Hause zu Nellie zu holen. Er hatte nicht damit gerechnet.

Kapitel 28

»Marlee kommt nach Hause!«, rief Kate begeistert, als sie in die Küche stürmte. Sie hatte gerade mit Jed Hart telefoniert, der mit Mr Rogers gesprochen hatte. Marlee würde bereits am Donnerstag gegen Nachmittag erwartet. Jed habe viel auf der Farm zu tun, wolle jedoch so schnell wie möglich ins Dorf fahren und sie und Mrs Rudman dort abholen, möglicherweise aber erst am späten Nachmittag. Kate war außer sich vor Freude.

Willie teilte ihre Begeisterung nicht. »Weißt du, Kate, ich habe gestern Abend mit Dusty über Jed Hart geredet«, sagte er langsam. »Ich war nämlich sehr überrascht, dass Jed eingewilligt hat, Marlee einzustellen.«

»Warum warst du überrascht?«

Willie zögerte. Er wollte Kate nicht verärgern und wählte seine Worte mit Bedacht.

Silvia, die die gleichen Bedenken hatte, sprang ihm zu Hilfe. »Jed Hart ist den Aborigines gegenüber intoleranter als die meisten anderen hier.«

»Dusty glaubt, dass er Marlee nur einstellt, um bei dir gut dazustehen«, fügte Willie hinzu.

Kate konnte die Bedenken nicht nachvollziehen. »Wenn das so ist, hatte es nichts damit zu tun, dass Marlee eine Aborigine ist, denn davon wusste er zu dem Zeitpunkt noch nichts. Dusty war derjenige, der es ihm kurz darauf gesagt hat, und Jed hat sein Angebot nicht zurückgezogen. Das beweist doch, dass er zumindest über ein bisschen Mitgefühl und Anstand verfügt.«

Willie war sich da nicht so sicher. »Stimmt es, dass er nur unter der Bedingung zugestimmt hat, dass du für ein gemeinsames Abendessen zu ihm nach Emu Downs kommst?« Genau wie Dusty fand auch er das dubios.

»Ja, das stimmt. Aber ein Abendessen mit ihm ist doch ein geringer Preis für Marlees Freiheit.«

»Also wirst du gegen deinen Willen mit ihm zu Abend essen«, schloss Silvia.

»Das habe ich nicht gesagt«, widersprach Kate. »Und was Jeds Haltung den Aborigines gegenüber angeht: Ganz viele Leute in der Gegend sind ihnen gegenüber sehr negativ eingestellt.«

»Das stimmt. Aber Jed toleriert sie noch weniger als die meisten anderen.« Was Willie eigentlich sagen wollte war, dass Jed ein gemeiner Bastard sein konnte, aber er wollte Kate auch keine Angst machen.

Doch Kate verstand auch so. »Willst du damit sagen, dass Marlee schlecht behandelt werden könnte?«, fragte sie besorgt.

»Ich hoffe nicht.«

»Du klingst nicht sehr überzeugt.«

»Er wird sie wahrscheinlich sehr gut behandeln, während er versucht, dich für sich zu gewinnen, Kate«, sagte Silvia.

»Kann es sein, dass keiner von euch Jed mag? Dusty offensichtlich auch nicht.«

»Er ist generell nicht sehr beliebt. Sein Vater, Jonathan Hart, war ein sehr netter Mann. Du wirst hier keine einzige Person finden, die ein schlechtes Wort über ihn verliert. Jonathan hat sein Herz und seine Seele in Emu Downs gesteckt. Als die Preise für Vieh gut waren, hat er viel Geld verdient, aber er war immer bodenständig, ist nie abgehoben. An den Wochenenden ist er immer in den Pub gekommen und hat allen ein Bier ausgegeben. Er hat jedem geholfen, der Hilfe brauchte, und hat im Gegenzug nichts verlangt. Es war ein trauriger Tag, als er vor zwei Jahren plötzlich starb und Jed die Farm übernommen hat. Er ist ganz anders als sein Vater. Die meisten glauben, dass ihm sein hohes Erbe zu Kopf gestiegen ist, denn er neigt dazu, alle von oben herab zu behandeln.«

»Vielleicht fällt es ihm schwer, die Fußstapfen seines Vaters zu füllen, deshalb übertreibt er und wirkt damit arrogant«, überlegte Kate.

»Wir glauben eher, dass das einfach sein Charakter ist«, sagte Willie.

»Lebt seine Mutter auf der Farm?«

»Nicht mehr. Kurz nachdem Jed die Farm übernommen hat, ist sie nach Melbourne gezogen. Einige glauben, dass er sie fortgeschickt oder ihr das Leben sehr schwer gemacht hat.«

»Vielleicht wollte sie auch nur von der Farm wegziehen und neu anfangen.« Sie zuckte mit den Schultern, doch Willie und Silvia blickten sie zweifelnd an. »Hört mal, ich weiß eure Sorge wirklich zu schätzen, aber ich möchte an das Gute in Jed Hart glauben, weil er Marlee eine Chance gibt, was niemand sonst tun wollte. Außerdem finde ich ihn sogar ganz charmant.« Sofort erschien Jacques vor ihrem inneren Auge, doch sie verdrängte das Bild schnell.

Willie seufzte. »Ich weiß, dass du eine Frau von Welt bist, und du bist sicherlich klüger als das durchschnittliche Mädchen vom Land, aber bitte sei bei Jed Hart sehr vorsichtig. Er ist nicht aufrichtig«, warnte er.

»Ich kann auf mich selbst aufpassen, Dad. Nur um Marlee mache ich mir Sorgen. Aber sie wird mir schon sagen, wenn irgendetwas nicht stimmt. Und dann suche ich eine Lösung. Außerdem muss Mrs Rudman ja auch noch ihr Okay geben, und die wird schon sagen, wenn ihr irgendetwas nicht passt.« Mit einem Schulterzucken wandte sie sich zur Hintertür.

»Wohin gehst du?«, wollte Willie wissen.

»Jetzt, wo alles in trockenen Tüchern ist, muss ich Nellie erzählen, dass ihre Tochter nach Hause kommt«, sagte sie aufgeregt.

»Warum wartest du nicht, bis es dunkel ist?«, warf Willie ein.

Kate wirbelte herum. Sie wusste nur zu gut, dass er Sorge hatte, die Dorfbewohner würden wieder anfangen zu tratschen. »Ich möchte es ihr jetzt sagen«, blaffte Kate. »Es ist mir egal, ob ich dabei gesehen werde. Alle wissen, dass Nellie mir das Leben gerettet hat, da werden sie wohl nicht überrascht sein, wenn sie sehen, dass wir uns unterhalten.« Damit lief sie nach draußen.

»Es ist nur eine Frage der Zeit, bis die Wahrheit ans Licht kommt«, sagte Silvia. »Das ist dir bewusst, oder?«

Willie seufzte. Er wollte sich nicht damit auseinandersetzen, aber tief im Inneren wusste er, dass Silvia recht hatte. Kate hatte ihn schon gebeten, Madge und Trevor die Wahrheit zu sagen. Er hatte sie bislang auf später vertröstet, aber das konnte nicht ewig so weitergehen.

Kate wusste, wo sie Nellie finden würde, denn seit sie in Tibooburra war, war Nellie zu keiner Buschwanderung mehr aufgebrochen. Nachdenklich lief sie in Richtung Windmühle. Ein Teil von ihr wollte, dass die Dorfbewohner von ihrer Verwandtschaft erfuhren und sie sich endlich öffentlich zu Nellie bekennen konnte, aber das würde Willie in Schwierigkeiten bringen. Sie selbst hatte nichts zu verlieren, aber wenn die Dorfbewohner sich gegen Willie stellten, würde er den Pub verlieren. Davon hätte keiner etwas. Sie wünschte, die Dinge lägen anders, aber selbst wenn man von der Tatsache absah, dass Willie sie jahrelang belogen hatte – wie sollte sie allein die rassistischen Einstellungen in einer Gemeinschaft im Outback verändern?

Kate besuchte Nellie meist abends, wenn Willie und Silvia im Pub beschäftigt waren. Sie schaute kurz im Schankraum vorbei, plauderte ein wenig mit den Gästen, damit sie nicht misstrauisch wurden, und schlich sich dann davon, um ihre Mutter im Lager hinter der Windmühle zu besuchen. Manchmal brachte sie ihr Essen mit oder frische Unterwäsche oder ein Kleid aus Flos Geschäft. Sie liebte es, ihrer Mutter Dinge zu schenken, und bestand darauf, ihre wenige Wäsche in der Waschmaschine des Hotels zu waschen. In den letzten Tagen war es ihr zunehmend schwergefallen, nicht von ihrem Treffen mit Marlee zu erzählen, aber sie hatte ihr keine Hoffnung machen wollen, bevor alles geregelt war.

»Mum, ich habe wunderbare Neuigkeiten für dich«, sagte sie nun freudig.

Nellie saß neben ihrem Lagerfeuer und aß Buschtomaten und Knollen zum Frühstück. Sie trug ein einfaches Hemdkleid, das Kate ihr gekauft hatte.

»Was, Kadee?« Nellie freute sich, ihre Tochter zu sehen. Sie genoss jeden gemeinsamen Augenblick, auch wenn sie bisweilen damit haderte, so viel ihrer gemeinsamen Zeit verloren zu haben.

Kate holte tief Luft. »In ein paar Tagen kommt Marlee.«

Nellie starrte sie mit offenem Mund an. »Nellies Mädchen kommen nach Hause.«

Kate nickte. »Ich war letzte Woche ja zwei Tage weg. In dieser Zeit bin ich in die Missionsstation nach Brewarrina geflogen und habe Marlee getroffen. Der Missionsleiter hat mir gesagt, dass ich Marlee eine Stelle suchen muss, bevor sie gehen darf, und das habe ich getan. Ich wollte es dir erst sagen, wenn alles geklärt ist.«

Nellie war überwältigt von Gefühlen. Sie war unfähig, zu sprechen, aber über ihr Gesicht rannen zwei Tränen, die alle Worte unnötig machten.

Kate nahm sie in den Arm. »Marlee hätte dir nie weggenommen werden dürfen, aber das liegt jetzt hinter dir. Keine Traurigkeit mehr. Nur noch Freude.«

Als Nellie den freudigen Schock überwunden hatte, sprudelten die Fragen nur so aus ihr heraus. »Welche Arbeit sie machen?«

»Jed Hart, ein Farmer, hat sie als Putzkraft eingestellt. Er lebt ein Stück außerhalb, aber nah genug, dass du sie treffen kannst.

Abends hat sie frei, und alle zwei Wochen hat sie einen freien Tag, den ihr zusammen verbringen könnt. Ist das nicht wundervoll?«

»Warum Marlee nicht bei Nellie bleiben?«

»Wenn sie sechzehn wird, verliert die Mission die Aufsicht über sie«, erklärte Kate. »Bis dahin muss sie auf der Rinderfarm arbeiten und leben. Ich weiß, dass das falsch ist, aber so ist es leider.« Es war sicher schwer für Nellie, das zu verstehen.

Nellie schwieg einen Moment. »Wie Marlee leben, Kadee? Sie jetzt groß?« Nellies Stimme brach.

»Sie ist wunderschön und ein guter Mensch. Du kannst stolz auf sie sein, sie kümmert sich gut um die kleinen Kinder in der Mission. Sie beschützt sie und kocht für sie.« Sie würde Nellie nicht erzählen, dass Marlee schlecht behandelt worden war, das lag in Marlees Hand, sobald sie hier war.

Nellie weinte Tränen der Freude. »Danke, Kadee«, flüsterte sie und drückte ihre Hand. »Du gutes Mädchen.«

Am Donnerstag stellte Kate einen Tisch auf die Veranda der Hausrückseite, wo sie eine kleine Willkommensfeier für Marlee abhalten wollte. Willie war natürlich besorgt, von den Dorfbewohnern gesehen zu werden, aber während der heißesten Zeit des Tages, mittags ab eins, blieben die meisten in ihren Häusern. Erst gegen vier Uhr kamen die ersten Männer in den Pub, während ihre Frauen das Abendessen zubereiteten.

Kate hatte Nellie gebeten, um zwei Uhr zur Hausrückseite zu kommen, um Marlee zu begrüßen, denn um diese Uhrzeit würde sie mit Mrs Rudman planmäßig ankommen. Silvia und Kate hatten am Morgen Cupcakes gebacken, und Willie würde Getränke zur Verfügung zu stellen. Kate war mehr als aufgeregt, aber als die Uhr längst zwei geschlagen hatte, war Marlee immer noch nicht da, genauso wenig wie Nellie. Als es schließlich fast drei Uhr war, wurde Kates Sorge immer größer. Sie starrte von der vorderen Veranda des Hotels die Briscoe Street entlang in die Weite des Outback, während sie angestrengt auf die Geräusche eines nahenden Fahrzeugs lauschte. Doch die Stille wurde nur vom gelegentlichen Krächzen eines Kakadus oder einer Krähe durchbrochen, und in der Ferne sah sie nichts als aufwirbelnde Staubwolken und ab und zu ein Emu oder Känguru.

»Die Fahrt von Brewarrina bis hierher ist lang«, sagte Willie, als sie ins Hotel trat. »Eigentlich können sie nicht zu einer bestimmten Zeit hier sein.«

»Ich weiß, aber Nellie ist auch nicht hier, dabei habe ich ihr gesagt, dass sie um zwei Uhr kommen soll.«

»Kate, du musst noch viel über die Lebensweise der Aborigines lernen.«

»Wie meinst du das?«

»Na ja, unter anderem hat Zeit für sie keine Bedeutung. Die Wochentage zum Beispiel sind für die Aborigines alle gleich.«

»Was willst du damit sagen? Dass Nellie gar nicht kommen wird?«

»Nein, das meine ich nicht. Aber wenn du ihr sagst, sie soll am Donnerstag um zwei Uhr kommen, ist es sowohl möglich, dass sie viele Stunden zu früh kommt, als auch viele Stunden oder sogar Tage zu spät.«

»Überleg doch mal«, fügte Silvia hinzu. »Hast du an einem Aborigine je eine Uhr gesehen? Kalender besitzen sie auch nicht. Ihre Leben werden von den Jahreszeiten bestimmt, weil diese ihre Nahrung bestimmen.«

»Oh, du liebe Güte, meine Überraschung für Marlee wird platzen, nicht wahr?«, rief Kate panisch.

»Es wird schon alles gut gehen«, beruhigte Willie sie. »Wenn Nellie und Marlee sich nicht heute treffen, holen sie das an einem anderen Tag nach.«

»Aber ich habe Nellie noch gestern Abend daran erinnert, dass

Marlee heute kommt. Ich war vorhin bei ihrem Lager, aber sie ist nicht da. Wo könnte sie sein?«

»Sie könnte überall sein, vielleicht taucht sie gleich auch noch auf. Es ist ihr wichtig, ihre Tochter zu treffen, also mach dich nicht zu verrückt.«

Eine weitere Stunde verstrich, ohne dass Marlee kam. Kate marschierte ungeduldig vor dem Hotel auf und ab, als Dusty nach der Schule frisch geduscht auf sie zukam. Kate bemerkte erneut, wie gut er aussah, außerdem roch er verführerisch nach Seife. Seine Nähe bewirkte immer etwas in ihr, doch sie versuchte, nicht darüber nachzudenken.

»Was ist los, Kate?«

»Ich warte auf Marlee«, erklärte sie ihm. »Sie sollte schon gegen zwei Uhr hier sein, und jetzt ist es schon nach vier.«

»Sie kommt schon noch«, beruhigte Dusty sie. »Der Weg ist weit und die Straße in keinem guten Zustand. Deswegen hatte ich ja vorgeschlagen, dass Jim Bryson dich hinfliegt.«

»Jed Hart ist bald hier, um Marlee mit auf die Farm zu nehmen, aber ich wollte eigentlich, dass sie vorher noch ein bisschen Zeit mit Nellie verbringt. Nur weiß ich auch nicht, wo Nellie ist.«

In dem Moment tauchte ein Auto auf der Briscoe Street auf, umgeben von einer Staubwolke.

»Oh, das könnte sie sein.« Plötzlich war Kate sehr nervös.

Als das Auto näher kam, entdeckte Kate eine Frau mit Hut auf dem Fahrersitz, eine Beifahrerin aber konnte sie durch die stark verschmutzte Windschutzscheibe nur schemenhaft ausmachen. Sie erwartete, dass das Auto vor dem Hotel halten würde, doch es blieb vor dem Corner Store stehen. Die Frau stieg aus, glättete ihr zerknittertes Kleid und streckte sich. Sie war klein, aber kräftig, und hatte einen mürrischen Gesichtsausdruck.

»Mrs Rudman!« Winkend lief Kate auf sie zu.

»Ja?«, erwiderte die Frau barsch, während sie Kate herablassend musterte.

Die Frau war sichtlich erhitzt und entnervt, deswegen versuchte Kate, ihr Verhalten nicht sofort als unsympathisch einzustufen. »Guten Tag. Ich bin Kate McGregor. Mr Hart ist noch nicht hier, möchten Sie ins Hotel kommen und bei einem kalten Getränk auf ihn warten?«

»Ich gehe nicht in Hotels, Miss McGregor. Was für ein Beispiel gäbe ich damit ab?«

Kate begann zu schwitzen. »Ich hatte den Damensalon vorgesehen, der ist sehr respektabel«, erklärte sie schnell. »Sie möchten doch sicher nicht hier draußen in der Hitze warten.« Mit einem Blick ins Fahrzeug stellte sie fest, dass Marlee wirkte, als hätte sie harte Strapazen hinter sich, also lächelte sie ihre Halbschwester aufmunternd an.

Mrs Rudman sah ebenfalls zu Marlee, aber in ihrem Blick lag keine Zuneigung. »Sie kann nicht ins Hotel. Und ich lasse sie hier nicht allein, damit sie sich davonmachen kann.« Im Schatten des Geschäfts saßen ein paar Aborigines, denen Mrs Rudman jetzt ebenfalls einen verächtlichen Blick zuwarf.

Silvia hatte das Gespräch mitbekommen und trat nun zu ihnen. »Kommen Sie doch mit mir, Mrs Rudman. Kate kann mit dem Mädchen hinter dem Hotel warten und ihr etwas zu trinken geben.«

»Wo ist Mr Hart? Er sollte längst hier sein und auf mich warten. Ich möchte so schnell wie möglich wieder nach Brewarrina aufbrechen.« Sie wollte für die Rückfahrt einen anderen Weg einschlagen, auf dem sie durch Broken Hill anstatt durch Cunnamulla fahren würde, wo sie über Nacht bleiben und eine Freundin besuchen wollte.

»Er ist sicher bald hier«, versicherte Kate.

Mrs Rudman schnaubte. »Dann nehme ich das kalte Getränk,

aber er sollte sich besser beeilen.« Sie wandte sich an Marlee. »Geh mit Miss McGregor, und benimm dich«, blaffte sie. »Und denk ja nicht daran, wegzulaufen, sonst kommst du direkt wieder in die Missionsstation.«

»Sie wird nicht weglaufen«, sagte Kate verärgert.

»Sie kennen sie nicht so gut wie ich«, erwiderte Mrs Rudman.

Kate ging ohne ein weiteres Wort zur Beifahrertür, durch die Marlee gerade ausstieg, und führte sie um das Hotel herum.

Als sie außer Sicht- und Hörweite von Mrs Rudman waren, legte Kate den Arm um Marlees Schultern. »Es ist schön, dich wiederzusehen«, sagte Kate. Sie selbst konnte ihre Freude nicht verbergen, fand aber, dass Marlee nicht so fröhlich wirkte, wie sie erwartet hätte. »Wie war die Fahrt?«

Marlee verdrehte die Augen. »Sie können sich bestimmt vorstellen, wie es mit Mrs Rudman war, die sich die ganze Fahrt lang darüber beschwert hat, dass sie mich herbringen muss.«

»Oh, bitte, sag Du zu mir. Ich bin Kate. Es tut mir leid, dass du das durchgemacht hast, aber jetzt musst du sie nie wieder sehen.«

Marlee zuckte mit den Schultern. »Mrs Rudman hat mir gesagt, dass ich bald wieder in der Mission sein werde, weil ich eine Unruhestifterin bin und es bestimmt vermassele.«

»Na, da irrt sie sich«, gab Kate schnell zurück. »Du gehst niemals mehr dorthin zurück.«

Marlee zuckte erneut mit den Schultern, als sei sie es gewöhnt, davon auszugehen, dass sie es nie zu irgendetwas bringen würde. Es brach Kate das Herz.

»Der Abschied von den kleinen Kindern ist dir bestimmt schwergefallen«, sagte Kate sanft. Sie konnte sich vorstellen, wie zerrissen sie sich gefühlt haben musste.

Marlee wirkte überrascht von Kates Verständnis. Sie nickte, sah aber zu Boden. Die Kinder zurückzulassen war ihr so schwergefallen wie noch nichts zuvor im Leben. Die Erinnerung, wie die

Kleinen geweint und sich an sie geklammert hatten, würde sie ewig verfolgen.

Als sie die Rückseite des Hotels erreichten, musste Kate enttäuscht feststellen, dass Nellie nicht da war.

»Was hältst du von einem Glas kalter Limonade?«, fragte sie dennoch freundlich.

Marlees starrte sie aus ihren großen braunen Augen überrascht an, und Kate ging auf, dass ihr vermutlich nie zuvor ein Glas Limonade angeboten worden war.

»Setz dich doch.« Sie deutete auf einen Stuhl an dem Tisch im Schatten. »Ich hol die Limonade.«

In dem Moment trat Willie mit einem Tablett nach draußen, auf dem drei Gläser mit Limonade standen.

»Oh, danke, Dad, ich wollte die Getränke gerade holen.« Kate hatte nicht erwartet, dass er sie bedienen würde.

»Hallo«, sagte er zu Marlee, während er das Tablett auf den Tisch stellte.

»Marlee, das ist mein Dad, Willie McGregor.« Kate reichte Marlee ein Glas mit Limonade. »Ihm gehört das Hotel.«

»Hallo«, sagte Marlee leise und mit gesenktem Kopf. Ihr Blick fiel auf das dritte Glas. »Wo ist meine Mutter … Kate?«

»Sie kommt gleich.« Kate warf Willie einen besorgten Blick zu. »Ich habe ihr gesagt, dass du heute kommst. Sie hat sich riesig gefreut.«

Marlee blickte traurig auf das dritte Glas, als glaubte sie nicht daran, dass Nellie wirklich auftauchen würde.

Wieder ging die Hintertür auf, und Silvia brachte ein Tablett mit Cupcakes heraus.

»Ich gehe zurück zu meinen Gästen«, verabschiedete sich Willie.

»Marlee, das ist Silvia Pearce«, sagte Kate. »Ohne sie könnte mein Dad das Hotel nicht führen.«

Silvia schenkte Marlee ein Lächeln, doch als sie sich an Kate wandte, verschwand es. »Ehrlich, Kate, diese grässliche Mrs Rudman ist so bitter wie eine alte Pampelmuse.« Als ihr bewusst wurde, dass sie ihre Gedanken laut ausgesprochen hatte, blickte sie verunsichert zu Marlee, doch das Mädchen lächelte.

»Und so ist sie an einem guten Tag.«

Silvia starrte sie mit offenem Mund an. »Du Arme. Du hättest eine Medaille verdient dafür, eine elfstündige Autofahrt mit ihr zu überstehen.« Mrs Rudman klagte drinnen gerade ununterbrochen über die Reise.

»Sie glauben gar nicht, wie oft ich überlegt habe, aus dem fahrenden Auto zu springen«, sagte Marlee, und sie alle lachten.

Kate war froh, diese fröhlichere Seite an ihrer Halbschwester zu entdecken. Sie widerstand der Versuchung, ihr die Wahrheit über ihre Beziehung zu sagen, das musste warten. Erst würde sie Marlee mit ihrer Mutter vereinen.

Willie steckte noch einmal den Kopf aus der Tür. »Diese furchtbare Frau ruft gerade bei Jed Hart an und staucht ihn ganz schön zusammen. Klingt, als würde er sich bald auf den Weg machen.«

Kate blickte sich hektisch um, doch es war immer noch nichts von Nellie zu sehen. Sie würde Marlee nie davon überzeugen können, dass ihre Mutter sie liebte, wenn diese nicht auftauchte. Also wo steckte sie?

»Warum ist meine Mutter nicht hier?«, fragte Marlee jetzt mit traurigem Blick. »Sie möchte mich nicht sehen, oder? Deswegen hat sie mich auch nie in der Mission besucht.«

»Nein, Marlee. Sie freut sich sehr, das kann ich dir versprechen, aber ich weiß, dass sie auch Angst hat.«

»Angst … vor mir?«

»Nein, sie hat Angst, dass du sie nicht wiedererkennst … dass ihr keine Verbindung habt. Es ist viel Zeit vergangen, und du warst noch sehr klein, als du ihr weggenommen wurdest.«

Marlee hob den Blick. »Ich habe genau dieselbe Angst, Kate«, sagte sie leise. »Dass sie sich wie eine Fremde anfühlt. Ich habe auch Angst, dass sie enttäuscht von mir ist.«

Kate war ganz sicher, dass diese Sorge unbegründet war. »Das wird nicht passieren. Glaub mir. Sie wird außer sich sein vor Freude über deine Entwicklung, und sie wird sehr stolz auf dich sein.«

»Woher willst du das wissen?«

»Ich weiß es einfach, Marlee.«

»Es war schwer, ohne Familie aufzuwachsen. Ich hatte immer das Gefühl, dass in meinem Herzen ein Stück fehlt«, gab Marlee zu.

Kate wusste, wovon sie sprach, konnte dieses Gefühl aber erst seit Kurzem nachvollziehen. Sie hatte ihren Onkel und ihre Tante immer geliebt und geglaubt, das sei genug, bis sie nach Australien gekommen war und entdeckt hatte, dass sie auch eine Mutter und einen Vater hatte, die sie liebten, und jetzt auch eine Schwester.

In diesem Moment veränderte sich Marlees Gesichtsausdruck.

Kate folgte ihrem Blick in Richtung der Windmühle und entdeckte Nellie. Sie kannte sie gut genug, um zu erkennen, wie sie mit ihrer Angst zu kämpfen hatte, dass Marlee sie abweisen würde, so wie Kate es zu Anfang getan hatte. Sie hatte Kate schon gestanden, dass sie das ein zweites Mal nicht aushalten würde.

»Ist das meine … Mutter?«, fragte Marlee.

»Ja, das ist Nellie.«

Marlee stand langsam auf und trat ins Sonnenlicht, lief ein paar Schritte auf Nellie zu. Auch Nellie ging zaghaft auf sie zu, einen vorsichtigen Schritt nach dem anderen. Kate sah wie gebannt zu. Ihr Herz raste, und Freudentränen stiegen ihr in die Augen.

Als sie noch etwa drei Meter voneinander entfernt waren, verharrten Nellie und Marlee auf der Stelle und schauten sich eine Weile an, die Kate wie eine Ewigkeit vorkam. Sie hielt den Atem an, spürte die gefühlsgeladene Energie zwischen den beiden. Dann hob Nellie die Arme und streckte sie nach ihrem Mädchen aus. Marlee überwand die Distanz zwischen ihnen mit wenigen Schritten und fiel in ihre Arme. Eng umschlungen standen sie da und weinten an der Schulter der anderen.

Kate betrachtete durch einen Tränenschleier, wie Nellie Marlee sanft über die Haare und über das Gesicht strich. Selbst aus der Entfernung konnte Kate die Liebe in ihrem Blick erkennen. All ihre Unsicherheiten schienen von dieser Welle aus Liebe weggespült zu werden, Jahre voller Schmerz und Qual hatten unerwartet ihren Abschluss gefunden. Ihre Mädchen waren zurück. Schließlich löste sich Nellie aus der Umarmung und bedeutete Kate, zu ihnen zu kommen. Es war ein wunderschöner Moment, und Kate, die ein Teil davon sein wollte, ging zu ihnen und ließ sich von Nellie in die Umarmung ziehen.

»Jetzt Nellies kleine Mädchen wieder da«, rief sie lachend und weinend zugleich.

Marlee sah Kate verwirrt an. »Warum sagt sie das?«

»Kadee auch Nellies Mädchen«, erklärte Nellie mit einem liebevollen Blick zu Kate.

»Was?«, rief Marlee.

Kate nickte zaghaft. »Ja. Nellie ist auch meine Mutter. Ich weiß es noch nicht lange, ich dachte immer, meine Mutter wäre tot.«

»Also bist du … sind wir …«

»Schwestern«, sagte Kate mit einem Lächeln. »Oder Halbschwestern. Wir haben unterschiedliche Väter, aber wir sind eine Familie, Marlee.«

Marlee kamen erneut die Tränen, und sie drückte ihre Mutter und ihre Schwester fest an sich.

»Kommt, wir setzen uns in den Schatten«, sagte Kate nach ein paar Minuten. »Wir haben leider nicht viel Zeit zusammen, bevor Jed Hart mit dir zur Emu Downs Farm fährt.« Als Kate sich umdrehte, sah sie Dusty am Tisch stehen, er hatte noch ein Tablett mit Getränken in den Händen. Seinem erstaunten Gesichtsausdruck nach zu urteilen hatte er ihre Unterhaltung mitgehört. Also hatte er auch mitbekommen, dass sie Nellies Tochter und zum Teil Aborigine war.

Er stellte das Tablett auf den Tisch und sah Kate an. »Willie war im Pub beschäftigt, deswegen habe ich angeboten, die Getränke rauszubringen«, brachte er sichtlich erschüttert hervor. »Ich lasse euch dann mal wieder allein.«

Bevor Kate etwas sagen konnte, ging er wieder ins Haus.

Sie setzte sich zu Nellie und Marlee. Über Dusty konnte sie jetzt nicht nachdenken, aber trotzdem nagte die Sorge an ihr, dass Willies größte Angst bald Wirklichkeit werden könnte.

Kapitel 29

Nellie und Marlee saßen so dicht wie nur eben möglich beieinander und hielten sich im Arm. Immer noch strahlten und weinten sie vor Freude, während Nellie über Marlees Haar strich und wieder und wieder sanft ihr Gesicht berührte, als könnte sie nicht recht glauben, dass Marlee wirklich hier war. Hin und wieder drückte sie auch Kates Hand oder streichelte ihr über den Arm.

»Nellies Mädchen«, sagte sie immer wieder. »Nellies Mädchen zu Hause.« Sie war lange nicht so glücklich gewesen.

Der Anblick der beiden wärmte Kates Herz, doch mit jeder Minute, die verstrich, trübte sich ihre gute Stimmung ein wenig mehr. Sie wusste, dass die Freude nicht mehr lange anhalten würde, zumindest für diesen Tag. Als sie die unverkennbare Stimme von Mrs Rudman durch die Hintertür hörte, fuhr sie auf. Auch Marlee hörte die Stimme offenbar, denn sie sah Kate entsetzt an, während sie sich an Nellie lehnte und deren Hände umklammerte, als wären sie ein Rettungsanker.

Kate wusste, was jetzt geschehen würde, eher früher denn später, und sie wollte ihrer Mutter und Schwester unbedingt mehr gemeinsame Zeit verschaffen. Sie ging zur Hintertür und spähte hinein.

»Was ist los?«, flüsterte Kate und schlüpfte zu Silvia in die Küche. »Ich dachte, ich hätte Mrs Rudman gehört.«

»Das hast du auch. Die Stimme dieser grässlichen Frau hört man bestimmt bis Brewarrina. Sie dreht Jed Hart gerade richtig durch die Mangel.«

»Oh nein.« Kate rutschte das Herz in die Hose. Hoffentlich war

Jed tapfer genug, dem verbalen Angriff dieser Frau standzuhalten, denn es wäre katastrophal, wenn sie Marlee wieder mit in die Mission nehmen würde.

Kate schlich zur Tür im Flur, von der aus sie einen guten Blick in den Damensalon hatte. Sie hörte Jed über das Farmleben sprechen, doch Mrs Rudman unterbrach ihn immer wieder. Gerade als Kate wünschte, die Unterhaltung würde noch lange andauern, wurde es still. Dann tauchte Mrs Rudman auf, sie stürmte geradewegs auf Kate zu, dabei knarzten die Dielenbretter unter ihren Unheil verkündenden Schritten. Sie wurde von Jed Hart verfolgt, der trotz seiner stattlichen Größe eher wie ein nervöser Jugendlicher wirkte, nachdem er von diesem Drachen von Schlafsaalaufseherin niedergemacht worden war.

»Wo ist Marlee?«, verlangte Mrs Rudman zu wissen. »Ist sie schon weggelaufen?«

»Natürlich nicht«, sagte Kate ruhig. »Sie ist draußen vor der Tür. Ist alles in Ordnung? Darf sie für Mr Hart arbeiten?«

»Ja, aber sie hat eine Probezeit von drei Monaten. Wenn sie es vermasselt, lässt Mr Hart es mich sofort wissen, und dann hole ich sie schneller in die Mission zurück, als sie eine Tasche packen kann. Und ich werde nicht sehr erfreut darüber sein, diese Reise noch mal unternehmen zu müssen. Verstanden?«

Kate nickte. »Sie wird es nicht vermasseln«, versprach sie.

Mrs Rudman verengte die Augen zu Schlitzen. »Seien Sie sich da mal nicht so sicher«, zischte sie. Dann wandte sie sich an Jed Hart. »Ab jetzt sind Sie für sie verantwortlich, und wie Sie sie behandeln, ist Ihre Sache. Aber behalten Sie sie im Auge und seien Sie streng mit ihr, und was auch immer Sie tun, dulden Sie keine Widerworte. Ich mache mich dann jetzt auf den Weg.« Sie sah mit finsterem Blick auf die Uhr und dann kurz zur Hintertür, als überlege sie, ob sie Marlee noch Abschiedsworte zuteilwerden lassen sollte. Offenbar entschied sie, dass Marlee es nicht wert war. »Auf

Wiedersehen«, sagte sie lediglich und machte sich auf den Weg zur vorderen Haustür, die sie hinter sich zuschlug.

Kate schüttelte sprachlos den Kopf und sah Jed dann argwöhnisch an.

»Wenn das Mädchen mir irgendwelche Probleme macht, kommt sie direkt wieder in die Mission. Davon war zum Zeitpunkt meiner Zustimmung nicht die Rede«, sagte er.

»Sie wird dir keine Probleme bereiten, das verspreche ich. Aber ich würde nach einem Tag mit dieser Frau auch weglaufen, du etwa nicht?«

»Ich kann nicht die Verantwortung für ein unkontrollierbares schwarzes Kind übernehmen, Kate.«

Kate zuckte zusammen. »Sie ist eine Aborigine«, betonte sie, »und sie wird nicht fortlaufen. Ihre Mutter ist hier. Sie wurden vor zehn Jahren getrennt, und jetzt wollen sie nur Zeit zusammen verbringen, aber Marlee ist erst frei, wenn sie sechzehn wird.«

Jeds Blick machte Kate deutlich, dass er kein Interesse an der Geschichte des Mädchens oder an irgendwelchen Sentimentalitäten hatte. »Ich sollte jetzt besser zur Farm zurück«, sagte er und drehte sich zur Tür um. »Wenn sie hinten ist, schick sie bitte nach vorne.«

»Du musst doch nicht gleich wieder los, oder?«

»Ich hab noch zu tun«, sagte er brüsk.

»Du hättest doch gewiss noch gern ein Bier, bevor du zurückfährst, vor allem nach deiner Begegnung mit Mrs Rudman«, machte Kate einen neuen Versuch, Zeit zu gewinnen.

»Ich habe wirklich keine Zeit …«

»Nur eins, um den Staub hinunterzuspülen«, drängte Kate. Diese Formulierung hatte sie schon öfter bei Willies Gästen gehört.

Jed schwieg einen Moment. »Na schön, ich trinke noch schnell ein Pint, aber dann muss ich wirklich los. Sorg dafür, dass das

Mädchen in zehn Minuten vorne steht«, sagte er, bevor er in den Schankraum lief.

Kate ging aus der Hintertür nach draußen. »Du hast noch zehn Minuten, Marlee. Tut mir leid, dass es nicht mehr sind, aber ich hole dich am Sonntag von der Farm ab. Dann könnt ihr beiden den ganzen Tag zusammen verbringen.«

Die folgenden zehn Minuten vergingen wie im Flug. Kate wollte gerade sagen, dass Marlee jetzt mit nach vorne kommen sollte, als sie Jed von drinnen ihren Namen rufen hörte.

»Oh nein, wir sollten uns jetzt beeilen«, murmelte sie nervös.

Marlee brach es fast das Herz, sich schon wieder von Nellie verabschieden zu müssen, und Nellie klammerte sich an ihre Tochter, als hinge ihr Leben davon ab. Für sie fühlte es sich an, als würde sie ihr Mädchen schon wieder verlieren, und das zerriss sie innerlich. Auf halbem Weg um das Hotel herum blieb Nellie tränenüberströmt stehen und küsste Marlee auf die Wange, dann zog sie ihre Tochter noch einmal in die Arme.

Kate spähte auf die Straße, wo Jed schon ungeduldig in der heißen Sonne neben seinem Fahrzeug wartete.

»Es tut mir leid, aber wir müssen gehen, Marlee«, drängte sie. Sie wollte Jed nicht verärgern, damit er seine Meinung nicht noch änderte. Dann führte sie Marlee zur Vorderseite des Hotels.

Jed hieß Marlee nicht einmal willkommen, als sie auf seinen Wagen zulief. »Steig ein«, sagte er nur und deutete auf die Beifahrertür.

Kate beschlich ein ungutes Gefühl, und auch ihre Schwester wirkte verängstigt. »Bitte sei gut zu ihr«, brach es aus ihr heraus.

Jed runzelte missbilligend die Stirn. »Ich behandele sie gut, solange sie hart arbeitet und mir keine Probleme macht«, sagte er kalt.

»Ich rufe dich morgen Abend an, um zu hören, wie es läuft«, versprach Kate.

Jeds Blick wurde sanfter. »Vergiss nicht, dass unser gemeinsames Abendessen in Kürze ansteht.«

»Das vergesse ich nicht.« Kate lächelte ihm zu und hoffte, dass er Marlee anständig behandeln würde, um gut bei ihr dazustehen.

Sie betrachtete Marlee auf dem Beifahrersitz, bis Jed fortfuhr. Ihre Halbschwester wirkte so jung und verletzlich. Sie brauchte ihre Mutter. Es war kriminell, dass sie nicht zusammen sein durften. Kate kämpfte gegen die Tränen an, als sie eine Welle von Schuldgefühlen überrollte. Hatte sie das Richtige für Marlee getan? Oder hatte sie ihre Halbschwester nur von einer schlimmen Situation in die nächste befördert?

»Dusty, können wir reden … unter vier Augen?«, fragte Kate, nachdem sie ihn mit einigen Dorfbewohnern im Schankraum entdeckt hatte. Nellie war bereits untröstlich allein zurück in ihr Lager gegangen. Kate litt mit ihr, sorgte sich aber zugleich um Marlee und fühlte sich zudem schuldig, weil sie plötzlich unsicher war, ob es richtig gewesen war, sie mit Jed Hart fahren zu lassen. Aber sie hatte keine Zeit, ihr Gefühlsdurcheinander zu entwirren. Sie musste mit Dusty reden, bevor er mit ihrem Vater oder den Dorfbewohnern sprach – wenn es nicht schon zu spät war.

»Natürlich«, sagte er.

»Ich warte draußen hinter dem Haus«, erwiderte sie leise.

»Ich hole uns was zu trinken, dann komme ich nach.«

Er bestellte einen Mimosa und ein Bier und ging damit nach draußen. Die anderen Gäste beobachteten sein Tun sichtlich interessiert.

Tony Wilson lehnte sich über die Theke. »Was hat das denn zu bedeuten, Willie?«

»Was?«

»Dass Dusty Getränke mit nach draußen nimmt, wo er sich mit deiner Tochter trifft.«

»Ja, Willie, nimmt da etwa eine Romanze zwischen Kate und Dusty ihren Anfang?« Frankie zwinkerte ihm zu.

»Kümmert euch um euren eigenen Kram, ihr neugierigen Idioten«, blaffte Willie, während er Tony ein Bier zapfte.

Die Männer zogen ihn weiter auf, doch er versuchte, sie zu ignorieren. Dabei war er selbst neugierig, aber das sagte er ihnen natürlich nicht.

Kate war angespannt und unruhig, als Dusty das Getränk vor ihr abstellte und sich dann auf den Stuhl setzte, auf dem zuvor Marlee gesessen hatte. »Was beschäftigt dich, Kate?«

»Ich glaube, das kannst du dir denken, oder etwa nicht?«, erwiderte sie verlegen.

Er sah die Angst in den Tiefen ihrer dunklen Augen. »Ja, ich habe eine Ahnung«, sagte er ruhig.

»Warst du schockiert von dem, was du gehört hast?«, fragte Kate direkt. Sie trank einen Schluck, während sie in seinem Gesicht nach einem Hinweis auf seine Gefühle suchte, aber seine Miene war undurchdringlich.

»Ich bin nicht schnell schockiert, aber überrascht hat es mich schon«, gab Dusty zu.

»Du hast doch meinem Vater oder sonst jemandem nicht erzählt, was du gehört hast, oder?«

»Nein.«

Kate atmete erleichtert auf. »Du bist bestimmt enttäuscht, dass mein Vater dich und alle anderen über meine Mutter angelogen hat. Falls es dich tröstet: Mich hat er auch angelogen«, fügte sie schließlich hinzu.

»Ein bisschen enttäuscht bin ich schon«, sagte Dusty. »Aber ich bin jetzt seit zwei Jahren Lehrer in diesem Dorf, und ich kann verstehen, warum er deine Mutter geheim gehalten hat. Die meisten hier sind in Bezug auf solche Dinge nicht gerade aufgeschlossen.«

Kate dachte an das Geheimnis, das sie selbst vor allen verbarg, und kam nicht umhin, sich zu fragen, ob er darauf auch so verständnisvoll reagieren würde.

»Ich selber will es eigentlich nicht verschweigen, aber ich bin um Dads Willen bereit, niemandem die wahre Identität meiner Mutter zu verraten«, sagte Kate. »Und ich muss dich um etwas bitten, Dusty.«

»Du möchtest, dass ich es auch für mich behalte.«

»Ja. Ist das zu viel verlangt?«

»Natürlich nicht. Ich werde niemandem etwas verraten, das verspreche ich dir. Aber meiner Erfahrung nach kommt die Wahrheit früher oder später immer ans Licht. Jemand sagt etwas, das aus Versehen von jemand anderem mit angehört wird …«

»Zum Glück hast du uns gehört und nicht jemand anderes. Ich muss einfach vorsichtiger sein. Wenn das rauskommt, würden die Gäste nicht mehr kommen, und Dad würde wahrscheinlich den Pub verlieren.«

Dusty wusste, was sie meinte, und fand es schön, dass es Kate wichtig war, wie es ihrem Vater ging. Viele Dorfbewohner waren ebenso nachtragend, wie sie engstirnig waren, und würden Willies Lügen höchstwahrscheinlich als unverzeihlichen Verrat betrachten.

»Wenn es helfen würde, würde ich Tibooburra verlassen«, sagte Kate. »Aber ich habe mich entschieden, noch eine Weile zu bleiben, denn ich möchte die Möglichkeit haben, Nellie und Marlee und auch meinen Vater besser kennenzulernen.« Dass sie wegen Jacques nicht nach Europa zurückkehren konnte, verschwieg sie. Und noch hatte er sie nicht gefunden, dabei hatte er bezüglich der Suche nach ihr sicher alle Hebel in Bewegung gesetzt.

Dusty nickte verständnisvoll. »Seit wann weißt du, dass Nellie deine Mutter ist?«

Kate erzählte ihm die Geschichte. Dusty war ein guter Zuhörer, er lauschte interessiert, fragte an der einen und anderen Stelle nach, und so erzählte sie von Willies Geheimniskrämerei, von ihrer Zeit mit Nellie im Outback, schließlich auch Nellies und Willies Geschichte und wie es dazu gekommen war, dass sie in England aufgewachsen und nicht nach Australien zurückgekehrt war. Sie endete mit ihren Plänen bezüglich ihrer Halbschwester. »Ich hoffe nur, dass ich das Richtige getan habe, indem ich sie zu Jed habe gehen lassen. Wenn ich doch nur eine andere Möglichkeit hätte!«

»Ich hoffe auch, dass Jed sich Marlee gegenüber anständig verhält. Sie hatte in der Mission bestimmt kein leichtes Leben. Ich vermute mal, die Zuwendung dieser Frau, die sie hergebracht hat, spricht Bände über die Zuwendung, die sie dort erfahren hat.«

»Ich habe Mrs Rudman bei meinem Besuch dort nicht getroffen, aber eine Aborigine-Frau hat mir von Marlees Leben in der Mission erzählt. Marlee hat so ein gutes Herz, und trotzdem wurde sie ständig körperlich und seelisch misshandelt. Ich kann verstehen, dass sie ein paarmal weggelaufen ist, trotz der schrecklichen Strafe, die sie bei ihrer Rückkehr erwartete.« Allein der Gedanke an das, was Marlee angetan worden war, machte sie wütend. »Es war furchtbar!«

Dusty schüttelte den Kopf. »Es ist doch verrückt, dass eine Regierungsorganisation mit so einem Verhalten durchkommt.«

»Sobald Marlee nicht mehr in die Mission zurückgeschickt werden kann, werde ich dem zuständigen Ministerium schreiben und ihnen mitteilen, was in Brewarrina vor sich geht. Ich hoffe, dass sich dann etwas ändert, damit die jüngsten Kinder nicht so leiden müssen wie Marlee.«

»Das ist eine wunderbare Idee, Kate. Wenn du Hilfe bei dem Brief brauchst, sag Bescheid«, bot Dusty an.

»Danke.«

Eine Weile saßen sie schweigend da und hingen ihren Gedanken nach.

Schließlich fasste Kate sich ein Herz. »Siehst du mich jetzt anders, nachdem du weißt, dass ich zum Teil Aborigine bin? Sei bitte ehrlich.«

Dusty musterte sie eindringlich, und mit jeder Sekunde stieg Kates Nervosität. »Ich sehe dich anders, Kate«, sagte er langsam, »aber auf eine gute Weise. Als du in Tibooburra angekommen bist, schien es so, als wäre dir alles außer dir selbst egal. Aber ich habe bemerkt, wie du dich verändert hast. Du hilfst Willie und Silvia, und was du für Marlee und Nellie getan hast, war wirklich eine selbstlose, gute Tat.«

Überrascht bemerkte Kate, wie gut seine Worte sich anfühlten. Und auch wenn sie zum Teil hart waren, hatte er recht: Bei ihrer Ankunft war sie zweifelsohne auf sich fixiert gewesen. Sie war ihm dankbar für seine Ehrlichkeit und dachte nicht zum ersten Mal, was für ein besonderer Mann er war, ein Mann, an den sie ihr Herz verlieren könnte … doch sie war bereits verheiratet. Mit einem Mann, der Dusty nicht unähnlicher sein könnte. Und an dem ihr Herz keineswegs mehr hing. »Danke«, sagte sie jetzt. »Aber ich bin mir ziemlich sicher, dass nicht jeder das mit meiner Herkunft so sieht.«

»Hier gibt es ein paar wirklich gute Menschen, zum Beispiel die Kingsleys, aber viele andere sind tatsächlich eher kleingeistig.«

»Das ist mir auch schon aufgefallen. Und mir ist aufgefallen, dass du Jed Hart nicht leiden kannst.«

»Da bin ich nicht der Einzige. Jed hat wenig Freunde.«

»Das habe ich auch schon gehört. Besteht überhaupt die Chance, dass er Marlee gut behandelt, was meinst du?«

»Ehrlich gesagt ist das Beste, worauf du hoffen kannst, dass er sie nicht beachtet. Aber immerhin ist die Chance dazu gar nicht so gering, denn Emu Downs ist eine riesige Farm, und viele ehemalige Mitarbeiter von Jeds Vater haben sie verlassen, weil er sie so schlecht behandelt hat, deswegen muss er selbst sehr viel arbeiten.

Er kommt nicht oft ins Dorf. Da vermisst auch keiner seine Gesellschaft.«

Marlee starrte aus dem Beifahrerfenster, um ihre Tränen vor Jed zu verbergen. Aber da sie kein Taschentuch hatte, konnte sie ihr Schniefen nicht verhindern.

»Hör auf zu heulen«, blaffte Jed wenige Meilen vom Dorf entfernt verärgert.

Marlee zuckte zusammen und blickte ihn verunsichert von der Seite an. Der Rest der Reise verlief schweigend.

Nachdem sie von der Straße abgebogen und über einen langen Weg zum Haupthaus gefahren waren, parkte Jed den Ford auf der Hausrückseite inmitten einer Staubwolke. Ohne ein Wort sprang er aus dem Fahrzeug und schritt zielstrebig auf die Veranda zu, wo er abrupt stehenblieb. Marlee nahm die kleine Tasche mit ihrer Kleidung und stieg aus, zögerte aber, ihm zu folgen.

»Hester!«, rief Jed.

Eine blonde Frau um die vierzig trat aus der Tür. Ihre Haut war gebräunt und ledrig, sie trug eine Schürze und wirkte erschöpft. Ihr Blick war müde.

»Ja, Mr Hart?«

»Das Mädchen hier hilft dir im Haushalt. Sie kann im Gebäude für die Schafscherer schlafen. Gib ihr die Aufgaben, die du nicht erledigen willst.« Er drehte sich zu Marlee um. »Tu, was Hester sagt, und mach keinen Ärger, oder du fährst sofort zurück in die Mission. Verstanden?«

Marlee nickte und senkte dann den Kopf. Jed lief in Richtung der Ställe davon.

Hester betrachtete Marlee, die nicht wagte, den Blick von der Erde zu heben. »Komm her!«, befahl sie.

Marlee erklomm die beiden Stufen der Holzveranda und blieb vor Hester stehen, den Blick weiter auf ihre Schuhe gerichtet.

Mrs Rudman hatte sichergestellt, dass alle Kinder in der Mission Schuhe trugen, ob sie wollten oder nicht. Marlee hatte die Spitzen ihrer Schuhe abschneiden müssen, weil sie aus ihnen herausgewachsen war. Nun ragten die Zehen heraus.

Hester musterte sie von oben bis unten und befand, dass ihr Kleid zwar schäbig, aber zumindest das Mädchen sauber war. »Wo hat Mr Hart dich denn hergeholt?«

»Ich komme von der Missionsstation in Brewarrina, Miss«, antwortete Marlee leise.

Es war offensichtlich, dass sie geweint hatte. »Hast du 'nen Namen?«

»Marlee.«

Hester verstand nicht, warum Jed ein Aborigine-Mädchen eingestellt hatte. »Komm rein«, sagte sie. »Ich geb dir 'ne Schürze.«

»Das ist die Unterkunft der Scherer, wo du schlafen sollst«, sagte Hester zwei Stunden später, als sie die knarrende Tür aufschob und den Blick auf den düsteren Raum im Inneren freigab. Die Laterne, die sie mitgenommen hatte, warf Schatten an die Wände, an denen krabbelnde Viecher eilig vor dem Licht flohen. Hester hatte Marlee nach ihrer Ankunft Gemüse schneiden und saubere Wäsche falten lassen, aber das Mädchen hatte noch kein Wort gesprochen. »Draußen steht ein Trog, an dem du dich waschen kannst, und in dem Schrank dort sind Bettwäsche und Handtücher. Vielleicht musst du hier in deiner Freizeit noch ein wenig putzen. Irgendwo müssten ein paar Lappen und ein Besen liegen.«

Marlee antwortete nicht.

»Ich weiß nicht, warum Mr Hart dich hier draußen schlafen lassen will«, sprach Hester ihre Gedanken laut aus. Sie dachte an die Scherer, die zweimal im Jahr zu ihnen kamen, meist ein Haufen grober Männer, und an den alten Wanderarbeiter, der auch im Scherergebäude übernachten durfte. Es war ein ungeeigneter

Ort für ein junges Mädchen, selbst für eine Aborigine. Auf der Rückseite des Haupthauses befand sich ein windgeschützter kleiner Schuppen, in dem ein Bett stand und den Hester für weitaus angemessener hielt.

Marlee zuckte nur mit den Schultern. Diese Unterkunft war dem Schlafsaal in der Mission nicht unähnlich, der zehn Jahre lang ihr Zuhause gewesen war. Der einzige Unterschied lag darin, dass sie hier ganz allein anstatt mit elf Zimmergenossinnen war. Vor ihrem inneren Auge erschienen die Gesichter der kleinen Kinder, die sie in Brewarrina zurückgelassen hatte, und ihre Augen füllten sich mit Tränen. Sie vermisste sie schrecklich.

»Pack deine Sachen aus und mach dein Bett. Dann komm zum Essen in die Küche«, sagte Hester, der aufgefallen war, dass Marlee sehr dünn war. Sie würde noch etwas zulegen müssen, bevor sie harte Arbeit erledigen konnte. »Ich lass dir die Laterne hier.« Als Hester sie ihr reichte, bemerkte sie Marlees Tränen. »Hast du Angst, alleine hier draußen zu bleiben?«

Marlee schüttelte den Kopf, sagte aber nichts.

Eine Stunde später legte Marlee sich auf eine unebene Matratze und deckte sich mit einem Laken zu, das modrig roch. Hester hatte sie am Küchentisch Platz nehmen lassen und die größte Mahlzeit vor ihr abgestellt, die sie je in ihrem Leben gehabt hatte, deswegen war ihr Magen jetzt voll. Beim Essen hatte sie an die Kinder in der Mission gedacht, die hungrig ins Bett gingen, und erneut weinen müssen. Ihre Tränen hatten Hester offensichtlich verwirrt.

Durch ein kleines Fenster über dem Bett, das sie geöffnet hatte, konnte Marlee die Sterne am Himmel sehen. Sie dachte an ihre Mutter und fragte sich, ob sie wohl dieselben Sterne betrachtete. Sie wünschte, sie wäre jetzt bei Nellie. Kurz überlegte sie wegzulaufen, der Gedanke war verlockend, doch sie wollte Kate nicht enttäuschen, und zur Mission wollte sie auch nicht zurück. In zwei Jahren war sie frei, und dieser Tag konnte nicht schnell genug kommen.

Einige Meilen von ihr entfernt saß Nellie an ihrem Lagerfeuer, sah hinauf in den Nachthimmel und dachte an ihre Mädchen. Das tat sie seit Jahren jeden Abend, doch jetzt lagen die Dinge anders. Kate war in ihrer Nähe, sie sahen sich jeden Tag. Marlee war fast in Reichweite, und Kate hatte versprochen, dass sie Zeit zusammen verbringen würden. Nellie konnte noch immer nicht verstehen, warum weiße Männer über ihr Leben entschieden und warum sie nicht einfach so leben konnte, wie es ihr bestimmt war, frei, mit ihrer Familie. Oft hatte sie überlegt, dagegen aufzubegehren, aber das würde zu nichts als noch mehr Ärger führen.

Das Knacken eines Zweigs warnte sie, und als sie einen Blick über ihre Schulter warf, bemerkte sie im Schein des Feuers das vertraute Gesicht von Onkel Jiemba. Er war ein weiser alter Mann, der alles im Leben mit Anmut und Humor nahm, was für einen Aborigine nicht immer einfach war, da die meisten weißen Menschen ihnen feindselig gegenüberstanden.

»Du hast mich erschreckt«, beschwerte sich Nellie auf Wadigali.

»Entschuldigung, Nellie. Du sahst aus, als wärst du in Gedanken weit, weit weg. Ist alles in Ordnung?«

»Ja. Ich habe nur gerade darüber nachgedacht, warum die weißen Männer uns ständig sagen, was wir dürfen und was nicht.«

»Hör nicht auf sie, Nellie«, sagte er mit einem breiten Lächeln. »Einige von ihnen können nicht einmal den Tag von der Nacht unterscheiden. Sie haben zu viele verdammte Regeln, um jemals frei zu sein wie wir. Selbst beim Pinkeln halten sie sich an Regeln.«

Nellie lächelte, aber sie wusste, dass sie nicht frei sein würde, bevor sie Marlee endgültig wieder bei sich hatte.

»Ich habe gehört, dass dein Mädchen zurück ins Wadigali-Land gekommen ist«, sagte Jiemba.

»Ja, meine beiden Mädchen«, sagte Nellie eifrig. Dann verfinsterte sich ihre Miene. »Aber Marlee muss noch eine Weile auf einer Farm arbeiten. Weil ein verfluchter weißer Mann es sagt.«

»Pah. Geh mit ihr auf Buschwanderung. Das hier ist unser Land. Die weißen Männer werden dich nicht finden.«

Darüber hatte Nellie auch schon nachgedacht. Aber wenn sie Marlee holen und Corner Country mit ihr verlassen würde, würde sie Kate nie wiedersehen. Das war das Einzige, was sie davon abhielt. »Vielleicht eines Tages, Onkel.«

Kapitel 30

»Hallo, Jed, hier spricht Kate McGregor.« Ihre Hand, mit der sie den Hörer ans Ohr hielt, zitterte.

»Kate, wie schön, deine Stimme zu hören«, erwiderte Jed.

Es war Freitagabend, und Kate hatte sich den ganzen Tag Sorgen um Marlee gemacht. Sie hatte Jed zwar gesagt, dass sie ihn anrufen würde, dennoch schien er jetzt erstaunt. »Wie geht es Marlee?« Kate hielt den Atem an in der Hoffnung auf gute Nachrichten.

»Marlee?« Jed klang ernüchtert. »Ich habe sie heute noch nicht gesehen, aber meine Haushälterin beschäftigt sie bestimmt gut.«

»Ach so.« Kate war enttäuscht, keine Neuigkeiten zu erfahren. »Hat sie sich schon für den Abend in ihr Zimmer zurückgezogen?« Sie hoffte, mit ihr sprechen zu können.

»Sie ist in den Unterkünften für die Schafscherer untergebracht, die stehen im Moment leer.«

Kate war schockiert. »Ist das weit vom Haupthaus entfernt?«

»Weit genug, dass ich mir die Saufgelage der Scherer nicht anhören muss. Da geht es schon mal ziemlich rüpelhaft zu.«

Kate stellte sich vor, wie dunkel es dort draußen sicher war, und fragte sich, ob Marlee Angst hatte. »Ist sie dort sicher … so allein?«

»Sicher? Natürlich ist sie sicher. Und sie ist ja nicht direkt allein. Zurzeit wohnen sieben junge Arbeiter in einem Gebäude, das nur einen Steinwurf vom Scherergebäude entfernt ist.«

Kate horchte beunruhigt auf. »Hast du denn nicht irgendwo im Haupthaus einen Platz für sie, oder zumindest irgendwo näher am Haupthaus?«

»Du schlägst doch wohl nicht vor, dass ich ein Aborigine-Mädchen im Haupthaus übernachten lasse, oder? Das wäre vollkommen inakzeptabel«, erwiderte Jed gereizt. »Lass uns lieber darüber sprechen, wann du zum Abendessen zu mir kommst«, fügte er dann in freundlicherem Tonfall hinzu. »Ich hoffe, bald.«

Kate hatte den Termin so weit hinauszögern wollen wie möglich, aber ihre Sorge um Marlee war gerade rasant gestiegen. »Wie wäre es mit Sonntagabend?«

»In Ordnung«, stimmte Jed zufrieden zu. »Ich hole dich um sechs Uhr ab.«

»Das wird nicht nötig sein. Ich wollte Marlee Sonntagmorgen abholen, damit sie ihren freien Tag mit ihrer Mutter verbringen kann. Ich bringe sie gegen halb sieben zurück, dann können wir danach essen.«

»Ich hatte nicht vor, ihr diesen Sonntag schon freizugeben. Dafür ist sie noch nicht lange genug hier.«

»Oh.« In Kate stiegen Enttäuschung und Mitgefühl für Nellie auf.

»Aber wenn du zum Abendessen hierherkommst, dann bin ich einverstanden.«

»Danke, Jed. Ich freue mich«, log sie. Ihr war nur zu bewusst, dass er sie dazu bringen wollte, sich ihm verpflichtet zu fühlen, und wieder fühlte sie sich an Jacques und seine manipulative Art erinnert. Natürlich freute sie sich auch nicht darauf, mit ihm zu Abend zu essen, aber für ihre Mutter und ihre Schwester opferte sie ihre Zeit gerne.

Als Kate Dusty von ihrem Vorhaben erzählte, Marlee von Emu Downs abzuholen, bestand er darauf, sie zu begleiten. Er würde fahren und ihr den Weg zeigen.

»Ich weiß das wirklich zu schätzen«, sagte Kate, als sie aufbrachen. Sie hatte Nellie eingeladen, mitzufahren, da Dusty ein großes Auto mit genug Platz für Marlee und Nellie auf der Rückbank besaß. Sie war schrecklich aufgeregt. »Dad hätte mir seinen alten Ford geliehen und hat mir den Weg zur Farm beschrieben, aber ich hatte trotzdem etwas Sorge, mich zu verfahren.«

»Die Abzweigung zu Emu Downs ist nicht gut markiert, die kann man leicht übersehen, und dann fährt man meilenweit in die falsche Richtung oder verirrt sich vielleicht sogar, wenn man sich in der Gegend nicht auskennt«, sagte Dusty.

»Da Marlee!«, rief Nellie, als sie schließlich den langen Weg zum Haupthaus entlangfuhren. Sie zeigte zur Linken, und Dusty fuhr in die vorgegebene Richtung. Sie passierten zuerst das Gebäude für die jungen Arbeiter, neben dem mehrere Fahrzeuge standen. Davor entfachte ein Mann ein Feuer, über dem ein Teekessel hing. Er trug eine Hose mit Hosenträgern, aber kein Hemd, und wirkte überrascht, dass ein Fahrzeug vorbeifuhr. Die anderen Männer standen gerade erst auf, schließlich war Sonntag, und sie hatten frei. Kate war froh, dass Marlee den Tag nicht hier verbringen musste.

Bald entdeckte auch Kate Marlee. Sie saß auf einer Stufe vor dem Scherergebäude, eine verlorene Gestalt mit hängendem Kopf und den Händen auf den Knien. Kate war entsetzt, dass die Unterkunft der Männer wirklich so nah an Marlees Unterkunft lag, genau wie Jed gesagt hatte.

Das Geräusch eines herannahenden Fahrzeugs ließ Marlee aufhorchen, und sie hob erwartungsvoll den Kopf. Als sie ihre Mutter freudig aus dem geöffneten Fenster winken sah, hellte sich ihre Miene sofort auf, sie sprang auf die Füße und rannte auf das Auto zu.

Dusty bremste, und Nellie öffnete die Hintertür. Aufgeregt sprang Marlee herein und fiel ihrer Mutter in die Arme. Dusty wendete das Fahrzeug und fuhr in die Richtung zurück, aus der sie gekommen waren. Der Arbeiter vor dem Feuer sah ihnen interessiert hinterher. Im Rückspiegel beobachtete Dusty, wie sich die Tür des Gebäudes öffnete und ein weiterer, äußerst spärlich bekleideter Mann heraustrat, eine qualmende Pfeife im Mund. Auch ihn beunruhigte die Nähe dieser Männer zu der Unterkunft, die Marlee ganz allein bewohnte.

Jed hatte ein Auto gehört und vermutete, dass es Kate war. Als es am Haupthaus vorbeifuhr, trat er auf die Veranda und blickte in ihre Richtung. Kate winkte, doch Dusty hielt nicht an.

Auf der Rückfahrt ins Dorf fragte Kate Marlee nach den Arbeitsbedingungen auf Emu Downs. Marlee erzählte, dass ihre Arbeit hauptsächlich aus Putzen bestand und dass sie viel zu essen bekam. Sie ging nicht ins Detail, erwähnte nicht, dass Hester ihr nur die unangenehmen Aufgaben übertrug, dass sie die Böden schrubben, Fenster putzen, Müll vergraben und frisches Kängurufleisch für die Arbeitshunde schneiden musste. Von dem Blutgeruch hatte sie sich beinahe übergeben, und die Fliegen hatten sie gar nicht mehr in Ruhe gelassen. Hester übertrug ihr diese Aufgabe jeden Tag.

»Ist die Haushälterin denn nett?«, hakte Kate nach. Auf sie wirkte Marlee nicht sehr glücklich.

Marlee zuckte mit den Schultern. Hester war nicht herzlich oder freundlich, aber sie war es gewohnt, von anderen Leuten so behandelt zu werden, als wäre sie eine Last in ihrem Leben. »Ich rede nicht mit ihr. Ich tue nur, was sie sagt.«

»Aber sie redet doch sicher mit dir?«

»Sie sagt mir, was ich machen soll, das war's. Wenn man wenig redet, sagt man auch nichts, was einen in Schwierigkeiten bringen kann. Das ist für mich das Beste.«

»Und deine Unterkunft? Bist du einsam?«, wollte Kate wissen. Marlee hatte immer Kinder um sich herum gehabt, die für sie ihre Familie gewesen waren. Sicher war es für sie beängstigend, ganz allein an einem fremden Ort zu sein.

»Ich vermisse die Kinder aus der Mission«, bestätigte Marlee ihre Vermutung.

»Die Arbeiter belästigen dich aber nicht, oder?«, fragte Dusty und beobachtete durch den Rückspiegel ihre Reaktion.

Marlee senkte den Blick und antwortete nicht sofort.

»Oder doch?«, hakte er beunruhigt nach.

»Letzte Nacht hat ein Mann an die Tür gehämmert.«

Kate drehte sich abrupt in ihrem Sitz um, und Nellie starrte Marlee ungläubig an. »Was wollte er?«, fragte Kate, die sich beinahe vor der Antwort fürchtete.

»Er sagte, er hat das Licht gesehen und sich gefragt, wer drin ist.« Marlee verschwieg, wie unangenehm es ihr gewesen war, als er sie in ihrem Nachthemd gemustert hatte, sie wollte ihre Mutter nicht erschrecken. »Er hat gefragt, wie alt ich bin«, erzählte sie. »Als ich es ihm gesagt hab, meinte er, dass ich ganz schön jung bin, um hier allein gelassen zu werden. Ich wusste nicht, was ich dazu sagen sollte.«

Kate war entsetzt. »Hast du die Tür abgeschlossen? Du musst abschließen.«

»Es gibt kein Schloss«, offenbarte Marlee. »Also habe ich mein Bett vor die Tür geschoben und das Licht gelöscht.«

»Das war eine gute Idee.«

»Trotzdem habe ich nicht gut geschlafen. Ich habe gehört, wie nachts jemand draußen herumgelaufen ist, und habe einen Schatten am Fenster gesehen. Das Fenster war offen, weil es so heiß war, und es ist kein Mückennetz davor.«

»Bist du sicher, dass das vor dem Fenster kein Emu oder Känguru war?«, fragte Dusty.

»Ich weiß, dass es ein Mann war, weil er etwas gesagt hat. Ich konnte nur nicht verstehen, was genau.«

Kate warf Dusty einen Blick zu, der keinen Zweifel daran ließ, wie erschrocken und wütend sie war.

»Sag nichts zu Mr Hart, Kate«, bat Marlee. »Er schickt mich wieder nach Brewarrina, wenn er findet, dass ich Ärger mache. Wenn das passiert, kann ich dich und Mum sehr lange Zeit nicht treffen.«

»Ich habe dir doch gesagt, dass du nie wieder zurückmusst, Marlee, und das meinte ich auch so.« Kate versuchte, den Ärger aus ihrer Stimme fernzuhalten. Sie wollte Marlee nicht den Tag verderben, aber sie würde in dieser Sache keine Ruhe geben.

Auf der restlichen Rückfahrt nach Tibooburra plauderten Marlee und ihre Mutter auf der Rückbank. Es wärmte Kate das Herz, Nellie so glücklich zu sehen, sie selbst aber wurde von Sorgen geplagt.

»Ich kann einfach nicht glauben, dass Jed Marlee ins Scherergebäude gesteckt hat«, flüsterte sie Dusty zu. »Das macht mich richtig wütend!«

Dusty antwortete nicht, aber Kate sah ihm an, dass es ihm ähnlich ging.

Direkt nach ihrer Ankunft liefen Marlee und Nellie zu Nellies Lager, um ein bisschen Zeit für sich zu haben. Kate wollte mittags kochen und mit ihnen gemeinsam hinter dem Hotel essen und würde ihnen rechtzeitig Bescheid geben, wenn sie fertig war.

Sonntagsmorgens war der Pub geschlossen, und so hatten Willie und Silvia Zeit, sich zu erholen. In Milparinka stand eine kleine Kirche, in der Hochzeiten, Beerdigungen und die Sonntagsmessen abgehalten wurden. Viele Bewohner Tibooburras fuhren sonntagsmorgens zum Gottesdienst, und manchmal schloss Silvia sich ihrer Schwester und ihren Eltern an. Heute war sie mit Kopfschmerzen aufgewacht und zu Hause geblieben.

Als Kate mit Dusty die Küche betrat, studierten Willie und Silvia gerade eine zwei Wochen alte Zeitung, die Leo ihnen gegeben hatte, und sprachen bei einer Tasse Tee über die Artikel.

»Alles in Ordnung mit Marlee?«, fragte Silvia und holte zwei weitere Tassen aus dem Schrank.

»Nein. Könnt ihr euch vorstellen, dass Jed sie im Scherergebäude untergebracht hat?«, fragte Kate verärgert.

»Das überrascht mich nicht«, sagte Willie. Jonathan Hart hätte Marlee ganz sicher anständig behandelt, aber Jed war eine ganz andere Nummer.

»Die Baracke steht direkt neben den Unterkünften für die jüngeren Arbeiter, einer von ihnen hat offenbar schon bei Marlee angeklopft, und einer ist nachts um ihre Unterkunft herumgeschlichen. Ich bin unglaublich wütend darüber, und Jed wird heute Abend was zu hören kriegen, das könnt ihr mir glauben. Neben all den Männern hätte selbst eine erwachsene Frau Angst, ich will mir gar nicht vorstellen, was für eine Angst dann ein vierzehnjähriges Mädchen empfinden muss. Sie muss sich zu Tode gefürchtet haben.«

»Ich weiß, dass du das nicht hören willst, aber ich bezweifle, dass Jed das interessiert«, erwiderte Willie rundheraus.

»Tja, er muss jedenfalls eine andere Möglichkeit für sie finden, wenn sie dableiben soll«, stellte Kate klar. »Das Scherergebäude ist vollkommen unangemessen.«

»Sei bloß vorsichtig, Kate«, riet Silvia. »Mehr sage ich dazu nicht.«

Willie kannte Jed gut. Kate würde gegen eine Backsteinmauer laufen mit dem Versuch, ihn umzustimmen.

Der Tag verging viel zu schnell für Nellie und Marlee, die in gedämpfter Stimmung zum Mittagessen am Hotel erschienen.

»Was ist los?«, fragte Kate.

»Marlee von Mission erzählen«, sagte Nellie wütend. Ihre Augen wurden feucht, und sie legte den Arm um Marlees Schultern. »Nellies Mädchen zu Nellie gehören, immer. Nicht in Mission, wo andere sie einsperren und schlagen.«

»Da hast du recht«, stimmte Kate zu.

»Regierung dürfen nicht über unser Leben bestimmen«, brummte Nellie. »Dürfen Marlee nicht auf Farm schicken mit allen Männern. Sie besser bei Familie bleiben.«

»Ich weiß, dass sie besser bei dir bleiben sollte, aber wir können sie nicht einfach hierbehalten. Ich spreche heute Abend mit Jed darüber, Mum. Ich sorge dafür, dass Marlee in Sicherheit ist. Versprochen.«

»Wenn sie hingehen, ich neben ihr schlafen. Ich aufpassen«, verkündete Nellie.

Als es am Abend Zeit wurde, sich auf den Weg nach Emu Downs zu machen, traf Kate im Pub auf Dusty.

»Ich kann euch wieder fahren, Kate«, bot er an. »Die Vorstellung, wie du allein im Dunkeln zurückfährst, gefällt mir nicht. Die Wildtiere sind nachts sehr aktiv, da kann es auf den Straßen recht gefährlich werden.«

»Ich werde sehr langsam fahren, und Dad hat mir ungefähr fünfzig Ratschläge gegeben, wie man hier im Dunkeln Auto fährt. Außerdem kann es sein, dass ich nicht allein zurückfahre. Nellie hat darauf bestanden, mitzukommen, sie möchte sich Marlees Unterkunft selbst ansehen. Wenn sie das Gefühl hat, dass Marlee dort in Sicherheit ist, kommt sie mit mir zurück. Aber wenn sie glaubt, dass Marlee dort nicht sicher ist, wird sie über Nacht bleiben. Natürlich ohne dass Jed es erfährt.«

»Okay.«

Kate bemerkte, dass Dusty sie jetzt von oben bis unten musterte, dann verfinsterte sich sein Blick.

»Gefällt dir das Kleid nicht?« Kate trug ein schönes Blumenkleid, von dem sie immer gedacht hatte, es wäre schmeichelhaft.

»Natürlich gefällt es mir«, gab Dusty mürrisch zurück.

»Warum dann der finstere Blick?«

»Du siehst zu schön aus, um mit jemandem wie Jed Hart zu Abend zu essen«, sagte er.

»Danke für das Kompliment. Ich tue das nur für Marlee, das kannst du mir glauben, sonst würde ich nicht zu ihm fahren.«

»Wann willst du wieder hier sein?«

Kate war überrascht. »Meinem Vater habe ich diese Frage nicht durchgehen lassen.«

»Ich frage nur, falls Willies Auto plötzlich den Geist aufgibt. Ich möchte nicht, dass du stundenlang auf der Straße festsitzt.«

Es berührte Kate, dass er sich um sie sorgte. »Ich kann es nicht mit Sicherheit sagen, aber ich komme zurück, so schnell ich kann.«

Es war schon dunkel, als Kate und Nellie Emu Downs erreichten. Sie war sehr vorsichtig gefahren, und das war auch gut so, da alle möglichen Tiere entweder mitten auf der Straße herumliefen oder plötzlich aus Büschen geradewegs vor Willies altes Auto sprangen. Außerdem war die Straße nicht leicht zu erkennen, vor allem nicht durch eine Windschutzscheibe voll zerplatzter Insekten.

Nellie begleitete Marlee direkt zum Scherergebäude. Marlee war sehr traurig, wieder auf der Farm zu sein, sie wäre viel lieber bei Nellie geblieben. Doch sie setzte eine tapfere Miene auf und hielt die Tränen zurück. Ihre Tapferkeit berührte Kate. Ohne Marlees eigenes Verschulden hatten ihre Lebensumstände sie dazu gezwungen, schnell erwachsen zu werden.

Kate versuchte, ihre Gefühle zu verbergen, während sie auf die Veranda vor dem Haupthaus zuging. Die Haustür ging auf, noch bevor sie die Stufen hochgestiegen war, und Jed trat heraus. Er bemerkte sofort die Umrisse der zwei Gestalten, die im Mondlicht auf das Scherergebäude zuliefen.

»Wer ist da bei Marlee?«, fragte er misstrauisch, ohne ein Wort der Begrüßung.

Kate zuckte zusammen. »Ihre Mutter«, entgegnete sie so beiläufig wie möglich.

»Sie kann nicht bleiben«, bellte er.

»Sie wollte nur sehen, wie ihre Tochter untergebracht ist«, versuchte Kate, ihn zu beschwichtigen. Eilig wechselte sie das Thema. »Wie geht es dir, Jed?«, fragte sie mit einem erzwungen fröhlichen Lächeln, während sie ins Licht trat, das aus der geöffneten Tür herausstrahlte.

Jeds Stirnrunzeln verschwand. »Mir geht es gut, danke. Willkommen auf Emu Downs.« Er bedeutete ihr, hereinzukommen. »Du siehst fabelhaft aus«, fügte er hinzu, als sie an ihm vorbei durch die Tür schritt. Er atmete den verführerischen Duft ihres Parfums ein. Es freute ihn, dass sie sich Mühe gegeben hatte, ihm zu gefallen. Also war sie offenbar genauso stark an ihm interessiert wie er an ihr.

»Du hast ein schönes Haus«, kommentierte Kate mit einem Blick in das große Wohnzimmer, das vom Flur abging. Es war sehr gemütlich eingerichtet und makellos geputzt. Die weibliche Note seiner Mutter war offensichtlich: kleine Ziergegenstände, Spitzendeckchen, Familienfotografien, Schmuckstücke und hübsche Kissen.

»Danke. Das ist der Stil meiner Eltern, und ich möchte gerne ein paar Veränderungen vornehmen, sobald ich die Zeit dazu finde.«

»Ich wüsste nicht, warum. Es ist doch wunderschön so.«

»Vielleicht möchte meine zukünftige Frau etwas verändern.« Er bedachte sie mit einem vielsagenden Blick.

Kate gefiel weder sein Blick noch seine Andeutung, sie wäre eine potenzielle Kandidatin für diesen Posten. »Oh, hast du etwa eine Verlobte, von der ich nichts weiß?«, erwiderte sie angriffslustig.

»Nein, aber ich möchte wirklich eines Tages heiraten, in nicht allzu ferner Zukunft, und ich glaube, dass ich einer Frau viel bieten kann. Ich bin ein wohlhabender Landbesitzer und, wie mir gesagt wurde, nicht unattraktiv.«

Kate war überrascht. »Du bist nicht gerade bescheiden, oder?«, fragte sie mit einem Lächeln, das ihre Worte abmildern sollte. »Aber ganz im Ernst: Du wurdest in dieses Leben hineingeboren. Dir musst doch bewusst sein, dass es nicht für jeden das Richtige ist.«

»Kannst du dir denn vorstellen, irgendwann aufs Land zu ziehen, um die Frau eines Farmers zu werden?«, fragte Jed geradeheraus.

»Ich habe noch nie darüber nachgedacht. Ich bin nach Australien gekommen, um meinen Vater zu besuchen, nicht, um einen Ehemann zu finden.« *Ich bin gekommen, um einem Ehemann zu entfliehen*, dachte sie.

»Aber irgendwann möchtest du doch bestimmt sesshaft werden und eine Familie gründen, oder?«

»Ich denke schon.« Sie sah Hoffnung in seinem Blick aufblitzen und schüttelte sich innerlich.

»Ich wünsche mir eine große Familie«, sagte Jed.

Angewidert beschloss Kate, das Thema zu wechseln. »Hier riecht es köstlich!«, rief sie.

»Meine Haushälterin ist eine gute Köchin. Möchtest du ein Glas Sherry?«

»Ja, gerne«, sagte Kate. »Mir knurrt schon der Magen.« Eigentlich hatte sie wenig Appetit, aber je schneller sie aßen, desto früher konnte sie zurückfahren.

»Ich muss zugeben, ich habe auch großen Hunger. Die Arbeit im Freien macht immer sehr hungrig. Ich lasse Hester in ein paar Minuten auftischen.«

»Das wäre wunderbar, danke. Heute hast du aber nicht auf der Farm gearbeitet, oder? Hast du sonntags nicht frei?«

»Für Schafe und Rinder ist jeder Tag gleich, also habe ich eigentlich nie frei.«

Kate betrachtete sein Lächeln und fand es schade, dass er so arrogant und rassistisch war, denn er sah nicht schlecht aus und konnte einer Frau tatsächlich viel bieten. Aber sie selbst konnte an seinen unattraktiven Charakterzügen nicht vorbeisehen.

»Entschuldige mich, ich gebe Hester eben Bescheid«, sagte er, nachdem er ihr ein Glas Sherry gereicht hatte.

Kurz darauf servierte Jeds Haushälterin Rinderragout mit Gemüse. Kate aß langsam und täuschte Interesse vor, während Jed über seine großen Pläne für die Farm sprach. Sie dachte unentwegt an Marlee, und als sich endlich eine Lücke im Gespräch auftat, ergriff sie die Gelegenheit, ihre Sorgen anzusprechen.

»Ich bin dir wirklich dankbar, dass du Marlee eingestellt hast, Jed, aber dir scheint gar nicht bewusst zu sein, dass du sie durch die Unterbringung im Scherergebäude in eine sehr gefährliche Situation bringst. Sie ist jung, unschuldig und viel zu weit vom Haupthaus entfernt, sollte sie mal um Hilfe rufen müssen.«

»Warum sollte sie um Hilfe rufen?«

»Sie ist ein hübsches junges Mädchen, und direkt nebenan sind sehr viele Männer.« Kate konnte sich lebhaft verschiedene Szenarien vorstellen, in denen Marlee Hilfe benötigen könnte.

Jed lachte spöttisch. »Sie ist vielleicht weiblich, aber Kate, sie ist eine Aborigine«, sagte er unbekümmert.

Kate mühte sich, trotz seiner Beleidigung ruhig zu bleiben. »Dir muss doch bewusst sein, dass ständig weiße Männer ein Verhältnis mit einer Aborigine-Frau eingehen.« Sie fragte sich, wie er wohl reagieren würde, wenn er wüsste, dass sie das Ergebnis eines solchen Verhältnisses war.

»Ich weiß, dass es Männer gibt, die sich nicht an dunklem Fleisch stören, aber für meine Arbeiter gilt das nicht«, erwiderte er kaltschnäuzig und mit einem Funkeln im Blick.

Es klang in Kates Ohren fast wie eine Einstellungsbedingung auf Emu Downs, und plötzlich verstand sie die Dimension dessen, wovor Silvia und ihr Vater sie gewarnt hatten.

»Gibt es nicht auf der Hausrückseite ein Zimmer, in dem sie wohnen kann?«

»Deine Sorgen sind unbegründet, glaub mir. Ihr geht es gut da draußen.«

»Dann bring wenigstens ein Schloss an der Tür an, für ihren Seelenfrieden und für meinen. Bitte.«

»Meinetwegen, in Ordnung. Ich lasse einen meiner Männer ein Schloss anbringen.«

»Gibt es im Scherergebäude ein Badezimmer?«

»Nein, aber draußen hinter dem Haus steht ein Trog, an dem sie sich waschen kann.«

»Das ist vollkommen unangemessen für ein junges Mädchen, zumal drumherum überall Männer sind«, erklärte Kate.

»Kate, sie ist eine Aborigine. Ich bezweifle, dass sie besonders schamhaft ist, sonst wäscht sie sich doch sicher auch mit einem Eimer oder in einem Bach.«

Seine Ignoranz erschütterte Kate zutiefst. »Jed, wir reden hier von einem vierzehnjährigen Mädchen, das sich gerade zur Frau entwickelt. Das ist eine Zeit, in der jedes Mädchen schamhaft ist. Außerdem ist Marlee in einer Mission mit sanitären Anlagen aufgewachsen.« Das war zwar etwas übertrieben, aber das konnte Jed ja nicht wissen.

»Du bittest mich doch jetzt nicht gerade, ein Badezimmer für ein Aborigine-Mädchen zu bauen, oder?«, fragte er sichtlich empört.

»Ich hoffe einfach, dass du dir noch einmal überlegst, sie näher am Haupthaus unterzubringen, wo sie ein wenig Privatsphäre hätte«, beharrte Kate.

»Ich habe das mit Mrs Rudman besprochen, und sie war einverstanden, dass Marlee im Scherergebäude untergebracht wird.

Also hör auf, dir Sorgen zu machen, Kate. Das Mädchen wird schon zurechtkommen.«

Damit war das Thema für ihn eindeutig beendet, und Kate beließ es dabei, aber sie war alles andere als beruhigt. Innerlich kochte sie vor Wut. Sie hätte Jed nur zu gern erzählt, dass einer seiner Männer bei Marlees Unterkunft gewesen war und ein anderer nachts vor dem Fenster herumgelungert und sie erschreckt hatte, aber sie wollte ihre Schwester nicht in Schwierigkeiten bringen. Kate hoffte, dass er zumindest sein Wort halten und ein Schloss anbringen lassen würde.

Jed begann wieder über seine Farm zu sprechen, und Kate tat so, als höre sie zu, um Marlee und Nellie noch etwas gemeinsame Zeit zu verschaffen, doch eigentlich interessierten sie seine Pläne ganz und gar nicht.

»Kannst du dir nicht vorstellen, in Australien zu bleiben, Kate? Das Klima ist doch hier bestimmt wesentlich angenehmer als in Europa«, wollte er schließlich wissen.

»Die Hitze zehrt an meinen Kräften, und ich bin ganz sicher nur zu Besuch hier«, beharrte Kate.

»Vielleicht findest du ja etwas, oder *jemanden*, das oder der dich bewegt zu bleiben.« Jed schenkte ihr ein warmes Lächeln.

Kate zog es vor, zu schweigen. Nicht nur seine Einstellung gegenüber Aborigines widerte sie an. Und überhaupt verstand sie jetzt, warum er im Dorf so unbeliebt war.

Nach einer schier endlosen Weile holte Kate Nellie ab. Marlee wirkte nervös, und auch Nellie hatte ein ungutes Gefühl, sie allein zurückzulassen.

»Jed hat dich bei unserer Ankunft gesehen, deshalb musst du jetzt mitkommen, Mum«, drängte Kate. »Er beobachtet uns von der Veranda des Haupthauses aus. Aber er hat versprochen, ein Schloss an Marlees Tür anzubringen.«

»Wann?«, fragte Nellie. »Er nicht machen heute Nacht! Marlee in Gefahr.« Sie legte schützend den Arm um Marlees schmale Schultern.

»Sehr bald, hoffe ich.« Kate wandte sich an ihre Schwester. Im Licht der Lampe sah sie die Angst in Marlees dunklen Augen. »Wir kommen morgen Abend wieder, um nach dir zu sehen«, versprach sie. »Schieb dein Bett wieder vor die Tür. Dann bist du in Sicherheit.«

Als sie am Haupthaus vorbeifuhren, winkte Kate Jed lächelnd zu, doch kaum hatten sie ihn passiert, erstarb ihr Lächeln.

Als sie am Ende der Einfahrt ankamen, sagte Nellie: »Anhalten, Kadee.«

»Was ist denn, Mum?«

Nellie blickte über die Schulter zurück, wo sie in der Ferne gerade noch die Lichter des Haupthauses erkennen konnte. »Autolicht ausschalten.«

Kate kam ihrer Aufforderung nach. »Warum?«

»Weiße Männer wissen, wir jetzt weg. Ich nach Marlee gucken.« Nellie öffnete die Beifahrertür. »Ich gucken, Marlee sicher. Du bleiben hier.«

Kate atmete tief durch. Sie wusste, dass sie Nellie eigentlich von ihrem Vorhaben abhalten sollte, schließlich bestand die Gefahr, dass Jed sie entdeckte. Außerdem wusste sie nicht, wie die Arbeiter reagieren würden, wenn Nellie ihnen im Falle eines Falles entgegentrat. Aber ihre eigene Sorge um Marlee war viel zu groß, als dass sie den Vorschlag ablehnen konnte. »Vielleicht sollte ich mitkommen?«

»Nein, Kadee. Niemand Nellie sehen. Besser alleine.«

Kate vertraute Nellie, war aber dennoch beunruhigt. »Beeil dich«, sagte sie und stellte den Motor aus.

Nellie schloss die Tür und lief den Weg zurück. Am Himmel stand ein Mond, der gerade so viel Licht spendete, dass Nellie den Weg erkennen konnte. Sie beobachtete das Haus der Arbeiter, hielt nach Bewegungen Ausschau. Durch den Vorhang am Fenster schien Licht, also waren die Männer noch wach und damit für Marlee gefährlich. Dann erlosch das Licht in Marlees Unterkunft. Nellie stellte sich vor, wie sie auf der Matratze lag und versuchte zu schlafen, dabei aber ängstlich auf jedes Geräusch horchte.

Als sie nach gut zehn Minuten des Scherergebäude fast erreicht hatte, bemerkte sie, wie die Tür des anderen Gebäudes aufging und ein großer Mann herauskam, der die Tür hinter sich schloss. Er drückte seine Zigarette aus und verschwand hinter dem Gebäude. Dann tauchte er plötzlich vor dem Scherergebäude auf und versuchte, Marlees Tür zu öffnen. Vergeblich, weil das Bett davorstand. Nellie beobachtete, wie der Mann zur Seite des Gebäudes ging, vermutlich wollte er durch das Fenster blicken. Vielleicht hoffte er zu sehen, wie Marlee sich auszog, womöglich würde er sogar versuchen, einzusteigen.

Nellie beschleunigte ihre Schritte und schlich über die Hausseite so leise wie möglich nach hinten. Als sie die Ecke des Gebäudes erreicht hatte, lugte sie herum und sah den Mann tatsächlich durch das Fenster spähen.

Nellie wusste, wie man sich an seine Beute heranschlich, ohne gehört zu werden. Auf dem Weg zu ihm vernahm sie, wie er Marlee bat, ihn hereinzulassen. Nellie wurde übel. Als sie noch etwa drei Meter von ihm entfernt war, stieß sie einen schrillen Schrei aus, kehlig und furchteinflößend.

Der Mann brüllte vor Schreck auf. Er stolperte rückwärts und fiel flach auf den Rücken. Im Dunkeln sah er zu Nellie, die breitbeinig dastand und ihre Hände in die Luft gehoben hatte, als wollte sie zuschlagen. Ihre Haltung war drohend, und sie schrie noch einmal. Der Mann starrte sie verschreckt an, unsicher, ob sie echt oder eine Erscheinung war. Mühsam rappelte er sich auf und rannte zu seiner Unterkunft, kurz darauf schlug die Tür zu.

Eilig trat Nellie an Marlees Fenster.

»Ich hier, Marlee«, sagte sie zu dem verängstigten Mädchen im Inneren, die nicht wusste, was draußen passiert war.

»Mum!« Marlee weinte vor Erleichterung.

»Jetzt alles gut, Mädchen«, sagte Nellie. »Schlafen gut. Jetzt niemand stören Marlee. Bis morgen.«

Kapitel 31

»Wo bleibst du nur, Mum?«, flüsterte Kate in die Dunkelheit. Sie starrte angestrengt zurück, den Weg entlang in Richtung von Marlees Unterkunft, auf der Suche nach Nellies Umrissen. Ihre wachsende Angst ließ die Stille unheimlich werden. Sie meinte, in der Ferne das Blöken von Rindern und vor dem Auto das merkwürdige Trommeln einer Emu-Familie zu hören, dabei war das Einzige, was sie hören wollte, Nellies Schritte und ihre Stimme. Je länger das Warten dauerte, desto mehr mögliche Szenarien kamen ihr in den Sinn, die eingetroffen sein könnten, und ihre Furcht wurde immer größer.

Kate versuchte, die Uhrzeit von ihrer Armbanduhr abzulesen, aber es war trotz des schwachen Mondlichts zu dunkel, um die Zeiger oder auch nur das Ziffernblatt erkennen zu können. Sie wusste, dass es spät war, Willie machte sich gewiss schon Sorgen. Plötzlich bemerkte sie in der Ferne zwei Scheinwerfer. Ein Fahrzeug fuhr aus Richtung Tibooburra die Hauptstraße entlang. Kate hoffte, dass sie kurz hinter dem offenen Tor zur Emu Downs Farm nicht gesehen wurde. Es war unwahrscheinlich, dennoch duckte sie sich, um den Anschein zu erwecken, Willies Fahrzeug sei leer. Vorsichtig spähte sie über das Lenkrad. Der Schreck fuhr ihr in die Glieder, als sie beobachtete, wie das Fahrzeug langsamer wurde und schließlich in die Einfahrt nach Emu Downs abbog. Dann erloschen die Scheinwerfer.

»Oh, Mist!« Kate hoffte, dass es keiner von Jeds Arbeitern war, denn dann müsste sie sich eine Erklärung dafür ausdenken, warum sie hier stand. Jemand stieg aus dem Auto und lief auf sie zu.

Erleichtert erkannte Kate Dustys unverkennbare Statur und stieg aus.

»Was machst du hier?«

»Ist alles in Ordnung?«, fragte er besorgt. »Hast du eine Panne?«

»Nein.«

»Warum stehst du dann hier?«

»Ich warte auf Nellie. Sie hat sich Sorgen um Marlee gemacht und ist noch einmal zurück zur Schererunterkunft gegangen, um sicherzugehen, dass es ihr gut geht.«

»Wie lange ist sie schon weg?«

»Ich bin mir nicht ganz sicher, aber es müssen mindestens vierzig Minuten sein.«

»Soll ich nachschauen, ob alles in Ordnung ist?«

»Nein. Sie müsste jetzt auf dem Rückweg sein. Jed darf keinen von euch sehen. Ich weiß deinen Einsatz zu schätzen, Dusty, aber du hättest nicht den langen Weg hierher kommen müssen.«

»Mir hat die Sorge um dich keine Ruhe gelassen, ich musste einfach etwas tun. Ich weiß, dass Willie sich auch sorgt. Er versucht, es zu verstecken, aber er stand eben richtig neben sich.«

Seine Worte berührten Kate. »Ihr solltet beide wissen, dass ich schon ein großes Mädchen bin.«

»Glaub mir, das ist mir aufgefallen«, sagte Dusty grinsend. Dann wurde seine Miene ernst. »Lässt Jed Marlee von den Arbeitern wegziehen?«

»Nein. Aber er hat zugesagt, ein Schloss an ihrer Tür anzubringen.«

Dusty schüttelte angewidert den Kopf. »Ich habe mir schon gedacht, dass er sie nicht ins Haupthaus lässt. Tut mir wirklich leid, Kate. Du bist bestimmt enttäuscht.«

Kate lehnte sich an die Motorhaube von Willies Fahrzeug, und Dusty tat es ihr nach.

»Ich sollte nicht überrascht sein. Du, Dad und Silvia hattet recht, was seine Einstellung gegenüber Aborigines betrifft, das hat er mir heute Abend eindrucksvoll bewiesen. Es wundert mich nicht, dass niemand ihn mag. Er ist nicht nur engstirnig, sondern auch furchtbar arrogant und aufgeblasen.«

»Auch wenn du mir jetzt sagst, dass es mich nichts angeht, aber ich muss es einfach wissen: Hat er versucht, dich zu küssen?«

Kate starrte ihn verblüfft an. »Nein. Aber er hat gesagt, dass er eine Frau sucht, mit der er eine Familie gründen kann, und mich dabei angesehen, als wäre ich eine potenzielle Kandidatin. Er würde seine Meinung vermutlich schnell ändern, wenn er wüsste, dass Nellie meine Mutter und Marlee meine Schwester ist.« Sie schnaubte. »Aber warum willst du das wissen?«

»Um ehrlich zu sein, hätte mir das gar nicht gefallen«, gab Dusty zu.

Kate war überrascht von seiner Offenheit. Bei jedem anderen Mann hätte sie diesen Kommentar für einen Hinweis auf einen besitzergreifenden Charakter gehalten, aber aus Dustys Mund klang er nett. »Warum nicht?«

»Weil ich dich mag.«

»Du *magst* mich«, wiederholte Kate. »Du *magst* doch sicher eine Menge Menschen.«

Dusty lächelte und offenbarte seine ebenen weißen Zähne. »Ja, das stimmt, aber nicht auf die Weise, wie ich *dich* mag, Kate.«

Kate erwiderte sein Lächeln und drehte sich halb zu ihm. »Und wie kommt das?«, fragte sie kokett.

»Muss ich wirklich deutlicher werden?« Er sah ihr tief in die Augen, dann legte er seine Hand an ihren Nacken und zog sie sanft zu sich. Erst streiften sich ihre Lippen nur zart, dann zog Dusty ihren Körper fest an seinen und küsste sie leidenschaftlich.

Kate wurde von Gefühlen überwältigt. Sie hatte Dusty von ihrem ersten Treffen an als äußerst gepflegt und attraktiv empfunden, allerdings hatte sie nie vorgehabt, ihm näherzukommen. Aber ihn zu küssen fühlte sich richtig an. Der Kuss dauerte eine halbe Ewigkeit und war wunderschön. Schließlich lösten sich ihre Lippen voneinander, und sie sahen einander an, atemlos.

»Das habe ich nicht erwartet«, flüsterte Kate. Damit meinte sie nicht nur seinen Kuss, sondern auch die Tatsache, dass sie ihn so genossen hatte.

»Ich dachte, dir wäre vielleicht aufgefallen, dass ich das schon seit einer ganzen Zeit tun will«, sagte Dusty.

»Nein, ist es nicht«, erwiderte sie ehrlich. »Es hätte mich aber nicht gestört.«

»Dann würde es dich auch nicht stören, wenn ich es noch einmal tun würde?«

»Ganz und gar nicht.« Kate neigte sich ihm entgegen.

Doch kaum hatten seine Lippen die ihren berührt, spürte sie eine Welle viel tieferer Gefühle. Erschrocken zog sie sich zurück. »Wir sollten das nicht tun«, hauchte sie.

»Warum nicht? Liebst du einen anderen?« Er hatte Willie gefragt, ob es einen Freund oder Verlobten in ihrem Leben gäbe, aber sie hatte Willie gegenüber nie jemanden erwähnt, was sie seiner Meinung nach ganz sicher getan hätte, wenn es jemand Besonderen in ihrem Leben gäbe.

»Nein, das nicht«, sagte Kate ehrlich. In ihrer Beziehung zu Jacques war alles, was im Entferntesten mit Liebe zu tun hatte, längst gestorben. »Aber …«

»Wieder da«, unterbrach Nellies Stimme sie.

Kate fuhr herum. »Gottseidank! Ist etwas passiert?«

»Mann in Marlees Fenster gucken. Ich machen Mann Angst, er rennen weg wie Todesbumerang«, sagte sie kichernd. »Er nicht wiederkommen. Was du hier machen, Dusty?«

»Ich dachte, ihr hättet vielleicht ein Problem mit Willies Auto oder einen Unfall, deswegen wollte ich gucken, ob ihr Hilfe braucht.« Er blickte nachdenklich drein. »Auch wenn du ihn vorerst verschreckt hast, gefällt es mir nicht, dass ein Mann durch Marlees Fenster guckt. Meinst du wirklich, die Gefahr ist für heute gebannt?«

Nellie nickte heftig.

»Dann lasst uns zurückfahren«, schlug Dusty vor.

Kate und Nellie stiegen in Willies Auto, und Kate ließ den Motor an, während Dusty zu seinem Fahrzeug lief, um vor ihnen herzufahren und sicherzustellen, dass die Straße passierbar war.

»Dieser weiße Mann Kadee mögen«, sagte Nellie grinsend.

Kate dachte über ihr kompliziertes Leben nach, während sie den Ford hinter Dustys Wagen auf die Straße lenkte. Das Letzte, was sie jetzt brauchte, war eine neue Liebesbeziehung. Warum hatte sie ihn nur geküsst? Und dennoch: »Ich mag ihn auch. Sehr«, gab sie zu.

Nellie lachte fröhlich. »Ich glauben, er guter Mann.«

»Zweifellos.« Kate schwieg eine Weile, bevor sie gestand: »Aber ich habe Angst, ihn zu verletzen, Mum.«

»Warum? Du gutes Mädchen. Gut für Dusty.«

»Ja, vielleicht. Aber ich habe dir doch erzählt, dass ich in Europa einen Ehemann habe, weißt du noch?«

»Ja, er nicht guter Mann.«

»Ich habe niemandem außer dir von ihm erzählt. Als wir geheiratet haben, bat ich meine Tante, Dad nichts davon zu sagen, weil ich ihn nicht auf meiner Hochzeit haben wollte. Er hat keine Ahnung, dass ich verheiratet bin, ganz zu schweigen davon, dass ich mich scheiden lassen will.«

»Willie verstehen, Kadee.«

Kate war sich nicht sicher, aber vermutlich hatte Nellie recht. Bei Dusty hingegen war sie sich sicher, dass er sie nicht geküsst hätte, wenn sie ihm erzählt hätte, dass sie verheiratet war. Er war ein aufrichtiger Mann, der es als unehrlich empfinden würde, dass sie ihm diese Information vorenthalten hatte, und damit hatte er recht.

»Das Anständigste wäre, wenn ich mich von ihm fernhalte, bis ich Ordnung in mein Leben gebracht habe.«

Während der folgenden Wochen besuchte Kate Jed jedes Wochenende, damit Nellie Zeit mit Marlee verbringen konnte. Marlee freute sich immer, sie zu sehen. Mehr noch wirkte sie geradezu erleichtert, ihre freundlichen Familienmitglieder zu sehen, etwas, das sie nie gekannt, ihr Herz aber immer ersehnt hatte. Kate brachte Nellie auch manchmal abends unter der Woche nach Emu Downs, doch dann fuhren sie immer direkt zum Scherergebäude und stellten Willies Fahrzeug dahinter ab, damit Jed es nicht sah, sofern er denn überhaupt zuhause war. Manchmal arbeitete Marlee länger, wenn sie nach dem Abendessen noch abwaschen musste, weil Hester keine Lust dazu hatte. Dann warteten Nellie und Kate auf sie. Es war schwer zu ertragen, dass sie so erschöpft war, wenn sie in ihre Unterkunft kam. Nellie und Kate stellten sich vor den Trog draußen und hielten Laken hoch, um ihr ein wenig Privatsphäre zu ermöglichen, während sie sich wusch.

Es hatte zehn Tage gedauert, bis Jed einen seiner Männer ein Schloss an Marlees Tür hatte anbringen lassen. Er versuchte zunächst, das Schloss als Druckmittel gegen Kate einzusetzen, um herauszufinden, wie weit sie gehen würde, damit er ihrem Wunsch nachkam. Aber die Zeit mit Jacques hatte sie gelehrt, die Methoden manipulativer Männer zu durchschauen, deswegen zog sie rechtzeitig eine Grenze und sagte ihm nach drei Tagen, in denen immer noch kein Schloss angebracht worden war, sie werde ihn nicht mehr besuchen kommen, wenn er sein Wort nicht halte. Eine weitere Woche verstrich tatenlos, und so fuhr Kate Nellie im Dunkeln zur Farm, ohne Kontakt zu Jed zu haben.

Am darauffolgenden Wochenende rief Jed an, um ihr zu erzählen, dass das Schloss angebracht war, und lud sie im selben Atemzug zu einem Abendessen bei sich ein. Sie war erfreut über das

Schloss gewesen, hatte aber damit gerechnet, dass er eine Gegenleistung erwartete.

Und tatsächlich wurden Jeds Annäherungsversuche mit jedem Besuch deutlicher und dreister, weswegen es Kate inzwischen vor den Treffen mit ihm graute.

Jede zweite Woche holte Kate Marlee an ihrem freien Sonntag morgens ab und brachte sie ins Dorf. Marlee erzählte nicht viel von ihrem Leben auf Emu Downs, aber Kate hatte das Gefühl, dass ihre Schwester unglücklich war und schwer arbeiten musste.

Dusty entging nicht, dass Kate seit ihrem Kuss vermied, mit ihm allein zu sein. Sie war freundlich und warmherzig, wenn sie von anderen Menschen umgeben waren, aber sobald sie allein waren, wirkte sie plötzlich nervös und fand Gründe, ihm aus dem Weg zu gehen. Ihr Verhalten verwirrte ihn, denn er war überzeugt, sich nicht eingebildet zu haben, dass sie den Kuss genauso genossen hatte wie er.

Eines Montagabends kam Nellie auf die hintere Hotelveranda, um mit Kate ein Glas kalte Limonade zu trinken. Marlee hatte den ganzen Sonntag bei ihr verbracht, deshalb besuchten sie sie an diesem Abend nicht. Kate dachte mit einem mulmigen Gefühl an den vergangenen Abend, dessen Ereignisse sie den ganzen Tag beschäftigt hatten. Schließlich fasste sie sich ein Herz und erzählte Nellie, dass Jed versucht hatte, sie zu küssen. Sie war nach dem Essen in die Küche gegangen, um Hester um ein Glas Wasser zu bitten, nur um feststellen zu müssen, dass die Küche schon geputzt und die Haushälterin abwesend war, wahrscheinlich hatte sie schon Feierabend gemacht. Vermutlich hatte Jed sie absichtlich fortgeschickt, um mit Kate allein zu sein. Während sie sich ein Glas Wasser eingeschenkt hatte, war er hinter sie getreten und hatte seine Hände zu ihren Seiten auf das Spülbecken gestützt, sodass sie eingekesselt war. Auf ihre besorgte Frage, was er da tue, hatte er sie zu sich gedreht und »Dich küssen« gesagt, und sein Mund war ihrem immer näher gekommen.

»Hör auf, Jed!« Kate hatte ihren Kopf weggedreht.

»Warum? Das will ich schon seit Wochen tun. Du weißt, dass ich dich gernhabe, Kate.« Er hatte versucht, ihren Nacken zu küssen, aber Kate hatte sich ihm entwunden.

»Ich sollte jetzt besser zurückfahren«, hatte sie hervorgebracht und sofort bemerkt, dass er das als Demütigung empfand. Eine Welle der Panik durchfuhr sie, doch wie durch ein Wunder hatte er sie einfach gehen lassen. Sie hatte ihm eine gute Nacht gewünscht und das Haupthaus verlassen.

Auf der Rückfahrt hatte Nellie ununterbrochen von Marlee gesprochen, deswegen war Kate nicht dazu gekommen, ihr von dem Ereignis mit Jed zu erzählen. Normalerweise war Nellie sehr aufmerksam und bemerkte jeden noch so kleinen Stimmungswechsel ihrer Töchter, aber an dem Abend hatte sie nicht bemerkt, wie durcheinander Kate war. Ganz im Gegensatz zu jetzt.

»Ich möchte nicht von Jed geküsst werden«, schloss Kate leise.

Nellie mochte Jed nicht und hatte Kate gegenüber schon oft geäußert, dass sie ein ungutes Gefühl in Bezug auf ihn habe. Nun wurde sie mit einem Schlag unruhig.

Kate nahm an, dass Nellies Reaktion mit ihrem Bericht zusammenhing. »Aber ich komme schon mit ihm zurecht.«

Nellie sprang auf. »Nein! Etwas nicht stimmen mit Marlee. Sie in Schwierigkeiten.«

Kate verstand nicht, was in ihre Mutter gefahren war. »Ihr geht es bestimmt gut«, versuchte sie, sie zu beruhigen.

»Nein«, rief Nellie. »Sie Ärger haben.« Sie war jetzt sichtlich beunruhigt, lief mit weit aufgerissenen Augen hektisch auf der Veranda auf und ab. Plötzlich ging sie davon.

»Wohin willst du?«, rief Kate ihr nach.

Als Nellie nicht antwortete, folgte Kate ihr eilig. An der Hausecke sah sie Nellie über die Hauptstraße laufen, dann hatte die Dunkelheit sie verschluckt.

Niemand sonst hätte sich zu Fuß und im Dunkeln auf den Weg nach Emu Downs gemacht, erst recht nicht, um lediglich einer Ahnung nachzugehen, aber Kate kannte Nellie gut genug, um zu wissen, dass sie den ganzen Weg laufen würde.

Kate beschloss, Willie zu fragen, ob sie seinen Ford leihen und Nellie fahren konnte, und machte sich auf den Weg.

In dem Moment trat Dusty auf der Suche nach ihr aus der Tür. »Kate, was machst du hier draußen?«

»Nichts.« Kate ging einfach an ihm vorbei, in Gedanken bei Nellie und Marlee.

»Warum weichst du mir aus?«

»Können wir später darüber reden? Ich muss dringend mit meinem Vater sprechen.«

»Natürlich«, sagte Dusty ausdruckslos. »Wir können wann anders reden.« Er war sich mittlerweile sicher, dass Kate bereute, ihm nähergekommen zu sein. »Wenn du meine Gefühle nicht erwiderst, verstehe ich das. Du musst mir nicht aus dem Weg gehen.«

»Das ist es nicht, Dusty. Aber ich kann jetzt wirklich nicht darüber reden.«

In diesem Moment trat Willie mit einigen leeren Kartons aus der Tür, und Kate fragte ihn sofort, ob sie sein Fahrzeug leihen könne.

Willie war skeptisch. »Wohin willst du denn um diese Zeit?«

Sie erzählte ihm, was geschehen war. »Nellie irrt sich bestimmt bezüglich Marlee, aber ich konnte sie nicht aufhalten. Sie wird sich davon überzeugen, und ich möchte nicht, dass sie den ganzen Weg läuft.«

»Nellie hat ein ziemlich feines Gespür für solche Dinge, Kate. Sie irrt selten, aber ich habe kein gutes Gefühl dabei, dich um diese Uhrzeit allein dorthin fahren zu lassen, und ich kann den Pub nicht verlassen, weil heute einige Scherer hier sind. Wenn sie was getrunken haben, werden sie oft ungestüm. Silvia würde nicht allein mit ihnen fertigwerden.«

»Ich kann Kate fahren, Willie«, bot Dusty an.

»Würdest du das tun?«, fragte Willie erleichtert.

Kate fühlte Panik in sich aufsteigen. »Ich kann selbst fahren«, beharrte sie.

»Der Tank in meiner Kiste ist fast leer, und die Kingsleys haben schon zu, ich kann also nicht nachfüllen«, sagte Willie. »Daher hast du nur zwei Möglichkeiten: hierbleiben oder Dustys freundliches Angebot dankend annehmen.«

Kate hatte keine Wahl. »Dann fahre ich mit dir, Dusty.«

Als sie losfuhren, sagte Kate: »Nellie kann noch nicht weit sein. Ich hoffe nur, dass sie nicht querfeldein läuft, dann finden wir sie nie.«

Sie waren noch nicht weit gekommen, da entdeckten sie Nellie vor sich, mitten auf der Straße. Sie ging an den Straßenrand, als die Scheinwerfer sie erfassten.

Dusty hielt neben ihr an.

»Nellie, steig ein, wir fahren dich nach Emu Downs«, rief er durch das offene Fenster.

Sichtlich aufgewühlt stieg Nellie ein, und Dusty fuhr los.

Der Himmel war klar, und der Mond schien zum Glück hell, denn überall auf der Straße waren Tiere, vor allem Kängurus. Die Scheinwerfer erfassten aber auch Füchse, Kaninchen, Wombats und Emus. Am meisten überraschte sie ein Kamel mit seinem Fohlen. Mehrfach stießen sie fast mit den zahlreichen Tieren zusammen, wenn diese vom Licht geblendet auf die Straße sprangen. Dusty wich ihnen aus oder bremste, manchmal musste er sogar anhalten, wenn sie sich nicht regten. Seine Aufmerksamkeit und Konzentration galt der Straße, und auch Kate hielt ihren Blick aufmerksam auf potenzielle Hindernisse gerichtet. Sie war froh, dass er fuhr.

Nellie sprach auf der Rückbank mit sich selbst, voller Sorge um Marlee.

»Es geht ihr bestimmt gut«, versuchte Kate sie zu beruhigen, aber Nellies große Unruhe übertrug sich auf sie.

»Marlee mich brauchen«, beharrte Nellie. »Sie großen Ärger haben.«

Nach einer gefühlten Ewigkeit bogen sie in die Auffahrt von Emu Downs ein. Dusty schaltete die Scheinwerfer aus und fuhr langsam über den nur vom Mondlicht erhellten Weg.

»Ich will nicht, dass Jed merkt, dass wir hier sind«, sagte er. »Zumindest noch nicht.« Er stellte das Auto in der Nähe der Unterkunft für die Farmarbeiter ab. Deren Tür war geöffnet, aber keiner der Männer war draußen. Als die drei daran vorbeischlichen, sahen sie, dass die Männer ins Kartenspielen vertieft waren. An Marlees Unterkunft angekommen, schaute Dusty sich hinter dem Gebäude um, während Nellie zur Vordertür ging, die sich öffnen ließ. Das Licht im Inneren war aus. Nellie rief leise nach Marlee, erhielt aber keine Antwort. Sie sah im Bett nach, doch es war leer.

Kate wartete vor dem Gebäude. »Sie scheint also noch im Hauptgebäude zu sein«, schloss sie. »Das heißt, dass es ihr gut geht, Mum.«

»Nein«, beharrte Nellie. »Etwas Schlimmes passieren Marlee.«

Dusty trat zu ihnen. »Hinten ist sie nicht.«

Kate entschied sich für die einzige Möglichkeit, Nellie zu beruhigen. »Ich werde herausfinden, ob sie noch im Haupthaus ist«, sagte sie.

»Möchtest du, dass ich mitkomme?«, bot Dusty an.

»Nein, ich gehe allein.« Kate fürchtete, dass Jed den vergangenen Abend kommentieren könnte, und wollte nicht, dass Dusty davon erfuhr. »Wir treffen uns am Auto wieder.«

Als Kate kurz darauf an die Haustür klopfte, öffnete Jed beinahe sofort. Sie sah gleich, dass er wütend war.

»Was machst du hier, Kate?«, rief er. »Hast du das Mädchen zurückgebracht? Ich will sie nicht wiederhaben.«

»Wie meinst du das … ob ich sie zurückgebracht habe?«, fragte Kate alarmiert. »Ist Marlee … fort?«

»Ja, sie ist abgehauen, genau, wie Mrs Rudman es vorhergesehen hat. Ich wusste, dass sie Ärger machen würde. Ich hätte sie nie einstellen sollen.«

Kate sank das Herz in die Hose. »Wann ist das passiert?«

»Keine Ahnung … vor ein paar Stunden.«

»Warum ist sie weggelaufen? Es muss doch einen Grund dafür geben.«

Jed starrte Kate beinahe feindselig an. »Willst du damit sagen, dass es meine Schuld ist?«

»Natürlich nicht. Erzähl mir, was passiert ist.«

»Die kleine Lügnerin hat behauptet, einer der Arbeitshunde hätte sie gebissen.«

»Das hätte sie nicht gesagt, wenn es nicht passiert wäre«, verteidigte Kate Marlee.

»Die Hunde hatten bloß Hunger, und sie hat sie zu langsam gefüttert. Ich habe ihr jedenfalls deutlich zu verstehen gegeben, was ich von ihr und ihrer Art halte.«

»Wie meinst du das?«

»Du weißt doch mit Sicherheit, dass Aborigines die Wahrheit gerne mal verbiegen. Und um zu beweisen, dass ich recht habe: Sie hat behauptet, sie wäre mit dir verwandt. Ist das zu glauben?«

Kate zuckte zusammen. Sie hatte nicht erwartet, dass die Wahrheit über ihre Beziehung auf diese Weise herauskommen würde.

Jed entging Kates Reaktion nicht. Er ging davon aus, dass sie genauso empört war wie er, dass eine Aborigine erzählte, sie seien verwandt. »Sie hat steif und fest behauptet, sie wär deine Schwester, aber ich hab sie schnell in die Schranken gewiesen. Hab ihr gesagt, dass sie eine schwarze Lügnerin und zu nichts zu gebrauchen ist.« Er verschwieg, dass er sie geohrfeigt hatte, bevor sie hysterisch weggelaufen war.

Kate keuchte auf. Es kostete sie all ihre Willenskraft, Marlee nicht zu verteidigen und ihm nicht zu erklären, dass sie die Wahrheit gesagt hatte, doch die Angst vor den Konsequenzen hielt sie zurück. Sie wusste, dass es feige war, aber sie musste auch an die Auswirkungen für Willie denken. »Ich finde sie«, versprach sie.

»Morgen früh rufe ich als Allerestes diese Rudman an. Sie kann das Mädchen zurück in die Mission holen, wenn sie sie denn findet. Dahin gehören sie und alle ihre Artgenossen.«

Kate kochte vor Wut, doch sie machte sich ihre Schauspielfähigkeiten zunutze, um ihre Gefühle zu verbergen.

So ruhig und gefasst wie möglich sagte sie: »Bitte gib ihr noch eine Chance, Jed. Ich finde sie und bringe sie zurück. Sie wird sich für das entschuldigen, was sie gesagt und getan hat.«

»Ich weiß nicht, Kate, das ist viel verlangt. Es war schon mehr als großzügig von mir, sie überhaupt einzustellen.«

»Ich weiß.« Kate erstickte fast an ihren Worten. Er würde bestimmt eine Gegenleistung erwarten, und die Art, wie er sie anschaute, bestätigte ihre Vermutung. »Ich weiß wirklich zu schätzen, was du getan hast.« Sie vermied es, ihm in die Augen zu sehen.

»Du hast eine merkwürdige Art, das zu zeigen.« Jed verschränkte die Arme.

Kate überlegte fieberhaft, wie sie eine körperliche Annäherung von ihm vermeiden, ihn aber gleichzeitig auf ihre Seite ziehen konnte. »Ich habe erst vor Kurzem eine Beziehung beendet. Ich rede nicht gern darüber, aber ich bin einfach noch nicht bereit für eine neue. Vielleicht … irgendwann … wenn du geduldig bist.« Sie zwang sich zu einem betörenden Blick.

Jed schwieg, schien aber über ihre Worte nachzudenken.

»Würdest du noch damit warten, Mrs Rudman anzurufen? Ich werde Marlee finden.«

»In Ordnung. Ich tue es für dich, Kate. Aber meine Geduld hat Grenzen.«

Kate wusste, dass er sich damit nicht nur auf Marlee bezog. »Danke.« Erleichtert darüber, ihrer Schwester ein wenig Zeit verschafft zu haben, eilte sie davon.

»Marlee ist weggelaufen«, sagte sie, als sie endlich in Dustys Auto stieg. Sie legte den Arm um Nellie. »Jed hat versprochen, Mrs Rudman nicht anzurufen, also mach dir keine Sorgen, Mum. Marlee geht nicht zurück nach Brewarrina, und wir werden sie finden.«

»Wie lange ist sie schon weg?«, fragte Dusty.

»Genau konnte Jed das nicht sagen, wahrscheinlich ein paar Stunden. Ich vermute, sie ist in Richtung Dorf unterwegs, sie wird nach Nellie suchen.«

»Aber dann hätten wir sie auf dem Hinweg sehen müssen. Vielleicht läuft sie abseits der Straße, für den Fall, dass Jed nach ihr sucht«, sagte Dusty. »Dann wird es schwer, sie zu finden.«

Sie fuhren sehr langsam nach Tibooburra zurück und hielten auf beiden Seiten des Weges angestrengt nach Marlee Ausschau. Nellie und Kate riefen ihren Namen durch die geöffneten Fenster. Die Zeit verstrich im Schneckentempo, und immer noch gab es keine Spur von ihr. Etwa eine halbe Meile vor dem Dorf glaubte Kate plötzlich zu hören, wie jemand ihren Namen rief.

»Halt an, Dusty«, sagte sie. »Ich glaube, ich habe sie gehört.«

Dusty fuhr an den Straßenrand, und Kate und Nellie stiegen aus und starrten in die Dunkelheit.

»Marlee?«, rief Kate. Doch nichts geschah. Vermutlich hatte sie sich den Ruf nur eingebildet. »Sie ist nicht hier.« Kate machte sich daran, wieder ins Auto zu steigen, doch Nellie lief zielstrebig über die Straße.

»Wohin gehst du, Mum?«, rief Kate ihr nach.

In diesem Moment tauchte Marlee zwischen den Büschen auf der anderen Straßenseite auf und warf sich weinend in die ausgestreckten Arme ihrer Mutter.

Kapitel 32

»Ich gehe nicht zurück!«, rief Marlee schluchzend an Nellies Schulter.

Dusty hatte den Wagen etwas abseits der Straße geparkt, und nun überlegten sie, was sie tun sollten. Marlee bot einen kläglichen Anblick. Ihr Haar war zerzaust, ihr Gesicht tränenüberströmt.

»Jed hat mir erzählt, was passiert ist. Hat einer seiner Hunde dich gebissen?«, fragte Kate.

»Ja.« Marlee zeigte ihr eine deutlich sichtbare Bisswunde an ihrer Hand. »Die meisten Hunde sind lieb, aber einer ist böse. Der Hund kann nichts dafür, das ist Mr Harts Schuld, weil er so gemein zu ihm ist. Er hat mir nicht geglaubt, dass der Hund mich gebissen hat. Er hat mich eine Lügnerin genannt und beleidigt.« Sie schluckte schwer. »Er hasst Aborigines, Kate. Bisher ist er jeden Tag furchtbar zu mir gewesen. Du glaubst mir doch, oder? Ich erfinde das nicht, ich bin keine Lügnerin.«

Kate verstand sofort, wie wichtig es Marlee war, dass ihr jemand glaubte. »Natürlich glaube ich dir, das tun wir alle. In den letzten Wochen habe ich genug Unterhaltungen mit Jed geführt, um zu wissen, wie er über Aborigines denkt. Er ist ein engstirniges Schwein.« Sofort meldete sich ihr schlechtes Gewissen, weil ihr nicht in den Sinn gekommen war, dass er seine Launen an Marlee auslassen könnte.

»Er meinte, er hätte mich nur deinetwegen eingestellt. Er glaubt, dass du ihn heiratest.«

»Ich würde ihn nicht mal für eine Million Pfund heiraten!«, rief Kate angewidert.

»Sobald er dich geheiratet hat, will er mich loswerden, hat er gesagt, dann gäbe es keine Aborigines mehr in seinem Haus oder auf seinem Grundstück. Er war so … hochnäsig. Ich habe ihm gesagt, wenn er dich heiratet, dann hat er eine Aborigine im Haus, weil wir Schwestern sind. Er ist direkt verrückt geworden. Ehrlich, Kate, ich dachte, sein Kopf explodiert. Er hat immer wieder gebrüllt, dass wir keine Schwestern sind«, sagte sie schniefend. »Ich gehe nicht dahin zurück!«, rief sie noch einmal, bevor sie sich an ihre Mutter wandte. »Lass uns zusammen fortgehen. Dann können wir für immer zusammen sein.«

Nellie nickte erfreut und umarmte sie noch fester. Das war alles, was sie wollte: ihr Mädchen bei sich haben.

»Ich verstehe wirklich, wie du dich fühlst, Marlee, aber ihr wisst, dass man dich finden und zurück nach Brewarrina schicken würde«, sagte Kate. »Dann würden wir dich zwei Jahre lang nicht mehr sehen.«

»Ich dieses Land kennen, Kadee, ich wissen, wo verstecken«, warf Nellie ein. »Niemand uns finden.«

»Wenn doch, kommst du dafür ins Gefängnis, dass du Marlee versteckt hast«, wandte Kate besorgt ein. »Ich wünschte, das wäre nicht so, aber so ist es.«

Marlee klammerte sich an Nellie. »Ich will bei dir bleiben, Mum!«, rief sie.

Ihre Verzweiflung schnürte Kate die Kehle zu. »Hol dich der Teufel, Jed Hart«, flüsterte sie erstickt.

Dusty, der sich zunehmend hilflos fühlte, bot Kate sein Taschentuch an.

Eine Weile saßen sie schweigend da und dachten über die Möglichkeiten nach, die sie hatten. Schließich räusperte Kate sich und äußerte ihre Idee.

»Wie wäre es, wenn du nur für sehr kurze Zeit zurück zu Jed gehst, bis ich woanders eine Stelle für dich finde?«, fragte sie Marlee. »Vielleicht lässt sich ein anderer Farmbesitzer überzeugen, dich einzustellen. Oder vielleicht braucht jemand in Milparinka Hilfe im Haushalt. Ich werde Himmel und Hölle in Bewegung setzen, um eine andere Stelle zu finden. Ich weiß, dass es nicht die ideale Lösung ist, aber ich verspreche dir, dass du nur für eine kurze Zeit zurückmusst.«

Marlee nickte zögerlich, wenn auch widerstrebend. Sie hatte ebenfalls nachgedacht und wollte nicht dafür verantwortlich sein, dass Nellie ins Gefängnis kam.

»Gut. Aber da ist noch etwas, Marlee: Ich habe Jed gesagt, du würdest dich dafür entschuldigen, dass du weggelaufen bist. Du musst nicht meinen, was du sagst, aber deine Zukunft hängt davon ab.«

»Ich werde es ganz sicher nicht so meinen, Kate. Und dann bin ich genau die Lügnerin, als die er mich sieht. Das ist nicht richtig.«

»Ich verstehe deine Prinzipien, aber ich musste auch so tun, als würde ich seine Gesellschaft genießen, obwohl ich mich durch jede Minute mit ihm gequält habe. Ich halte mir einfach immer wieder vor Augen, dass ich mich nur mit ihm abgebe, damit wir zusammen sein können. Sobald du sechzehn bist, kannst du tun und lassen, was du willst. Und das werden glückliche Tage, so viel ist sicher.«

Marlee nickte resigniert und überlegte, wie sie sich bei einem so unausstehlichen Mann entschuldigen sollte.

Schließlich wendete Dusty den Wagen und fuhr zurück nach Emu Downs. Die ganze Fahrt über herrschte gequältes Schweigen.

Kaum hatte Dusty das Auto vor dem Haupthaus zum Stehen gebracht, öffnete Jed die Tür, und mit ihm strömte das Licht aus dem Inneren auf die Veranda. Jed starrte die Ankömmlinge vom Türrahmen aus an, ohne jeden Hauch Mitgefühl für Marlee oder Reue für sein eigenes Verhalten. Sein Ausdruck war boshaft, und Marlee hatte Angst, ihm gegenüberzutreten.

Auch Kate gefiel der Ausdruck nicht, und sie sorgte sich um Marlee. Auf dem Weg zur Veranda legte sie ihr schützend die Hände auf die Schultern und spürte, dass das Mädchen zitterte. Nellie und Dusty fürchteten beide, sich nicht beherrschen zu können, wenn sie ausstiegen, und so beobachteten sie das Geschehen vom Wagen aus.

Jed schäumte vor Wut. »Du hast die kleine Lügnerin also wiedergefunden«, knurrte er, den Blick auf Marlee gerichtet. »Was hast du mir zu sagen?«

»Jed«, mahnte Kate. »Es reicht.«

»Sie wird mit ihrer Behauptung nicht davonkommen, dass sie deine Schwester ist, Kate. Sie sollte ihren Platz kennen. Sie ist nichts als eine kleine Lügnerin, nicht wahr?« Er stieß Marlee mit dem Finger an und fletschte die Zähne. »Nimm es zurück, du lügende Abo.«

Marlee zuckte angesichts dieser äußerst rassistischen Bezeichnung zusammen. Bis zu diesem Moment war sie bereit gewesen, ihren Stolz hinunterzuschlucken und sich bei Jed zu entschuldigen, obwohl es sie jeden Funken Selbstwert gekostet hätte, aber die Tatsache, dass er sie jetzt erneut verschmähte und von oben herab behandelte, brachte ihr Fass zum Überlaufen. Ihr ganzes Leben lang hatte sie nichts als ihren Stolz und ihren Anstand gehabt – und daran festzuhalten hatte ihr viel Ärger eingebracht, sie war geschlagen und eingesperrt worden und hatte hungern müssen. Nun reichte es! Sie würde nicht vor einem Mann wie Jed Hart stehen und hinnehmen, Lügnerin oder Abo genannt oder mit anderen abscheulichen Beleidigungen bedacht zu werden. Trotzig reckte sie das Kinn. »Ich bin keine Lügnerin«, erklärte sie mit fester Stimme.

Sie blickte zu Kate, die den Schmerz in ihren Augen sah. Kate fasste sofort einen Entschluss: Sie würde das nicht weiter mitansehen. Sie setzte an, etwas zu sagen, doch Jed kam ihr zuvor.

»Also … du kleines Miststück …« Er hob die Hand, um Marlee zu schlagen, aber Kate schob ihre Schwester zurück und stellte sich schützend vor sie.

»Wie kannst du es wagen, sie zu schlagen?«, fauchte sie.

»Warum verteidigst du diese wertlose kleine Schlange?«, verlangte Jed zu wissen.

»Weil sie nicht lügt«, erwiderte Kate wütend. »Jedes ihrer Worte ist wahr«, stieß sie hervor. »Ich bin ihre Halbschwester, und ich bin stolz darauf.« Ungeachtet aller Konsequenzen, die diese Aussage nach sich ziehen würde, fühlte es sich erstaunlich gut an, es öffentlich und laut ausgesprochen zu haben. Kate war stolz auf sich.

Jed starrte sie vollkommen ungläubig an. »Warum sagst du so was?«

»Weil es die Wahrheit ist. Wir sind Schwestern! Und du hast sie schlecht behandelt, aber das dulde ich nicht mehr.«

Jed stolperte rückwärts, ohne den Blick von Kate zu wenden. Angewidert zog er die Oberlippe kraus. »Du … bist eine Abo!«

»Das stimmt«, erklärte Kate trotzig, obwohl sie zum ersten Mal die Erfahrung machte, behandelt zu werden, als wäre sie weniger wert als jemand anderes. Und das war alles andere als angenehm.

»Du hast mich glauben lassen, du wärst weiß«, sagte Jed brüskiert.

»Es sollte doch egal sein, wo meine Wurzeln liegen.«

»Natürlich ist das nicht egal! Du bist herumgerannt und hast so getan, als wärst du ein anständiges weißes Mädchen, ein großer Filmstar, aber du bist nur 'ne Abo. Das ist doch ein Witz.«

Kate starrte ihn an, ihr wurde beinahe physisch schlecht vor Abscheu. Sie ärgerte sich über all die Zeit, die sie ihm geschenkt hatte.

Dusty platzte der Kragen. Er stieg aus dem Auto und lief zur Veranda, gefolgt von Nellie. Auf dem Weg die Stufen hinauf zeigte er mit dem Finger auf Jed. »Halt die Klappe«, stieß er angewidert aus. »Kate, Marlee, kommt mit. Lasst uns gehen.«

»Genau. Runter von meinem Grundstück, das gilt für euch

alle!«, schrie Jed. »Ich rufe bei den Behörden an, damit das Mädchen morgen zurück nach Brewarrina gebracht wird, und vielleicht solltest du gleich mitgehen, Kate.«

»Mach, was du willst!«, rief Kate über ihre Schulter.

»Dein Hochmut wird enden, wenn alle im Dorf wissen, dass du ’ne Abo bist!«, brüllte er.

Kate zuckte zusammen. Sie hatte die schreckliche Ahnung, dass Willies Leben wie ein Kartenhaus zusammenstürzen würde, und das war allein ihre Schuld.

Dusty trieb sie zur Eile an. Seine oberste Priorität war, Distanz zwischen Jed und die Frauen zu bringen, dabei hatte er noch nie ein so großes Verlangen verspürt, jemanden zu schlagen.

»Ich muss mich bei dir entschuldigen«, sagte Kate auf der Fahrt zu Marlee. Es war ihr ein Rätsel, wie Nellie und Marlee diese schlechte Behandlung ihr ganzes Leben lang ertragen hatten, sie selbst zitterte am ganzen Körper und war den Tränen nahe. »Ich hätte früher sagen sollen, dass wir Schwestern sind und Nellie unsere Mutter ist. Es war feige von mir, das zu verschweigen.«

»Du weißt doch, dass Jed Marlee nie eingestellt hätte, wenn er gewusst hätte, dass ihr Schwestern seid, also mach dir keine Vorwürfe«, sagte Dusty. »Du hast geglaubt, das Richtige zu tun.«

»Man sieht ja, was dabei herausgekommen ist«, erwiderte Kate. »Ich dachte, wenn ich dich, Marlee, aus der Mission hole, würde dein Leben sich zum Besseren wenden, aber ich habe dich vermutlich enttäuscht. Dummerweise bin ich davon ausgegangen, dass Jed dich anständig behandeln würde. Was jetzt passiert ist, macht mich krank. Du hast etwas so viel Besseres verdient.«

»Ich musste Mr Hart ertragen, um Zeit mit dir und meiner Mutter zu verbringen, das war es mir wert, Kate«, sagte Marlee.

»Wir wissen, du nichts sagen, weil du Willie schützen«, fügte Nellie verständnisvoll hinzu.

»Du hast recht, zumindest teilweise«, gab Kate zu. »Aber um ganz ehrlich zu sein, hatte ich auch Angst davor, wie ich behandelt werden würde. Dafür schäme mich jetzt zutiefst, es sollte mir doch egal sein, was andere Menschen sagen oder denken.« Aber das war nicht der Fall. Das war das Traurige daran.

»Mr Hart wird dafür sorgen, dass ich in die Mission zurückmuss, oder, Kate?«, fragte Marlee besorgt.

»Ich habe dir doch gesagt, dass ich das nicht zulasse. Keine Sorge.« Kate wusste zwar noch nicht, wie sie das verhindern konnte, aber sie war fest entschlossen. »Genieß die Nacht. Du wirst *Tucker* essen und bei Mum unter den Sternen schlafen.« Sie sah einen freudigen Glanz in Marlees Augen treten, als sie sich auf dem Rücksitz an Nellie schmiegte. Ihre Bedürfnisse waren so einfach. Familie und Freiheit. Es stimmte Kate traurig, dass sie diese Dinge nicht dauerhaft genießen konnte.

Die Scherer hatten den Pub verlassen und sich auf den neunzig Meilen weiten Weg nach Osten auf die nächste Farm gemacht, wo sie ein paar Stunden schlafen würden, um sich dann die nächste Schafherde vorzunehmen. Willie war froh, als sie gingen. Ihre Rauflust hatte seine Stammgäste in die Flucht getrieben, aber zum Glück hatten sie beim Alkohol gut zugelangt, weshalb er es sich leisten konnte, den Pub zu schließen. So hatte er Gelegenheit, mehr Bier zu bestellen.

Als Dusty und Kate durch die Hintertür traten, sah er überrascht auf.

»Habt ihr alles geklärt?«

Kates besorgter Blick sprach Bände.

»Was ist los? Marlee geht es doch gut, oder?«

»Ja, sie übernachtet heute in Nellies Lager«, sagte Kate.

»Es erstaunt mich, dass Jed das erlaubt.«

»Sie ist weggelaufen, weil Jed sie beleidigt hat. Und als wir sie gefunden und überzeugt hatten, sich zu entschuldigen, ist er erneut ausfallend geworden, er wollte sie sogar schlagen.«

»Das wundert mich nicht. Aber er wird doch jetzt nicht diese furchtbare Frau anrufen, damit sie Marlee abholt?« Kate nickte, und Willie empfand Mitleid mit Marlee. »Es ist schade, dass Jed so anders ist als sein Vater. Jonathan hat alle Menschen mit Respekt behandelt, auch die Aborigines.«

Kates Herz begann zu rasen. »Da ist noch etwas, Dad ... Er weiß, dass ich zum Teil Aborigine bin.«

Willie keuchte auf. »Woher sollte er das wissen?«

»Das ist eine lange Geschichte, aber ich wette, er wird dafür sorgen, dass ...«

»... es alle erfahren«, beendete Willie bestürzt den Satz.

»Es tut mir so leid, Dad!«

Willie ließ sich auf einen Stuhl sinken. »Ich wusste, dass die Wahrheit eines Tages ans Licht kommen würde«, stöhnte er.

Eine ganze Weile sagte keiner von ihnen ein Wort, jeder war mit den Gedanken daran beschäftigt, wie sehr sich ihr jeweiliges Leben ab jetzt verändern würde.

»Vielleicht sagt Jed es ja nicht allen«, sprach Willie seine Hoffnung aus.

»Du weißt, dass er das tun wird«, sagte Dusty. »Es wird ihm gefallen, dass jemand anders genauso unbeliebt ist wie er.«

»Seine Unbeliebtheit hat keine Auswirkungen auf seinen Lebensunterhalt, das sieht bei mir ein bisschen anders aus«, sagte Willie. Harry und er hatten so hart dafür gearbeitet, Gold zu finden, und mit diesem Gold hatte er den Pub gekauft. Was würde Harry dazu sagen, wenn er mit nichts in der Hand aus dem Dorf getrieben wurde?

»Ich finde, wir sollten Jed zuvorkommen«, brachte Kate nachdenklich hervor. »Es wäre besser, wenn die anderen die Wahrheit von uns erfahren.«

Silvia hatte ihre Worte von der Tür aus gehört. »Kate hat recht, Willie.«

»Ich habe meine Freunde über zwanzig Jahre lang angelogen. Das werden sie mir nie verzeihen«, sagte Willie. »Und ich kann ihnen das nicht einmal verübeln.«

»Aber im Grunde haben wir keine Wahl.« Kate blickte zu Willie.

»Ich kann das meinen Freunden nicht sagen, Kate«, rief Willie panisch. Er wusste, was sie von ihm halten würden, und es gab nichts, was er zu seiner Verteidigung vorbringen konnte.

»Das verstehe ich, aber ich muss es tun, egal ob mit dir oder ohne dich.« Kate wandte sich an Dusty. »Kannst du für morgen Nachmittag eine Versammlung anberaumen?«

Dusty bewunderte ihren Mut, und sie stieg in seinem Ansehen noch mehr. »Natürlich.«

Kapitel 33

Um kurz nach halb vier am Nachmittag versammelten sich die Dorfbewohner im Schatten der Hotelveranda vor dem Pub. Sie alle spekulierten darüber, warum Dusty so ein Geheimnis aus dem Grund für die Versammlung machte. Einige der Männer hatten zuvor im Pub getrunken und versucht, etwas aus Willie herauszubekommen.

»Ihr werdet einfach abwarten müssen, worum es geht«, hatte er ausweichend gemurmelt.

»Du hast doch sicher irgendwas mitgekriegt«, bohrte Tony nach.

Willie hatte ihn ignoriert. Ihm war schlecht vor Sorge, und er schwitzte wie verrückt. Normalerweise hielt er sich an Bier, aber an diesem Tag hatte er schon zwei doppelte Whiskeys heruntergestürzt in dem Versuch, seine Nerven zu beruhigen.

Er würde sich damit abfinden müssen, seine Freunde zu verlieren, seine Kundschaft und letztendlich den Pub, aber was ihn am meisten störte, war der Gedanke daran, dass die Bewohner auf Kate herabschauen würden. Das würde er nicht tolerieren.

Kate war oben in ihrem Zimmer und schnappte bei geöffneter Balkontür Gesprächsfetzen auf. Einige glaubten, Dusty würde von seinem Amt als Bürgermeister zurücktreten. Andere vermuteten, er wolle vermelden, dass die Regierung seinem Vorhaben zugestimmt hatte, eine Trinkwasserleitung in Tibooburra zu legen. Dafür setzte er sich schon seit seinem Amtsantritt vor einem Jahr ein.

Auf dem Weg die Treppe hinunter sah Kate Willie allein am

Fenster im Schankraum stehen. Er wirkte gebrochen, wie jemand, der alles verloren hatte, wofür er hart gearbeitet hatte.

Sie ging zu ihm und legte ihm die Hand auf die Schulter. »Es tut mir leid, dass es so weit gekommen ist, Dad.«

»Das muss dir nicht leidtun. Ich hätte vor über zwanzig Jahren reinen Tisch machen sollen, deswegen verdiene ich, was auch immer jetzt geschehen wird. Ich kann nur den Gedanken nicht ertragen, dass du wegen etwas leiden musst, das ich getan oder vielmehr nicht getan habe. Bist du sicher, dass du das durchziehen willst?« Er kam sich unendlich feige vor, weil er sich nicht traute, den Dorfbewohnern gegenüberzutreten.

»Ich muss, für Marlee und Nellie, aber mach dir um mich keine Sorgen. Du weißt doch, dass wir beide im Notfall jederzeit zurück nach England gehen können. Bei Tante Madge haben wir immer ein Zuhause.« Sie würde Jacques gegenübertreten müssen, aber mit ihrem Vater an ihrer Seite würde sie die Kraft dazu haben.

»Sie wird dich immer lieben, Kate.«

»Und dich«, betonte Kate.

Willie kannte seine Schwester. Madge würde ihm seine Lügen nicht so einfach verzeihen.

Kate bemerkte die Traurigkeit in seinem Blick. Sie umarmte ihn und drückte ihn fest an sich. »Denk immer daran, dass ich dich lieb habe«, flüsterte sie.

Die Worte bildeten einen Kloß in seiner Kehle. Er würde vielleicht nichts mehr besitzen, aber was Kate betraf, war er der glücklichste Mensch auf Erden. »Und ich hab dich lieb. Mehr, als du dir je vorstellen kannst.«

Kate hielt ihn noch einen Moment ganz fest und ging dann nach draußen, wo Dusty sie beruhigend anlächelte.

»Was ist hier los, Dusty?«, rief einer der Männer. »Kündigt ihr jetzt eine Hochzeit an?«

»Was? Nein!« Dusty errötete, und alle lachten. »Kate hat mich gebeten, eine Versammlung einzuberufen, weil sie euch allen etwas sagen möchte. Bitte seid so höflich und hört ihr zu.« Er drehte sich zu Kate. »Ich bin direkt neben dir, wenn du mich brauchst«, sagte er angesichts der Unsicherheit in ihrem Blick.

Kate war ihm sehr dankbar für seinen unerschütterlichen Beistand und schalt sich selbst dafür, in letzter Zeit so abweisend zu ihm gewesen zu sein.

Sie ließ ihren Blick über die Menge schweifen und entdeckte inmitten einer Gruppe Aborigines auf der anderen Straßenseite unter einem Baum Nellie und Marlee. Ihre Familie! Selbst auf die Entfernung war ihre Gegenwart beruhigend.

Sie räusperte sich. »Danke, dass ihr alle gekommen seid«, sagte sie leise.

»Sprich lauter«, rief einer der Männer. Kate atmete tief durch und wiederholte ihre Worte lauter, aber mit einer Stimme, die enttäuschend zittrig war.

»Was ist denn, Kate?«, fragte Jerry Baldock. »Gehst du zurück nach Europa, um einen neuen Film zu drehen?« Er sprach aus, was die meisten dachten. Was sonst sollte Kate ihnen verkünden wollen? »Wir werden dich vermissen.«

Die ganze Gruppe stimmte lauthals zu, und Kate wurde schwer ums Herz.

»Nein, ich gehe nicht … noch nicht.« Sie fragte sich unvermittelt, ob die Leute sie nach ihrem Geständnis immer noch hierhaben wollen würden.

»Bleibst du für immer in Tibooburra?«, fragte eine der Frauen aufgeregt. »Das wäre großartig.«

»Nein«, sagte Kate. Sie blickte in die Gesichter der Menschen, die sie inzwischen als ihre Freunde betrachtete. Der Gedanke, dass sie sie gleich in einem anderen Licht sehen würden, war unerträglich. »Ich muss euch etwas sagen.«

»Was denn, Liebes?«, fragte Flo freundlich.

»Es gibt da eine Sache, die ihr nicht über mich wisst«, begann Kate. »Sie sollte nichts daran ändern, wie ihr mich seht, also vergesst bitte nicht, dass ich immer noch dieselbe Person bin.«

»Was ist es?«, fragte Tony Wilson, während die Spekulationen in der Menge Fahrt aufnahmen.

»Du hast doch nicht etwa eine Bank ausgeraubt?«, scherzte Frankie.

»Nein.« Kate ging auf, dass sie ihr das vermutlich verzeihen würden. »Ich bin …«, wieder ließ sie ihren Blick über die Gesichter der Menschen vor sich gleiten, bevor sie schließlich hervorbrachte: »Ich bin … zur Hälfte eine Aborigine.« Die Menge reagierte zunächst mit Ungläubigkeit und Überraschung. Doch innerhalb von Sekunden verwandelten sich diese Gefühle in Enttäuschung und schließlich Verachtung.

»Wie ist das möglich, wenn Willie dein Dad ist und deine Mutter Griechin war?«, warf Jerry ein.

»Das stimmt nicht ganz. Der Vater meiner Mutter war Grieche, aber meine Mutter ist eine Aborigine.«

»Dann hast du uns also angelogen«, sagte Frankie anklagend.

Seine Worte ließen eine Welle der Wut durch Willie im Inneren des Gebäudes fahren, Wut auf sich selbst, weil er Kate allein geradestehen ließ, und Wut auf jeden, der es wagte, seine Tochter zu kritisieren. Er stürmte aus dem Pub.

»Dad!«, sagte Kate, die ebenso überrascht war wie alle anderen, als er sich neben sie stellte. »Ich dachte …«

»Kate hat niemanden angelogen«, blaffte Willie. »Das war ich! Ich habe sie angelogen, und ich habe euch angelogen. Wenn ihr auf jemanden wütend sein wollt, dann auf mich. Kate kennt die Wahrheit erst seit Kurzem, und ich habe sie angefleht, mein Geheimnis für sich zu behalten. Das war feige von mir. Sie war mutig und anständig genug, euch reinen Wein einzuschenken, also zollt ihr dafür etwas Respekt. *Ich* bin derjenige, der euch nie erzählt hat, dass ich ein Kind mit einer Aborigine-Frau habe. *Ich* bin derjenige, der behauptet hat, Kates Mutter sei Griechin. Wenn ihr jemanden hassen wollt, hasst mich, aber wagt es ja nicht, meine Tochter respektlos zu behandeln.«

Kate drückte seine Hand, und ihr Herz schwoll vor Freude und Stolz.

Lautes Gemurmel ertönte. »Ich dachte, wir wären Freunde, Willie«, rief Jerry wütend. »Freunde lügen sich nicht an.«

»Genau«, stimmte Tony zu. »Was bist du bloß für ein Freund?«

»Es tut mir leid, dass ich euch alle angelogen habe! Nellie wurde von mir schwanger, als ich mit Harry auf Goldsuche war. Kate kam im Busch zur Welt, und Nellie ist mit ihr auf Buschwanderung gegangen, ich habe sie nur ab und zu gesehen. Dann habe ich Gold gefunden und davon den Pub hier gekauft. Ich dachte, wenn ich euch die Wahrheit sage, trinkt ihr nicht in meinem Pub«, erklärte er.

»Das hätten sie auch nicht«, sagte Flo. Sie wandte sich an die Männer. »Ihr seid nicht gerade tolerant.«

»Wir hätten dir vielleicht verziehen … irgendwann«, sagte Jerry gekränkt. »Aber du hast die Lüge viel zu lange aufrechterhalten. Du hast uns behandelt wie die letzten Idioten.«

»Du hast recht«, gab Willie zu. »Aber vergesst nicht, dass Kate fast ihr ganzes Leben lang nichts mit mir zu tun hatte. Als sie noch klein war, habe ich sie nach England mitgenommen, um sie meiner Familie vorzustellen, und dann ist der Krieg ausgebrochen, und ich konnte sie nicht zurückholen. Ich habe keinen Sinn darin gesehen, euch die Wahrheit zu sagen, während wir tausende Meilen voneinander getrennt waren. Ich hätte nie gedacht, dass sie herkommen würde.«

»Als sie hier ankam, haben wir Fragen zu ihrer Hautfarbe gestellt, und du hast darauf beharrt, dass ihre Mutter Griechin ist. Du bist sogar richtig wütend geworden, als wir angedeutet haben, sie könnte Aborigine-Blut haben«, sagte Jerry.

»Zu dem Zeitpunkt konnte ich euch die Wahrheit nicht sagen, weil Kate sie auch nicht kannte, und ich wollte die Chance haben, eine Bindung zu ihr aufzubauen.«

»Das sind viele Ausreden für deine Lügen«, warf Leo ein.

»Ich weiß, dass ich es verbockt habe. Ich kann es nicht rückgängig machen, ich kann jetzt nur noch sagen, dass es mir leidtut. Es steht euch allen zu, enttäuscht von mir zu sein. Aber Kate ist unschuldig. Nichts von dem, was ich getan habe, ist ihre Schuld.«

Ein drückendes Schweigen breitete sich unter den Versammelten aus, während alle über Willies Worte nachdachten.

Willie legte den Arm um Kates Schultern. »Ich hoffe, dass ihr mir mit der Zeit vergeben könnt. Wenn nicht, verstehe ich das.«

»Ich bin mir nicht sicher, ob ich dir je wieder vertrauen kann«, erwiderte Tony Wilson, und zustimmendes Gemurmel ertönte.

Jemand sagte, dass er ab jetzt im Family Hotel trinken würde, und Willie ging davon aus, dass sie alle dorthin gehen würden. Er konnte sich Barneys Freude darüber jetzt schon vorstellen, seine Einnahmen würden sich ab sofort verdoppeln.

Willie ließ den Arm sinken und richtete sich auf. »Ich weiß, dass man sich Vertrauen verdienen muss«, sagte er ernst, »aber bitte denkt daran, dass jeder von euch schon Momente im Leben hatte, in denen er mit seinen Sorgen und Nöten in den Pub gekommen ist und ich zugehört habe, ohne zu urteilen. Wir haben alle Fehler gemacht. Wir haben alle eine Vergangenheit. Ich beschuldige niemanden von euch, seine Freunde betrogen zu haben, aber keiner von uns ist perfekt.«

Die Dorfbewohner senkten die Blicke, niemand sprach ein Wort des Mitgefühls oder Vergebens. Was Willie auch nicht erwartet hatte.

Kate räusperte sich. »Ich weiß, dass ich nicht das Recht habe, euch um irgendetwas zu bitten«, unterbrach sie die Stille. »Aber ich brauche Hilfe.«

Während die meisten Bewohner Kate anschauten, als hätte sie sie gebeten, sich auszuziehen und nackt auf der Straße zu tanzen, ergriff Flo das Wort. »Wobei denn?«

»Ich brauche jemanden, der meine Schwester Marlee einstellt, damit sie hier in Tibooburra in der Nähe unserer Mutter bleiben kann.«

»Arbeitet sie nicht für Jed Hart?«, fragte Tony. Das hatte alle erstaunt, weil er nichts für Aborigines übrighatte.

»Doch, aber das hat nicht funktioniert.« Sie las Desinteresse in den Gesichtern, aber sie würde nicht aufgeben. »Marlee wurde Nellie vor zehn Jahren entrissen und in die Mission in Brewarrina gesteckt, das ist ein schrecklicher Ort. Alles, was sie jetzt will, ist eine Möglichkeit, bei ihrer Mutter zu sein und die Liebe einer Familie zu erfahren. Aber sie darf nur bleiben, wenn sie Arbeit hat. Bitte überlegt es euch noch einmal.« Kate ließ den Blick über die Gruppe schweifen, doch sie schwiegen. »Sie ist fleißig und kann alle Arbeiten im Haushalt führen, und im Umgang mit Kindern hat sie auch viel Erfahrung.« Wieder blieb es still, während Kate hoffnungsvoll darauf wartete, dass jemand Mitgefühl zeigen würde.

»Danke, dass ihr zugehört habt. Das ist dann alles«, stieß sie schließlich hervor und wandte sich enttäuscht ab.

»Ich stelle Marlee ein«, bot Dusty kurzentschlossen an. »Du hast gesagt, dass sie gut mit Kindern umgehen kann, dann kann sie doch Assistenzlehrerin in meiner Schule sein.«

Kate war überwältigt. »Oh, Dusty, das ist wunderbar!«, rief sie glücklich, konnte aber nicht umhin zu bemerken, dass viele der Anwesenden sein Angebot offenbar nicht schätzten.

»Allerdings kann ich ihr keine Unterkunft anbieten«, sagte Dusty. »Ich habe nur die Junggesellenbude hinter der Schule.«

»Wir werden schon eine Lösung finden«, sagte Kate, erleichtert, dass die erste Hürde genommen war.

»Wir haben hinter unserem Haus eine Hütte«, sprang Flo Kate

zur Seite. »Darin kann sie bleiben, bis sie eine richtige Unterkunft findet.«

»Oh, danke, Flo!«, rief Kate. »Das ist wirklich nett von dir.«

»Lässt du das etwa zu, Leo?« Frankie starrte ihn ungläubig an.

Leo sah zu seiner Frau. »Wenn Flo sagt, dass es in Ordnung ist, ist es für mich auch in Ordnung.« Er meinte, was er sagte, unabhängig davon, dass sie beide sicher sein konnten, dass die Dorfbewohner ihren Laden nicht boykottieren würden. Schließlich war es der einzige Laden im Dorf und der einzige Ort im Radius von hunderten von Meilen, an dem sie Benzin bekommen konnten.

Im Haus griff Kate sogleich zum Telefon, um die Details mit Filbert Rogers zu besprechen, bevor sie Marlee von Dustys Stellenangebot erzählte. Sie konnte nur hoffen, dass Jed bisher zu viel zu tun gehabt hatte, um seine Drohung wahrzumachen.

Doch sie hatte kaum guten Tag gesagt, da schleuderte Mr Rogers ihr schon entgegen, dass er gerade die notwendigen Vorbereitungen traf, um Marlee zurück in die Mission zu holen. Also hatte Jed Hart ihn angerufen und ihm offensichtlich eine sehr einseitige Sicht auf die Geschehnisse geschildert. Mr Rogers erklärte Kate ohne Umschweife, dass er sehr enttäuscht von Marlees Verhalten sei, wenn auch nicht überrascht.

Kate platzte der Kragen, sie würde weder ihm noch Jed erlauben, Marlees Leben zu zerstören. Sie unterbrach ihn mitten im Satz. »Jede Geschichte hat zwei Seiten, Mr Rogers, und jetzt werden Sie sich die andere anhören.« Sie holte tief Luft, doch zu ihrer Verwunderung unterbrach er sie nicht, vermutlich war er selbst überrascht von ihrer Entschlossenheit. »Mr Hart hoffte, sich bei mir einschmeicheln zu können, indem er anbot, Marlee einzustellen«, begann Kate. »Doch als ich seine Avancen abwies, ließ er seinen Ärger darüber an dem armen Mädchen aus. Ich muss leider melden, dass er ihr gegenüber immer ausfallend war.«

»Das behaupten Sie, Miss McGregor. Mr Hart behauptet, dass sie unfügsam war, und ich bin geneigt, ihm zu glauben.«

»Dann täuscht er Sie, genau wie er mich zunächst getäuscht hat. Erst als ich die Misshandlung durch ihn mit eigenen Augen gesehen habe, habe ich begriffen, was vor sich ging.«

»Behaupten Sie, Zeugin von derartigen Vorfällen geworden zu sein?« Mr Rogers fürchtete, dass das zu Schwierigkeiten für ihn führen könnte.

»Allerdings. Ich habe einige seiner schlimmen Beleidigungen mitbekommen, und ich musste sogar einschreiten, als er Marlee schlagen wollte. Wenn ich gewusst hätte, wie er ist, hätte ich ihn nie als Arbeitgeber in Betracht gezogen. Hat er Ihnen erzählt, dass sie in der Schererunterkunft schlafen musste, mit einer Waschgelegenheit im Freien und in der Nähe zur Unterkunft der jungen Farmarbeiter? Ist das etwa gebührend für eine Vierzehnjährige?«

»Nein, das hat er nicht erwähnt, aber er musste ihr nur ein Dach über dem Kopf zur Verfügung stellen. Dieses muss nicht dem Hotelstandard entsprechen.« Sein Sarkasmus und sein fehlendes Mitgefühl überraschten Kate nicht, schließlich war Marlee in der Mission ähnlich untergebracht gewesen.

Kate beschloss, härtere Bandagen aufzuziehen. »Mr Hart hat behauptet, dass Mrs Rudman der Unterkunft zugestimmt hat.« Sie legte eine kurze, spannungsgeladene Pause ein. »Ich finde es sehr nachlässig von Mrs Rudman, so einer Unterkunft zuzustimmen, und es ist meine Verantwortung, dem zuständigen Ministerium zu schreiben und von ihrem fahrlässigen Verhalten zu berichten. Schließlich war es Mrs Rudmans Pflicht, Mr Hart gründlich zu überprüfen. Ich ging davon aus, dass sie Mr Harts Anwesen inspiziert hätte und zu dem Schluss gekommen sei, er wolle Marlee, eine Minderjährige, schützen und sie als seine Angestellte zumindest ansatzweise mit Respekt behandeln. Sonst hätte sie dem Arbeitsverhältnis schließlich nicht zustimmen dürfen.«

»Ich hatte auch den Eindruck, dass sie das getan hat«, behauptete Mr Rogers, der hörbar nervös war. Wenn das Ministerium eingeschaltet wurde, würde auch seine Position hinterfragt werden.

»Nun, das hat sie aber nicht.«

»Das ist alles sehr bedauerlich, Miss McGregor, aber wenn Marlee keine Anstellung mehr hat, muss sie in die Mission zurück, bis sie sechzehn ist«, versuchte er, den Kopf aus der Schlinge zu ziehen.

Doch Kate spielte einen weiteren Trumpf aus. »Marlee wurde eine neue und weitaus geeignetere Stelle angeboten: als Assistenzlehrerin von Mr Wells, dem Lehrer der Tibooburra Area School. Sie stimmen mir doch sicher zu, dass sie sehr gut mit jungen Kindern umgehen kann, also ist das der richtige Ort, ihre Talente einzusetzen. Außerdem wurde ihr von den Besitzern des örtlichen Gemischtwarenladens eine Unterkunft angeboten, Mr und Mrs Kingsley. Sie sind in der Dorfgemeinschaft hoch angesehen.«

»Verstehe«, sagte Mr Rogers überrascht. »Das müsste ich schriftlich haben, Miss McGregor. Ich brauche Briefe von Mr Wells und den Kingsleys sowie zwei Leumundszeugnisse.«

»Ich kümmere mich darum, dass die Papiere ihnen umgehend zugeschickt werden.« Sie hielt einen Moment inne, bevor sie mit fester Stimme sagte: »In der Zwischenzeit wird Marlee nicht in die Mission zurückkehren.«

Mr Rogers gefiel es ganz und gar nicht, Kate die Entscheidungen zu überlassen, aber ihn plagte die Sorge, dass er seine Stelle verlieren könnte, wenn sie ihre Drohung wahrmachte. »In Ordnung«, stimmte er widerwillig zu, »da die Entfernung zwischen den Orten so groß ist, erlaube ich, dass sie bei Ihnen bleibt. Aber Sie müssen versichern, dass Sie persönlich die Verantwortung für ihr Wohlergehen übernehmen.«

»Das tue ich«, sagte Kate.

»Dann werde ich mich um das Schriftliche kümmern, sobald ich die Briefe und Referenzen von den Kingsleys und Mr Wells habe. Sind wir uns einig, dass es nicht vonnöten ist, das Ministerium einzuschalten?«

Kate schwieg einen Moment länger als nötig, um ihn ins Schwitzen zu bringen. »Ja, wir sind uns einig, Mr Rogers. Guten Tag.« Sie hängte den Hörer auf und stieß einen Jubelschrei aus.

Dann machte sie sich sofort daran, Marlee und Nellie die wunderbare Neuigkeit zu verkünden. Die beiden saßen draußen hinter dem Hotel.

»Dusty hat angeboten, dich einzustellen, Marlee, damit du ihm mit den Kindern hilfst«, erzählte Kate aufgeregt. »Du wirst seine Assistenzlehrerin.«

Marlee starrte sie an. »Ich ... ich habe eine Stelle? Und ich soll das tun, was mir am meisten Spaß macht? Mit kleinen Kindern umgehen? Keine schlimmen Aufgaben mehr für mich?« Sie schüttelte ungläubig den Kopf. »Das ist doch unfassbar.«

Nellie drückte ihre Hand. »Also sie nicht zurück in Mission?«, wandte sie sich an Kate.

»Nein. Sie bleibt hier und kann dich jeden Tag treffen. Marlee, Du brauchst natürlich eine angemessene Unterkunft. Die Kingsleys haben angeboten, dass du in ihrer Hütte hinter dem Haus schlafen kannst, bis du etwas Richtiges findest.«

Tränen der Freude rannen über Marlees Wangen. In ihrem ganzen Leben war sie noch nie so glücklich gewesen.

»Ich persönlich finde ein Haus für Mum und dich ja ganz passend, das suchen wir dann als Nächstes«, fügte Kate hinzu.

»Haus?«, fragte Nellie staunend. »Richtiges Haus nur für Nellie und Marlee?«

»Ja. Ich weiß, dass du weiter auf Buschwanderung gehen wirst, aber wenn Marlee in der Schule arbeitet, muss sie während des Schuljahres hierbleiben.«

»Was ist mit Mr Hart?«, warf Marlee ein. »Er wird Mr Rogers sagen, ich hätte mich schlecht benommen.«

»Ich habe schon mit Mr Rogers gesprochen. Er war einverstanden, dass du hierbleibst und in der Schule arbeitest.« Sie strich zärtlich über Marlees Kopf. »Ich habe dir doch versprochen, dass du nicht mehr in die Mission musst, und jetzt bin ich froh, dass ich mein Versprechen halten kann, dank der Hilfe einiger wundervoller Menschen aus dem Dorf.«

Marlee umarmte Kate stürmisch. »Ich kann das alles gar nicht glauben! Seit du in mein Leben getreten bist, ist alles besser geworden. Du bist die beste große Schwester, die es gibt!«, rief sie mit noch mehr Freudentränen in den Augen.

Kate umarmte sie dankbar. Ihrer Meinung nach hatte sie sich selbst ein wunderschönes Geschenk gemacht, indem sie Marlee in ihr Leben geholt hatte.

»Komm, Mum«, sagte Marlee glückselig und zog Nellie ebenfalls in ihre Umarmung. Lange standen sie so beisammen und genossen die Nähe der anderen in dem Bewusstsein, dass sie nun von Dauer sein würde.

Als Kate in den Schrankraum trat, saßen dort nur Willie und Silvia auf den Barhockern, und sie tranken selbst Bier, statt es auszuschenken. Es war fünf Uhr nachmittags, an Wochentagen normalerweise die geschäftigste Zeit.

Kate gesellte sich zu dem tristen Duo.

»Nimm dir einen Hocker, wenn du einen freien findest«, scherzte Willie halbherzig.

»Deine Freunde werden schon irgendwann wiederkommen«, erwiderte Kate und legte tröstend ihre Hand auf seine.

»Bis dahin bin ich pleite. Aber das macht nichts. Ich fühle mich, als hätte sich in meinem Inneren eine große Wolke verzogen, und das fühlt sich gut an.«

»Das ist schön, Dad.« Kate lächelte. »Und alles andere wird sich auch wieder einrenken.« Sie seufzte. »Ich bin Dusty so dankbar, dass er Marlee eine Stelle angeboten hat«, sagte sie dann. »Ich muss ihn allerdings noch fragen, ob er nicht die Zustimmung des Bildungsministeriums braucht, um eine Hilfskraft einzustellen.«

»Nicht, wenn er sie von seinem eigenen Gehalt bezahlt«, warf Silvia ein.

»Will er das etwa machen?«, fragte Kate verblüfft.

»Da bin ich mir ziemlich sicher«, sagte Silvia. »Dabei werden Lehrer gar nicht gut bezahlt.«

»Warum sollte er das für Marlee tun?«

»Er tut es für dich, Kate.«

»Für mich?«

»Es ist ziemlich leicht zu erkennen, dass er in dich verliebt ist.«

Kate starrte sie an. »Wo ist er?«

»Er ist nach Hause gegangen«, sagte Willie. »Er muss noch Unterricht für morgen vorbereiten, hat er gesagt.«

Kate entschuldigte sich und machte sich auf den Weg in Richtung Schule.

Willie und Silvia nippten schweigend an ihrem Bier. »Vielleicht kommen meine Gäste nie wieder, Silvia«, sagte Willie traurig.

»Doch, das tun sie bestimmt.«

»Aber es könnte ziemlich lange dauern.«

»Keine Sorge, wir kommen schon zurecht.«

»Ohne Einkünfte kann ich dich leider nicht bezahlen. Du hast mir jahrelang zur Seite gestanden, aber vielleicht ist jetzt der richtige Moment für dich, weiterzuziehen.«

»Ich erwarte kein Gehalt in der Zeit, in der du kein Geld verdienst. Aber ich werde trotzdem hier arbeiten. Irgendjemand muss den Pub ja sauber halten, bis wieder Gäste kommen, und es muss auch jemand für dich kochen, denn wir wissen beide, was für ein miserabler Koch du bist.«

Willie blickte sie erstaunt an, und zum wiederholten Mal wurde ihm die Tiefe ihrer Treue zu ihm bewusst. Er war überwältigt. »Du bist ein wirklich guter Mensch, Silvia Pearce«, sagte er zu Tränen gerührt.

»Aber ich war nie gut genug für dich«, entgegnete sie niedergeschlagen.

Willie schniefte und versuchte, sich zusammenzunehmen. »Aber das ist es doch gerade, Silvia. Eine Frau, die so wunderbar ist wie du, kann es so viel besser haben als mit einem dummen alten Idioten wie mir.«

»Das sehe ich anders. Eines Tages denkst du vielleicht mal darüber nach, warum ich so lange an deiner Seite geblieben bin.«

»Ach, hier bist du«, sagte Kate, als sie die Tür zu Dustys Wohnung hinter der Schule öffnete. Er saß an einem Tisch über Papiere gebeugt. Plötzlich war sie sehr nervös.

»Kate! Ich habe gar nicht mit dir gerechnet. Komm rein.« Er schob die Papiere zu einem Stapel zusammen und bedeutete ihr, sich zu setzen.

»Ich will dich nicht stören«, sagte sie mit klopfendem Herzen.

»Ist schon in Ordnung. Ich muss nur noch das hier erledigen, dann wäre ich sowieso auf ein Bier in den Pub gekommen.«

»Du wärst Willies erster Gast.«

Dusty seufzte. »Ich hoffe, die anderen kommen wieder.«

»Sie werden wohl noch eine Weile wütend sein, und ich kann nur hoffen, dass es nicht zu lange dauert.«

»Möchtest du einen Tee?«, fragte er. »Ich habe gerade Wasser aufgesetzt.«

»Ich will dich nicht aufhalten. Ich habe Marlee gerade erzählt, dass du sie einstellst, und sie ist wahnsinnig glücklich darüber.«

»Das freut mich. Sie wird bestimmt eine sehr gute Assistenzlehrerin.«

Kate erzählte ihm auch von dem Telefonat mit Mr Rogers und

ihrer Drohung, die inkompetente Arbeit von Mrs Rudman öffentlich zu machen.

Dusty lachte. »Sehr gut. Dann ist ja alles geregelt. Marlee kann im Dorf bleiben.«

»Ja, aber Mr Rogers hätte gern einen Brief und Leumundszeugnisse von dir und den Kingsleys. Das ist doch kein Problem, oder?«

»Nein, mir stellt bestimmt jemand ein Zeugnis aus, und den Brief schreibe ich heute Abend noch.«

»Muss das Bildungsministerium zustimmen, dass du Marlee einstellen kannst?«

Dusty zögerte. »Nein, ich werde es als Praktikum bezeichnen. Aber natürlich bezahle ich sie.«

»Wie?«

»Was meinst du?«

»Woher nimmst du das Geld, um sie zu bezahlen?«

»Ich werde ihr nicht viel geben können, aber ich kann es mir leisten.«

Kate war fassungslos. »Dusty, es ist unzumutbar, dass du einen Teil deines Gehalts opferst!«

»Ich verkaufe meine Bilder, dadurch kann ich das Gehalt dann ausgleichen. Bitte mach dir darüber keine Gedanken. Das Wichtigste ist, dass Marlee hierbleiben kann … bei ihrer Mutter und bei dir.«

Kate war gerührt. »Ich habe noch nie jemanden etwas so Großzügiges tun sehen, Dusty.« Sie hatte überhaupt noch nie jemanden getroffen, der so gütig war. Jacques hatte in der Vergangenheit auch großzügig Spenden verteilt, aber er hatte sich geändert. »Aber warum tust du das, obwohl du selbst doch überhaupt nichts davon hast?«

»Ich konnte nicht zulassen, dass Marlee wieder in die Mission muss.«

»Ist das der einzige Grund?«

»Kate, ich glaube, du weißt sehr wohl, dass es noch einen anderen Grund gibt, aber ich möchte nicht, dass du dich unwohl fühlst, also lass uns nicht darüber sprechen.«

Kate war klar, dass damit ihre Strategie, ihm aus dem Weg zu gehen, beendet war. Das hatte auch nicht wirklich etwas an ihren Gefühlen für ihn geändert, den Kuss auf Emu Downs hatte sie nie vergessen und sich viele Male in Erinnerung gerufen. Es hatte so manche Situation gegeben, in der sie nichts lieber gewollt hätte, als ihn zu wiederholen. So wie jetzt. Aber es ging nicht. Wegen Jacques. Sie war immer noch mit ihm verheiratet, und Dusty würde sich nie mit einer verheirateten Frau einlassen, auch wenn sie sich von ihm getrennt und die Scheidung eingereicht hatte. Aber wie würde er reagieren, wenn sie ihm die Wahrheit sagte? Nein, dafür hatte auch sie viel zu lange geschwiegen. Nicht direkt gelogen, aber geschwiegen, und auch das würde er ihr vermutlich nicht verzeihen. Wenn sie ehrlich war, hatte sie Angst, ihm die Wahrheit zu sagen, denn dann würde er vielleicht nichts mehr mit ihr zu tun haben wollen, und das würde ihr das Herz brechen. Sie war nicht nach Tibooburra gekommen, um sich in einen anderen Mann zu verlieben, aber genau das war passiert. Und dadurch wurde ihr Leben noch komplizierter. Trotzdem brachte sie es nicht über sich, ihm die Wahrheit zu sagen. Noch nicht.

»Ich habe auch Gefühle für dich, sogar sehr tiefe Gefühle, Dusty. Aber ich kann ihnen gerade nicht nachgeben.«

Dusty langte über den Tisch und nahm ihre Hand in seine. »Manchmal ist es keine gute Idee, den Kopf über das Herz bestimmen zu lassen.«

Und in diesem Moment wusste Kate, dass ihr Widerstand gebrochen war. Sie stand auf, und Dusty tat es ihr nach. Eine Sekunde später lag sie ihm in den Armen und küsste ihn erneut. Ihr Herz sagte ihr, dass es richtig war, also schob sie alle Gedanken in ihrem Kopf beiseite.

Kapitel 34

»Tag, meine Liebe. Ist alles in Ordnung?«, fragte Flo, als Kate kurz vor Ladenschluss den Corner Store betrat.

»Alles bestens, danke, Flo. Ich wollte dir nur noch mal persönlich dafür danken, dass ihr Marlee eine Weile in eurer Hütte schlafen lasst. Es war sehr nett von dir, das anzubieten, und mutig, wenn ich an den Widerstand der anderen denke.«

»Ich freue mich immer, wenn ich helfen kann. Mir scheint, als hätte das arme Mädchen in ihrem kurzen Leben schon genug gelitten.«

»Das hat sie wirklich. Ich muss dich aber noch um eine Kleinigkeit bitten.«

»Um was geht es denn, Liebes?«

»Wenn es dir nichts ausmacht, bräuchte ich für den Missionsleiter einen Brief von dir, in dem du bestätigst, dass Marlee bei euch unterkommt. Dusty muss auch bestätigen, dass er sie einstellt. Ich habe Mr Rogers gesagt, dass ich die Briefe so schnell wie möglich abschicke.«

»Ich schreibe ihn gleich nach Feierabend«, erwiderte Flo. »Sag Marlee, dass ich das Bett frisch für sie bezogen habe und dass sie einen Schlüssel bekommt. Dann kann sie kommen und gehen, wie sie will.« Sie zog einen Schlüssel aus der Tasche ihrer Schürze und reichte ihn Kate. »Dieser Schlüssel ist eher eine Formsache. Wir schließen nachts den Laden ab, und Willie und Barney verschließen die Hotels, aber alle anderen Bewohner lassen ihre Häuser unverschlossen.«

»Danke. Wenn es für dich in Ordnung ist, verbringt sie erst ein paar Nächte bei ihrer Mutter im Lager. Sie sind so ungern voneinander getrennt, und Nellie würde ihr gern etwas über ihre Kultur beibringen.«

»Das macht mir überhaupt nichts. Sie haben viel aufzuholen, das ist vollkommen verständlich. Ach ja, ich habe hier auch noch ein paar Schuhe für sie. Aus denen, die sie trägt, ist sie ja deutlich herausgewachsen, und sie soll sich doch wohlfühlen, wenn sie in der Schule arbeitet.«

»Oh, danke! Ich wollte ihr sowieso noch neue Kleidung und Schuhe kaufen, deswegen bezahle ich sie gleich.«

»Komm einfach irgendwann mit ihr in den Laden, dann kriegen wir das schon hin«, sagte Flo. Sie musterte Kate. »Geht es dir gut? Du wirkst erhitzt.«

Nach den leidenschaftlichen Küssen von Dusty drehte sich immer noch alles in Kates Kopf. Er weckte Gefühle in ihr, die sie nie zuvor erlebt hatte. »Alles in Ordnung.«

»Ich hoffe, keiner aus dem Dorf hat was Gemeines zu dir gesagt, denn wenn, dann bekommen sie es mit mir zu tun.«

»Nein. Ich habe bis jetzt aber auch nur Dusty getroffen, er ist wirklich eine große Hilfe.«

»Er ist ein bezaubernder junger Mann, nicht wahr? Und er sieht mindestens genauso gut aus wie jeder Hauptdarsteller, den ich kenne. Ihr beiden wärt das perfekte Paar, vor und hinter der Kamera.«

Kate errötete, was Flo zum Lachen brachte. »Ich sehe schon: Der Gedanke ist dir auch schon gekommen«, sagte sie mit einem warmherzigen Lächeln. Dann wurde ihr Blick ernst: »Gut, dass du gekommen bist, ich wollte dich sowieso noch aufsuchen, weil ich ein Telegramm für dich habe.«

»Ein Telegramm? Für mich?«

»Ja.« Flo schob es über die Theke.

»Wann ist es angekommen?«

»Vor ein paar Minuten.« Flo kannte natürlich den Inhalt des Telegramms und wusste, dass Kate weitere Sorgen ins Haus standen. »Ich wollte gleich schließen, aber wenn du heute noch antworten musst, klopf einfach an unsere Hintertür, dann öffne ich die Poststelle und schicke die Antwort für dich ab.«

»Ich danke dir, Flo.« Mit zittrigen Händen nahm Kate das Telegramm an sich. Die Nachricht konnte nur von ihrer Tante Madge kommen, sie und ihr Onkel waren die Einzigen, die wussten, wo genau sie war. Ihr wurde bang ums Herz. Vermutlich waren es keine guten Neuigkeiten.

Kate setzte sich in den Schatten der hinteren Hotelveranda. Sie hörte Kookaburras in den Bäumen und hin und wieder das Krächzen einer Krähe, war aber ansonsten von friedlicher Stille umgeben. Ihr wurde bewusst, dass sie die Ruhe des Outbacks lieben gelernt hatte, obwohl sie nie damit gerechnet hätte. Und das, obwohl Tibooburra einige unerwartete Überraschungen für sie bereitgehalten hatte.

Mit klopfendem Herzen öffnete sie das Telegramm und begann zu lesen.

Furchtbare Neuigkeiten STOP
Jacques unterwegs nach Australien STOP
Musst sofort heimkommen STOP
Tante Madge

Kate wurde allein beim Gedanken an Jacques in Tibooburra von einer Welle der Panik ergriffen. Als Einzelperson war er furchteinflößend genug, er hatte ein hitziges Temperament und wurde wie viele Franzosen schnell laut. Aber er würde mit Sicherheit nicht alleine kommen, er würde ein paar bezahlte Schläger mitbringen, um ihren Vater und jeden einzuschüchtern, der sich ihm in den

Weg stellte. Und er würde Ernst machen. Willie hielt zwar seit Jahren betrunkene Männer in Schach, aber Jacques und seinen Konsorten hatte er nichts entgegenzusetzen. Niemand in Tibooburra hatte eine Chance gegen sie, nicht einmal Dusty. Nein, sie würde die Dorfbewohner nicht in diese Situation bringen. Sie musste das Dorf sofort verlassen, aber zuerst musste sie ihrem Dad von Jacques erzählen. Sie konnte nicht verantworten, dass Jacques ihn überraschte.

Silvia bereitete gerade Pasteten zu, als Kate durch die Hintertür trat. Willie saß am Tisch und studierte eine Zeitung von letzter Woche, die er bereits zweimal gelesen hatte.

Silvia fand, dass Kate aussah, als hätte sie ein Gespenst gesehen. »Ist alles in Ordnung?«

»Nein.« Kate ließ sich auf einen Stuhl fallen, ihr zitterten die Knie. »Ich muss euch beiden etwas sagen.«

Etwas an ihrer Stimme ließ Willie aufhorchen, und er faltete die Zeitung zusammen. »Was denn?«

Zu seiner Überraschung brach Kate in Tränen aus, und Silvia eilte an ihre Seite.

»Hat jemand was zu dir gesagt?« Wütend sprang Willie auf. »Wenn es irgendjemand wagt, dich zu beleidigen, dann knöpfe ich ihn mir vor, das schwöre ich dir. Sag mir, wer es war, dann kläre ich das mit diesem Schwein.«

Kate schüttelte den Kopf, während sie sich bemühte, sich zu beruhigen. Sie trocknete ihre Tränen mit einem Taschentuch, das Silvia ihr reichte.

»Setz dich kurz, Silvia«, murmelte Kate.

Silvia kam ihrer Aufforderung mit einem besorgten Blick zu Willie nach, der sich wieder auf den Stuhl fallen ließ.

»Du machst mir Angst, Kate.« In diesem Moment bemerkte er das Telegramm in ihren Händen. »Es ist was mit Madge, oder? Was ist passiert?«

Kate schüttelte den Kopf.

»Trevor?«

Kate schüttelte erneut den Kopf und atmete zitternd ein. »Du hattest recht mit deiner Vermutung, dass ich ein anderes Motiv hatte, herzukommen, Dad«, stieß sie hervor. »Ich war nicht ehrlich zu dir.«

»Oh.« Willie war überrascht. »Aber das spielt doch jetzt keine Rolle mehr.«

»Doch. Das tut es. Leider. Ich … ich bin verheiratet.«

»Verheiratet!?« Willie war sichtlich bestürzt. »Weiß Madge davon?«

Kate nickte.

Willie starrte sie jetzt erstaunt an. »Ich hätte gedacht, dass sie mir Bescheid gibt, wenn du heiratest.«

»Ich habe sie darum gebeten, es nicht zu tun«, sagte Kate zerknirscht. »Es tut mir wirklich leid, aber wir standen einander damals ja überhaupt nicht nahe, und Jacques und ich hatten nur eine kurze Verlobungszeit.«

»Ich verstehe.« Willie senkte den Blick auf die Zeitung.

Er bemühte sich, seine Gefühle zu verbergen, aber Silvia bemerkte, dass er tief verletzt war, und empfand großes Mitleid mit ihm.

»Mein Mann ist Franzose. Er heißt Jacques Leon.« Kate erzählte von ihrem Kennenlernen und wie Jacques sie für sich gewonnen hatte, wie angenehm und aufregend ihre Ehe anfangs gewesen war und wie sich dann alles verändert hatte, als er immer weniger mit ihrem Ruhm zurechtkam. Dass er sofort Kinder, sie aber erst noch weiter schauspielern wollte. Sie erzählte, wie er sie immer mehr manipulierte und von ihrer Arbeit, ihren Freunden und Tante Madge und Trevor fernhielt.

»Ich kann diesen Franzosen jetzt schon nicht leiden«, platzte Willie heraus.

»Lass Kate ausreden«, mahnte Silvia sanft.

»Entschuldige, Liebes«, sagte Willie zerknirscht. »Erzähl weiter.«

»Der Gipfel war, als Jacques den Zeitungsreportern glauben machte, ich hätte ein Alkoholproblem und wäre unzuverlässig in der Zusammenarbeit. Das hat meinen Ruf im Nullkommanichts ruiniert, und kein Filmstudio wollte mich mehr einstellen. Selbst nach meinem großen Einstiegserfolg konnte mein Agent mir nicht einmal eine kleine Rolle vermitteln. Meine Karriere war vorbei.«

»Das verdammte Schwein!«, knurrte Willie.

Silvia warf ihm einen strafenden Blick zu.

»Ist doch so«, beharrte er.

»Ich habe ihn verlassen und bin zu Tante Madge und Onkel Trevor gegangen.«

»Das kann ich dir nicht verdenken«, sagte Willie. »Das war richtig.«

»Ja, aber es hat ihm natürlich nicht gefallen, er würde mich niemals einfach gehen lassen und hat sofort nach mir gesucht. Über einen Anwalt habe ich die Scheidung eingereicht. Bei Madge konnte ich auf Dauer nicht unentdeckt bleiben, ich konnte mich in Europa überhaupt nirgends vor ihm verstecken, also hat Tante Madge vorgeschlagen, dass ich herfahre. Erst wollte ich nicht, weil du ein Fremder für mich warst, aber dann wurde mir klar, dass Tibooburra der letzte Ort ist, an dem Jacques nach mir suchen würde.« Kate hob den Blick und sah den Schmerz in Willies Miene. »Ich bin aus selbstsüchtigen Gründen hergekommen, Dad, aber du sollst wissen: Ich bin froh, dass ich gekommen bin. Ich bin froh, dass ich dich kennengelernt habe.«

Willie schluckte gerührt. »Egal, aus welchen Gründen du hergekommen bist – ich bin dankbar dafür, Kate. Es ist meine Schuld, dass wir uns so fremd waren, aber unsere gemeinsame Zeit bedeutet mir mehr, als du dir vorstellen kannst.« Er bedachte sie mit einem liebevollen Blick. »Aber eigentlich kann er doch gar nicht viel dagegen tun, wenn du dich scheiden lassen willst. Er muss es eben akzeptieren«, fügte er beruhigend hinzu.

»Du kennst Jacques nicht, Dad. Er hat Kontakte auf der ganzen Welt. Er wird niemals aufgeben und hat wahrscheinlich einen Privatdetektiv engagiert, um mich zu finden. Er ist die Art Mann, die mich um sich tretend und schreiend mit nach Hause schleppen würde.«

»Nur über meine Leiche«, erklärte Willie wütend, und Kate lief ein Schauer über den Rücken.

»Hast du Angst vor ihm, Kate?«, fragte Silvia besorgt.

»Ja«, gab Kate zu. »Er ist ein mächtiger Mann, der zwielichtige Gestalten einstellt, die seinen Willen durchsetzen. Ich wollte nicht, dass sie Tante Madge und Onkel Trevor belästigen, und genauso wenig möchte ich, dass sie herkommen und irgendjemandem von euch Angst … oder sogar Schlimmeres bescheren.«

»Wir können uns schon verteidigen«, befand Willie. »Wenn irgendjemand kommt und Ärger macht, üben wir hier unsere Buschjustiz.«

Kate hatte keine Ahnung, was das heißen sollte, und auch Silvia sah Willie verwirrt an. Vermutlich übertrieb er.

»Aber du musst keine Angst haben, er wird dich hier im Nirgendwo niemals finden«, versicherte Willie.

Kate blickte auf das Telegramm, das auf dem Tisch vor ihr lag, dann sah sie wieder ihren Vater an.

Und in diesem Moment begriff Willie, warum Kate ihm von Jacques erzählte. »Er weiß, dass du hier bist, nicht wahr?«

Kate nickte. »Tante Madge schreibt, dass er auf dem Weg nach Australien ist. Er kommt also vermutlich her.«

Die Farbe wich aus Willies Gesicht, und Kate versicherte eilig: »Mach dir keine Sorgen, Dad. Ich werde fortgehen.«

»Das wirst du nicht tun«, erwiderte Willie bestimmt. »Wenn

du jemals fortgehst, wird der Grund dafür nicht sein, dass dieser furchtbare Mann dich verjagt.«

»Du hast gesagt, er sei sehr reich, Kate«, schaltete Silvia sich ein. »Heißt das, dass er mit einem Privatflugzeug nach Tibooburra kommen wird?«

»Er besitzt einen Jet, aber ich bin mir nicht sicher, ob der auf der Briscoe Street landen könnte. Ich nehme an, sein Pilot wird gleich nach der Ankunft in Australien ein kleines Flugzeug mieten.«

»Ach, soll er doch kommen. Und er kann so viele Schlägertypen mitbringen, wie er will. Mich wird er nicht einschüchtern«, sagte Willie überzeugter, als er sich fühlte.

»Dusty?«, rief Kate von der geöffneten Tür des Klassenzimmers. Er wischte gerade mathematische Rechnungen von der Tafel, eine normale, alltägliche Handlung, aber dadurch, dass Dusty sie ausführte, wirkte sie irgendwie besonders. Er hatte Kate in den letzten Tagen jeden Abend besucht, und sie hatte sich jeden Tag darauf gefreut. Oft hatten sie hinter dem Pub gesessen und etwas getrunken. Im Outback verwandelten der Mond und Milliarden von Sternen im schwarzen Samthimmel eine normale Umgebung in etwas außergewöhnlich Romantisches.

»Kate!« Seine Miene hellte sich auf. »Welch unerwartete Freude.« Er legte den Lappen ab und wischte die Kreide von den Fingern. »Ich wollte später bei dir vorbeikommen. Komm rein«, sagte er.

Kates Blick fiel auf die Wände des Klassenzimmers, an denen wunderschöne Bilder hingen. Sie trat näher heran. Manche Bilder zeigten die Landschaft um das Dorf herum: Mulgabüsche, australische Salzbüsche, große Kletten und Wüstenblumen. Auf anderen Bildern waren wilde Tiere dargestellt: Emus, Regenpfeifer, Keilschwanzadler und Dingos, allesamt in prächtigen Farben. »Sind das deine Arbeiten?«, fragte sie zutiefst beeindruckt von seinem Talent.

»Ja. Ich habe sie jetzt hier aufgehängt, bis ich sie verkaufe.«

»Sie sind großartig«, sagte Kate bewundernd.

»Danke.«

»Wo verkaufst du sie?«

»Ich schicke sie normalerweise zu einer Galerie in Sydney, und sie verkaufen sie für mich. Diese hier schicke ich auch bald dorthin. Aber was führt dich zu mir?«

»Ich muss dir etwas Wichtiges sagen, und das duldet keinen Aufschub.«

»Das klingt nicht gut. Mit Marlee ist doch alles in Ordnung, oder?«

»Ja, es geht nicht um Marlee. Es geht um mich und etwas, das ich bisher geheim gehalten habe.«

»Verstehe.« Dustys gute Stimmung wich einer nervösen Erwartungshaltung. »Komm, setz dich.«

Kate ließ sich an einem der Schülertische nieder, und Dusty setzte sich auf den Tisch direkt vor ihr. Er wollte sie gern berühren, ihre Hand halten, aber sie wirkte so ernst, dass er es nicht wagte.

»Was ist los, Kate?«

»Ich hätte dir das schon vor längerer Zeit sagen sollen, bevor …«

»Mir was sagen sollen?«

Kate seufzte, unfähig, in seine freundlichen Augen zu schauen, um die Enttäuschung darin nicht sehen zu müssen. »Dass … Ich bin nach Tibooburra gekommen, um vor jemandem zu fliehen.«

»Vor jemandem zu fliehen? Vor wem? Einem übereifrigen Bewunderer?«

Kate zögerte. Ihr Herz raste, und ihr war leicht schwindlig. »Nein, vor meinem … Ehemann«, sagte sie leise.

Dusty sprang auf. »Du … bist verheiratet!«, stieß er ungläubig aus. »Kate! Das ist nichts, was man geheim halten sollte.« Die Enttäuschung in seiner Stimme war nicht zu überhören.

»Ich weiß, dass ich das nicht hätte tun sollen, aber …«

»Und du bist nicht auf die Idee gekommen, mir das nach unserem ersten Kuss zu erzählen, oder sogar vorher?«

»Genau das hätte ich tun müssen«, stammelte Kate. »Ich hätte von Anfang an ehrlich sein müssen, dir und meinem Vater gegenüber.«

»Und trotzdem warst du wütend auf Willie, weil er dich in Bezug auf Nellie angelogen hat! Obwohl du ihn ebenfalls getäuscht hast.«

Kate nickte beschämt.

»Du hättest mir die Wahrheit erzählen müssen, bevor ich Gefühle für dich entwickelt habe. Das wäre anständig gewesen«, sagte Dusty.

»Ich weiß! Und es tut mir leid. Sobald ich gemerkt habe, dass wir tiefere Gefühle füreinander entwickeln, habe ich versucht, Distanz zwischen uns zu bringen. Ich wusste, dass ich dir gegenüber nicht fair war.«

»Nein, das warst du nicht. Und irgendwo gibt es jetzt auch noch einen Ehemann, dem du untreu warst, Kate«, sagte Dusty mit leerem Blick. »Nun, jetzt kenne ich die Wahrheit, mehr gibt es nicht zu sagen«, stieß er hervor, bevor er sich abwandte und ohne ein weiteres Wort durch die Tür schritt.

Er war schockiert und verletzt, und er hatte jedes Recht dazu. Kate war schmerzlich bewusst, dass sie gerade jede Chance auf eine Zukunft mit einem außergewöhnlichen Mann verwirkt hatte.

»Du siehst erschöpft aus, Mary«, sagte Silvia, als sie einige der Pasteten bei ihrer Schwester vorbeibrachte.

»Ich könnte im Stehen einschlafen«, gestand Mary. »Gott sei Dank kommst du mit Pasteten, sie duften himmlisch. Barney wird sich riesig freuen, heute etwas Richtiges zu essen, ich habe die letzten Abende immer nur Sandwiches zum Abendbrot gemacht.«

»Ich kann mir gut vorstellen, dass du erschöpft bist, bei doppelt so vielen Gästen wie sonst.«

»Und anders herum scheint in Willies Pub nicht viel los zu sein, wenn du Zeit hast, Pasteten zu backen«, erwiderte Mary.

»Von ›nicht viel‹ kann nicht die Rede sein. Es ist rein gar nichts los. Willie überlegt schon, den Pub zu schließen und fortzuziehen.«

»Seine Gäste kommen bestimmt wieder.«

»Es sieht nicht danach aus. Und es kostet viel Geld, einen Pub am Laufen zu halten, auch ohne Gäste.«

Mary blickte sie bestürzt an. »Was tust du, wenn Willie schließt?«

»Ich weiß es nicht, aber ich muss mir Gedanken darüber machen«, sagte Silvia traurig. Sie konnte sich ein Leben ohne Willie oder den Pub nicht vorstellen. Und genauso wenig konnte sie sich mittlerweile vorstellen, irgendwo anders zu leben.

»Hast du schon gehört? Willie überlegt, das Tibooburra Hotel zu schließen«, sagte Mary zu Barney, als sie am Abend die Pasteten verschlangen.

Barney hielt erstaunt inne. »Wo hast du den Unsinn denn aufgeschnappt?«

»Von Silvia, als sie die Pasteten gebracht hat.«

»Du solltest nichts ernst nehmen, was von Willie kommt. Er macht nur Theater.«

»Wir wissen doch, dass wirklich niemand bei ihm trinkt, weil sie alle hier sind.« Die Neuigkeit von Kate war bis zu den Farmern und ihren Arbeitern vorgedrungen, deswegen mieden auch sie Willies Pub. »Auch wenn wir uns nicht über unseren guten Umsatz beschweren wollen, ist es einfach nicht richtig«, fuhr Mary fort.

»Willie war allen hier im Dorf immer ein guter Freund, und jetzt kehren sie ihm den Rücken zu.«

»Seine Freunde schätzen es eben nicht, belogen zu werden.« Barney hatte ihre Unterhaltungen im Pub mit angehört, und trotz seiner Rivalität fand er, dass Willies Gäste in dieser Hinsicht ein Haufen nörgelnder Trotzköpfe waren.

»Ich sage: Wer ohne Sünde ist, werfe den ersten Stein«, erwiderte Mary.

»Willie wird nicht für immer schließen. Er kann doch ohne den Pub nicht leben.«

»Wenn er damit keinen Penny verdient, hat er keine Wahl. Es kann Jahre dauern, bis jemand den Pub in einem Dorf im Outback kauft, und bis dahin muss er immer noch die Betriebs- und Instandhaltungskosten bezahlen, und wir wissen doch selbst, wie hoch die sind. Aber ohne das Tibooburra Hotel wird das Dorf hier nicht dasselbe sein. Und wir können allein auch nicht weiterhin so viele Gäste bewirten. Wenn Willie geht, müssen wir Aushilfen einstellen.«

»So weit wird es nicht kommen«, sagte Barney. »Sobald die ersten seiner Freunde zu ihm zurückgehen, werden die anderen ihnen wie Schafe folgen.«

»Ich glaube wirklich, dass das Tibooburra Hotel vor dem Ende steht, und Silvia sieht es genauso. Du musst etwas dagegen unternehmen.«

»Ich!? Ich habe doch keinen Einfluss auf Willies Gäste. Das hat er sich selbst eingebrockt.«

Einige Tage später ging Willie in den Schrankraum, um sich ein Bier zu zapfen. Es war erst früher Nachmittag, dennoch hatte er Mühe, die Augen offen zu halten. Seit Tagen schlief er kaum, weil er sich große Sorgen machte, dass Jacques Leon auftauchen könnte. Tagsüber setzte er eine tapfere Miene für Kate auf, die selbst sehr nervös war. Aber die langen Nächte waren noch einmal anders gewesen. Er hatte auch Kate in ihrem Zimmer herumlaufen hören, und auch tagsüber wirkte sie die ganze Zeit sehr traurig.

»Jerry!«, rief er überrascht aus, als er ihn auf einem Barhocker entdeckte. »Was machst du denn hier?«

»Ich warte auf einen Drink, was sonst? Hier könnte man ja glatt am gedeckten Tisch verdursten.«

Trotz Jerrys miserabler Laune freute sich Willie, ihn zu sehen. »Ein Pint, wie immer?«

Jerry nickte, und Willie zapfte ihm ein Bier. Er hatte es kaum vor Jerry abgesetzt, da strömten noch mehr Dorfbewohner in den Pub. Willie war überglücklich, fast hätte er ihnen die Hände geschüttelt und sich bedankt, entschied aber, so zu tun, als berühre es ihn nicht, und kein Wort darüber zu verlieren. Wenn sie so taten, als wäre nichts passiert, war es das Beste, ganz normal weiterzumachen wie immer.

Silvia hörte den Tumult und eilte Willie zu Hilfe. »Was ist bloß passiert?«, fragte sie, während sie so schnell wie möglich Bier zapften.

»Ich habe keine Ahnung. Aber ist es nicht großartig?«

Schon bald war der ganze Pub voll, Willie entdeckte sogar Barneys Stammgäste in der Menge.

Schließlich siegte seine Neugier. »Was ist los, Jerry? Ich bin froh, dass ihr mir alle verziehen habt, aber warum sind Barneys Gäste hier?«

»Ich will nicht lügen, Willie, wir sind immer noch ziemlich sauer auf dich, aber Barney hat das Family Hotel geschlossen, deswegen hatten wir nur die Wahl, hierherzukommen oder weiter Durst zu haben.«

»Stimmt das?« Willie fühlte sich in seinem Stolz verletzt, er war sogar kurz versucht, alle wieder hinauszuwerfen. »Warum hat Barney seinen Pub geschlossen?«

»Das weiß ich nicht.«

Willie nahm Silvia zur Seite. »Geh doch bitte mal zu Mary und finde es heraus«, murmelte er.

Silvia war ebenfalls neugierig. »Kommst du denn hier allein zurecht?«

»Ja. Jetzt, da ich weiß, dass sie nicht hier sind, weil sie mir verziehen haben, und dass sie nur hier trinken, weil sie nirgendwo anders hingehen können, werde ich mir schön Zeit beim Bedienen lassen.«

Mary hängte gerade Wäsche auf die Leine, als Silvia bei ihr ankam. Sie war überrascht, ihre Schwester zu sehen. »Was machst du hier? Ich hätte gedacht, ihr habt alle Hände voll zu tun.«

»Haben wir auch, aber Willie will wissen, ob es stimmt, dass Barney das Family Hotel geschlossen hat.«

»Stimmt, das hat er.«

»Warum, wenn er doch so viel Kundschaft hat?«

»Er hat es getan, um Willie zu helfen.«

Silvia sah ihre Schwester verblüfft an. »Das kann ich nicht glauben.«

»Ich hätte damit auch niemals gerechnet. Ich wollte, dass er etwas unternimmt, um Willie zu helfen, und bin davon ausgegangen, dass er einfach Willies Gäste rausschmeißt, damit sie wieder zurück ins Tibooburra Hotel müssen.«

»Versteh mich nicht falsch, Mary, aber ich dachte, Barney wäre hocherfreut, wenn Willie pleitegeht.«

»Das würde man meinen, nicht wahr? Aber ich glaube, tief im Inneren genießen die beiden ihre Rivalität, ganz gleich, was sie behaupten. Um ehrlich zu sein, habe ich vor langer Zeit aufgegeben, meinen Mann durchschauen zu wollen.« Mary nahm den leeren Wäschekorb auf und lief auf die Wäschekammer zu. »Aber es ist schön, mal durchatmen zu können.«

»Ich habe Willie auch noch nie durchschaut«, gab Silvia zu. »Ich weiß wirklich nicht, wie er reagieren wird, wenn ich ihm erzähle, was Barney getan hat.«

»Wie kann er es wagen, Mitleid mit mir zu haben?«, rief Willie wütend, als Silvia ihm die Erklärung ins Ohr flüsterte. »Das reicht! Raus mit euch, alle raus!«, brüllte er seine Gäste an.

»Was ist denn los?«, fragte Frankie. Alle anderen blickten fassungslos drein.

»Ihr habt mich sehr wohl verstanden. Raus hier. Ich brauche kein Mitleid.«

»Wir haben kein Mitleid mit dir, Willie. Warum sollten wir?«, erwiderte Jerry.

»Nicht ihr. Ich meinte Barney. Und jetzt raus!«

Willie schob die staunenden Dorfbewohner aus dem Pub. Anschließend schlug er die Tür zu und legte den Riegel vor.

Silvia starrte ihn entgeistert an. »Warum hast du das getan? Denk mal an das Geld, das du dadurch verlierst.«

»Manche Dinge sind wichtiger als Geld«, erklärte Willie wutentbrannt.

»Was zum Beispiel?«

»Mein Stolz. Ich lass nicht zu, dass dieser Barney Finnegan mir einen Gefallen tut«, stieß er hervor und ging zur Hintertür.

»Was hast du vor?«, fragte Silvia besorgt.

»Diesem Iren meine Meinung geigen!«

Die Dorfbewohner folgten ihm auf seinem Weg in Richtung Family Hotel verwundert mit dem Blick.

»Und jetzt?«, wandte Tony sich an Jerry. »Wir können nirgendwo was trinken, und wenn die beiden sich gegenseitig umbringen, haben wir ein echtes Problem.«

»Ich habe nachgedacht«, sagte Frankie. »Vielleicht hätten wir Willie ein bisschen mehr Verständnis entgegenbringen können.«

»Verständnis dafür, dass er seine Freunde angelogen hat?«, fragte Jerry erstaunt.

»Hättest du dich dazu bekannt, ein Kind mit einer Aborigine zu haben?«

Jerry schwieg eine lange Weile. »Ich hätte gar nicht erst eins gezeugt.«

»Willie war jung, ein Einzelgänger, der eine Ewigkeit in der Wüste war, wo er nur die Gesellschaft der Ureinwohner hatte. Was soll's?«

Die Männer sahen einander unbehaglich an.

»Ich mein ja bloß, keiner von uns ist perfekt«, sagte Frankie. Dann machte er sich auf den Weg nach Hause. Seine Frau würde überrascht sein, ihn dort so früh zu sehen.

Kapitel 35

Willie stürmte durch die Hintertür des Family Hotels und traf bald auf Mary, die in ihrem Nähkästchen nach einer Garnrolle suchte.

»Willie!«, rief sie überrascht aus. »Was machst du hier?«

»Wo ist dein armseliger Ehemann?«, donnerte Willie.

Barney zuckte beim Klang der Stimme seines Widersachers in seinem Haus zusammen. »Verlass sofort mein Hotel!«, rief er aus dem Schankraum.

Willie war noch nie durch die Hintertür ins Family Hotel gekommen und seit mehr als zwanzig Jahren sogar überhaupt nicht in diesem Pub gewesen. Jetzt folgte er Barneys Stimme und fand ihn allein an der Theke sitzend, mit einem Glas Bier vor sich. Er wirkte genauso niedergeschlagen, wie er selbst sich allein an der Theke gefühlt hatte. »Ich dachte, das ist ein Pub. Wo sind die Gäste?«, verlangte Willie zu wissen.

»Ich öffne, wenn ich öffnen möchte«, erwiderte Barney trotzig.

»Und warum hast du jetzt nicht geöffnet?«

»Weil ich genug davon habe, diesen jämmerlichen Nörglern zuzuhören, die du deine Freunde nennst. Mit ihrer andauernden Kritik würden sie selbst einen Heiligen dazu bringen, sich zu besaufen. Meine Güte! Du hast nichts weiter getan, als ein Kind mit einer schwarzen Frau zu kriegen. Wenn man ihnen zuhört, könnte man meinen, du hättest jemanden umgebracht.«

Das nahm Willie den Wind aus den Segeln. Verteidigte Barney ihn etwa gerade? »Ich habe es nicht nötig, dass du mir irgendeinen Gefallen tust, Barney Finnegan.«

»Als ob ich auch nur einen Finger krümmen würde für jemanden wie dich, Willie McGregor. Ich habe in den letzten Wochen genug verdient, um mir eine wohlverdiente Pause zu gönnen. Jetzt lass mich sie in Ruhe genießen.«

Willie starrte ihn finster an. Er konnte sich nur zu gut vorstellen, dass Barney durch die doppelte Kundschaft viel Geld verdient hatte. »Ist das wirklich der Grund dafür, dass du zuhast?« Es fiel ihm schwer, das zu glauben, aber es würde seinen Stolz retten.

»Natürlich!« Barney reckte das Kinn.

Willie nickte und wandte sich zum Gehen.

»Im Ernst, Willie, wie hältst du diesen erbärmlichen Haufen aus, der zu dir kommt? Ich musste doppelt so viel trinken wie sonst, nur, um sie zu ertragen.«

»Sich zu betrinken hilft wirklich.« Willie hatte die Gesellschaft seiner Freunde sehr vermisst, auch wenn sie ihn manchmal in den Wahnsinn trieben, aber das wollte er Barney gegenüber nicht zugeben.

Barney stand auf und zapfte ein Bier. »Wo du schon hier bist, kannst du genauso gut mal in den Genuss eines Pints guten Bieres kommen, das von einem Experten gezapft wurde.«

»Ich habe immer gutes Bier, und niemand zapft es besser als ich«, behauptete Willie, während er sich auf einen Barhocker sinken ließ.

»Das werden wir ja sehen, wenn du das nächste zapfst.«

Äußerst nervös und ohne anzuklopfen trat Silvia durch die Hintertür ins Family Hotel. »Ist Willie hier?«, fragte sie Mary, die erstaunlich gelassen dasaß und Socken stopfte.

»Er ist bei Barney im Schankraum«, sagte Mary leise.

Silvia horchte auf Schreie und das Geräusch von zerberstendem Glas. »Das kann nicht sein. Dafür ist es zu still, es sei denn, sie haben sich schon gegenseitig umgebracht.«

»Sie trinken zusammen Bier«, erklärte Mary sachlich.

»Du machst Witze.«

»Nein, wirklich. Ich habe gerade hineingespäht und es mit eigenen Augen gesehen.« Es war in der Tat ein bedeutsames Ereignis.

»Ich weiß ja nicht, was du gesehen hast, aber es können nicht die beiden gewesen sein, die zusammen trinken. Willie würde sich eher selbst die Kehle durchschneiden.«

»Schau doch selbst nach. Aber pass auf, dass sie dich nicht bemerken.«

»Das mache ich. Du solltest schon mal Lappen herausholen, mit denen wir das Blut aufwischen können.« Sie schlich in den Flur und spähte durch die Tür in den Schankraum. Die beiden saßen tatsächlich nebeneinander, tranken Bier und sprachen über die Dorfbewohner. Sie lachten sogar und machten sich über den einen oder anderen lustig.

»Das ist in etwa so wahrscheinlich wie Schnee in der Simpsonwüste«, sagte Silvia, als sie wieder in die Küche kam.

»Allerdings. Ich wünschte, ich hätte einen Fotoapparat griffbereit, denn ohne Beweise wird mir das niemand glauben. Selbst mit Foto …«

»Das hält doch sicher nicht an. Gleich bricht bestimmt ein Streit aus.«

»Das werden wir sehen«, sagte Mary. »Aber bisher … ist alles gut.«

»Warum hast du keine verheiratete Frau aus Marys Schwester gemacht, Willie? Ist sie dir nicht gut genug?«, fragte Barney nach mehreren Pints.

»Ach, Barney, sie ist eine großartige Frau. Aber wir haben vor vielen Jahren entschieden, dass wir so etwas sein lassen.«

»Silvia hätte jeden Mann haben können. Ich verstehe nicht,

warum sie all die Jahre bei dir geblieben ist, wenn zwischen euch nichts war.«

»Um ehrlich zu sein, verstehe ich das selbst nicht.«

Barney empfand Willies Bescheidenheit als sehr erfrischend, und der Alkohol löste ihm die Zunge. »Weißt du, Willie, du bist gar nicht so übel.«

»Erzähl das nicht herum, ich habe einen Ruf zu verlieren.«

»Ja, den Ruf, dass du einen Stock im Arsch hast.«

Willie lachte, und Barney stimmte ein.

»Warum hassen wir uns noch mal so sehr?«, fragte Barney. »Erinnerst du dich an den Grund?«

Willie dachte darüber nach. »Nein, keine Ahnung.«

»Ich auch nicht. Aber ich würde unseren Wettstreit vermissen, wenn du deinen Pub schließt.«

»Na ja, das muss ich aber, wenn meine Gäste nicht wiederkommen. Und du schließt keinen einzigen weiteren Tag. Ich brauche keine Almosen.«

»Pass auf«, nuschelte Barney. »Wie wär's, wenn wir abwechselnd öffnen, ich an einem Tag und du am nächsten?«

»Nee«, wehrte Willie ab. »Das sind immer noch Almosen.«

»Hör zu, du dummer Esel. Nach ein paar Wochen öffnen wir beide wieder zeitgleich und gucken mal, was passiert. Ich wette, alles wird wieder sein wie immer, und das wäre für uns beide gut.«

Willie ließ sich die Idee durch den Kopf gehen. »Barney, das klingt nach einem guten Plan«, sagte er schließlich erfreut.

Barney tippte sich mit einem Finger an die Schläfe. »Mein Köpfchen ist eben nicht nur hübsch anzusehen.«

»Bleib mal auf dem Teppich, dein Anblick würde einen Betrunkenen vor Schreck nüchtern werden lassen, du Trottel.«

»Hast du selbst in letzter Zeit mal in den Spiegel geschaut?«

»Das letzte Mal habe ich den hübschen Burschen darin kaum wiedererkannt«, behauptete Willie.

»Dann brauchst du wohl 'ne Brille«, schoss Barney zurück, und beide lachten.

»Ich habe Dusty seit ein paar Tagen nicht gesehen, Kate«, sagte Willie am nächsten Morgen beim Frühstück. »Hast du ihm etwa auch erzählt, dass du verheiratet bist?«

Kate seufzte. »Ja, das musste ich.«

»Wie hat er es aufgenommen?«

»Er war wütend, enttäuscht und ernüchtert, und ich kann es ihm nicht verübeln.«

»Ihr zwei seid euch nähergekommen, oder?«, fragte Silvia, während sie Eier und Toast vor Willie abstellte.

»Ja, deswegen war er auch so aufgebracht. Er ist ein guter, anständiger Mann, und ich habe ihn wirklich zutiefst enttäuscht.«

»Hast du ihm die ganze Geschichte erzählt?«

»Ich bin nicht wirklich dazu gekommen, aber das spielt auch keine Rolle.«

»Natürlich tut es das«, widersprach Willie.

»Nein, Dad. Ich hätte Dusty von meiner Ehe erzählen müssen, sobald mir klar war, dass er in mich verliebt ist. Ich habe ihm Unrecht getan.«

»Bist du da, Dusty?«, rief Willie durch die geöffnete Hintertür.

»Willie! Was machst du denn hier?«, fragte Dusty. »Ist etwas passiert?«

»Nichts, was ein Bier mit einem Freund nicht wieder einrenken könnte.« Willie stellte zwei Flaschen Bier auf den Tisch. »Du hast doch nichts dagegen, oder?«

»Nein, setz dich.«

»Ich habe dich lange nicht gesehen.«

»Ich musste sehr viel für den Unterricht vorbereiten«, erklärte Dusty. »Nächste Woche fahre ich auf die Farmen.«

»Wie kommt Marlee mit den Kindern zurecht?«

»Sie ist großartig. Ich glaube, dass sie die Arbeit in der Schule wirklich genießt und auch selbst besser im Lesen und Schreiben wird.«

»Von den Dorfbewohnern hat aber doch keiner wegen Marlee seine Kinder von der Schule ferngehalten, oder?«

»Nein. Einige waren zuerst ein bisschen zurückhaltend, aber sie wollen ihre Kinder nicht den ganzen Tag zu Hause haben.«

»Und wie macht ihr das, wenn du auf die Farmen fährst? Nimmst du Marlee mit?«

»Dieses Mal noch nicht, aber ich werde das mit den Farmbesitzern besprechen, weil ich sie in Zukunft mitnehmen möchte.« Er musterte Willie eindringlich. »Jetzt mal was anderes: Ich habe das Gerücht gehört, dass du Barney gestern im Family Hotel besucht hast. Das ist doch bestimmt nicht wahr.«

»Doch, ist es.«

Völlig fassungslos starrte Dusty ihn an. »Und wie ist es gelaufen?« Er konnte keine Verletzungen an Willie erkennen.

»Wir sind nicht die besten Freunde und werden das auch nie sein, aber in gewisser Weise respektieren wir einander.«

»Wirklich?« Dusty war skeptisch.

»Um ehrlich zu sein, und behalt das bloß für dich, haben wir ein paar Bier zusammen getrunken und viel gelacht.«

»Du nimmst mich doch auf den Arm.«

»Natürlich«, sagte Willie augenzwinkernd. »Er ist und bleibt ein starrköpfiger Ire. Offenbar hat er so viel Geld an meinen Gästen verdient, dass er es sich leisten kann, ein paar Tage zu schließen. Das werde ich natürlich für mich nutzen.«

»Das kann ich dir nicht verdenken.«

Einige Momente tranken sie schweigend ihr Bier.

»Ich habe morgen übrigens geöffnet, falls du vorbeikommen möchtest«, sagte Willie schließlich.

»Ich habe immer noch viel zu tun, aber danke, dass du heute ein Bier vorbeigebracht hast.«

Willie entging nicht, dass Dusty sich unwohl fühlte. »Dusty, du weißt, dass ich kein Blatt vor den Mund nehme. Ich spreche es jetzt einfach an und frage dich direkt, ob du Kate meidest.«

»Ich denke, es ist das Beste so.«

»Weil du dich in sie verliebt hast.«

»Das stimmt, und sie hatte genügend Gelegenheiten, mir zu erzählen, dass sie verheiratet ist.«

»Da hast du natürlich recht. Ich will ihr Verhalten nicht entschuldigen, aber sie hatte einfach Angst, dass ihr Mann sie findet. Er scheint gefährlich zu sein.«

Dusty starrte ihn schockiert an. »Das tut mir leid zu hören, aber auch oder vielleicht gerade dann hätte sie es mir sagen müssen. Und die Wahrscheinlichkeit, dass er sie in Tibooburra findet, ist doch sehr gering.«

»Leider nicht. Sie hat ein Telegramm von meiner Schwester bekommen, darin steht, dass er auf dem Weg hierher ist. Sie hat große Angst, dass er sie zwingt, mit ihm zurückzufahren.«

»Das wirst du doch nicht zulassen, oder?«

»Nein, natürlich nicht«, brummte Willie. »Aber Kates Erzählungen nach zu urteilen könnte es nach seiner Ankunft etwas grob zugehen.«

Dusty konnte es kaum glauben. »Es scheint, als müssten wir eine weitere Dorfversammlung einberufen. Wir müssen uns einen Plan überlegen, wie wir bei ihrer Ankunft vorgehen.«

Willie lächelte. »Ich sehe, dass dir meine Tochter wirklich wichtig ist. Das freut mich, weil ich mir sicher bin, dass es umgekehrt genauso ist.«

»Natürlich ist sie mir wichtig«, gab Dusty zu. »Diese Gefühle verschwinden ja nicht einfach über Nacht. Aber sie ist immer noch verheiratet, auch wenn sie in der Ehe unglücklich ist.«

»Nicht mehr lange. Bevor sie England verlassen hat, hat sie einen Anwalt engagiert, der die Scheidung in die Wege leiten sollte.«

Dusty fragte sich, warum Kate ihm das nicht erzählt hatte, bis ihm aufging, dass er ihr dazu keine Gelegenheit gegeben hatte.

Nellie hatte gemerkt, dass Kate etwas bedrückte, und sie wiederholt darauf angesprochen. Kate wollte ihr keine Angst machen, aber jetzt konnte sie es nicht länger für sich behalten. »Mein Ehemann ist auf dem Weg hierher. Er wird versuchen, mich zurück nach England zu holen.«

»Du in Wadigali-Land bleiben, Kadee«, sagte Nellie.

»Du darfst nicht gehen!«, fügte Marlee aufgebracht hinzu. Nellie hatte ihr von Kates Mann erzählt, deswegen wusste sie sofort, worum es ging.

»Das möchte ich auch nicht, aber ich möchte schon gar nicht, dass Jacques oder seine Männer meinem Vater oder sonst jemandem im Dorf etwas antun. Es ist mein Problem. Deshalb sollte auch ich diejenige sein, die es in Ordnung bringt.«

»Du musst nicht alleine mit diesem Mann fertigwerden, Kate«, sagte in diesem Moment Willie, der mit Dusty im Schlepptau aus der Hintertür trat. »Wenn er in unser Dorf kommt und seine Muskeln spielen lässt, dann bekommt er es mit uns zu tun.«

Kates Herz setzte bei Dustys Anblick einen Schlag aus.

»Wir Buschwanderung machen, Kadee«, schlug Nellie vor. »Weiße Männer nicht finden Kadee und Nellie in Land von schwarzen Leuten.«

»Das ist eine gute Idee«, sagte Willie. »Geh mit Nellie auf Buschwanderung. Dann sieht Jacques, dass du nicht hier bist, und wird wieder gehen.«

Kate war hin- und hergerissen. »Ich finde, ich sollte diejenige sein, die das mit ihm klärt«, sagte sie.

»Willie und Nellie haben recht, Kate. Du solltest gehen«, bekräftigte Dusty. »Das ist das Beste für alle.«

Nach einer langen Diskussion und vielen Argumenten von ihrem Vater, Dusty und Nellie erklärte Kate sich bereit, zu einer Buschwanderung aufzubrechen, auch wenn sie immer noch zweifelte, dass dies die richtige Entscheidung war.

Kapitel 36

Kaum hatten Kate, Nellie und Marlee am nächsten Tag das Dorf verlassen, schickte Dusty seinen ältesten Schüler zu den einzelnen Dorfbewohnern, um sie über eine Krisensitzung im Tibooburra Hotel zu informieren. Sie versammelten sich innerhalb der nächsten halben Stunde im Pub.

»Worum geht es diesmal, Willie?«, fragte Leo, als er gemeinsam mit Flo den Pub betrat. »Wir haben gerade eine Lieferung bekommen, die wir einräumen müssen.«

»Ich sage es euch gleich, wir warten nur noch kurz auf ein paar Leute.«

Leo blickte sich um. »Aber es sind doch alle da, Willie.«

Willie warf einen Blick zur Tür. »Jetzt schon.«

Alle beobachteten erstaunt, wie Barney und Mary Finnegan gelassen in Willies Pub schlenderten und er Bier vor ihnen abstellte, als wäre es das Normalste auf der Welt. Die Dorfbewohner kamen beinahe um vor Neugier, woher diese bedeutende Veränderung in ihrem Umgang miteinander rührte, doch in diesem Moment begann die Versammlung.

Willie erklärte den Anwesenden mit Dustys Unterstützung, dass Kate das Dorf verlassen habe, um ihrem gefährlichen französischen Ehemann zu entkommen, der begleitet von Schlägern auf dem Weg nach Tibooburra sei, um sie zu zwingen, mit ihm nach Hause zu kommen.

»Was für ein Mann behandelt eine Frau so?«, fragte Dora.

»Liegt es eigentlich in deiner Familie, Geheimnisse zu haben, Willie?«, fragte Thelma Winkel vorwurfsvoll. Die Witwe war bekannt dafür, dass sie ihre Meinung sagte, ohne Rücksicht darauf, ob sie jemanden damit verletzte.

»Ja, Willie, wie lange weißt du schon, dass Kate irgendwo da draußen einen Ehemann hat?«, fragte Tony.

»Nicht lange. Kate wollte mich damit nicht beunruhigen. Sie lässt sich gerade von ihm scheiden, sie hat Angst vor ihm«, erklärte Willie.

»Das verstehen wir doch, oder etwa nicht?«, fragte Flo, erntete jedoch nur verständnisloses Gemurmel.

»Mir gefällt das mit den Schlägern nicht«, erklärte Dora. »Das hier ist ein friedliches Dorf, wir können hier keine Unruhestifter gebrauchen.«

»Hier passiert doch nie irgendwas Spannendes! Lasst sie kommen!«, rief Jerry genüsslich, und einige der Männer johlten.

Willie gefiel ganz und gar nicht, dass die Männer die Situation nicht ernstnahmen und die Frauen nur verärgert reagierten.

»Wahrscheinlich kommen und gehen sie ohne großes Aufheben«, sagte Leo, der wie immer einen kühlen Kopf bewahrte, in der Hoffnung, die Dorfbewohner und vor allem Willie zu beruhigen. »Wenn sie denn überhaupt kommen.«

»Meine Schwester hat Kate ein Telegramm geschickt, um ihr mitzuteilen, dass sie unterwegs sind. Sie kommen.«

»Stimmt das, Flo?«, fragte Jerry misstrauisch.

»Telegramme sind privat, aber ich kann bestätigen, dass Kate eins bekommen hat«, antwortete Flo.

»Und jetzt ist sie auf Buschwanderung gegangen und hat dich zurückgelassen, damit du die Suppe auslöffelst«, sagte Frankie einen Hauch anklagend.

»Ich habe darauf bestanden, dass sie geht«, verteidigte Willie seine Tochter. »Ich will nicht, dass dieser Mann sie zurück nach Europa schleift.«

»Und was genau willst du, das wir tun? Es ist nicht unser Problem«, sagte Tom Pearce, der Willie seine Lügen immer noch übel nahm.

»Genau«, sagte Tony. »Warum sollten sie uns angehen? Du wirst dich mit ihnen auseinandersetzen müssen, nicht wir.«

»Wenn du zu feige bist, einem deiner Nachbarn in einer schwierigen Lage zu helfen, dann geh jetzt einfach«, blaffte Dusty. »Das gilt für alle, die so denken.«

Die Dorfbewohner zuckten zusammen, sie hatten Dusty noch nie so reden hören. Einige der Männer senkten den Kopf und verlagerten unruhig ihr Gewicht, einschließlich Tony, aber keiner verließ den Pub.

»Ich weiß nicht, was passiert, wenn sie hier sind«, erklärte Willie. »Und ich bitte euch auch gar nicht darum, mir zu helfen. Die Versammlung ist nur dazu gedacht, dass ihr Bescheid wisst und nicht beunruhigt seid, wenn ihr Fremde im Dorf seht, vor allem, wenn sie an eure Türen klopfen und nach Kate fragen. Ich möchte, dass keiner von euch ihnen sagt, dass sie im Outback unterwegs ist. Behauptet einfach, sie hätte das Dorf verlassen, was ja auch der Wahrheit entspricht. In Ordnung?«

»Werden sie wirklich an unsere Türen klopfen?«, fragte Dora aufmerksam.

»Ich weiß es nicht, ich wollte euch nur vorwarnen.«

»Diese Franzmännchen machen uns Landburschen doch keine Angst, stimmt's?«, fragte Jerry die Männer um sich herum, bevor er sein Bier hinunterstürzte und das leere Glas mit einem Knall auf der Theke abstellte. »Das sind doch alles affektierte Möchtegernkünstler! Wir sind hier draußen aufgewachsen, wir sind doch viel zäher als sie.«

Die Männer grölten zustimmend.

»Hoffentlich sind die Scherer bei ihrer Ankunft im Dorf«, rief Barney. »Sie brauchen eigentlich nicht mal einen Anlass, um sich zu prügeln.«

»Das ist unwahrscheinlich. Außerdem möchte ich nicht, dass mein Pub zerlegt wird, das geht dir doch bestimmt genauso.«

»Kate ist deine Tochter, da werden sie wohl kaum zu mir kommen, oder?«, erwiderte Barney süffisant.

»Wenn sie Kate hier nicht finden, könnten sie das ganze Dorf nach ihr absuchen.«

Barneys Miene wurde ernst. »Ich lasse sie nicht in den Pub«, beharrte er selbstsicher.

»Und wie willst du die kräftigen Schläger aufhalten? Du bist nicht mehr in deinen besten Jahren«, gab Willie zu bedenken.

Es wurde still im Schrankraum, während alle auf die unvermeidliche Auseinandersetzung warteten.

»Genauso wenig wie du, Willie, also würde ich mir an deiner Stelle Gedanken machen.«

Willie hätte nie zugegeben, dass er so große Angst hatte, dass ihm schon schlecht war, aber Barney sah, wie ihm die Farbe aus dem Gesicht wich.

»Mach dir nicht zu viele Sorgen. Auch wenn wir nicht gerade viele sind, werden wir immer noch mehr sein als sie«, sagte Barney.

Je mehr Zeit verstrich, desto nervöser wurde Willie. Er schlief kaum und nickte deswegen tagsüber ständig ein, sodass Silvia sich zu den Öffnungszeiten um den Betrieb kümmern musste. Die Dorfbewohner verstärkten seine Nervosität, indem sie unaufhörlich Witze machten und sich Szenarien mit Kates Mann ausmalten, die sie für hochamüsant hielten. Sie stellten sich vor, wie Willie an den Fußgelenken an der Windmühle aufgehängt und gefoltert wurde, um Informationen preiszugeben, oder wie sein Pub niedergebrannt wurde. Willie tat, als ließen ihn ihre Geschichten kalt, und lachte mit, während er in Wirklichkeit ein Nervenbündel war.

Nach einer weiteren sehr anstrengenden Nacht, die durch den grollenden Donner besonders schlimm gewesen war, fiel Willie am frühen Morgen in einen tiefen Schlaf. Als er aufwachte, stellte er mit Schrecken fest, dass es schon nach neun Uhr war.

Silvia hatte auch verschlafen und stand hastig auf, um ihre morgendlichen Aufgaben nachzuholen. In dieser Woche hatte der Pub täglich geöffnet. Willies Stammgäste waren wiedergekommen, und sie hatten eine neue Lieblingsbeschäftigung gefunden: ihn mit dem nahenden Besuch von Kates französischem Ehemann aufzuziehen.

Silvia eilte die Treppe hinunter und kam gerade unten an, als jemand laut an die Haustür klopfte. Sie war noch immer nicht ganz wach, entriegelte, ohne nachzudenken, die Tür und öffnete.

Willie trat gerade auf dem Weg ins Bad aus seinem Zimmer, als das laute Klopfen erklang. Er rechnete sofort mit dem Schlimmsten. Eilig huschte er in eines der gegenüberliegenden Zimmer, von dem aus er die Briscoe Street überblicken konnte. Er erstarrte angesichts eines Leichtflugzeugs auf der Straße, in dessen Cockpit noch der Pilot saß. Wie hatte er die Landung überhören können? Er war einfach zu erschöpft gewesen. Es war so weit! Kates Mann war hier. Hoffentlich brach nicht die Hölle los.

Vom Flur aus hörte er eine männliche Stimme mit französischem Akzent sprechen. Er lief zum Treppenansatz und lauschte, wie Silvia sagte, dass Kate nicht hier sei. Mit rasendem Herzen stieg er die Treppe hinab.

»Guten Morgen, Sir«, grüßte er unten. Der Mann, der im Türrahmen stand, trug ein frisches weißes Hemd, eine graue Hose und glänzende Schuhe. Zum ersten Mal, seit er das Tibooburra Hotel gekauft hatte, kam Willie sich in seiner kurzen Hose, der Weste und ohne Schuhe zu formlos gekleidet vor. Dann bemerkte er direkt hinter der Tür zwei Männer, groß, beängstigend grimmig und kräftig wie Wrestler. Einer hatte eine Narbe quer über das Kinn und seine Kehle hinab und der andere eine platte Boxernase und Blumenkohlohren. Willies Sorge wuchs, und er vermied, ihnen in die Augen zu sehen.

»Guten Morgen, Monsieur, ich möchte mit dem Inhaber dieses Hotels sprechen.«

»Das bin ich«, sagte Willie. »Wie kann ich Ihnen helfen?« Zu seiner eigenen Überraschung klang er viel selbstsicherer, als er sich fühlte.

»*Sie* sind der Besitzer?« Ungläubig musterte der Mann ihn von oben bis unten.

»Richtig.« Willie erahnte seine Gedanken. »Ich habe heute Morgen verschlafen, weil es letzte Nacht ein kräftiges Unwetter gab. Bin noch nicht dazu gekommen, mich zu rasieren.« Er rieb sich über die Stoppeln am Kinn.

»Oder die Haare zu kämmen und sich angemessen zu kleiden.«

»Ich bin angemessen für die Hitze und den Staub hier draußen gekleidet«, erklärte Willie.

»Wenn Sie meinen.« Missbilligend kräuselte der Mann die Oberlippe und tupfte sich mit einem makellosen weißen Taschentuch den Schweiß vom Gesicht. »Mein Name ist Jacques Leon. Ich suche meine Ehefrau, Kate. Sie müssen ihr Vater sein, Monsieur William McGregor.« Widerstrebend streckte er Willie die Hand hin.

»Das ist richtig, Mr Leon.« Willie drückte seine Hand fest und hoffte, dass ihre Begegnung weiter zivilisiert verlaufen würde. »Kate ist meine Tochter, und wie Silvia Ihnen eben gesagt hat, ist sie nicht hier. Eine Schande, dass Sie vollkommen umsonst in unser kleines Dorf gekommen sind.«

»Wo ist sie?« Jacques Tonfall verkündete, dass es mit der Freundlichkeit von diesem Moment an vorbei war.

»Sie ist vor etwa drei Wochen abgereist, also ist sie inzwischen wahrscheinlich wieder in England«, sagte Willie mit fester Stimme.

Jacques bedachte Willie mit einem stählernen Blick, der ihn zu durchdringen schien. »Ich weiß, dass sie Australien nicht verlassen hat, Monsieur«, sagte er siegesgewiss.

»Woher wollen Sie das wissen?« Willie war überzeugt, dass er bluffte. Jacques konnte sich wahrscheinlich mit jedem Pokerspieler messen.

»Ich habe meine Quellen«, erwiderte Jacques nachdrücklich.

Willie gefror das Blut in den Adern, aber wie durch ein Wunder bewahrte er nach außen eine ruhige Miene. Er versuchte es mit einer neuen Strategie. »Um ehrlich zu sein, weiß ich nicht genau, wo sie ist. Jedenfalls nicht in Tibooburra. Wir sind nicht gerade friedlich auseinandergegangen.«

»Darf ich fragen, warum?« Ein Blick auf Silvia, die beschämt errötete, verriet Jacques, dass Willie ihn zu täuschen versuchte.

»Sie wissen doch sicher, dass wir uns seit Jahren nicht gesehen haben. Wir sind praktisch Fremde. Wir haben uns einfach nicht verstanden«, sagte Willie. »Wir haben uns fast jeden Tag gestritten. Weil ich so viel trinke, weil ich ihr nie geschrieben habe, weil ich sie nie in England besucht habe. Dann ist sie gegangen, sie hat nicht mal alle ihre Sachen mitgenommen. Aber wahrscheinlich ist das das Beste. Dieses Dorf ist sowieso viel zu langweilig für einen großen Filmstar wie sie.«

Ein paar Momente lang herrschte angespanntes Schweigen. Jacques dachte über seinen nächsten Schritt nach, und Willie hielt den Atem an.

»Es stört Sie doch nicht, wenn wir uns umsehen, oder, Monsieur?«, fragte Jacques schließlich. Bevor Willie protestieren konnte, drehte er sich um und signalisierte seinen breitschultrigen Begleitern, das Hotel zu durchsuchen. Sie drängten an Willie und Silvia vorbei und schubsten sie dabei zur Seite. Einer ging in die Küche, während der andere die Treppe hinaufstieg. Willie und Silvia konnten nur bestürzt zusehen.

»Warten Sie mal!«, rief Willie. »Sie können hier nicht einfach unaufgefordert hereinplatzen. Das ist Hausfriedensbruch.«

»Rufen Sie doch die Polizei«, schlug Jacques kühl vor, bevor er einen abschätzigen Blick in den Schankraum warf. »Allerdings dauert es gewiss Stunden, bis sie hier sind, oder? Und wer weiß, was in der Zeit alles passieren könnte.«

Willie entging die kaum verhüllte Drohung nicht. Er erkannte, dass Jacques sich gründlich informiert hatte, und das war besorgniserregend. All seine schlimmsten Ängste nahmen gerade Gestalt an.

Dann kamen die zwei kräftigen Männer wieder zu ihnen.

»Sie ist nicht hier, Monsieur Leon«, bestätigte einer von ihnen.

»Das habe ich Ihnen doch schon erklärt«, sagte Willie ungehalten.

»Wo ist sie dann?«, verlangte Jacques zu wissen. »Ich glaube, Sie wissen mehr, als Sie zugeben, und vielleicht sollte ich Sie warnen, dass es ein schwerer Fehler wäre, mich zum Narren zu halten.«

»Ich weiß nicht, wo sie ist! Und jetzt verlassen Sie mein Grundstück.«

»Monsieur Wilkins hat sie nicht in seinem Flugzeug von hier weggeflogen, und mit dem Postboten, Monsieur Singleton, ist sie auch nicht gefahren«, sagte Jacques. »Das heißt, sie muss hier noch irgendwo sein, nicht wahr, Monsieur?«

Willie konnte kaum glauben, dass Jacques so gründlich recherchiert hatte. Seine Gedanken rasten. »Hier draußen besitzt mehr als ein Farmer ein Flugzeug, Mr Leon. Ziehen Sie daraus Ihre eigenen Schlüsse.«

»Wollen Sie behaupten, meine Ehefrau hätte das Dorf mit einem Farmer in seinem Flugzeug verlassen?«

Willie zuckte mit den Schultern. »Wie gesagt, ziehen Sie Ihre eigenen Schlüsse.« Er schluckte trotz des Kloßes in seiner Kehle. Das Atmen fiel ihm jetzt schwer.

»Ich glaube, dass Sie mich in die Irre führen wollen, Monsieur.«

»Glauben Sie, was Sie wollen«, erwiderte Willie so gleichmütig wie möglich.

Jacques wandte sich seinen Männern zu, und Willie durchfuhr eine Welle der Angst. Er stellte sich vor, wie sie ihn gleich angreifen und foltern würden, genau wie die Dorfbewohner es sich so oft ausgemalt hatten.

»Durchsucht das Dorf«, befahl Jacques, dann wandte er sich wieder an Willie. »Ich glaube, dass sie hier ist, und wir werden sie finden.«

Willies Angst wandelte sich schlagartig in Wut. »Und dann was?«, zischte er.

»Und dann wird sie mit mir, ihrem *Ehemann*, nach Hause kommen.«

»Na dann los, verschwenden Sie Ihre Zeit ruhig mit der Suche. Aber ich kann jetzt gut verstehen, warum meine Tochter nicht mit Ihnen verheiratet sein wollte«, sagte Willie mutig. »Sie behandeln sie wie ein Besitzstück, nicht wie einen Menschen, dazu noch eine bezaubernde junge Frau.«

Jacques starrte Willie ganze zwanzig Sekunden lang wütend an, bevor er wortlos den Pub verließ. Willie schloss die Tür und legte den Riegel vor, bevor er sich dagegenlehnte und zu Boden sank. Plötzlich spürte er, dass er von Kopf bis Fuß zitterte.

Silvia wirkte ebenfalls vollkommen verausgabt. »Es ist schwer, sich die reizende Kate an der Seite dieses scheußlichen Mannes vorzustellen«, sagte sie besorgt. »Er sieht vielleicht gut aus und hat einen charmanten Akzent, aber er ist furchtbar.« Ihre Beine zitterten so sehr, dass sie selbst überrascht war, noch aufrecht zu stehen.

»Ich verstehe, dass sie Angst vor ihm hat«, sagte Willie ergeben. »Gott sei Dank ist sie nicht hier. Ich hoffe, dass sie sich von hier fernhält, bis er wieder weg ist.«

»Das hoffe ich auch.« Silvia lief zum Fenster des Schankraums und schaute auf die Briscoe Street. »Ich sehe sie nicht mehr. Sie müssen im Corner Store sein.« Sie empfand Mitgefühl für Flo und Leo.

»Ich gehe nach oben, von da habe ich eine bessere Sicht.« Willie trat auf den Balkon und erblickte sofort die beiden Riesen, die getrennt die Häuser der Dorfbewohner ansteuerten, während Jacques den Corner Store betrat. Kurze Zeit später kam er wieder heraus, überquerte die Straße und lief auf das Family Hotel zu. Vorne kam er nicht herein, also lief er um das Hotel herum.

»Das ist nicht richtig«, schimpfte Willie.

Willie lief die Treppe hinunter. »Ich sollte etwas unternehmen, Silvia«, rief er aufgebracht. Er fühlte sich furchtbar, weil die Dorfbewohner belästigt wurden, obwohl sie nichts mit der Situation zu tun hatten.

»Du kannst nichts machen!«, rief sie panisch, immer noch am Fenster im Schrankraum. »Diese Männer werden dich, ohne zu zögern, verletzen. Wenn sie Kate nicht finden, verlassen sie Tibooburra sicher bald.«

»Was, wenn nicht? Was, wenn Kate zurückkommt und sie immer noch hier sind?« Allein die Vorstellung war schrecklich.

»Das wird sie nicht. Du musst darauf vertrauen, dass sie bei Nellie in Sicherheit ist.«

Willie runzelte besorgt die Stirn. »Es ist einfach nicht in Ordnung, dass dieser Mann all unsere Nachbarn drangsaliert. Ich muss dem ein Ende bereiten.«

»Wie willst du das anstellen?«

»Ich weiß es nicht. Aber irgendwas muss ich tun.« Er hatte sich noch nie so entmutigt und unbeholfen gefühlt.

»Willie, komm mal schnell her«, sagte Silvia plötzlich, den Blick nach draußen gerichtet. »Da passiert irgendwas.«

Er eilte zum Fenster und sah die Kingsleys, die Pearces und Barney und Mary Finnegan auf das Tibooburra Hotel zulaufen. Nach und nach kamen auch die anderen Dorfbewohner aus ihren Häusern auf den Pub zu. Die Frauen warfen ängstliche Blicke über die Schultern zurück.

Silvia und Willie traten vor die Tür. Dusty versicherte allen, dass die Kinder in der Schule sicher waren. Er hatte einen der älteren Schüler angewiesen, die Tür bis zu seiner Rückkehr verschlossen zu lassen.

»Es tut mir leid, dass ihr das mitmachen müsst«, entschuldigte sich Willie. »Ich fühle mich furchtbar deswegen, aber ich verstehe, warum Kate von Jacques Leon wegkommen muss.«

»Wir machen dir keine Vorwürfe, Willie.« Flo dachte an ihre verstörende Begegnung mit Jacques Leon, jemanden wie ihn hatte sie noch nie getroffen. Er hatte nur sehr wenig gesagt, sie aber trotzdem zu Tode erschreckt, und das gelang nicht vielen. »Und du hast recht. Wir müssen für Kate stark sein, und das sind wir.«

Immer mehr Menschen versammelten sich vor dem Tibooburra Hotel und tauschten sich über ihre Erfahrungen mit Jacques und seinen Schlägern aus, die sich auf der Suche nach Kate offenbar gewaltsam Zugang zu allen Häusern verschafft hatten. Schließlich trat auch Jacques zu ihnen.

»Haben Sie sich dazu entschlossen, mir zu verraten, wo meine Frau ist?«, fragte er die Menge.

»Sie haben kein Recht, herzukommen und Unruhe in unser friedliches Dorf zu bringen, Mr Leon. Wir möchten, dass Sie unser Dorf sofort verlassen«, zischte Willie. »Kate ist nicht hier, und selbst wenn sie es wäre, würde sie nicht mit Ihnen nach Hause gehen.«

»Sie scheinen sich da sehr sicher zu sein, Monsieur«, sagte Jacques. Seine zwei Helfer stellten sich hinter ihn und signalisierten ihm mit einem Kopfschütteln, dass sie Kate nicht gefunden hatten.

»Das bin ich, in der Tat. Erstens hat Kate die Scheidung eingereicht, und zweitens würden wir es nicht zulassen«, erwiderte Willie.

Zuerst wirkte Jacques überrascht, dann lachte er höhnisch. »Sie würden es nicht zulassen …«, wiederholte er. Erneut lachte er, ein schauriges, humorloses Lachen. »Falls es Ihnen noch nicht aufgefallen ist: Ich tue, wonach mir ist, wann immer mir danach ist«, fügte er ernst hinzu.

»Geld ist Macht, ja?«

»Ganz genau«, tönte Jacques.

»Was ist nur mit Ihnen geschehen?«, fragte Willie.

»Wie meinen Sie das?« Es war das erste Mal, dass er defensiv agierte, und Willie ging auf, dass er einen wunden Punkt getroffen hatte.

»Kate hat mir erzählt, dass Sie mal ein guter Mensch waren, dass sie anderen in Not geholfen haben, ohne eine Gegenleistung dafür zu wollen. Diese Seite an Ihnen fand sie anziehend, sie war einer der Gründe dafür, dass sie Sie geheiratet hat. Und jetzt sehen Sie sich an! Sie kommen her und schikanieren unschuldige Menschen, nur, weil Sie Ihren Willen nicht durchsetzen können.«

»Kate hat mich geheiratet, weil ich ihr ein Leben geboten habe, von dem jede Frau träumt, und sie bleibt so lange mit mir verheiratet, wie ich es wünsche«, sagte Jacques bestimmt.

»Sagen Sie das, weil Sie sie lieben oder weil Sie den Schein vor Ihren reichen Freunden wahren wollen?«, mischte Dusty sich ein.

»Wer sind Sie, Monsieur? Ihr neuer Liebhaber?«, schleuderte Jacques ihm entgegen.

»Ich bin nicht ihr Liebhaber. Aber der Mann, dem Kates Herz gehört, kann sich in der Tat glücklich schätzen. Und das sind nicht Sie.«

»Wenn ich Kate finde, wird sie mit mir nach Hause kommen«, erklärte Jacques kurz.

»Nein, das werde ich nicht«, ertönte plötzlich Kates Stimme.

Willie wirbelte beunruhigt herum und sah Kate mit Nellie und Marlee auf der Veranda stehen. Niemand hatte ihr Kommen bemerkt. Willie sank das Herz in die Hose, als sie auf ihn zulief. »Was machst du hier?«, wisperte er eindringlich. »Du hättest dich fernhalten sollen.«

»Ich kann mich nicht fernhalten, wenn ich mich dabei um euch alle sorge. Das hier ist mein Problem. Ich sollte diejenige sein, die es löst.«

»Kate!«, rief Jacques schockiert. »Was ist denn mit dir passiert?« Er musterte sie ungläubig. Nach mehreren Tagen im Outback mit Nellie und Marlee war sie vollkommen zerzaust. Er erkannte die glamouröse Schauspielerin, die er geheiratet hatte, nicht wieder.

»Was machst du hier, Jacques?«

»Was treibst du mit diesen Ureinwohnern?« Fast erwartete er, dass Kameramänner um die Ecke kamen.

»Diese *Ureinwohner* sind meine Familie.«

»Sei nicht albern.«

»Darf ich dir meine Mutter Nellie vorstellen? Und das hier ist Marlee, meine Schwester. Meinen Vater Willie hast du ja schon kennengelernt.«

Jacques starrte Kate an, als hätte sie den Verstand verloren. »Hast du einen Sonnenstich?«

»Nein«, zischte Kate. »Ich besuche meine Verwandten im Outback. Hier wurde ich geboren, Jacques, das ist meine Familie. Ein Teil von mir ist Aborigine, und ich bin stolz darauf. Und jetzt zu dir: Was willst du?«

Jacques errötete, er wirkte verwirrt. »Ich verlange, dass du mit mir nach Hause kommst. Wir nehmen unser altes Leben wieder auf und reden nie wieder über das alles hier«, sagte er schließlich streng.

»Lassen Sie sie in Ruhe«, rief Jerry. »Sonst kriegen Sie es mit uns zu tun.«

»Er hat recht. Steigen Sie in Ihr Flugzeug und verschwinden Sie«, sagte Dusty wütend. »Sie sind hier nicht erwünscht.«

Kate war erstaunt, dass einige Dorfbewohner für sie eintraten, und gerührt, dass Dusty unter ihnen war. Sie hatte auch seinen Satz gehört, dass der Mann, dem ihr Herz gehörte, sich glücklich schätzen könne. Wenn er nur wüsste, dass er der Glückliche war!

Andere Männer traten vor und bekundeten ihre Solidarität, indem sie sich neben Dusty, Jerry und Willie stellten. Viele von ihnen waren nicht mehr jung oder in Bestform, aber es berührte Willie, dass sie bereit waren, Kate zu helfen.

Jacques beobachtete sie und lachte, dann traten seine zwei Schläger vor und krempelten die Ärmel hoch.

»Darf ich Ihnen *Malcom the Mauler* vorstellen, einen ehemaligen Wrestlingchampion, und *TJ Knuckles*, einen früheren Boxchampion? Wollen Sie mir jetzt immer noch im Weg stehen? Denn ich werde meine Frau mit nach Hause nehmen, egal, was Sie sagen oder tun.«

Die Dorfbewohner tauschten Blicke aus.

»Ziehen wir das hier wirklich durch?«, fragte Jerry.

»Wir haben zwar keine Chance, aber ja, verdammt!«, sagte Frankie.

Willie hingegen wollte nicht, dass seine Freunde durch die von Jacques angeheuerten Schläger verletzt wurden. »Das ist mein Kampf«, erklärte er.

»Nein, Willie, es ist auch unser Kampf«, wandte Barney ein. »Diese Männer sind in unser Dorf und in unsere Häuser eingedrungen, ohne dass wir sie dazu eingeladen haben. Niemand, der das tut, kommt damit einfach so davon.«

Willie schenkte ihm einen dankbaren Blick, dann wandte er sich an Kate. »Ich lass dich nicht gehen«, sagte er entschlossen.

Kate sah ihren Vater an, und ihr Herz schwoll an vor Liebe und Respekt. »Aber ich möchte nicht, dass du oder jemand anderes hier meinetwegen verletzt wirst, Dad. Ich finde einen anderen Weg.« Sie wandte sich an Jacques. »Bitte, lass diese Menschen in Ruhe.«

Doch der lächelte nur kalt und gab seinem Gehilfen ein Zeichen, woraufhin der ehemalige Boxer Willies Oberarm griff und die Faust hob, bereit zum Schlag.

Kate schrie auf, und Silvia stürzte sich auf den Boxer. Sie schlang die Arme um seinen Bizeps, um ihn am Schlag zu hindern. Der Boxer schüttelte sie ab, und Silvia fiel in den Staub. Außer sich vor Wut holte Willie zum Schlag gegen ihn aus, aber die Reflexe des Boxers waren zu gut. Er duckte sich und schlug stattdessen Willie, der benommen zu Boden ging.

Was nun geschah, war wie eine Szene aus einer Komödie.

Tom Pearce, Frankie und Barney attackierten den Boxer: Frankie sprang ihm auf den Rücken, während Tom Pearce ihm den Kopf in den Magen rammte und Barney ihm vor das Schienbein trat, bevor sie ihn umstießen, als wäre er aus Papier. Die anderen Männer gingen den Wrestler auf eine ähnliche Weise an, doch ihre Bemühungen waren so wirkungsvoll wie die von Schmetterlingen, die bei starkem Wind gegen ein Rind flatterten.

»Moment«, wies Jacques an, und seine Männer hielten sofort inne. Sie blickten ihn verwirrt an. *»Nous avons des visiteurs«*, informierte Jacques sie über unerwartete Gesellschaft und zeigte hinter sich. Die Männer starrten in die angegebene Richtung.

»Qu'est-ce qui se passe?«, fragte der Boxer. »Was ist los?«

Die Bewohner standen auf und holten keuchend Luft. Als sie sich umdrehten, sahen auch sie eine Gruppe Jäger der Aborigines, zwanzig oder mehr kräftige junge Männer, auf sie zulaufen. Sie hielten mit Blut beschmierte Speere und Prügel in der Hand, manche der Männer waren selbst auch mit Blut beschmiert. Die Dorfbewohner waren den Anblick der Jagdgruppen gewöhnt und deswegen keineswegs beunruhigt, aber für einen Außenstehenden aus einem anderen Land mussten sie beängstigend aussehen. Auch der Zeitpunkt der Rückkehr der Gruppe von der Jagd war perfekt. Nellie, Kate und Marlee hatten die Jägergruppe vor ein paar Stunden etwas außerhalb des Dorfs getroffen, als sie ihre Beute, zwei große Kängurus, Richtung Lager getragen hatten. Nellie hatte ihnen die Situation im Dorf erklärt und sie um Hilfe gebeten. Einige waren mit ihr und damit auch mit Kate verwandt, deswegen halfen sie gerne.

Nun hielten sie nur wenige Meter vor Jacques und seinen Begleitern und fragten Nellie auf Wadigali, ob diese Männer drohten, Kate mitzunehmen.

Nellie antwortete auf Wadigali, ihre Worte klangen wütend. Die Jäger reagierten gestenreich, es waren zornige Gesten, zudem wurden sie laut und zeigten mit dem Finger auf die unerwünschten Besucher. Kate bemerkte, dass Jacques und seine Männer zunehmend ängstlich wurden. Nun waren sie diejenigen, die eingeschüchtert wurden, und das fühlte sich offenbar auch für sie nicht gut an.

Die Dorfbewohner beobachteten das Geschehen mit Respekt. Normalerweise betrachteten sie die Aborigines als unwillkommenes Ärgernis oder Plage im Dorf, und bisher hatten sie noch nie einen Grund gehabt, ihnen für etwas dankbar zu sein. Aber nun rettete ihnen die Jagdgruppe gerade eindeutig die Haut, auch wenn sie zu stolz waren, es zuzugeben.

Schließlich hoben die Jäger drohend ihre Prügel, richteten ihre Speere auf Jacques und seine Männer und bedeuteten ihnen gestenreich, das Weite zu suchen. Ihre schwarzen Augen funkelten.

»Ist schon gut, wir gehen ja«, gab sich Jacques geschlagen. Er wandte sich an Kate. »Ich fordere dich ein letztes Mal auf, mit nach Hause zu kommen. Ich kann einfach nicht glauben, dass dieses Leben hier das Richtige für dich ist«, sagte er, während er sie missbilligend von oben bis unten musterte. »Du weißt, dass ich dir alles geben kann, was dein Herz begehrt.«

Kate schnaubte. »Im Gegenteil, Jacques«, sagte sie, »du hast mir das Eine genommen, das mein Herz am meisten begehrt hat: meine Karriere. Sie hat mich glücklich gemacht und erfüllt, du aber hast meinen guten Ruf ruiniert, sodass niemand mich mehr einstellen wollte. Das war hinterlistig. Und meine Familie und Freunde wolltest du mir auch nehmen. So etwas hätte kein Mann getan, der seine Frau wirklich liebt.«

»Du willst doch nicht wirklich in diesem hässlichen Dorf bleiben und so tun, als wärst du eine von ihnen!« Jacques ließ seinen Blick voller Abneigung über die Aborigines und Bewohner gleiten. »Das hier ist nichts für dich.«

»Es gab eine Zeit, und die ist noch gar nicht so lange her, da hätte ich dir vielleicht zugestimmt. Bevor ich es besser wusste. Denn hier in Tibooburra habe ich Freiheit, Glück und – das Wichtigste – eine Familie gefunden.« Sie legte den Arm um Nellie. »Das Einzige, was ich jetzt noch dringender möchte, ist die Scheidung von dir, damit ich dich nie wiedersehen muss. Und jetzt geh, solange du die Chance dazu hast, und komm niemals zurück.«

Kapitel 37

Die Dorfbewohner jubelten, als Jacques und seine Männer ins Flugzeug stiegen und umgeben von einer aufwirbelnden Staubwolke über die Briscoe Street davonrollten. Willie legte einen Arm um Kates Schultern und eine Hand auf sein geschwollenes, schmerzendes Auge.

Als die Maschine abhob und dann langsam immer kleiner wurde, sah Kate zu ihm auf und hob die Hand von seinem Auge. »Geht es dir gut, Dad? Das sieht schlimm aus.«

»Ich hatte schon mehr blaue Augen, als ich zählen kann.«

»Ach, das stimmt doch nicht.«

Willie lächelte. »Es gab eine Zeit, da habe ich mich selbst nicht wiedererkannt nach einer guten alten Freitagabend-Schlägerei im Pub. Aber keine Sorge, diese Zeit ist lange vorbei. Trotzdem hatte dieser abgehalfterte Boxer Glück, dass er einen Überraschungsangriff gestartet hat, sonst hätte ich ihm gezeigt, wozu ein echter Outbackbursche fähig ist.«

Kate lächelte. »Ich bin sehr stolz auf dich, Dad.«

»Weil ich einen Kampf verloren habe?«

»Nein, weil du dich deiner größten Angst gestellt hast, indem du vor allen deine Fehler zugegeben hast, als ich ihnen von meiner Aborigine-Mutter erzählt habe, und das, obwohl du wusstest, dass es dich teuer zu stehen kommen würde. Und weil du den Mut hattest, Jacques und seinen Schlägern die Stirn zu bieten.«

Willie scharrte mit dem Fuß im Staub. »Ich verdiene kein Lob. Ich war ein miserabler Vater. Aber ich hoffe, dass ich es wiedergutmachen kann, wenn du mir die Gelegenheit gibst.«

»Du bist vielleicht ein bisschen rau hier und da, aber du bist trotzdem genau das, was ich mir als Vater wünschen würde.«

Willies Augen füllten sich mit Tränen. Nie hätte er gedacht, diese Worte einmal zu hören. »Ich würde alles für dich tun, Kate. Auch wenn du schon erwachsen bist – für mich wirst du immer mein kleines Mädchen bleiben.« Er küsste sie auf die Stirn und zuckte zusammen, weil seine Unterlippe geschwollen war.

Tony schlug Willie auf den Rücken. »Denen haben wir's gezeigt, was?« Er sah aus wie ein Clown, die Hälfte seines Gesichts war mit rotem Staub beschmiert, nachdem der Wrestler ihn über die Schulter auf den Boden geworfen hatte.

»Wem willst du hier etwas vormachen, Tony? Sie haben uns durch die Gegend gewirbelt wie Putzlappen«, kommentierte Leo.

»Dich vielleicht«, erwiderte Tony ungehalten.

Leo grinste. »Wirf mal einen Blick in den Spiegel, dann siehst du, wie gut du dich geschlagen hast.«

In diesem Moment bemerkte Willie, dass die Aborigines aufbrechen wollten. »Diesen Männern ist es zu verdanken, dass das Ganze so gut ausgegangen ist.«

»Das stimmt«, sagte Leo. »Wir sollten uns irgendwie erkenntlich zeigen.«

»Wartet mal!«, rief Willie. Die Aborigines hielten an und betrachteten die Dorfbewohner zurückhaltend.

Es war ein merkwürdiger Moment für alle Anwesenden, denn die Dorfbewohner hätten nie gedacht, dass der Tag käme, an dem sie alle den Aborigines zu Dank verpflichtet sein würden.

»Ich denke, wir sind uns alle einig, dass wir heute in großen Schwierigkeiten gesteckt hätten, wenn ihr nicht gekommen wärt«, sagte Willie. »Ich weiß, dass ihr Kate helfen wolltet, aber wir wissen das wirklich zu schätzen, vor allem ich. Danke. Wenn es irgendeinen Weg gibt, wie ich mich erkenntlich zeigen kann, dann lasst es mich wissen.«

Die Aborigines starrten ihn sichtlich überrascht an. »Kadee eine Wadigali, eine von uns«, sagte der größte von ihnen.

»Ich weiß, aber sie ist auch eine von uns«, entgegnete Willie. »Das scheint uns miteinander zu verbinden, nicht wahr?«

Barney stellte sich neben Willie und wischte sich über die blutende Nase. »Ich weiß nicht, wie es den anderen geht, aber ich finde, ihr habt euch ein Bier verdient«, sagte er zu den Aborigines.

Auf seinen Vorschlag folgte eisiges Schweigen. Auffordernd blickte Barney in die Runde der Dorfbewohner.

»Finde ich auch«, stimmte Leo schließlich zu und klopfte sich den Staub ab.

»Ja, ich auch«, sagte Jerry. »Wir laden euch ein, Jungs.«

»Klingt nach einem guten Anlass zum Feiern«, befand Frankie.

»Au ja! Das ist eine gute Idee. Lasst uns bei Sonnenuntergang ein Straßenfest feiern«, schlug Willie vor. Er wandte sich an die Aborigines. »Was meint ihr? Wollt ihr später zu unserem Straßenfest kommen? Es wird auch jede Menge Bier geben.«

Nellie übersetzte Willies Worte für die argwöhnischen Aborigines, um Missverständnisse zu vermeiden. Doch sie konnten einfach nicht glauben, dass sie eingeladen waren, zusammen mit den Dorfbewohnern zu feiern und zu trinken. Als sie nicht sofort zusagten, redete Nellie erneut auf Wadigali auf sie ein und argumentierte, dass es eine Gelegenheit zur Versöhnung sei und sie diese annehmen sollten. Es folgte eine kurze Diskussion, dann übersetzte Nellie: »Sie gerne zu Straßenfest kommen, und sie Essen mitbringen«, sagte sie.

Die Dorfbewohner tauschten skeptische Blicke.

»Was für Essen denn?«, fragte Thelma und sprach damit aus, was alle dachten. Die Europäer, die im Outback lebten, aßen hauptsächlich Lamm und Rindfleisch und waren zögerlich, was den Verzehr von Wildtieren anging.

»Was auch immer es ist, wir müssen es nicht kochen, Thelma«, warf Silvia ein. »Also beschwere ich mich nicht.«

»Ganz genau«, stimmte Flo zu.

»Gut, dann gibt es also bei Sonnenuntergang ein Fest!«, verkündete Willie. »Dann wollen wir uns mal frisch machen und dafür sorgen, dass nachher genug kaltes Bier bereitsteht.«

Bei Sonnenuntergang versammelten sich die Dorfbewohner wieder auf der Straße. Die Frauen hatten Stühle und Tische aufgestellt, und die Aborigines beluden einen davon mit Kängurufleisch, das sie in einem Erdofen, einer Grube unter der Erde, gegart hatten. Es roch so gut, dass niemand nachfragte, was genau sie da aßen. Einige der Frauen aus dem Dorf hatten zusätzlich Essen mitgebracht, Käse, eingemachte Gurken und frisches Brot. Das Bier floss in Strömen aus zwei Pubs, und die Männer sorgten dafür, dass die Gläser der Aborigines niemals leer waren. Die Aborigines hatten ein Didgeridoo mitgebracht und bereiteten sich darauf vor, darauf zu spielen und dazu zu tanzen.

Der Abend war lau, es wehte kein Wind, und am Himmel stand ein voller Mond. Kate hatte nach einem geruhsamen Bad ein hübsches Kleid angezogen und gesellte sich nun zu Silvia. »Es fühlt sich wunderbar an, wieder sauber zu sein«, sagte sie.

Die Dorfbewohner bemerkten sie und begrüßten sie, zu Kates Überraschung, mit begeistertem Applaus.

»Wir sind uns alle einig, dass es dich viel Mut gekostet haben muss, zurück ins Dorf zu kommen und dich Jacques Leon zu stellen«, erklärte Willie. »Ich mochte es vorher nicht zugeben, aber ich habe mir beinah in die Hose gemacht vor Angst.« Er lachte verlegen.

»Mit deiner Prahlerei konntest du niemanden täuschen«, sagte Frankie. »Deswegen haben wir dir ja so den Rücken gestärkt.«

»Na, danke«, sagte Willie in das folgende Gelächter hinein.

»Hör nicht auf sie, Willie. Wir hatten alle Angst«, erklärte Flo.

»Ich auch, aber ich konnte einfach nicht wegbleiben«, sagte Kate. »Ich habe mir so große Sorgen um euch alle gemacht, vor allem um dich, Dad. Jacques hat eine dunkle Seite, die furchterregend ist, und ich wusste nicht, wie weit er gehen würde.« Sie schämte sich dafür, so einen Mann geheiratet zu haben, auch wenn sie sich noch an seine freundliche und gute Seite erinnerte, zu der sie sich hingezogen gefühlt hatte. Hoffentlich hatte Jacques aus der Sache gelernt, dass Eifersucht und Manipulation ihn nie glücklich machen würden.

»Wenn uns deine Aborigine-Familie nicht zu Hilfe gekommen wäre, hätten wir in großen Schwierigkeiten gesteckt«, sagte Willie zu Kate. Er hob sein Glas in Richtung der Aborigines, und alle klatschten Beifall.

»Du bist als Fremde an diesen Ort gekommen, Kate, als Filmstar aus einem anderen Land. Unähnlicher hättest du uns nicht sein können«, sagte Flo.

»Aber jetzt gehörst du zu uns, du bist Teil zweier australischer Kulturen, und du hast etwas erreicht, was noch niemand vor dir geschafft hat«, ergänzte Willie.

»Was denn?«, fragte Kate.

»Du hast diese Kulturen vereint und dazu gebracht zusammenzuhalten. Offen gestanden hätte ich nie gedacht, dass ich das mal erleben würde. Ich weiß nicht, wie es euch anderen geht, aber mich erfreut das zutiefst, und ich hoffe, dass diese neue Art des Zusammenlebens fortgeführt wird.«

»Wenn den Aborigines hier der Respekt entgegengebracht wird, den sie verdienen, macht mich das sehr glücklich.« Kate sah zu Dusty, der still abseits stand. Er schenkte ihr ein trauriges Lächeln, dann wandte er sich ab und lief nach Hause. Ihr brach es fast das Herz, weil sie so tiefe Gefühle für ihn hatte, er ihr aber nicht vergeben konnte, dass sie ihre Ehe geheim gehalten hatte.

»Entschuldige mich bitte, Dad«, sagte sie. »Ich muss etwas erledigen.«

»Natürlich. Ich wollte sowieso noch mit Silvia sprechen«, antwortete Willie und machte sich auf die Suche nach Silvia.

Er fand sie in der Hotelküche, wo sie eine Wunde am Arm säuberte.

»Geht es dir gut?«, fragte er besorgt.

»Ja, ich hatte bloß einen Schnitt am Arm, und jetzt habe ich mich gestoßen, da hat es wieder angefangen zu bluten. Ich reinige kurz die Wunde und klebe dann ein Pflaster drauf. Warum bist du nicht draußen bei den anderen?«

»Das war ich bis gerade, aber ich wollte mit dir reden.« Plötzlich fühlte Willie sich unbehaglich.

»Stimmt etwas nicht? Ist alles in Ordnung?«

»Mein Stolz ist vielleicht etwas ramponiert, aber abgesehen davon geht es mir gut. Aber du bist verletzt, weil du mich davor bewahren wolltest, von diesem ehemaligen Boxer zu Kleinholz zerhackt zu werden. Was hast du dir denn dabei gedacht?«

»Nenn es einen Moment des Wahnsinns«, spielte Silvia verlegen ihre Tapferkeit herunter.

»Du bist nicht wahnsinnig, Silvia. Du bist eine bemerkenswerte Frau. Ich fand immer, dass du zu gut für mich bist, aber das macht mich zum größten Idioten in diesem Dorf, oder? Wenn ich nur einen Funken Verstand besessen hätte, hätte ich dich schon vor Jahren zum nächsten Pfarrer geschleppt und geheiratet.«

Silvia war überrascht, doch gleichzeitig stimmte es sie traurig, dass er seinen Fehler so viele Jahre zu spät erkannte. »Nun, das hast du nicht, und wir können die Vergangenheit nicht ändern.«

»Hättest du mich vor zwanzig Jahren geheiratet, Silvia?«

»Sofort«, antwortete Silvia, ohne zu zögern. »Ich habe mich in dich verliebt und immer gehofft, dass du eines Tages das Gleiche für mich empfinden würdest. Aber das war nie der Fall.«

»Ich habe das Gleiche für dich empfunden, ich habe es nur nie zugegeben. Ich dachte immer, irgendwann hättest du genug von diesem Dorf und würdest wegziehen. Ich war dankbar für jeden Tag, den du geblieben bist.«

Silvia traute ihren Ohren nicht.

»Habe ich die Chance vertan, der glücklichste Mann in New South Wales zu werden?«, fragte Willie.

»Ich bin mir nicht sicher. Ist es zu spät?«

»Du hast heute viel Mut bewiesen, als du mich retten wolltest. Würdest du noch einmal Mut beweisen und mich heiraten?«

Silvia starrte ihn an. »Ist es das, was du willst, Willie? Oder spricht nur der Alkohol aus dir?«

»Ich bin nicht betrunken! Ich weiß, dass ich dich als zu selbstverständlich angesehen habe. Ursprünglich dachte ich, mein Leben wäre zu kompliziert, weil ich mein Geheimnis hatte und du mitten in einem Scheidungsprozess stecktest. Aber ich habe alles bemerkt, was du für mich getan hast. Mir lag so oft auf der Zunge, dir zu sagen, was ich für dich empfinde. Aber ich habe mich zurückgehalten, wie ein Volltrottel. Ich glaube nicht, dass ich eine Frau wie dich verdiene. Wenn du nicht meine Frau werden willst, verstehe ich das vollkommen.«

Silvia betrachtete ihn schweigend. »Ich wollte immer eine Familie, aber das ist jetzt nicht mehr möglich.«

Willie starrte traurig auf den Tisch. »Ich war ein egoistischer Bastard, nicht wahr?«

Silvia legte ihre Hand auf seine. »Dann solltest du es wiedergutmachen, oder?«

Willie blickte wieder auf. »Das heißt … du sagst ja?«

Silvia nickte, und langsam breitete sich ein Lächeln auf ihrem Gesicht aus. Ihre Augen füllten sich mit Tränen, die dann ihre Wangen hinabliefen. »Aber warte nicht zu lange damit, einen Pfarrer zu finden, sonst kann es sein, dass ich meine Meinung ändere.«

Willie sprang auf. »Ich organisiere noch vor dem Ende dieser Woche einen«, versprach er. Er zog Silvia zu sich und umschlang sie mit seinen Armen. Dann küsste er sie auf eine Weise, die sie sich in all den Jahren schon unzählige Male vorgestellt und ersehnt hatte.

»Hallo, Madge!«, rief Willie ins Telefon.

»Willie! Ich habe mir solche Sorgen gemacht«, rief Madge genauso laut zurück. In England war es sehr früh am Morgen, doch sie war sofort hellwach. »Geht es Kate gut?«

»Ja, Jacques war mit zwei Schlägertypen hier, aber wir haben das geklärt.«

»*Wir?* Wen meinst du damit?«

»Mich und die Dorfbewohner«, erwiderte Willie. »Und wir hatten Hilfe von den Aborigines.«

»Wirklich?« Madge konnte es kaum glauben. »Und mit Kate ist alles in Ordnung?«

»Ja, ihr geht es gut.«

»In ihrem letzten Brief hat sie geschrieben, dass ihr beide euch sehr gut versteht. Darüber habe ich mich sehr gefreut.«

»Ich mich auch, Madge. Und ich habe noch mehr gute Neuigkeiten. Ich werde heiraten!«

»Wie bitte?« Madge war sprachlos, sie hatte die Hoffnung aufgegeben, dass das jemals passieren würde.

»Ich heirate Silvia«, erklärte Willie.

»Das ist aber auch an der Zeit, Willie, du hast sie schon seit Jahren direkt vor der Nase.«

Willie hörte, wie sie die Neuigkeiten an Trevor weitergab, mit den Worten, Willie hätte es endlich begriffen. »Ich muss dir noch etwas erzählen«, fuhr er fort, und mit einem Mal war er äußerst nervös. »Etwas, was ich dir schon vor Jahren hätte erzählen sollen.«

Madge war nicht sicher, ob sie noch mehr Überraschungen vertragen konnte. »Und zwar?«

»Kates Mutter ist nicht tot.« Er hielt inne. Am anderen Ende der Leitung herrschte Schweigen. »Sie ist hier in Tibooburra, und sie ist keine Griechin.«

»Ihre Mutter ist eine Aborigine, stimmt's, Willie?«, fragte Madge ruhig.

Willie war überrascht. »Du hast es gewusst.« Seine Stimme war kaum mehr als ein Flüstern.

»Ich habe es geahnt. Ich habe oft griechische Gäste, deswegen wusste ich, dass Kate kaum eine Halbgriechin sein kann. Ich wünschte nur, du hättest mir schon vor Jahren die Wahrheit erzählt.«

»Es tut mir leid«, sagte Willie aufrichtig. »Ich hatte Angst vor deiner Reaktion. Ich habe viele Fehler gemacht, aber Kate war sicherlich keiner von ihnen. Sie ist das Beste, was ich je hervorgebracht habe.«

»Da stimme ich dir zu.«

»Sie ist eine bemerkenswerte junge Frau, und das ist zu großen Teilen dir zu verdanken, Madge. Sie liebt dich und Trevor sehr, das wird sich nie ändern.«

»Danke. Und Glückwunsch, dass du endlich zu Verstand gekommen bist, was Silvia angeht. Sag Kate, dass sie mich möglichst bald anrufen soll. Ich muss unbedingt ihre Stimme hören.«

»Mach ich. Ich hab dich lieb, Madge.«

Willie hängte auf. Er hatte das Gefühl, als wäre ein schweres Gewicht von seinen Schultern genommen worden, ein Gewicht, das er viel zu lange mit sich herumgetragen hatte. Endlich waren all seine Ängste besiegt, und er konnte glücklich sein.

»Können wir reden, Dusty?«, fragte Kate von der geöffneten Hintertür seines Hauses aus.

»Natürlich, komm rein.« Er stand auf und zog einen Stuhl für sie heran. »Ist alles in Ordnung?«

»Ja, mir geht es gut, danke. Ich wollte mich noch einmal dafür entschuldigen, dass ich dir nicht von meiner Ehe erzählt habe. Ich dachte, je mehr Leute es wüssten, desto wahrscheinlicher wäre es, dass Jacques mich findet. Ich weiß, es klingt albern, wenn man bedenkt, wo wir hier sind.«

»Nein, das tut es nicht, vor allem im Hinblick auf die Ereignisse heute.«

»Ich weiß es wirklich zu schätzen, dass alle mich verteidigt haben. Das hätte ich nie erwartet, vor allem von dir nicht, nachdem ich dich so verletzt habe.«

»Ich war schockiert, als du gesagt hast, dass du verheiratet bist, aber ich hätte dir die Gelegenheit geben müssen, es zu erklären. Es tut mir leid, dass ich es nicht getan habe.«

»Du musst dich nicht bei mir entschuldigen, Dusty.«

»Wirst du zurück nach England gehen, wenn die Scheidung vollzogen ist?« Der Gedanke, dass sie gehen könnte, schmerzte ihn zutiefst, doch er versuchte, sich das nicht anmerken zu lassen.

»England war immer mein Zuhause, aber meine Familie ist in Tibooburra. Ich bin innerlich hin- und hergerissen.«

Dusty nickte, dann senkte er den Blick. »Vielleicht könntest du deine Filmkarriere wieder aufnehmen.«

»Ich bin mir nicht sicher, ob das möglich ist«, sagte sie traurig.

»Das weißt du erst, wenn du es versuchst.«

»Irgendwie habe ich mich tatsächlich an dieses kleine Dorf gewöhnt, das hätte ich nie erwartet. Wenn ich gehen sollte, werde ich Tibooburra vermissen. Ich werde meine Familie vermissen … und dich.«

»Mir wäre es am liebsten, wenn du bleibst, aber das ist egoistisch. Du würdest in Tibooburra eingehen wie ein Blatt im Wind. Du bist dazu bestimmt, auf der großen Weltbühne zu stehen. Lass Jacques dir das nicht nehmen. Finde einen Weg, deine Karriere wieder aufzubauen.«

Ihm lag offenbar viel an ihrem Glück, und Kates Herz schwoll an vor Liebe. »Du bist wirklich außergewöhnlich, Dusty. Deswegen habe ich mich in dich verliebt.«

»Und ich liebe dich, Kate. Zu sehr, um dich jemals aufzuhalten.«

»In England gibt es Schulen, die von einem wunderbaren Lehrer wie dir nur profitieren können.«

»Ich würde gern mit dir gehen, aber ich kann die Kinder hier nicht zurücklassen, nicht ohne einen Ersatzlehrer, und es gibt nicht viele, die in so einem abgelegenen Dorf unterrichten wollen. Außerdem glaube ich, dass Marlee das Zeug dazu hat, eines Tages Lehrerin zu werden, vielleicht für Aborigine-Kinder. Es ist ein Langzeitziel, aber ich würde ihr gern helfen, es zu erreichen.«

»Das wird sie freuen.« Kate schlang die Arme um ihn. Dusty hatte recht. Die Kinder in Corner Country brauchten ihn. Und sie wollte schauspielern. Auch wenn das bedeutete, dass sie nach Europa zurückmusste. Ohne ihn.

Sie feierten bis spät in die Nacht. Als Willie seine und Silvias Verlobung bekanntgab, applaudierten und gratulierten alle.

»Ich finde, das schreit nach einer Verlobungsfeier nächstes Wochenende«, sagte Mary zu Silvia. Sie wandte sich an Barney. »Wir sollten sie im Family Hotel geben, oder was meinst du?«

Willie fing Barneys Blick auf. Er tat ihm leid, weil seine Frau ihn unter Druck setzte. »Du musst das nicht tun, Barney. Ich kann die Feier auch in meinem Pub geben.«

»Nein, das ist eine großartige Idee«, sagte Barney.

»Bist du sicher?«, fragte Willie.

Barney grinste. »Ganz sicher. Dir muss mal jemand zeigen, wie man eine richtig gute Party gibt.«

»Na, das kann ich mir nicht entgehen lassen«, erwiderte Willie liebenswürdig.

Silvia hatte befürchtet, dass Willie wütend werden würde, daher blickte sie ihn erstaunt an und führte ihn ein Stück abseits. »Du steckst heute voller Überraschungen.«

»Ich habe so viel gutzumachen«, flüsterte er. »Damit fange ich jetzt an, meine Liebe. Außerdem: Wenn Barney für unsere Verlobungsfeier zahlen will, wäre ich doch ein Vollidiot, das abzulehnen.«

Silvia konnte sich ein Lächeln nicht verkneifen. Sie wusste, dass Willie sich nicht über Nacht ändern würde, aber sie hatte ihn schon immer so geliebt, wie er war, und das würde sich ganz sicher nicht ändern.

Willie bemerkte Kate, die offenbar spazieren gewesen war und nun auf das Hotel zuging. Selbst aus der Entfernung war deutlich, dass sie aufgewühlt wirkte. Er holte sie im Hotel ein, als sie gerade die Treppe hochgehen wollte. »Gehst du ins Bett, Kate?«

»Ja, ich bin müde«, sagte sie in dem Versuch, ihre Gefühle zu verbergen.

»Ich habe vorhin mit Madge telefoniert. Und ihr erzählt, dass ich Silvia heirate.«

»Nein, wirklich? Das ist wunderbar. Und es wurde auch langsam Zeit.«

»Genau das hat Madge auch gesagt. Es ist schon komisch, dass andere Menschen Dinge erkennen, die man selbst nicht sieht.«

»Reden wir noch immer über dich und Silvia?«

»Nein, ich denke nicht. Ich habe Madge auch gesagt, dass deine Mutter keine Griechin und hier in Tibooburra ist. Sie hatte schon vermutet, dass sie eine Aborigine ist.«

»War sie wütend, dass du sie angelogen hast?«

»Nein, nicht sonderlich. Wir wissen ja beide, dass sie ein großes Herz hat. Sie möchte, dass du sie möglichst bald anrufst.«

»Das mache ich.«

»Stimmt etwas nicht, Kate?«

»Nein, alles in Ordnung.«

Willie betrachtete sie skeptisch. »Ich sehe, dass du durcheinander bist.«

Kate seufzte. »Dusty hat gesagt, dass er mich liebt. Und ich liebe ihn auch.«

»Das ist doch schön, oder nicht? Warum bist du nicht glücklich?«

»Weil wir nicht zusammen sein können.«

»Warum denn nicht? Du lässt dich doch scheiden.«

»Dusty sagt, ich sollte versuchen, meine Karriere wieder aufzunehmen. Und das würde ich liebend gerne tun, aber das bedeutet auch, dass ich zurück nach Europa muss. Ich dachte, Dusty könnte mitkommen, aber er kann die Schule nicht verlassen, und deswegen können wir nicht zusammen sein.«

»Ich kenne mich mit der australischen Filmindustrie nicht sonderlich gut aus, aber ich habe kürzlich einen Zeitungsartikel über einen Schauspieler namens Chips Rafferty gelesen, der hier schon in ein paar guten Filmen mitgespielt hat. In *Bitter Springs* und in *The Phantom Stockman* zum Beispiel. Australische Filmemacher könnten jemanden mit deiner Erfahrung sicher gut gebrauchen. Und dann gibt es ja immer noch das Theater. Hier haben viele Dörfer ein Theater, in denen auch Stücke aufgeführt werden.«

Kate strahlte. »Warum bin ich nicht selbst darauf gekommen? Dann könnte ich hier leben und hin und wieder einen Auftrag in einer Stadt annehmen. Und damit hätte ich dann jeweils das Beste aus meinen beiden Welten.«

»Ganz genau.« Am besten gefiel Willie der Gedanke, dass sie in Tibooburra bleiben wollte.

»Dad, du bist ein Genie!«, erklärte Kate. Sie küsste ihn auf die Wange und stürmte wieder aus der Haustür.

»Ich dachte, du wärst müde!«, rief er ihr mit einem breiten Grinsen hinterher.

»Du hast heute aber einen sehr guten Tag«, kommentierte Silvia von der Küchentür aus.

»Ich habe den besten Tag meines Lebens. Und ich bin mir beinahe sicher, dass in Tibooburra sehr bald eine weitere Verlobung bekanntgegeben wird.«

ENDE

Lesejury